HERCAİ

Hercai
Sümeyye Koç

Yayın Yönetmeni: Aslı Tunç
Editör: Yağmur Yavaş Aydın
Kapak Tasarım: Sinem Akdemir

11. Baskı: Nisan 2019
ISBN: 978-605-173-040-0

Baskı ve Cilt:
My Matbaacılık San. ve Tic. Ltd. Şti.
Maltepe Mah., Yılanlı Ayazma Sok., No: 8/F
Zeytinburnu/İstanbul
Tel: (212) 674 85 28
mymatbaa34@gmail.com
Sertifika No: 34191

Yayımlayan:
Epsilon Yayınevi Ticaret ve Sanayi A.Ş.
Osmanlı Sok., No: 18/4-5 Taksim/İstanbul
Tel: (212) 252 38 21 Faks: (212) 252 63 98
İnternet Adresi: www.epsilonyayinevi.com
E-posta: epsilon@epsilonyayinevi.com
Sertifika No: 34590

HERCAİ

Sümeyye Koç

epsilon

TEŞEKKÜR

İçimde taşımaktan yorulduğum ne varsa, *bana dert olacağına, siz okuyun size dert olsun* diyerek çıktığım bu yolda, yüreğimden geçenleri mürekkebe bulayıp satırlara döktüm. Bir insana ulaşmak, kalemimden dökülen bir sözcükle yüreğine işlemek istedim hep. Her hayat başlı başına bir hikâyedir dedim çoğu zaman. Her insan ise kendi hikâyesinin karakteri. Her gün biraz daha gayretle, daha çok sevgiyle büyüttüm cümlelerimi. Tek hayalim yazdığım bu cümleleri, sayfalar arasına dökebilmekti.

Şimdi ise bu hayalimi gerçekleştirmemde emeği geçen her yüreğe teşekkür etmek, boynumun borcudur. Öncelikle beni yazmaya teşvik eden ve bir gün olsun umutlarımın solmasına izin vermeyen yeğenim Meryem Feyza Akkan'a, bir kitap dostluğu ile başlayan ilişkimizin kardeşliğe evrildiği, her anlamda bana yılmadan manevi desteklerini sunan Emine Arslan'a, yazmaya başladığım ilk günden beri benden desteğini esirgemeyen aileme ve bu yolda bana inanan tüm dostlarıma teşekkür ederim.

Ayrıca yazdığım satırları severek okuyan tüm okurlarıma, bu serüvende tanıdığım güzel yürekli insanlara, Epsilon Yayınları'na ve Ömer Yenici'ye de teşekkürlerimi sunuyorum.

Her satırında bir umut, her sayfasında kendinizden bir parça bulabilmeniz dileğiyle…

GİRİŞ

GECEYE BİR SELAMIM VAR

Bazen, kendisine yabancılaşır insan. Yürek divanına taht kuran aciz duygularının hissettirdiği buruklukta yok olur. Nefesi yabancı, sesi yabancı, gözleri yabancı gelir. Vefasını yitirmiş tüm sözcüklerin, satırlara sırt çevirmesi gibi bir şeydir bu. Bir yüreğe hakir bir hissiyat musallat oldu mu, artık anlamı kalmaz hiçbir güzelliğin.

O andır. İnsanın kendi yüreğini tanıyamadığı, aynada kendisine bile yabancı geldiği an, o andır.

Kirli anıların altında sıkışıp kalmış, ruhsuz bir bedenden ibaretti o. Kanı deli, yüreği öfkeli, duyguları darmadağındı. Bir hiç uğruna çalınmıştı yılları, ellerinden acımasızca koparılmıştı çocukluğu. Bundan dolayıdır ki, uçsuz bucaksız bir nefretin esaretine hapsolmuş zalim kalbi, aldığı karardan ötürü hiç pişman değildi. Bir rota belirlemesi gerekiyordu kendine… Ya ödeşme arzusu ile yanan aciz yanlarına istediğini verecek, intikamın yolundan gidecekti. Ya da, yıllar boyunca yaptığı gibi sinesinde büyük bir nefreti dallandırıp budaklandırmaya devam edecekti. O çoktan seçmişti yolunu. İntikama can verecek, terazideki dengesizliğe, adaleti kendi elleriyle yerleştirecekti.

Çok sorgulamıştı bu seçimini. Nasıl bir insan olduğu hakkında birçok kez düşünmüş ama bir sonuca varamamıştı. Tek bildiği, iyi bir adam olmadığıydı. Kanıksamıyordu da aslında bu durumu. Sonuçta hiç kimse pervasızca yitirilen bir hayatın ardından, iyimser kalamazdı.

Onun umutları, yıllar önce darağacında sallandırılmıştı.

Bardaktan boşanırcasına yağan yağmur hafifleyip yollarda biriktiğinde, semada kuvvetli rüzgârlar esmeye başladı. Her bir yağmur tanesi, bir sonrakini davet ediyordu yeryüzüne. Ondandı gecenin bu olanca hırçınlığı. İnce ince çiseleyen yağmur damlalarının, şiddetlenecek olmasına aldırış etmeden yürüdü. Islanan saçları bozulmuş, aheste aheste dökülmüştü alnına. Sert yüz hatları çatılan kaşlarıyla birleşmişti her zamanki gibi. Kaşlarını çattığı zaman alnının ortasında ince bir çizgi oluşurdu. Gülümsemeyi sevmezdi. Uzun zaman önce kovmuştu tebessümü dudakları.

Vakur bir sessizliğin esir aldığı sokaklara, yağan yağmurun ve adımlarının sesleri eşlik ediyordu. Bir de zihninin içinde durmadan gürültü yapan virane düşünceleri... Heyecanlı olması mı gerekirdi? Hiçbir şey bilmiyordu. Sanki ruhu ölmüş gibiydi... Sanki içinde yaşayan bir can yok gibiydi, sanki sahip olduğu tek şey, sadece nefes alan bir bedenden ibaretti...

Amacına ulaşmanın verdiği bir keyif vardı üzerinde, sebepsizce sığmıyordu içi içine. Tatsız tuzsuz, garip bir keyifti bu... Yine de uzun zamandır ödeşmenin hayallerini arzulayan ruhuna iyi gelmişti. Oynanması gereken, hiç masum olmayan, tehlikeli bir oyun vardı önünde. Ve Miran Karaman, artık bu oyunu başlatmaya hazırdı. Her şey kusursuz bir plana oturtulmuş, tek bir aksiliğe yer verilmemişti. Onun kitabında yanlışa yer yoktu, ilmek ilmek örmüştü kendi elleriyle çizdiği kaderi. Hata yoktu, hata yapana af yoktu!

Yolun kenarında gelişigüzel duran arabasına doğru yürüdü. Açtığı kapıdan içeriye hızla süzüldüğünde titreyerek nefes aldı. Yağmurun ıslattığı bedeni içini ürpertmişti. Motoru çalıştırmadan evvel gözleri dikiz aynasına takıldı. Hain çağrışımlar barındıran mavi gözlerinin ardında karanlık anılar saklıydı. Kötülüğü kalbine nakşeden, ardında kocaman bir uçurum bıraktıran, kirli anılar…

Yarım saat süren yolculuğu, Midyat'ta görkemli bir konağın önünde bitti. Arabadan inmeden, siyah camlarını indirerek baktı bu hayranlık uyandıran taş yapıya. Bakışları her bir taşını delip geçerken, sabırsız bir nefes saldı semaya.

Nefret... Ruhunun derinliklerine sakladığı en büyük zayıflığıydı. Her bir hücresi nefretle dolup taşarken gözlerini bir saniye ayırmadı konaktan. Bu çatının altında nefes alan her insandan ayrı ayrı nefret ediyordu. Derin bir nefesi ciğerlerine hapsederken, tek eliyle kirli sakallarını sıvazladı. Gözlerindeki intikam yüklü parıltılar gittikçe alevleniyordu. *"Geceye bir selamım var,"* diyerek gülümsedi. Gülümsemeyi yadırgayan dudakları, anında eski haline dönüverdi. "Andım olsun ki, adımı ezberleyecek bu şehir. Benden çaldığı ne varsa, söke söke, acıta acıta geri alacağım!"

Gözleri konağın ikinci katındaki odaya takıldı. Işıkları yanan odanın camında genç bir kızın silueti belirdi. "Sonunda," dedi ve sustu. Bu raddeye gelmesi hiç kolay olmamıştı.

"Sonunda, benimsin!"

1

ZEHİR

Çaresizlik, elini kolunu bağlayan, sinsi bir düşman misali yollarına tuzaklar kuran, güçlü bir zehirdi. Ruhuna acımasızca damlayan bu zehir, her gün biraz daha bitiriyordu gücünü. Biraz daha yitiriyordu umutlarını. Oysa içine düştüğü tüm belirsizliklere rağmen, umutları hep maviydi. Ta ki bugüne dek! Şimdi tüm umutları siyaha boyanmış, hayalleri geleceğinden fütursuzca koparılmış, tekinsiz bir uzağa savrulmuştu.

Çıkmaz sokakların da sonundaydı. Tutunduğu bu paramparça hayat, artık genç bir adamın avuçları arasındaydı.

Boğazına oturan düğümün verdiği o acı duyguyla cebelleşti Reyyan. Karanlık, yerini yavaş yavaş aydınlığa bırakırken sabaha kadar uyumamanın verdiği bitkinlik, gözaltlarına morluk olup binmişti. Odasının kapısı sessizce açıldığında ince bir ses tonu kendi ismini andı. "Reyyan?"

Gelen Havin'di. Cevap vermek yerine sessizce yutkunup gözlerini yere çevirdi.

Ona sorulmadan, fikri dahi alınmadan, adına verilmiş bir

karar vardı. Ve Reyyan, bu kararın yakıcılığında kavruluyordu. "İstemiyorum Havin," derken sesi fazlasıyla yüksek çıktı. Bir kere daha dile getirdi, isyanını. "İstemiyorum!" Hemen yanına oturan amcasının kızı onu sakinleştirmek adına ellerinden tutarak gözlerine samimiyetle baktı. "Bağırma Reyyan, gözünü seveyim. Biri duyacak şimdi."

"Susa susa bu hale gelmedik mi Havin?" Kuzguni hareleri acıyla titreşti yanındaki kıza bakarken. "Hiç tanımadığım bir adamla evlenmek, onun karısı olmak istemiyorum. Mutsuz olacağım Havin, hissediyorum bunu!" Ucu bucağı olmayan bir okyanusta boğuluyormuş gibi hissediyordu. Kendisini değersiz ve yarım görüyordu. Üstelik evlenmek istemiyorum dediği halde, insanların ona zamanla sever, alışırsın demeleri yok muydu? Çıldırıyordu!

"Neden peki?" diye sordu Havin merakla. "Onu gördüğün ilk an, senin gözlerinde o derinliği gördüğüm an, tüm inadın kırılır sanmıştım."

"Mesele bu değil," dedi Reyyan. Derdini kimselere anlatamıyordu ya, onu bu denli çıldırtan sebep buydu. "Mesele şu ki, ben o adamı tanımıyorum. Nasıl bir insan olduğunu, nasıl bir yüreğe sahip olduğunu bilmiyorum. Söylesene, gözün kapalı uçuruma yürümek değil de nedir bu?"

"Tanımak da istemiyorsun," dedi Havin dudak bükerek. "O seni görmüş ve sevmiş demek ki. Yoksa neden ta İstanbul'dan ailesini alıp buralara kadar seni istemeye gelsin ki?" Sözlerinin ardından imayla kıvırdı dudaklarını. "Hem bence sen de onu beğendin, bırak artık bu istemiyorum ayaklarını."

Reyyan kaşlarını kızgınlıkla çattı. Havin ondan bir yanıt beklerken, yatağın kenarından usulca kalkıp penceresine doğru yürüdü. Şafak yeni yeni söküyor, güneş kızılımsı rengiyle göğü çepeçevre sarıyordu. "Birkaç gün önce," diye mırıldandı Reyyan. İşaret parmağı havalanmış, penceresinin kadrajına serilen yolu hedef almıştı. "Onu tam burada gördüm. Gözlerini dikmiş bana bakıyordu. Aradan birkaç gün geçti ve..." Sustu ve soluklandı. Her hatırladığında kalbi göğüskafesini parçalarmış gibi şiddetle çarpıyordu. "Ailesiyle birlikte bu konağa, beni istemeye geldi."

"Evet. Sorun ne?" Havin hâlâ anlam veremiyordu. "Reyyan, günün birinde zaten evlenmeyecek misin? Bu inat neyin nesi? Söylesene, ondan daha iyisini mi bulacaksın?"

"Sorun da bu Havin, sorun bu!" diyerek çıkıştı Reyyan. "Hiçbir kadının hayır diyemeyeceği standartlara sahip biri o. Genç, yakışıklı, hali vakti yerinde. Peki ya," dediğinde yüzünü bir ciddiyet sarmalamış, kaşları şaşkınca dikilmişti havaya. "Ben? Neden ben?"

Havin gözlerini baydı. "Sen daha ne istiyorsun? Seni gerçekten anlamıyorum."

"Ben de anlamıyorum," dedi Reyyan. Kollarını göğsünde birleştirdi, bakışları ise pencereden dışarıdaydı. "Öyle biri beni neden istesin Havin? Anlam veremiyorum."

Havin için her şey toz pembeydi. On yedi yaşında ve deli doluydu. Reyyan, Havin'e istese de anlatamazdı yüreğini kasıp kavuran bu derdi.

"Sen kendini neden hafife alıyorsun ki Reyyan?" diye sordu Havin. Saçlarının ucunu eline almıştı genç kız. Dudakları tebessümle kıvrıldı. "Güzelliğine vurulmuş olamaz mı bu adam?"

Reyyan bir kere daha cevabı olmayan bir soru sordu. "Onca güzel kadın varken, neden ben?"

Bu sefer, "Kızım sen saf mısın?" diyerek sert çıktı Havin. "Peri masallarını kıskandıracak bir aşk ayaklarına kadar geldi. Senin yerinde olup, sorgusuz sualsiz o adamla evlenmek isteyen bin tane kız çıkar. Sen gelmiş yok mutsuz olurum, yok istemem diyerek bin tane tantana yapıyorsun!"

Reyyan gitgide sinirleniyordu. Havin'in onu anlayacağı da, anlamaya çalışacağı da yoktu. Sinirlendiği zaman dengesini kaybeden, tutarsız sözler sarf eden bir yapısı vardı. Bu tutumu çoğu zaman başına iş açıyordu. "Kes sesini Havin!" diye bağırdı istemsizce. Tüm bunlara sebep olan babasına ise öfkesini kusmadan edemedi.

"Biliyor musun Havin?" diye sorduğunda gözlerini kıstı esefle. "Eğer öz kızı olsaydım, paçavra gibi yollamazdı beni bu evden!" Çatallı ses tonu, ağladı ağlayacak olmanın verdiği etkiyle titriyordu. "Babam beni hiç sevmedi. Tek derdi günün birinde evlenip, defolup gitmemdi! Al, istediğini yapıyor işte."

Havin oturduğu yerden hızla kalktı. Kaşları birden çatılmıştı. Az önceki neşeli halinden eser yoktu. "Amcamın hakkını yeme Reyyan. Seni öz kızından ayırmadı o, bunca sene baba olarak başında amcam vardı. Sana gözü gibi..." Genç kızın sözleri yarıda kesildi çünkü Reyyan öfkesinin son noktasındaydı. Artık ses tonunu ayarlayamıyordu. "Ben o gözlerde hiç şefkat görmedim Havin!"

Havin'in kendisine bomboş bakan gözlerine alayla baktı. "Sen nereden bileceksin ki?" Parmağını kaldırıp karşısındaki kıza salladı. "Üvey olan sen değilsin! Bu evde kedi muamelesi gören de sen değilsin. Bir babanın görmezden geldiği, o yaralı küçük kız çocuğu da sen değildin. Hangi gün saçlarımı okşadı babam? Hangi gün, amcamın sana sarıldığı gibi sarıldı bana? Ben sevgisiz büyüdüm! Anlasana Havin, nefret ediyor bu adam benden!"

Reyyan'ın bu çıkışı Havin'i şaşkınlığa uğrattı. İçinde bu kadar acı ve kin biriktirdiğini bilmiyordu. Ya da kızgındı, ondan böyle saçmalıyordu. "Saçmalıyorsun Reyyan. Öfkeden ne dediğini bilmiyorsun. Kimsenin sana üvey muamelesi yaptığı yok ki. Ben sana bir gün olsun, sen amcamın kızı değilsin dedim mi? Ne annem ne abim, ne babam ne de amcam... Sana bugüne kadar kötü tek bir söz söyledi mi?"

Reyyan bu sözleri duymak istemiyordu. Havin'in ağzından çıkan kelimeler onu sakinleştirmek bir tarafa dursun, daha çok öfkelendiriyordu. Kanayan yarasına tuz basan bu sözler canını daha fazla yakıyordu. Havin'le olan tartışmasının alevleneceğini bildiği için kapıya yürüdü hızla. Açtığı kapıya parmağını işaret ederek Havin'e baktı. "Çık odamdan. Beni de yalnız bırak."

"Peki," diyerek kapıya yürüdü Havin. Biraz daha bu odada kalmaya devam ederse Reyyan onun kalbini daha fena kıracaktı. Havin odasından çıktıktan sonra Reyyan kapıyı kapatmak için elini uzattığı anda karşısında Azat'ı gördü. Orada, merdivenlerin başında tırabzanlardan tutunmuş ikisini seyrediyordu. Azat, Havin'in abisi, konağın en büyük çocuğuydu. Reyyan ile göz göze gelmelerinin ardından merdivenlerden inerek, oradan uzaklaştı. Reyyan da kapıyı sertçe çarparak yatağına doğru yürüdü.

Çırpınışları boşaydı. Avının elinden kurtulmak için son gücüyle debelenen ceylan misali karşı koymaya çalışıyordu kaderine. Onu kimsenin dinlediği de, anladığı da yoktu. Babasına karşı bir kırgınlığı yoktu, Hazar Şanoğlu zaten sevmezdi üvey kızını. Reyyan'ın kırgınlığı annesineydi. Ne olursa olsun, kızının evlenmesine karşı koyabilir, kocasının karşısına dikilebilirdi. Fakat yapmamıştı.

Beynini kemiren düşüncelerden sadece bir anlığına da olsa kurtulmak istedi Reyyan. Sadece bir an hiçbir şey düşünmemek ve rahat bir nefes alarak boğazındaki o yumrudan kurtulmak! Mümkün değildi bazı şeyler... Bu zamana kadar babası ona iyi davranmıştı, herkese göre böyleydi bu. Babalık görevini layıkıyla yerine getirmişti. Ancak Reyyan'a göre öyle değildi. Bir kere saçlarını okşayıp şefkatle bakmamıştı. Kardeşi Bedirhan'a olan davranışları da ortadaydı, Reyyan'a olan tavrı da. Aslında hiç sevmediği kızından, bu evlilikle kurtulmaya çalışıyordu.

Yatağına uzanıp başını yastığa bıraktı. Yaprak misali titriyordu bedeni. Boğazındaki yumru yutkundukça kalbine bir ağırlık veriyordu. Ağlasa rahatlayacaktı fakat ağlayamıyordu. Reyyan kolay kolay ağlayabilen bir kız değildi. İçine attıkları birikirdi ve canını yakardı, gözlerinden bir türlü düşmeyen yaşlar, alev misali içine akardı.

Zihninde çırpınan deli düşünceler başını ağrıtmıştı. Ensesine sıcak bir alev yayılmış, alnının üstü zonklamaya başlamıştı. Belki biraz uyusa bu ağrıdan kurtulabilirdi. Puslu gördüğü gözlerini yumduğunda hiçbir şey düşünmemeye çalıştı. Çok zaman geçmemişti ki, kapısı tekrar açıldı. İnsanlar ona rahat vermiyordu. Bu evden gönderilene kadar da vermeyeceklerdi. Gözlerini hafifçe araladığında kapıyı örten annesini gördü. Kırgın olduğu annesi, kızı için hiç uğraşmayan annesi.

Yüzünde naif bir gülümsemeyle Reyyan'a bakmıştı kadın. Yanına gelip yatağın kenarına oturduktan sonra Reyyan'ın yanağına uzattı ellerini.

"Reyyan'ım... Güzelim..." Reyyan annesine cevap vermedi, içinden tek kelime etmek gelmiyordu. Buraya kendisini ikna etmek için geldiğini biliyordu. Keşke yanılma ihtimali olsaydı.

"Güzel kızım yapma böyle, evlilik kötü bir şey değil ki." Aynı kelimeleri duymak yeterince sıkıyordu canını. Eliyle annesinin elini yüzünden ittikten sonra yataktan kalkıp dizlerini karnına çekti. Öfke yüklü gözlerini annesinin gözlerine dikti. "Ben evliliğe kötü demedim ki. Kim ister sadece adını ve yaşını bildiği bir adamla evlenmeyi? Ben onu tanımıyorum ki!"

Zehra Hanım tebessüm etti. Annesinin yüzünde gördüğü bu gülümseme Reyyan'ı çileden çıkartmaya yetiyordu. "Seni duyan da, bugün evleneceksin sanır Reyyan. Miran sadece seni istemeye geldi ailesiyle."

Reyyan umursamaz bir tavırla silkti omuzlarını. Umurunda değildi tüm bunlar. Annesi ise pes etme niyetinde değildi. "Yüzüme bak Reyyan." Reyyan, annesinin gözlerine baktığında kadın gülümseyerek devam etti konuşmasına. "Ben biricik kızımı, kötü bir adama teslim eder miyim hiç? Baban, Miran'ı tanıyor ve çok seviyor güzelim. Güvenilesi ve efendi bir çocuk. Yirmi altısında, gencecik adam. Üstelik yakışıklı ve iş güç sahibi. Bir kız daha başka ne ister ki?"

Reyyan şaşkınlık ve kızgınlıkla araladı dudaklarını. "Ne mi ister?" diye sordu. "Aşk ister mesela, sevgi ister. Tanıdığı, bildiği bir adamla birleştirmek ister ömrünü. Benim gibi hiç tanımadığı bir adamla damdan düşer gibi değil!" Gözlerini annesinin yüzünden çekti. Ne zaman öfkeli olsa, karşısındaki insanın yüzüne bakamazdı.

"Sen Miran'ı beğenmedin mi kızım?" Zehra Hanım şaşkındı. Zira Miran'ın beğenilmeyecek bir yanı yoktu.

"Aksine," dedi Reyyan. Aklına yine hafızasından silinmeyen yüzü gelmiş, Reyyan donuklaşmıştı. "Beğenilmeyecek biri değil o. Fakat bu durum bana tuhaf geliyor. Evlenmek için başka kız mı yoktu neden beni seçti diyerek kendi kendimi bitiriyorum."

"Sen çok güzelsin bir tanem, bu durumu dert etmen tuhaf asıl."

Bu ikna cümlelerine yenilmeyi istemiyordu Reyyan. Bakışlarını boşluğa sabitleyip öylece bekledi. Onun bu düşünceleri kuruntuydu herkese göre. Zehra Hanım kızının yüzünü avuçları arasına aldı. Reyyan annesine mecburen bakmak zorunda kaldığında, kaşlarını olabildiğince çattı. "Eğer böyle surat asmaya devam edersen, ne babanı ne de Miran'ı umursarım," dedi kadın. Oldukça da ciddi duruyordu. "Söz kesilmeden bozarım bu işi. Yeter ki gülsün o gül yüzün."

"Korkuyorum anne," dedi Reyyan. "Çok korkuyorum. Ben hiç mutlu olmadım bu yaşıma kadar. Sen de çok iyi biliyorsun. Bir anda böyle bir adam karşıma çıkıp benimle evlenmek isteyince altında art niyet arar oldum. Ne yapayım? Bünye alışkın değil, ters tepiyor!"

Zehra Hanım gülümsemekle somurtmak arasında bocalayınca hüzün dolu bir tebessüm can verdi dudaklarına. Biliyordu. Kızı eksik ve yarım büyümüştü. Yıllar önce bu konağa gelin geldiğinde dul ve hamileydi. Bu gerçeği Reyyan'a, büyümeye başladığı ilk zamanlarda sürekli söylemiş, kızının bir yalanla büyümesini engellemişti.

"Severek yapılan evlilik, dünyadayken cenneti tatmak demektir. Sevmediğin biriyle yapılan evlilik ise, bile bile cehennemi yaşamak gibidir. Hangi anne kızını göz göre göre ateşe atar ki?"

Reyyan'ın gözleri sevinçle parladı annesine bakarken. İçine umudun tohumları ekilmişti. "Yani?" diye sordu heyecanla.

"Seni ben doğurdum Reyyan. Hiç kimsenin senin üzerinde karar verme hakkı yok, baban yaşasaydı seni istemediğin birine asla vermezdi. Yani Reyyan, eğer sen istersen olur bu evlilik, istemezsen asla olmaz."

Reyyan ne gözlerinin dolmasına ne de kollarının annesine sarılmasına engel olabilmişti. Annesi ona bir kurtuluş meşalesi yakmıştı. İşte Reyyan'ın tanıdığı annesi buydu. Canını verirdi, Reyyan'ı istemediği birine verdirmezdi.

***

Akşam olmuş, gökyüzü yıldızlarla kaplanmıştı. Midyat, siyahların büründüğü havada kulak okşayan rüzgârlar estiriyordu. Şanoğlu Konağı hazırlıklarını tamamlamıştı, misafirlerini bekliyordu herkes. Havin elindeki tarakla birlikte Reyyan'a doğru yaklaştı. Önce saçlarını düzeltti, ardından dikkatlice taramaya başladı. Reyyan ise elbisenin eteğini düzeltmekle meşguldü. Dizlerinin hemen altında biten elbisenin eteği, üzerine ağırlık vermişti. Aslında hazırdı, sadece Havin ile birlikte vakit geçsin diye oyalanıyorlardı.

Konağın kapısında duyulan seslerle birlikte Havin tarağı yatağın üzerine fırlatıp cama koştu. Eğilip dışarıya baktıktan sonra Reyyan'a dönerek fısıltılı fakat heyecanlı bir tınıyla konuştu. "Geldiler Reyyan!"

Reyyan sabahtan bu yana devam eden inadını hâlâ sürdürüyordu. "Gördün mü, kim vardı?" diye sordu umursamaz bir sesle.

"Kim olacak? Nergis Teyze ve Gönül Abla." Nergis Hanım, Miran'ın annesi, Gönül ise kız kardeşiydi. Miran'ın babası, o çok küçükken vefat etmişti.

Reyyan elini göğüskafesine bastırdı. Nefes almakta güçlük çekiyordu. Hayır, heyecandan veya meraktan değildi. Tamamen, Miran'ın karşısına çıkmaktan ve ona kendisini göstermekten korkuyordu. Önüne düşen siyah saçlarını arkaya attı eliyle. Oturduğu sandalyeden kalkarak odanın içinde bir sağa bir sola dönmeye başladı.

"Sakin ol Reyyan, darağacına gitmiyorsun." Reyyan, Havin'e ters bakışlar attıktan sonra tekrar elini kalbine bastırdı. Deli gibi atan kalbi bedenini zorluyordu. "Aldığım nefes içimi yakıyor Havin, nasıl sakin olabilirim?"

Kapının aniden açılmasıyla ikisi birden ürkmüştü. Gelen Bedirhan'dı. Bakışlarını ablasına kenetledikten sonra, soğuk bir sesle, "Babam seni bekliyor," diyebildi. Belli ki Reyyan'ın evlenme fikri, kardeşinin de hiç hoşuna gitmemişti. Bedirhan ile Reyyan arasında bir yaş fark vardı, Reyyan büyük olmasına rağmen çoğu zaman Bedirhan ona abilik taslardı.

"Geliyoruz şimdi." Havin duruma el koyduğunda Bedirhan hiçbir şey söylemeden odadan çıkıp kapıyı örttü. "Hadi gel, inelim artık."

Odasından dışarıya adım attığında kalbi yerinden çıkacak gibiydi Reyyan'ın. Merdivenlerin başına geldiğinde tırabzanlara tutunma ihtiyacı hissetti. Heyecan bedenini saran hummalı bir hastalık gibiydi, titremeyen bir zerresi yoktu. Ağır ağır merdivenleri inmeye başladığında kalbinin atışları birazdan göğüskafesini delecek gibiydi. Salondan içeriye girdiğinde derin bir nefes alarak gözlerini yere dikti. Babasının, amcasının ve Miran'ın annesinin sesi yankılanıyordu. Ve ardından, tok bir erkek sesi. Reyyan bu sesi ilk duyduğunda da bir tuhaf olmuştu, şimdi de.

Kafasını kaldırıp Miran'a baktığında, kalbi yerinden sökülecek gibi oldu. Göz göze gelmeleri uzun sürmedi. Karşısındaki adamın delici mavi gözleri içini titretmişti. Çok tuhaf, adlandıramadığı bir duygu sardı tüm benliğini. Tehlikeli ancak bir o kadar da karşı konulamaz bir hissiyattı bu. Gözlerini Miran'ın gözlerinden çekip yere dikti tekrar. Ne yapacağını bilememek kötü bir şeydi. Şaşkın bakışları fark edilecek diye ödü kopuyordu.

Belinde hissettiği dürtülmeyle kafasını kaldırıp annesine baktı. Zehra Hanım gözleriyle Miran'ın annesini işaret ediyordu. Reyyan tekli koltukta oturan kadına doğru yürümek zorunda kaldı. Eli yüzü resmen alev almıştı. Şu an Miran'ın kendisini izliyor olma düşüncesi bile, yerin dibine girme isteğiyle dolup taşmasına sebep oluyordu. Sakin kalmaya çalışarak yanına gittiği kadının yüzüne alık alık baktı. "Hoş geldiniz." Çekingen bir tınıyla konuştuğu için bir hayli kısık çıkmıştı sesi.

"Hoş buldum güzel kızım." Nergis Hanım'ın içten gülümsemesi karşısında zoraki gülümsedi Reyyan. Ardından bakışlarını Gönül'e, Miran'ın kız kardeşine, çevirdi. Yirmili yaşlarının başında, Reyyan'dan en fazla birkaç yaş büyük olmalıydı. Reyyan, Gönül ile de selamlaşmasının ardından hızlı adımlarla salondan çıktı. Ayakları onu mutfağa zor götürmüştü. Gördüğü ilk sandalyeye attı sarsılan bedenini.

Mutfakta Fatma Hanım ve Dilan vardı. Fatma, yıllar yılı bu konaktaydı. Bir nevi aileden biri gibi olmuştu zamanla. Dilan da Fatma'nın kızıydı. Hemen Reyyan'ın ardından Havin de gelmişti mutfağa. Bakışlarını Reyyan'a dikti. Hiçbir fırsatı kaçırmıyordu.

Reyyan dakikalar önce gördüğü bir çift mavi gözün etkisinden hâlâ çıkabilmiş değildi. Gözlerini yumduğu anda hayalinde canlandı yüzü. Neler hissettiğini kestiremiyordu ama bu hislerin olumsuz olmadığına emindi. Hoşlantı veya bir beğeni değildi bu. Miran'ın efsunlu bir çekimi vardı ve Reyyan onu her görüşünde biraz daha etkileniyordu.

Her ne kadar inat etse de, istemiyorum dese de, elinde olmadan kapılıyordu.

"Ne o?" dedi Havin kıkırdayarak. "Betin benzin attı yine."

Dilan da Reyyan'ın hemen yanı başında dikilmiş, ağzından çıkacak cevabı bekliyordu. Reyyan ise hâlâ sakinleşmeyen kalbinin çarpıntısıyla mücadele ediyordu. Deli gibi atan kalbi, heyecanlandığının belirtisiydi. Sabahki kızgınlığı nedeniyle bir sürü tutarsız söz sarf etmişti. Şimdi ise onları söyleyen Reyyan değilmiş gibiydi. "Bilmiyorum," dedi sakin bir tınıyla.

"Neyi bilmiyorsun?" Havin, sorusunun ardından masanın altından çektiği sandalyeye oturdu. "Miran'ın sana nasıl baktığını görmedin mi? Resmen gözlerinin içi gülüyordu."

Reyyan omuzlarını silkti. "Görmedim Havin," dediğinde Havin'in itirazı gecikmedi. "Yalan söyleme Reyyan. Kapıdan girer girmez ona baktın, oda sana baktı." Havin'in gözünden bir şey kaçmazdı asla. Şimdi Reyyan olumsuz konuşsa da, artık Havin asla inanmazdı.

Reyyan'ın yüzünde hafif bir tebessüm belirirken, yine de kafasını salladı. "Olsun, sonuçta tanımıyorum onu."

Ocakta pişen kahveleri Dilan tek tek tepsiye yerleştirip masaya koydu. Ardından Havin tepsiyi Reyyan'ın önüne itekledi. "Hadi, soğumadan götür." Reyyan gayriihtiyari mutfaktan çıkarken Havin sessizce konuştu arkasından.

"Hemen mutfağa gelme. Biraz salonda otur!" Elinde titreyen tepsiyle attığı her adımda daha çok heyecanlanıyordu. Sakin olmalıydı, yoksa bu kahveleri ikram edemeden yere devirecekti.

Derin bir nefes alıp salona girdikten sonra, ellerinin titrememesine özen göstererek taşıdı tepsiyi. Evin en büyüğü, amcasından başlayarak sırasıyla tek tek dağıttı kahveleri. En son kahveyi Miran'a uzatırken yüzüne bakmamış, halının desenlerinde oyalamıştı bakışlarını.

Ardından bakışlarını yerden kaldırmadan, masanın yanındaki sandalyeye usulca oturdu. Kafasını yerden kaldırıp Miran'a bakmak, birkaç kere gördüğü yüzünü daha fazla incelemek istiyordu ancak utancı buna müsaade etmiyordu. Ortama koyu bir sohbet havası hakim olmuştu kısa sürede. Annesinin dediği gibi babası, Miran'ı uzun zamandır tanıyor olmalıydı. Zira bu denli samimi oluşlarının başka bir açıklaması yoktu. Reyyan'ın bakışları hâlâ yerdeyken Miran'ın sesi kulaklarına çarpıyor, yüreğine ılık bir heyecan bahşediyordu. İlk başta tuhaf gelen ses tonu, şimdi hoşuna gidiyordu ister istemez.

Bir tarafta annesi ve yengesi Delal Hanım, camın önündeki tekli koltuklarda Nergis Hanım ve Gönül oturuyordu. Karşı tarafta ise amcası Cihan Bey, babası ve Miran oturuyordu. Azat ve Bedirhan ise somurtkan bir yüzle kapının girişinde oturuyorlardı.

Reyyan üzerindeki çekingenliği bir nebze olsun attığında Gönül'e baktı. Miran'ı ve ailesini ilk gördüğünde o kadar heyecanlıydı ki, doğru düzgün kimsenin yüzüne bakmamıştı. Gönül, Miran'dan farklıydı. Abisine benzediği pek söylenemezdi. Beyaz bir tenin ortasına kondurulmuş iri ela gözlere, uzun bir surat yapısına sahipti. Miran'ın saçları siyaha çalarken onunkiler kumraldı. Abisiyle birbirlerine benzemeseler de güzel bir kızdı Gönül. Reyyan, bakışlarını Gönül'den ayırıp Miran'a çevirdiğinde kalbi yeniden kuşlar gibi çırpındı.

Sert görünen yüz hatlarına rağmen çocuksuydu sıfatı. Karanlığın ahenkle dans ettiği gür siyah saçları, gözlerini çevreleyen biçimli siyah kaşları, düzgün bir burnu ve rengi bordoya çalan kalın dudakları vardı. Buğday teninin ortasına, kıyamet gibi düşmüş deniz mavisi gözleri belki de en çekici noktasıydı. Yaşını göstermeyen masum yüz tipine rağmen, fiziği yaşına uygun ve oldukça biçimliydi.

Reyyan, Miran'ı incelemeye öyle dalmıştı ki birilerinin onun nereye baktığını fark edeceğini hiç düşünmemişti. Havin onun Miran'a böyle baktığını görse, günlerce söylenir dururdu. Gözleri Miran ile tekrar kesiştiğinde ateşe değmiş gibi çekti bakışlarını. Belki de artık gitmeliydi. Annesine baktı, Zehra Hanım'ın onay veren bakışları eşliğinde usulca yerinden kalkarak salondan çıktı.

Reyyan'ın derin bir sessizliğe ihtiyacı vardı. Oturup düşünmek, hissettiği duyguların adını koymak istiyordu. Ne olursa olsun bugün asla istemediğini söyleyecekti ancak yolunda gitmeyen şeyler vardı. Sanki istemiyorum derse çok büyük bir şey kaybedecekmiş gibi hissetti. Çok garip olacaktı fakat günlerdir "İstemiyorum," diyen, hatta bu sabah bile bunun savaşını veren Reyyan yok olmuştu.

Sadece çaresizlik değildi ruhuna akan zehir. Bir belirsizlik denizinde yüzüyordu sanki. Hiç tatmadığı duygularla cebelleşen yüreği, hissettiklerine bir ad koyamıyordu. Ama korkuyordu. Sevilmenin ne demek olduğunu bilmediği için, bu durumu yadırgıyordu. Tuhaf giden bir şeyler vardı. Sanki Miran'ın gözlerinde, hiç kimsenin göremediği bir şeyler saklıydı.

Ne olduğunu asla bilemeyecekti.

2

SEVDANIN TEHLİKELİ KIYILARI

Öfkesini bileyen keskin bir acının, bıçak gibi saplanıp kaldığı geçmişin parmak uçlarında sallanıyordu genç adam. Biliyor, hatta kabul ediyordu. Hâlâ geçmişte yaşıyor olmak bir nevi saplantı olsa gerekti. Fakat buna engel olamıyordu. Küçüklüğünden bu yana, ömrünün her saniyesine mıh gibi çakılıp kalmış kirli anılar, kötülüğü kalbine ince ince işlemişti.

Dilinde hep bir intikam narası, yüreğinde küf kokulu yıllanmış yaraları vardı.

Uzandığı koltukta, kucağındaki bilgisayarla birlikte uyumama savaşı veriyordu. Gelen e-postalarını kontrol ederken birçok düşünce aynı anda yer ediyordu zihninde. Konaktan ayrıldıklarından beri, içinde garip bir huzursuzluk vardı Miran'ın. Mardin'e gelişinin tek bir amacı vardı, o da Hazar Şanoğlu'nun kızını almaktı. Ve bunun için attığı tüm adımlar, planları doğrultusunda sorunsuz işliyordu. Neden bu denli huzursuzdu ki?

Aslına bakılırsa bundan keyif alması gerekiyordu. Tahmin ettiğinden fazla kolay yol alıyordu çünkü. Bir insanın, bir insana duyabileceği kinin zirvesindeydi Miran'ın o adama hissettikleri. Bir intikam planı belirlemiş ve bunu eğlenceli bir oyuna çevirmişti. Bunun için düşmanının kızını seçmişti üstelik. Hiçbir günahı olmayan, masum bir canı. Reyyan ile evlenecekti. Bunun için o adamın hayatına casus gibi sızmış ve kısa sürede kendini sevdirip güvendiği bir insan olmuştu gözünde.

Bugün konakta gördüğü tüm yüzleri, zihninde canlı tutmaya çalıştı genç adam. Hepsinin gülümseyen yüzleri gözünün önüne geldiğinde dudakları tehlikeli bir gülüşle kıvrıldı. Miran'ın gerçek kimliğini öğrendikleri zaman, yüzlerindeki gülen maskelerin düşüşü fazlasıyla heyecan verici olacaktı. Hazar denilen adam, kızını kime verdiğini bilse bugünkü gibi gülümser miydi mesela?

Bu kanlı oyunda perdeler çekilip gerçekler gün yüzüne çıktığı zaman, asıl savaş başlayacaktı.

Uyku bağımsızlığını ilan ettiğinde gözkapakları yavaşça kapandı. Ve zihninin ona sunduğu güzel bir manzara belirdi karşısında. *Reyyan...* Reyyan, Miran'ı birkaç gündür tanıyor olsa da, Miran bir senedir izliyordu Reyyan'ı. Attığı her adımda, aldığı her solukta, o fark etmese bile ensesindeydi. Yine de bugünkü halini bir türlü unutamıyordu. Ürkek bir ceylanı andırıyordu hareketleri. Her şeyden bihaber oluşu da işin cabasıydı, Miran bundan keyif alıyordu. Onun canını yakacak olma düşüncesi bile zalim ruhuna zevk veriyordu.

Sehpaya konulan kupanın çıkardığı uğursuz sesle gözlerini aralamak zorunda kaldı. Gönül ona kahve getirmişti. Yerinden hafifçe doğrulup kahveye uzandı. Uyumak istemiyordu zaten. Sıcacık kahveyi yudumlarken hâlâ bilgisayar ekranındaydı gözleri. Gönül ise hemen karşısına oturmuştu, gözleri ise Miran'ın üzerindeydi. "Yoruldun artık, bıraksan?"

"Birazdan," dedi Miran, gözlerini tekrar bilgisayara çevirirken. Tek cümlelik cevabı konuşmak istemediğinin kanıtıydı aslında. Gönül ise konuşmakta ısrarcıydı, özellikle Reyyan konusunda.

"Bir şey soracağım?" Fısıltı halinde çıkan sesi, büyük bir merak barındırıyordu. Gözlerini Miran'dan ayırmadan kendisine bakması için bekledi sabırla. Miran tek kaşını kaldırarak Gönül'e ne soracaksın der gibi baktığında Gönül kollarını birbirine kenetleyerek oturduğu koltuktan kalktı. "Ya Reyyan," dedi düz bir sesle. "Sana âşık olursa?"

Genç adamın dudakları yana doğru kıvrılmıştı alayla. Umurunda mıydı böyle bir şey? Gönül neden saçma sapan sorular soruyordu ki? "Olmaz," dedi dalga geçercesine.

"Ya olursa?" diyerek ihtimalleri zorlayan Gönül, Miran'ı kızdırıyordu.

"Sanmıyorum Gönül. Olsa bile umurumda değil!" Sert sesi kesin ve katiydi. Gerçekten de umurunda değildi, neticede babasından istemişti ve babası da kızını Miran'a vermişti. Reyyan, Miran'ı sevse ne, sevmese ne olurdu? Miran her türlü istediğini alacaktı.

Anlaşılan Gönül bu konuyu irdelemeye karar vermişti. Oysa Miran, Gönül'ün Reyyan ile ilgilenmesini istemiyordu. Zaten bu konuda da Gönül'ü uyarmıştı daha önce. Bilgisayarı kapatıp önündeki sehpaya uzattıktan sonra yerinden kalktı. "Ben yatıyorum."

Sadece bir iki yudum aldığı kahveyi soğumaya terk etti.

***

Alışık olmadığı şehirde, hiç alışkın olmadığı bir yatakta uyumak bir hayli zor geliyordu. Sabaha kadar bir sağa bir sola dönmüş gözünü kırpmamıştı. Biraz uykuya dalmış gibi olsa da, üşüyen bedeni sabahın ilk saatlerinde gözünü açmasına sebep olmuştu. Buralarda yazları havalar ne kadar sıcak olursa olsun, sabahları ve akşamları bir o kadar serindi. Sandalyenin üzerinde duran ince hırkayı üzerine geçirerek balkona çıktı. Midyat'ın serin havasını ciğerlerine doldururken aklında Gönül'ün söylediği sözler vardı. Gerçekten de âşık olur muydu Reyyan ona?

Kaldığı otelin lobisine inerek kahvaltı etmeye başladı. Nergis Hanım ve Gönül hâlâ uyuyordu. Telefonu çalınca kimin aradığına bakmadan kulağına götürdü. "Söyle." Karşı taraftan gelen yanıt, gözlerinin şaşkınlıkla açılmasına sebep oldu.

"Tamam," diyerek telefonu kapatmasının ardından içinde oluşan merak kemirmeye başladı Miran'ı. Reyyan konaktan çıkmıştı. Kolundaki saate takıldı gözleri, henüz sabahın erken saatleriydi. Bu saatte ne diye evden çıkardı ki Reyyan? Merak ediyordu. Dahası, içinde oluşan Reyyan'la tanışma ve konuşma isteğini bir türlü durduramıyordu. Kahvaltısını noktalayarak lobiden ayrıldı ve odasına çıktı. Üzerini değiştirip otelden ayrıldıktan sonra Reyyan'ın peşine düşecekti.

Çok geçmeden buldu Reyyan'ı. Nereye gittiğini de öğrenmişti. Sebebini bilmiyordu ama birkaç sokak aşağıdaki teyzesinin evindeydi. Şimdi de geri dönüyordu. Ve Miran, Reyyan'ı konağın olduğu sokağın dönemecinde bekliyordu.

Reyyan ise her şeyden habersiz hızlı hızlı yürüyordu. Üzerindeki gülkurusu uzun elbisesi attığı her adımı yavaşlatacak derecede dolanıyordu bacaklarına. Bir de durmadan uçuşan siyah saçları yüzüne düşüyordu. Sağını solunu kontrol ettikten sonra, Midyat'ın dar sokaklarında hızlı adımlarla yürümeye devam etti. Azat'a yakalanma korkusu ona koşar adımlarla yürümeyi öğretmişti.

Azat yirmi beş yaşındaydı. Oldum olası çatık kaşlara ve asık bir surata sahip olması nedeniyle Havin de, Reyyan da çok korkardı Azat'tan. Genelde de asabiydi zaten. Çok konuşmaz, her şeye gülmez, daha çok kızardı. Azat, samimi bir insan değildi, soğukkanlı oluşundan ötürü hem Reyyan ile hem de Havin ile arasına aşılmaz bariyerler koymuştu.

Evlerinin olduğu sokağın dönemecine geldiğinde ise durup derin bir nefes aldı. Duvarın ardından dönüldüğünde konak göze çarpıyordu. Yeniden adım atıp duvarın öbür yüzüne geçmek istediğinde birisine çarptığını fark etti. Kafasını kaldırdığında karşısında gördüğü suret onda şaşkınlık yarattı. Miran'dı bu. Samimiyetsiz mavi gözlerini Reyyan'ın üzerine salmış, adı konulamayan çarpık bir gülüşle yüzüne bakıyordu. İrkildi istemsizce Reyyan. Konağın olduğu sokakta birden önüne çıkması kadar saçma bir tesadüf olamazdı. Ne yani, Miran, Reyyan'ı mı takip ediyordu?

Göz göze geldiklerinde, bir müddet ikisi de konuşmadı. Reyyan sağa sola bakmaya başladı, sokak hem fazlasıyla dar hem de tenhaydı. Aslında burada onları görebilecek hiç kimse yoktu, Azat ve Bedirhan dışında. Sadece onlar kullanırdı eve gelirlerken bu yolu. Genelde de yürümek yerine araba kullandıkları için bu düşük bir olasılıktı.

Bakışları tekrar Miran'ı bulduğunda kalbi yerinden çıkacakmış gibi atmaya başladı. İnsanın içine işleyen delici mavi gözler böylesine değişik bakarken sakin kalması, mümkün değildi.

Miran kendisine bir adım attığında Reyyan iki adım geriye gitti. Neden korktuğunu bilmese de korku şu durumda engelleyebildiği bir duygu değildi. Benliğini saran heyecanın sebebini ise bilmiyordu. Utanıyor muydu? Fazlasıyla... Avuç içlerini soğuk terler kapladı. Peki ya bu korkunun sebebi sadece biri görecek endişesi miydi? Değildi... Küçük kalbi, büyük bir aşka yelken açıyordu. Deniz mavisi gözlerde, sonunu göremediği bir yolculuk için hazırlık yapıyordu yüreği... Henüz farkında olmasa bile!

Reyyan'ın panikle iki adım geriye gitmesi Miran'ın hoşuna gitmişti. Korkuyor muydu yoksa kendisinden? İşte bu daha eğlenceli olurdu Miran için. Bu zamana kadar hep uzaktan gördüğü suret ilk defa bu kadar yakınında, hatta bir nefes uzağındaydı.

Şimdi daha yakından görüyordu yüzünü. Korkunun dalga dalga yayıldığı yüzü solmuş, beyaz teni daha da beyaz olmuştu sanki. Elbisenin rengine bürünen aralık küçük dudakları, telaşından titriyordu. Kuzguni koyu renk gözleri Miran'ı huzursuz eden yegâne nedendi. Bu bakışlardı genç adamı tedirgin eden. Fakat bunu aşacaktı. Aştığı bunca engel, bu kız için değil miydi?

On dokuz yaşında, hayatının baharında genç bir kızdı Reyyan. Miran'ın bariyerlerine çarpmasıyla tökezlemiş, tehlikenin kollarına düşüvermişti. Miran, Reyyan'ı göz hapsinden çıkarmadı bir süre daha. Tepeden tırnağa süzdü bedenini, bu Reyyan'ı daha da tedirgin etti. İnce bir bele, günaha davet eden bir fiziğe sahipti. Zaten güzel olmasaydı, Miran intikam için onu seçmezdi. Her şeyin bir bedeli vardı bu hayatta, güzelliğin de.

"Ne bakıyorsun?" diye soran Reyyan aralarındaki ıssız

sessizliği yok etti. "Ayrıca ne yapıyorsun burada?" Sesi istemsizce titremişti.

Miran dağılan düşüncelerini acilen toparladı. Yüzüne yerleştirdiği sahte tebessümle ellerini havaya kaldırdı, teslim olan bir suçlu misali. "Korkma Reyyan," dedi gözlerini etrafta gezdirirken. Ardından karşısındaki kızın ürkek, kara gözlerinde buldu kendisini. "Sokakta bizden başka kimse yok."

İsmini Miran'ın ağzından duymak Reyyan'ı daha değişik bir duyguyla karşılaştırmıştı. Bu kadar güzel telaffuz etmek zorunda mıydı adını? "Senin burada ne işin var?" Dehşete kapılmış gibiydi bu soruyu sorarken. Gözlerini Miran'ın gözlerinden kaçırdı. Mavi gözleri içinde sürüklendiği korkunç bir girdap gibiydi, kaybolmaktan korkuyordu.

"Ben de bilmiyorum." Şu an yalansız bir cümle çıkıyordu genç adamın ağzından. Sahi neden buradaydı? Daha gece umurumda değil demişti Gönül'e. Neden can atmıştı Reyyan'la konuşabilmek için? "Belki de seninle tanışmak istiyorumdur, olamaz mı?"

Reyyan gözlerini Miran'ın arkasında kalan yola dikti. "Eve gitmeliyim."

Biraz daha kalırsa sebebini bilmediği bir şekilde düşüp bayılacaktı. Evine varmasına sadece birkaç dakika kalmışken bir anda karşısına Miran çıkıyor ve yolunu kesiyordu. Üstelik bu şekilde konuşmaları doğru değildi. Gitmek için bir adım attığında Miran kolundan tutarak durdurdu Reyyan'ı. Dudakları sahte bir gülücükle kıvrılmıştı her zamanki gibi. Eğilip Reyyan'ın kulağına sessizce fısıldadı. "Daha tanışmadık ki."

Gözleri korkuyla açılan Reyyan seri bir şekilde nefes alıp

vermeye başladı. Bakışları bir kere daha etrafı taradı, biri görse şuracıkta düşer bayılırdı. Tüm cesaretini toplayarak hâlâ kolunu tutan adamın gözlerine baktı.

"Mardinli bir kızı istiyorsun ama daha ailesini bile tanımıyorsun, bu şekilde önüme çıkman doğru değil!" Bir çırpıda söylediği bu sözlere Miran sadece gülümsedi. "Biri bizi görürse, özellikle Azat görürse, bu senin için hiç iyi olmaz."

Miran, dudaklarından eksilmeyen alaycı gülümsemeyle inanamıyormuş gibi baktı. Reyyan onu Azat ile mi tehdit ediyordu? Çetin ceviz çıkmıştı kız. Duruşundan ziyade güçlü ve cesur.

Söylediklerine alay eder gibi gülümsemeye devam eden Miran'a şaşkınlıkla baktı Reyyan. Komik miydi sözleri? Kolunu çekiştirdi fakat Miran o kadar sıkı tutmuştu ki kurtaramadı. "Seni istemiyorum ben, boşuna gelme bir daha," dedi sinirinden. Bu cesareti, annesinin ona verdiği sözden alıyordu. "Annemle konuşacağım ve bu işin olmayacağını söyleyeceğim."

Genç adamın eli biraz gevşedi. İşte şimdi şaşırmıştı. Yine de bozuntuya vermemek adına belli belirsiz silik bir şekilde tebessüm etti. "Baban öyle demiyor ama," dedi kendinden emin duruşuyla. "Beni damat olarak kabullendi bile. Ayrıca, buralarda kız verildikten sonra geri dönüşü yok diye biliyorum, yanlış mıyım?"

Reyyan kuyruğu sıkışmış kedi gibi panikledi o an. Miran'ın verdiği yanıt onu hayal kırıklığına uğratmaya yetmişti. Hani Reyyan istemiyorum derse olmayacaktı bu iş? Nasıl bu kadar emin konuşabiliyordu bu adam? "Bırak kolumu!" Dişlerini sıka sıka söylendi.

Bu konuşma gereksiz yere uzamıştı ve Reyyan bu yakınlıktan fazlasıyla rahatsızdı. Miran'ın ise umurunda değildi, Reyyan çırpındıkça hoşuna gidiyor gibiydi. Tuttuğu kolu kendisine çekerek kulağına eğildi bir kez daha.

"Bu gece yarısı seni konağın arkasında bekliyor olacağım."

Kara gözleri şaşkınlıkla irileşti Reyyan'ın. "Asla gelmem!" diyerek reddetti. Böyle bir şeyi nasıl teklif eder anlamamıştı. Ama bir yanı da Miran'ı tanımak için can atmıyor değildi. "Kolumu bırak," diyerek gözlerini Miran'a diktiğinde hemen geri çekti. Göz göze gelmesi bile zarardı kalbine, öyle haşin bakıyordu ki.

Miran'ın, "Geleceksin Reyyan," diyen ses tonu yumuşak ve ikna edici bir tınıyla döküldü dudaklarından. Reyyan'ı karşı koyamayacağı bir yerden vurmaya çalışıyordu. Fakat böyle bir şey mümkün değildi Reyyan'a göre. Yakalanması gibi bir ihtimal vardı ve bu ikisi için de iyi olmazdı.

"Seni istemediğimi söyledim sana, tanışmak falan da istemiyorum. Neyin ısrarı bu?"

Mümkün olduğunca eğilerek Reyyan'ın kulağına yaklaştı. "Belki de çok şey kaçırırsın." Fısıltıyla söylediği bu sözcükler Reyyan'ı öldürecekti birazdan. Kalbinin kuş gibi çırpınmasını engelleyemedi. Bedeni can veriyordu bu zalim adamın ellerinde. Birden kolunu bıraktığında Reyyan boşluğa düşmüş gibi oldu. Kafasını ürkekçe kaldırıp Miran'a baktığında ellerini pantolonunun cebine atarak yürümeye başladığını gördü. Reyyan donmuş bir şekilde arkasından bakarken Miran geriye dönerek baktı son kez.

"Ben seni bekliyor olacağım Reyyan," dedi ve tebessümle göz kırptı. "Gelsen de, gelmesen de. Saat tam on ikide!" Son sözlerinin ardından oradan uzaklaştığında, Reyyan hâlâ aynı yerde duruyordu. Tehlikeli bir oyun oynuyordu Miran ve Reyyan bu oyuna çoktan alet olmuştu. Giden adamın ardından baktı bir müddet daha. Gecenin bir yarısı konaktan çıkabilecek miydi? Buna cesareti yoktu ki.

Derin bir nefes alıp gözlerini yumdu. Neden bu adamın söyleyeceklerini deli gibi merak ediyordu ki?

3

ISSIZ YALANLAR

Aklı hayatın yalancı yüzüne mahkûm, fikri deli divaneydi. Ruhunun saf beyazına tehlikeli bir adamın elleri değmişti çoktan! Gönlünde derin yaralar bırakacak bir sevdanın kollarına sürükleniyordu umarsızca. Gözlerinin önüne katran karası bir perde indirilmişti. Yavaş yavaş kör oluyordu Reyyan. Tıpkı kendi ağzıyla söylediği gibi, gözü kapalı uçuruma yürüyordu. *Habersizdi olacaklardan.*

Gecenin koyu tonlarıyla birleşen gökyüzünde serseri rüzgârlar esmeye başlamıştı. Reyyan konaktan çıktığına hâlâ inanamıyordu, üstelik gecenin bir yarısı. Sonunda aklını çelmeyi başarmıştı Miran. Reyyan gün boyu karşılaştıkları anı düşünmüş, konuştuklarını zihninde tekrar etmişti. Bir yanı Miran'a kızarken diğer yanı onu fazlasıyla çekici buluyordu. Sonuç olarak, risk almış ve çıkmıştı evden.

Üşüyen bedenine sarmaladığı elleriyle hızlıca yürüdü konağın arkasına doğru. Göz gözü görmeyen, zifiri bir karanlığın hakim olduğu geceyi gökyüzündeki yıldızlar aydınlatıyordu. Buraya gelmekle doğru mu etmişti? Onu dahi bilmiyordu. Sabah Miran ile karşılaşmasının ardından akşama kadar söylediklerini ve şu an söyleyeceklerini düşünüp durmuştu. Garip bir şekilde etkileniyordu Miran'dan. Okyanus mavisi gözlerinin etkisi altına, onu gördüğü ilk an girmişti ve gitgide tutuluyordu.

Eve gelir gelmez ilk işi, Miran'ın gece yarısı kendisiyle konuşmak istediğini Havin'e anlatmak olmuştu. Havin zaten bu işe balıklama atlamıştı, Reyyan'dan çok, o iple çekmişti gece olmasını. Şu anda kapıda duruyor ve gözcülük yapıyordu.

Gidebileceği son noktaya kadar gitmiş ve durmuştu Reyyan. Tek tük ağaçların çevrelediği bir alanda, elleri kollarında sağa sola bakınmaya başladı. Görünürlerde hiç kimse yoktu. Miran'ın kendisiyle dalga geçtiğini düşünmüyor değildi. Telaştan üzerine bir şey almayı da unutmuştu üstelik. Artık havalar eskisi gibi sıcak değildi ve esintiden ötürü dudakları titremeye başladı.

Bir anda omzunun üzerine bırakılan hırkadan korkarak döndü arkasını. Miran'ın çarpıcı mavi gözleriyle karşılaştığında onun Azat olmadığına sevinerek derin bir nefes çekti içine. Karşısındaki adam içten bir şekilde gülümsüyordu ve bu gülüş Reyyan'ın kalbine ılık suların akmasına sebep oluyordu. Ne diyeceğini bilemeyerek bekledi.

"Korkutmadım umarım." Konuşmaya başlayan ilk Miran oldu bu sefer. Gözlerini Reyyan'ın üzerinden bir saniye bile ayırmazken, Reyyan başka yerlere bakıyordu. "Hayır, ben de seni bekliyordum," dedi karşısındaki ağaca bakarken.

"Gelmezsin sanıyordum, beni şaşırttın."

Reyyan cevap vermek yerine dudaklarını dişledi. Utangaçlığın elleri boğazına yapışmıştı, nefes bile alamıyordu.

Evet, asla gelmem demişti. Ne olmuştu da, kendini burada bulmuştu bilmiyordu. Miran'ı gördüğünden beri duyduğu heyecanın ve kalp atışlarının normal seyrettiği yoktu. Kafasını kaldırıp Miran'ın gözlerine baktığında kalbi boğazında atıyormuş gibi hissetti. Bu adam heyecandan öldürecek bir güce sahipti. Reyyan'ın aklında bin türlü soru vardı, buraya gelme sebebi biraz da bu yüzdendi. Hepsini sormak ve cevabını almak istiyordu bir an evvel. İstanbul'da yaşayan bir adamın Mardin'de ne işi vardı, neden evlenmek için kendisini seçmişti? Tüm bu soruların cevabı Miran'da idi ancak bu soruları soracak cesaret şu an Reyyan'da değildi. Yine sessizliğine boyun eğiyordu.

"Sevdiğin biri mi var Reyyan?" Aniden gelen bu soru karşısında ne cevap vereceğini bilemedi genç kız. Yoktu ama yine de böylesi bir soruyu beklemiyordu. "Hayır, yok," diyebildi kısık ve düz bir sesle.

Güzel... Bu cevap Miran'ın hoşuna gitmişti.

Reyyan'ın utançtan kızaran yüzüne bakarken dudaklarına arsız bir tebessüm mesken etti. Birkaç adım gerisinde durduğu kızın yanına yaklaştı. Sınırları aşmak eğlenceli olabilirdi. Elini Reyyan'ın çenesine götürerek yüzünü kendisine çevirdi. Reyyan afallayıp kaldığında, Miran yine o anlamsız bakışlarla seyrediyordu yüzünü. Kızın kara gözlerine bakarken, içi tarifsiz bir duyguyla doldu genç adamın. İntikam alma hırsı gitgide çoğalıyordu kararmış gönlünde.

Reyyan'ın yüzü küçüktü, dudakları ve burnu da öyle. Gözleri hepsine nazaran iri iriydi, üstelik öyle keskin ve koyu bakıyordu ki etkilenmemek mümkün değildi. Bu gece karası gözler, Miran'ın en büyük eğlencesi olacaktı. Hafif dalgalı siyah saçları beyaz tenine çok yakışıyordu, tıpkı gecenin koynuna düşmüş, dolunay misali.

Miran, Reyyan'la evlilik kararı aldığında Reyyan'ın onu isteyip istememesinin umurunda olmayacağını düşünmüştü, babasının kanına girmek kafi olacaktı. Öyle ki, Reyyan'la oturup bir kere bile konuşmak istemeyeceğini sanıyordu fakat gitgide bu kızı merak etmeye başlamıştı. Nasıl olsa her şey bir oyundu, kanlı bir oyun, kirli bir oyun... Neden eğlenceli bir hale gelmeyecekti ki?

"Neden benimle evlenmek istiyorsun?" Beklemediği bir soru sormuştu karşısında yaprak gibi titreyen kız. Çalışmadığı yerden çıkan soruyla afalladı genç adam, ne diyecekti ki? "Sen benim intikam oyunumun, en güzel parçasısın," diyemezdi.

"Seninle evlenmek istedim çünkü..." Elini Reyyan'ın çenesinden çekerek arkasında durduğu ağaca hafifçe yaslandı. Yana doğru taranmış gür saçlarına düşen ayın huzmesi görüntüsünü kusursuzlaştırıyordu. Şimdi gülümsüyordu ve Reyyan'ı iyice meraklandırıyordu.

"Benimle evlenmek istedin çünkü?"

Bu soruya verecek bir cevabı yoktu Miran'ın, gülümsemeye devam etti tüm çekiciliğiyle. "Sana âşık oldum," dese fazla mı olurdu? Belki fazla olmazdı ama komik olurdu bu durum Miran için.

"Seni gördüğüm ilk günden beri, hep aklımdasın. Bilirsin babanı da severim." Düşünmeden sarf ettiği bu sözler karşısında Reyyan'ın şaşkınlıkla irileşen gözleriyle karşılaştı. Ne yani, saçma bir cümle mi kurmuştu?

Reyyan neredeyse gülecekti. Hayatında duyduğu en saçma kelimelerdi bunlar. Karşısındaki adam sıradan biri olsaydı Reyyan bu cevabı hiç umursamazdı. Fakat Miran'ın söylediklerini mantığı almıyordu. İstanbullu bir adam, neden Mardin'e gelirdi ki evlenmek için? Çirkin miydi? Hayır değildi, tam tersi, akıl kaybettirecek derece de çekiciydi. Ömür boyu yetecek bir servete sahipti. Tüm bunları düşündüğünde, bu adamın karısı olmak için yetersiz buluyordu kendisini. Başka bir şey olmalıydı, duymak istediği cevap bu değildi Reyyan'ın.

"Pazardan mal mı alıyorsun Miran?" Cümlesinin sonunda adını söylediğinde sanki dili yanmış gibi dudaklarını birbirine bastırdı. İsminde bile tehlikenin kıvılcımları saklıydı. "Evlilikten bahsediyoruz, bir ömür aynı evin içinde, koca bir hayatı paylaşmaktan bahsediyoruz. Sen ise sadece gördüm ve beğendim diyorsun, bu mantıklı bir şey mi?"

Miran afalladı, Reyyan'dan beklemediği bir karşılık almıştı. Bu kız... Fazla sert ve dişliydi, yine de Miran için sadece bir avdan ibaretti. O yüzden Miran mantıklı düşünmeli ve Reyyan'ın tuzak dolu sorularına düşmemeliydi. "Sana ulaşmak için evlilikten başka bir yol var mı?" diye sordu etkileyici olmaya çalışarak. Yoktu, bunu Reyyan da biliyordu.

"Burası İstanbul değil, yoksa ben de isterdim," diye devam etti Miran. "Seni daha önceden tanıyıp seninle güzel zamanlar geçirebilmeyi. Kafanı karıştıran şey her ne ise bilmiyorum, tek bildiğim, aşk sınır veya şehir tanımıyor. İnsan yüreğine söz geçiremiyor."

Reyyan'ın durgun bakışları karşısında gitgide bocalıyordu Miran. Bu kız fazla zekiydi ve ailesinin aksine bir şeyler sezinliyor gibiydi. Miran ne yapıp edip, Reyyan'ın aklındaki soru işaretlerini silmeliydi.

"Bunları söylemek için mi çağırdın yani beni?" Reyyan sert bir ses tonuyla sarf etmişti sözlerini. Ve Miran, aslında hiç etkileyici olamadığını anladı.

"Seni tanımak istediğimi söyledim. Ne bekliyordun?" Yaslandığı ağaçtan doğrularak tekrar Reyyan'a yaklaştı ve elini saçlarına uzattı bu sefer. "Sonuçta sen benim karım olacaksın, değil mi?" Reyyan hemen geri çekilip saçlarına dokunan ellerden kurtuldu. Karım sözcüğü Reyyan'ı bir kere daha afallatmıştı. Kalbine bir bomba düşmüş ve paramparça olmuş gibiydi. Bir kelime nasıl bu kadar çok heyecanlandırabilirdi bir insanı? Garip mi geliyordu yoksa acı mı veriyordu? İstiyor muydu yoksa istemiyor muydu? Duyguları kördüğüm gibiydi, çözülmesi zor ve imkânsızdı.

"Bu benim seçimim değildi." Reyyan bakışlarını hızla yere indirdi bu sözlerinin ardından. "Bana hiç kimse, sen evlenmek istiyor musun diye sormadı."

Miran bundan habersizdi. Bu konuda Reyyan'ın da rızası var sanıyordu. "Bundan haberim yoktu, üzgünüm," dedi yapmacık bir ses tonuyla. Reyyan'ı etkilemenin tam sırasıydı belki de. Risk alıyordu evet, ama kendine güveni çok fazlaydı. "Sen istemiyorsan eğer bu iş olmaz. Zorla güzellik bana yakışmaz. Ama ben, bir şansı hak ettiğimi düşünüyorum." Reyyan ne şansı der gibi baktığında, Miran önemli noktaya değindi. "Yarın akşama kadar düşün. Düşün ve bir karar ver. Beni hâlâ istemezsen, yemin ederim vazgeçeceğim senden."

Reyyan kısa süre duraksadı. "Kararımdan senin nasıl haberin olacak ki?"

"Yarın akşam Gönül'ü konağa yollayacağım, onunla konuşur ve son kararını söylersin."

"Gönül öz kardeşin mi?" diye sordu Reyyan.

Miran tereddütlü bir şekilde kafasını salladı. "Evet. Benden iki yaş küçük."

Reyyan aradan ne kadar zaman geçti bilmiyordu ancak

aklına kapıda dikilen Havin geldiğinde aceleyle kıpırdandı. "Ben artık gideceğim, çok üşüdüm." Genç adam onay verircesine gözkapaklarını yumduğunda Reyyan hiçbir şey söylemeden arkasını döndü ve geldiği yönün aksinde yürümeye başladı.

"Bazı şeyler ömründe bir kere denk gelir insana, ölüm gibi, aşk gibi... Ölümden kaçamazsın fakat aşktan kaçabilirsin. Ve eğer aşktan kaçarsan, bomboş yaşayarak göçersin bu dünyadan."

Miran'ın söylediği cümlelerle Reyyan'ın kanı donmuştu. Duraksadı. Bahsettiği şey, aralarında doğabilecek bir aşk mıydı? Aşk... Başlı başına bir dünyaydı aşk. Gerçek aşkı tadabilen insanlar, şanslı sayılıyorlardı.

Arkasına bakmadan ve cevap vermeden yürümeye devam etti. Konağın giriş kısmına dönmek üzereyken sıkı sıkı sarıldığı hırkanın üzerinde kaldığını fark edince durup geriye baktı ancak Miran yoktu. Omuzlarından hızla çekerek eline aldı ve seri adımlarla konağa yürüdü.

Havin donmuş bir şekilde kapının önünde onu bekliyordu. İkisinin de aklına üzerlerine bir şey almak gelmemişti. Reyyan'ı görür görmez heyecanla ellerini salladı genç kız. Ardından hafifçe araladığı büyük tahta kapıdan içeriye ruh gibi süzüldüler. Merdivenlerden parmak uçlarında çıkarak yakalanmadan odaya girdiler ve derin bir nefes aldılar. Yaptıkları bu iş takdire şayandı. Şayet Azat'a veya Bedirhan'a yakalanmaları durumunda başına gelecekleri düşünmek dahi istemiyorlardı. Reyyan yatağın ucuna oturup avuçları arasında duran hırkaya baktı. Havin dikkat çekmemek için sadece gece lambasını açtı, ardından sandalyeyi çekerek ifadesini almak üzere Reyyan'ın karşısına oturdu.

"Ne konuştunuz?" Merakı Reyyan'ın kıpkırmızı olmuş yanaklarıyla ikiye katlanıyordu.

"Pek bir şey konuşmadık." Sadece elleri arasında duran hırkaya bakıyordu Reyyan. "Çok değişik hissediyorum Havin, adını koyamadığım bir duygu var içimde, hatta kalbimde." Yutkunduktan sonra gözlerini cama çevirdi. "Miran... Değişik bir adam."

Havin şok olmuşçasına dudaklarına kapattı elini. "Âşık olmuş olmayasın?" Reyyan'ın kaşları çatıldı. "Saçmalama Havin, aşk öyle basit bir şey değil, olmamalı. Ben onu tanımıyorum bile."

"Ama amcam tanıyor, hem de uzun zamandır tanıyormuş, söylesene kötü bir adam olsa verir miydi seni? Bilmediği güvenmediği adama..."

"Hep aklındaymışım, öyle dedi." Dudaklarına küçük bir gülücük yerleşmişti Reyyan'ın. Miran'ın sözleriyle dalga geçiyordu ama bir yandan da düşünüyordu. Hoşuna gitmişti galiba...

"Beğenilmeyecek kız değilsin vesselam, Midyat yanıyor senin yüzünden!" Havin'in alaylı ses tonu üzerine kahkahasına mani olamadı Reyyan. Bu gece hiç uykusu yoktu. Nasıl olsun ki, tanımadığı bir adam çıkıp geliyor ve birden hayatının tümü oluyordu. Aklını, fikrini ve en önemlisi kalbini çalıyordu. Aklına geldikçe pır pır ediyordu kalbi, "Karım olacaksın," deyişi beyninde yankılanıp duruyordu her defasında. Miran'ın karşısında istemiyormuş gibi bir profil çiziyordu fakat durum öyle değildi. Bir de yarına kadar düşünme meselesi çıkmıştı başına. Oflayarak elindeki hırkayı yatağın başına doğru attı.

"İstemiyorum dedim Miran'a. Evlenmek istemiyorum dedim."

"Ne? Deli misin kızım sen?" Reyyan, Havin'in abartılı tepkisine gözlerini devirdi. "O da bana, bir şansı hak ettiğini söyledi. Yarına kadar düşünüp kararını ver dedi."

"Reyyan, hayır demeyeceksin değil mi, onu reddetmeyeceksin?"

"Yarın akşam kız kardeşi gelecek buraya. Kararımı sormak için."

"Hayır mı diyeceksin Reyyan?" Karşısındaki kızın ürkmüş gözlerine, öfkeyle baktı Reyyan. "Ne kadar meraklısın evlenip gitmeme!" Eline aldığı yastığı Havin'in kafasına fırlattığında ikisi birden kıkırdamaya başlamıştı.

Uzun uzun sohbet etmişlerdi Havin ile. Neredeyse sabah olmak üzereyken Havin kendi odasına geçmişti. Şafak sökmesine az bir zaman kala kendisini yatağına bıraktı Reyyan. En azından bir iki saat uyumalıydı, ellerinden ayırmadığı hırkanın kokusu burnuna yerleşirken kalbinde bir sızı oluştu. Böyle mi kokuyordu Miran? Böyle güzel mi kokuyordu? Böyle huzur dolu mu?

Gözlerini kapatırken her bir hücresi aynı kelimeyi fısıldıyordu kalbine. *Miran!*

On gün sonra...

"Dilan, etleri buzluktan çıkardın mı?" Fatma bir elinde merdanesi ile hamuru açarken bir yandan da ocağa koşuyor, kaynayan şerbete bakıyordu. "Kız Dilan, nerede bu kız?" Fatma'nın feryadına Havin yetişmişti. Tezgâhın üzerindeki buzu çözülmek üzere olan poşetli eti havaya kaldırarak Fatma'ya gösterdi. "Burada Fatma sultan, telaş yapma. Dilan kapıya bakıyor."

"Biri Dilan mı dedi?" Mutfağa gülümseyerek giren genç

kız üzerine önlüğünü giyerek işe koyuldu. Bugün Reyyan ve Miran arasında söz kesilecekti, bu yüzden konakta hummalı bir telaş vardı. Evdeki bütün kadınlar her bir tarafa dağılmış, harıl harıl hazırlık yapıyorlardı. Reyyan salonu temizlemekle meşgulken Elif'in geldiğini görünce işi bırakarak onunla beraber odasına çıktı.

Elif, Reyyan'ın teyzesinin kızıydı. Aynı zamanda okul arkadaşı, en yakını, sırdaşı. Merdivenlerden çıkarken Elif konağa göz gezdiriyordu. Reyyan, "Teyzem ne zaman gelecek?" diye sorduğunda, Elif bilmem dercesine silkti omuzlarını. "O da evde bir şeyler hazırlıyordu. Gelir birkaç saate."

Elif'le geçen yıl liseden mezun olmuşlardı. Hemen ardından o yıl İstanbul'da üniversiteye başlamıştı Elif. Onun babası kızının omzuna evlilik gibi bir yük bindirmemiş, hayatını eline alma özgürlüğünü sunmuştu. Odaya girdiklerinde Reyyan dolabını açarak giyebileceği kıyafetleri gösterdi Elif'e. Çoğu yeniydi ve doğru düzgün giyilmemişti. Yatağın üzeri komple kıyafetle dolduğunda Elif hangisini seçeceğini bilemedi. Her renkte elbise vardı ve seçim yapması güçleşiyordu. Üstelik Reyyan hepsini güzelce taşıyabiliyordu. Zayıf ve orta boylu bir kızdı fakat görüntüsü çelimsiz durmuyordu, aksine oldukça çekiciydi.

Pudra rengi, tüle benzer bir bluzu ellerine aldı Elif. "Bunu dene Reyyan, altına da düz, dar bir siyah etekle harika olursun bence." Reyyan bluzu Elif'in ellerinden alıp aynada kendi üzerine tuttu. "Evet, olabilir."

Elif, yatağın yanındaki berjere oturup ellerini yüzüne yasladı. "Miran'ı çok merak ediyorum."

Reyyan'ın yüzünde bir tebessüm belirmişti. Miran'ın adı geçtiği zaman içine dolan güzel hislere engel olamıyordu.

Aklına günler öncesi gelmişti. O gün akşama kadar düşünüp durmuştu, hayır demeyi istemişti ama daha birkaç gün önce hayatına girmiş bir adamı kaybetme fikri bir o kadar da korkunç gelmişti. Gönül akşamüstü konağa geldiğinde, karşısında utançtan renkten renge girmişti Reyyan. Üstelik Miran, Gönül ile birlikte kocaman bir gül buketi yollamıştı. Kırmızı güllerin arasındaki notta ise o gece söyledikleri yazıyordu. *"Bazı şeyler ömründe bir kere denk gelir insana, ölüm gibi, aşk gibi..."*

Ve Reyyan aldanmıştı, karşısındaki adamın güçlü çekiciliğine karşı koyamadan kapılmıştı yalan rüzgârına. Oradan oraya savrulacağını bilmeden. Evet demişti, Miran'la evlenmeyi kabul etmişti böylelikle.

Elif işaret parmağını, suçlar gibi Reyyan'ın yüzüne tuttu. "Gülümsedin Reyyan!" Reyyan daha fazla gülümsemeye başladı. Yüreği kıpır kıpırken yüzünün somurtması zıt olurdu. Kimse anlamasın istiyordu ama kendisini ele veriyordu. "Akşam onu gördüğünde, neden gülümsediğimi anlarsın."

***

Reyyan saklandığı kapının ardından dinliyordu konuşulanları. Miran ve ailesi geleli bir saat olmuştu. Salonun bir köşesinde müstakbel kayınvalidesi ve görümcesi Gönül, annesi, yengesi ve teyzesiyle sohbet ederken diğer ucunda Miran, babası ve amcasıyla iş hakkında konuşuyorlardı. Miran'ın da babası yoktu, bu konuda Reyyan ile aynı kaderi paylaşıyorlardı. İkisi de küçük yaşta kaybetmişlerdi babalarını. Fakat Reyyan'ın üvey de olsa küçüklükten beri baba bildiği bir adam vardı başında.

Azat ile Bedirhan ise bir köşede asık suratla oturuyor,

sohbete katılmıyorlardı. Reyyan'a düşen mutfakta beklemek olmuştu. Elif, Havin ve Dilan'la birlikte mutfakta dedikodu yapmaktan sıkılmış ve gizlice salonun kapısının arkasına yerleşmişti, kıpırdamadan içeriye bakıyordu. Aslında baktığı tek bir kişi vardı, o da Miran.

Bu yaşına kadar hep bir erkeğin sevgisinin eksikliğini yaşamıştı Reyyan, babası yoktu, baba sevgisi görmemişti. Aşkla ve evlilikle de ilk defa tanışıyordu, yüreği bu adamı hem garipsiyor hem de istiyordu. Bir an durup hayal etti, onun kendisini çok sevdiğini, deli gibi sevdiğini... Yüreği titredi, bir gün olabilir miydi böyle bir şey?

Kendisini kaptırmış bir şekilde Miran'ı izlerken Azat'la göz göze geldi. Azat, Reyyan'ı fark etmiş ve ters ters bakmaya başlamıştı. Reyyan kapıdan çekilerek hızla mutfağa koştu. Koyu bir sohbete dalmış olan kızlar Reyyan'ın oradan ayrıldığını fark etmemişlerdi. Elif, Reyyan'ı görür görmez gülümsedi. "Nereye gittin sen? Miran'ı çekiştiriyoruz şurada."

"Ne konuşuyorsunuz?" diyerek oturdu yanlarına.

"Diyoruz ki, çok çekici, çok efendi, çok yakışıklı..." Bütün kızlar Reyyan'ın ağzından çıkacak olumlu bir kelimeyi bekliyordu. Olumlu tek bir cümle! Bugün söz kesiliyordu ve artık geri dönüşü yoktu, Reyyan ise ne iyi ne de kötü bir şey söylüyordu. Evet, evliliği kabul etmişti ancak Miran ile ilgili sorulan tüm soruları cevapsız bırakmıştı on gün boyunca. Günlerce düşünüp durmuştu, ne bir daha Miran'ı görmüş ne de o gelmişti. Çünkü Miran sık sık İstanbul'a gitmek durumunda kalıyordu. Bugünden sonra daha sık görüşeceklerdi. Kına ve düğün hazırlıkları başlayacaktı. Reyyan'ın tek dileği bu süreçte Miran'ı biraz daha tanımaktı. Ellerini masaya koyduğunda, "Sadece mutlu olmak istiyorum," diyerek sesli bir şekilde iç geçirdi.

Bedirhan mutfağa kızları çağırmak için geldiğinde söz merasiminin başlayacağını anlamışlardı. Herkes salona geçerken en son Reyyan girmişti kapıdan. İçeriye girer girmez mavi gözlerin tesiri altında kaldı aynı zamanda. Herkes ayağa kalkarak yuvarlak oluşturdu. Havin masanın üzerinde duran söz tepsisini alarak yuvarlak kalabalığa yaklaştı.

Evin büyüğü amcası Cihan Bey'di. Cihan Amca, yüzüklerden biri Miran'ın, diğeri Reyyan'ın parmağına geçtikten sonra, "Hayırlı olsun," diyerek kesti kurdeleyi. Parmağından sarkan kırmızı kurdeleye bakarken heyecandan bayılacak gibiydi Reyyan. Sırasıyla tüm büyüklerin elini öpmüşlerdi. Aradan geçen iki saatte bol bol sohbet edilmiş, yemekler yenmiş, hatta fotoğraflar çekilmişti. Reyyan şimdiden onunla aynı karede nasıl durduğunu merak ederken onu daha şaşırtacak bir sürprizle karşılaşacaktı birazdan. Miran ailesiyle birlikte konaktan ayrılacağı sırada kalabalıktan istifade Reyyan'ın yanına yaklaştı. Reyyan, Miran'ın kendisine yaklaştığını görünce tedirgin oldu. Yanına yaklaşan adam hızla elini tutarak avuçları arasına bir şey yerleştirdi. Ardından yanından uzaklaştı. Reyyan avucunu açtığında küçük bir bellek gördü. Tekrar sımsıkı kapattı avuçlarını. Bunu kendisine neden vermişti, bunun içinde ne vardı?

Miran ve ailesi gittikten bir süre sonra herkes odalarına çekildiğinde, Reyyan da yorgunlukla odasına kaçtı. Karmaşık duygular içerisindeydi. Heyecan, endişe, hüzün ve garip bir mutluluk... Dahası, ellerinin arasındaki bu küçük bellek büyük bir merak duygusu uyandırdı. Üzerini hızla değiştirerek saçlarını tepeden topladı. Bilgisayarını çıkarıp yatağın üzerine bıraktı. Hayatında hiç bu kadar meraklandığını ve heyecanlandığını hatırlamıyordu.

Açtığı bilgisayara belleği yerleştirip açılmasını beklerken nefesini tuttu. Açılan dosyada gördükleri ise büyük bir şaşkınlığa uğratmıştı Reyyan'ı. Ekrandaki resimlere bakarken bine katlanmıştı heyecanı, kalbi göğüskafesini delecekmiş gibi atarken bu resimleri kimin neden çektiğini anlamaya çalışıyordu. Reyyan'a ait birçok resmin bulunduğu bir dosya vardı belleğin içinde. Hepsi de uzaktan çekilmiş, habersiz görüntülerdi. Reyyan hiçbirinde objektife bakmamıştı. Nereden bakılsa son altı aya aitti tüm bu resimler. Fotoğraflarına bakmayı kestiğinde belleğin içinde bir metin dosyası bulup ona tıkladı. Şaşkınlığı katlanarak büyüyordu.

İlk görüşte aşka inanır mısın? Ben seni görene kadar, asla inanmazdım. Fakat senden sonra her şey değişti. Ben değiştim, hayatım değişti. Bir bakmışım, aklımda sen, fikrimde sen. Gecem sen, gündüzüm sen. Sıkılmıştım, hiçbir gecenin sana ulaşmayan sabahlarından... Yorulmuştum, baktığım hiçbir yerde senin olmayışından. Hep acıdı sol yanım, senin sevginin yoksunluğundan. Seni kazıdım yüreğime, bir gün çıkarmadım aklımdan. Aşkın düştü düşeli içime, hep aynı ismi söyledi sevdam. Reyyan, Reyyan, Reyyan... Sen de beni sev güzeller güzeli, uğruna ölsün bu can... Seni seviyorum, seni çok seviyorum! Bu adam sana deli, sana divane!

Bir yerlerde sıkışıp kalmış sevgi eksikliği, ruhunun açlık duyduğu sahiplenilme duygusu ve kalbini saran o sıcacık aşk heyecanı... Benliğini dört bir yandan saran alevlerin büyüsüne teslim olurken kalbinin neden bu denli hızlı attığına bir cevap bulması çok gecikmedi. Sadece etkilenmiyordu bu adamdan, Reyyan gün geçtikçe biraz daha kapılmaya başlıyordu, kim bilir belki de âşık oluyordu! Afallamış ruh halinin yanı sıra içindeki sevinç çoğalıp taşıyordu. Kalbine sığmıyordu mutluluk duygusu. Her şeyin cevabı bu kadar basit miydi yani? Miran kendisine âşık mıydı? Bu yüzden mi onu istemişti, onunla evlenmeyi seçmişti?

Bilgisayarı kapatarak masanın üzerine bıraktı. Ardından dolaba sakladığı hırkayı çıkardı tekrar. Avuçları arasına sıkıştırarak yüzüne bastırdı, kokusunu hapsetti ciğerlerine. Tüm bu soruları Miran'a sormak için sabırsızlanıyordu şimdiden. Kıpır kıpır eden yüreğinin ve dudaklarından eksilmeyen tebessümünün tek bir cevabı vardı. Yüreği teslim olmuştu aşka. Kapılmıştı Miran'ın fırtınasına.

Gençti Reyyan, toydu... Cahil ve fazlasıyla masumdu. Sevgi eksikliği hissettiği için, ona kalbini ilk aralayan, araladığını sandığı adama kapılmıştı. Kendisine oynanan oyundan bihaber, Miran'ın kalbine geri dönüşü imkânsız bir yolculuk yapıyordu... İlki olacak bu adamın, sonu olacağından habersiz bir şekilde...

Bu hırkanın kokusuyla sabahlayacaktı bu gece belki ama evlendikten sonra her gecesi Miran'ın kollarında bu huzur veren kokusuyla geçecekti. Düşüncesi dahi garip bir şekilde tüylerini ürpertiyordu. Gözlerini kapattığında hayalini okyanus bakışlar süsledi. *Aşk mı bu? Aşk böyle bir şey mi?* Dudaklarından dökülen mırıltılar kalbindeki yabancı duyguyla muhakeme içindeydi.

***

Yaslandığı koltukta kollarını birbirine kenetleyen adam, yıldızlı gökyüzünü seyrediyordu. Dudaklarındaki tebessüm aslında nefret doluydu, acı doluydu, intikam doluydu... Nedensiz bir şekilde Reyyan'ı düşünüyordu. Her geçen gün biraz daha amacına ulaşmanın verdiği rahatlıkla içindeki intikam duyguları kabarıyordu. Acı çekmek neymiş gösterecekti, yaşarken ölmek neymiş fazlasıyla tattıracaktı. Günahsız bir canın bedelini acıta acıta alacaktı! Üstelik yine günahsız birinden.

Söz biter bitmez konaktan ayrıldığında parmağına takılan yüzüğü sökercesine çıkarıp cebine atmıştı. İğreniyordu bu aileden ve onlara ait her şeyden. Hatta Reyyan'dan bile! Yaptığı numaradan tiksiniyor, kendisine kızıyordu. Her şey bitene kadar tüm bunlara katlanmak zorundaydı. Sofralarına oturmaktan nefret ediyor, yalandan yüzlerine gülmekten perişan oluyordu. Ancak sabretmek zorundaydı. İntikam günü geldiğinde tüm bunları yapmaktan da kurtulacaktı elbet. Telefonu çaldığında istemsizce koltuktan kalkarak masaya yürüdü. Arayan Arda'ydı. Miran'ın en kadim, tek dostu. "Efendim?"

"Neyin peşindesin?" diyen Arda'nın sesi azarlar tondaydı.

"Reyyan'ın peşindeyim kardeşim, bildiğin bir şeyi neden soruyorsun?" Arda'nın kızgın sesine inat Miran keyifle gülümsüyordu. Balkona çıkarak konuşmasına orada devam etti.

"Fotoğrafları Reyyan'a vermek de nereden çıktı?"

Kolunu balkonun demirine yaslarken yaptığı şeyden büyük bir memnuniyet duyarak sırıtmaya devam etti. "Reyyan'ın kalbini de istiyorum Arda, inan böylesi daha keyif verici olacak!" Oysa buraya gelirken Reyyan'ın umurunda olacağını sanmıyordu. İntikam için Reyyan'ı seçtiğinde uzaktan takip ettirip her adımını fotoğrafa aktarmıştı. Şimdi de bu fotoğrafları Reyyan'a vererek, *aslında hepsini ben çektim* çünkü sana âşıktım mesajını vermeye çalışıyordu. Yalandan aşk itirafını yazarken nasılda eğlenmişti. Reyyan, Miran'ın kendisine âşık olduğunu düşünüp oda kendisini sevsin istiyordu. Amacına ulaşıyordu da.

"Hayatını mahvedeceksin kızın, bari duygularıyla oynama!"

Duygular! Neyden bahsediyordu bu adam? Miran'ın umurunda mı sanıyordu o kızın neler hissettiği veya hissedeceği? Düşmanının kızıydı o, ölüyorum dese bir bardak su vermezdi ona!

"Sakın bir daha bana akıl vermeye kalkışma!" Telefonu Arda'nın yüzüne kapattıktan sonra içeriye girip balkonun kapısını çarptı hiddetle. Gönül yine duramamış ve yapmıştı yapacağını. Şikâyet eder gibi Arda'ya yetiştirmişti olanları. Acımak, merhamet, vicdan. Bu duygular uzun süredir hissetmediği, yabancısı olduğu saçma duygulardı. Kendisi yıllar boyunca acı çekip intikam yeminleriyle uyumuşken, tüm bunlara sebep olan insanları düşünemezdi, düşünmeyecekti de.

***

Pişirdiği kahveleri tepsilere koyduktan sonra mutfaktan çıkıp merdivenlere yöneldi Reyyan. Sözün üzerinden üç gün daha geçmişti. Tam üç gündür kalbine konan kelebeklerin sayısı gökyüzünü arşınlardı. Duygularını sadece Havin'e açmış olsa da evdeki herkes onun bu değişiminin farkındaydı. Yüzünde açan gülleri görmemek imkânsızdı. Bu durum en çok da Zehra Hanım'ı mutlu ediyordu. O anneydi, eğer kızı üzülecek olsa ciğeri parçalanırdı.

Kahveleri yengesine ve annesine verdikten sonra tepsiyi sehpanın üzerine bıraktı, annesinin yanına oturduktan sonra Havin de yorgunluktan bitmiş bir şekilde girdi odaya. "Canım çıktı ya, bu ev temizle temizle bitmiyor."

"Başka işin mi var Havin Hanım? Temizleyeceksin tabii ki." Bunu söyleyen Delal Hanımdı. Havin ve Azat'ın annesi. Havin kendisini yorgunlukla koltuğa bıraktıktan sonra Reyyan'a bakarak güldü. "Reyyan kurtuluyor, kim bilir İstanbul'da nasıl bir hayat bekliyor onu."

"Ev hanımlığı daha yeni başlayacak, ne kurtulması?" Delal Hanım, Havin'in omzuna vurduğunda genç kız acıyla sızlandı. "Ne vuruyorsun anne ya? Bence orada rahat edecek Reyyan."

"İnşallah rahat eder Reyyan'ım, inşallah." Bu temenni dolu dua annesinin dudaklarından dökülürken Reyyan sadece tebessüm etti. Zehra Hanım bitmiş kahve fincanını eğilip sehpanın üzerine bıraktıktan sonra Reyyan'a bakıp gülümsedi. "Yarın Nergis Hanım ve Gönül ile birlikte alışverişe çıkacağız. Alacaklarımızı not edelim de, eksik hiçbir şey kalmasın." Reyyan'ın içi şimdiden kıpır kıpır olmuştu. Acaba Miran da gelir mi diye düşünmeden edemedi. Onu sadece konağa geldiği zamanlarda görmesi, içinde büyük bir özlemin oluşmasına neden oluyordu. Şimdiden özlemeye başlamıştı kalbine mesken kuran bu adamı.

Gece olduğunda içindeki öldüresiye heyecandan ötürü uyuyamamıştı Reyyan. Sabaha kadar uyumak için mücadele verse de mümkün olmamıştı. Sabah olduğunda ise sanki gece boyu uyumayan o değilmiş gibi büyük bir dinçlikle fırlamıştı yatağından. Hazırlanıp konaktan çıktıklarında Nergis Hanım ve Gönül ile çarşıda buluşmuşlardı.

Mardin'de çarşıların altını üstüne getiren kadınlar her

gördüğü dükkâna giriyorlardı. Aldıklarını taşıma görevi de Bedirhan'a düşmüştü. Arabanın bagajı şimdiden alınanlarla dolup taşmıştı. Önce kuyumcuya, ardından kumaş pazarına, mutfak ürünleri satan dükkânlardan, çeyiz dükkânlarına kadar her yeri gezmişlerdi. Keyifli bir gün geçiriyorlardı ama Reyyan'ın ayakları iflas etmek üzereydi. Annesi gördüğü her şeyi Reyyan'a gösteriyor, "Bunu da alalım," diyordu. Parasal yönden hiçbir sıkıntıları yoktu, ne Miran ne de babası düğün masraflarında zorlanacak insanlardı.

Bindallı bakmak üzere girdikleri bir dükkânda Havin kucağını bir sürü kıyafetle doldurmuştu. Reyyan'ın yanında durduğu tezgâhın üzerine attı kıyafetleri. Elini bordo renkte uzun, kolları dantelli bir elbiseye koydu. "Kına için kendime bunu mu alsam?" Reyyan gözlerini kıyafette gezdirdi ancak pek beğenmedi. Havin henüz on yedi yaşındaydı, bu kıyafet yaşına göre fazla abartıydı. "Daha kınaya çok zaman var, başka bir mağazadan bakalım."

"Reyyan bakar mısın?" Gönül askılarda duran bindallılara bakarken Reyyan'ı çağırıyordu yanına. Reyyan yanına giderek Gönül'ün işaret ettiği yere baktı. Yeşil ve hardal sarısı karışımı bir bindallı gösteriyordu. "Bunu denesen, bence çok yakışır sana." Reyyan kafasını hayır anlamında salladı. "Teşekkür ederim ama benim hayalimdeki bindallı kırmızı."

"Kırmızı bakalım o zaman." Parmağını gösterdiği yerden indirip askıdaki kıyafetlere baka baka yürüdü Gönül. Her şey iyi hoştu ama Reyyan çok yorulmuştu, bu yüzden bindallı seçmeye bile dermanı kalmamıştı. Başka zaman bakarım diye düşünürken gözlerinin önüne sokulan kırmızı bindallıya hayretler içinde bakakaldı. Bu tam da hayalini kurduğu gibiydi ve çok güzeldi. Arkasını dönerek kimin uzattığına bakmak istedi. Elinde tuttuğu bindallının ardında kocaman gülümseyen adamı gördüğünde nutku tutuldu.

Gülümsemek bir adama bu kadar mı yakışırdı? Aşk, bir adama bu kadar mı yakışırdı? Bir adam bir kalbe, bu kadar kısa zamanda nasıl bu kadar yakışırdı? İlk defa gülümsüyordu Reyyan, Miran'ın karşısında. Bir elindeki bindallıya, bir de gülümseyen gözlerine baktı. "Miran, sen... Ne zaman geldin?"

Genç adam sorusuna cevap vermek yerine elinde tuttuğu bindallıyı Reyyan'ın üzerine yaklaştırdı. Ardından hafifçe omuzlarından tutarak Reyyan'ı aynaya döndürdü. "Bence bu sana çok yakışacak," derken gülümsemeye devam ediyordu. Reyyan, Miran'ın geleceğinden umudunu kestiği anda çıkıp gelmişti. Şimdi üzerindeki yorgunluğu bile unutmuştu, Miran gezelim dese yorgunluğuna saatlerce katlanabilirdi. Elini bindallıya uzatıp almak istediği sırada gözleri kapıda dikilen Azat'a çevrildi. Reyyan bir eliyle omzundan tutan Miran'a baktı. Bu samimiyet Azat'ı kızdırabilirdi. Belki de çoktan kızdırmıştı. Bunu korkunç bakan kahverengi gözlerinden anlayabiliyordu. Miran'dan uzaklaşmak için adım attı ancak aynı anda Azat da onlara doğru bir adım atmıştı.

4

GELİNLİK

Acı.

Günlerdir sadece mutluluğun hüküm sürdüğü kalbini bugün acı doldurmuştu. İçindeki huzursuzluk, yağan yağmurla birlikte şiddetlenip gök gürültüsüyle birlikte gözyaşlarına dönüşmüştü. Küçüklüğünden beri hep korkmuştu Reyyan gök gürültüsünden. Kim bilir belki de, şimşekler çaktığında odasından korkarak çıkıp babasına sarılamadığı içindi, bu korkuyu hiçbir şekilde yenememişti.

Gökyüzü parçalanırcasına gürlediğinde yatağına girip yorganı kafasına kadar çekti. Eylül ayının son günleriydi ve havalar her gün biraz daha soğuyordu.

Eve gelirken yol boyu ağladığı için, gözleri kıpkırmızı olmuştu. Neden bu kadar çok ağladığını da bilmiyordu aslında, yaşlar gözlerini acıta acıta süzülmüştü pınarlarından. Bu yaşına kadar Azat ile tek bir sorun yaşamamış olan Reyyan, bugün ona çok büyük bir öfke duyuyordu. Azat'ın yaptığı şey, yenilir yutulur cinsten değildi.

Alışverişin sonlarına doğru mağazaya Miran gelmişti ve

sanki Reyyan'ın ne istediğini biliyormuş gibi tam hayal ettiği bindallıyı uzatmıştı ona. Miran'ın her hareketi Reyyan'ı biraz daha çekiyordu kendisine. Görmediği günleri sayacak ve sürekli görmeyi arzulayacak kadar çok istemeye başlamıştı onu. Sevgiye aç kalbi ve aşka olan zayıflığı tehlikeli bir sevdanın kolları arasına sarıyordu onu, üstelik farkında bile değildi. Onun mavi gözlerine baktığı anda ruhu bambaşka duyguların esiri oluyordu.

Azat ise sanki bu büyülü anı bozmaya yemin etmiş gibiydi. Reyyan onu mağazanın girişinde gördüğü anda, tehdit vaat eden bakışlarından anlamıştı bir aksilik çıkaracağını. Yanılmamıştı da. Azat, Miran'ın Reyyan'la samimi oluşunu bahane ederek kavga çıkarmıştı. Sert sözler sarf etmişti öfkeli dudaklarının arasından. Ve Miran yüzünde tek bir kıpırdama olmadan dinlemişti Azat'ı.

Reyyan ikisinin tartışmasını Miran'ın arkasına saklanarak seyretmişti. Korkudan kalbi sıkışmıştı, Azat'ın neden böyle davrandığını anlamıyordu ama anlaması da gerekmiyordu. Azat'tı işte. Canını sıkan bir durum olunca hemen kavgaya başvururdu. Reyyan'ın Miran'ın arkasına saklandığı görünce kolundan tutup çekmeye çalışmıştı, tam o sırada Miran, Reyyan'ı kurtarıp tekrar arkasına almıştı. Bu hareketi Azat'ta nasıl bir öfke uyandırmıştı bilinmez ancak tepkisi Miran'ın suratına yumruk indirmek olmuştu.

Reyyan'ın çığlığı mağazayı doldurunca herkes başlarına toplanmıştı. Annesi, yengesi, kayınvalidesi ve Gönül. Miran'ın dudağı patlamıştı, o anki refleks ile Azat'ı yakasından tutup sarsmıştı ancak sıktığı yumruğunu Azat'ın suratına indirmemişti. Miran, Azat gibi öfkesinin kurbanı olmamıştı. Yine de o anda Miran'ın Azat'a olan bakışı gözlerinin önünden gitmiyordu Reyyan'ın. Çok korkunçtu. Öfkesi sadece bakışlarına yansıdığı halde, tüyler ürperticiydi. Reyyan o an her şeyin bittiğini düşünmüştü. Azat her şeyi mahvetmişti. Söz için takılan yüzükler parmaklardan çıkmış ve her şey yerle bir olmuş gibi hayal etmişti. Böyle olması muhtemeldi zaten. Miran'ın bu yumruk üzerine, bir daha ne kendisini ne de ailesini görmek isteyeceğini düşündü. Azat olay üzerine özür bile dilemeden mağazadan çekip gittiğinde Reyyan da kendisini dışarıya atmıştı.

Sinirleri altüst olmuştu ve akan gözyaşlarını durduramamıştı o an. Hemen arkasından Miran'ın geldiğini görünce gözlerini silmişti. Ne olursa olsun ağladığını Miran'ın görmesi, hoş değildi. Ağlamayı sevmezdi Reyyan. Ağladığını birinin görmesini acizlik sayardı kendisine. Aslında güçlü insanlar ağlamaktan utanmazlardı fakat Reyyan utanıyordu. Miran omzundan tutarak kendisini çevirdiğinde yüzünü yere eğmişti. Kavgayı çıkaran ve yumruğu atan Azat olmasına rağmen Reyyan utançtan ölüyordu. O an Miran, "Artık seni istemiyorum," dese ona hak bile verebilirdi ancak Miran'ın sözleri öyle olmamıştı. "Yüzüme bak Reyyan," demişti elini çenesinden tutup kendisine bakmasını sağlarken. "Ne olursa olsun, bu adam senden asla vazgeçmeyecek!"

Uyumak istiyordu Reyyan. Uyumak ve sanki her şey kötü bir rüyaymış gibi yeniden uyanmak. Olanları yaşanmamış varsaymak. Düşündükçe delirecek gibi oluyordu, Azat hiç bu kadar değersiz olmamıştı gözünde. Aynı evde yaşıyor olmalarına rağmen Azat'ı görmek istemiyordu artık. "Reyyan, kapıyı açar mısın?" Havin'in sesiydi bu. O da abisine fazlasıyla kızmıştı ancak onun ne kadar öfkeli olduğunu bildiği için bu durumu yadsımıyordu. "Konuşalım lütfen. Kapalı kapılar ardına saklanma."

"Uyumak istiyorum Havin, lütfen akşama kadar beni yalnız bırak."

***

Kaldığı otele vardığından beri yediği yumruğu düşünüyordu Miran. Oracıkta Azat'ı linç etmemek için zor tutmuştu kendisini. Şimdi her şey ikiye katlanmıştı, öfkesi, gazabı, kini... Çok az zaman kalmıştı her şeyin bitmesine. Reyyan'la evlendiği gün bu aileye ilk büyük darbesini vuracaktı. Yıllardır aynı şeyin hayalini kuruyordu, Hazar Şanoğlu'nun süründüğünü ve ona yalvardığını... Kaybedecek bir şeyi yoktu ve olabildiğince karartmıştı gözlerini. Neye mal olursa olsun bütün planlarını gerçekleştirecekti. Miran katil olmayacaktı o adam gibi, can almayacaktı fakat zalimliğiyle ciğerlerine kadar yakacaktı herkesi.

Duştan çıktıktan sonra küçük bir yara bandıyla dudağının kenarındaki sıyrığı kapattı. Hâlâ belli olan morluğa aynada bakarken hiddetle mırıldandı. "Piç herif."

Üzerine geçirdiği siyah tişörtün ardından saçlarını havluyla kuruladı. Kapının çaldığını duyunca kapıya giderek elini kulpa bastırdı. Gelen Nergis Hanım'dı. Nergis Hanım, Miran'ın annesi değil, teyzesiydi. Reyyan'ın ailesine annesi diye tanıtmıştı çünkü böyle olması gerekiyordu. Miran'ın annesi de, babası gibi yıllar önce ölmüştü. Acımasız kalbi küçücük yaşta nefretle dolmaya başlamıştı. Nasıl olsa Şanoğlu ailesine tanıttığı Miran, tamamen sahteydi. Teyzesini de annesi gibi göstermekten bir sorun çıkmazdı.

Miran'a küçükken teyzesi bakmıştı. Onun bu yaşına kadar nasıl bir öfkeyle büyüdüğüne, kalbini nasıl kararttığına ve kirli bir oyunun temellerini nasıl hazırlamaya başladığına anbean şahit olmuştu. Herkes gibi o da vazgeçirmek istemişti Miran'ı ama başarılı olamamıştı. Sonuç olarak o da, Miran'ın peşine takılıp buralara kadar gelmişti. Vazgeçiremeyeceğini anlayan herkes gibi ortak olmuştu yeğeninin kötü intikam planlarına. Ama korkmuyor değildi, babasına acımayan bir adam, Miran'a acır mıydı? Miran'ın bu uğurda harcanmasından ölesiye korkuyordu kadın. Miran ona kız kardeşinin emanetiydi. Küçücük bir çocukken hem öksüz hem yetim kalmıştı.

"Vazgeçelim oğlum, gidelim buralardan." Teyzesinin telaşla sarf ettiği bu sözlere Miran sadece histerik bir kahkaha attı, ardından ifadesini ciddileştirerek büyük bir ima ile baktı teyzesinin yüzüne. "Vazgeçmek için yürümedim bunca yolu teyze. Yoluma çıkan ilk pürüzde bırakacak kadar korkak mıyım ben?"

"Atalım sözü, hiçbir şey için geç değil bak, zararın neresinden dönersek kârdır." Az önce söyledikleri hiç tesir etmemiş olacak ki teyzesi inatla vazgeçirme çabaları güdüyordu. Bu da Miran'ı öfkelendirmekten başka işe yaramıyordu.

"Teyze," dedi ve parmağını havaya kaldırarak susturdu çaresiz kadını. "Duymamış olayım bunları!"

Kadın bu konuda ısrarcıydı. Biliyordu, söyledikleri hiçbir işe yaramayacaktı ama yine de bir umut uğraşıyordu. "Ya sana bir şey olursa oğlum, hiç mi acımıyorsun sen kendine? Ya bir şey yaparlarsa sana, görmedin mi Azat ne etti?"

Miran'ın umurunda değildi tüm bu sözler. Ölümcül bir virüs gibi sarmıştı her yanını kötümser duygular. Vazgeçmek söz konusu bile değildi, ucunda ölüm bile olsa vazgeçmeyecekti. Koltuğa doğru yürürken elindeki havluyu hırsla savurdu. "Önce kızını alacağım, sonra neyi var neyi yok hepsini alacağım." Koltuğa oturup ellerini birbirine kenetledi. Kör bir noktaya bakarken bakışları alev almış gibiydi. "Hepsi benim olacak, perişan edeceğim onları!"

Bir hafta sonra...

Birçok sarsıcı gün yitip gitti intikam planı kurulmuş takvimin sarı yapraklarından. Günler su misali akıp giderken içinde büyüyen sıkıntı her gün çoğalıyor, rahat nefes aldırmıyordu Reyyan'a. Alışveriş gününün üzerinden bir hafta geçmişti ancak Miran ve ailesinden bir ses çıkmamıştı. Bütün düşünceleri aynı kapıya çıkıyordu, Miran sözünün arkasında durmamış ve vazgeçmişti...

Miran'ı tanımadan önceki Reyyan olsaydı umurunda olmazdı, Miran yerine bir başka adam olsaydı Azat'ın attığı yumruğu da umursamazdı. Ama durum öyle değildi, kalbi çok acıyordu ve yüzü günlerdir gülmüyordu. Babasına sorduğunda, "Miran'ın işi çıktı, İstanbul'a gitti," demişti. Kaç gün sürerdi ki bir iş meselesi? Arayıp halini hatırını da mı soramazdı?

Ateş bacayı çoktan sarmıştı ancak Reyyan bunu daha yeni idrak ediyordu. Kalbinin o adamı istediğini daha yeni itiraf ediyordu kendine. Neredeyse ağlayacak gibi olmuştu camın pervazında oturup Miran'la buluştukları yeri seyrederken. Onu görmediği günlerde özlemesi canını acıtıyordu. En çok da baktığı zaman tehlikeli bir girdap gibi içine çeken mavi gözlerine hasret duyuyordu. Gelsin karşısına dikilsin, gözlerine bakarken de gülümsesin istiyordu. Çok mu şey istiyordu?

O günden sonra tekrar ağlıyordu. Ağlamayı kendisine yediremeyen gururunu hiçe sayarak üstelik. Yüreğine çöreklenen, adlandıramadığı acı darmaduman ediyordu kendisini. Açılan kapıyla cama doğru dönerek hızla sildi gözyaşlarını. Reyyan ağladığını birilerinin görmesinden nefret ederdi. Duygularını belli edemeyen soğuk duruşlu bir kızdı fakat aslında hiç kimsenin fark edemediği kadar da hassas ve kırılgan bir yapısı vardı.

Havin içeriye girmemişti, kapının önünde dikiliyordu. "Çabuk salona gel, çabuk," diyerek odasından çıktı ve kapıyı örttü. Reyyan ne olduğunu anlayamamıştı ancak toparlanarak odasından çıktı. Merdivenlerden inip salona ulaştığında gözleri parlamıştı sevinçle. Gönül ve Nergis Hanım gelmişti. Üstelik ikisinin de yüzü gülüyordu. Reyyan hızlı bir hareketle yanlarına gitmiş, ikisine de sarılmıştı. Onları karşısında gördüğüne sevinmiş miydi? Hem de çok! Miran'ın ondan vazgeçme düşüncesi aklını yitirmesine neden olacaktı neredeyse.

Annesinin oturduğu koltuğa yürüyüp yanına oturduktan sonra gözlerini Nergis Hanım'a dikti. Hâlâ mahcup hissediyordu onlara karşı. Gönül'ün o günkü öfkesini hatırladığı için onun yüzüne bakamıyordu ancak Gönül hiçbir şey olmamış gibi davranıyordu. Hatta gülümsüyordu bile. Reyyan kadınların sohbetine katılmak yerine susup dinlemeyi tercih etmişti. Aklında sadece Miran vardı, bir tarafı sormak için deli gibi çırpınırken diğer tarafı buna cüret edemiyordu. Acaba dönmüş müydü İstanbul'dan? Gözleri masanın üzerinde duran kutuya takıldığında bakışlarını müstakbel kayınvalidesine çevirdi. "Kutuda ne var?"

Nergis Hanım sevecenlikle gülümsedi. "Aç bakalım, ne varmış."

Koltuktan kalkıp utana sıkıla yanaştı masaya doğru Reyyan. Kutunun üzerindeki paketi sökerken heyecanlanmıştı, ayrıca bütün yüzler gülümseyerek kendisini izlediği için utanmıştı da. Kutunun kapağını kaldırdığında ise büsbütün şok oldu. Muhteşem bir beyaz gelinlik ışıl ışıl parlıyordu tüm güzelliğiyle. Reyyan bir eliyle gelinliği kavrarken şaşkınlıkla Gönül'e baktı.

"Abim almış İstanbul'dan, dönmesine iki gün olduğu halde bekleyemeyip dün sabah kargoyla yolladı. Biliyorum, gelinlik işi onun üzerine vazife değil ama çok beğenmiş."

Miran daha ne kadar heyecanlandırabilirdi ki Reyyan'ı, ne kadar şaşırtabilirdi? Kalbi heyecandan küt küt atarken gelinliği kutudan çıkarıp baktı. Bu zamana kadar nasıl bir gelinlik giymesi gerektiğini hiç hayal etmemişti. Ellerindeki gelinlik, hayal edebileceğinden de güzeldi.

"Dene istersen, eğer olmazsa üzerinde oynamalar yaparız." Bu teklifi bekliyormuş gibi gelinliği hızla kutuya koydu ve kutuyu kucaklayarak salondan çıktı. Giymek için sabırsızlandığı gelinlikle beraber uçarcasına çıkmıştı odasına.

"Giyince bize de göster Reyyan!"

Reyyan, arkasından bağıran Havin'e içten içten gülümserken odasına girmişti. Kutuyu yatağın üzerine koyduktan sonra üzerindeki kıyafetlerden bir çırpıda kurtularak paketin içindeki gelinliğe uzandı. Rengi tam beyaz değildi, kreme yakındı. Bedeninde birçok el emeğinin izleri olduğunu görebiliyordu. Kolları dantelle örtülmüştü ve omuzlarında hafif bir açıklık vardı. Belden aşağısı kabarıktı ve arkası önüne nazaran daha uzundu. Bir çırpıda giydiği gelinlikle aynaya baktığında Reyyan'ın nefesi kesilmişti adeta. Üzerine bu denli oturmasını beklemiyordu. Nutku tutulmuştu. Miran benden vazgeçti diye düşünürken ona bir gelinlik almıştı. Bembeyaz bir gelinlik tüm kötü düşüncelerine bir çizik atmıştı böylelikle.

Duvağını almak için kutuya eğildiğinde içinde bir not buldu. Miran ve notları... Reyyan'ın heyecandan ölmesine sebep oluyordu. *Sana haber vermeden İstanbul'a gittiğim için üzgünüm, umarım bu gelinlik beni sana affettirir, sana çok yakışacağına adım gibi eminim. Aklımdasın, kalbimdesin, yüreğim senin...*

Reyyan içinde esen sevgi fırtınasının şiddetine teslim oldu. Miran'ı tanımadan önce Havin'e, "Aşk bu kadar kolay olamaz," demişti. Oysa kendisi de ilk görüşte kapılmıştı aşka. Kalbi başka, aklı başka, hissettikleri bambaşka! Miran, âşık olduğu adamdı, bundan emindi. Şimdi kendisine kızıyordu, bunca zaman boyunca Miran hakkında yanlış şeyler düşündüğü için. Elindeki notu kalbinin üzerine bastırdı yüreğinden kopup gelen bir heyecanla. Kapıldığı aşk rüzgârında savrulurken onun dili de aynı şeyleri söylüyordu. *"Yüreğim senin..."*

Saçlarını arkasına toplayarak duvağı tepesine özensizce tutturdu. Gelinlik çok güzeldi, âşık olmak çok güzeldi, Miran çok güzel bir adamdı... Duvağı gelişigüzel yatağın üzerine bıraktıktan sonra kadınlara gelinliğini göstermek için odasından çıktı. Salondan içeriye adım attığı anda bütün gözler ona çevrildi. Göz kamaştıran gelinlik, Reyyan'ın doğal güzelliğiyle birleşince ortaya enfes bir manzara çıkmıştı. Gelinlik içindeki kızına hayranlıkla bakarken annesinin gözleri doluvermişti.

"Maşallah kızım, çok yakışmış." Nergis Hanım'ın dilinden zoraki döküldü bu kelimeler. Vicdanı sızım sızım sızlıyordu Reyyan tebessüm ederken. Bilseydi ki bu gelinlik sonu olacak, hiç giyer miydi?

"Tam da üzerine göre olmuş Reyyan, Miran hem zevkli hem de dikkatliymiş." Yengesi, gelinliği büyük bir beğeniyle süzdükten sonra Havin'e çevirdi bakışlarını. "Darısı sana Havin." Bütün kadınlar gülerken Havin kıpkırmızı olmuştu. Annesinin şaka maksatlı söylediğini biliyordu ama yine de utanmıştı. Havin'in yaşı, Reyyan'a göre küçük sayılırdı.

"Beğenmediğin, değiştirmek istediğin bir kısmı var mı Reyyan?"

Reyyan, Gönül'e bakarken elleriyle sarmıştı üzerine tam oturan gelinliği. O gelinliğin bu halini çok sevmişti ve en ufak bir değişiklik istemiyordu. Gönül, elindeki kahvesini sehpaya bırakıp tekrar Reyyan'a döndü ve gülümsedi belli belirsiz. "Müjdemi isterim, akşama abim geliyormuş, hasret bitti."

Reyyan duyduğu sözlerle mutluluktan uçacak gibi oldu. Bir günde iki mutluluk yaşıyordu. Günlerdir döktüğü gözyaşları boşunaydı. Miran vazgeçecek, bu söz bozulacak diye ödü kopmuştu fakat tüm korkularının yersiz olduğunu fark etti ve içini huzurla doldurdu. Akşam Miran buraya mı geliyordu? Onu görecek olmanın verdiği heyecanla kalbi sevinç naraları atmaya başlamıştı bile.

***

Akşam olduğunda Şanoğlu erkekleri eve dönmüşlerdi. Avludaki büyük masaya sofra kurulmuştu. Tek eksik Miran'dı, o da geldikten sonra birlikte akşam yemeği yiyeceklerdi. Kapı çaldığında Bedirhan kapıyı açtı, gelenin Miran olduğunu gören Azat üzerini değiştirme bahanesiyle odasına çıktı. Miran'dan zerre hoşlanmıyordu. Gördüğü ilk günden bu yana içi hiç ısınmamıştı. Mağazada attığı yumrukla bunu belli etmiş, savaş bayraklarını çekmişti adeta. Reyyan merdiven basamaklarındayken görmüştü Miran'ı, gözlerine uzun uzun bakıp günlerdir görmediği adama bakışlarıyla sarılmıştı. Sanki görmediği her gün biraz daha güzelleşiyor, gözleri daha bir güzel bakıyordu. Yanına gidip ona sarılmak, âşık olduğu kokusunu içine çekmek istiyordu. Miran da Reyyan'ı gördüğünde yüzüne yerleşen tebessüme engel olamadı. Kimse görmeden göz kırptığında Reyyan'ın gönlü bayram yerine dönmüştü.

Evlilik yaklaştıkça Miran'ın sabırsızlığı katlanıyordu. İşini ve şirketini bahane ederek İstanbul'a gitmişti ama durum öyle değildi. Her zamanki gibi ustaca söylediği yalanlardan biriydi bu da. Şimdiden yapacağı sahte evliliğin hazırlığına girişmişti, teyzesini ve Gönül'ü Mardin'de bırakarak bir haftalığına İstanbul'da kalmıştı.

Selamlaşma faslı bittikten sonra herkes yemek masasındaki yerini aldı. Bütün yüzler gülümsüyordu, bir kişi hariç. Azat, Miran'ı gözlerine hapsetmiş, ona duyduğu kinin ardına saklamıştı. Bir gözü devamlı Reyyan'ın üzerindeydi. Kızın ara sıra gözlerini Miran'a kaçırıp gülümsediğini gördükçe sebebini bilmediği bir şekilde sinirleri harap oluyordu Azat'ın. Yemekler yendikten sonra Havin ile Dilan masayı hızla topladı. Herkes salondaki yerlerini aldığında, Reyyan'ın yaptığı kahveler yudumlanmaya başladı. Miran ve Reyyan'ın babası İstanbul'daki işler hakkında konuşuyorlardı. Reyyan geçip bir köşeye oturduktan sonra sessizce onları dinlemeye başladı.

Haline bakılırsa babası Miran'dan çok memnundu. Reyyan'a olabilecek en iyi damat adayını seçmişti neticede. Üvey kızına karşı son babalık görevini layıkıyla yerine getirdiğine inanıyordu. Miran mükemmel bir gençti, Reyyan her halükarda mutlu olacaktı. Miran kahveyi önündeki sehpaya bıraktığında esas konuyu açtı herkese. Bir an önce bu evliliğin olmasını istiyordu. Gözleri Reyyan'ın babasındaydı. Ne de olsa onun izni olması gerekiyordu. "Düğün için hiçbir eksiğimiz yok, bu ayın içinde yapabiliriz, siz ne diyorsunuz?"

Hazar Bey hafifçe astı suratını. Biraz düşünüyormuş gibi yapıp Miran'ın tansiyonunu ölçtü. Miran'ın yüzünün değiştiğini, endişelendiğini fark edince gülümsedi. Gözlerini karısına çevirdi, sanki Zehra Hanım'ın gözlerinde, nişanlılık döneminin biraz daha uzamasını istiyormuş gibi bir ifade vardı. Ne de olsa Reyyan memleketin diğer ucuna gelin gidecekti. Bir anne için en zor şeylerden biriydi bu. Fakat Miran'ın İstanbul'daki işlerinin aksadığının farkındaydı. Onun teklifine evet demekten başka bir yol yoktu. "Uygundur oğlum, hazırlıklara başlayabiliriz," dedi memleket aksanıyla.

Reyyan'ın babasından onayı alan Miran keyiflenmişti. Reyyan'ın ise boğazına bir yumru oturmuştu adeta. Bugün zaten ayın altısıydı. Önündeki yirmi dört günlük zaman diliminde evlenmiş olacağını düşününce ister istemez kötü olmuştu. Miran'la tanışalı henüz bir ay olmamıştı bile. Neredeyse iki aydan kısa bir zaman dilimi içerisinde evlenmiş olacaklardı. Bu süre Reyyan'a çok kısa geliyordu. Henüz tam anlamıyla hazır değildi evliliğe. Bambaşka bir şehirde, bambaşka bir evde, bambaşka bir dünyanın kucağında, yepyeni bir hayata başlayacaktı. Bu düşünce tüylerini ürpertiyordu.

Annesini istediği zaman göremeyecek, Havin'le saatlerini geçiremeyecek, Bedirhan'a hasret yaşayacaktı. Derin bir nefes aldı, bunun da altından kalkabilirdi. Gözlerini yerden kaldırıp Miran'a baktığında yine kesişmişti bakışları. Miran zaten kaçamak bakışlarla süzüyordu Reyyan'ı. Gözleri tekrar Hazar Bey'e çevrildi. "O zaman nikâh tarihini alalım, bir an önce onu da halletsek iyi olur."

Hazar Bey ağır bir hareketle salladı başını. Nikâh için belediyeden bir an önce gün alınması gerekiyordu. "Yarın gelip Reyyan'ı alabilirsin."

Genç adamın gözleri sahte bir heyecanla parladı. Ne söylerse söylesin, bu adamın hemen onay vermesi onu şaşırtıyordu. Ve bu şekilde eğlenceli olmuyordu. Bu oyunun çok basit yürümesi Miran'ı işkillendirse de Reyyan'ın bu adamın öz kızı olmama ihtimali aklının köşesinden bile geçmiyordu. "Merak etmeyin," dedi ve gözlerini Reyyan'a çevirdi. "Yarın sabah burada olacağım."

"Yalnız olmayın." Hazar Bey'in uyarı dolu nidasına Miran gülümsedi. "Merak etmeyin efendim, annem yanımızda olur." Nergis Hanım onay verircesine başını salladı o an. Planları sorunsuzca işliyordu Miran'ın. Bakışlarını tekrar Reyyan'a çevirdi. Bulduğu her fırsatı Reyyan'a bakarak değerlendiriyordu genç adam. Onun kendisine sevgiyle bakan gözlerini gördükçe deli oluyordu. Sadece hayatını çalmakla çalmamış, masum kalbini de ele geçirmişti. Sadece yarını beklemek ve nikâh tarihini almak kalmıştı. Ve düğün için geri sayımı başlatmak...

Geçen saatlerin eşliğinde koyu sohbetler edilmişti. Miran her şeyi öylesine mükemmel planlamıştı ki kimse ondan şüphe etmiyordu. Annesi olarak teyzesini tanıtmış, sahte hayat hikâyesini mümkün olduğunca gerçekmiş gibi dillendirmişti. Yüzündeki masum duruş ve temiz görünümüyle kimse ondan en ufak bir şüphe duymuyordu. Azat dışında.

Miran, "Geç oldu, artık kalkalım," dedikten sonra Hazar Bey'in de müsaadesiyle kalktı oturduğu koltuktan. Reyyan da Gönül ve Nergis Hanım ile vedalaşmak için yerinden kalkmıştı. Konağın tahta kapısı büyük bir gürültüyle açılırken son kez Miran'la göz göze gelmenin verdiği mutlulukla gülümsedi genç kadın. Huzurla uyuyacaktı bu gece, yarın onu görecek ve onunla olacaktı.

***

Bugün kirli vuslata ilk adım atılacaktı. Miran çok sevdiği(!) kıza kavuşacak, Reyyan âşık olduğu adamla mutlu bir ömrün temellerini atacaktı. Genç adam sabahın erken saatlerinde kalktı. Birkaç saat sonra Reyyan'ı almak için otelden çıkacaktı. Buz mavisi, dar bir spor gömleğinin altına kot pantolon giymişti. Oldu olası spor giyinmeyi severdi. Takım elbiselerin içinde rahat edemez, özellikle kravattan nefret ederdi. Ayna karşısında düğmelerini ilikledikten sonra saçlarını her zamanki gibi yana doğru taradı. Sessizce onu izleyen Gönül gülümsüyordu. "Yine harikasın." Miran aynanın aksinden Gönül'e tebessüm etti.

"Hazırsan çıkalım mı?"

Gönül, "Hazırım, çıkalım," dedikten sonra kaldıkları otelden ayrılıp dışarı çıktılar. Bugün özellikle Gönül gelmek istemişti yanlarında. Miran, teyzesinin, yani annesinin rahatsız olduğunu söyleyecekti. Arabaya binip konağa doğru yol aldılar. Miran, Reyyan'ı almak için sabırsızlanıyordu. Gönül'e belli etmemeye çalışsa da Reyyan'ın yanında olması hoşuna gidiyordu. Arabasını son hızla konağa doğru sürdü. Orada da ona kavuşmak için sabırsızlıkla bekleyen bir kız vardı. Reyyan iki saatten beri hazır bekliyor, gözünü camdan ayırmıyordu.

Genç adam konağa geldiğinde arabasını yolun karşısına bıraktı. Emniyet kemerlerini çıkarırken son bir kez Gönül'ü uyarma ihtiyacı hissetti. "Dikkatli ol," dedi arabadan inerken, onay almak ister gibi Gönül'e baktığında, genç kadın kafasını salladı. Reyyan da camdan onları gördüğünde çantasını alarak aşağıya inmişti. Konağın kapısına geldiklerinde, Zehra Hanım açmıştı kapıyı.

"Hoş geldiniz," diyerek gülümsedi kadın.

"Hoş buldum Zehra Anne, nasılsın?"

Gönül, Miran'ın bu kadına anne deyişine sinir olmuş gibi baktı. Yüzünde kimsenin anlayamayacağı bir alay vardı. Zehra Hanım, "İyiyim oğlum, teşekkür ederim," dediğinde Miran kibarca gülümsemişti. Zehra Hanım da seviyordu Miran'ı. Onu tanıyan birinin sevmemesi mümkün değildi zaten. Adamın dış görünüşünde hiçbir iticilik yoktu. Tam tersi şeytan tüyü denen şeyden vardı, kısa zamanda kendisini sevdiremeyeceği bir insan yoktu. O gün Azat'tan yumruk yediği halde sesini çıkarmadığında bir kere daha kanıtlamıştı Reyyan'a olan sevgisini ve bu aileye duyduğu saygısını. Zehra Hanım böyle düşünüyordu. Gerçekleri bilmemek ne kötü şeydi...

Miran, Reyyan'ın annesiyle sohbet ederken Gönül konağı inceliyordu hayranlıkla. Taş mimarinin her bir köşesi tarih kokuyordu adeta. Konak eski ama yapı olarak çok sağlamdı. Avluda birbirini destekleyen birçok sütun yan yana dizilmişti. Giriş kapıları dilimli kemerlerle ve üst kısımları çift renkli taş işçiliğiyle zenginleştirilmişti. Üst katı birçok odaya sahipti ve çok büyüktü. Etrafa bakarken Reyyan'ı gördü merdivenlerin sonunda. Sanki yanlarına gelmek için bir atak bekliyor gibiydi. Gönül, Reyyan'ın bu sakin duruşuna acımıştı. Miran bu kızı kötü harcayacaktı. "Gelsene Reyyan."

Reyyan kalan adımları tüketerek yanlarına geldiğinde heyecanla tebessüm etti. "Hazırsan çıkalım mı?" diye sordu Gönül.

"Hazırım," dedi Reyyan. "Nergis Anne neden gelmedi?"

"O biraz rahatsız, yedikleri dokunmuş galiba, size ben eşlik edeceğim," diyerek yalandan gülümsedi Gönül.

Miran, Reyyan'ı almıştı sonunda. Hep birlikte evdekilere veda ederek konak kapısından çıktılar. İnce bir hareketle arabasının ön kapısını Reyyan'a açtı, bu kibar halleri ne de yakışmıştı ona. Gönül, Miran'ı tanıdığı için bu hallerine göz devirmeden edemiyordu.

Araba çalıştığında Reyyan heyecandan nefesini tutmuştu, aslında başını Miran'a çevirip ona bakmak istedi ancak utandığı için dışarıyı izlemekle yetindi. Kimseden de ses çıkmıyordu zaten, sessiz olmak en iyisiydi. On dakika kadar yol almışlardı. Reyyan yabancısı olmadığı Midyat manzarasını seyrettiği sırada yanağında bir dokunuş hissetti. Miran durmuyordu, anlaşılan gün boyu Reyyan'a eziyet edecekti. Reyyan zaten heyecandan kusacak veya bayılacakmış gibiydi. Kafasını çevirdiğinde Miran'ın yakışıklı gülümsemesiyle kendisine baktığını gördü. Reyyan da gülümsedi.

"Sana daha önce, çok güzel olduğunu söylemiş miydim?" Beklemediği iltifat karşısında dudaklarını ısırdı Reyyan. Miran böyle şeyler söylemese daha iyiydi, utanç vermekten başka bir şey yapmıyordu. Kısık ve çekingen bir ses tonuyla, "Teşekkür ederim," diyerek kafasını tekrar cama çevirdi Reyyan. İçinden, sesi titrediği için kendine kızıyordu.

Arka koltukta oturan Gönül, Reyyan'ı rahatlatmaya çalıştı. Aslında bunu neden yaptığını da bilmiyordu. Sadece müdahale etme gereği duyuyordu. "Reyyan, rahat ol canım, yoksa birbirimize nasıl alışacağız?" dedi elini genç kızın omzuna koyarken. Tebessüm ederek Gönül'e baktı Reyyan. Hiçbir şey söylemeden tekrar kafasını cama çevirdi. Yolları seyrede seyrede merkeze geldiklerinde Miran arabayı durdurdu. Nikâh dairesine gidip gün alacaktı, bakışlarını yanında ürkekçe oturan kıza çevirip gülümsedi. "Hadi, gel benimle."

Miran kapıyı açıp arabadan indiğinde, Reyyan onun gelip kapıyı açmasını beklemeden çıkmıştı arabadan. Miran'ın kendisine sürekli gülümsemesini gördükçe kalbi küçük bir çocuğunki gibi yerinde duramıyordu. Miran'ın yanına yürüdükten sonra, gözleri ona uzanan ele takılmıştı. Miran ona elini uzatıyordu. Reyyan bir süre Miran'ın eline baktı sadece. Tutup tutmamak arasında kararsız kalmıştı. Günler sonra bu adamın karısı olacaktı ama hâlâ utanıyordu. Ayrıca bir yerlerden Azat'ın çıkıp bu tabloya ani bir dalış yaptığını düşününce hepten çekiniyordu. Miran ise uzattığı ele inatla karşılık bekliyordu. "Şey, tutmasam olmaz mı? Bizim buralar..." Sanki Miran onu duymuyormuş gibi yaparak uzanıp elini tuttuğunda Reyyan sözlerinin devamını yutmak zorunda kaldı. Bu adamın sınırları yoktu.

Binaya doğru yürürlerken gözucuyla Miran'a bakmıştı. Yüzünde garip bir ifade vardı bu adamın. Reyyan onu sanki yıllardır tanıyormuş gibi hissediyordu, bazen de öyle bir bakış yakalıyordu ki gözlerinde, sanki ilk defa tanıyormuş gibi, hiç tanımamış gibi. Miran'ın sımsıkı kavradığı eline baktı. Reyyan, bu eli tuttuğu anda utancından öleceğini sanmıştı ama öyle olmamıştı. Elleri bile tanıdıktı adamın. Ruhunun derinliklerine büyülü bir sıcaklık yayılmıştı. "Kimliğini ver Reyyan, ben halledeceğim." Bu cümleyle düşüncelerinden sıyrıldı. Öyle dalgın yürüyordu ki, Miran ona seslendiğinde anlamıştı geldiklerini. Birazdan, evlilik için ilk resmi adım atılmış olacaktı.

Reyyan çantasından çıkardığı kimliği Miran'a verdikten sonra genç adam tuttuğu eli yavaşça bırakıp oradan uzaklaştı. Önünde durduğu odadan içeriye girdiğinde Reyyan da oturaklardan birine oturdu. Ne garipti ki, doğup büyüdüğü topraklarda alacağı nefes bile az kalmıştı. Oysa küçükken, büyüdüğünde hep Mardin'de yaşayacağını hayal ederdi. Bu şehirde uyuyacağı sayılı günler, sayılı saatler kalmıştı.

Miran içeriden çıktığında Reyyan da oturduğu yerden kalktı. Yanına gülümseyerek yaklaşan Miran'a merakla baktı. "On beş gün sonra," dedi ve Reyyan'ın elini tutarak kimliği avuçlarına bıraktı. "Benim olacaksın."

"O kadar çabuk mu?" Şaşkınlığın el verdiği kadarıyla konuşabilmişti. Miran, Reyyan'ın bu tepkisi karşısında her zamanki gibi gülümsedi. Şüphesiz bu oyun bittikten sonra uzunca bir müddet gülmek istemeyecekti. Yirmi altı yıllık ömrü boyunca gülümsemediği kadar gülümsemişti. Sırf yalandan, sırf oyundan...

Binadan çıkıp tekrar arabaya geldiklerinde Reyyan yine Miran'a fırsat vermeden kapıyı kendi açıp oturmuştu. Miran'ın yüzünden sahte tebessümleri eksik olmuyordu. Bir zorluğu daha halletmiş, bir engeli daha ortadan kaldırmıştı. Dikiz aynasından Gönül'e bakarak, "Resmi nikâh işi de tamamdır," dedi. O bakışlardaki ve sözlerdeki imayı zavallı Reyyan bir türlü anlamıyordu. Miran arabayı çalıştırıp çarşı yönüne doğru sürmeye başladı. Reyyan konağa dönmediklerini anlayınca merakına yenilerek, "Nereye gidiyoruz?" diye sordu.

Miran, "Gidince görürsün," diyerek göz kırptı. Reyyan da bir şey demeden kafasını cama çevirdi. Her şey çok güzeldi, bir de utancını yenebilse daha güzel olacaktı. Çok fazla çekindiği için dile getirmek istediği birçok cümleyi daha söyleyemeden yok ediyordu. Çarşı bugün her zamankinden daha kalabalıktı. Otoparkın önüne geldiklerinde Miran içeriye girdi. Hep birlikte arabadan indiklerinde Reyyan bir adım geride durmuştu. Nereye gittiklerini merak etse de soru sormuyordu.

Miran önden yürürken Gönül ile Reyyan bir adım geriden onu takip ediyorlardı. Reyyan'ın ayağı takılıp düşse yeriydi çünkü gözlerini Miran'ın üzerinden ayırmıyordu. Gözüne hoş gözüküyordu her şeyi. Yürüyüşü, bakışı, gülüşü, bir de elini tutuşu...

"Buralar çok güzel," diye mırıldandı Gönül, etrafı seyrederken. Tüm yapıların taştan olması çok ilgi çekici geliyordu göze. En çok da telkâri dükkânları sevmişti. Dar sokaklar ve dağınık yerleşmiş evler bile hoştu. Bir de bu dar sokaklardan geçen eşekler vardı. En çok buna şaşırmıştı. Evet, Mardin'de eşeğe binerek bir yerlere gitmeye çalışan birçok insan vardı. "Adamlar neden eşeğe biniyorlar? Çok mu fakirler?" Gönül'ün sorusuna Reyyan içten bir şekilde gülümsedi. Bu, oraları görmeyen bir insanın sorabileceği sıradan bir soru olsa da, Reyyan komik bulmuştu.

"Çünkü Mardin'de bazı sokaklar, arabaların giremeyeceği kadar dardır. Bu yüzden eşeğe biniyorlar."

Gönül anlamışçasına kafasını salladı. Gözleri sıra sıra dizilmiş dükkânları büyük bir beğeniyle süzüyordu. "Hayran kaldım doğrusu, Mardin'i bu kadar beğeneceğimi hiç düşünmezdim."

Reyyan'ın kaşları hafifçe çatıldı Gönül'ün sözleriyle. "İlk defa mı Mardin'e geliyorsun?" diye sordu. Sonuçta Miran'ın annesi aslen Mardinliydi. Sadece küçüklüklerinde ayrılmışlardı bu şehirden. Gönül, kırdığı potu fark edince kızarmaya başladı, özellikle Reyyan yüzüne ciddi bir ifadeyle bakınca ne diyeceğini bilemedi. "Şey, yani buradan ayrıldığımızda ben daha doğmamıştım, küçükken çok gelmişiz ama ben pek bir şey hatırlamıyorum."

"Anladım." Reyyan üstelemek istemese de bu durumu çok garipsemişti. Miran'ın Mardin'in her yerini biliyor oluşuyla, kız kardeşinin Mardin'e dair hiçbir şey bilmiyor oluşu fazla tuhaftı. Yine de bozuntuya vermeyerek tebessüm etti. Derin bir nefes aldı Gönül. Az kalsın bir çuval inciri berbat edecekti.

"Mardin'den ayrılmak benim için çok zor olacak," dedi Reyyan hüzünlü bir sesle. "Bu duruma nasıl alışacağım bilmiyorum."

"Alışacaksın bir şekilde. İstanbul'da yeni bir hayata başlayacaksın ve mutlu olacaksın." Söylediği yalana kendisi inanmazken başkasını inandırmaya çalışmak ne kadar saçmaydı.

Gönül'le konuşmaktan nereye geldiklerini fark etmemişti. Önünde durdukları mağazaya bakınca korkuyla yutkundu Reyyan. Tekrar ne işleri vardı burada? Miran mağazadan içeriye girerken Reyyan kapının önünde durup kalmıştı. Gönül, Reyyan'ın omzuna dokunarak dikkatini kendisine çekti. "Gelsene."

"Neden geldik ki buraya?"

Gönül belli belirsiz gülümsedi. "Çok komiksin Reyyan,

hadi içeriye girelim." Gönül mağazaya girerken Reyyan da arkasından girdi. Miran kasadaydı, hesap kartını cüzdanına koyduktan sonra kendisine uzatılan büyük kutuyu alarak yanlarına yaklaştı. Reyyan'ın kendisine şaşkın şaşkın bakan yüzüne aldırmadan elindeki kutuyu Reyyan'a uzattı. Reyyan kutuyu alır almaz içine bakmıştı. İçindeki bindallıyı görünce kocaman gülümsedi. Nedense bir an olanları hatırlayarak korkmuş, aklına Azat'ı getirmişti. Neyse ki korktuğu şeyler olmuyordu. Miran o gün alışverişte alamadıkları bindallıyı bugün almıştı. Reyyan ise bunun çoktan satılacağını düşünüp vazgeçmişti. Şimdi ise ellerinin arasında duruyordu. "Teşekkür ederim, gerçekten."

"Ne sandın, sen beğeneceksin de ben almayacak mıyım?"

Reyyan mutlulukla gülümsedi. "Ben bunu alamayacağımızı düşünmüştüm."

"Yanlış düşünmüşsün demek ki." Miran'ın her konuşmasının sonuna tebessüm ekleyip gözlerine yerleştirdiği yalancı aşkla bakışı, Reyyan'ın sol yanında devrimler yapıyordu. Bu kızı, bu kadar kısa sürede böyle çabuk etkileyeceğini hiç düşünmemişti.

Mağazadan çıktıklarında yemek yemek için bir restorana oturdular. Miran'la Reyyan yan yana otururken Gönül karşılarına oturmuştu. Yemekler geldiğinde Reyyan sıkıntıyla tabağını karıştırmaya başladı. Miran'ın aldığı soluğu hemen yanında hissederken, heyecandan nefes bile alamıyordu. Evliliğe nasıl alışacaktı?

Kafasını çevirip dışarıya baktı. Hava gittikçe bozuyor, gökyüzü sanki yağmuru davet ediyordu. "Beğenmedin mi?" diye sordu Miran. Reyyan bakışlarını ona çevirip gülümseyerek, "Çok aç değilim," dedi ve hemen tabağına bakmaya başladı. Birazdan karnının guruldamasından korktu ama neyse ki öyle bir şey olmadı. Fazlasıyla açtı ama karnındaki kelebekler yemek yemesine müsaade etmiyordu. Yanındaki adamın mavi gözlerine ne zaman baksa kendisini kaybedecek gibi hissediyordu çünkü.

Miran da Reyyan'a bakmaktan yiyemiyordu yemeğini. Reyyan çok güzeldi, çok çekiciydi, eşsizdi... En önemlisi, dokunulmayacak kadar masumdu. Tüm bunlar genç adamı fazlasıyla kışkırtıyordu.

Yemek bittiğinde hesabı istedi Miran. Pos cihazıyla gelen garsona hesabı ödedikten sonra lokantadan ayrıldılar. Vakit çabuk geçmişti, çok çabuk akşam oluvermişti. İçinden Reyyan'ı eve bırakmak gelmiyordu ama istikamet konaktı. Düğüne sayılı günler kalmıştı, bunu düşünerek kendisini rahatlatmaya çalıştı Miran.

Araba konağın önünde durduğunda hava kararmak üzereydi. Emniyet kemerini çıkarırken Gönül'e baktı Miran. "Sen arabada bekle, ben Reyyan'ı bırakıp geleceğim," dedikten sonra indi arabadan. Reyyan da Miran'ın ardından inmişti.

Gönül'e el sallayarak gülümsedi. Yolun karşısına geçerek konağın kapısına geldiler, çok fazla konuşmayıp bol bol utanmış olsa da sevdiği adamı çokça izleme fırsatı bulan Reyyan mutluydu. Her hareketi, her sözü kalbine saplanan bir hançer gibiydi. Onu her şeyiyle çok sevmiş ve kalbinin kapılarını sonuna dek açmıştı. Onunla geçirdiği her vakitte daha çok kapılıyordu tehlikeli rüzgârına.

Miran kapıyı çalıp kenara çekildikten sonra Reyyan'a yaklaştı. Reyyan'ın şaşırmasına bile fırsat vermeden eliyle kafasından tutarak dudaklarını saçlarına bastırdı. İlk defa içine çekiyordu bu saçların kokusunu. Nasıl böyle güzel kokabiliyordu? Miran, "Her gün bu kokuyla uyumak istiyorum," diye fısıldadı Reyyan'ın kulağına. İki eliyle genç kadının yüzünü avuçlarına hapsetti.

Kapı açılır açılmaz kimse görmeden geri çekildi. Reyyan ise neredeyse düşüp bayılacaktı, cevap vermeye bile fırsat bulamamıştı. Her temasta biraz daha alışacağını sanırken, çıldırıyordu kalbi onun dokunuşunda. Kapıyı açan Dilan'dı, nişanlı çifti görünce gülümsedi. Reyyan kapıdan içeriye girince geriye dönerek kızarmış yanaklarıyla baktı Miran'a. "Sen gelmiyor musun?"

"Hayır." Kafasını salladı. "Gönül'ü yalnız bırakmayayım, sonra görüşürüz."

Reyyan başını salladı. Ardından Miran'a gülümseyerek kapıyı örtmek üzere tokmağından tuttu. "Görüşürüz."

"Selam söyle herkese," diyen genç adam arkasını dönüp yürümeye başladı. Kapanan kapının sesiyle dudakları yana kıvrıldı. Maskesi düşmüş, tebessüm dudaklarından yok olmuş, gözlerine korkunç bir ifade inmişti. Gerçek Miran olmuştu anında. Bu aileyi ve Reyyan'ı kandırdığı her gün biraz daha mest oluyordu acımasız kalbi.

Her şey mükemmel gidiyordu, her şey kusursuzdu. Tam da istediği gibi işliyordu zalim oyunu. Tüm planlarını kusursuzca uygularken fazladan bir şey daha eklemişti oyununa: *aşk*! Yalan bir aşk katmıştı planlarına, Reyyan'ın kalbini çalarak daha da içten fethetmek istiyordu kaleleri... Geride unutulmaz izler bırakmak. Sadece tenine değil, kalbine de imza atmak... Ancak Miran'ın fark etmediği bir şey vardı, bazı hareketlerinde yalan yoktu, plan yoktu... Saçlarını koklamayı dilemek gibi, gülümsemek gibi, kara gözlerine bakmak için çıldırmak gibi, Reyyan'ı delice istemek gibi!

***

Reyyan'ı bırakmalarının ardından kaldıkları otele varmışlardı. Miran hızlı adımlarla asansörün önüne gelip beklediğinde yanında Gönül yoktu. Neredeydi bu kadın? Umursamayarak açılan kapıdan içeriye girdi ve kaldığı katın düğmesine baktı. Odasının kapısına gelip kartı okuttuktan sonra içeriye girdi. Teyzesi karşı odada kalıyordu, saat geç olduğu için rahatsız etmek istemedi.

Gün boyu aynı gömlekle dolaşmaktan sıkıldığı için bir an önce kurtulmak istedi. Eli gömleğin düğmelerini tek tek kavradığında odanın kapısı gürültüyle açıldı. Tahmin ettiği gibi, gelen Gönül'dü. Miran arkasındaki kadının yüzüne bile bakmadan düğmelerini açmaya devam etti.

"Miran!" Gönül'ün ayarsız ve çılgın ses tonu, Miran'ın kavisli kaşlarının çatılmasına neden olmuştu. Arkasını dönerek karşısındaki kadının suratına endişeyle baktı. "Bu yüzünün hali ne?" Gönül'ün yüzü sapsarıydı. Miran, Gönül'ü süzdükten sonra kendisini koltuğa bıraktı. "Ne o? Reyyan'ı mı kıskandın yoksa?" Fazlasıyla alay yüklüydü ses tonu.

Gönül'ün hali perişandı, öfkeden deliye dönmüştü ve hiç iyi bakmıyordu ela gözleri. Masaya doğru yürüyerek üzerinde duran bardakları yere savurdu. Sinirini bir yerlerden çıkarmalıydı yoksa kendisini yiyip bitirecekti. Bardakların yere düşüp tuzla buz oluşunun üzerine Miran öfkeyle kalktı oturduğu koltuktan. Üzerine doğru yürüyen Gönül'ün gözleri ise dolu doluydu.

"Sana söylemiştim Miran," dedi ellerini kafasına götürüp saçlarını hiddetle karıştırırken. "Seni kimseyle paylaşamam demiştim!" Boğaz dolusu bağırdıktan sonra hışımla yatağın üzerindeki örtüyü çekerek yere savurdu.

"Gözümün önünde Reyyan'ı seviyorsun, ölüyorum görmüyor musun?" Gözlerine dolan yaşlar bir bir dökülürken, acımasız adamın mavi gözlerine içini parçalayan bir hüzünle baktı. Dilinden gerçekler dökülürken sesi titriyordu.

"Senin karın benim, *o değil, benim!*"

5

YAKARIŞ

Bir kadının en çaresiz kaldığı anlardı gözyaşlarına yeniliş anları... Acıyan canını ve yanan yüreğini en iyi boğazından kopan hıçkırıkları ifade ederdi. Ciğerini söküp gelen hıçkırıklarına bir engel koyamadı. Acısı büyüktü, sebebi ondan daha büyüktü. Gönlünü verdiği adam acımasızca yiyordu ömrünü. Tüm bu olanlara daha fazla dayanamamıştı, isyan çıkaran ruhuna en büyük desteği veriyordu güçlü haykırışları. Bacakları bedenini taşıyamayıp çökmüştü duvarın dibine. Güçsüzleşen bedeninde sarsıla sarsıla ağlamasının etkisi büyüktü. Yaşlarından ötürü bulanık gördüğü gözleri Miran'ı buldu. Ruhsuzca bakıyordu kendisine. Buz gibi, soğuk, çok soğuk... Ucu bucağı görünmez, engin bir okyanusu andıran mavileri boğuyordu Gönül'ü.

"Dayanamıyorum," dedi bitkin bir halde. "Neden anlamıyorsun?" Titreyen sesine inat konuşmaya çalışıyordu. Merhamet yoksunu adamın gazap yüklü gözlerine bakarken hıçkırmaya devam ediyordu. "Lütfen..." dedi yakarırcasına Gönül. "Lütfen bitir bu oyunu Miran, yalvarıyorum sana!"

Miran parmaklarını gözpınarlarına bastırdı. Karşısındaki kadının bir çocuk gibi ağlayışına öfkelenmişti, duyduğu her hıçkırıkta biraz daha artıyordu öfkesi. Sıktığı yumruklarını ise bir yere geçirmemek için kendisini zor tutuyordu. Gönül ve bitmeyen serzenişleri... Tüm bu planları, karısının aptal kıskançlıkları bozsun diye mi yapmıştı? Yüzüp yüzüp kuyruğuna gelmişken, önüne engel koyan herkesi boğup atmak istiyordu.

"Bak herkes korkuyor, sana bir şey olacak diye..."

"Kes sesini!" Gönül'ün yalvaran sesini kükrer gibi kesmişti Miran. Tüm sinirini sesine yansıtmıştı. Genç kadın sesli bir şekilde ağlamaya devam etti.

"Sus diyorum sana, sus! Ağlama! Yeter!" Miran hiddetle bağırıyordu. Boynundaki damarlar yerinden çıkacak gibi gerilmişti. Böyle olacağını sezmişti. Bu kadını buraya getirmekle çok büyük hata etmişti. Ama ne olursa olsun yoluna taş koymasına izin veremezdi. Özellikle de bu denli büyük bir yol kat etmişken.

Gönül, "Seni onun yanında görmek istemiyorum Miran. Ya buradan gidelim ya da..." diyerek çöktüğü duvar dibinden hızla kalkıp Miran'ın karşısına dikildi yeniden. Miran gözlerini dikmiş, Gönül'e bakıyordu. Kadının cümlesinin devamında söyleyeceği şey Miran'ın çıldırmasına sebep olabilirdi. "Yarın gidip her şeyi anlatırım Reyyan'a. Ne pahasına olursa olsun!" dedi Gönül.

Miran, Gönül'ün bu tehdidi karşısında deliye döndü. Bu sözleri fütursuzca sarf ederken hiç mi korkmuyordu kendisinden? Ne demek oluyordu gider Reyyan'a her şeyi anlatırım demek? Miran'ın bir yılına mal olmuştu tüm bu planları yapmak. Karısının kolundan tutarak sinirle duvara çarptı bedenini. Duvarla bütünleşen sırtının ardından acıyla inledi genç kadın. Ardından sıktığı yumruğunu sertçe geçirdi duvara Miran. İşte şimdi kopmuştu dananın kuyruğu.

"Sana buraya gelmeden önce yüz kere anlattım!" diye bağırdı Gönül'ün yüzüne. "Tamam dedin, sorun çıkarmam dedin. Sen beni delirtmeye mi çalışıyorsun lan, ben tam sonuna geldim derken, sen ne yapmaya çalışıyorsun?" Yüzüne öfkeyle bağıran kocasına bakamadı Gönül. Deli gibi ağlamaya devam ederken kesik kesik hıçkırıyordu. "Denedim ama olmuyor! Acı çekiyorum Miran, bunu nasıl görmezsin?"

Miran ellerini ensesine atıp gözlerini kapattı. "Görmüyorum!" diye bağırırken boğazı acıyordu. "Görmek de istemiyorum, bıktım ulan senden!"

Yine dayanamamış ve yere diz çökmüştü Gönül. Böyle olacağı aşikârdı. Nereye kadar tahammül edebilirdi ki kocasını başka bir kadınla paylaşmaya?

"Beni hiç mi sevmiyorsun Miran?" Umut dolu sorusu dudaklarından dökülürken, aslında cevabı zaten biliyordu Gönül...

Öfkeden kudurmuş adam ise sesinin son şiddetiyle bağırdı. "Sevmiyorum! Sana hiçbir zaman âşık olmadım ben, bunu sen de çok iyi biliyorsun. Aşka meşke ayıracak vaktim yok dedim sana. Bu hayattaki tek amacımın intikam almak olduğunu bildiğin halde benimle evlenebilmek için peşimde gezdin sen." Parmağını Gönül'e doğru tehdit eder gibi salladı. "Şimdi işimi bozmaya kalkarsan eğer, yemin ederim, seni boşarım!" Ses tonu tehlike saçıyordu. Yapar mıydı? Hiç şüphesiz yapardı.

Başını iki elinin arasına almış, deli gibi ağlıyordu Gönül. Gözlerini kaldırıp Miran'a bakmaya korkuyordu. Canı acıyordu ama Miran bunu görmüyordu. Görmeyi de reddediyordu bu zamana kadar hep yaptığı gibi. Gönül'ün ne halde olduğu onun umurunda değildi. Gönül, hissettiklerinin verdiği acıyla ağlamaya devam ederken öfkesini bir türlü yenemeyen Miran odada ne varsa kırıp döküyordu. Masaya tekme savurmuş, ne varsa yerle bir etmişti. Otel odası cam kırıklarıyla dolmuştu, savaş çıkmış gibi görünüyordu.

Bu manzara yabancı değildi onlara. Sık sık yaşadıkları ve alışmış oldukları bir durumdu. Miran, Gönül'ü sevmezdi, Gönül desen aşkına alamadığı karşılık yüzünden çıldırır deliye dönerdi. Bu her zaman böyleydi...

Kadın kendisini hiçbir zaman sevmeyen bu adama deli divane âşıktı!

Kocasını başka bir kadınla paylaşma düşüncesi onu en sonunda çıldırtmıştı. Gözyaşlarını sildi yenilerini eklemek üzere. Başını duvara yasladı çaresizce. "Canım çok acıyor," diye mırıldandı sessizce. Miran koltuğa oturup gözlerini boşluğa sabitlemişti.

"Gözlerimin önünde onu saçlarından öptün, benim saçlarıma bir kere bile dokunmazken üstelik..." Elinde değildi, kanına dokunmuş, canına tak etmişti tüm bu olanlar. "Ona baktın, ona güldün, onu seviyorsun!"

"Kes sesini artık!" Miran, yüreği gibi dili de feryat figan haykıran karısını bu yolla susturmaya çalışıyordu. Her zaman yaptığı gibi...

Susamıyordu Gönül. Susmayacaktı. "Elinden tuttun, parmağına yüzük taktın, uğruna dayak yediğin bindallıyı hediye ettin!" Sessiz sessiz konuşması çıldırtıyordu Miran'ı. Bir kere daha bağırdı ağız dolusu. "Sus diyorum lan sana, sus!"

Uzun bir müddet sessizlik oldu odanın içinde. Ne Gönül konuşmuştu ne de Miran ona sus demek zorunda kalmıştı. Sükûneti yine Gönül bozdu. "Peki, Reyyan'a ne olacak?" diye sordu. Umursadığından değil, merakındandı. "Neden babasının suçunun bedelini o kız ödemek zorunda?"

Öfkeli gözlerini yeniden karısına çevirdi genç adam. "Peki, benim suçum neydi?" Parmağıyla kendisini gösterirken yine tüm hiddetiyle bağırdı. "Küçücük bir çocuktum ben, babamın gözlerimin önünde can vermesini izledim! Benim suçum neydi ha, neydi?"

Gönül anlamıyormuşçasına salladı kafasını. "Sen bu kadar kötü değilsin Miran, seni iyi tanıyorum."

"Sen beni hiç tanımıyorsun!"

Gönül, çaresizce Miran'ın içinde saklı kalmış merhamet kırıntılarını çıkarmaya uğraşıyordu. İkna etmenin imkânsız olduğunu bildiği halde yine de çırpınıyordu. "Lütfen gidelim. İstanbul'a dönelim, eskisi gibi olalım."

Bu sözler Miran'ı çıldırtıyordu. Sanki çok normal bir evlilikleri varmış gibi kadının böyle konuşmasına deli oluyordu. "Eskisi gibi mi? Sen benimle dalga mı geçiyorsun Gönül?"

"İntikamını aldıktan sonra rahat uyuyabilecek misin, söylesene?"

Gönül çöktüğü yerden kalkıp Miran'ın yanına gitti. Ayaklarının dibinde diz çöktükten sonra gözlerine baktı acıyla. Sorduğu soruya bir yanıt gelmiyordu. Sahi rahatça uyuyabilecek miydi oyun bittikten sonra? Başını yastığa koyunca gözlerinin önüne Reyyan gelmeyecek miydi? "Cevap bekliyorum senden," dedi ağlamaklı sesiyle.

"Sana bir cevap vermek zorunda değilim ben."

"Rahat olamayacaksın Miran, sen kötü bir adam değilsin ki. İçindeki kör vicdan gözlerini açtığı zaman yine acı çeken sen olacaksın."

Miran bir yanıt vermedi. Artık bu kadınla uğraşamıyordu. Onun bitmek bilmeyen laflarına yetiştirecek kelime bulamıyordu. Miran'ın bu sessizliğinden birazcık cesaret alan Gönül ellerini genç adamın dizlerine sarmıştı. "Lütfen dönelim İstanbul'a. Söz veriyorum, artık sorun çıkarmayacağım. Eve neden gelmiyorsun diye hesap sormayacağım." Ses tonu tekrar incelmiş ve titremeye başlamıştı. "Neden beni sevmiyorsun da demeyeceğim sana, bana sarılmadığın için üzülmeyeceğim. Ama ne olursun Miran... Ne olursun sadece benim kal..." Gönül sözlerinin sonunda hıçkırarak dizlerine kapandığında, Miran gözkapaklarını yumarak acıyla yutkundu.

"Gönül, bana bunu yapma."

"Reyyan'la evlenmeni istemiyorum. Numaradan bile olsa, onu görmeni ona dokunmanı istemiyorum. Ölüyorum!"

Sakinleşmek adına derin bir nefes aldı Miran. Bu gece hiç kolay geçmeyecek gibi görünüyordu. Gönül laftan anlamıyor, o böyle davranmaya devam ettikçe de Miran öfkesine hâkim olamıyordu. "Evleneceğim Gönül," dedi sert bir sesle. "Bunu engelleyemeyeceğini en başından beri biliyorsun. Sınırları zorlama."

Gönül ellerini Miran'ın dizlerinden çektikten sonra ayağa kalktı. Gözlerinde birikmiş olan yaşları sildi hızla. "Ya zorlarsam?" Miran'ın en sonunda patlamasına neden olan cümle bu olmuştu. Oturduğu koltuktan kalkıp Gönül'ün kolundan, canının yanmasını hiçe sayarak sertçe tuttu. Hedefe bu kadar yaklaşmışken, Gönül'ün ona kendince engel koyması onu çıldırtmıştı.

"Karışma benim işime, sakın karışma! O çeneni kapalı tutacaksın, yoksa sonsuza kadar kapatmasını bilirim!"

Tehdit yüklü sözlerinin ardından Gönül'ü tutan ellerini çekti, arkasını dönerek kapıya doğru yürüdü ve kapıyı sertçe vurup çıktı. Biraz daha kalırsa, öfkesi onu tamamen ele geçirecekti ve elinde olmadan karısına zarar verecekti.

İki dakika içinde otelden ayrıldı. Bu zalim yürekli adamın hayatı uzun bir cümleyle özetleniyordu. Arkasında gözyaşlarıyla bıraktığı karısı, intikam hırsıyla hayatı mahvolacak masum bir genç kız ve yıllar önce Hazar Şanoğlu tarafından öldürülmüş suçsuz babası...

Öfke, bir insanın ruhunu ele geçirdiğinde gözü hiçbir şeyi görmez olur. Tıpkı Miran gibi, Miran Karaman gibi!

Küçüklüğünden beri intikam almaya ant içmiş, hayatında başka hiçbir şeye yer vermemişti. Babası gözlerinin önünde öldürüldüğünde yemin etmişti, bunu yapan adam karşılığını fazlasıyla ödeyecekti! Babasının kanına karşılık can almayacaktı, asla katil olamazdı. Onun yerine Hazar Şanoğlu'nun kızının hayatını çalacaktı. Üstelik bu sadece ilk adımdı. Aralarında başlayacak büyük savaşın, Reyyan'a göre büyük, Miran'a göre küçük olan adımı. Bütün planlarını kusursuz yürütürken, intikamını almasına sayılı günler kalmışken, karısı ortalığı karıştırmaya çalışıyordu. Buna asla izin vermeyecekti. Ne pahasına olursa olsun sonuna kadar gidecekti. Ancak Miran'ın da bu mükemmel intikam planında atladığı bazı ayrıntılar vardı. Mesela Reyyan'ın, Hazar Şanoğlu'nun öz kızı olmadığı gibi.

Mardin sokaklarında sessizce yürüyordu. Vakit ise geceye yaklaşıyordu. Kafasındaki bin bir düşünceyle bir saat boyunca yürüdü Miran. Hayatı bir film şeridi gibi gözlerinin önünden geçti. Bütün ömrü intikam hırsıyla geçmişti. Ne kadar acı!

Gönül'ün söylediği sözler yankılandı aklında. *Onu seviyorsun!*

Bu iğrenç düşünceyi kafasından atmak istercesine ellerini kuvvetle bastırdı saçlarına. Asla âşık olmayacaktı, hele ki baş düşmanının kızına, asla! Aklında sadece intikam varken hiç planda olmayan bir evlilik dâhil olmuştu hayatına. Gönül'ün Miran'a olan aşkı delirtir cinstendi. Ne olursa olsun, onunla evlenmeye razı olmuştu. İntikam planını bile kabul etmişti. Ancak bu şekilde olmasını kabullenemiyordu. İşin içine başka bir kadın gireceğini kestirememişti.

Mardin'de yağmur yeniden etkisini göstermiş hızla yağıyordu. Genç adam yağmura aldırmadı. Üzerindeki gömleği ıslanmış, biçimli vücudunu belli etmişti. Nereye yürüdüğünü bilmeden bir saat boyunca yürüdü. Kendisini konağın önünde, Reyyan'ın penceresine bakarken buldu. Işık yandığına göre hâlâ uyumamıştı. Yağmur şiddetini artırdığında Reyyan da cama yaklaşıp dışarıyı izlemeye başladı. Miran şimdi Reyyan'ın gölgesini izliyordu, kafasında dönen bin bir tilkiyle. Ne kadardır izlediğinin farkında değildi ancak gitmek için bir adım geriye attığında tekrar durmuştu. Omzuna dokunan el yüzünden arkasını döndüğünde Azat'la burun buruna geldi. Azat yine her zamanki öfkesiyle Miran'ı inceliyordu. Öfkesi, ses tonuyla değişmez bir bütündü.

"Bu saatte burada ne işin var senin?"

Omzuna dokunan eli hışımla itti Miran. Fazlasıyla sinirliydi ve tüm sinirini şu an Azat'tan alabilirdi. "Sana hesap vermek zorunda mıyım lan?" diyerek sert çıktı. Azat'ın kendisinden nefret ettiğini hissediyor, o da Azat'tan nefret ediyordu. Gerçi bu aileden olup da nefret etmediği hiç kimse yoktu. Reyyan mı? Ona olan duyguları bambaşka bir kategoride yer alıyordu.

İki öfkeli adamın gözleri birbiri üzerinde arsızca gezinmeye başladı. Miran bu sefer Azat'tan daha sinirliydi üstelik. Ne zaman Gönül'le kavga etseler, ki bu sık sık tekrarlanan bir durumdu, öfkesini başkalarından çıkarırdı. Azat, Miran'ı kolundan tutarak konağın arkasına çekti. Reyyan'ın onları görmesini istemiyordu. Miran da Reyyan görsün istemiyordu. Yoksa asla Azat'ın yolundan gitmezdi.

Yağmurda ıslanan iki adam öfkeyle birbirlerine bakıyordu şimdi. Miran kolunu tekrar çekti Azat'ın ellerinin arasından. Gözlerini üzerine dikmiş, ağzından çıkacak kelimeleri bekliyordu.

"Eğer bulunduğun yer benim evimin önü ise, evet hesap vereceksin!"

Miran alaycı bakışlarıyla süzdü Azat'ı baştan aşağı. Onun bu alay dolu tavırları Azat'ı hepten öfkelendiriyordu. Oldu olası ciddiydi Azat. "Eğer bu evde benim nişanlım varsa, hele ki günler sonra karım olacaksa sen bu işe karışamazsın. Azat!" Cümlesine ara vererek ismini bastıra bastıra söylemişti.

Azat'a haddinden fazla öfkeliydi. O gün yediği yumruk hâlâ öfkesini bir zehir misali bilerken bunu yutmak çok zordu. Çok düşünmüştü, hırsını almak için Azat'ın tüm kemiklerini kırmak istemişti. Fakat bu durum, gerçek kimliğini tehlikeye atacağından susuyordu.

Azat, Miran'ın alaylı tavrı karşısında yine öfkesine yenik

düşmüştü. Yumruğunu kaldırdığında Miran kolundan tutarak onu engelledi. Azat'ın kendisine olan, bitmek bilmez öfkesinin sebebini az çok tahmin edebiliyordu. Kaldırdığı elini gerisin geri indirirken mavi harelerini karşısındaki korkunç kahvelere dikti.

"Ne istiyorsun lan sen benden?" diye sordu Miran imayla. "Derdin ne benimle?"

Azat beklemediği bu soru karşısında bir müddet ne diyeceğini bilemedi. Sahi ne istiyordu bu adamdan? Hayır, hayır... Bu sorunun cevabı Reyyan'a çıkmamalıydı. Asla!

Miran, Azat'ın cevap vermesine fırsat vermeden söyledi aklından geçenleri. "Reyyan'a âşık olduğunu biliyorum."

Azat'ın gözleri şaşkınlıkla açıldı. Kendisinin bile bilmediği bir gerçeği Miran'ın ağzından duyuyordu. Bu duyduklarını kendisine yediremedi. Öfkeyle ses tonunu yükseltti. "Ne diyorsun lan sen!"

"Ne dediğim gayet açık," dedi Miran tehdit yüklü bakışlarını Azat'ın üzerinde gezdirirken. "Bunu görmemek için kör olmak lazım!" Söylediği sözlerle, Azat'ın paniklediğini görünce yanılmadığını anladı. Kahretsin ki Azat, Reyyan'ı seviyordu! Bu durum fazlasıyla canını sıksa da endişe etmiyormuş gibi görünmeye çalıştı Miran. Ve her zamanki zorba adama dönüşüverdi.

"Ama şunu o beynine sok, Reyyan artık benim! Bir daha bu şekilde karşıma çıktığını görürsem de elimde kalırsın." Elini Azat'ın omzuna koyup onu sertçe sarstı. Akabinde son kez tehdit dolu baktı gözlerine. Sonra da arkasına bile bakmadan oradan uzaklaştı.

Azat duyduklarının şokundan çıkamadı bir süre. Olduğu yerde donup kalmıştı. Kendisine bile itiraf edemiyordu bu gerçeği. Şimdi ise başkası söylüyordu. Miran söylüyordu! Öfkeyle konağa doğru yürüdü. Kapıyı açıp girdiğinde yumruklarını sıkmaya başladı öfkeden. Merdivenleri sinirle çıkıp çamaşır odasına girdi ve üstündeki ıslak gömleği çıkarıp hışımla yere fırlattı. Kendi odasına doğru ilerlerken Reyyan'la çarpıştılar. Tüm bu olayın üzerine nereden çıkıyordu ki bu kız?

Neredeyse tüm öfkesini Reyyan'dan çıkaracaktı şimdi, ona âşık olduğu için kendisinden çok Reyyan'a kızgındı. Reyyan'ın gözlerinde gördüğü panik ve öfke ise durulmasına sebep oldu. Tek kelime etmeden odasına doğru yürüdü.

***

Miran tekrar otele vardığında kaldığı odaya uzaktan bakmakla yetindi. Gönül'ü görmek istemiyordu. Hâlâ çok kızgındı, onun yanına gidip onunla kalmayacaktı. Hemen karşısındaki odanın kapısını çaldı. Bir müddet sonra kapıyı uykulu gözlerle açan kadın, "Hayırdır oğlum," dedi şaşırarak. Cevap vermeden içeriye girdi genç adam. Nergis Hanım merakla yanına geldi ve tekrar sordu. "Bir şey mi oldu oğlum? Nedir bu halin, neden ıslaksın?"

Miran üstündeki gömleği çıkarıp banyoya geçti ve kurulandı. Tekrar odaya geldiğinde oturmuş olan teyzesine yaklaştı. Yorulmuştu her şeyden... Alacağı intikamdan dahi yorulmuştu. Yatakta oturan teyzesine yaklaşıp yatağa kıvrıldı usulca. "Dizlerinde uyumak istiyorum," demesinin ardından teyzesinin dizlerine koydu kafasını. Yaşlı kadın gülümseyerek yeğeninin saçlarını okşadı.

"Gönül'le kavga mı ettin?" Tahmin etmekte zorlanmıyordu artık kadın.

Evet der gibi kapadı gözlerini Miran. "Reyyan meselesi işte."

Derin bir nefes aldı Nergis Hanım. Reyyan adı geçince kadının tüyleri diken diken oluyordu. "Günlerdir gözüme uyku girmiyor oğlum... Günahına gireceğiz masum bir kızın. Rahmetli annenin kemikleri sızlıyordur şimdi."

Konuşmaya bile takati kalmamıştı Miran'ın. Her zaman dinlediği bu nasihat içerikli sözcükler canını sıkıyordu fazlasıyla. Uyku gözlerine hücum ettiği için ses tonu giderek kısılıyordu. "Lütfen sen de başlama teyze, asla vazgeçmeyeceğimi biliyorsun, en iyi sen biliyorsun."

Kadın, yeğeninin saçlarını okşarken gözlerini boşluğa kenetledi. Ölesiye korkuyordu bu tehlikeli intikam oyunundan. "Korkuyorum, ya seni de öldürürlerse?"

"Korkma, öyle bir şey olmayacak," dedikten sonra, teyzesinin dizlerine iyice yerleştirdi kafasını ve uykuya teslim oldu. Miran'ın yaptığı şey delilikti. Babasının intikamını namuslarına kast ederek alacaktı. Eğer bir gün yakalanırsa gözünü kırpmadan onu da öldürürlerdi. Nergis Hanım bunun korkusuyla mı yaşayacaktı her gün? Dizlerinde yatan yeğeninin saçlarını okşamaya devam etti. Neden bu kadar kafayı takmıştı ki Reyyan'a? Neyin nesiydi bu dinmek bilmeyen ateşli öfke?

Miran, İstanbul'da babasından kalma, inanılmaz bir servete sahipti. Her şeyi planlamıştı, varını yoğunu bu aileyi perişan etmek uğruna harcayacak kadar da gözü karaydı. İlk hedef olarak can damarlarından vurmayı seçmişti. Bu topraklarda yaşayan bir aile için namus her şeyden önce gelirdi. Miran da bunu iyi biliyordu, cana can almayacaktı, bu yüzden Reyyan'ı seçmişti.

***

Sabah olduğunda Miran kendi odasına geçti. Kapıyı usulca açıp direkt banyoya girdi. Duş aldıktan sonra dolaptan aldığı herhangi bir gömleği geçirdi üzerine. Çıkmadan evvel gözucuyla yatağa baktı, karısı uyuyor ya da uyuyor numarası yapıyordu. Yanına gidip uyandırmak gelmedi içinden, onun yerine sessizce odayı terk etti. Ağır adımlarla çıktı otelden, arabasına doğru yürüdü. Reyyan'ı götüreceği evi almak için Diyarbakır'a gidecekti bugün. Planını ara vermeden yürütmeye devam ediyordu.

Başına gelecek her şeyden habersiz masum kız, pembe hayaller içinde ayna karşısında gelinliğini deniyordu. Sayısız kez giyip çıkarmıştı belki de.

Azat geç saatlere kadar uyumuştu bugün. İşe de gitmemişti, gözlerini açmaya korkuyordu. Dün olanlar ve Miran'ın söyledikleri korkunçtu. Öğlene doğru uyanıp, üzerini değiştirip odasından çıktığında yine Reyyan'ın odasının kapısının açık olduğunu gördü. Havin ile birlikte gelinlik muhabbeti yapıyorlardı. Odanın önünden geçerken oraya bakmamak için kendisiyle büyük bir mücadele verse de gözleri kaymıştı. Ve yine kahverengi gözleri en sevdiği manzarayı bulmuştu. Bu sefer bembeyaz bir gelinlik içinde... Bir melek gibiydi Reyyan. Gördüğü manzara karşısında yutkunmadan edemedi. Daha sevdiğini kabullenemediği amcasının kızı, başka bir adama gelin gidiyordu.

Acılar neden aynı anda hücum ediyordu körpe yüreklere?

Can kırıkları dolmuştu sanki kalbinin içine. Acımasızca batarken sızım sızım sızlıyordu her yanı. Nasıl olmuştu da bu kadar tutulmuştu amcasının kızına? Nasıl olmuştu da bu kadar geç fark etmişti hislerini? Şanssızlığına bin bir küfür savurdu dili. Her şeye kızgındı Azat, Reyyan'ı daha önceden görmeyen gözlerine, onun adını söylemeyen diline, onu hissetmeyen kalbine. En çok da geç kalmışlığına!

Hava karardığında konak akşam yemeği telaşındaydı. Miran, Diyarbakır'daki işlerini halletmişti, Mardin'e giriş yapmak üzereydi. Sabahın ilk saatlerinden beri yoldaydı. Aklına gelen düşünceler beynini kemiriyor, düşündükçe hırslanıyordu. Sonucu ne olursa olsun kafasına koyduklarını yapmaktan asla vazgeçmeyecekti. Aklında ve hedefinde sadece Reyyan vardı. Deli düşünceler eşliğinde araba kullanırken çalan telefonuna yanıt verdi. Arayan teyzesiydi. Kulaklığı tek kulağına takıp konuştu.

"Yoldayım teyze, ne oldu?" diye sorduğunda teyzesinin sesi telaşlıydı. "Oğlum, Gönül delirdi, ne yaptıysam engel olamadım. Konağa gidiyor şimdi, her şeyi anlatacakmış." Duydukları direksiyonu sıkmasına neden olurken sinirle kulaklığı fırlattı Miran. Ellerini direksiyona vurdu öfkeyle. "Lanet olsun!"

Kuvvetle yüklendi gaza. Bu kadar uğraşıp sonuna gelmişken asla bırakmayacaktı bu işin peşini. Kim engel olmaya kalkarsa onu da bitirirdi. "Sen bittin Gönül," diyerek yüksek sesle bağırdı. Daha dün akşam bu mesele yüzünden ortalık savaş alanına dönmemiş miydi? Bu kadın hiç akıllanmayacak mıydı? Ne yapıp edip, konağa Gönül'den önce varmalıydı. Eğer Gönül, Miran'ın oyununu ortaya çıkaracak olursa ona yapacaklarını tahmin bile edemiyordu. Saatine bakıp daha da hızlandı. Konağa varmasına yarım saat kalmıştı.

Kırk dakika sürecek yolu, yirmi beş dakikada geldiğinde

korku sarmıştı her yanını. Arabasını konağın karşısındaki yola bırakıp içinden çıkarken derin nefesler alıyordu korkudan. Karşısında duran konağa gidip gitmemek arasında bir müddet bocaladı. Ya Gönül ondan önce gelmişse ve her şeyi anlatmışsa ne olacaktı? Bu, bütün intikam hayallerinin suya düşmesi demekti ve Miran'ın sonu olurdu. Bunca zaman ince ince işlediği planlarının son noktasına gelmişken, karısının aptallığı yüzünden mahvolmasına izin veremezdi. Düşündükçe çıldırır gibi oluyordu. Elleri sıkılmaktan fersiz kalmıştı.

Eliyle şakaklarını ovaladı. Korkuyu tüm hücrelerine kadar hissediyordu şu an. Kararını verip konağa doğru adımını attı. Ürkek adımlarla kapıya vardığında elini yumruk haline getirip kapıya vurmak için kaldırmıştı ki sanki biri kapının arkasında bir gelenin olduğunu fark eder gibi kapıyı açmıştı. Miran gözlerini kapıyı açan kişiye yöneltti. Kalbi sıkışmıştı, karşısında Reyyan'ı görünce nefesinin kesildiğini hissetti. Çünkü karşısında duran kızın gözleri doluydu. Her şeyin bittiğini düşünürken ağzını açıp tek laf edemiyordu. Boş gözlerle Reyyan'ı izliyordu sadece. Reyyan gözyaşlarını hızla silip şaşırmış bir ifadeyle Miran'a baktı.

Sanki karşısında onu görmeyi beklemiyor gibi bakmıştı. Bir adım atarak Miran'a yaklaştı ve gözlerine baktı. "Neden öyle bakıyorsun?"

Genç adam nefesini tuttu. Bunca zaman yaptığı bütün planlar karısının saçma kıskançlığı yüzünden boşa gitmişse, olacakları düşünmek bile istemiyordu. Dizlerinin bağı çözülürken öfkesi dağ gibi büyümüştü. Gözlerini Reyyan'dan ayırırken kapıdan içeri bakmaya çalıştı. Gönül neredeydi, çoktan gitmiş miydi? Bunları düşünürken Reyyan'dan ikinci bir soru geldi.

"Nereye bakıyorsun Miran?"

Nefesini güçlükle toplayıp konuştu. Gönül'ün ne söylediğini öğrenmeliydi. Korkuyla sıkışan kalbi hiç olmadığı kadar kuvvetli atıyordu. "Sen, sen neden ağlıyorsun?"

"Hiç," dedi Reyyan. "Öylesine."

Miran bu cevap üzerine sakin bir nefes aldı. Gönül buraya gelmemiş olmalıydı. Yoksa bu konak böyle sakin olmaz, Reyyan hiçbir şey olmamış gibi bakmazdı gözlerine. Aklında Gönül vardı ama Reyyan'ın bu hale gelmesinin sebebini de merak etmişti. Neden ağlıyordu?

"Neden bu haldesin?" İlk defa dudaklarından tereddütlü kelimeler çıkıyordu.

Reyyan, Miran'a bakarken yüzündeki endişesini fark etti. Bir gözü konağın kapısında, diğer gözü yoldaydı. "Bir şeyim yok," diyerek geçiştirmeye çalıştı.

"Bir şeyin yoksa neden ağladın Reyyan?" Elleriyle genç kızın yüzünü avuçlarının arasına aldı. Yüzüne yerleştirdiği sahte gülümsemesiyle baktı Reyyan'a. "Söylesene, canımın içi?"

Gözleri dolu dolu karşısındaki adama bakan Reyyan bir anda Miran'a sarıldı. Böyle bir hareketi beklemeyen adam şaşırmıştı. Reyyan'ın elleri belindeydi, kendisine sımsıkı sarılıyordu. Bütün sıcaklığını bedeninde hissetti. Elleri boşlukta beklerken içinden zerre karşılık vermek gelmiyordu. Zoraki kaldırdığı kollarıyla Reyyan'ı sardı. Bu atmosfer onun hoşuna gitmiyordu. Reyyan'dan rahatsız olmuştu.

Reyyan ise gösterdiği bu cesarete bir anlam veremedi. Nasıl olmuştu da Miran'a sarılmıştı? Tutamamıştı kendisini belki de, sığınacak bir liman ararken karşısında çıkan bu adamın güvenli sandığı kollarına bırakıvermişti kendisini.

Biri görecek, bir şey söyleyecek korkusu da gütmüyordu. Şu an canı öyle acıyordu ki, başka hiçbir şey düşünemedi.

"Ne olduğunu söylemeyecek misin?" diye sordu Miran merakla.

Reyyan kollarını yavaşça gevşeterek başını Miran'a kaldırdı ve ardından kafasını sevdiği adamın omzuna bıraktı. Tam burası huzurdu onun için, huzurun içine dolduğu yerdi. Her gece sarıldığı hırkadan daha güzeldi kokusu. "Gerçekten bir şeyim yok, duygulandım sadece." Miran'a söyleyemezdi neden ağladığını. Dertleriyle şimdiden onu sıkmak istemiyordu.

Miran, Reyyan'ın sarmalayan ellerinden giderek rahatsız oluyordu. Onu kendisinden yavaşça ayırırken, "Sakın bir daha sebepsiz yere ağlama," diyerek yanağına dokundu teselli edercesine. "Sebep olsa da ağlama, sen hiç ağlama..."

Yine başlamıştı yalan sözlerle âşık bir kalbi kandırmaya. Bunu yaparken zerre üzülmüyor, aksine mutlu oluyordu. Yüreği ferahlamıştı, Gönül'ün buraya gelmeye cesareti olmamıştı demek ki.

Reyyan, Miran'ın gözlerine baktı uzun uzun. Karşısında güven veren gözlerle ona bakan adamın hayatının aşkı değil de katili olacağını nereden bilebilirdi ki?

İstemsizce genç kızın ellerini tuttu. Zerre kadar hissetmediği aşk duygusunu role dökerken o kadar başarılıydı ki karşısındaki kız sevdiği adamdan hiç şüphe duymuyordu. Tek eliyle Reyyan'ın ipeksi saçlarında gezinirken yalancı tebessümüyle kalbini yakmaya devam ediyordu. "Sen hiç üzülmeyeceksin, her daim mutlu olacaksın."

Ne afili bir yalandı ama...

Reyyan tebessümle baktı. Miran'ı karşısında görmek acısını hafifletmişti ama Miran'ın bu saatte burada ne işi vardı? Biri kapıyı açıp ikisini konuşurken görmemeliydi. "Sen neden geldin?" diye sordu endişeyle.

Ani gelen bu soru karşısında duraksadıktan sonra büyük bir ustalıkla kıvırdı. "Çünkü seni özledim." Gülümsedi Miran. "Buradan geçiyordum, seni görüp öyle gitmek istedim, tesadüfen sen çıktın karşıma."

Yüzüne giderek yayılan gülümsemenin, karşısındaki adamda ne tür duygular uyandırdığından habersizdi. Özlendiğini bilmek ne kadar güzeldi. Hiç hissetmediği duyguları ilk defa bu adama besliyordu. Aşk kelimesi bile yersiz kalırdı içinde hissettiklerine. Aşktan öte bir şeydi bu. Elleri Miran'ın yüzüne kaydı. Sakallarını okşarken gözlerini de gözlerinden ayırmıyordu. Ancak bu manzara başına bir iş açabilirdi. Her ne kadar ayrılmak istemese de gitmeliydi. "Eve girsem iyi olacak."

Genç adam kafasını salladı, ardından yanağına konan öpücükle şaşkınlığa uğradı. Reyyan öpücüğünü Miran'ın yüzüne bıraktıktan sonra koşar adımlarla evin kapısından içeriye girdi.

Hızlı adımlarla yanından uzaklaşan kıza bakakaldı Miran. Siyah saçları rüzgârın etkisiyle savruluyor, genç adamın burnuna Reyyan kokusu yerleşiyordu. Miran, dalmış bir vaziyette gidişini izlerken eliyle öpülen yanağını tuttuğunun farkında değildi. Aklına Gönül'ün gelmesiyle irkildi. Bu anı zaten bir tek o bozabilirdi. *Başının belası.* Arabasına doğru hızla yürüdü ve kapısını açtı. Çalıştırdığı gibi otelin yolunu tuttu.

Yollar bugün ona bitmek bilmemişti. Hararetli geçen dakikaların ardından otele vardığında acele adımlarıyla asansöre binip kaldığı kata çıktı. Odanın kapısını sertçe çaldı. Gönül kapıyı usulca açıp arkasına bakmadan içeriye doğru yürüdü. Miran yüzüne bakmayan kadın karşısında daha da sinirlenmişti. İçeriye girip kapıyı kırarcasına örttükten sonra karısının yanına yürüdü.

"Suçun yetmiyormuş gibi bir de yüzüme bakmıyorsun, cesaretine hayranım," dedi yüksek sesle.

Gönül sakince koltuğa oturduktan sonra gözlerini kaldırıp sinirli adama baktı. Mavi hareleri öfke saçıyordu her zamanki gibi. Elleriyle saçlarını geriye doğru atıp umursamazca yere indirdi gözlerini. "Her şeyi yapan sensin, suçlu olan benim, ne büyük ironi!"

Karısının yanına iyice yaklaşarak öfkeye bürünmüş gözlerini üzerinde sabitledi. Sakin duruşuyla iyice çileden çıkarıyordu. "Konağa gitmek de nereden çıktı?" Ellerini Gönül'ün saçlarına uzatıp, tehdit dolu bir hareketle okşadı. "Sen benim sana neler yapacağımı bilmiyor musun?"

Her hareketi tehlike saçan adamı sinirlendirmek istemedi Gönül. Kavga etmekten yorulmuştu artık. İş sevmeye gelince kaçan kocası, kavgaya gelince hep bir adım önden gidiyordu. Sakin tutmaya özen gösterdiği ses tonuyla konuştu, kalbindeki sancıları bir kenara bırakarak.

"Evet, konağa gidecektim, her şeyi de anlatacaktım ancak son anda vazgeçtim." Oturduğu koltuktan kalkarak kocasının omzuna koydu elini. Tam da Reyyan'ın başını yasladığı yerdi orası. Miran'ın içi titredi.

"Çünkü sana bir şey olmasından endişe ettim. Babana acımayan insanlar sana da acımazlardı."

Omzunda duran eli iterek karısından iki adımda uzaklaştı. "Şu beni düşünmelerinden ve bana bir şey olacak diye endişe etmelerinden vazgeç! Bu yaptığın şey, beni zora sokmaktan başka bir şey değil! Üstelik seni öldürmeme sebep, anlıyor musun?"

Gönül acıyla baktı Miran'ın yüzüne. "Sana vazgeçtim diyorum, üstüme gelme artık!"

"Tebrik mi edeyim?" diye sordu Miran alayla. "Bir de vazgeçmeseydin!"

Gözlerini de alayla devirdikten sonra cevap vermeden banyoya girdi. Üstündeki kıyafetleri çıkarıp duşa girdi. Üzerine akan sular içindeki öfke ateşini bir türlü dindiremiyordu. Aksine, hayata olan gazabı günden güne artıyordu. Duştan çıkıp üzerini giydikten sonra saçlarını havluyla kurularken yorgun olduğunu hissetti. Bedeni yorgun, beyni daha da yorgundu. Banyodan çıkıp yatağa doğru yürüdüğünde Gönül'ün varlığını hiçe sayıyordu. Elindeki havluyu koltuğun üzerine atıp yatağa attı kendisini.

Gönül odanın ışıklarını söndürdükten sonra koltuğa oturup kocasını seyretti. Arkası dönük uyuyordu Miran, her zamanki gibi. Bu duruma içerleyen kadın sadece gülümsedi. Alışkındı o, sevilmemeye, sırt çevrilmeye. Miran'la evlendiğinden beri yüzü hiç gülmemişti. Ona duyduğu delicesine sevgi yüzünden araya başka bir kadın girse de onu bırakamıyordu, bırakmaya da hiç niyeti yoktu.

Hayatta korktuğu ilk ve tek şey bu adamı kaybetmekti. Aşkın gözü kör değildi yalnızca. Gurursuzdu, pervasızdı, patavatsızdı.

6

VUSLAT

Hayat kirliydi, düşünceler ise yaralı. Hayaller yok olmuştu, umutlar ise yorgun. Her insanın geleceğe dair ufak da olsa bir beklentisi vardı ama onun yoktu.

Otelden çıktıktan sonra yol boyu hızlı adımlarla yürüdü. Beynine nüfuz eden kalabalık düşünceler onu yıpratmıştı. Nereye gitmek istediğini bilmiyor, yalnızca yürüyordu. Yol kenarında gördüğü bir çocuk parkına geçip rastgele bir banka oturdu. Salıncakta sallanan çocukları seyretti çaresizce. İzlerken gülümsediğinin farkında değildi. Günün birinde baba olabilir miydi acaba? Bu düşüncenin imkânsızlığı, gülümsemesini dudaklarından, kurduğu bu düşü de yok etti aklından. O kadar temiz bir hayata sahip değildi.

Gönül yine sabah sabah kafasını şişirmişti. Miran ise kendisini dışarı nasıl attığını bilememişti. Bu durum yeni bir şey değildi. Karısından köşe bucak kaçan bir adam oluşunu kimse yadırgamıyordu. Severek evlenmemişti çünkü.

Elini cebine atarak telefonunu çıkardı. Bir süre kararsız kaldıktan sonra Reyyan'ı aramaya karar verdi. Dün akşam onu konağın kapısında ağlarken gördüğünde içi huzursuz olmuştu. Sebebini Reyyan söylemediği için fazla ısrar etmese de aklı onda kalmıştı. Rehberden ismini bulup aradığında telefonu kulağına tutup bekledi. Uzun uzun çalan telefonu sonunda açabilmişti Reyyan. Reyyan'ın ince sesi duyulduğunda, hafif bir tebessüm yayıldı genç adamın yüzüne. "Nasılsın Reyyan?" diye sorduğunda, hâlâ gülümsüyordu farkında olmadan.

Reyyan'ın sesi iyi geliyordu. Bu Miran'ı bir nebze olsun rahatlattı. "İyiyim," demişti neşe içinde.

"Bir delilik yapar mısın benim için?" diye sordu Miran ansızın. "Yine gelir misin seni beklediğim yere?" Böyle bir şeyi neden sorduğunu bilemeden dökülmüştü dudaklarından bu sözcükler. Neden atıyordu kalbi bu kızı görmek için delice?

"Bilmiyorum ki," diyen Reyyan kararsızdı. O da can atıyor ama belli etmiyordu. Düğüne sayılı günler kaldığı halde onu göreceği bir fırsatı kaçırmak istemiyordu.

"Aynı yerde, aynı saatte bekliyor olacağım Reyyan, beni çok bekletme," diyerek telefonu kapattı Miran. Zaten sayılı günler kalmıştı düğüne. Ne diye Reyyan'ı arayıp konuşmuştu, ne diye akşam onu görmek istemişti? Hazar Şanoğlu ile sürekli irtibat halindeydi, teyzesi desen sahte bir düğün için sürekli hazırlık peşinde koşturuyordu. Miran istediğini fazlasıyla alıyordu zaten. Bir de sürekli Reyyan'ı görmek istemesine bir anlam veremiyordu.

***

Ağır adımlarla kaldığı odaya doğru yürüdü. Geceye kadar dışarıda vakit geçirmiş Gönül yüzünden buraya dönmek istememişti. Gerçi bugün bir sürü işi halledip aradan çıkarmışlardı. Müstakbel kayınbabası, yani baş düşmanıyla birlikte. Düğün için birçok mekân gezmişlerdi. Hazar Bey, yolda rast geldiği tüm tanıdıklarına, çok sevdiği damadını tanıtıp duruyordu. Miran her ne kadar bu durumdan rahatsız olsa da, sessiz kalıp rol yapmaya devam ediyordu.

Adımları onu kaldığı odaya getiriyor ama kalbi bu odadan kilometrelerce uzağa gitmek için çırpınıyordu. Kapıyı çalma gereksinimi duymadı. Karısının ona kapıyı açtığı andaki yüz ifadesiyle karşılaşmak istemiyordu. Elindeki kartı okutarak kapıyı açtı. Gönül içeride koltuğa uzanmış, televizyon seyrederken de uyuyakalmıştı. Sessiz adımlarla dolabın başına kadar geldi, üzerini değiştirip çıkacaktı. Elini askılarda gezdirirken lacivert bir gömleği seçmişti. Usulca alayım derken askısını yere düşürmüş ve bir gürültü oluşmuştu. Miran telaşla Gönül'e baktığında onun da kafasını koltuktan kaldırıp uykulu gözlerle kendisine baktığını gördü. İster istemez uyandırmıştı.

Tek kelime etmeden üzerini değiştirdi. Gönül de konuşmamıştı. Konuşmak istemiyordu da zaten. Hayatının en kötü günlerini yaşıyordu. Sevdiği adam günbegün kayıp gidiyordu ellerinden ama o bir şey yapamıyordu.

İkisinden de çıt çıkmıyordu. Odada kasvetli bir sessizlik vardı. Can yakan, yürek kurutan cinsten. Miran işini bitirdiğinde cebine telefonunu ve cüzdanını yerleştirdi. Ardından arabanın anahtarını eline alarak kapıya doğru yürüdü. Gönül arkasından sessizce bakmakla yetindi. Kapının kapanma sesiyle birlikte kafası koltuğa düşmüştü. Kapanan sadece bu odanın kapısı değildi, Miran ona yüreğinin kapılarını da kapatmıştı.

Evliliklerinin bir senesi dolmak üzereydi. Geriye dönüp baktığında hiç mutlu olmadığını gördü Gönül. Mutlu olmak için sadece sevmek yetmiyordu. Karşı tarafında sevmesi gerekiyordu. Tek taraflı sevgi, hiçbir evliliği kurtaramazdı, onları da kurtarmayacaktı. Gözleri hiçbir zaman sevgiyle bakmayan bir adamın karısı olmayı seçerek hayatını ateşe atmıştı. Gün geçtikçe de küle dönüyordu...

Elini yüzüne kapatıp derin bir iç çekti. Eğer dünyaya bir kere daha gelme şansı olsaydı, kendisini seven bir adamla evlenirdi. Şüphesiz...

***

Heyecanlı bir bekleyişin sonunda herkes odalarına çekildikten sonra odasından çıkmıştı Reyyan. Sessizce konaktan çıkıp sessiz adımlarla arka tarafa doğru süzülürken rüzgârdan savrulan elbisesine uçuşan siyah saçları da eşlik ediyordu. Nefes nefese, koşar adımlarla büyük ağaca doğru koşarken beline sarılan ellerin onu kendisine çekmesiyle istemsizce ufak bir çığlık kaçtı dudaklarından.

Miran, Reyyan'ı kendisine döndürdüğünde refleksle elini onun dudaklarına kapadı. Çığlığıyla tüm konağı başlarına toplasın istemiyordu. Göz göze geldiklerinde ikisi de gülümsedi. Biri sahici, diğeri hercai.

Miran tenine çarpan soğuk ile ürperdi. Üzerinde kalın olmayan bir ceket vardı. Kollarındaki kıza bakmayı sürdürürken yalancı tebessümü gerçeğe dönüşüyordu. Ürkek bir ceylandan farksızdı Reyyan. Yüreği kuşlar gibi kanat çırpıyordu ellerinde. Bu durum genç adamı heyecan fırtınasına sürüklüyordu.

Reyyan'ın heyecanına anlam vermek kolaydı da Miran'ınkine ne demeliydi? Nefret ettiği bir insanın yüzüne içten gülebilir miydi bir insan? Onu görmeyi, yanında olmasını diler miydi? Farkında değildi tüm bunların...

Ellerini Reyyan'ın dudaklarından çekti. O dudaklara sadece eliyle bile dokunması yüreğini yerinden çıkarmıştı sanki. Reyyan çok farklı görünüyordu, çok başka bakıyordu ve çok güzel gülümsüyordu... Kollarının arasındaki kızı bırakıp bir adım geri gitti.

Reyyan'ın ilk zamanlara göre, kendisine fazlasıyla alışmış olduğunu biliyordu. Kendisine duyduğu aşktan hiç şüphe etmiyordu zaten. Kalbini çalmayı da başarmıştı nihayetinde. Düşmanının kızının kalbini bu denli isteyeceğini hiç düşünmezdi ilk başta. Bir anlığına her şeyi bir kenara bıraktı Miran. Tüm düşüncelerini, düşmanlığını, intikamını... Beş dakikalığına da olsa bu anı yaşamayı istedi delice âşık bir adam gibi.

Gözleriyle konuşan insanların, kelimelere ihtiyacı olmazdı. Şimdi dilleri susmuş iki insanın gözlerinde birçok anlam yüklüydü. Birbirinden ayrılmayan iki bakış, sanki yıllardır hasret çekiyormuş gibi bakmaya başladı, Miran gece karası gözlerin derinliğinde kaybolurken, Reyyan mavi harelerin girdabında sürükleniyordu.

Aralarındaki mesafeyi kapatan yine Miran oldu. Hem yaklaşmaktan korkuyor hem de ansızın onun sınırlarında buluyordu kendini. Reyyan'ı kollarına hapsetti, ellerini beline sımsıkı yerleştirerek saçlarına gömdü dudaklarını. Bu anın ona bahşettiği paha biçilemez huzuru daha yeni keşfediyordu. Nasıl oluyordu da Reyyan aklını başından alıp her şeyi unutturabiliyordu?

Yasaklar her zaman daha çekici gelmiştir insanoğluna.

Boşuna değildi o sözler, kalp nerede imkânsız varsa onu seçerdi.

Bu an hiç bitmesin, bu kız kollarından hiç gitmesin istiyordu. Onu acı çeke çeke bekleyen bir kadının varlığını dahi unutmuştu. Elleriyle yanaklarından tuttuğunda, Reyyan gözlerini kapatmıştı. Kalbi duyulur derecede hızlı atıyordu. "Seni neden bu kadar özlüyorum, neden hep seni görmeyi diliyorum?" diye sordu Miran eşsiz bir duygu fırtınasında kaybolurken. Bu sözlerinde hiçbir yalan yoktu, bu sefer rol yoktu. Miran ilk defa kalbinden geçenlerin cevabını almak istercesine soruyordu Reyyan'a. Reyyan ise gülümsedi. Şimdi söylemeli miydi en büyük gerçeğini? Senin de beni sevmeni bekliyorum diyen adama, seni seviyorum demeli miydi?

Titreyen dudaklarından çıkan itirafla yüreğini Miran'ın avuçlarına teslim etti. Reyyan, "Seni seviyorum," diye fısıldarken kalbi de haykırıyordu aynı şeyi. *Bağıra çağıra!* "Bana ne yaptın bilmiyorum..."

Beklediği itirafı alan genç adam zafer dolu bir gülüşle kıvırdı dudaklarını. Amacına ulaşmıştı sonunda. Şimdi ellerinde olan sadece bedeni değil, aynı zamanda kalbiydi de. Bu duygu garip bir şekilde içini acıtmıştı. Normalde bu durumdan keyif alması gerekiyordu ama öyle değildi. Boğazına bir yumru adeta... Reyyan'a sarılmak istedi içinden gelerek. Uzun, uzun... Oysa daha dün onu sarmalayan ellerinden, Reyyan'ın ona dokunmasından rahatsız olmuştu. Sürekli değişiklik gösteren duygularıyla kavga halindeydi Miran. İçindeki duygunun nefret olup olmadığına emin değildi.

"Ben seni daha çok seviyorum güzelim," dedi dolu dolu

bir sesle. Düşüncesizce sarf ettiği bu sözler, Reyyan'ın yüzünde tebessüm oluşturmuştu. Kafasını Miran'ın boyun girintisine yaslayarak ellerini beline doladı.

"Biliyor musun," dedi Reyyan kısık sesle. "Bugün seni tanıyalı tam bir ay oluyor."

Miran, Reyyan'ın yaptığı ince hesaba gülümserken, "Evet," diyerek onayladı. "Tam bir ay oluyor."

"Sence de çok kısa bir zaman değil mi?" diye sordu Reyyan.

"Ne bakımdan?"

"Bence çok kısa. Keşke daha önce tanışmış olsaydık, birbirimizi daha iyi tanısaydık." Miran, Reyyan'ın yüzüne bakmak için eğildiğinde Reyyan da kafasını kaldırıp Miran'a baktı. "Yoksa pişman mısın?" diye sordu Miran tuhaf bir endişeyle. Reyyan kafasını salladı. "Hayır değilim, neden olayım ki? Ama korkuyorum."

"Neyden korkuyorsun?"

Reyyan bu soruya cevap verip vermemek arasında bocaladı. Miran'ı seviyor olması onu tanıdığı, ona güvenmesi gerektiği anlamına gelmiyordu. Evleneceği adamı tanımıyordu doğru düzgün. Neyi sever, neyi sevmez bilmiyordu mesela. Bu hayatta en nefret ettiği şeyin ne olduğunu, asla tahammül edemediği şeyleri ve onun neleri çok sevdiğini bilmiyordu. Ve tüm bunlar canını sıkıyordu. Üstelik Miran bir ömür boyunca ona sadık kalacak mıydı? İşte bu en korktuğu şeydi. Çünkü istediği her kadını elde edebilecek bir adamdı.

"Her şeyden korkuyorum," dedi Reyyan çocuksu bir sesle. "Bana kızma ama," dedikten sonra Miran'ın bedenine doladığı kollarını yavaşça çekerek yüzünü bir suçlu gibi yere eğdi. "Aradan zaman geçtikten sonra benden sıkılmandan, başkasını sevmenden korkuyorum. Çok garip hissediyorum kendimi Miran, ellerimden kayıp gidecekmişsin gibi."

Bu sözler Miran'ın canını fazlasıyla sıkmıştı. Hayır, bu sözlere üzülüyor değil, seviniyor olması lazımdı. İstediğini almıştı işte. Reyyan'ı kendisine âşık etmişti. Neyin nesiydi kalbindeki sızı? Yüzünden düşen bin parçaydı. Böyle olmaması gerekiyordu. Onun bir kalbi yoktu, merhameti yoktu. Yaptığı kötülüğün ardından sızlayacak bir vicdanı yoktu, olmamalıydı. Miran içindeki iyi niyeti susturalı yıllar oluyordu.

Elleriyle Reyyan'ın boynundan tuttu. Gözlerine güçlükle bakarken söyleyeceği yalanın acısıyla yutkundu. "Öyle bir şey olmayacak, ne senden sıkılacağım ne de başkasını seveceğim. Senden başka hiç kimsem olmayacak, anladın mı beni?"

Reyyan güneşi kıskandıracak bir gülümseme eşliğinde Miran'ın yüreğine hançer saplayacak o sözleri sarf etti. "Ben bu yaşıma kadar kimseye güvenemedim ama yüreğim sana sonsuz güveniyor."

Miran'ın gözleri kapandı. Bu sözlerin canını bu denli yakmasına anlam veremiyordu. Bir an önce buradan gitmek istedi. Çünkü bu kızın yanındayken esas benliği uzaklara kaçıyordu. Belki Reyyan'dan ayrılınca tekrar eski Miran'a dönüşebilirdi. Hiçbir şey hissetmeyen, zalim yürekli adama. İçinde şiddetle esen merhamet fırtınasını dindirmeliydi. Böyle olursa, nasıl yaşardı bir ömür?

Miran, Reyyan'ın ellerinden tuttu. "Hadi git artık," dedi. İçi paramparça oluyordu. "Sen burada durdukça senden ayrılasım gelmiyor benim."

Reyyan bir kez daha gülümsedi. Sonsuz başlangıçlarının, kısa süreli ayrılıklarını yaşayacaklardı bir kez daha. "Peki, gidiyorum o zaman."

Miran, gülümseyen genç kadının yanağına dokunduğunda kendi yüzünde de bir tebessüm belirdi. Eğilip alnına bir öpücük kondurdu. Hesapsız, kitapsız... Tamamen içinden gelerek. "Vuslat yakındır sevdiğim... Günler sonra geleceğim, bembeyaz gelinlik içinde çıkaracağım seni o kapıdan. Sonra, sen hep benim olacaksın..."

Yaklaşan intikam gününün haberini bu şekilde veriyordu Reyyan'a. Reyyan yaşanacaklardan habersiz bulutlarda gezmeye devam ediyordu.

"Kavuşmak üzere," diye söyledi son sözünü Miran.

Reyyan, çok geçmeden yanından ayrılıp konağa doğru yürümeye başladığında genç adam boş bakışlarla seyrediyordu bu manzarayı. Düğünden sonra belki de bir daha hiç rastlamayacaktı Reyyan'a. Zaten evliydi. Yine de düşünmeden edemedi. Gönül ona Reyyan gibi bakmayacaktı, bakamayacaktı asla, Reyyan'a duyduğu heyecanı Gönül'e duymayacaktı. *Hiçbir zaman...*

Konağın kapısı ağır bir sessizlikle kapandığında Miran da arabasına doğru yürümeye başladı. Mutsuzdu. Daha doğrusu, hayatında onu mutlu edecek hiçbir şey yoktu. Ölümüne arzuladığı şu intikam oyununda hayatı boyunca hiç yaşamadığı bir şeyi yaşamıştı. Reyyan çok farklıydı. Eğer normal şartlar altında Reyyan'la tanışmış olsaydı onu gerçekten sevebilirdi Miran. Ama içlerinde bulundukları durum öyle değildi ne yazık ki. O intikama susamış, kötü ruhlu bir adamdı, buna sebep olan da babasını öldüren katildi. Reyyan da o katilin kızı. Üstelik Miran başkasıyla evliydi. Reyyan'la olan kaderi baştan aşağı imkânsızlıklarla örülüydü.

Aşka bu denli yakınken bir o kadar da uzaktı aslında. Hem mümkündü, hem imkânsız! Ve bu hayatta hiçbir şey Reyyan kadar imkânsız olmamıştı. Cennet bahçesinin yasak elması gibiydi bu kadın. Miran gönlünü ona verdiği an, cayır cayır yanardı.

Otele vardığında istemsiz adımlarla yürümeye başladı. Gayriihtiyari adımları onu zorluyordu. İte kalka bir senesini doldurduğu bu evlilik yürümüyordu işte. Miran ne koca ne de baba olabilirdi. Ne buna hazırdı ne de istiyordu. Gönül onun üzerine kocaman bir yüktü.

Odadan içeriye girdiğinde sadece gece lambası yanıyordu. Gönül uyuyor olmalıydı. Uzaktan baktı karısına. Bir kez daha anladı. Bu kadını sevmiyordu, sevemeyecekti.

***

Günün ilk ışıkları Mardin'i aydınlattığında Reyyan mutlulukla kalktı yatağından. Kocaman gülümsüyordu. Dün geceyi düşündükçe pır pır eden kalbini engelleyemiyordu. Bir tarafı üzülürken diğer yanı mutluluktan deliriyordu. Ve Reyyan bunun tam ortasını bulamamıştı. Değişen ruh haline ayak uydurmakta zorlanıyordu. Elini yüzünü yıkayıp üzerini hızla değiştirmesinin ardından odasından çıkarak merdivenlere yürüdü. Düğüne kalan gün sayısı azaldıkça içine çöreklenen hüzün taneleri çoğalıyordu.

Mutfaktan içeriye girdiğinde Fatma'yı gördü. Her zamanki kahvaltı hazırlığındaydı. "Günaydın Fatma Abla," diyerek dolaba yöneldi. Belli ki henüz uyanan yoktu.

"Günaydın Reyyan."

"Annem uyandı mı?" diye sordu kahvaltılıklara göz gezdirirken.

"Görmedim," dedi Fatma, Reyyan'a gülümseyerek. "Uyanmadı sanırım."

Aslında günlerdir annesinin yüzüne bakamıyordu Reyyan. Hem o gün konuşulanları duymasından ötürü hem de üzüntüsünden. Miran'la konağın kapısında karşılaştıkları gün ağlamasının sebebi de buydu. Annesiyle babasının kavgasına şahit olmuştu uzaktan. Kavganın sebebi ise kendisiydi. Tartışmalarını gizlice dinledikten sonra evin içinde nefes alamamış, kendisini dışarı atmak istemişti. Kapıyı açar açmaz karşısında gördüğü adam onun yaralarına merhem olmuştu. Ağlama sebebini sorduğunda ise bir şey söylemek istememişti. Sebebi belliydi. Babası olacak adamın ağır sözleri kanına dokunmuştu. Ve Miran'a bundan bahsetmek istememişti. Aslında o gün sebebini söyleseydi, Miran, Reyyan'ın öz değil, üvey evlat olduğunu öğrenmiş olacaktı. Ama bazı şeylerin kaderde yaşanacağı varsa diller lal oluyordu.

Havin'in esneyerek mutfağa girmesinin ardından Reyyan düşüncelerinden sıyrıldı. Evdeki son günlerini mutlu geçirmek istiyordu. Birlikte masaya taşınacak şeyleri tepsiye koyarlarken mutfağa söylene söylene giren Delal Hanım'a kaydı herkesin gözü. "Bu oğlanın hali hiç iyi değil, hiç!" Meraklı gözlerle annesine bakan Havin. "Hangi oğlan anne?" diye sordu.

"Kim olacak kız? Abin Azat işte!" Sandalyeye otururken dertli dertli sallıyordu başını. "Son günlerde yüzü hiç gülmez oldu oğlumun. Eve geç geliyor, sabah kahvaltı bile etmeden çıkıp gidiyor."

Fatma elindeki bıçağı tezgâha bırakıp Delal Hanım'a baktı merakla. "Kız Delal Abla, bu oğlan kara sevdaya düşmüş olmasın?"

Delal çattığı kaşlarıyla baktı Fatma'ya. "Öyleyse kim o kız söylesin, biz de gidip isteyelim, öldürecek bu oğlan bizi yakında!"

Azat'ın evde olmayışı en çok Reyyan'ın işine geliyordu. Alışverişte çıkan kavga meselesinden dolayı Azat'a olan kızgınlığı hâlâ ilk günkü tazeliğini koruyordu. Yine de yengesinin sözlerine üzülmüştü. Azat son günlerde gerçekten iyi değildi ve bu durum en çok annesini endişelendiriyordu. Karşılıksız bir aşka düşmüş olabilirdi. Ama bu aşkın kendisi olabileceği aklının ucundan bile geçmiyordu Reyyan'ın.

Kahvaltı sofrası kurulduktan sonra bütün aile kahvaltı masasına oturmuştu. Zehra Hanım son günlerde sürekli ağlayarak evdeki herkesi, bilhassa Reyyan'ı çok üzüyordu. Kızını uzak bir yere göndermesinin de etkisi büyüktü, Miran sık sık görüşeceklerinin sözünü vermiş olsa da hiçbir şey dizlerinin dibinde olması kadar etkili olamazdı. Yine de sırf Reyyan'ın mutluluğu için susuyordu.

Tüm anneler böyleydi, içi sızlar ama yüzü gülerdi. Yeter ki evlatları mutlu olsun isterlerdi.

***

Akıp giden saatler, günler eşliğinde zamana yeniliyordu. Her geçen dakika biraz daha buruk, biraz daha can alıcı bir ateş düşürüyordu Reyyan'ın içine. Düğüne tam üç gün kalmıştı. Her şey tastamam, tek bir eksik kalmamıştı. İki gün evvel Miran konağa son kez gelmişti. Bundan sonra sadece kına gecesinin olduğu gün gelecekti ve düğün günü Reyyan bu konağa veda edecekti.

Kahvaltının ardından Reyyan odasına çıkıp valizlerini hazırlamaya başladı. Havin de ona yardım ederken ikisi de sessizdi. Konuşsalar ağlayacaklardı. Havin, bu ev Reyyan olmadan nasıl olur hiç bilmiyordu. Doğduklarından bu yana hiç ayrı gayrı düşmemişlerdi ki. Aralarında bir kan bağı olmasa da can bağı vardı. Hatta, aynı kanı taşısalar bu kadar yakın olamazlardı.

Bedirhan günlerdir sessizdi, ablasının gidişi onu da çok üzüyordu. Fatma sessiz, Dilan sessiz, Azat perişandı. Bunu fark eden olmasa bile Reyyan'ın gidişi en çok onu yakacaktı.

Birkaç kıyafet ve geceliği dışında her şey bavullara yerleştirilmişti. Askıda duran gelinliğine her baktığında boğazına kadar gelen ağlama duygusunu bastırmaya çalışıyordu. Hüzün ve mutluluk bir arada, iki duyguyla cebelleşmek onu fazlasıyla yormuştu.

Annesi, yengesi ve Fatma Hanım bir tanıdıklarını ziyarete gitmişlerdi. Dilan da yanlarında gitmişti. Konakta sadece Reyyan ve Havin kalmış, oturma odasında muhabbet ediyorlardı. Son zamanlarını birlikte geçiren ikili devamlı gülünecek şeyler konuşarak üzüntülerini bastırmaya çalışıyorlardı. Ne de olsa birkaç gün sonra gidiyordu Reyyan. Bol bol gelecek planı yapıp mutlu olacaklarını varsayıyorlardı. Her şeyden habersiz bir şekilde.

Havin oturduğu koltuktan kalktı. "Fatma Abla kek yapmıştı, dur ben getireyim," dedikten sonra odadan çıkıp uçar gibi mutfağa koştu. Aradan geçen beş dakikaya rağmen hâlâ dönmeyince Reyyan birkaç kere seslendi. Fakat Havin'den bir cevap gelmeyince huzursuz oldu.

Oturduğu koltuktan kalkıp odadan çıktığında telaşla merdivenlere yürüdü. Evde hiç kimsenin olmaması ayrıca telaşlanmasına sebep olmuştu. Merdivenlerin başına geldiğinde, avluda Azat'ı görmesiyle olduğu yere çakıldı. O günden beri hiç konuşmamışlardı. Şimdi ise göz gözeydiler. Reyyan ne söyleyeceğini bilemediği için susmayı tercih etti. Gözleri mutfak kapısına takıldı ancak içerisi görünmediği için Havin'i göremiyordu. Azat'ın merdivenlere doğru adım atmasıyla, geldiği odaya geri dönmek istedi ancak genç adamın sesi onu durdurmuştu. "Reyyan," diye seslenmişti merdivenleri adımlarken. Reyyan arkası dönük bir vaziyette durdu.

"Bir saniye bekler misin?"

Reyyan yavaşça önünü dönerken gözlerine büyük bir ciddiyet takınmıştı. Azat onunla ne konuşmak isteyebilirdi ki? Zaten oldu olası soğuk değil miydi evdeki kızlara karşı?

Merdivenleri çıkıp tam karşısında durduğunda Reyyan iyice meraklandı. Havin ise hâlâ ortalarda yoktu. Reyyan parmağını kaldırıp merdivenin bitimindeki mutfağı işaret ettiğinde, "Havin nerede?" diye soracak olmuştu ki, Azat parmağını tutarak aşağı indirdi.

Belli ki Azat, Havin'i birkaç dakikalığına uzaklaştırmıştı.

Reyyan ne oluyor dercesine baktığında Azat'ın tuhaf bakışlarıyla irkildi. Azat, çok değişik bakıyordu. Kendisine doğru bir adım atmasıyla Reyyan irkilerek geriledi.

"Bırak şimdi Havin'i," dedi durağan bir sesle. "Benim sana söylemem gereken bir şey var Reyyan."

Reyyan gözlerini şaşkınlıkla kırpıştırdı. Azat'ın ona söyleyecek neyi olabilirdi ki? "Seni dinliyorum," dediğinde araya kattığı mesafesinden ödün vermedi. Azat gözlerini zorlukla dikti Reyyan'ın gözlerine. Seni kaybettim diye haykırmak geldi içinden, ancak sadece susmakla yetindi. Düşünceleri yüreğine diken gibi batıyor ama bir türlü dile dökemiyordu. Dökemezdi de zaten... Yine acı bir tebessümle gülümserken konuştu.

"Sadece özür dilemek istemiştim." Bu sözlerinin üzerine Reyyan'ın yüzünün şaşkınlıkla şekil aldığını gördü. Haklıydı Reyyan, Azat ilk defa özür diliyordu hayatında.

Reyyan az önce Azat'ın dudaklarından dökülen şeyleri yanlış duyduğunu sandı. Özür mü dilemişti Azat ondan? Sanki karşısındaki Azat değil de başka biriydi. Yıllarca asabiyetinden ödün vermeyen amcasının oğlu, şimdi karşısına geçmiş özür diliyordu. Ki Azat, böyle bir şeyi dile getirmezdi asla.

Bakışlarını Azat'ın gözlerine kenetlediğinde gördüğü samimiyetle yanılmadığını anladı. Ciddiydi Azat, hiç olmadığı kadar. Ciddi ciddi özür dilemişti.

"Neden, ne özrü?" Şaşkınlığa bürünmüştü ses tonu.

"Hata yaptığımın farkındayım," dedi Azat ellerini gözlerine bastırırken. Bu sözleri söylemek ona güç geliyordu. Miran'a vurduğu için hiç pişman değildi. Ama Reyyan... Birkaç gün içinde bu evden gidecekti. Ve Azat, Reyyan'ın kendisini kötü hatırlamasını, ona kızgın bir şekilde bu evden ayrılmasını istemiyordu.

"Ona vurmamam gerekirdi." Dudaklarını kıvırarak gülümsemeye çalıştı. "Ama olan oldu bir kere, öfkeme yenildim ben." Derin bir nefes aldı, ne kadar zordu Reyyan'a veda etmek. "Şimdi sen gidiyorsun ya..." Kelimeleri boğazını tırmalıyordu sanki. *Kalbimi de yanında götürüyorsun Reyyan... Canımı yaka yaka gidiyorsun, yüreğime basa basa... İçimdeki bu sevdayı, sana söyleyemeden gidiyorsun Reyyan... Hiçbir zaman bilemeyeceksin...*

Söylemek istedikleriyle, söyledikleri arasında koca bir uçurum vardı. "Bana dargın gitme," diyerek araladı güçsüz dudaklarını. "Bana gücenme, yeri geldi kızdım, yeri geldi kırdım seni. Ama sen yine de bana küsme. Bilirsin, ölüm var. Hakkını helal et Reyyan." Şimdi o uçurumdan aşağıya atlıyordu Azat. En çok da canını yakan buydu ya. Söylemek isteyip de söyleyemedikleri.

Reyyan huzursuzca kafasını salladı. Hayır, bu mesele bu kadar büyük değildi, olmamalıydı. O Azat'a bu kadar kızgın değildi. Zaten ufacık bir özrü bile yetmişti küskünlüğün sona ermesine. Zaten acı çekiyordu günlerdir, şimdi de Azat'ın sözleri tuz biber olmuştu üzerine. "Sen benim abimsin, sana hakkım helal olsun, ben size istesem de kızamam ki..." Sona doğru kısılan sesi ağlayacağının habercisiydi. Günlerdir büyük bir direniş gösterdiği gözyaşlarına Azat sayesinde yenilmişti bugün.

Elini dudaklarına kapatıp sesli bir şekilde koyverdi ağlamasını. Azat, Reyyan'ın ağladığını görünce dayanamayarak merdivenlere doğru yürüdü. Biraz daha yanında kalırsa sevdası kendini ele verecekti. Reyyan ağlıyordu, Azat paramparça oluyordu her gözyaşında. Avluya hızlı bir şekilde inip kapıya doğru yürüdü. Reyyan'ı ağlatmak istememişti.

Kapıdan çıktığında içli bir nefes alarak ellerini gözlerine bastırdı. Gözleri acıyordu. Azat ağlayamazdı ve şu an içi kan ağladığı için gözleri feci bir biçimde yanıyordu. Hızlı adımlarla konaktan uzaklaşırken sitemli sözcükler mırıldanıyordu dili.

"Sen hiç ağlama güzel gözlüm, mutlu ol ömrün boyunca... Hüzün, sana hiç uğramasın!"

7

VEDA

Hissetmemesi gereken duyguların, içinde nasıl alevlendiğini seyrediyordu şimdi. Asıl hissetmesi gereken duygular ise gittikçe köreliyordu. İntikam, ödeşme arzuları... Nezdinde büyüyen paslı kin duyguları... Oysa böyle hayal etmemişti Miran. Bu oyunun her zerresinden haz duyacak, katiyen pişman olmayacaktı. Şimdi neyin nesiydi bu vicdan muhakemesi? Neden yaptıklarını sorguluyordu gecenin bu vakti?

Oturduğu koltukta zihnini ele geçiren kirli düşünceler eşliğinde gökyüzünü seyrediyordu. Haksızlığı sevmezdi. Ona göre herkes eşit olmalı, aynı derecede gülmeli, aynı derecede ağlamalıydı. Bir taraf hayatın keyfini sürerken diğer taraf feleğin sillesini yememeliydi. Yoksa nasıl eşit olurduk ki?

Böyle tutuyordu o nefretini ayakta. Dimdik duran düşmanca duyguların pençesinde kıvranan merhametini, işte böyle susturuyordu. O çok acı çekmişti babasının yüzünden. Şimdi Reyyan da kendi babasının günahlarının bedelini ödemeliydi.

Tedirgindi genç adam. Sabaha kadar uyuyamayacak olmanın verdiği işkenceyle sabahlayacak, olanları düşünecekti çaresizce. Kına gecesini geride bırakmışlardı. Miran'a göre oldukça çileli geçen ve yorgun noktalanan bir gece olmuştu. Onu böylesine yoran şey gecenin kalabalığı değil, zihnindeki sığlaşmış düşüncelerdi. Bu iş artık çığırından çıkıyor, kendisinin bile hesap edemediği noktalara doğru yol alıyordu... Bir şeyden emindi ki Azat, Reyyan'a delicesine vurgundu. Kına gecesi boyunca onu ortalıkta göremeyişinden, gecenin sonunda konağa sallana sallana girişinden anlamıştı bu durumu.

Kına gecesi tüm gürültüsüyle devam ederken patlayan silah sesleri Miran'ı tedirgin etmişti. Bedirhan'ın ellerinde duran tabanca tehlikesiz bir şekilde havaya kurşun saçarken halay çekilmeye devam ediliyordu. Bu yöredeki düğünlerin en büyük âdetlerinden biriydi, peş peşe havaya atılan kurşunlarla kutlanırdı düğün. Gel gör ki Miran, silahtan ve çıkardığı o uğursuz sesten nefret ederdi. Her bir vuruşun gürültüsü kulağına dolduğunda zihnindeki kanlı manzara tekrar vücut bulur, ebedi bir öfke dolardı sinesine. Tüm bu intikam planlarının sebebi de babasının ölümüne yol açan, olmaz olasıca bir silah ve ondan çıkan kör bir kurşun değil miydi?

Ne tuhaftı... Silahlardan nefret ederek büyümüştü. Fakat ruhunun derinliklerinde bir namlunun kendisine çevrilmiş olduğunun farkında bile değildi. İçindeki çocuk çaresizce kıvranırken, o, dışındaki adamın acımasız silahıyla ölüyordu!

Oturduğu koltukta bıkkın bir şekilde etrafı izlerken gözlerinin önüne Reyyan'ın hayali takılmıştı. Kına gecesi boyunca tüm içtenliğiyle gülümsemişti etrafındaki insanlara, başına geleceklerden habersizce. Çok da güzeldi, tıpkı bir günah gibi çekici, melekler kadar masum... Onu izlerken dudakları alayla kıvrılmıştı genç adamın. Bu gece sabaha kavuştuğunda, zaferini ilan ettiği gün olacaktı. Reyyan'ı o konaktan gelin olarak çıkardığında ilk planı kusursuzca gerçekleşmiş olacaktı.

Gece boyunca Miran'a zorluk çıkaran Gönül'ü de unutmamak gerekirdi. Kına boyunca surat asıp durmuş, insanların ilgisini üzerine çekmişti. Soru sordukları zaman hastayım diyerek geçiştirmişti. Onun bu halinin sebebini tek bilen Miran ve teyzesiydi. Böyle bir gecede nasıl öldüğünü gözleriyle anlatmaya çalışmıştı ikisine de. Nergis Hanım'ın bu bakışlar karşısında içi ezilirken Miran'ın umurunda olmuyordu. Tam aksine, Gönül'e, bir sorun çıkarmamasını ima eden tehdit yüklü bakışlar yolluyordu.

Hangi kadın kendi kocasının düğününde sakin kalabilirdi ki? Fakat Gönül'ün durumu farklıydı. O, Miran'ın gözünde bir kadın bile değildi belki. Kendisini bu evlilikte zorla kabul ettiren gurursuz bir paçavraydı. Miran'ın bir intikam planı olduğunu bile bile onunla evlenmeyi kabul etmişti. Nereden bilebilirdi ki bu intikamın içine başka bir kadının karışacağını?

Miran'ın bu gece hesap etmediği şeylerden biri de imam nikâhıydı. Kına gecesi yavaş yavaş sona erdiğinde misafirlerde dağılmaya başlamıştı. Hazar Bey tam o sırada Reyyan'ı ve Miran'ı konağın bir odasına çekmiş, imamın huzurunda dini nikâhlarını kıydırmıştı. Ne kadar reddetse de, ne kadar yalan bir evlilik olsa da Reyyan artık onun karısıydı.

Gecenin sonunda arabaya binip konaktan uzaklaştıklarında Nergis Hanım gözyaşlarına engel olamamıştı. Giriştikleri bu kötü oyunun günahının ne denli büyük olduğunun farkındaydı. Ancak yeğenine söz geçiremiyordu. Masum bir insanın canını yakarak intikam alınır mıydı? Bu saçmalıktı... Günahtı, büyük günahtı! Fakat buz tutmuş bir yüreğe nakış gibi işleyen tek duygu acıysa, günahın hiçbir önemi olmazdı. Nitekim Miran böyle bir adamdı. Sağırlaştırdığı vicdanının çığlıklarını uzun zaman önce susturmuştu...

Üç beş kuruşa tav olmuş sahte bir memurla yalan bir evlilik yapacaktı bu sabah. Her şeyi parasal gücü sayesinde kolayca ayarlamıştı. Yarın Reyyan'ın eline sahte bir evlilik cüzdanı verilecekti. Her şey sahte olduğu gibi soyadı da sahteydi. Miran kendisini bu aileye başka bir soyadla tanıtmıştı. İntikam oyununun bir parçasından ibaretti bu da. O, Hazar Şanoğlu'nun yıllar önce öldürdüğü Ahmet Karaman'ın oğlu Miran Karaman'dı. Hazar Bey, Miran'ı gerçek kimliği ile tanımış olsa, saniyesinde kim olduğunu anlardı.

Bir tek yarın kalmıştı. Sorunsuz geçmesi gereken tek bir gün daha! Yarından sonra gerçek kimliğini gizlemek zorunda kalmadan düşürecekti yüzündeki maskesini. Ne yazık ki onun korkunç yüzüyle ilk tanışan Reyyan olacaktı. En olmayacak insan...

***

Şafak söküyordu yine... Güneş kızıllarını gökyüzüne salarken tüm ihtişamıyla haber veriyordu gelişini. Sabahın habercisi olan aydınlık kendisini gösterdiğinde hiç uyumadığı yatağından kalktı Miran. Kırk gün kadar süren bir serüven bugün sona eriyordu. Nasıl da oynamıştı ama? Nasıl da kandırmıştı ona güvenen tüm o insanları? Özellikle Reyyan'ı. Nasıl da inandırmıştı yalan aşkının gerçekliğine?

Bugünden itibaren Mardin'den ayrılıyordu Miran. Hazırladığı eşyalarını son kez kontrol ederken konsolun üzerindeki uçak biletleri çarptı gözüne. Eğilip eline aldığı biletlerle birlikte yatağa doğru yaklaştı ve arkası dönük kadına seslendi. "Uyumadığını biliyorum, kalk artık."

Evet, Gönül uyumuyordu. Tıpkı o da Miran gibi sabahlamıştı. Yine de ağzını açıp tek kelime edememişti. Aralarındaki ilişki gün geçtikçe dayanılmaz bir boyuta ulaşıyor, Miran ondan daha çok nefret ediyordu. Zaten Reyyan ile yapacağı evlilik engelleyemeyeceği bir şeydi. Bu yüzden susuyordu. Miran'ın sesini duyduğunda istemsizce yataktan kalktı. Kıpkırmızı olan gözleri, sabaha kadar ağladığını ispat ediyordu. Sabaha kadar birbirlerine sırtı dönük bir şekilde yatmışlardı. Her zamanki gibi... Miran, Gönül'ün sessiz sessiz ağlayışını duydukça uyuyamamıştı, zaten olmayan uykusu iyice kaçmıştı.

"Bugün her şey son bulacak," dedi Miran kısık sesle. Bu söylediğine kendisi ne kadar inanıyordu, bilmiyordu. Acı dolu bir gülümseme yerleşti Gönül'ün yüzüne. Zoraki araladığı kurumuş dudaklarından zaruri cümleler döküldü. "Hiçbir şey son bulmayacak Miran, aksine! Her şey daha yeni başlıyor."

Gönül, sözlerinde sonuna kadar haklıydı. Ne bitmişti ki? Bugünden sonra normal olmayacaktı hiçbir şey. Günaha bulanmış bir ömür, ne kadar normal devam edebilirdi? Miran bu sefer sessiz kalmayı tercih etti. Verecek bir cevabı yoktu çünkü. Elinde tuttuğu uçak biletini yatağın bitişiğindeki komodinin üzerine bıraktı. "Düğünden sonra teyzemle birlikte havaalanına gidin. Sarp sizi İstanbul'da karşılayıp eve götürecek, ben gelene kadar da evden dışarı çıkmayın."

Miran sözlerini noktalayıp elinde ceketiyle odadan ayrıldığında güçlü bir hıçkırık firar etti Gönül'ün boğazından. Ellerini ağzına kapattı, onu kimseler duymasın diye. Gidiyordu işte. Şimdi simsiyah bir damatlık giyecek ve başka bir kadının kocası rolünü oynayacaktı, öyle mi? Ölüyordu adeta... Kalbini yerinden sökebilecek kadar kudretli bir acı ömrüne yerleşiyordu acımasızca. Haykırıyordu ama duyan yoktu, çığlık çığlığa susuyordu geceler boyunca. En acısı da, ölürken yaşamaya devam ediyordu. Tıpkı acı çeken diğer kadınlar gibi...

Gelecekti Miran, söz verdiği gibi tekrar Gönül'e dönecekti. Yine onun kocası olacaktı ancak Gönül ne zaman onun gözlerine baksa, orada Reyyan'ı görecekti. Arada başka bir kadının varlığı, onun izleri, koca bir ihanet ve onun gölgesi olacaktı!

***

Düğün telaşı sarmıştı konaktaki herkesi. Çoğu hazırlıklar tamamlanmış, herkes damat tarafının gelmesini beklemeye koyulmuştu. Hayatının bir evresini tamamlamış gibi hissediyordu Reyyan. Dile kolay... Doğup büyüdüğü, ömrünün on dokuz yılını geçirdiği bu ev artık onun evi değildi. Geriye kalan tek şey, duvarlara bakınca gördüğü kırık anılar, boğazına oturan bir yumru ve vedalaşmanın vereceği azaptı.

Nefesini tutuyordu, üzerinde acayip bir gerginlik vardı. Karmaşık duyguların verdiği sıkıntıyla mücadele etmeye çalışıyordu. Heyecan, hüzün, mutluluk... Hepsini aynı anda yaşıyordu. Üzerindeki gelinlik gerginliğinden ötürü onu sıkıyor gibiydi. Aynadan kendisine baktı, Havin son kez kontrol ediyordu her şeyini. Yanında götüreceği eşyalarının hepsi tamamdı. Sadece sayılı dakikalar kalmıştı. Su gibi akacak zamanın ardından Mardin'e, doğup büyüdüğü bu büyülü şehre veda edecekti.

"Dünden daha güzel oldun Reyyan, maşallah nazar değmesin!"

"Evet," diyerek destekledi Elif. "Maşallahın var güzelim." Söz olsun diye konuşmuyordu, gerçekten güzel olmuştu Reyyan. Saçı ve makyajıyla ilgilenen kadın bugün daha da özenmiş, düne göre daha güzel bir kız çıkarmıştı ortaya. Reyyan gülümsedi. Ne dese, ne söylese bilmiyordu. Gülüşü bile öyle buruktu ki... Havin ise etrafa sürekli neşeli gülücükler saçmaya çalışıyordu. Sürekli konuşuyor, ortamdaki kasveti dağıtmak için uğraşıyordu. Çünkü sussa ağlayacak, Reyyan'ı da ağlatacaktı. Ki Reyyan zaten sabaha kadar ağlayıp durmuştu. Zira annesi de öyle. Söylediği sözler kalbinin ortasına mıh gibi çakılmış, yüreğini sızım sızım sızlatmıştı.

"Ömür boyu mutlu ol güzelim, hayatın sana keder bulaştırmasına izin verme. Sevgine sahip çık ne olursa olsun, benim içimde ukde kalan o aşkı, sen yaşa doya doya!"

Böyle söylemişti Zehra Hanım. Bu sözlerle bir yandan Reyyan'ı mutlu ederken diğer yandan da çok üzmüştü. Çok merak ediyordu Reyyan... Madem sevmiyordu kocasını, neden evlenmişti öyleyse? Sırf kendisi için mi? Kızı için mi razı olmuştu sevmediği bir adama? Babasının da annesini sevdiği pek söylenemezdi ya... Sanki ikisi de bu evliliğe mecbur bırakılmış gibiydi.

Kızlar kendi aralarında son konuşmalarını yapıp birlikte geçirdikleri son demlerin tadını çıkarırken kapı çalındı. Bedirhan'dı odaya gelen. Belli ki Reyyan'a özel olarak veda etmek istiyordu. Havin ve Elif sessizce odadan çıktı. Bedirhan, hüzünlü bir tebessümle gülümsedi ağlamaya hazır olan ablasına.

Zehra Hanım ve Hazar Bey'in evliliğini ayakta tutan yegâne güçtü Bedirhan.

İki adımda yanına vararak ayaklarının dibinde durdu Reyyan'ın. Titreyen ellerini kaldırıp yanaklarına dokundu yavaşça. Önce hafifçe eğilip alnına bir öpücük kondurdu. Reyyan'ın yüzü kızarmış, gözleri sulanmıştı. Bedirhan zoraki gülümseyerek kafasını salladı. "Seni ağlatmak için gelmedim buraya, sakın ağlama!"

Çenesini çaresizce sallayan Reyyan da gülümsedi. Gözleri yaşarsa da gittiği yere kadar direnecekti bugün. Bu hayattaki tek kardeşiydi Bedirhan. Kollarını beline dolayarak uzun uzun sarıldı. Babaları bir olmasa da anneleri birdi. Ve bu büyük detay hiçbir zaman sorun olmamıştı aralarında. Bedirhan her ne kadar belli etmese de ablasını çok seviyordu. "Hep mutlu ol abla, yüzün hep gülsün, kaderin kedersiz olsun inşallah!"

Nedense Bedirhan, Azat'ın aksine Miran'a güveniyordu. İçinde ona karşı en ufak bir şüphe oluşmamış, gözlerindeki yalancı duyguları fark edememişti. Miran'ın Reyyan'ı mutlu edeceğine ve gözü gibi bakacağına emindi. Çünkü babasına çok güveniyordu Bedirhan. Babası Miran'a kefilse, Miran kötü biri olamazdı ona göre. Neticede hiç kimse farkında değildi, Reyyan'ı elleriyle ateşe attıklarının...

Hazar Bey'in isteği üzerine tüm aile avluda toplanırken Havin haber vermek için odaya tekrar geldi. Reyyan ve Bedirhan birlikte odadan ayrıldılar. Reyyan'ın attığı her adım, yüreğinde ayrı bir acıya dönüşüyordu. Yine de gülüşlerine gölge düşürmemeye çalışacaktı. Bu konaktan çıkarken, annesi onu üzgün görsün istemezdi. Konağın kapısında düğün konvoyu için bekleyen arabalar art arda dizilmişti. Şimdi Miran onu orada birbirinden kötü düşünceler eşliğinde beklerken Reyyan her şeyden habersizdi.

Avluya indiğinde vedalaşmaya babasından başladı. Bu yaşına kadar onu yetiştiren adam şimdi tam karşısında yüzüne gülümsüyordu. Bir kere olsun şefkat göstermemiş olsa da, hiçbir zaman kötü de davranmamıştı Reyyan'a. Allah vardı, hiçbir şeyden yoksun büyütmemişti, sevgi hariç. Eğilip elini öptü saygıyla. Hakkını ödeyemezdi ne de olsa. Alnının akıyla gelin de etmiş, sırtındaki yükten kurtulmuştu adam böylelikle.

Babasının ardından Cihan Amca'sının elini öptü. Cihan Bey, Reyyan'ı çok severdi. Hatta öyle ki, kardeşinin göstermediği şefkati göstermiş, onu hiçbir zaman kendi ailesi dışında görmemişti. Havin neyse Reyyan da oydu Cihan Bey için. Çünkü yüreğinde merhamet taşıyan bir insan, küçük, yaralı bir kıza kıyamazdı. O da hiç kıyamamıştı. Gönlü her daim, mutluluğundan yana olacaktı.

Sırasıyla Delal Yenge'sine, Fatma Abla'sına, Dilan'a ve Havin'e de uzun uzun sarıldı. Her birine ayrı bir veda sözcüğü sarf etmiş, yüreklerini dağlamıştı. Ağlamamak için sıktığı çenesi kalbini ağrıtıyordu resmen. Dişlerini sıkarak kendini koy vermesini engellemeye çalışsa da gözyaşları düşüyordu bir bir yanaklarından. Sıra annesine geldiğinde ağlamasının şiddetlenmesini engelleyemedi. Bu anın provası olmazdı ki... Ne kadar ağlamayacağım diye düşünse de engel olamamıştı kanayan yarasına. Anneydi o, nasıl veda edebilirdi ki? Ellerini öptü, uzun uzun… Sımsıkı sarılarak acısını dindirmeye çalışsa da böyle yapınca sanki daha çok acıyordu içi. Anne kokusu... Burnunun direğini sızlatan bu kokuyu elinde olsa ciğerlerine hapsetmez miydi? Dün gece bol bol ağlayıp dizlerinde uyumuş, kollarında son kez küçük bir kız çocuğu olmuş olsa da yetmiyordu işte. Bu acıyı dindirmeye gücü yetmiyordu hiçbir şeyin!

Dışarıdan duyulan davul ve zurna sesleri, arabaların peş peşe çalan kornaları gelinin bir an evvel evden çıkmasını isteyen mesajlar veriyordu. Büyük an gelmişti. Evlenen her kadının ömründe bir kez yaşadığı, baba evinden çıktığı o anı yaşayacaktı tüm sızısıyla.

Bedirhan, Reyyan'ın yanına yaklaşarak elindeki kırmızı kurdeleyi ablasının beline üç kere doladı. Üçüncüsünde bağladığı kurdelenin ardından son kez sarıldı ve duvağını yüzüne kapattı. Duvağının da üzerine örtülen kırmızı pullu örtünün ardından dudaklarını birbirine bastırdı Reyyan. Bu anın bu kadar acıtacağını hiç tahmin etmemişti.

Avlunun bir köşesinde, tüm bu olanları yabancı gibi izleyen birisi vardı: Azat. Reyyan bir tek onunla vedalaşmamıştı. Azat nasıl yanına gidip sevdiği kıza mutluluklar dileyecekti? Canı hiç olmadığı kadar yanıyordu şimdi. Öyle ki, bütün konağı cayır cayır yaksa içi kadar yanmazdı sanki...

Yüreğindeki acıya tuz basarak son kez amcasının kızına doğru yaklaştı. Kaçamak bakışlarla süzdü, baştan aşağı. Diline kepenk bağlasalardı da sarf etmeseydi bu sözleri. Yüreğine bir hançer olup saplanmıştı. "İnşallah çok mutlu olursun Reyyan!" Vurgun yemiş dili, başka kelam edemedi.

"Teşekkür ederim," dediğinde Reyyan, Azat duymamıştı onu, yangından kaçar gibi kaçıp gitmişti Reyyan'dan uzağa.

"Hadi kızım!" Babasının sesi zamanın geldiğini söylüyordu. Reyyan yanına gelen adamın koluna girip kapıya yürüdü. Miran kapının önünde bekliyordu onu. Birazdan bu koldan çıkacak ve Miran'ın kollarına gidecekti. Nasıl bir yola çıktığını bilmeden, ömrünü, kalbini, her şeyini, ruhunu kötülüğün ellerine sermiş bir adama teslim edecekti.

***

Ellerinin arasında duran sahte evlilik cüzdanına bakarken içten içe gülümsemeden edemiyordu. Sahte düğün saatler önce sona ermiş, dakikalar önce de son vedalar edilmişti. Bu sefer doyasıya ağlamış, kendisini kasmamıştı Reyyan. Bunun pişmanlığını taşımak istemiyordu üzerinde. Annesine doyamadan ayrılmak istememişti. Şimdi bir daha ne zaman döneceğini bilmediği bu şehirden tamamen ayrılıyordu, ya da öyle sanıyordu. Açılan pencereden dışarıya uzattı sağ elini.

"Hoşça kal Mardin, hoşça kal güzel şehrim. Beni hiç unutma... Çünkü ben, seni asla unutmayacağım..." İçinde umudun taze tohumları, yanaklarında yeni açmış gonca güller, dudaklarının kıyılarına yerleşmiş divane gülüşler eşliğinde veda ediyordu memleketine.

Tüm bunlar olurken bu şehre gözyaşları içinde veda eden bir kadın daha vardı. Gönül... Şüphesiz o da Mardin'i hiç unutmayacaktı.

Bir buçuk saat sürecek bir yolculuk başlamıştı şimdi. Reyyan duvağını tamamen arkasına attı. Artık evli bir kadındı. Bu anı o kadar çok hayal etmişti ki! Üzerindeki utangaçlık bir tarafa, için için kanayan yarasıyla ağlamamak için zor tutuyordu kendisini. Bir de Miran'ın suskunluğu eklenmişti bu ıssız yolculuğa. Sahi, neden konuşmuyordu ki bu adam?

Çatık kaşlarının arasından parlayan mavi gözleri yoldan ayrılmıyordu. Üstelik arabayı haddinden fazla hızlı kullanarak Reyyan'ın gerilmesine sebep oluyordu. Yine de Reyyan bir şey söylemeksizin arkasına yaslandı. Nereden bilebilirdi Miran'ın kafasında dolaşan tehlikeli düşünceleri? Kafasını cama çevirip özleyeceği bu şehri doyasıya seyretmeye koyuldu. Geceyi geçirmek için Diyarbakır'a gideceklerdi, birkaç gün içinde de tamamen İstanbul'a gitmiş olacaklardı. Üzerinde tatlı bir yorgunluk ve acı veren garip bir hüzün vardı. Yanındaki adamın sessizliği yüzünden gönlüne bir kasvet çökmüştü, gözkapaklarına binen uykuya direnmeye çalışsa da nafile, çoktan kafası düşmüştü yana.

Miran, Reyyan'ın uyuduğunu fark edince gülümsedi. Resmen çocuk gibiydi. Gözünde küçük bir kız çocuğundan farkı yoktu hatta. Gaza biraz daha yüklenerek devam etti. Bir an önce eve varmak istiyordu. Yarın sabah ise bu oyuna bir son verecek ve Reyyan'a gerçek Miran kimmiş gösterecekti tüm zalimliğiyle.

Diyarbakır'a vardıklarında hava kararmıştı. Miran geçici bir süreliğine kiraladığı turistik evin önüne geldiğinde arabayı durdurdu. Yanında oturan kıza döndü yüzünü. Reyyan hâlâ uyuyordu. Eğilip elini saçlarının arasına daldırdı. Uyanması için hafifçe okşadığında Reyyan şaşkınlıkla araladı gözlerini. Uyuduğunun farkında bile değildi. Başını camdan kaldırıp Miran'a baktığında kendisine gülümsediğini gördü. İçi gıdıklanmaya başlamıştı, bu his çok tuhaftı.

Gözlerini arabadan dışarıya çevirdi fakat hava kararmış olduğu için pek bir şey görünmüyordu. Ürkek tavrıyla bakışlarını mavi gözlere çevirdiğinde, "Neredeyiz?" diye sordu Reyyan.

"Geldik," dedikten sonra bir süre duraksadı Miran. "Burada kalacağız işte birkaç gün." Yine yalan söylemişti fakat bir şeyi fark ediyordu ki artık yalan söylemek onu mutsuz ediyordu. Normalde yalancı bir adam değildi. Doğruları söylemekten çekineceği kimsesi yoktu ki. Belki bu söylediği ilk yalan değildi ancak sonuncu olacaktı.

Arabanın kapısını açıp dışarıya çıktığında ilk önce bagajdaki bavulları indirdi. Reyyan ise yerinde ne yapacağını bilmeden oturuyordu. Miran kendisini unutup eve doğru yürüdüğünde kaşları çatıldı istemsizce. Miran da evin kapısına gelince hatırladı Reyyan'ı. Neredeyse eve onsuz girecekti. Kafası öylesine doluydu ki, buraya neden geldiğini bile unutacaktı. Arkasını dönmeden evvel yüzüne son kez yerleştirdi sahte maskesini. Reyyan'ın yüzüne baktığında yine utangaç tavırlarıyla kendisine baktığını görünce gayriihtiyari gülümsedi. Her şeyin sahte olduğu bu iğrenç intikam oyununda sahte olmayan tek şey Reyyan'a olan tebessümleriydi.

Bakışlarını Reyyan'ın üzerinden ayırmadan gülümsemeye devam ederken birkaç adımda yeni karısının yanına vardı. "Geceyi arabanın içinde geçirmeyi düşünmüyorsun umarım."

Reyyan aptal bir gülüşle kafasını önüne eğdi. Ne kadar da aptaldı Miran'a göre. Arabadan inmeden evvel gelinliğinin eteğini toparlamış, avuç içlerine hapsetmişti.

Birlikte, aralık olan evin kapısından içeriye girdikten sonra tek ayağıyla kapıyı kapattı Miran. Bavulları kapının hemen yanına dizdikten sonra gözlerini Reyyan'a dikti. Sahi şimdi ne yapması gerekiyordu? Hayatının ikinci evliliğiydi bu. İlkinde sevmediği bir kadını almıştı ömrüne. Yüzüne bile bakası gelmediği halde o kadını karısı yapmıştı. Şimdi de durum pek farklı değildi. Bu evlilik, sahteydi. Her ne kadar Reyyan'dan nefret etmese de neticede düşmanının kızıydı o. *Sevemezdi.*

Reyyan evi ve eşyaları izlemeye başlamıştı. Aslında onu ilgilendiren bu ev değildi ama bu şekilde oyalanıyordu aklınca. "Ev güzelmiş," diyerek ona göre saçma bir cümle kurdu.

Miran, Reyyan'ın heyecandan saçmaladığının farkındaydı. Zaten o gözlerinden hiçbir şey kaçmazdı. "Evet, öyle," diyerek gülümsedi.

Miran tüm bu saçmalıklara son vermek için Reyyan'a yaklaşıp uzattığı eli tutmasını bekledi. Kendisine uzanan elle kalbi deli gibi atmaya başlamıştı Reyyan'ın. Utana sıkıla elini verdiğinde gözlerini yere çevirdi. Önden yürüyen Miran'ı takip ediyordu yavaş adımlarla. Miran'ın arkası dönükken yüzündeki gülümseme görülmeye değerdi doğrusu. Kazanan o olmuştu, dediğini tutmuş, koca bir aileyi ayakta uyutmuş ve yalan bir düğünle kızlarını almayı başarmıştı.

Açtığı odanın kapısından içeriye girdiğinde bıraktı Reyyan'ın elini. Kapıyı kapattığı andan itibaren içerdeki adam Miran değildi. Tüm düşmanlığını, kinini ve nefretini kapının ardında bırakmıştı çünkü. Bu gece tüm benliğinden sıyrılacak, sadece bu geceliğine olmak istediği adam olacaktı. Bu gece sadece Reyyan'ı kandırmakla kalmayıp kendisini de kandıracaktı. İçinden geldiği gibi davranıp âşık adam rolünü gerçeğe çevirecekti. O bile farkında değildi ama olmak istediği adam buydu.

Heyecandan titreyen Reyyan'a yaklaştı. Bu gece, yüreğinin kirini bu kızın gönlüne akıtacaktı. Acımadan, çekinmeden. Usulca uzattı ellerini ellerine. Sıcak ellerini avuçlarına hapsederken, uzunca bir süre vuslatı bekleyen gönlü yaralı bir adam gibiydi. Bu anı kırk yıl beklemişçesine, içinde büyük bir hasret büyütmüşçesine dokundu. Sonra dudaklarına götürdü ağır ağır. O elleri nazikçe kapattı dudaklarına. Aynı ağırlıkta gözleri de kapanmıştı.

İçi sızım sızım sızlıyordu. *Miran bu sızıdan nefret ediyordu.*

Reyyan desen, her an bayılacak gibiydi. Odadaki tek ışık kaynağı, abajurdan saçılan, kısık, sarı pırıltılardı. Köşede bir dolap, kapının girişindeki duvarı kaplayan büyükçe bir konsol vardı. Yatağın her iki yanına yerleştirilmiş krem rengi komodinler klasik bir yatak odasını oluşturuyordu. Bayılmamak için etrafı gözlerken fark etmişti tüm bunları. Zira kalbinin atışları birazdan kaburgalarından taşacak gibiydi.

Her şeye rağmen benzersiz hislerle dolup taşıyordu gönlü. O küçük kalbine nasıl böyle büyük bir aşk sığmıştı bilmiyordu. Nasıl olmuştu da o okyanus bakışlar tüm benliğini çalıp destansı bir masala hapsetmişti? Reyyan, Miran'ı çok seviyordu. Gözlerine bakıp ağlayacak kadar çok, bir ömür uyuyan yüzünü seyredecek kadar çok, adına türküler yakacak kadar divane... Bu adam onun kalbine dokunmuştu. Kimsesizliğinden sahiplenmiş, her şeyi olmuştu.

Miran gözlerini aralayıp Reyyan'ın yüzüne baktığında ıslanmış gözlerini fark etti. Derin bir nefes aldı. Ardından bir elini yüzüne uzattı. En derininden gelen şefkat duygusu ile yanağını okşarken, başparmağı ile süzülen bir damla yaşı yok etti. "Ağlamanı istemiyorum," dedi suçluluğun işlediği titrek ses tonuyla. "Çünkü sen, hep gülmelisin Reyyan."

Reyyan gülümsedi. Eliyle diğer gözündeki yaşı sildi fevri

bir hareketle. "Bir ömür boyunca," dedi kısık bir sesle. "Sadece senin için gülümseyeceğim."

Miran, Reyyan'ı kendisine çekip ellerini beline yerleştirdi. Burnunu Reyyan'ın saçlarından içeri, boyun boşluğuna daldırdı. "Bu gece bana, beni son kez görüyormuşsun gibi davran Reyyan." Reyyan'ın neden diye sormasına izin vermeden elini dudaklarına kapattı. "Soru sorma, sadece sev bizi." Sonra sessizce mırıldandı. *"Lütfen..."*

Reyyan'ın bedenini kendisine hapsederken içinden sessizce konuşuyordu. *"Yarın tanışacağın adam için, şimdiden özür dilerim..."*

8

YOKOLUŞ

İçine dolan huzurla, yeni hayatının ilk gününe gözlerini araladı Reyyan. Öyle güzel uyumuştu ki sabah olduğunun farkına varamamıştı, hatta saat epey geçmişti. İlk başta uyandığı bu farklı ortam onu tedirgin etse de, evlenmiş olduğunu hatırlayınca aptal bir tebessümle gerindi. Ve gözleri aniden yatağın diğer tarafına dönüverdi, bomboştu yatağın diğer tarafı.

Oysa uyandığı ilk anda onun yüzünü görmeyi hayal ediyordu. Yataktan hızla kalkıp berjere doğru yürüdü. Aldığı sabahlığı üzerine geçirdi. Önce Miran'ı bulacaktı. İçi huzursuz olmuştu onu göremeyince. Hayatında ilk defa başka bir yatakta uyumuştu, bu yüzden yalnız uyanmış olmanın tedirginliği vardı üzerinde. Odadan çıkacağı sırada kapıdaki notu fark etmesiyle dikkati dağıldı. *"Hazırlanıp gel, kahvaltıya bekliyorum."*

Derin bir nefes aldıktan sonra gülümsedi. Oyalanmadan yerde duran bavulun kapağını açtı. Elini aralara daldırıp giyebileceği bir şey ararken gözlerine mavi elbisesi çarptı.

Bunu da çeyiz zamanı alışveriş yaparlarken almıştı. Belden oturmalı uzun elbiseyi üzerine geçirdikten sonra ellerini saçlarına attı. Saçları ıslakken uyuduğu için birbirlerine karışmışlardı. Bavulun ön kısmından aldığı tarakla saçlarını düzelttikten sonra konsolun aynasına geçip pufun üzerine oturdu. Makyaj malzemelerine bakarken gülümsüyordu. Çok makyaj yapan bir kız değildi ancak bu sefer daha farklı olmak, daha güzel görünmek istiyordu. Hafif makyajını tamamladıktan sonra aynadaki aksine son bir kez bakıp gülümsedi.

Ekim ayının son günleriydi. Havalar bazen yazdan kalma gibi sıcacık olurken bazen de kış gelmiş gibi soğuk geçiyordu. Dün şanslıydı çünkü hava çok güzeldi, bugün ise tam tersi. Gökyüzünü insanın içini karartan kasvetli bulutlar sarmıştı.

Odadan çıkıp sağa sola baka baka mutfağı bulduktan sonra çekine çekine yürüdü. Arkası dönük bir vaziyette oturuyordu Miran masanın başında. Reyyan hızlı adımlarla karşısına geçip ahşap sandalyeye oturduktan sonra Miran'a bakarak gülümsedi. Miran'ın da üzerinde koyu mavi bir gömlek vardı. "Farkında olmadan aynı renkleri giymişiz," dedikten sonra pot kırmış gibi elini dudaklarına kapattı. "Günaydın!"

Miran ağır aksak kaldırdı bakışlarını masadan. Sanki bir yere dalmış gibiydi. Gözleri Reyyan'ın kuzguni harelerini bulduğunda, buz gibi bir ses tonuyla döküldü dudaklarından "günaydın" kelimesi. Reyyan bu soğukluk karşısında ürperdi, boşta kalan ellerini nereye koyacağını bilemedi. Farkında olmayarak bir hata mı etmişti? İlk günden onu böylesine kızdıracak ne yapmış olabilirdi ki?

Miran işaret parmağını hazırladığı kahvaltı masasına dikti. "Hadi, yap kahvaltını."

Reyyan, az önce uyandığında açlıktan karnı guruldadığı halde şu an tok hissediyordu kendini. Miran'da bir soğukluk sezmişti. İçi ürperdi, yüzü düştü. Belki abartıyordu, bilmiyordu. Bildiği tek şey, kalbinin üzerinde bir acının gezindiğiydi. Sanki biraz sonra olacakları hissetmiş gibi, boğazına acı bir yumru oturdu.

Kahvaltı sofrasına göz gezdirse de, ağlayacak gibi olduğu için iştahı kaçtı. Miran zaten sabah uyandığında yanında yoktu. Şimdi de içten bir gülüşü çok görmüş, bir yabancıymış gibi davranıyordu karşısında. Yeni evlenen bir adam böyle mi davranırdı?

Kuş sütünün eksik olduğu masa Reyyan'a hiç güzel gözükmüyordu. Yine de bir şey söylemedi Miran'a. Eline aldığı çatalı düzgünce dilimlenmiş böreklerden birine batırdı. O an fark etti ki, Miran sadece kendisini seyrediyordu. Kafasını kaldırıp çekine çekine baktı, denizleri andıran mavi gözlere. "Sen neden yemiyorsun?"

Miran'ın yüzündeki donuk ifade, bakışlarındaki hissizlik değişmedi, aksine arttı. "Ben kahvaltı etmem," dedi soğuk bir sesle.

Reyyan kafasını önüne eğdi. Isırdığı lokma boğazından zor geçti. Sırf ziyan olmasın diye bitirdiği dilimin ardından, önündeki tabağı ileri itti. "Doydum ben," dedi küskün bir sesle.

Ellerini masanın üzerinden çekerek dizlerine koydu ve arkasına yaslandı. Miran'ın bir şeyler söylemesini bekliyordu, hatta her ne hata yapmışsa yüzüne vurmasını istiyordu. Daha evliliğinin ilk gününden böyle bir muamele görmeyi hak etmiyordu ki. Her zaman böyle mi yapacaktı Miran? Üzerinden hiç çekilmeyen ürkütücü bakışlarında boğulmaya başladı.

İkisi de suskundu o an. Reyyan'ın içine düşen korku kıvılcımları birazdan Miran'ın söyleyecekleri ile kor alevlere dönüşecekti. Bu canhıraş sessizlik Reyyan için katlanılmaz boyuta ulaştığında kafasını kaldırıp Miran'ın yüzüne baktı. İşte tam o anda bir ateş yaktı Reyyan'ın yüreğini. Karşısında oturup ona bakan adam, yani Miran, Reyyan'ın kocası olan adam mıydı? Neden böylesine korkunç bakıyordu ki? Korkuyla yutkunurken ölümcül bakışlara esir olmaya devam etti. Anlamıştı, büyük bir sorun vardı. Tam ağzını açıp Miran'a neden böyle baktığını soracaktı ki, Miran onu, kalbinin ortasından vurdu.

"Dün gece için," dedi çarpık bir şekilde gülümserken. "Teşekkür ederim Reyyan."

Nevri döndü Reyyan'ın. Bir müddet ne duyduğunu idrak etmeye çalıştı ancak hiçbir şey anlamamıştı ne yazık ki. Neyin teşekkürünü ediyordu ki Miran ona? Bu tavırları Reyyan'ın hiç hoşuna gitmiyordu. Bir an önce eski Miran'ı istiyordu. Eğer bu bir şaka ise, hiç hoş değildi. Az kalmıştı, birazdan elinden şekeri alınan çocuklar gibi, yere diz çöküp hüngür hüngür ağlayacaktı.

Reyyan, "Ne için?" diye sorduğunda sesi titredi ister istemez. "Ne teşekkürü?" Tırnaklarını avuç içlerine bastırdı. Ne zaman korksa kendi canını yakardı da hissetmezdi.

Maske düştü! Miran'ın gerçek yüzü, gözlerinin ardına sakladığı o kindar adam çıktı ortaya. Öldüresiye öfkeli baktığı Reyyan beti benzi atmış bir halde duruyordu karşısında.

Göz rengi okyanusları andıran adamın bakışları karlar kadar soğuktu şimdi.

Miran birbirine kenetlediği kollarını ayırarak masaya dayadı. Haşin bakışları Reyyan'ın ürkek gözbebekleriyle birleştiğinde, tehlikeli bir gülüş acımasızca gezindi dudaklarında. "Yazık sana," dedi sessizce. "Karım olabileceğini mi düşündün yoksa?"

O an durdu zaman, dönmedi dünya. Önce kafasının içinde defalarca tekrarlandı bu cümle. Kulaklarında yankılanırken, yüzüne art arda bir sürü tokat iniyor gibi hissetti. Aslında hiç uyanmamıştı Reyyan, dünden beri uyuyor, kötü bir rüya görüyor olsa gerekti. Yutkunmakta zorlandı. Bu duyduğu şaka olmalıydı, kötü bir şaka! Anlam vermeye çalıştıkça beyni yerinden oynayacak gibi oluyordu. Gözleri istemsizce dolarken hiç olmadığı kadar da yenik hissediyordu kendisini. Konuşmasına engel olan, titreyen dudaklarına rağmen, "Bu ne demek?" diye sordu. "Hiçbir şey anlamadım ben."

Miran oturduğu sandalyeden yavaşça kalktı. Ellerini cebine atıp Reyyan'ın buruk çehresinde alayla gezdirdi gözlerini. "Sen benim karım falan değilsin!" Arkası dönüp mutfaktan çıktığında Reyyan da ardından kalkıp sarsak adımlarla onu takip etmeye başladı. Kendisine hâlâ şaka yaptığını düşünüyordu. Aksi takdirde, tüm dünya omuzlarına yıkılacaktı ve Reyyan ölecekti.

Miran, "Biliyor musun Reyyan?" dediğinde olduğu yerde duraksayıp birden arkasını döndü. Salon kapısının girişindeydi. Reyyan ürkerek bir adım geriye gitti. "Bazı çocukların kaderi, başka çocukların kötü babaları tarafından belirlenir."

Reyyan yine bir şey anlamadı. Hoş, yerinde kim olsa idrak edemezdi bu durumu. "Anlamıyorum hiçbir şey," dedi titreyen sesiyle. "Yani?"

Miran arsızca gülümseyerek salladı kafasını. "Anlamanı beklemiyorum zaten. O yüzden direkt konuya gireceğim." Parmağını kendisine çevirdi. "Sen benim kim olduğumu biliyor musun?" Cümlesinin sonlarına doğru sesindeki alay yerini korkunç bir tona bıraktı.

Reyyan çaresizliğin en dibini yaşıyordu şimdi. Karşısındaki adamın dudaklarından dökülen kelimeler zihninde acı verici bir şekilde yankılanıyordu. Ne dese, ne söylese Miran eski haline dönüşürdü bilmiyordu ama söyleyeceklerinden ölesiyle korkuyordu. "Miran ben... Korkuyorum!"

"Soruma cevap ver, sen benim kim olduğumu biliyor musun?" Reyyan kafasını iki yana salladı. "Bilmiyorum..." Islak gözlerinden yaşlar yanaklarından süzüle süzüle döküldü.

"Bilmemen normal tabii..." Önünde durduğu saksının içinde kocaman bir ev çiçeği vardı. Dalından kopardığı yaprağı avuçları arasında sıkıştırdı Miran. Reyyan'ın gözleri o yaprağa takıldı, yavaş yavaş parçalayışını seyretti. Şimdi o yapraktan ne farkı vardı ki?

"Ben, senin tanıdığın Miran değilim," dedi korkunç bir sesle. "Şu gördüğün adam var ya..." Tek kaşını ima ile kaldırdı. "Onu tanımak istemezdin sen. İntikam yeminleriyle büyüyen, kimine göre kötü bir insanım ben. Ama bana göre, sadece adaletliyim. Bu hale gelmemdeki en büyük sebep, senin baban. Ondan alacağım çok şey var." Öyle sakin konuşuyor ve tüm bunları sıradan bir şeyden bahseder gibi anlatıyordu ki, Reyyan olayın ciddiyetini bir türlü kavrayamıyordu. Zavallı yüreği, hâlâ şaka olmasını arzuluyordu bu durumun.

"Benden aldıklarının karşılığında onu iliğine kadar kurutacağım diye bir söz verdim kendime. Ve ben yeminimi tuttum, intikamımı almak için attığım ilk adımda seni kullandım..."

Elinde parçaladığı yaprağı parmaklarının arasından yere bıraktığında Reyyan'a bakıyordu. Şu an onun korkudan ağlıyor ve titriyor oluşu hiç umurumda değildi, üzerine doğru bir adım attı rahatlıkla. Aralarındaki mesafeyi sıfırladığında ellerini iki yana açtı. "Nasıl ama?" diyerek yüzüne doğru eğildi. "Güzel inandırabildim mi seni?"

Reyyan ellerini kaldırıp karşısındaki adama bir tokat atmak istedi. Kanı donmuş, dili tutulmuştu. Düzgün cümleler kuramayacak kadar şaşkın, ne yapması gerektiğini idrak edemeyeceği kadar afallamıştı. Kalbi tutuk, dimağı bomboştu. Eğer bu durumu kavrayabilmiş olsa Miran'a nefretini kusan cümleler kurabilir, ona ne kadar aşağılık bir adam olduğunu haykırırdı. Ne yazık ki, anın şokuyla hâlâ idrak edemiyordu olup biteni.

"Kafam karmakarışık." Reyyan titreyen dudaklarına elini kapattı. "Bunu neden yapıyorsun bana?" Sessizce ağlamaya devam etti sözlerinin ardından.

"Sana yalan söyledim Reyyan, seni kandırdım işte!" Ses tonu haddinden fazla yükselince Reyyan korkudan gözlerini yumdu. "Neyini anlamıyorsun ha, nesi şaka geliyor sana?" Bağırışının ardından, Reyyan'ın dudağına bastırdığı elini sertçe çekerek kendi bedenine bastırdı. "Bu dokunduğun adam, senin en büyük düşmanın!"

Reyyan o an haykırır gibi hıçkırdı. Dokunduğu adam düşmanı mıydı bilmiyordu ama katiliydi. Bugün bu evde ölecek olan kızın, katiliydi. Miran'ın elinde olan eli, onun bedenine dokunuyordu şimdi. Ölüm gibiydi.

"Sen, sen..." Gözlerini aralayarak tüm cesaretiyle baktı gaddar gözlere Reyyan. "Kimsin?" Bir kere daha sordu. "Kimsin Miran?"

"Miran Karaman," dedi gaddar sesiyle. "Senin baban olacak o şerefsizin yıllar önce öldürdüğü adamın oğluyum!" Tuttuğu eli sertçe savurunca, Reyyan ayakta duramamış yere kapaklanmıştı.

"Şimdi anladın mı?" diye sordu Miran. Reyyan sırılsıklam olmuş gözlerini Miran'a çevirdi fakat hiçbir şey söyleyemedi. Bedenini bir titreme almış, boğazına kesif hıçkırıklar oturmuştu. Aynı zamanda düşünme yetisini kaybetmiş, algıları kapanmış gibiydi. Söyleneni anlamayacak kadar da hissizleşmişti. Kafasında yankılanan sesler bedenini halsiz bırakmıştı. Miran'ın bağıra çağıra sarf ettiği sözler kanını donduruyordu. Bütün bu olanlar gerçek miydi? Miran'ın ona şaka yaptım diyerek sarılması için neler vermezdi... Kötü bir rüya olduğunu düşünüp uyanmak için neler yapmazdı şimdi... Ancak gerçekler bütün çıplaklığıyla gün yüzündeydi. Ve hiçbir rüyanın acıtamayacağı kadar gerçekti tüm bu yaşadıkları.

Ellerini kulaklarına kapattı. Delice titriyor, hüngür hüngür ağlıyordu.

Ağlamak istemiyordu ancak gözyaşlarına söz geçmiyordu. Ellerini yüzüne kapattı çaresizce. "Ben, ben sana ne yaptım, *ben sana ne yaptım?"* İsyan dolu bu haykırışı kimin umurundaydı?

Miran cevap vermeksizin arkasını döndüğünde Reyyan'ın kıyameti kopmuştu o an. Her insanın ölümü kendi kıyametiydi. Ve bazı insanların kıyameti yaşarken kopardı. Reyyan da onlardandı. Son bir gayretle, boğazını patlatacak kadar hiddetle bağırdı arkasından. "Nereye gidiyorsun Miran? Beni bırakıp nereye, Allah'ın cezası!"

Miran duraksadı. Kapıya doğru yürüyordu. Her şeyi sabah erkenden uyandığında halletmiş, alacaklarını arabasına yerleştirmişti. Sadece bu kapıyı çarpıp gitmesi ve arkasına bile bakmaması gerekiyordu.

Geriye dönüp münhasır bakışlarıyla süzdü Reyyan'ı. "Oyun bitti, perde kapandı güzelim." Parmağını kaldırıp Reyyan'ın üzerinde gezdirdi. "Sen yoluna, ben yoluma!"

Duyduğu kelimeler kurşun olup saplanmıştı yüreğine. Acısını, hissettiklerini tarif etmek mümkün değildi. Tüm bunları hak edecek ne yapmıştı ki? Sadece sevmişti. Kalbini, ruhunu ve bedenini, ona gözü kapalı emanet edebilecek kadar çok sevmişti!

"Seni seviyorum derken, yalan söylemiş olamazdın..." diye mırıldandı. Miran onu duymuyordu. *"Yalan olamayacak kadar gerçektin..."* Elini sol göğsüne bastırdığında kalbi bu sefer heyecandan değil, korkudan atıyordu. Bu gerçeğin ağırlığını kaldıramıyordu Reyyan. Hiçbir zaman güçlü bir kız olamamıştı... Bu yüzdendir ki şimdi Miran'ın karşısına dikilemiyor, bitkin bedenini milim oynatamıyordu. Tüm bu olanları idrak etmesi ne kadar da zordu, nasıl gelmişlerdi böyle bir oyuna, nasıl kandırılmıştı?

Ayakta dikilen adama baktı. Âşık olduğu gözler ona sevgiyle değil, nefretle bakıyordu artık. Aslında hiçbir zaman sevgiyle bakmamıştı... Reyyan o gözlerdeki intikam duygularını aşk sanmış, ne kadar da yanılmıştı... Ömrünün baharında, canım dediği adam canını alırken, o sadece seyrediyordu. Her bir uzvu titrerken ayağa kalkıp karşısına dikilmek istedi ancak güç bulamadı. Kolunu kanadını, yüreğini... her şeyini kırmıştı Miran.

Miran son sözlerini söylemek için yere eğilip dizlerinin üzerine çöktü. Reyyan'dan birkaç adım uzaktaydı şimdi. "Her şey buraya kadardı, şimdi geldiğin yere geri dön. Ayrıca..." dediğinde parmağını sakallarının arasına daldırıp düşünceli bir şekilde kaşıdı. "Hazar Şanoğlu'na, Miran Karaman'dan selam iletmeyi unutma!"

Diz çöktüğü yerden usulca kalktı ayağa. Arkasını döndüğü andan itibaren Reyyan'ı bir daha görmeyecek, hayatının bir perdesini daha kapatmış olacaktı. Adımlarını hızla atıp evin kapısına kadar geldi. Bu anın onu hiç bu kadar zorlayacağını tahmin etmemişti. Oysa çok düşünmüş, bu sahneyi defalarca kurmuştu kafasında. Canı yanmayacak, haz duyacaktı. Aldığı intikamın sevincini nedensizce buruk yaşıyordu. Bu düşüncelerden sıyrılmak için Reyyan'dan uzak kalmanın yeterli olacağını düşünüyordu. Bitmişti her şey. Tam kapıyı açacağı sırada Reyyan'ın sözleri durdurdu onu.

"Ben bu anı ömrüm boyunca unutmayacağım," dedi hıçkırıkları arasında. "Sen de unutmayacaksın. Unutturmayacağım!"

Miran paramparça olmuş surat ifadesini anında değiştirip arkasına döndü son kez. "Meşhur bir söz var bilir misin?" diye sordu. Reyyan'ın öfkeli gözleri, yüreğini yakıyordu.

"Ateş olsan, cürmün kadar yer yakarsın! Elinden geleni ardına koyma."

Daha fazla oyalanmanın da, kendi canını acıtmanın da bir faydası yoktu. Hızla açtı kapıyı. Açtı ve gürültülü adımlarla çıktı. Arkasına bile bakmadan gidiyordu şimdi.

Miran'ın gidişini seyrederken ellerini tekrar dudaklarına kapattı Reyyan. Bu şehrin bilmediği sokaklarında bir başınaydı artık. Evlilik sandığı şeyin bir oyun olduğu gerçeği kalbinde pervasızca patlıyor, Reyyan'ı cayır cayır yakıyordu. "Benimki yalan değildi," diye mırıldandı. *"Ben gerçekten sevmiştim seni!"*

İlk defa bu kadar çaresiz kalıyordu. Bir adamın gidişini görmek, ömrünce tatmadığı ıstırapları tattırıyordu ona. Miran yalnız gitmiyordu, giderken birçok şeyi de götürüyordu Reyyan'dan. Kalbini, sevincini, hayatını, ömrünü. Boğazını yakan hıçkırıklarıyla da ilk defa tanışıyordu Reyyan. Çünkü ömründe ilk defa bu kadar canı yanarak ağlamıştı, ilk defa gözlerinden süzülen yaşlar ciğerini de yakmıştı!

İlk defa sevmişti bir adamı. İlk defa vermişti ellerini ona. İlk defa aralamıştı bir adama incinmiş yüreğinin kapılarını. Yediği bu darbe kaldırılır gibi değildi. Ayağa kalkıp arkasından koşmak, gitmesine izin vermeden durdurmak istiyordu ancak kıpırdayamıyordu. Miran arabasına bindi. Ne Reyyan görüyordu artık Miran'ı, ne Miran bakıyordu ardına. Tekerlerin çıkardığı sesler, topraklı yolda tozu dumana kata kata ilerledi.

Miran dediğini yapmış, çekip gitmişti. Ardında ise tahmin ettiğinden daha yaralı bir kadın bırakmıştı.

Şimdi köz bir yürekle baş başaydı Reyyan. İçinde kaybolan umutlarının yası, gönlünde derin bir sızı, gözlerinde buruşup kaybolan solgun çehreli bir adam vardı. Yokoluşu tadıyordu yudum yudum. Ölüyordu, nefes ala ala ölüyordu. Hiçbir yokoluş, bu denli çıldırtamazdı delicesine seven bir kalbi. Hiçbir yüreğe de nefret bu denli yakışmazdı.

O artık, mahzun bir nefreti onuruyla taşıyabilecek kadar yaralı bir kadındı.

9

KALPTEN YARALI

Bazı adamlar vardı, incitmekten korkarak severlerdi yüreklerine mühürledikleri kadınları. Parmak uçlarını sever, avuç içlerine buse kondururlardı. Bir ömür mabediymiş gibi, en derinlerinde saklarlardı sevdayı. Fakat kıymet bilmezdi bazı kadınlar. Hiç sevmemiş gibi gider, sevilmiş olduklarını inkâr ederlerdi.

Bazı adamlar ise yakarak severlerdi. Yıkar, parçalar, darmadağın ederlerdi. Zamanı gelince ise aşktan çürümüş bir ceset bırakıp yok olurlardı. Bir kısır döngüydü bu. İyi kadınlar kötü adamlara âşık olur, kötü adamlar doğru kadınlara yanlış yaparlardı. Nedendir bilinmez, iyi bir yüreğe iyi bir yürek denk gelmezdi. İstisnayı bozan kaideler ise, masallara dönüşür, dilden dile destansı hecelerle aktarılırdı.

Reyyan da bu kervana katılmıştı. O artık, annesinin dizlerinde uyuttuğu, saçlarını öperek sevdiği küçük bir kız değildi. Masumiyeti, riyakâr bir adamın kirli ellerinde ziyan olmuştu. Bir gecede büyüyen, feleğin en acı sillesini yiyen, kan revan gecelerin koynuna hapsettiği biriydi. Milyonlarca kurbandan, sadece biri...

Karalar çalınmış ömrüne, acı bir gerçek sirayet etmişti bugün. Yalancı mutluluğu ellerinden şuursuzca alınmış, yerine gönlüne dolan koca bir boşluk bahşedilmişti. Oturduğu yerden kalkmaya derman bulduğunda hâlâ bütün bu olanlara bir anlam vermeye çalışıyordu. Miran'ın söyledikleri zihninin en ücra köşelerinde yankı yaparken, tüm bu arsız gürültüden kurtulmak için ellerini saçlarının arasına daldırarak öfkeli bir çığlık attı. Boğazı acıdan yanana kadar çığlık çığlığa bağırdı, durdu. Gözleri aralık kalan kapıya kaydığında ise sarsak adımlarla çıktı evden. Çok değil, az bir zaman önce Miran'ın bu kapıdan çıkıp gidişini seyretmiş ve hiçbir şey yapamamıştı. Özenerek giydiği mavi elbise toz toprak içinde kaldı.

Örgülü demir kapıdan çıkarak sokakta koşmaya başladı. Bir köşe başında onu görmeyi hayal etti, bir sokağın bitiminde... Bir kaldırım taşında oturup onu beklediğini düşündü. Fakat giden, çoktan gitmişti! Şoka girdiği için bu durumu henüz kabullenemiyordu. Gözyaşları sicim gibi akarken sağa sola koşarak hep aynı kelimeyi tekrarlıyordu. *"Miran, neredesin?"*

Gitmişti işte, delicesine âşık olduğu adam, onu bırakıp gitmişti. Nefessiz kalıp sokağın ortasına halsizce diz çöktü. Kafası deli gibi bir sağa bir sola dönerken onu görenler acıyarak bakıyordu. Tüm umutları tükendiğinde yaralanmış bir insan gibi zorlukla geri adımlar attı çıktığı eve doğru. Nasıl da sızlıyordu dört bir yanı. Her bir uzvu çektiği acıya şahitlik edercesine titriyordu. Hoş, yaralıydı Reyyan. Gönlü kan revan içinde kalmıştı. Acımasız bir adam tarafından hayallerinden vurulmuştu.

Dermansız bir halde girdiği evde bir şeyler bulabilme umuduyla yenik adımlar atıyordu. Duvarlar üzerine üzerine geliyordu sanki. Aklını yitirmiş gibiydi, hırsını sürekli çektiği saçlarından çıkarıyordu. Nasıl getirilmişti böyle bir oyuna? Nasıl da kör kütük âşık olmuştu böyle kötü bir adama?

Dün gece bu eve ne umutlarla girmişti, şimdi ne haldeydi? Burada birkaç gün kaldıktan sonra İstanbul'a gidip sevdiği adamla yeni bir hayat kuracaktı kendine. Şimdi hepsi acı bir hayal olmuş, boğazına bir düğüm oturmuştu. Evde gördüğü her eşyayı kırıp parçalamak geliyordu içinden. Çığlıkları duvardan duvara çarparken kulaklarında hâlâ Miran'ın sözleri yankılanıyordu. "Dilerim Allah'tan…" diye mırıldandı. Kurumuş boğazı çatlamış sesi oldukça fersizdi. *"Aklından çıkmasın yüzüm. Her gece beni gör rüyalarında. Hakkım haram, yüzüm kâbus olsun sana!"* Yanağını yakan gözyaşları da eşlik etti ona, bu sözleri sarf ederken.

Yatak odasının kapısını hafifçe araladı, içeri girmeye korktu. Canı öylesine acıyordu ki... Yavaş yavaş içeriye doğru adım attığında gözüne çarpan ilk şey, yatak olmuştu. Her şey bunun için miydi yani? Onca hazırlık, koca bir düğün… Bir gecelik intikam için miydi? Yatağa doğru ilerleyip çarşafı hırsla söktü yerinden. Ellerinin arasında duran çarşaftan çıkarıyordu şimdi tüm hırsını. Gücü tükendiğinde kıvranarak diz çöktü yatağın kenarına. Bir film şeridi gibi gözünün önünden geçiyordu tüm yaşananlar. Reyyan tüm ömrünü, Miran'la geçirdiği sayılı günlere sığdırmış, geriye kalan zamanını o adama harcamıştı.

Berjerin üzerindeki çantasına takıldı gözleri. Sürüne sürüne vardığı berjerin üzerindeki çantasından evlilik cüzdanını çıkardı. Aklında bir sürü cevapsız soru vardı. Madem bırakıp gidecekti, neden evlenmişti o zaman kendisiyle? Tam da bunu düşündüğü anda kocaman açılmıştı gözleri. Miran'ın sözleri gelmişti aklına. Ne demişti ben kimim sorusuna? *Miran Karaman!*

Evlilik cüzdanında ise bambaşka bir soyad yazıyordu. Bu gerçek onu daha fazla dağıttı, elleri istemsizce kocaman açılan ağzına kapandı. Reyyan aslında hiç evlenmemişti. O attığı imza da bu kirli oyunun bir parçasıydı. Bu nasıl iğrenç bir oyundu böyle! Bavulda duran eşyalarına kaydı bakışları. Her şeyi duruyordu. Ona ait hiçbir şeye dokunmamıştı Miran.

Kara kara bundan sonra ne olacağını düşünmeye başladı Reyyan. Yanlış bir düşünceydi fakat hayatının bitmiş olduğunu düşünüyordu. Reyyan'ın gidebileceği, sığınabileceği kimsesi yoktu ki! Konaktan başka bir yuvası yoktu. Fakat bu haliyle konağa da gidemezdi. Tüm Mardin'e duyururcasına kocaman bir düğün yapmışlardı. Reyyan'ın evlendiğini bilmeyen yoktu. Her ne kadar suçsuz olsa da her yerde dedikoduları edilmeye başlanacak, insanlar onu utanç kaynağı olarak görecekti. Reyyan buna katlanamazdı. Kim bilir bundan sonra ne gelecekti başına? Mutlaka ama mutlaka Reyyan'ın hakkında bir hüküm verilecekti, bunu hissedebiliyordu. Ne de olsa Mardin'di orası. Suçsuz dahi olsa, bir kadına iltimas geçilir miydi? Korkunç fikirler yer etti aklında. Belki dul ve çocuklu, belki kendisinden kaç yaş büyük bir adama vereceklerdi onu. Çünkü çok iyi biliyordu, bu saatten sonra, annesinden başka kimse onu bağrına basmazdı.

Aklını kemiren bir başka düşünce ise, babasının katil oluşuydu. Sahi, neden kimse bilmiyordu bunu konakta?

Koskoca Hazar Şanoğlu, aslında bir katil miydi? Bunca zaman sır gibi saklanmasının altında yatan önemli bir sebep olduğu yer etti zihninde. Yine de aklı mantığı almıyordu. Neden yanan kendisi olmuştu? Miran bunu neden yapmıştı kendisine? Neden intikam almak için kendisini seçmişti?

Saatlerce düşündü, düşündü, düşündü... Düştüğü dipsiz kuyunun içinde ona uzanan bir el, yahut onu aydınlığa götürebilecek bir ışık yoktu. Geri dönemediği yetmezmiş gibi bu evde kalakalmıştı. Usulca kalktı yerinden. Komodinin üzerindeki telefona uzandıktan sonra tereddüt ede ede aradı annesini. Ya yanında yer alacak ya da karşısında olacaktı Zehra Hanım. Zira Reyyan'ın konağa geri dönmeye hiç mi hiç niyeti yoktu. Bile bile ölüme gitmek gibi bir şey olurdu bu.

Reyyan'ın hayatı böylesine ucuz değildi.

Miran'ın, *geldiğin yere geri dön* deyişi aklında yankı yaptıkça çıldırıyordu Reyyan. Asla dediğini yapmayacak, ona istediğini vermeyecekti. Öleceğini bilse dahi, telli duvaklı çıktığı o konağa bu perişan haliyle gitmeyecekti!

***

Ardında biçare bir hikâye bırakıp yaşadığı şehre döneli saatler olmuştu. Zaman hiç bu denli yaralamamış, saatler hiç bu denli düşman olmamıştı Miran'a. Gözlerinin önünden gitmiyordu Reyyan'ın o perişan hali. Hıçkırıkları kulaklarında yankılanıyor, sessiz feryatları gayriihtiyari sarsıyordu. Kafasında tekrarlanan sorular ise merakını körüklüyordu. Acaba Reyyan, Mardin'e gitmiş miydi? Konaktakiler, özellikle de Hazar Şanoğlu gerçekleri öğrenmiş miydi?

İstanbul'da akşamüzeriydi. Gökyüzü güneşin vedasıyla

kızıllaşmış, hava iyiden iyiye sertleşmişti. Ali, arabanın kapısını açtığında isteksizce indi arka koltuktan. Tilki misali, kürkçü dükkânına geri dönmüştü. Onun kaderi buydu. Sevmediği bir kadınla ömrünü çürütmek, ona katlanmaktı. Evin kapısından içeriye girdiğinde, Ali kapıda beklemeye devam ediyordu. Çünkü Miran evinde fazla durmazdı. Gönül ile ne kadar az vakit geçirirse ruh sağlığı o kadar iyi oluyordu. Günün çoğunu geçirdiği tek yer, şirketiydi. Ali de yıllardır onunla beraber olan sadık adamlarındandı.

Birbiri ardına asılmış yağlı boya tablolarının ve birkaç fotoğrafın asılı olduğu koridorun sonu oldukça büyük bir salona açılıyordu. Salondan yukarıya çıkan merdivenler ve mutfağa geçilen bir hol vardı. Yatak odaları üst kattaydı ve Gönül şu an salonda görünmüyordu. Bu ev öylesine titiz ve güzel dekore edilmişti ki, görenlerin aklına bu evde hiç anlaşamayan bir karı kocanın yaşadığı gelmezdi. Gönül, Miran'ı zorlayarak çekindiği her kareyi çerçeveletip evin dört bir yanına asmıştı. Mutsuzluklarını asla dışarıya sızdırmaz, arkadaş çevrelerinin, haklarında dedikodu etmelerine izin vermezdi.

Bedenini koltuklardan birine atıp kafasını başlığa yasladı. Saatlerce uyumak istiyordu, hiçbir şey düşünmeksizin. Reyyan'ı düşünmemenin başka bir yolu yoktu çünkü. Bundan sonra neler olabileceğini az çok tahmin edebiliyordu. Muhtemelen Azat onu bulacak ve bu yaptığı şerefsizliğin hesabını soracaktı. Hazar Şanoğlu karşısına dikilecek, düşmanlığı alenen ilan edecekti. İki taraf arasında başlayacak olan tehlikeli savaşın şimdilik tek bir kaybedeni vardı, o da Reyyan'dı. Miran karşı tarafa en büyük darbesini vurmuştu. Bundan sonra kara kara düşünen, geceler boyu uyuyamayan sadece kendisi olmayacaktı.

"Gelmişsin." Gönül'ün sitemkâr ses tonunu duyduğunda kafasını kaldırıp ona baktı Miran. Evet dercesine kafasını salladı yavaşça.

Ağlamaktan ya da uykusuzluktan şişen gözleri açıkça belli oluyordu Gönül'ün. Miran'ın karşısına geçip oturdu. Geleceğim sözünü veren adam, sözünü tutmuştu. Düğünün ertesi günü, o çirkin oyununa bir son vererek esas karısının yanına dönmüştü. Şimdi hüznün oynaştığı gözbebekleriyle karşısında gördüğü adama bakıyordu. Üstelik Miran'ın gözleri de bu sefer öfkeyle değil, aynı hüzünle bakıyordu karısına. Gönül kafasını çevirdi. Bakışları başka yerlere değiyordu şimdi. Miran'a bakmak, ona dokunmak, sarılmak gelmiyordu artık içinden. Karşısında gördüğü adam kirli geliyordu ona, sadece kendisine ait değildi. Aşkına ihaneti bulamış bir vefasızdı.

Aklında Reyyan vardı Gönül'ün. Kim bilir ne haldeydi şimdi? Sormaya hem cesareti yoktu, hem de içinden gelmiyordu ancak fazlasıyla da merak ediyordu. Bin bir güçlükle baktı sevdiği adamın yüzüne. "O nerede?"

Miran bu soru karşısında nedensizce öfkelendi. Gönül ile bu konu hakkında defalarca konuşmuştu. Reyyan hakkında konuşmaması, tüm bu oyun bittiğinde tek bir soru sormaması için bizzat uyarmıştı. Öfkesinin yansıdığı sert bakışları Gönül'ü bulunca genç kadın korkuyla eğdi kafasını. "Olması gereken yerde. Sana bu konu hakkında artık konuşulmayacak demedim mi?" Sorusuna cevap beklemeden konuşmaya devam etmiş, yine tüm hıncını karısından çıkarmıştı. "Reyyan diye birisi girmedi benim hayatıma. Öyle biri hiç olmamış gibi farz et ve sakın bir daha ağzını açma!"

Oturduğu koltuktan fevri bir hareketle kalkıp merdivenlere yürüdü. Salon ile bağlantısı kesilmeden önce arkasını dönmeden bir kere daha uyardı karısını. "Çok yorgunum uyuyacağım, beni rahatsız etmezsen sevinirim!"

Hızlı adımlarla merdivenleri çıkarak yatak odasına ulaştı. Kendisini yatağa attığında her yerinin ağrıdığını hissetti. Aslında çoğu zaman yatak odasında uyumaz, Gönül ile aynı yatağı paylaşmazdı. Karı kocanın bir araya geldiği anlar öylesine nadirdi. Miran istese de Gönül'e yakın olamıyor, onu karısı olarak benimseyemiyordu.

Odanın bir duvarını kaplayan büyük ihtişamlı camlar sonuna kadar açıktı. Rüzgâr estikçe genç adamın saçları savruluyordu. Tek elini gözüne kapatarak uyumayı denedi. Sanki uyuyunca her şey geçecek, aklına bir daha Reyyan gelmeyecekmiş gibi... Zamanla unutacağını varsayıyor, kendisini rahatlatmaya çalışıyordu.

Bu olayın vicdani yükü çok ağır olacaktı, bilmiyordu.

Aradan kaç saat geçmişti belirsiz. Koyu bir karanlığın el aldığı ıssız geceyi, acı acı çalan cep telefonunun sesi böldüğünde ürkerek kalktı yatağından. Mardin'de kaldığı süre boyunca başka bir telefon kullanmış, bu telefonunu İstanbul'da bırakmıştı. Daha fazla çalmasına dayanamadığı telefonu yanıtlayıp kulağına götürdü. Uykusu büsbütün kaçmıştı çünkü telefon Mardin'dendi.

"Söyle Murat, durum nedir?" Mardin'deki adamı düğünden sonra birkaç gün boyunca konağın etrafında dolaşacak, kopan kızılca kıyameti Miran'a haber edecekti. Miran, Murat'a, Reyyan eve dönünce bana haber ver demişti. Bundan dolayı Miran fazlasıyla meraklıydı.

Murat, "Reyyan Hanım eve dönmedi efendim," dediğinde Miran'ın yüzü düşmüş, kaşları çatılmıştı.

"Bu saate kadar gelmedi mi?"

"Hayır. Dikkatimi çeken bir durum olduğu için aradım sizi. Saat gecenin üçü, konaktan bir kadın çıktı. Hem ağlıyor hem de bir yere gidiyor hızlıca."

Miran, "Takip et, sakın kaçırma," dedikten sonra kapamıştı telefonu. İçine düşen kurt ile vicdanına çöken ağırlık onu sabaha kadar rahat bırakmayacaktı belli ki. Diyarbakır'daki evde Reyyan'ı bırakıp giderken hiç aklına gelmemişti böyle olacağı. Reyyan'ın konağa geri döneceğinden çok emindi. Başka gidecek bir yeri mi vardı? Neden koşa koşa babasına gidip başına gelenleri anlatmamıştı ki?

Ayrıca Murat'ın sözlerine takılı kaldı aklı. Konaktan çıkan kadın kimdi? Neden ağlıyordu? Reyyan'la bir ilgisi olabilir miydi? En önemlisi... *Reyyan şu an neredeydi?*

Telefonu kulağına aceleyle geri götürdü. Ne kadar hesap ederek atsa da adımlarını, bazı detaylar böyle kaçıyordu işte gözden. Açılan telefona bir çırpıda söyledi sözlerini. "Diyarbakır'daki eve gidin hemen! Reyyan'ın o evde olup olmadığına bakın. Eğer orada değilse de bulun. Anladın mı? Bulun!"

İki gün sonra...

Avcının eline düşen bir kuş misali, deli gibi çırpınan yüreğini anımsıyordu şimdi. Oturduğu pencere denizliğinde, elleri dizlerinde, yaşlı gözleriyle, karanlığın koynunda süzülen hilali izliyordu. Gökyüzünün lacivertine tüm ahengiyle taht kuran ayın huzmeleri yüzünün yarısına düştü. Ağır ağır süzülen gözyaşları çenesinden aşağı akıp gitti. Yüzü sırılsıklamdı yine. Bir kâbusun acımasızca sıkıştırdığı avuçlarındaydı Reyyan. Bir filmin en bahtsız karakteriydi, yahut ıssız çölde bir bedevi... Zira hiç bu kadar çaresiz kalmamıştı.

İki gün öncesine gitti aklı... Gerçi o günden hiç çıkamamıştı ki. Ruhu hâlâ o evde, çığlık attığı duvarların arasında hapsolup kalmıştı. Büyük bir cesaretle eline telefon aldığı anı anımsadı. Aramayı heyecanla açan annesine ağlayarak yalnız kalacağı bir yere geçmesini söylemişti.

Olan biten her şeyi hıçkırıklarının arasında dile getirdiğinde, Miran'ın söylediği her şeyi annesine harfiyen aktardığında, Zehra Hanım'ın bundan nasıl etkileneceğini hiç düşünememişti Reyyan. Zehra Hanım telefonun diğer ucunda uzun süre idrak edememişti gerçekleri. Kim böyle bir durumu kolay kolay kabullenebilirdi ki? Dahası kocasının bir katil olduğuna inanamamıştı. *Bu evliliğin, bir intikam planında sadece bir oyun olduğuna inanası gelmiyordu.* Dünürü olacak kadının, yalan söylerken hiç mi vicdanı sızlamamıştı? Böyle bir oyunu gözlerini kırpmadan oynarken, Allah'tan da mı korkmamışlardı?

Reyyan'a konağa dönmesi için yalvarmıştı kadın, onu perişan eden gözyaşlarıyla birlikte. Fakat Reyyan kesin bir dille reddetmişti bunu. Konaktakiler ona kucak açıp bağrına bassa dahi evliliğinin ertesi günü hiç evlenmemiş gibi geri dönemezdi. Sonuç olarak Reyyan annesini konağa dönmeyeceğine dair ikna etmiş, annesinden bu konuda yardım istemişti. *"Annemsin sen,"* demişti. *"Senden başka kimim var? Beni senden başka düşünen kim var?"*

Reyyan annesiyle görüştükten sonra birkaç saat o evde kalmaya devam etmişti. Aldığı nefese kast eden, ruhuna ıstırap veren evin tüm duvarları üzerine üzerine gelmişti o saatler boyunca. Aklını yitirmek üzereyken çalan telefon, kurtarıcısı olmuştu.

Annesiyle konuştuktan sonra işine yarayan bir bavulunu

ve çantasını alıp kaçarcasına çıkmıştı evden. Şimdi ise olması gereken yerde, İstanbul'daydı. Ne garip bir tezattı ki, Miran'ın yanında değildi. Şu an sevdiği adamın kollarının arasında olması gerekirken tek başınaydı. Yaşadığı yalanın doğruluğuna inanamıyor, inandırıldığı rüyanın kâbusa dönüşünü seyrederken adeta ölümü tadıyordu.

Zaten şüphelenmişti Reyyan. Hayatının bir anda bu denli güzelleşmesinden, mavi gözlü, güzel yüzlü bir adamın onu bu denli sevmesinden, her şeyin oldukça yolunda gitmesinden... Çok şüphe duymuştu. Fakat toz konduramamıştı Miran'a. Öyle sevmiş, özünde öyle benimsemişti. Öyle ki, gönlüne düşen sevda kapkaraydı! Tüm yaşadıkları... Bir rüya kadar güzel, hiçbir rüyanın olamayacağı kadar harikuladeydi. Ne yazık ki, en güzel rüyalar bile uyanana dek sürerdi. Miran o acı gerçeği hoyratça haykırdığında Reyyan uyanmıştı güzel rüyasından, hayatın kâbusuna.

Reyyan'ın şu an bulunduğu ev, yaşlı bir kadının eviydi. Burası İstanbul, Üsküdar'dı. Sıdıka Hanım, Reyyan'ın annesinin ve teyzesinin sütannesiydi zamanında. Şimdilerde tek başına İstanbul'da yaşayan bu kadına, iki gün evvel Zehra Hanım ulaşmış, zor bir durumda olduğundan, Reyyan'ın gidecek bir yeri olmadığından bahsetmişti. Sıdıka Hanım nedenini bile sormaksızın kabul etmişti Reyyan'ı. Zehra Hanım, Reyyan'ı arayıp acilen İstanbul'a gitmesini, havaalanında onu karşılayacak birilerinin olduğunu söylemişti.

İlk başta ikisi de tereddüt etmişti bu durumdan. Neticede İstanbul'du orası. Miran'ın yaşadığı şehre gitmek Reyyan açısından azap verici, annesi açısından korkunçtu. Ya bir gün bir yerde karşılaşırlar da Miran kızına kötü bir şey yaparsa diye düşündü. Sonra olmaz diyerek sildi bu düşünceyi aklından. Koskoca şehirde karşılaşmak mümkün müydü? Fakat dünya... Dünya çok küçüktü. Peki ya Reyyan, Miran'ı bulmak isterse o zaman ne olacaktı? Tüm bu düşüncelere, korkunç ihtimallere rağmen yollamıştı kızını tehlikelerle dolu büyük bir şehre.

Neticede artık hiçbir yer, bu konak kadar tehlikeli değildi Reyyan'a.

Sıkıcı süren uçak yolculuğunun ardından hiç bilmediği bir şehre ayak bastığında ürpermişti Reyyan. Hava kararmıştı üstelik. Havaalanı korkunç kalabalık, insanlar oldukça yabancıydı. İstanbul'a birkaç kez çok küçükken gelmişti fakat hiçbir şey hatırlamıyordu. Tam başının döndüğünü hissettiği anlarda genç bir adam tutmuştu kolundan. Reyyan ne oluyor dercesine adama ters ters baktığında yanına ilişen güleryüzlü bir kadın fark edip rahatlamıştı.

"Sıdıka Teyze?" diye sormuştu tereddütle. Yaşlı kadın gülümseyerek kafasını salladığında Reyyan derin bir nefes almıştı. Bu adamla, kadının onu nasıl çabucak buldukları konusunda hiçbir fikri yoktu. Doğrusu, soracak takati de yoktu. Bir enkazdan farksızdı o an. Bunu yanındaki adam da fark etmiş olacak ki, ilginç bir şey görmüşçesine bakıyordu yüzüne.

Reyyan o uçak yolculuğundan sonrasını hatırlamıyordu. Tek hatırladığı şey, bindiği uçağın İstanbul'a inmiş oluşu ve Sıdıka Hanım'la o genç adamın yanına gelişleriydi. Gerisi toz bulutlarından ibaretti. Uyandığında bu evdeydi işte. Başında yine o genç adam vardı. İsmini cismini bilmediği adama sadece boş boş bakıyordu. Kendisiyle neden bu kadar ilgilendiğini de bilmiyordu.

"İyi misin Reyyan?" diye sorduğunda, kafa sallamakla yetinmişti sadece.

"Korkma," diyerek elini uzattı genç adam. "Adım Fırat, ayrıca doktorum." Reyyan utana sıkıla elini uzattıktan sonra, yanı başında endişeyle dikilen Sıdıka Hanım'ı işaret etti Fırat. "Anneannem olur kendisi." Nedensizce kendini tanıtma ihtiyacı hissetmişti. Reyyan'ın kendisine olan bakışlarından çekinmiş olmalıydı.

"Halsizlikten bayıldın. Yediğine, içtiğine dikkat edip kendini toparlamalısın." Başka bir kelam etmemiş, Reyyan'a neden İstanbul'a gelmek zorunda kaldığına dair bir soru da sormamıştı. Odanın dışında Sıdıka Hanım ile biraz konuştuktan sonra çıkıp gitmişti Fırat. O zamandan beri gelmemişti. Reyyan ise iki gün boyunca sadece susmuş, Sıdıka Hanım ile de pek konuşmamıştı. Kadıncağız Reyyan'ın o haline baktıkça ortada kötü bir şeyler döndüğünü düşünüp bir şey soramamıştı. Reyyan anlatana kadar da sormayacaktı.

Şimdi yeni yeni kendisini toparlıyor, sık sık annesiyle konuşuyordu telefonda. Konaktakiler henüz hiçbir şey bilmiyordu. Reyyan'ın mutlu olduğunu varsayıp deli gönlerine esenlik veriyorlardı. Özellikle babası... Kim bilir nasıl da mutluydu Reyyan'dan kurtulduğu için. Ya da nasıl geriyordu göğsünü, şanına yaraşır bir düğün yaptığı için.

İki gecedir de uykusuzdu Reyyan. Tek yaptığı bu pencerenin kenarına oturup gökyüzünü seyretmekti. Sıdıka Hanım'ın hazırladığı yemeklere yüz çeviriyor, su dahi içmiyordu doğru düzgün. Vücudunda oluşan sızıları hissetmiyordu bile. Kalbindeki sızının yanında lafı mı olurdu?

Evlendiğinin üçüncü gecesiydi bu gün. Miran'ın gidişinin üzerinden sanki üç gün değil de üç yıl geçmiş gibi hissediyordu. Dışarıda esen rüzgârı, dalların huşu içinde kıpırdanışından fark edip camı hafifçe araladı. İçeriye doğru esen sert rüzgâr saçlarını savurdu. Ve Reyyan, öylece kalakaldı o anda. Yüzünü kapatan o saçları çekemedi yüzünden. Attığı her adım ona, o vefasızı hatırlatıyordu. Saçlarına dokunuşu, öpüşü, koklayışı... Hepsi yara olmuştu kalbinde, sızı olmuştu yüreğinde, ateş olmuştu içinde. Yakıyordu, cayır cayır!

Hissettiği sancıyı da tarif edemiyordu hiçbir şekilde. Hani insan ağlamak ister de boğazına feci bir ağrı otururdu ya, işte o ağrı Reyyan'ı, Miran onu terk edip gittiğinden beri bırakmıyordu. İçini döke döke, hıçkıra hıçkıra ağlasa dahi geçmeyecekti. Tüm bunları düşünürken canından can gitmeye, ömründen ömür eksilmeye devam ediyordu. Düşündü bir süre... Sevmeseydi o adamı, şimdi bu denli acır mıydı canı? Belki de hayır… Sadece kuru bir öfke olurdu içinde. Ancak sevmişti, âşık olmuştu. Bu yüzdendi kalbinin bu denli paramparça oluşu…

Çok zor geliyordu şimdi içinde bulunduğu araftan kurtulmak. Miran'a karşı nasıl hissetmesi gerektiğini bilmiyordu. İdrak edemeyeceği kadar hızla girmişti hayatına Miran, ne olduğunu anlamadan da aynı hızla çekip gitmişti. Ondan önceki hayatını düşündü. Ne kadar boş ve anlamsızdı meğer. Miran bu kadar kısa sürede varolmasına rağmen, sanki ezelden beri hep var gibiydi Reyyan'ın hayatında. Hiç gitmemiş gibiydi ama yoktu işte. Aslında hiç de olmamıştı. Reyyan'ın hayatında, *Miran diye bir adam yoktu!*

Aldığı nefes boğazına takılıp kalırken gözleri de ayın ışığına takıldı. Ne garipti. Olması gerektiği şehirde, olmaması gereken bir yerdeydi. Çok sevdiği bir şairin, manidar sözleri ilişti diline.

Aynı şehirde sen varsın, ben varım ama biz yokuz!

"Biz hiç biz olamadık ki!"

10

KORKU

Taşlaşmış bir kalbe duygular sözünü geçiremez, hiçbir maneviyat o gönülde hüküm süremezdi. Miran o günden sonra daha bir gaddarlaşmış, insanların canını hiç düşünmeden yakar olmuştu. Bundan başta nasibini alan Gönül oluyordu. Ve de Miran'ın tüm çalışanları. Tüm bunlara sebep olan şeyin ne olduğunu ise bilmiyordu. Mutlu olması gerekirdi. İntikamsa almış, ödeşmek ise ödeşmişti! Neydi yolunda gitmeyen? Onu bu denli çılgına çeviren şey... neydi?

O gece adamlarından birini Diyarbakır'a, Reyyan'la tek gece kaldıkları eve yollamıştı. Tahmin ettiği gibi Reyyan orada yoktu. Üstelik bulunamamıştı da. Nereye gitti, nereye kayboldu bilmiyordu ama aklını yitirecek gibiydi Miran. Oysa planlarında bu yoktu. Reyyan o konağa dönecek, Miran'ın tüm söylediklerini düşmanı olan adama anlatacak, Miran da istediğine kavuşacaktı. Nereye kaybolmuştu ki bu kız?

Son olarak aklına Mardin'deki ve Diyarbakır'daki havaalanlarının ve terminallerin iki gün içindeki yolcu listelerine baktırmak gelmişti. Öğrendiği şeyle şoke olmuş, diken üzerinde oturmaya başlamıştı Miran. Çünkü Reyyan da kendisinden saatler sonra İstanbul'a gelmiş olmalıydı.

Bu kızın böylesine cevval çıkabileceğini hiç beklememişti. Özellikle de kendisinden saatler sonra arkasından çıkıp gelebilecek kadar gurursuz olduğunu hiç düşünmemişti. Şimdi her an bir yerden karşısına Reyyan çıkacakmış, bu yaptığının hesabını soracakmış gibi hissediyordu. Korkuyor muydu Reyyan'dan? Bunu düşündükçe deli gibi kahkaha atası geliyordu Miran'ın. Hiç kimseden korkmayan Miran, koca bir aileyi düşünmeksizin sırtından bıçaklayan adam, küçücük bir kızdan mı korkuyordu şimdi?

Miran'ın korktuğu şey Reyyan değildi, Reyyan'ı gördüğü zaman haddini bilmezce atan kalbiydi. Bu yaşına kadar duyguları onu ele geçirememiş, her hissiyatını aklıyla yönetmişti. Bu saatten sonra da kalbinin, mantığının önüne geçmesine izin veremezdi, vermemeliydi! Aksi takdirde yok olurdu Miran. Gittiği onca yolun sonu çıkmaz sokak olur, yılların planları suya düşer, onca emeği heba olurdu.

Odasında deli gibi düşüne düşüne aşağı yukarı volta atarken kapısı birden açıldı. İşyerinde tahammül edemediği tek şey kapısının vurulmadan açılmasıydı. "Kaç kere söylemem lazım?" Sözleri gördüğü yüzle yarım kaldı, suratı büsbütün asıldı.

"Senin kuralların bana sökmez Miran."

Gözucuyla içeri giren karısını süzdü. Ardından geçip koltuğuna oturdu. Her zaman olduğu gibi suratı yine asık, kaşları ise çatıktı. Eline aldığı kalemi parmaklarının arasında çevirip karşısındaki koltuğa oturan Gönül'e doğru salladı. "Burası benim çöplüğüm, bu kural senin için de geçerli."

Gönül, Miran'ı duymamış gibi omuzlarını silkti. "Kahve içmek istiyorum. Sade olsun."

Miran da Gönül'ün bu isteğini duymamış gibi, kaşlarını kaldırdı. "Neden geldin buraya?"

Gönül daha fazla dayanamadı. Yaşanan onca şeye rağmen ayakta durma çabalarını, Miran'a gösterdiği ilgiyi, yüzündeki şu neşeyi görmüyordu ya, kahroluyordu acısından. "Neden mi geldim?" diye sorduğunda sesi hüzne boğulmuş, gözleri aniden dolmuştu. "Dün gece o kadar geç gelmişsin ki eve, seni beklerken uyumuşum. Dahası da var, sabah öyle erken gitmişsin ki, uyandığımda seni yine göremedim."

Genç adam bıkkınlıkla devirdi gözlerini. Bu kadının her sözü damarlarında asi bir öfkenin şahlanmasına sebep oluyor, sabır sınırlarına elzem bir düğüm atıyordu. "Bunu söylemek için mi geldin Gönül?" diye sordu kadifemsi ses tonuyla.

Gönül'ün gözleri buğulandı. Acısı içinde şiddetle katmerlendi. "Sence bunu söylemek için mi geldim Miran?" Kocasının yüzüne bakmayışı karşısında bedeni öfkeden kasılmış, sesi titremeye başlamıştı. "Ben senin yüzünü görmeye bile hasret kaldım. Reyyan hayatımıza girdiğinden beri benden kilometrelerce uzakta gibisin. Görmüyorsun beni, duymuyorsun!" Halsizce nefes verdi. "En acısı da..." diye mırıldandı içinden. *"Sevmiyorsun..."*

Bu sıkıcı özlem nidalarından fazlasıyla sıkılmıştı Miran. Artık nefes alamaz duruma gelmişti. Aşkın karanlık elleri boğazını tırmalıyor gibiydi. Özlemediği birisi tarafından özlenmek ise işkence çekmenin diğer türlüsüydü. "İşlerim çok fazla Gönül." Önünde duran dosyalarla ilgilenirken sanki karısı burada yokmuş gibi umursamaz bir tavır sergiliyordu.

"Ben bir aydan fazla bir süre burayla ilgilenemedim, işler üst üste binmiş. Baş edemiyorum. Yoğunum, anla beni."

"Amcana ne yalan söyledin?" diye sordu Gönül bir anda.

Miran'ın suratı büsbütün asıldı. Kafasını kaldırıp Gönül'e oldukça öfkeli baktı. "Ne söyledimse söyledim, sana ne? Sakın amcamla konuşayım deme!"

Gönül cevap vermedi. Ayağa kalkarak duvarın yarısını kaplayan cama doğru yürüdü. Yapının en üst katında bulunan bu odanın manzarası bütün İstanbul'u ayaklar altına seriyordu. Deniz manzarasını izlerken arkası dönük bir halde söylenmeye başladı, Miran'ın bu sözler karşısında öfkeleneceğini bile bile. "Eğer o kız için ta Mardin'e gitmeseydik şimdi birlikte vakit geçiriyor olabilirdik!"

Miran duyduklarını umursamıyordu artık. Defalarca uyarmasına rağmen Gönül'ün ağzından Reyyan lafı eksik olmuyordu çünkü. Artık cevap verme gereği duymuyordu, cevap vermemekte karar kıldıkça da Gönül susmuyor, Miran'ın üzerine gitmeye devam ediyordu. Fazlasıyla bunalan adam gömleğinin bir düğmesini açtı. Bir senesi dolan bu evlilik, ömrünü törpülüyordu. Kafasını bilgisayarına gömdü. Gönül birazdan pes eder ve döner diye düşündü ancak yanıldı. Bir anda kafasına çarpıp önüne düşen kâğıt parçasıyla neye uğradığını şaşırdı. "Ne yapıyorsun Gönül?" Ses tonu fazlasıyla sert çıktı.

Bilgisayarın klavyesine düşen kâğıdı alıp önünü çevirdiğinde başından aşağı kaynar sular dökülmüş gibi oldu. Sahte bir hastalık raporuydu bu. Üzerinde Gönül'ün bilgileri yazılıydı.

"Ne bu şimdi?" diye sordu sert bir sesle. "Ne işler çeviriyorsun sen?"

"Seni amcanın ellerinden kurtardım," dedi Gönül kibirle. "Uzun süredir İstanbul'da olmayışımızı nasıl açıklayacaktın? Hasta olduğumu, tedavi için uzaklaştığımızı söyledim, amcan da inandı. Çevirdiğin işleri bilse ne olurdu, haberin var mı?"

Miran yumruklarını sıktı, aynı zamanda dişlerinin arasından sinirle mırıldandı. "Sana mı düştü Gönül? Ben korkmuyorum amcamdan, sen neden korkuyorsun ki?" Dayanamıyordu artık. Gönül'ün bu densiz hallerine tahammül edemiyordu. Masanın üzerinde duran iş telefonuna uzanıp ahizeyi kulağına götürdü. Öfkeli dudakları şiddetle mırıldandı. "Odama gel Sarp!"

Gönül, Miran'ın ne yaptığını bildiği için sesini çıkarmadı, iki dakika sonra açılan kapıya çevrildi gözleri. Sarp, içeri başı önde girdiğinde Miran sakin bir sesle, "Gönül'ü eve bırakır mısın?" diye sordu. Gönül bunun üzerine hışımla çıktı odadan. Sarp da ardından çıkıp gittiğinde kapının kapanmasıyla rahat bir nefes alıp arkasına yaslandı Miran. Bunlar kurtuluş değildi. Ne bu kadından kurtulabiliyor ne de bu hezeyan dolu evlilik son buluyordu.

Çok geçmeden tekrar açılan kapının ardında bu sefer Arda göründü. Miran bir an Gönül'ün geri dönmüş olacağını düşünüp kaşlarını çatmaya hazırlanıyordu ki Arda'yı görünce gardını indirerek sakin bir sesle, "Sen miydin?" diye sordu.

Arda sırıta sırıta girdi içeriye. "Ne o? Beni beğenmiyor musun artık?"

Miran gülümsedi. Şu hayatta yüzünü güldürebilen nadir insanlardan biriydi Arda. Lise yıllarından bu yana süren dostlukları sımsıkı bir sadakatle bağlanmıştı. O gün bugündür, ne okulda ne de iş hayatında birbirlerinden ayrılmışlardı. Kardeşten farklı görmüyorlardı birbirlerini. Miran okuyup babasından kalma bu şirketi, amcasından devraldıktan sonra, bu günlere Arda ile getirmişti. Amcasını da es geçmemesi gerekirdi. Her ne kadar anlaşamıyor olsalar da, baba yarısıydı o adam.

"Nasıl hissediyorsun?" diye sordu Arda, bir anda ciddileşirken. "Neler geçiyor o mükemmel aklından?"

"Hiçbir şey..." Elleriyle saçlarını karıştırdı sıkıntıdan.

"Çok gergin görünüyorsun, oysa şu an mutlu olman gerekmez mi?" Arda'nın sorusunda Miran'ı çıldırtacak imalar barınıyordu. Bu intikam oyununu baştan beri hiç tasvip etmemişti Arda. Hatta bu yüzden Miran'la birçok kez kavga edip onu bu yoldan geri döndürmeye çalışmıştı. Fakat nafileydi. Miran'ı o karardan vazgeçirecek bir güç yoktu.

"Yolunda gitmedi hiçbir şey," dedi Miran ellerini masaya dayarken. "Reyyan konağa dönmedi. Konaktakiler henüz hiçbir şey bilmiyor. Dahası Reyyan, her an karşıma çıkabilir!"

"Diyelim ki karşına çıktı, ne olacak?"

Miran ellerini ensesine kavuşturup sıkıntıyla ovaladı. Bu soruya verecek bir cevabı yoktu, nezdinde ne yapacağını kendisi de bilmiyordu zaten. Gözleri cama kayarken, derin bir soluk aldı. "Bu şehirde bir yerlerde, benimle birlikte o da nefes alıyor."

"Bunu neden bu kadar önemsiyorsun ki?" diye sordu Arda, bu meselenin altında yatan sebebi deşmek istercesine. "Reyyan'la işin bitti. Artık babasından gelecek karşılığı bekleyeceksin." Miran'dan bir yanıt gelmeyince her zamanki serzenişlerine başladı Arda. "Yanlışın büyüğünü yaptın

Miran. Resmen ateşle oynadın. O aile için namus ne demek biliyor musun sen? Hiç düşünmeden alnının ortasından vururlar seni!"

"O biraz sıkar," diye tısladı Miran sinirle sıktığı dişlerinin arasından. "Ölmek için başlatmadım bu savaşı. Bu defa değil... Bu sefer kaybeden ben olmayacağım!" Ağrımaya başlayan başının sızısını dindirmek için ellerini şakaklarına bastırdı.

"Bazen nefes alamıyorum. Her şey üzerime üzerime geliyor. Evliliğim beni boğuyor..."

Arda oturduğu koltukta kafasını geriye doğru yasladı. Kollarını birbirine kilitlerken gözleri Miran'a bakıyordu. Nasıl süründüğünü, nasıl mutsuz olduğunu görebiliyordu. "Ben seni geçen sene çok uyardım. Gönül ile evlenmemen gerekiyordu. Baksana şu haline... Onu sevmediğin gün gibi ortada. Şimdi ikiniz de acı çekiyorsunuz, daha mı iyi oldu?"

"Şu kafamı taşlara vurasım geliyor bazen. Gönül'ü o halde ortada bırakamam deyip bu işe evet dediğim güne lanetler yağdırasım geliyor."

"Olmuş olanı değiştiremezsin ama pişman olacağın hatalar yapmamak hâlâ senin elinde." İşaret parmağını kaldırıp Miran'ı gösterdi, suçlar gibi. "Ne yazık ki devam ediyorsun berbat hatalar yapmaya."

"Ne yalan söyleyeyim," diyerek devam etti sözlerine Arda. Yüzü bambaşka bir şekil almıştı, söylediği sözlerden çekiniyormuş gibiydi. "Bu son yaptığın beni bile dehşete düşürdü. Reyyan'a dokunmayacaktın Miran. Masum bir kızı, bu işe alet etmeyecektin. Bu yaptığın..."

Sözleri Miran tarafından yarıda kesildi. Karşılığı öfkesine yenik düşüp bağıran bir adam oldu.

"Hata ise hata! Sana ne ha sana ne? Zerre pişman değilim, yine olsa hiç düşünmeden o kızı kullanırdım! Benim işime sakın karışma Arda, bu sen olsan bile!"

Koltuğundan kalkıp hızla yürüdü. Odasının kapısını çarpıp çıktı hışımla. En yakını dahi olsa, yeri geldiğinde Arda ile böyle büyük kavgalar edebiliyordu. Asansöre doğru yürürken sinirden yumruklarını sıkıyordu. Suçsuz ve masum olduğunu iddia etmiyordu fakat herkes onun üzerine geliyordu. Teyzesi, Gönül, Arda... Miran artık dayanamıyordu. Her an gözlerinin önünde Reyyan'ın silueti varken bu durum giderek katlanılmaz oluyordu.

Asansör hareket edip aşağı kata inerken gözleri aynadaki aksine çevrildi. Oldukça ifadesiz bakan gözlerine takılı kaldı. O denizimsi harelerin ardında saklanan korkunç bir adam vardı, yahut çaresiz bir çocuk. Adını koyamadığı duygu gelgitleri ruh halini darmaduman etmişti. Az önce söylediği sözlerin ise sonuna kadar arkasındaydı. Yine olsa yine evlenirdi Reyyan'la. Fakat bu kez onu bırakabilir miydi? *Bilmiyordu.*

Şimdi yürüdüğü yollar düz değildi. Öylesine yokuşlu, öylesine taşlı. Sanki bir labirentin içindeydi. Ya da sarsıcı bir hengâmenin tam ortasında. Düşünceleri öylesine karışık, kalbi bir tufanda sıkışık. Kat ettiği bunca yol ya çıkmaz sokak ile noktalanacak ya da kaderini bataklığa sürükleyecekti. Zira benliği darmadağın, sabrı doludizgin taşkındı!

***

Ateş düştüğü yeri yakar denirdi. Miran'ın yaktığı ateş önce Reyyan'ı, ardından Zehra Hanım'ı yakmıştı. Reyyan'ın evlendiğinin ertesi günü, telefonda aldığı haber ciğerlerini dağlamıştı kadının. İki gündür aklını yitirmiş gibi konakta bir aşağı bir yukarı volta atıyor fakat kimsenin aklına bir sorun olabileceği gelmiyordu. Herkes Zehra Hanım'ın bu durumunu, Reyyan'ın gidişine üzüldüğüne bağlıyordu.

Reyyan'ın bir intikama kurban gittiğini, bu işin tüm suçlusunun da kocası olduğunu öğrendiğinden beri boğazından su dahi geçmez olmuştu. Fakat susmanın da bir sınırı vardı. Bugün tüm olanları anlatacaktı, Reyyan'ın başına gelenleri tüm konak öğrenecekti.

Ağır ağır indi merdivenlerden. Bedeni zelzeleye kapılmış gibi titrediği için tırabzanlardan tutunma ihtiyacı hissediyordu. Tüm konak ahalisi akşam yemeği için kurulan masanın etrafında toplanmıştı. Havin merdivenlerde yengesini görünce elini kaldırarak gülümsedi. Çünkü Reyyan gitti gideli, bu kadın doğru düzgün yemek bile yemiyordu. "Yenge, seni bekliyoruz."

Zehra Hanım avluya vardıktan sonra yürek burkan bir surat ifadesiyle masaya doğru yanaştı. Herkes ondaki bu garipliği fark ediyordu aslında. Delal Hanım duruma bir el koymanın iyi olacağını düşünmüş olacaktı ki, "Kız veren ilk anne sen değilsin," deyiverdi. "Azıcık kendine gel Zehra. Reyyan'ı düşün."

Zehra Hanım masadaki tüm yüzlere teker teker baktı. Artık herkes bir şeylerin ters gittiğinin farkındaydı. "İyi misin sen anne?" Bedirhan fazlasıyla işkillenmişti.

Cihan Bey, Havin, Azat ve Delal Hanım... Hepsi pürdikkat karşılarında gördüğü kadının korkunç suratına bakıyorlardı. Zehra Hanım ise, tek bir kişiye bakıyordu, kocasına. İşte o an herkesin kanını donduracak bir kelime döküldü dudaklarından. "Kız veren ilk anne olmayabilirim ama kızını intikama kurban veren ilk kadın ben olabilirim!"

Masada derin bir sessizlik oluştu. Sükûneti def eden isim ise Azat oldu. "O ne demek yenge?" Fatma mutfağın kapısında merakla bekliyor, Dilan da pencerenin ardında izliyordu olanları.

Zehra kocasından ayırmadı gözlerini. "Kim bu Miran? Kızımı verdiğin adam kim Hazar?"

Hazar Bey usulca kalktı sandalyesinden. Ne vardı ki, hiçbir şey anlamıyordu. Karısının ne demek istediğine dair hiçbir fikri yoktu. "Sen ne dersin kadın? Miran'ın kim olduğunu bilmez misin?"

"Peki ya sen? Sen bilir misin, Miran kimdir?"

Hazar Bey karısının karşısına dikildiğinde tüm nefesler tutulmuştu. Özellikle de Azat, soluksuz dinliyordu. Zehra Hanım'ın gözleri masaya kaydı. Hiç düşünmeksizin masanın örtüsünü çekip tüm sofrayı yere devirdi. Büyük bir gürültüyle avlunun zeminine düşen tabaklar ve çatal kaşıklar herkesin ayağa kalkmasına sebep oldu. "Sen benim kızımı nasıl ateşe atarsın ha? Nasıl düşmanının oğluna verirsin Reyyan'ı? Hiç mi düşünmedin başımıza gelecekleri?"

Hazar Bey fazlaca şaşkındı. Zor araladı dudaklarını. "Sen ne dersin kadın? Ne düşmanı, ne ateşi?" Faltaşı misali açılmış gözleri hem şaşkınlığının hem de öfkesinin eseriydi. Karısının söylediği hiçbir şeyi anlamıyordu, sadece sinirlenmişti.

"Neden söylemedin?" diye sordu öfkeyle Zehra Hanım. "Neden yıllar önce bir adamı öldürdüğünden bahsetmedin bize?"

En büyük sırrının bir anda karısının ağzından dökülmesi karşısında afallayıp kaldı adam. Gözleri abisine, Cihan Bey'e kaydı. Bu kadim sırrı abisinden başka bilen kimse yoktu ki, bu kadın nereden biliyordu?

"Sen bunu nereden öğrendin?" diye sordu bocalayarak.

Zehra Hanım'ın gözleri dolu doluydu. "Yıllar önce öldürdüğün adam, Ahmet Karaman var ya!" dedi bağırarak. "Miran onun oğluymuş. Miran, Ahmet Karaman denilen adamın oğluymuş. Her şey senden almak istediği intikam için tezgâhlanan, kirli bir oyunmuş. Reyyan da bu oyunun en büyük kurbanı!"

Tüm diller lal olmuştu. Konak bu gerçekle yıkılırken Hazar Şanoğlu da uğradığı yıkımın altında eziliyordu. O adamın... bir oğlu mu vardı? Miran, Ahmet Karaman'ın oğlu muydu?

Zehra Hanım daha fazla dayanamadı ve ağlamaya başladı. "Miran gitmiş. Düğünün ertesi günü, Reyyan'ı o evde bırakıp gitmiş. Giderken sana selam söylemeyi de unutmamış!" Yere diz çöküp dizlerine vura vura ağlamaya başladı. "Yaktın kızımın başını... Yaktın!"

Azat, soluğu yengesinin yanında aldı. Herkesin şaşkınlığının ve sakin duruşunun yanında onun içine ebedi bir telaş düştü. Söz konusu Reyyan'dı. Azat nasıl yanmasındı ki? Yengesinin yanına diz çöktükten sonra elini kadının omzuna koydu. "Ağlama yenge," dedi hiddetle. "Reyyan şimdi nerede?"

Sahi, herkesin merak ettiği soru buydu. Neredeydi Reyyan? Madem Miran onu düğünün ertesi günü bırakıp gitmişti, o halde iki gün geçmesine rağmen neden hâlâ dönmemişti?

"Reyyan artık yok," diye bağırdı Zehra. Azat'tan ziyade kafasını kaldırıp kocasının bitik suretine baktı. "Çekin elinizi eteğinizi kızımın üzerinden!"

"Reyyan'ın yerini söyle Zehra Hanım." Cihan Bey araya

girmişti. Evin en büyüğü oydu. Şu celalli hengâmeyi ondan başka sakinleştirebilecek kimse yoktu. "Gidip onu buraya getireceğim. Kız perişandır şimdi. Ne olmuş ne bitmiş, adamakıllı öğrenelim."

Zehra kafasını salladı hızla. Tülbendi bozulmuş, omuzlarına düşmüştü. Havin, yengesinin yanına eğilip düzelttiğinde bir yandan da ağlıyordu. Kim bilir, Reyyan şimdi nerede, ne haldeydi? "Unutun bunu. Reyyan artık Mardin'e dönmeyecek. Bir kere yandı başı, bir daha kılına zarar gelmesine izin veremem!"

"Yenge mantıklı düşün," dedi Azat. "Burası Reyyan'ın da evi. Ne demek buraya dönmeyecek? Miran denilen şerefsiz bırakıp gitti diyorsun. Nereye gider bu kız?"

"Mühim olan bu mu?" diyerek bağırdı hiddetle Zehra Hanım. "Ortada koca bir yalan döndü. Sırf intikam almak için sahte bir düğün yapıldı. Benim Reyyan'ım harcandı! Kim bu Miran, kim?"

Azat ayağa kalkıp bir açıklama beklercesine amcasına baktı. Herkes gibi o da şoktaydı. Hâlâ inanamıyordu bu evliliğin bir oyun olduğuna. Fakat her şeyi çözmüş gibiydi. Nasıl büyük bir oyuna geldiklerinin şimdi farkına vardı. Sinirden sıktığı yumrukları eline kan oturturken meraklı bakışları bir yengesinin bir amcasının yüzünde geziniyordu. Ancak anlamadığı ve aklının sınırlarını zorlayan bir şey vardı ki, o da amcasının birini öldürmüş olmasıydı. Böyle bir şeyin gerçekliğine ihtimal vermiyordu fakat amcası sustukça, bu durumu kabullenişi yıkıyordu onu.

"Amca, bu doğru mu?" diye sordu Azat. Herkes konuşuyor, o adam susuyordu. Aslında Miran'ın, o adamın oğlu olduğunu öğrendiğinden beri allak bullaktı kafası Hazar

Bey'in. Tek kelime edemiyordu. İç hesaplaşmalarıyla baş başaydı, onca gürültüye ve sabırsız kalabalığa rağmen.

Kafası gittikçe karışıyordu herkesin. Havin, annesiyle fısır fısır konuşuyor, Zehra sessiz serzenişlerine oturduğu yerden devam ediyordu. Azat, amcasından bir cevap alamayınca babasına doğru yürüdü. "Baba, sen bir şey söyle Allah aşkına! Kim lan bu Ahmet Karaman?"

İşaret parmağını dudaklarına götüren Cihan Bey sus dercesine baktı oğluna. Ardından kardeşine çevirdi bakışlarını. Onun yıkılmışlığını gördü. Şu an neler hissettiğini anlayabiliyordu. Çünkü bu konakta, bu esrarengiz sırrı bilen tek kişiydi. Yıllarca gizli tutulup üzerine kara bir çizgi atılmıştı o kirli mazinin. Ancak geçmiş, insanın peşini bırakmaz derlerdi, çok da doğruydu. En olmadık zamanda, olmayacak bir zamanda geçmişi karşısına dikilmişti.

"Tüm bunları sonra konuşuruz," dediğinde herkes dönüp Hazar Bey'e baktı. Böylelikle katil olduğunu kabul etmiş oluyordu. Azat bu konuda yanılmış olmayı ne çok isterdi oysa. Katil damgasını yakıştıramadı hiç amcasına. Ahmet Karaman her kim ise, Miran onun oğluydu ve bu aileye büyük bir oyun oynamıştı. Sebep her ne olursa olsun, intikamını bu yolla almak çok adiceydi. Azat'a göre bu durumun affedilir bir yanı yoktu. Bu yenilgi, yenilir yutulur cinsten değildi. Babasının canına karşılık onlara namuslarıyla savaş açmıştı Miran. Şimdi daha iyi anlıyordu Azat, Miran'a bu denli öfke duymasının sebebini. Ona karşı kanının ısınmamasının tek nedeni, Reyyan'ı seviyor oluşu değildi. En başından beri ters giden bir şeyler olduğunu sezmişti.

Perişan bir halde, üzerinden ayrılmayan bakışlar eşliğinde arkasını döndü Hazar Bey. Güçlükle bir adım attı merdivenlere doğru. Yalnız kalmaya ihtiyacı vardı. Kimsenin sorusuna cevap verecek halde değildi. Onun bu halinin sebebi, katil oluşunun ortaya çıkmış olması değildi. Ahmet Karaman'ın bir oğlu olduğunu bugün öğrenmiş ve yıkılmıştı.

Dürüstlüğüne, özüne, sözüne güvenip kızını emanet ettiği adam, yıllar önce vurduğu adamın oğlu çıkmıştı...

Ayrıca intikamını aldığını, aralarında zorlu bir savaş başlattığını belirten bir selam yollamıştı hiç utanmadan. Tıpkı babası gibiydi Miran da. Onun gibi bir adi!

Merdiven basamaklarında durdu kaldı adam. Ciğeri paramparça oluyordu aldığı her nefeste. Geçmişi gözlerinin önüne serilirken kalbi kurşuni seslerle atmayı bırakıyordu. Maziye gitmişti aklı... Unutmak için geceler boyu savaştığı o an yine hatırındaydı. Sanki şu an sıktığı yumrukları arasında o lanet olasıca silah vardı. Sanki şu an yirmi yedi yaşındaydı ve elindeki namluyla Ahmet Karaman'ı hedef almıştı!

Bir adım atmıştı ki Azat'ın dudaklarından dökülen öfke timsali sözcükler tüm Midyat'ı deldi geçti.

"Bu burada kalmaz. Bu hesap böyle kapanmaz. Andım olsun, ellerimle geberteceğim o şerefsizi!"

11

MİSAFİR

Sessizliğine yenilir insan bazen. Sustuğu için kendisinden nefret eder, dilinin ardına saklanan korkak sözcüklere düşman olur. Söyleyemedikleri pişmanlığı olur bazen, o pişmanlık bir ateş misali yakıp kavurur içini. Keşke der defalarca. *Keşke, geriye sarabilseydim zamanı.* Bunun her ne kadar mümkün olmayacağını bilsek de, ömrün her pişmanlık demlerinde, bunu dillendiririz nedensizce. Zamanın zinhar geriye dönmeyeceğini bile bile. Sonra akıp giden saatlere küseriz kederlice.

Reyyan çok düşünmüştü. Aklına kast eden o anlar, zihninden bir saniye bile silinmezken, diline gelmeyen kelimelere yerli yersiz küfretmişti. Şimdiki aklı olsa, Miran'a çok daha farklı şeyler söyleyebilirdi. Mesela karşısında öyle çaresizce ağlamaz, gitmemesi için yalvarmazdı. Miran'ın karşısında o denli düştüğünden, kendisinden nefret eder olmuştu.

Günler geçiyordu. Bu eve geleli neredeyse bir hafta olmuştu. Ancak acısında ne bir eksilme vardı ne de yaralı kalbinde bir iyileşme. Geçen sadece günler, ilerleyen tek şey saatlerdi. *Acı, her daim bakiydi.*

Oturduğu koltuğun diğer ucundaki çalan telefona uzandı yavaşça. Sessizlikten kurumuş dili, iki kelam etmeyi bekliyordu saatlerdir. Arayan annesiydi. Reyyan, İstanbul'a geldikten sonra Fırat, Reyyan'a yeni bir hat almıştı. Eskini kırıp atmıştı Reyyan. Konaktan birinin onu bulmaması gerekiyordu. Babası, amcası, Azat veya Bedirhan. Annesi de Reyyan'ın nerede olduğunu öğrenmemeleri için konaktayken aramıyordu kızını. Reyyan'ın İstanbul'da, Sıdıka Hanım'ın yanında olduğunu bilen sadece Elif ve annesi Ayşe Hanım'dı. Zehra Hanım, kardeşinden başka kimseye güvenemezdi bu konuda. Uzun bir süre sadece üçü bilecekti. Konaktan hiç kimse, Reyyan'ın nerede olduğunu öğrenmeyecekti.

"Anne?" Annesinin sesini her duyduğunda acıdan yanan boğazına ve dolan gözlerine engel olamıyordu nedensizce.

"Reyyan'ım, iyi misin kuzum?"

"İyi olmaya çalışıyorum," dedi sessizce. Konuşmalarını Sıdıka Hanım duysun istemiyordu. "Neler olduğunu anlat anne. Konakta neler oldu?" Özellikle de, gerçekleri öğrenince babasının ne tepki verdiğini merak ediyordu.

"Baban gerçeği kabul etti. Miran'ın babasını öldürdüğünü inkâr etmedi. Üstelik bu konuda günlerdir tek kelime etmiyor. O günden beri tek yaptıkları şey, kapalı kapıların ardında konuşup ne yapacakları hakkında plan yapmak. Miran'ın babasının adını duyunca rengi küle döndü, görmen lazımdı Reyyan. Azat desen, delirdi. Miran'ı bulup öldürmekten bahsediyor. Amcan onu sakinleştirmeye çalışıyor."

"Bir saniye," dedi Reyyan. Kalbi sıkıştı bir anda. "Azat

neden böyle bir şey düşünüyor? Miran'ın meselesi babamla değil mi?"

"Miran bizi seninle vurdu Reyyan. Bu olay Mardin'de duyulursa ne olur biliyor musun sen? Yaptığı yanına kâr mı kalacak?"

"Miran'a ne yapacaklar?" diye sordu Reyyan. Sesi titremiş, yüreği korkudan sıkışmıştı. Gözlerinin aniden dolmasını engelleyemiyordu. "Anne, ne olmuş olursa olsun. Ona bir şey olmasın." Sözlerinin sonunda ağlamaya başladı. Elinde değildi. Hâlâ çok seviyordu. Başına kötü bir şeyin gelecek olma düşüncesi bile tüm yüreğini paramparça etmeye yetiyordu. "Azat'a engel ol yalvarırım. Ona dokunmasınlar. Babam da Azat da, Miran'ı bulmaktan vazgeçsinler."

"Sen bu işe karışma Reyyan," diyen kadının sesi oldukça kızgındı. "Artık bu mesele, seni bile aşar!"

Telefon görüşmesi bittiğinde hıçkırıklara boğuldu Reyyan. Neden bu kadar çok ağladığını bile bilmiyordu, sadece delice gözyaşı akıtıyordu. Telefonu kapatmadan evvel, Elif'le de konuşmuştu. Elif zaten İstanbul'da okuduğu için, birkaç gün içinde İstanbul'a, Reyyan'ın yanına geleceğini söylemişti. Reyyan'ı tek sevindiren bu olmuştu. Onun dışında, babasının, amcasının ve Azat'ın, Miran üzerinde düşündükleri kötü planlar ciğerini dağladı.

Bir yandan kendisine de kızıyordu Reyyan. Yaptığı kötülüğe rağmen hâlâ onu düşünüyor oluşu kendisine olan saygısını zedeliyordu. Gurursuz hissediyordu. Odasının kapısı yavaşça açılınca gözlerini tamamen sildi Reyyan. Ağladığını kimse bilsin istemiyordu. Sıdıka Hanım meraklı ve üzgün gözlerle kendisine bakıyordu kapının ardında. "İyi misin güzel kızım?"

Reyyan evet dercesine kafasını salladı.

"Kahvaltıya gel kızım. Hiçbir şey yemiyorsun. Fırat'ın dediklerini unuttun mu?"

"Unutmadım Sıdıka Teyze, sadece canım istemiyor."

"Olmaz öyle şey," dedi yaşlı kadın kızgınca. "Hadi, mutfağa gel bakayım."

Reyyan bu sefer kurtuluşunun olmadığını bildiği için, el mahkûm odasından çıkıp mutfağa geçti. Kuş sütünün eksik olduğu masa biraz iştahını kabartmıştı. Günler vardı ki, doğru düzgün hiçbir şey yememişti. Sandalyeyi çekip oturdu. Sıdıka Hanım çayını doldurup önüne koymuştu bile. "Hadi afiyet olsun," dediğinde Reyyan gülümsedi. Günlerdir boş kalan midesine bayram sevinci yaşatırken aklına Elif geldi. "Sıdıka Teyze," diyerek gülümsediğinde yaşlı kadın Reyyan'ın ilk defa gülümsediğini görüp mutlu oldu.

"Birkaç gün sonra Elif gelecek İstanbul'a. Biliyorsun, burada okuyor. O da burada kalabilir mi?" Reyyan bu soruyu, Fırat'ın bu evde yaşamayışına bağlı olarak sordu. Anneannesinden ayrı yaşıyordu. Yaşlı bir kadına, iki genç kızın yük olmayacağını düşündü.

Sıdıka Hanım ihtiyatla tebessüm etti. "O nasıl soru güzel kızım? Dilediğiniz kadar kalabilirsiniz. Sizin anneleriniz zamanında benim elimde büyüdüler."

Reyyan da aslında bunu merak ediyordu ama günlerdir odadan dışarıya çıkmadığı için, bu kadınla iki cümle kurup sohbet edememişti. Elindeki bardağı masaya bıraktıktan sonra, karşısındaki kadının yüzüne baktı. "Mardinli misiniz?"

"Evet," diyerek gülümsedi yaşlı kadın. "Orada doğdum, orada büyüdüm ben. Memleketim orası benim. On altı yaşımda evlendim, yirmi dört yaşımda kocamı kaybettim. Bir tanecik kızımla ortada kaldım. Ona bakabilmek için ya yeniden evlenecektim ya da kendi geçimimi sağlayacaktım. Evlenmek mantıklı gelmedi bana. Rahmetli eşimi çok sevmiştim ben. Onun üzerine, başka bir adamı hayal bile edemedim. O zamanlar Mardin'in zenginlerindendi senin deden Firuz Ağa." Bahsettiği adam, Reyyan'ın annesinin babasıydı. Reyyan gülümseyerek dinledi yaşlı kadının acıklı hayat hikâyesini.

"Eşi Dilber Hanım'ın sütü yoktu. Teyzen iki yaşlarında, annen ise yeni doğmuştu. Annene sütanneliği yaptım. O günden sonra annenlerin konağında yaşadım. Her işlerine koştum, onlar da bana destek oldular. Kızımı büyüttüm ve bir zaman sonra İstanbul'a yerleştim."

"Sonra?" diye sordu Reyyan. "Sonra ne oldu? Kızınız nerede şimdi?" Sıdıka Hanım'ın kızı, muhtemelen annesi yaşlarında olmalıydı.

Bu sorunun ardından yaşlı kadının yüzüne derin bir hüzün çöktü. Kırışan göz çevreleri, kederli çizgilerle doldu. Reyyan o vakit anladı yanlış bir noktaya değindiğini. "Sormamam gereken bir şey mi sordum?" derken biraz çekindi doğrusu.

"Hayır, hayır." Elini kaldırıp salladı yaşlı kadın. "Dört sene önce, trafik kazasında rahmetli oldu. Hem eşi hem torunum ile birlikte."

Reyyan'ın gözleri kocaman açıldı. Duyduğu şey, onu fazlasıyla şaşırttı. Dünyada ne tuhaf acılar vardı. Dayanılması zor olan, tıknaz acılar. Oysa Reyyan'ın günlerdir düşündüğü tek şey, hayatın sadece kendisine adaletsiz davrandığıydı. "Başın sağ olsun," diyebildi şaşkınlıktan.

"Fırat hem annesiz, hem babasız, hem de kardeşsiz kaldı yani, öyle mi?"

Yaşlı kadının kederli gözleri buğulandı. "Bir başına kaldı yavrucağım. Ben de bir kez daha tattım, en sevdiklerimi kaybetmenin acısını."

Reyyan şaştı kaldı. Edecek tek kelime bulamadığı gibi günlerdir çektiği acıdan utandı. Şimdi bu kadın sorsa, senin derdin ne yavrum dese, utancından başını eğerdi. Sanki tüm bu düşüncelerini okumuş gibi, uzanıp ellerine dokundu kadın. Reyyan kafasını kaldırıp Sıdıka Hanım'ın gözlerine baktı. "İnan bana güzel kızım. Derdi veren Allah bir süre sonra dermanını da veriyor. Her ne yaşadıysan, elbet bir gün geçecek. Kaderin açtığı yaraya, zaman merhem olacak. Sadece sabret. Sabır, kurtuluşa giden en aydınlık yoldur."

***

Şüphesiz o günden bu yana, ciğerine ilmek ilmek işleyen tek acıydı pişmanlık. Neden ve nasıl olduğunu anlayamamıştı ama vicdanının üzerine bir ağırlık oturmuş, genç adama nefes aldırmıyordu. Bu işin sonunun böyle olacağını tahmin edememişti. Bu işin sonunda, böylesine acı çekeceğini hiç mi hiç hesap edememişti. Günler solup gidiyor, her şey biraz daha eskiyordu. Geçen her gün ömrüne bir çelme daha takarken, Miran'daki tek değişim kaburgalarının altında atan organın ona acı çektirmesiydi.

Miran, acı çekiyordu.

Miran, pişman oluyordu.

Miran, *Reyyan*'ı özlüyordu.

Ne hakla diye sordu kendisine? Hangi hakla özlüyorsun sen onu? Kendi kendini sorguladığı, en büyük şahidinin vicdanı, hâkimin merhamet olduğu bir mahkemede sayısız defa yargılamıştı kendisini. Her mahkemenin sonunda suçlu çıkan, kendisiydi.

Pişman olacağını bile bile çıkmıştı bu yola. Aslında pişman olduğu tek konu Reyyan'dı. İntikam değildi. Bugün olsa, yine intikam alırdı. O adama karşı ebedi bir öfke barınıyordu bünyesinde, tırnak uçlarından, saç diplerine kadar. Fakat aşkın ne zaman geleceği belli olmuyordu ömre. Sevda düşeceği zaman, haber vermiyordu ki gönle! Miran, Reyyan'ı sevebileceği ihtimalini milyon kez düşünmüş, her seferinde reddetmişti fakat gerçek buydu.

Aslında bu yeni bir şey değildi. Miran, terk ettikten sonra pişman olan, sıradan adamlardan değildi. İçinde hep bir şeyler vardı Reyyan'a karşı. Onu gördüğü ilk günden beri heyecanlanan kalbine, gözlerine bakınca çarpan kalbine o kadar karşı çıkmıştı ki... Geçecek sanmıştı. Tüm bu oyun bittiğinde Reyyan da çıkıp gidecek aklımdan diye düşünürdü. İstediğini aldıktan sonra aklına gelmeyeceğini varsayardı. Öyle olmamıştı işte. Güneş dünyayı terk ettiğinde semaya dolan karanlıklar gibi, aheste aheste bir sevda doluyordu içine. Aşkın amansız elleri sarıyordu boynunu.

Öyle bir sevda ki, kapkara, derin, yakıcı...

Miran nefes alamıyordu. Yaşamak istediği hayat ile yaşadığı hayatın arasındaki fark öyle derindi ki... Bir yanda Gönül, diğer yanda ise Reyyan vardı.

Araftaydı Miran. Bir yanı cennet, bir yanı cehennem.

Eve geldiğinde saat on ikiyi geçiyordu. Yine Arda ile kavga etmiş, şirketten öfkeyle ayrılmıştı. Saatlerce sahilde oturmuş, martıların kavgalarını, denizlerin isyanını, bulutların şarkılarını dinlemişti. Arda bu kez onu fazla öfkelendirmişti. *"Reyyan'ı* seviyorsun,*"* demişti. *"Ne kadar inkâr edersen et, o kız için deliriyorsun."*

Anahtarını sessizce çevirerek açtı kapıyı. Gönül bu saatte uyur muydu bilmiyordu ama uyumasını temenni ediyordu. Dileği boşa çıkmıştı. Gönül televizyon karşısında oturuyordu. Her zamanki gibi kırgın, yorgun ve mutsuzdu. Çünkü o günden beri, evlilikleri dibe batıyordu. Miran o günden bu yana onunla uyumuyor, yüzüne bakmıyordu. Tüm bunların olacağını tahmin etmişti Gönül. Bu intikam oyununda rol gereği sergilenen o aşkın, bir gün gerçeğe dönüşeceğini biliyordu. Olmuştu da. Hissediyordu kadın. Kocasının hayalinde başka bir kadın vardı. En fenası da buydu ya, Gönül o kadını tanıyordu.

Miran, Gönül'e tek kelime bile söylemeden merdivenlere yürüdü. Şu an üzerinde karısının gözlerini hissediyordu ama bu umurunda bile değildi. Bu ev, ev değil, bu evlilik, evlilik değildi ona göre. Hatta yaşadığı bu hayat, hayat bile değildi.

Yatak odasına girdiğinde hiç oyalanmadan üzerindeki pantolonu ve gömleği çıkardı. Duşa girip çıktığında ise, yere bıraktığı kirli kıyafetler yoktu. Dolabın başına geçip raftan siyah bir tişört aldı. O sırada hissetmişti, Gönül tam arkasındaydı.

"Ne zaman konuşacaksın benimle?" diye sordu Gönül. O sormaktan bıkmamıştı ama Miran duymaktan bıkmıştı. "Yorgunum," diyerek geçiştirdi. *Her zamanki gibi.*

Miran, hızla üzerini giyindiğinde Gönül'ün sesini duydu. "Biliyor musun, bugün Eylül geldi."

Miran istemsizce karısına döndü yüzünü. "Ne zaman dönmüş?"

"Bugün," diye yanıtladı Gönül. Eylül, Miran'ın teyzesinin kızıydı. Gönül'ün ise üniversiteden arkadaşı. Zaten bu vesileyle tanımıştı Miran'ı. Bir gün Eylül'ün evine gelmişti. Tam da o sırada Miran çıkıyordu kapıdan. Teyzesiyle vedalaşıp giderken, kapıda durup hayran gözlerle kendisine bakan kızı hiç fark etmemişti. İşte böyle başlamıştı bu hazin hikâye. Başladığı gibi de devam ediyordu. Miran yine Gönül'ü görmüyor, Gönül ise Miran'a sabırla bakmaktan usanmıyordu. O günden sonra bir daha peşini bırakmamıştı Miran'ın. Bulduğu her fırsatı onu görmeye, onunla konuşmaya adıyordu. Miran, Gönül'e hiçbir zaman yüz vermemiş olsa da, gençliğinin kurbanı olmuştu. Aklında evlilik gibi bir düşünce yokken, Gönül ile evlenmeye mecbur bırakılmıştı.

"Her şeyden o kadar habersizdi ki, hiçbir şey anlatamadım. Oynadığımız bu iğrenç oyundan bihaber girdi kapıdan içeriye."

"Aman ne hoş!"

"Eylül de öğrenecek biliyorsun değil mi? Reyyan'ı saklayamayacaksın ondan. Yarın bir gün kapına, Azat denen eşkıya dayanınca her şeyi öğrenecek o da."

"Öğrenirse öğrensin lan," diye bağırdı Miran sonunda. "Eylül'den mi korkacağım?" Elini yakasına götürdü ivedilikle. "Bıktırdın Gönül, bıktırdın. Ben sana kaç kere söyleyeceğim, Reyyan'ın adını bir daha anma diye!" Miran'ın yüksek çıkan sesi Gönül'ü ürküttü. Amacı aralarını düzeltmek olsa da, her defasında daha çok zedeleniyordu buza benzeyen evlilikleri. Her seferinde ince ince biraz daha çatlıyordu. Gönül'ün tek korkusu, bir gün tamamen paramparça olacağıydı.

Konuyu dağıtmak istedi. Miran'ın sağ elini tutarak avuçlarının içine hapsetti. "Seni çok özlüyorum," dedi sessizce. Özlüyordu fazlasıyla, Miran onu kendinden mahrum bıraktıkça daha çok özlüyordu.

Miran'ın duymaktan en çok korktuğu şeylerden biri "özlüyorum" kelimesiydi. O özlemiyordu ki. Fakat bunu dile getirip Gönül'ü kırmak istemiyordu. Ancak karısından her geçen gün uzaklaştığı da bir gerçekti. Zaten pek de yakın sayılmazdı. Elini çekti yavaşça. "Sonra konuşalım, olur mu?"

Gönül'ün yüzüne, canhıraş bir acı oturdu. "Özledim dedim Miran, bunun hiçbir önemi yok mu?"

Sabrının son demlerindeydi Miran. Ağzından çıkacak sözcüklerin, karşısındaki kadını ne denli yakacağını hiç düşünmeden bağırdı. "Yok Gönül, yok! Tam bir senedir senin istediğin gibi yaşıyorum. Hayatım cehenneme döndü. Senin yanında mutlu değilim, görmüyor musun?"

Miran'dan uzaklaşıp konsolun üstünde duran parfüm şişesini aldığı gibi, duvara çarptı Gönül. Sanırım iplerin koptuğu, düşüncenin yerini öfkenin aldığı bir andaydılar ikisi de. "Benimle neden evlendin o zaman?"

Miran içinden ya sabır çekti. Yine büyük bir kavganın eşiğindeydiler. Oysa artık kavga etmekten bile bıkmış, yorulmuştu. Derin bir nefes alıp ellerini Gönül'ün omuzlarına koydu. Acıdan solmuş ela gözlere, ne kadar bıkkın olduğunu ima edercesine baktı. "Bu konuda sen de, ben de suçluyuz. Gece gece, eski defterleri açmanın hiçbir anlamı yok." Ellerini çekip yavaşça arkasını döndüğünde Gönül kolundan tutup kendisine çevirdi Miran'ı. Anlaşılan Gönül, yaraları deşmeye meyilliydi bu gece.

Öfkeliydi, haddinden fazla öfkeliydi. Miran'a ulaşamadığı her gün, akla zarar öfkesi katbekat artıyordu. "Açalım istiyorum Miran!"

Miran ellerini gözpınarlarına bastırdı. Ne zaman bunalsa, ne zaman sinirleri zarar verici bir boyuta ulaşsa, bu hareketi yapardı. Ellerini yüzünden çekerken, ağır ağır kaldırdı kafasını. Öfkenin titreştiği mavi hareleri imayla baktı karısının gözlerine. "Üzüleceğini bile bile duymak istiyorsun, değil mi?"

Gönül kafasını salladı iki yana, çaresizce. *Duymak istemiyorum, sakın söyleme korktuğum o sözleri.* Dilinin ucuna diken gibi batan bu naif cümleler, dudaklarından çıkamıyordu.

Cevapsız kalan sorusu karşısında tek kolundan tuttuğu kadını hızla çekti kendine. "Söyle! Sana hiç seni sevdiğimi söyledim mi?"

"Söylemedin Miran..." Gönül'ün dili de kalbi de isyan ediyordu bu çaresizliğe. Duymamıştı, bir gün olsun duyamamıştı!

"Söylemedim çünkü seni sevmedim hiçbir zaman! O lanet olasıca günden beri peşimden bir kez olsun ayrılmadın... Kanıma girdin, yetmezmiş gibi de yatağıma..."

Miran'ın sözleri, yanağına aniden inen tokatla yarıda kesildi. Sadece kendisi değil Gönül de öfkesine yenik düşüyordu çoğu zaman. Fakat bu yaptığının Miran tarafından affedilir bir yanı yoktu. Miran yediği tokadın şokunu yaşarken gözleri hiç olmadığı kadar korkunç bakıyordu. Belki de bu son damlaydı bardağı taşıran. Kolundan tuttu Gönül'ü. Bedeninde kaynayan öfkenin verdiği güçle yatağa fırlattı. Gönül ansızın yatakla bütünleşirken Miran öyle kuvvetli bağırdı ki, muhtemelen civardaki tüm evler bunu duydu. "Bu cesareti nereden alıyorsun lan sen, nereden?" Gönül'ün kulakları şu an sağır olsa yeriydi.

"Beni bu hale getiren sensin, sen!" Gönül'de de ipler kopmuştu. Bir yandan da haykırarak ağlamaya başlamıştı.

Miran bir elini sinirle sıkarken, diğer elinin işaret parmağını tehdit edercesine kaldırdı Gönül'e doğru. İçinden geleni, şuursuzca dile döktü. "Senden de, o bitmeyen aşkından da nefret ediyorum!" Susup sert bir nefes aldı. Eli yavaşça yere düşerken işaret parmağı kendisine döndü. "Sadece senden değil," dedi sesi güçsüzleşirken. Aciz, bıkkın, acılı bir tona büründü sesi. Ve Gönül'ü tamamen bitirecek o sözleri sarf etti acımasızca. "Âşık olduğun, her şeyimden tiksiniyorum!"

Arkasını döndü. Bu kadına olan nefreti bambaşka bir boyut kazanmıştı şu anda. Ne acıma hissiyatı ne de suçluluk duygusu. Kalbi öylesine taş olmuştu ki, hiçbir şey hissedemiyordu. Dolaba doğru yürüdü. Kırarcasına açtığı dolap kapağının ardından, eline geçen bir ceketi aldı ve kapıya doğru yürüdü.

Gönül'ün ardından geleceğini biliyordu fakat arkasına dönüp bakmıyordu, bakmayacaktı da. İki parmağına geçirdiği ceketi, kolunu kaldırarak omzundan sarkıttı. Hızlı hızlı indi merdivenleri. Basamakların sonuna geldiğinde duymuştu Gönül'ün sesini. "Miran nereye? Beni bırakıp nereye gidiyorsun?"

Olduğu yerde duraksadı Miran. Aklına Reyyan geldi. Günler öncesinde aynı sözleri, onun ağzından da duymuştu. Ne kadar berbat bir adam olmuştu böyle? Beyninde Reyyan'ın ses tonu yankılanırken, Gönül'ün sesi arka planda kalıyordu.

Hızla yürüdü kapıya doğru. Bugün bu evden çıkıp gidecek ve bir daha da asla geri dönmeyecekti. Yüreğine prangalar vuran sancılı esaret bitmişti. Miran, gönlüne sürgün ettiği vicdan yarasından bugün kurtulmaya yemin etti. Dayanağının son noktasındaydı. "Gelme arkamdan," diye bağırdı. *"Ömrünü avuçlarına tutsak ettiğin adam, bugün azat ediyor kendini."*

Gönül merdiven basamaklarının sonuna tünedi halsizce. Sarsıla sarsıla ağlıyordu. "Sen benim tutsağım değildin Miran, her şeyimdin!"

Miran kapıyı açıp çıkmadan evvel son bir kez daha durdu. Fakat arkasını dönmedi. Çünkü Gönül'e ne zaman baksa, vicdanı sebepsizce kanıyor, yine kıydığı kendisi oluyordu. Bu sefer değildi, bu sefer değil.

"Kendine yeni bir yol çiz," dedi kendinden emin bir halde. Böyle olsun istememişti, ama olmuştu. Bugün kocalıktan men ediyordu kendini. Şimdiden öyle bir ağırlık kalkmıştı ki üzerinden. "Bir yol çiz ve içinde ben olmayayım. Çünkü benim çizdiğim yolda, artık sen yoksun!"

Aslında hiç olmadın...

Kapının kilidi yürek dağlayan bir gürültüyle açıldı. Miran bir rüzgâr gibi savruldu dışarıya, Gönül ise kalbini yerinden söken hıçkırıklarına teslim oldu. Yaşama sebebi, ömrünü adadığı adam çekip gidiyordu evinden, yüreğinden. Hiçbir sevgisizlik, sonsuza dek sürmezdi. Bir gün elbet tükenir, tüketirdi. Miran'ın sabrının tükendiği yerde, Gönül'ün ömrü bitmişti.

***

Saatler geçti o fırtınalı ayrılığın üzerinden. Miran evden ayrılır almaz şirkete gelmişti. Burada ilk defa uyumuyordu. Çok kez şahitlik etmişti odasındaki koltuk, yalnızlığına. Eve gidemediği zamanlarda bu koltukta uyurdu. Bu seferki farklıydı. Bir daha evine dönmemek üzere gelmişti. Sanırım yeni bir eve ihtiyacı vardı. Yanında hiçbir eşyası da yoktu üstelik. Üzerinde evden çıkmadan önce giydiği siyah bir tişört ve siyah deri ceketi dışında.

Sabah olmuş, iş saati başlamıştı. İşyeri yavaş yavaş çalışanlarla doluyor, koridordan insanların sesi yükseliyordu. Miran ise sabaha kadar dönüp durmuş, şafağı zor etmişti. Üstelik bir ara daldığında rüyasında Reyyan'ı görmüştü. Kötü olan da buydu. Yakında Reyyan'ı düşünmekten kafayı yiyecekti.

Uyku mahmuru gözlerle koltuğuna geçip oturdu. Açtığı bilgisayarından günlük planlarına kısaca göz gezdirirken odasının kapısı açıldı ve içeriye Arda daldı. Her zamanki gibi enerjik ve güler yüzlüydü genç adam fakat Miran'ı spor kıyafetlerle görünce kaşları çatıldı.

"Sen neden böyle giyindin? Öğleden sonraki görüşmemizi unuttun mu?"

Miran'ın dudaklarında aptal bir sırıtış belirdi. Bir ayrılık, bir insanı ancak bu kadar mutlu edebilirdi. Gönül'den ayrıldığı için çocuk gibi mutluydu. "Anlatacağım," dedikten sonra karşısındaki koltuğu işaret etti. "Geç otur ve bana kahvaltılık bir şeyler söyle."

Kendisi de iş telefonundan Sarp'ı aradı. Anında açılan telefona telaşla emirler yağdırdı. "Hemen benim eve gidiyorsun Sarp. Kasadaki belgeleri bana getir. Ayrıca," dedikten sonra kafasını kaldırıp şaşkın suretle kendisine bakan Arda'ya gülümsedi. "Eline bir bavul al ve içine alabildiğince kıyafetlerimi koy."

Telefon kapanır kapanmaz, Arda parmağını kaldırıp Miran'ı gösterdi. "Yoksa sen? Bitti mi yani? Bu evlilik bitti mi?"

Miran sıkıntıyla yana eğdi boynunu. "Başlamış mıydı ki?

Ben beni sıkan kelepçelerden kurtuluyorum sadece. Olması gereken buydu."

Hak verdi Arda. Gönül'e de üzülmüyor değildi ama tek taraflı yürümüyordu bu işler. "Evet," dedi. "Olması gereken buydu."

Bu konunun üzerine Reyyan meselesini açmak istedi Arda ama sustu. Bu konu ne zaman açılsa ister istemez tartışıyorlardı. Fakat bir detay gözünden kaçmamıştı. En son tartıştıklarında Miran'a, Reyyan'ı seviyorsun demişti. Bugün ise Gönül'den ayrılıp gelmişti işyerine. Arda, Miran'ın tüm bunları Reyyan için yaptığını adı gibi biliyordu.

Bir müddet daha süren dert dökme faslının ardından ikisi de işinin başına dönmüştü. Kaderin ağları ne kadar büyük, acının şiddeti ne kadar yüksek olursa olsun, hayat bir şekilde devam ediyordu. Etmek zorundaydı. Zamana karşı koyamazdık. İnsanoğlu olarak, takvimlerin belirlediği devrana uyar, akışta sürüklenirdik.

Miran, hayatı boyunca yaşadığı hiçbir aksaklığın işlerini engellemesine izin vermemişti. Yine öyleydi. Ödeşme arzusuyla yanan ruhuna istediğini vermiş, sarsıcı bir intikam oyunu oynamıştı. Geride bıraktığı birden çok enkazı umursamıyordu. Reyyan'ı öldürmüş, Gönül'ü tüketmişti. Yıllar yılı vicdan azabıyla inleyen bir adamın sırrını ortaya dökmüş, tüm ailesini darmaduman etmişti.

Tüm bunlar umurunda değilmiş gibi davranıyordu.

Esasen durum öyle değildi. O günden bu yana, kâbuslarına konu olan, zihninde en tiz çığlıkları hoyratça yankılanan, beyhude bakışları gözlerinin önünden gitmeyen bir kadın vardı ki, onu unutamıyordu. Unutmak bir yana, her gün daha çok işliyordu içine.

Miran ölüyordu ama Reyyan'ı unutamıyordu.

Günün yorgunluğu tüm bedenini ağrıttığında, geriye yaslandı oturduğu koltukta. Tüm çalışanlar mesai bitiminde şirketten ayrılmış, sadece Arda ve Miran kalmıştı. Genç adam kapının arkasında duran bavuluna baktı. Artık yalnızdı. Akşam olunca gidecek bir evinin olmamasına sevinen ilk insan o olmalıydı. Gün boyu telefonu hiç susmamıştı. Gönül'ün hezeyan dolu mesajlarına maruz kalmıştı.

Yeni evinin satış işlemleri hallolana kadar birkaç gün boyunca Arda'da kalacaktı. Neticede Arda da yalnızdı ve Miran'ın otelde kalmasına izin vermiyordu. Öte yandan bugün teyzesi de duymuştu Miran'ın evi terk ettiğini ve gelip onda kalması konusunda ısrar etmişti. Fakat Miran reddetti. Çünkü teyzesinin evine gittiği zaman Eylül'le teyzesi bir olup Gönül konusunda Miran'ı ikna etmeye çalışacaklardı.

Miran kesin kararlıydı. Ne olursa olsun, Gönül meselesi tamamen bitmişti.

Arabasının anahtarını ve telefonunu eline aldıktan sonra odanın ışıklarını söndürdü. Tam o anda, bomboş olan şirket binası büyük bir gürültüyle sarsıldı. Miran telefonunu masasına geri bırakıp ışıkları yeniden açtığında kapısı da açıldı.

"Aşağıda kim var biliyor musun?" diye sordu Arda nefes nefese.

Miran'ın aklından ise tek bir isim geçti, bunu bekliyordu çünkü.

Miran, "Azat gelmiş olmalı," dediğinde, Arda elini kapıya sertçe vurdu. "Adam akşamın onunda, elinde silahla şirketi basıyor! Sen nasıl bu kadar rahat olabiliyorsun?"

"Bu kaçınılmaz bir sondu. Göze almadım mı sanıyorsun her şeyi?" Konuşarak vakit kaybedemezlerdi. Arda'nın üzerinde büyük bir tedirginlik vardı. Bu gecenin sonunda, Miran'a bir şey olmasından çok korkuyordu. Miran'ın ise aklında tek bir soru vardı. Acaba o adam da gelmiş miydi? Babasının katili, Hazar Şanoğlu burada mıydı?

Asansöre binip zemin katın tuşuna bastılar. Azat'ın gür sesi, koskoca şirketi inletip geçiyordu. Kapıdaki güvenlikler onu zor tutuyor olmalıydı. Kim bilir nasıl öfkeliydi Miran'a? Bu saf öfkenin tek sebebi, Miran'ın onlara oyun oynamış olması değildi. Azat'ın Reyyan'ı sevdiğini biliyordu. Bu yüzden Miran da, Azat'tan ayrı bir nefret ediyordu.

"Güvenliğe polisi aramamasını söyledin mi?"

"Aramayacaklar."

Asansörün kapısı açıldı. Ne var ki Miran, dışarıya adım atacak zaman bulamadı. Azat, Miran'ın asansörde olduğunu fark etmiş ve kapısında beklemişti. Kapı açılır açılmaz da Miran'a saldırdı. Böyle ani bir girişim karşısında boş bulunan Miran, Azat'ın savurduğu yumrukla asansörün içine gömüldü. Araya Arda'nın girmesi, Miran'a zaman kazandırmıştı. Arda, Azat'ı çekiştirerek asansörün içinden çıkardığında Miran da toparlanıp çıktı dışarı. Yediği yumruk öyle afiliydi ki, Azat'ın yumruğunun ucunda biriken öfke öyle haşindi ki, Miran'ın burnu kanıyordu.

Elinin tersini kanayan noktaya bastırdı. Karşısında dikilen adama baktı. Birazdan kıyamet kopacaktı, hissediyorlardı. "Hoş geldin," dedi kinayeli bir sesle. "Çok beklettin beni, Azat Şanoğlu."

"Şerefsizsin sen," diye mırıldandı Azat. Miran ise gülümsedi. Bu sözler onu kızdırmıyor, aksine keyiflendiriyordu. Nefret ettiği bir insanı, karşısında böyle öfkeden kudurmuş bir halde görmek adeta zalim ruhunu okşuyordu.

Bir insandan nefret etmek içinse, Şanoğlu soyadını taşıması yeterliydi.

"Bugün buradan cesedin çıksın istiyorum." Burun kemerini sıktı, sakin geçirdiği son saniyelerde. "Ancak o zaman soğur içim!"

"Yok ya! Başka bir arzun?" Parmağını havaya kaldırıp alnına götürdü Miran, düşünceli bir şekilde kaşıdıktan sonra parmağını şıklattı. "Sahi ya unutmuşum. Adam öldürmek, sizde aile geleneği değil mi?"

Azat'ın yüzü tehlikeli bir öfkeye büründü. Arda bu tekinsiz gerilimi endişe içinde seyrediyordu.

"Pezevenklik de sana babandan miras kalmış olmalı."

Her şey o anda oldu. Ölüm kadar tehlikeli bir gazap, Miran'ın ruhundan başlayarak tüm bünyesini ele geçirdi. Buna tahammül edemezdi. Uğruna kendisini ateşlere attığı, ruhunu acımadan kötülüklere buladığı, kanının bedelini ödetmek için masum bir can yaktığı adam hakkında hiç kimse kötü konuşamazdı. Özellikle düşmanı, zinhar buna cüret edemezdi!

Miran, Azat'ın karnına doğru güçlü bir tekme savurduğunda, genç adam savrulup yere düştü. Miran ise o anki öfkenin heybetiyle kendisini Azat'ın üzerinde ona yumruklarını savururken buldu. Bu adam Miran değildi. Adeta bir canavar çıkmıştı içinden. Zira hiç bu denli korkunç olmamıştı ömrü hayatında. Arda, Miran'ın kaç yıllık dostu, ilk defa böylesine görmüştü onu. Dehşete kapılması kaçınılmazdı.

"Seni gebertirim. Burada, şu anda öldürürüm, piç kurusu! Geri al sözlerini!"

Azat'ın da Miran'dan geri kalır yanı yoktu. Sözlerine karşılığı, suratına okkalı bir yumruk savurmak oldu. Bu durum dakikalar boyunca devam etti. Küfürler ve yumruklar havada uçuşuyordu. Arda bu duruma karışmıyor, ikisine de müdahale etmiyordu. Biliyordu, paslanmış öfkelerin kusulmaya, damarlarda dolaşan çetrefilli zehrin dökülmeye ihtiyacı vardı. Miran bu yola baş koydu koyalı, tüm bunları göze almamış mıydı zaten?

Şiddetin eyleme döküldüğü dakikalar, iki yorgun ve kanlı bedenin kolunu kıpırdatamayacak hale gelmesiyle son buldu. Suratları kan revan içindeydi. Üstelik Azat, Miran'dan daha beter durumdaydı. Sarf edilmeyecek o iğrenç sözcükleri dilinden fütursuzca dökmenin karşılığını mosmor olan suratıyla ödedi.

Kapıdan içeriye bir adam girdi. Güvenlikler kapıda bekliyordu. Azat'ı bitkin bir halde yerde görünce hızla koşup yanında diz çöktü. "Ne oldu Azat? İyi misin sen?"

Azat kafasını salladı, yanındaki adama tutunarak ayağa kalktı. Endişe etme dercesine baktı adama. "İyiyim Bekir." Kafasını çevirip Miran'a baktı ardından.

"Fakat o, bundan sonra iyi olmayacak."

Miran öfkeyle sıktı dişlerini. "Defol git buradan."

"Gideceğim," dedi Azat, ayaklarına dolanan gazabın sonucu ikisi içinde iyi olmamıştı. Şimdi ikisinin de yüzleri delik deşikti. "Bu, tekrar gelmeyeceğim anlamına gelmez. O alnının ortasında bir delik açmadıysam eğer, amcam sayesinde. Sen ona dua et!"

"Bir katile duacı olmak mı? Ölecek olsam, bir damla su içmem onun elinden. Babamın katili o!" Tüm bunları söylerken aklına delici bir merak yerleşti aslında. Hazar Şanoğlu, babasına hiç acımayan adam. Kendisine merhamet mi ediyordu? Kızına yaptığı onca kötülükten sonra? Aklı almıyordu Miran'ın. Soramıyordu da dili.

Bitkin bedeni zorlukla ayağa kalktı. Elini kaldırıp kapıda duran adamlarına çağrı yaptı. Güvenliklerle beraber Sarp ve Ali de girdi içeriye. Azat'ı gösterdi ardından parmakları. "Bir daha bu adam bu kapıdan içeriye girerse, kendinizi ölmüş bilin!"

Üzerine yürüyen adamları gören Azat, belinden çıkardığı silahı doğrultunca hepsi olduğu yerde kaldı. "Kendim giderim. Soytarılara lüzum yok."

Tüm yorgunluğuna ve yüzündeki yaralarına rağmen gülümsedi Miran. Gözü, Azat'ın elinde sıkı sıkı kavradığı silahta takılı kaldı. "O olmadan bir hiçsin değil mi? Zavallı seni!"

Azat, Miran'ın bu sözünü umursamıyormuş gibi yaptı. Kapıya yürüdü hızlıca. Gidiyordu ama elbet dönecekti bir gün. Her gidişin, beklenmedik bir dönüşü olurdu, bilinmeyen hadiseleri ardında taşıyan. Yengesinin gerçekleri anlattığı günden beri aklı ruhunu terk etmiş gibiydi. Miran'a duyduğu öfke günden güne harlanmış, dayanılması zor bir boyuta ulaşmıştı. Kolay bir durum değildi bu. Namuslarına göz diken bir şerefsizdi Miran. Bunun karşılığı onların kitabında ölüm olurdu. Fakat ne vardı ki, amcasının kesin bir kararı vardı.

Miran'a dokunulmayacaktı.

Bugün, burada, Miran'a o silahı doğrultup onu vurmadıysa bunun tek sebebi amcasına verdiği sözdü. Sebebini bir türlü anlayamasa da, babasının ve amcasının verdiği kararı çiğneyip geçemezdi.

Kapıdan çıkmadan evvel son kez baktı, nefret ettiği mavi harelere.

"Hesabımız bitmedi," dedi Azat soluk soluğa. "Yine geleceğim. Sen bize savaş açmakla, ölüm fermanını imzaladın, Karaman." Dilinin ucunu yakan, kalbini kor ateşlerde yakan ismi anmadan önce ise derin bir nefes aldı.

"Reyyan'ı bulacağım," diye devam etti sözlerine. Parmağını kaldırıp Miran'ı hedef aldı. "Açtığın tüm yaraları teker teker saracağım. Onu bir kere kaybettim, bir daha asla kaybetmeyeceğim. Aklında da, yüreğinde de, hiçbir izin kalmayana dek savaşacağım. Gerekirse öleceğim… ama ondan senin izlerini bir bir sileceğim!"

12

ÖLÜYORSUN İÇİMDE

Bazı kalpler, sonunu kendi seçer. Riyakârdır sevmeler. Ziyansızdır haykırışlar. Sonunu bildiğin kitabı defalarca okumak gibidir, çekeceğin acıyı bile bile ettiğin canhıraş ihanetler. Ve kaçınılmazdır, acının seni sarıp sarmaladığı dumanlı geceler. *Merhaba dersin, merhaba ey vicdan yarası. Selam olsun sana, yüreğimi kanatan merhamet yanığı.*

Tükenmeyen ihanetlere, sonu gelmeyen tüm kalp sancılarına, ömrünü pişmanlığın kor avuçlarına peyda edenlere selam olsun!

Şehir içi hız limitini katlederek yol alıyordu İstanbul'un serseri yollarında. Patlamış dudağını, acıdan gümlemiş kalbini umursamaksızın, gözlerinden akmak için gururuna savaş açan yaşlara aldırmaksızın, hızla gidiyordu.

Saatler öncesinde kalmıştı, Azat'la hesaplaştıkları o anlar. Hiçbir şey acıtmamıştı canını, kapıdan çıkmadan evvel Azat'ın söylediği o son sözler kadar. Babasına sarf ettiği o nahoş kelimeler bile yakmamıştı bu kadar. Daha yeni idrak ediyordu Miran. Ne denli yandığını, ne denli tutulduğunu, nasıl da savrulduğunu... Uzun zamandır itiraf edemediği duyguları bugün kaburgalarını delip geçmiş gibiydi. Öyle bir acıyordu ki o sol yanı, bu acıyı daha önce hiç tatmadığına dair, defalarca yemin edebilirdi.

Aşkın ateşi, sevdanın belkemiğini oluşturan zehirli bir hasret gibi sardı dört bir yanını. Pişmanlık desen, kızgın ateşlerde kavruluyor gibiydi. Neşter vurulmuş intikam duyguları bile köşesine sinmiş, gücünü kaybetmiş sessizce izliyordu bu durumu.

Bilirsiniz, öldüresiye korkaktır gücünü yitiren her tehlike.

Şimdi Miran, intikamdan daha güçlü bir zayıflığın pençesindeydi. Adı aşktı, adı ateşlerde yanmaktı, adı Reyyan'dı!

"Yavaş ol," dedi Arda, uyaran sesiyle. Onca söylenmesine rağmen, Miran'ın direksiyon başına geçmesine engel olamamıştı. Onu ele geçiren öfkenin ne denli yakıcı olduğunu görüyor ve ister istemez ürküyordu. Bu gecenin sabahında ölen, iki genç adamdan biri olmak istemiyordu. Fakat bu gidişat onu gösteriyordu. Miran arabayı böylesine hızlı sürerken, kim bilir ne düşünüyordu da canlarını böylesine tehlikeye atabiliyordu?

"Yavaş ol dedim lan!" diye bağırdı Arda hiddetle. "Öldüreceksin bizi!"

Çığlık atarak duran tekerleklerin ardından istemsizce öne doğru savruldular. Arda derin bir nefes aldı. Ölümün elleri enselerinden çekilip uzaklaşmış gibiydi.

"Anlıyorum, öfken çok taze. Ne yapalım, ölelim mi yani? Bunu sen istememiş miydin?"

Miran kısa bir bakış attı Arda'ya. O an Miran'ın gözbebeklerinde titreşen duygu silsilesi, Arda'nın ilk defa tanık olduğu bir şeydi. Ne oluyordu bu adama böyle? Miran sadece susuyordu. Oysa şu an bağırıp çağırması gerekmez miydi? Sükûnete teslim olup kafasını direksiyona yasladı. "Ölüyorum," diye mırıldandı. "Allah'ım sen bana güç ver. O burada, belki birkaç nefes uzağımda, benim şehrimde ama ona dokunamıyorum!"

Arda elini Miran'a uzattı. Omzunu kardeşçe bir şefkatle okşarken içinden, *"Sana söyledim, bu iş seni aşar, bu sevda seni yakar dedim. Beni dinlemedin,"* demek geçse de sustu. Çünkü ne söylese fayda etmeyecekti. Yaşanmadan tecrübe edilir miydi ki ömür tüketen acılar?

"Yaktım onu, hiç düşünmeden yaktım. Şimdi, ben de yanıyorum..."

"Ne yapacaksın peki?"

Susuyordu Miran. Susuyordu gece. Rüzgâr bile şehri terk etmiş, sükûnetin hakim olduğu semalar dahil, aynı cevabı bekliyordu dudaklarından. Kafasını usulca kaldırdı genç adam. Yüzü olmadığını bile bile, dili bile ona küfretse, söyleyecekti. "Onu istiyorum Arda," dedi yitikçe. Bedeni hummalı bir hastalığın ellerindeymişçesine titredi. Genzini yakan soluğu, geceye birbirinden hain pişmanlıklar fısıldadı. Karanlığın peyda olduğu gecelere, parmak uçlarından sonu bilindik bir hikâye aktarıldı.

"Pişmanım her şey için. Reyyan'ı geri istiyorum." Delicesine tebessüm etti. "Ne bilindik bir son ama? Ne garip bir tekerrür değil mi?"

Uzun bir nefes çekti ciğerlerine. "Gözünün yaşına bakmadığın bir kadının, şimdi bir bakışına muhtaçsın. Düşünsene..." Yüzünde hâlâ kan izleri, morarmış gözaltları ve dudağının kenarına yuva kurmuş derin yaralar vardı. "Geceler boyu ağlattığın bir insana, hasret kalıyorsun. Pişman olan bir adam ve aşkını zerre hak etmediği bir kadın. Bu hep böyle olmak zorunda mı? Onu sevmek zorunda mıydım? Oysa..." Sağ elini sertçe geçirdi direksiyona. Ardından sol göğsüne kapattı. "Şu sızısı dinmeyen yanıma, söz geçirebilirim sandım!"

"Ama yanıldın." Acılı, buruk bir gülümseyiş gezindi Arda'nın dudaklarında. Dost acı söylerdi. Maalesef şimdi söyleyecekleri hiç de hoş şeyler olmayacaktı Miran için.

"Ne sanıyorsun?" dedi Arda. "Reyyan'ın sana koşa koşa geleceğini falan mı? Onun yerinde hangi kadın olsa, asla affetmez seni. Aptallık etme. Yüreğine amansız bir boşluk bıraktığın birinden sana yâr olmasını bekleyemezsin."

Miran duyduğu sözlerin üzerine, kapısını açtığı arabadan dışarıya attı kendini. Dolan gözlerini saklamak istercesine yumdu gözlerini. Yutkunmak istediği anda, karşısında Reyyan beliriyor, Miran'ı defalarca öldürüyordu. Arda da arabadan inmiş, yanında almıştı soluğu.

"Az önce söylediklerim için üzgünüm ama sana olacak olan bu. Reyyan'dan seni affetmesini..."

"Hayır," diyerek sözünü kesti Miran. "Hep hata yaptım ben. Doğdum doğalı, hep kaybeden ben... Küçücük bir çocukken bile gözyaşlarını zayıflık olarak gören ben... İlk defa doluyor gözlerim. İlk defa pişman oluyorum. Yok mu bunun bir önemi?"

Arda sessiz kaldı. Can yakmaktansa, susmayı yeğledi.

"Hayır," diye tekrarladı Miran. "Bu sefer, kaybeden ben olmak istemiyorum. Açtığım yaraları başkası sarsın istemiyorum! Bak, bak oraya!" Karşılarında mezarlığa giden sapa, uzun bir yol, metrelerce uzakta ise birbiri ardına dizilmiş mezarlar vardı.

"Orada nice umutlardan nasibini alamamış, binlerce insan yatıyor. Kaç bin hayalin katili o soğuk taşlar? Şu canım hâlâ bedenimde ya, asla pes etmeyeceğim!" Ellerini yanan gözlerine bastırdı. "Yaşıyorsam umut var demektir. Yıllar sonra hissetmişken gerçek bir duygunun sıcaklığını... Bu sefer kimsenin, umutlarımın katili olmasına izin vermeyeceğim. Benim umutlarımın adı Reyyan... Ben bu devranı, ters döndüreceğim. Hiçbir kadının asla affetmeyeceği o adamların..." Arda'ya döndü yüzünü. Gözlerindeki ışığı göstermek istercesine, yanık yanık baktı. "Belki de ilki olacağım..."

***

Günlerdir sadece acıların taht kurduğu yaralı kalbi, bugün buruk bir sevinç yaşıyordu. Elif aramıştı bu sabah, birkaç saate İstanbul'da, hatta yanında olacağım demişti. Bundan dolayı sebepsizce gülümsüyordu Reyyan. Acısını paylaşıp derdini dökebileceği bir cana ihtiyacı vardı. O kişi ise sadece Elif olabilirdi. Yıllar boyunca bir kuzenden çok, en iyi arkadaşı, sırdaşı, hatta kardeşi olmuştu. Bazı zamanlarda Havin bu durumu kıskansa da, Reyyan aradaki dengeyi iyi sağlıyordu.

"Elif kızım bulabilecek mi burayı?" Sıdıka Hanım'ın sorusuna tebessüm etti Reyyan.

"Onun bulamayacağı bir yer yok Sıdıka Teyze. Bir sene boyunca avucunun içi gibi ezberlemiş İstanbul'u. Taksiye biner binmez oradayım dedi."

"İyi iyi, gelsin bakalım. Akşama hep birlikte güzel bir yemek yiyelim." Kalın camlı gözlüğünün ardından zar zor gördüğü halde elindeki ipe sıkıca asılmış, gayretle örmeye çalışıyordu kadın. Reyyan ise onun bu haline gülümsüyordu.

"Akşama Fırat ve kız arkadaşı da gelecek. Kalabalık olacağız," diyerek gülümsedi. "Kalabalığı severim," diye de ekledi. "Kaybettiğim şenliğimi hatırlatıyor bana."

Yaşadığı onca şeye rağmen yaşama sımsıkı tutunmuştu Sıdıka Hanım. Ne derlerdi, ölenle ölünmüyor. Hangi acı nefese kast ederse etsin, bir şekilde hayat kaldığı yerden devam ediyor. Reyyan da böyle düşünüyordu. İyileşecekti zamanla. Hatta belki, Miran'ı bile unutacaktı. Hatta bu sayede, hayata kaldığı yerden değil, yepyeni bir sayfa açarak başlayacaktı.

Kendi ayakları üzerinde durmaya mecbur bırakılmış bir kadının, başka bir şansı yoktu. Bu defa kaderini, kimsenin ellerine teslim etmeyecekti.

Saatler geçti. Kâh daraldı, kâh hava aldı. Fazlasıyla yalnız kaldığı bu evde, bir başınalığına son veren kapının zili çalınca heyecanla koştu Reyyan. Heyecandan kimin geldiğine bile bakmadan açtı kapıyı. Zaten beklediği kişiydi gelen. Elif birden kendisine sarılınca, buram buram memleket kokusu doldu Reyyan'ın burnuna.

Şu anda ağlamaması mümkün değildi.

Bir parça anne kokusu, bir parça Mardin. Bolca hüzün ve beraberinde koyu bir hasret.

"Geçecek," dedi Elif, sesi boğuklaşırken. "Biz seninle her şeyi atlatacağız."

Reyyan gözyaşlarına hakim olamayıp sessiz sessiz ağlamaya başladı. Meğer ne çok ihtiyacı varmış, birinin ona böyle sarılıp geçecek demesine. Sahi geçecek miydi? Miran'ın açtığı yaralar, zamanla iyileşecek miydi?

Kapı önündeki kısa süreli hasret giderme faslının ardından salona geçip oturdular. Elif, Sıdıka Hanım'ın elini öptü.

Annesinin ve teyzesinin selamlarını iletti. Biraz muhabbet ettikten sonra Sıdıka Hanım, iki genç kız rahat konuşabilsinler diye erzak alışverişi bahanesiyle evden uzaklaştı.

"Solmuşsun," diyen Elif'e baktığında boynu eğildi Reyyan'ın. "Ben bir gecede hayatı mahvolan insanların, en güzel örneğiyim."

Elif yanında duran çantasından bir zarf çıkardı. İçi para dolu bir zarf. "Teyzem yolladı," diyerek Reyyan'a uzattı. "Bu şehirde ne kadar kalacağın belirsiz. Paraya ihtiyacın olacak." Uzun bir süre Reyyan'a yetecek bir miktardı bu. Reyyan parayı yanındaki boşluğa bıraktıktan sonra, Elif ellerine uzanıp avuçlarının içine hapsetti.

"Buz gibi ellerin." Kafasını kaldırıp Reyyan'ın hüzünlü gözlerine baktı. "Neler olduğunu anlatmak ister misin?"

En çok buna ihtiyacı vardı Reyyan'ın. Kimseye bir şey anlatamamıştı ki. "Hâlâ ben bile inanamıyorum olanlara." Gözleri halıya çevrildi, sanki orada yaşananları görmüşçesine dalıp gitti. "Simsiyah bir kâbusun koynunda varsayıyorum kendimi. Sanki hiç kötü bir şey olmamış gibi. O, beni bırakıp gitmemiş gibi. Sanki gördüğüm bu kâbusun ellerinden kurtulduğumda, gözümü açtığımda onun gülümseyen yüzünü görecekmişim gibi." Islanan kirpikleri kapandığında gözyaşları bir bir düşmeye başladı yanaklarına.

"Ama gitti..." Sesli bir iç çekti. "O gitti Elif, anlıyor musun? Gitti!"

Bazı insanlar, yaşarken ölürlerdi. Birçok sebeple, çetin bir gidişle. Bir kere daha tekrarladı inanması güç olan gerçeği, haykırışlarının arasından.

"O gitti... Arkasından bakarken, söyleyemediğim her kelime dudaklarımı parçaladı. Suskunluğum zindan oldu düşlerime. Öyle kötü baktı ki gözlerime, sanki tüm ömrüm ezildi avuçlarının içinde. Öyle ani oldu ki gidişi, ben ömrümde böyle ölmedim..." Gözlerini, Elif'in gözlerine kenetledi. Elif de ağlıyordu şimdi. Yürekleri bir olan insanların, acıları da birdi.

"Söylesene, ben hangi günahın bedelini ödedim?"

Gözlerinin önüne yine o günün sahnesi kurulmuş, Miran'ın intikam yüklü mavi hareleri canından vurmuştu Reyyan'ı. Yine aynıydı terk edişi. Öyle kalleş, öyle cani...

"Geçmişin küllerinden harlanan büyük bir ateş yaktılar..." Ses tonundaki gizli bir isyan gizliydi. Kalbi kırılmış bir kız çocuğu misali. "Söylesene, neden yanan bir tek bendim?"

Kafasını salladı Elif, çaresizce. "Babanın işlediği suçun bedeli, senin omuzlarına yüklenmemeliydi. Hayat bu kadar gaddar olmamalıydı. Sen bunu hak etmedin ki!"

"En çok da ne yakıyor canımı biliyor musun?" Elif merakla yüzüne baktığında, gözlerini kapattı. "Gözleri... Hiç gitmeyeceğim der gibiydi. Yemin gibiydi, söz gibiydi. Ben o gözlere sığınmak istedim Elif, bir ömür o gözlerin ardına saklanmak istedim."

"Bir şeyi merak ediyorum Reyyan," dedi Elif. "Miran, senin o adamın öz kızı olmadığını biliyor mu?"

"Bilmiyorum," diyerek omuz silkti Reyyan. "Biliyorsun, bunu hiç kimse bilmiyor Midyat'ta. Neden bilmem, sır gibi saklıyorlar herkesten. Sanki utanılacak bir şeymişim gibi... Herkes beni, o adamın öz kızı sanıyor. O benim babam değil diyemedim hiç kimseye. Küçüklüğümden beri hep sıkı sıkı tembihlerdi annem. Onu öz baban bil çünkü böyle bilinmesi gerekiyor derdi." Kafası karışmış gibiydi Reyyan'ın. "Sahi, Miran bunu bilseydi yine de bana zarar verir miydi?"

"Sanmıyorum," dedi Elif. "Babanın canını yakmak istedi o. Ve en büyük detayı atladı."

"Babamın canını yakmak mı?" Sinirle gülümsedi. "Aptal Miran. Ben ölsem, umurunda olmam o adamın."

"Ama o bunu bilmiyor."

"Bilmiyor çünkü..." Ellerini birbirine kenetledi. "Bizimkiler bunu ona söylemediler. Sadece aile içinde olan bir sırrım ben. Bilse de değişen bir şey olmayacak çünkü olan oldu."

Elif sıkıntıyla ofladı. Evin duvarlarını incelerken, "Reyyan, sana bir şey söylemem gerek," dedi. Ses tonu, suç işlemiş gibi kısıktı. "Daha doğrusu, bunu bilmen gerek."

"Nedir o?" diye sordu Reyyan.

"Buraya gelmeden önce teyzem sıkı sıkı tembihledi beni, sana bir süre boyunca söylememem konusunda. Ama ben bunu senden saklayamam, bunu sana yapamam."

"Elif, çatlatma insanı, söyle ne söyleyeceksen." Reyyan hissediyordu, Elif'in söyleyeceği şey her ne ise bu onu altüst edecekti. Zaten ne kalmıştı ki Reyyan'dan geriye? Paramparça edilip ellerine bırakılan bir kalpten başka?

Elif, "Miran," diye söze başladığında, Reyyan'ın kalbi sıkıştı. Adı bile kaç neşter vuruşuna değerdi. Kendisi gelse, Reyyan nasıl ölürdü kim bilir?

"Miran, gerçekten çok kötü bir adam Reyyan."

Reyyan kaşlarını çattı. Elif'in asıl söylemek istediği şey bu değildi, söyleyeceği her ne ise pişman olmuştu ve geri çevirmeye çalışıyordu fakat Reyyan öğrenmeden bırakmazdı.

"Lafi çevirme Elif, söylemek istediğin şeyin bu olmadığını çok iyi biliyorum." Elif'in kızaran yüzüne ve sürekli kaçırdığı gözlerine bakılırsa eğer, kötü bir şey söyleyecek gibiydi.

"Sana bunu söylersem, üzüleceksin, biliyorum. Ama söylemezsem arkandan iş çeviriyor gibi hissedeceğim. Ben senden bir şey gizlemek..."

"Elif söyle şunu, Allah aşkına!"

"Miran," dedi Elif son kez. İçinden lanetler yağdırıyordu o adama. "Evliymiş Reyyan. Gönül aslında onun kız kardeşi değil, karısıymış."

Amansız bir şaşkınlık, uçsuz bucaksız bir öfkeyle dalgalandı o an zihninde. Reyyan'ın aklı almadı bu gerçeği. Nasıl olabilirdi ki böyle bir şey? Miran'ın evli olmasından ziyade, Gönül'le evli olmasıydı onu bu denli hüsrana uğratan. Nice aciz kelimelerin tünediği dudakları hafifçe aralandı ama titremekten başka bir işe yaramadılar. Reyyan titreyen dudaklarına bastırdı elini.

"Nasıl?" Bir kez daha yineledi sorusunu. Yanlış anlamış olmayı ne çok isterdi. "Nasıl yani?"

"Baban ve amcan öğrenmişler bu durumu. Konakta herkes biliyor. Bir tek senden gizleniyor, teyzem sana söylemememi istese de dayanamadım ben."

"İnanamıyorum," dedi Reyyan paramparça bir halde. "Hangi kadın, kocasını başka bir kadınla paylaşır ki?" Öfkesi öyle doruklardaydı ki, çıkaracak bir yer arıyordu. Ellerini saçlarına attı. Annesinin öpe öpe sevdiği o güzelim saçlara. "Bir kadın nasıl bu kadar düşebilir?" Hızla çektiği saçlarından birçok tel kopup avuç içlerine, parmak aralarına doldu.

"Yapma Reyyan kurbanın olayım, söylediğime pişman etme beni!" Reyyan'ın ellerinden tutup saçlarını kurtarmak istedi. Şimdi Elif de pişmandı bunu söylediği için. Saklasa olmayacak, saklamasa canı yanacaktı.

Reyyan yere diz çöktü hıçkırıklara boğulurken. "Ben ölmüşüm de haberim yokmuş Elif. Bu nasıl bir oyun böyle?"

"Reyyan... Yapma..."

"Allah'ım sen yardım et," diye isyan etti gözyaşları içinde. "Dayanamıyorum bu iğrençliğe!"

Ne çok büyütmüştü gözünde, her şeyi yalan olan bir adamı. Şimdi, yerlere göklere sığdıramadığı o adamın nasıl yerle bir olduğuna şahit oluyordu. Gözleri önünde, ölüyordu Miran, yok oluyordu. Bir ömür gölgesine sığınmak istediği adamın, hayalinden bile nefret ediyordu. "Ölüyorsun," diye mırıldandı. "Nasıl da güzel ölüyorsun içimde!"

Zar zor araladığı gözleri Elif'i bulduğunda yaşlı gözlerinden ötürü net göremiyordu. "Bu saatten sonra onun, değil yüzünü görmek, adını dahi anmak istemiyorum!"

***

Akşam olmuştu. Saniyelerin dakikalara düşman kesildiği, saatlerin sonsuzluğa saçıldığı bir zaman diliminde gibiydi. İçindeki kesif acı her bir zerresini yakıp geçmişti. Mutluyken nasıl yitip gittiğini anlamadığımız zamanın, acı çekerken böylesine ağır çekimde işlemesi de insanoğluna bahşedilen bir tür azaptı.

Yemek masasının etrafında sıralanmışlardı. Reyyan, boğazına oturan acıdan ötürü yutkunamıyordu bile. Yalandan tebessüm etmek zorunda kalmak kadar azap verici bir şey yoktu. Yanında Elif oturuyordu. Karşısında Fırat, onun yanında ise kız arkadaşı Aslı vardı. Masanın başında ise Sıdıka Hanım.

Evinde kalan iki misafire hoş görünmek istiyordu kadın. Bunun için, dillere destan bir sofra hazırlamış, torununu ve kız arkadaşını da çağırmıştı. Nereden bilebilirdi Reyyan'ın şu an ağlamamak için dişlerini sıktığını?

Önüne koyulan çorba kâsesine baktı uzun uzun. İçi hiçbir şey almıyor, midesi herhangi bir yiyecek kabul etmiyordu. İstanbul'a geldi geleli zayıfladığı da su götürmez bir gerçekti. Masada dönen muhabbet bile, kafasının içindeki gürültülü düşünceler yüzünden uğultu gibi geliyordu.

"Reyyan?" Elif koluna dokunduğunda irkildi birden. "Aslı sana bir şey sordu."

"Neyi?" diye sordu şaşkınca. Yüzünü gölgeleyen bir tutam saçını kulağının arkasına sıkıştırdıktan sonra ona merakla bakan Aslı'ya döndü yüzünü.

"Kaç yaşında olduğunu sormuştum," dedi Aslı merakla.

Reyyan, "On dokuz," dedikten sonra pürüzlü çıkan sesini düzeltmek için boğazını temizledi. "Yirmi olacağım yakında."

"İkimiz de aynı yaştayız," diyen Elif, Reyyan'a soru sorulmasını engellemek adına dikkati kendisine çekmeye çalışıyordu. Ne vardı ki, Aslı'nın dikkatini çeken Reyyan olmuştu. Neden Mardin'den kalkıp buralara geldiğini sorguluyordu kendince, Fırat'ın onca uyarısına rağmen.

"Sen okuyordun değil mi?" Aslı bu soruyu Elif'e sorduğunda, genç kız, "Evet," diyerek yanıtladı. "Burada okuyorum ben."

Aslı yine bakışlarını Reyyan'a çevirdi. "Peki sen Reyyan? Okumak için mi geldin İstanbul'a?"

Reyyan'ın sabrının sınırları zorlanıyordu. Hayır, bu masadaki kimseye sinirlenmiyordu. Onun öfkesi Miran'aydı. Daha saatler öncesinde öğrendiği gerçeğin sarsıntısından kurtulamamışken, böylesine sorgulayıcı bir akşam yemeği ona fazla gelmişti. Ne Sıdıka Hanım ne de Fırat ona tek bir soru sormazken, bu kız neden merak ediyordu?

"Hayır," diyerek kestirip attı Reyyan.

"Siz aynı hastanede mi çalışıyorsunuz?" Elif, Aslı'ya ve Fırat'a baktı. Genç adam gülümseyerek kafa salladı.

"İkiniz de doktorsunuz, ne güzel." Saçmaladığını bilse dahi susmayacaktı Elif. İlginin Reyyan üzerinde kalmasını istemiyordu. Zaten bugün onu yeterince yaralamıştı. Keşke birkaç gün daha bekleseydim söylemek için diyerek kendisini yiyordu şimdi.

"Branşlarınız ne?"

"Fırat, kalp cerrahı. Ben anestezi uzmanıyım."

"Ne kadar zamandır birliktesiniz peki?"

"İki yıl olacak."

"Aman maşallah, nazar değmesin. Evlilik ne zaman?"

Kaş yapayım derken göz çıkaran Elif, evlilik kelimesinin Reyyan için ne denli sakıncalı olabileceğini düşünememişti. Ağlamaya bahane arayan gözleri anında doldu Reyyan'ın. Büyük bir gürültü çıkararak tabağın üzerine düşen çatalı, masadaki tüm yüzlerin kendisine çevrilmesine neden oldu.

"Reyyan kızım, iyi misin sen?" Sıdıka Hanım telaşlanmıştı. Halbuki geldiğinden beri hep üstüne titriyorlardı Reyyan'ın. İstemeden onu incitecek bir şey mi yapmışlardı?

"Özür dilerim," diyerek ayağa kalktı Reyyan. Firar etmesini engellemek istediği hıçkırığı koy vermemek için ellerini dudaklarına kapattı. Sandalyesini ittirip salon kapısına yürüdü. Nereye gitsin bilmiyordu, tek bildiği artık taşıyamıyordu. Bu yük, onun yüreğinin taşıyamayacağı kadar ağırdı.

Koridorun ardından, dış kapıya doğru gitti. Tek isteği, arkasından hiç kimsenin gelmemesiydi. Açtığı kapıdan, dışarıya savurdu bedenini. "Allah'ım bu nasıl bir acı?" Ellerini yüzüne kapattı soğuk taşa diz çökerken. "Taşıyamıyorum, sen yardım et!"

Hava soğuktu ama onun içi yanıyordu. Gönlüne kara kışları getiren adam hangi iklimin avuçlarına yüz sürüyordu? Miran nasıl yaşıyordu? Nasıl nefes alabiliyordu? Anlam veremiyordu Reyyan.

"Kendine gelmelisin." Arkasından seslenen kişi Fırat'tı. "Böyle yaparak hayata galip gelemezsin."

Reyyan ellerini dizlerine sarmış, dizlerine de kafasını yaslamış, ağlıyordu şimdi. Herkesin acısı kendineydi. Kimine göre belki bu bir dert bile değildi ama Reyyan'a göre fevkalade idi. Bu adam onu neden teselli ediyordu, bilmiyordu. Buna bir anlam yüklemeye de çalışmıyordu. Sonuç olarak birbirlerini tanıyor sayılmazlardı.

"Sana söylüyorum, duymuyor musun?" diye sordu Fırat. Reyyan'ın şu an onun yüzünü görmeyeceğini bile bile kaşlarını çattı kızarcasına. "Yoksa duymazlıktan mı geliyorsun?"

Reyyan kafasını kaldırmadı. Sesi boğuk çıkarken, hırçın bir ses tonuyla bağırdı. "İkincisi! Beni rahat bırakır mısın?" Öfkesini hiç alakası olmayan birinden çıkardığının farkında bile değildi. "Beni yalnız bırak," diye tekrarladı. "Merak etmeyin, evinizde çok kalmayacağım."

Fırat istemsizce gülümsedi. "Ne alaka şimdi bu? Sen benim değil, anneannemin misafirisin. Bunu bana neden söylüyorsun?"

Kafasını usul usul kaldırdı Reyyan. Yüzüne boca etmiş yaşları elinin tersiyle hızla sildi. Karşısında dikilip suratına aval aval bakan Fırat'ın gülümsediğini görünce gayriihtiyari sinirlendi. "Gülüyor musun sen? Ağlamam komik geldi sanırım?"

"Yine saçmalıyorsun. Ben sadece sana yardım etmek istiyorum."

"Ben hiç kimseden yardım falan istemiyorum. Benim derdim bana yetiyor zaten."

"Acılar paylaştıkça hafiflermiş, hiç duymadın mı bu sözü?" Reyyan anlamsızca bakınca açıklama gereği duydu. "Eğer sıkıntını anlatırsan belki bir faydam dokunur sana, ne bileyim belki..."

Reyyan, Fırat'ın sözünü kesti. "Benim acım, paylaşılacak cinsten değil doktor, ayrıca senin hiçbir tedavin bana iyi gelemez." Oturduğu kapı önü taşından kalktığında öfkeli bir bakış atmayı da ihmal etmedi. Fırat'a böylesine sert çıkmasının en büyük sebebi, aklına Miran'ın gelmesiydi. Fırat da Miran yaşlarında, genç bir adamdı. Reyyan ağzının payını fazlasıyla almıştı. Bundan sonra yanına hiç kimseyi kolay kolay yaklaştırmazdı.

Eve girip kaldığı odaya yürürken koridorda Aslı'yla karşılaştı. Aslı'nın kendisine olan bakışlarındaki öfkeyi ve kıskançlığı sezmemiş değildi Reyyan. Belki de Fırat'ı kıskanıyordu, kim bilir. Esasen, Reyyan'ın pek umurunda değildi. Nereye gideceğini bilmediği halde gitmek istiyordu bu evden, bu yerden, hatta bu şehirden...

Çıkmaz bir sokağa, isimsiz bir şehre, kimsenin olmadığı ıssız bir harabeye...

Miran'ın şehriydi burası. Buram buram ihanet kokuyordu sokakları, hep adını fısıldıyordu bulutları. Bazı geceler yağmur olup yağıyor, bazen fırtına gibi esiyordu. Her bir damlası Miran, her bir poyrazı Miran. Tek bir fark vardı. İçindeki o büyük aşk, koyu bir nefrete dönüyordu.

Zaten hep böyle başlamaz mıydı en büyük kinler? İyilikle kötülüğün arasındaki o ince çizgide gidip gelmez miydi körelmiş zavallı duygular? Zaten hep böyleydi. Hep de böyleydi. Onlarca umut, binlerce hayal, pervasızca katledilir, masumiyet azılı bir canavara dönüşüverirdi.

Hayallerinden vurulmuş milyonlarca insan gibi.

Miran gibi, Reyyan gibi!

***

Gökyüzünün sancılı rengi, gönüllere derin bir kasvet serdi. Midyat artık soğuk denebilecek serin akşamları ağırlıyordu. Konakta ise huzurlu geçen, tek bir gün yoktu. Reyyan'ın yalan evliliği ortaya döküldüğünden beri evde eski neşe ve huzur kalmamıştı. Zehra ile Delal Hanım'ın arası ise çoktan açılmış, birbirlerine resmen savaş ilan etmişlerdi. Bunun sebebi ise, Azat'ın İstanbul'a Miran'ı bulmak için gitmiş olmasıydı. Delal Hanım biliyordu, oğlunun Reyyan'a ne denli yanık olduğunu düğün arifesinde anlamıştı. Bu yüzden, Miran'ın ardından Reyyan'ın peşine düşeceğini biliyor ve bu durumdan ödü kopuyordu.

Korktuğu olmuştu da... Azat dün gece dönmüştü İstanbul'dan. Yüzü gözü şiş, kan revan bir halde. Gelir gelmez yine amcası ve babasıyla konuşmuş, hatta tartışmışlardı. Amcası da, babası da Azat'tan bir şey gizliyor gibiydiler, bu yüzden de bu işe karışmamasını ve Miran'dan uzak durmasını söylüyorlardı.

Azat durmayacaktı, durmama sebebini ise, bugün herkes anlayacaktı.

Ağır ağır indi merdivenlerden. Genzini yakan soluğu toparlayıp gönlünü katleden kelimeleri dilinin ucuna yerleştirdi. Belki bu gece, hiç kolay bir gece olmayacaktı ama Azat kaçmayacaktı. Zaten kaçarak kaybetmiyor muyduk en değer verdiğimiz şeyleri?

Salona girdi. Annesi yukarıda bir başına, amcası ve babası çalışma odasında oturuyorlardı. Kısaca herkes yine çok gergindi. Sadece yengesi ve Havin vardı salonda. Karşılıklı oturmuş, fısır fısır konuşuyorlardı. Muhtemelen Reyyan hakkında olmalıydı çünkü onu görünce susmuşlardı. Azat tam da bu konuyu konuşmak istiyordu.

Yengesinin karşısındaki koltuğa geçip oturduğunda ikisinin de gözleri kendisine çevrildi. Tek bir soru soracak, cevabı için her şeyini ortaya koyacaktı.

"Yenge, Reyyan nerede?" Gözleri anında kız kardeşine, Havin'e çevrildi. Zira Havin, Reyyan'ın nerede olduğunu biliyor ve susuyorsa Azat'ın ellerinden zor kurtulurdu. Tahmin ettiği gibi, gözlerini kaçırmıştı Havin.

"Kaç kere söylemem gerek Azat?" diyerek sert çıktı Zehra Hanım. "Az önce Bedirhan'ı savdım başımdan. Şimdi ise sen... Anlayın artık, Reyyan bu konağa dönmek istemiyor, uzak durun kızımdan!"

Azat dudaklarını birbirine bastırdı yavaşça. Bilselerdi ki, içinde kor bir ateş yanıyor, her bir zerresine Reyyan'ın adını kazıyor, bu denli kırıcı olurlar mıydı? Konaktaki herkes, Azat, Reyyan dediği anda ona kızar olmuştu.

"Neden yenge neden? Reyyan neden dönmeyecekmiş bu konağa? Biz bu çatının altına ne zamandan beri sığamaz olduk?"

"Amcan yanlış yaptı Azat. Kızıma da, bana da yanlış yaptı. Gerçek kimliğinden emin olmadığı, baş düşmanının oğluna verdi kızımı. Reyyan'ın başını yaktı. Hem sen söylesene bana? Ne diyeceğiz el âleme? Reyyan'ı görenler bu kız evlenmemiş miydi demeyecekler mi? Dedikodular alıp yürüyecek, kızımın adı dula çıkacak. Reyyan bunu kaldıramaz!"

"Yapma yenge yapma... Senin kızın haddinden fazla yaralı..." Azat derin bir nefes aldı. Şimdi kim bilir neredeydi Reyyan? İstanbul'da olabileceği aklının ucundan dahi geçmiyordu ki Azat'ın. Hiç aklına gelmezdi, düğün günü Miran'ın ardından, Reyyan'ın da çıkıp o şehre gidebileceği...

"Anasın sen. Nasıl dayanıyorsun senden uzak olmasına? İstemez misin dizlerinin dibinde, bu konakta güvende olsun?" Karşısındaki kadını zayıf noktasından vuracaktı, böylelikle Reyyan'ın yerini öğrenecek ve onu buraya, tekrar ait olduğu yere getirecekti.

"Dayanamasam ne değişecek ki? Bizim buraların âdetlerini bilmez gibi konuşursun Azat... Kim rahat bırakır bundan sonra Reyyan'ı? Bu saatten sonra bu konak kızıma zehir olur. Buna izin vermem."

"Söz veriyorum," dedi Azat. Sesi titremiş, gönlünün aciz yanları ortaya serilmişti. "Hiç kimse, amcam bile dokunamayacak Reyyan'a. Yetmedi mi o ne der, bu ne der sözleri? Ne zamana kadar hayatı başkalarının düşüncelerine göre yaşayacağız? Reyyan'ı ait olduğu yere getireceğim. Yeter ki nerede olduğunu söyle bana!"

Zehra Hanım afallayıp kaldı. Azat'ın bu tutumu onu fazlasıyla şaşırtsa da, onun ne denli merhametli olduğunu biliyordu. Hırçın öfkesinin altında tertemiz bir yürek yatıyordu, inkâr edilemezdi. Yine de bu çok fazlaydı... Reyyan deyince bu denli hassaslaşmasının nedeni kalp meselesi miydi?

"Sen söylemesen de bulacağım yenge. Arayınca bulamam mı sanıyorsun? Altına bakılmadık taş bırakmam hiçbir yerde. Bulurum, yemin ederim bulur, eninde sonunda getiririm onu buraya. Anlayın artık," dedi bıkkınca. Havin kocaman açılmış gözleriyle izliyordu abisini.

"Ben ona zarar vermem, kimsenin de vermesine müsaade etmem!"

"Kim kime zarar vermiyormuş?" Sohbete paldır küldür dâhil olan kişi Delal Hanım'dı. Onu gören Zehra'nın suratı anında asılırken, Azat zamansızca gelen annesine kızıyordu içinden.

Delal'in sorduğu soruyu duymazlıktan gelen Zehra, Azat'a döndü yüzünü. "Unut bunu Azat, olmaz."

"Ne olmaz? Bana da söyleyin, ben de bileyim şunu." Konunun Reyyan olduğunu sezen Delal Hanım, irdelemeye çalışıyordu. Azat çekinerek baktı annesinin yüzüne. Artık sabrı kalmamıştı. Ne olursa olsun, söyleyecekti.

"Reyyan'ı seviyorum," dedi bir anda. Hiç olmadığı kadar kararlı, hiç olmadığı kadar sevda doluydu. Kendisine çevrilen üç şaşkın bakışa yanlış duymadıklarını ispat etmek istercesine bir kere daha tekrarladı. "Ne bakıyorsunuz öyle? Seviyorum lan, seviyorum! En başından beri ben seviyorum onu. O şerefsiz yokken de seviyordum ben!"

"Sen ne dersin?" diyen annesinin, kızgın yüzüne odakladı bakışlarını. "Ağzından çıkanı kulağın duyuyor mu senin oğlum? Reyyan evlendi, evlendi!"

"Ne evliliği be? Hani nerede kocası? Oyuna getirildi Reyyan, o şerefsiz onu kandırdı!" Öfkesinden çıldırmış gibiydi. Parmağıyla kendisini gösterdi. "Ben onu sahipsiz bırakmayacağım!"

Zehra Hanım şaşkınlıktan susup kalırken Havin ellerini

dudaklarına kapattı. Hiç beklemiyordu böyle bir şeyi. Bunca zaman neden hiç anlayamamışlardı ki?

"Olmaz," diyerek kafasını salladı Delal Hanım. "Unut bunu Azat. Sen ve Reyyan olmaz! Aklından dahi geçirme! Aksi takdirde beni ezip geçmiş olursun!"

"Tamam." Ellerini havaya kaldırdı Azat. "Tamam, susun."

Hızlı adımlarla salondan çıktı. Azat'ın ardından karşısındaki kadına döndü yüzünü Delal Hanım. Elti olarak yıllar boyunca hiçbir sorun yaşamamış olsalar da, bu mesele iki kadını birbirine düşman etmeye, dostluklarına sırt çevirmeye yetmişti.

"Sen," derken oldukça kin doluydu sesi. "Yıllar önce bu konağa dul geldin. Şimdi de dul kızını oğluma mı yamayacaksın?"

Zehra Hanım'ın kanı dondu. Bu gerçek ilk defa böylesine vuruldu yüzüne. Üstelik bu sefer işin içinde Reyyan da vardı. Kendi kızı, annesinin kaderini mi yaşayacaktı? Biricik kızı, dul damgası yemişti. Üstelik buna sebep olan, bu ailenin kendisiyken. Şaşkınlığından bocaladığı için hiçbir şey söyleyemedi.

"İzin vermem. Azat'ımın, senin dul kızınla evlenmesine izin vermem!"

Tam o anda konağı derinden sarsacak bir kurşun sesi yükseldi, yakınlarda bir yerden. Ne olduğunu anlamasalar da korkmuşlardı. Salondan dışarı çıkıp avluya geçtiklerinde, elindeki silahı beline yerleştiren Azat'ı gördüler.

Aynı anda herkes odalarından çıktı, amcası bir taraftan, babası bir taraftan, Bedirhan odasından. Azat'a şaşkın gözlerle bakıyorlardı.

"Şimdi beni iyi dinlesin herkes." Nefesini tutup kendisini seyreden gözlere, en büyük gerçeğini haykıracaktı umarsızca. "Özellikle sen amca!" Parmağını kaldırıp merdivenlerin tepesinde tırabzanlardan tutunarak kendisini seyreden amcasına baktı.

"Birincisi, Reyyan bu eve geri gelecek!"

İkinci parmağını kaldırdı. "İkincisi, bana Miran konusunda karışmayacaksınız!"

Yüzünü annesine ve yengesine döndü. "Üçüncüsü, ben Reyyan ile evleneceğim, buna hiçbiriniz mani olmayacaksınız!"

Sözlerini ortaya döktükten sonra kimseden bir şey duymamak için kapıya doğru yürüdü. Bu gece konakta kalmayacaktı. Herkesin bu gerçeği sindirmesini bekleyecekti. Bir kere kaybetmişti sevdasını, bir daha kaybedemezdi. Reyyan'ı Azat'tan daha çok kim sevebilirdi?

Konağın kapısından çıkıp giderken hiç olmadığı kadar rahattı içi. Gönlüne yük olan en büyük sırrını, bugün hoyratça azat etmişti...

Mutfakta yemekten kalan bulaşıkları halletmekle meşgulken duymuştu Dilan, Azat'ın sözlerini. O sözler canını öylesine acıtmıştı ki, elini kesen bıçağı fark etmemişti. Koyu kırmızı kanı parmaklarından süzülürken acı bir tebessümle baktı eline. Kalbini kanatan yaranın yanında, bu kesik hiç kalırdı.

Olayın üzerine, annesine su getirmek için mutfağa giren Havin, Dilan'ı eli kanlı görünce kendi dertlerini unutarak koştu yanına. "Dilan, elin kanıyor!" Kopardığı iki tane havlu peçeteyi alıp Dilan'ın avucuna bastırdı.

Dilan kanayan eline bakarken gülümsüyordu. Ama ne gülümseyiş! Yüzündeki o alaycı tebessüm yavaş yavaş yok olurken yerini sessiz bir ağlayışa bıraktı. Ağlaması giderek hıçkırıklara dönüştüğünde dizlerinde takati kesildi, olduğu yere düştü. Havin yere çöken Dilan'ın yanına oturarak saçlarını geriye attı. Eliyle Dilan'ın kanayan elini tuttu. "Çok mu acıyor kurban olduğum, ne ağlarsın bu kadar?"

Hıçkırıkları arasında zoraki konuşmaya çalıştı Dilan, ama nafile, sesi titriyordu. "Elim acımıyor Havin!" diyerek hıçkırdı. Kanayan kesiğe aldırmadan elini, tam kalbinin üzerine koydu. Kan lekesi üzerindeki kıyafete de bulaşmıştı. "Bak işte tam burası," dedi güçlükle. "Tam burası çok acıyor Havin, çok acıyor!'"

Havin elini, Dilan'ın elinin üzerine koydu. "Orası neden acıyor Dilan?"

"Azat, Azat…" Dilan'ın hıçkırıkları konuşmasını böldüğünde Havin küçük dilini yutmuş gibiydi. Bağırmamak için elini ağzına kapadı. Gözleri şaşkınlıktan kocaman açıldı yine. Bugün neler oluyordu bu konakta böyle? Aşkını itiraf eden edene… "Sen," dedi şoke olmuşçasına. "Abime mi sevdalandın Dilan?"

Başını salladı genç kız gözyaşları içinde. Olmaması gereken bir sevdaya düşmüştü gönlü.

"Unut bunu Havin," diyerek salladı kafasını. "Ne sen duydun, ne ben söyledim. Bu sevda beni aşar, bizi aşar. Hele de onun gönlünde Reyyan varken…"

Ne çok sevmişti oysa Dilan, Azat'ı... Kaç gece uykusuz gözlerle yolunu gözlemişti. Konağa bir girişi vardı ki Dilan'ın küçük kalbi yerinden oynardı. Çatık kaşlarına, hiç gülmeyen yüzüne vurgundu. Günün birinde onu fark edecek olmasını büyük bir umutla beklemiş, içinde koca bir aşkı filizlendirmişti. Sabırla, aşkla, yılmadan... Ve son kez on sekizinde, hayat ona da yapmıştı acı sürprizini. Azat'ın Reyyan'la evlenmek istediğini söylemek için, havaya saçtığı kurşun, aslında Dilan'ın kalbini parçalamıştı!

Havin duyduğu gerçekle ne yapacağını bilemezken bir şekilde teselli etmek istiyordu Dilan'ı. Nasıl teselli edecekti ki? Hangi âşık kalp, teselliyle iyi olabilmişti bugüne kadar? Sadece kendisinin öğrendiğini sandığı bu gerçeğin altında ezilen Havin, kapıda onları dinleyen annesinden habersizdi. Ve bunları dinleyen Delal Hanım da bundan sonra boş durmayacaktı. Dilan gibi bir kız dururken, oğluna asla Reyyan'ı almazdı.

13

İMKÂNSIZ

Yanıyorsun ey can! *Cayır cayır yanıyorsun...*

Güzel gözlü bir adamın hercai sevdasında, kalbinde başlattığı savaşın tam ortasında, seni bıraktığı nahoş yangının avuçlarında... Gitgide eksilerek, ömrün renklerini yitirerek, her gün biraz daha kaybederek... Yok oluyorsun... En acısı da, ona hiçbir şey olmuyor!

Istıraplı düşünceleri, her gün biraz daha yer ediyordu zihninde. İyileşmek bir tarafa dursun, Miran'ın açtığı yara her gün çığ gibi büyüyordu içinde. Yalnızlığı kasırga misali hırpalıyor, tehlikeli bir girdabın içine sürüklüyordu çelimsiz ruhunu. Unutmak için savaşıyordu. Şu gurursuz kalbinden, o adamı silebilmek için cephe açmıştı sol yanına. Peki ya unutabiliyor muydu?

Cevap, koca bir hayırdı.

Unutamıyordu. Unutulmuyordu.

İstanbul'a geleli, ne kadar zaman geçmişti? Artık günleri sayamıyordu. Neredeyse bir ay olacaktı yüreğindeki bu yangınla yaşamayı öğreneli. Hiç geliyor muydu Miran'ın aklına? Biraz olsun, sızlıyor muydu o kör vicdanı? Kim bilir belki de, *adın kalbimin mührü* diyen adam, Reyyan'ın kim olduğunu unutmuştu.

Etrafındaki herkes, Reyyan için çabalıyordu. Elif onun yüzünü bir nebze olsun güldürebilmek adına elinden geleni yapıyor, mutsuzluğunu yok etmeye çalışıyordu. Çabalarının hiçbir sonuç vermediğini görse de vazgeçmiyordu. Fırat'la bir olup Reyyan'a İstanbul'u gezdirdikleri gün dahi, yüzünü bir nebze olsun güldürememişlerdi.

Elinde değildi, içi kanamalı bir ruha sahipti artık Reyyan. En derinine açılan o yaralar, iyileşmeye meyilli değildi.

Geçen bunca sürede yoluna giren tek şey, Reyyan'ın, yaşadığı bu eve alışmış olmasıydı. Artık Sıdıka Hanım ile dilediği gibi konuşabiliyordu. Fırat'tan da çekinmiyordu. Günden güne aralarında samimi bir ilişki gelişmiş, abi kardeş gibi olmuşlardı.

Gökyüzünün karanlığına takılan kara gözleri, yaralı geçmişinin esaretine hapsolmuştu yine. Sırtına dokunup saçlarını sıvazlayan elin ardından gözkapakları yorgunlukla devrildi.

"Reyyan," dedi Elif. Elindeki kahve kupasını Reyyan'a uzattı. "İçer misin? Sohbet ederiz belki?"

Kafasını kaldırıp Elif'in elindeki kahveye uzandı Reyyan. Dudaklarına götürdü fakat kokusu midesini bulandırdığı için yüzünü buruşturarak pencerenin denizliğine bıraktı. "Kahve olmadan da sohbet edebiliriz."

"Peki öyleyse." Gülümsedi Elif. "Sıdıka Teyze uyudu. Dizleri ağrıyormuş yine."

Sıdıka Hanım'ı dün Fırat'ın çalıştığı hastaneye götürmüşlerdi. Böylelikle hem Fırat'ın işyerini görmüş hem de yaşlı kadına eşlik etmişlerdi. Her ne kadar bu durumdan Aslı memnun olmasa da, Reyyan umursamamıştı.

"Sen de fark ettin mi?"

"Neyi?"

"Aslı'nın tavırlarını. Fırat'ı kıskanıyor gibi."

"Öyle zaten," diyerek omuz silkti Reyyan. "Özellikle benden pek hoşlanmıyor."

"Dikkat et bu kıza, benden söylemesi."

Reyyan kaşlarını kaldırdı. "Umurumda değil Elif, benim derdim bana yetiyor gerçekten."

Önünde durup dumanı tüten kahveyi pencerenin önünden aldı. "Bunun kokusu midemi bulandırıyor." Pencereyi açtı yavaşça. Elindeki kupayı ters çevirdi toprak zemine. "Bence bitkilerin de kahveye ihtiyacı var."

Elif kıkırdadı. O kahvesini çoktan yarılamıştı. "Delisin Reyyan."

Reyyan'ın o an yüzünden geçen anlık tebessüm, hemencecik yok oldu. Aklına yine Miran gelmişti. Zaten ne zaman çıkıyordu ki? Yüzü düşüyordu gözlerinin önüne sebepsizce, içine amansız bir soğuk yerleştiren o mavi gözleri sonra... Bakışı, duruşu, güven veren ses tonu. Yalan olmasına rağmen, hâlâ güzeldi anılar. *Bir yalan, ancak bu kadar güzel olabilirdi.*

"Biliyor musun?" diye sordu Elif'e.

"Neyi?" Sonunu yudumladığı kahveyi sehpaya koyduktan sonra Reyyan'a baktı.

"Kardelen ve hercainin hikâyesini."

"Hayır, bilmiyorum."

"Çok uzun zaman önceymiş. İki kır çiçeği birbirlerine âşık olmuşlar. Bahar gelince, diğer tüm çiçekler gibi açmışlar, güneşe merhaba demişler. Sonra çiçeklerden biri diğerine, biz sıradan çiçekler gibi olmayalım demiş. Kışın ortasında, herkesin soğuktan korktuğu bir günde açalım ki, bütün doğa bize hayran olsun. Biri açmak için, kışın gelmesini beklerken diğeri o yaz açmış. O gün bugündür, sevgilisine bekleyip karda açan çiçeğe kardelen, sevgilisini yarı yolda bırakan çiçeğe de hercai denir. Hayırsız sevgili demektir, hercai. Yalancı, sahtekâr, riyakâr... Tıpkı Miran gibi, değil mi?"

Dolan gözlerine rağmen gülümseyerek kendisini gösterdi parmağıyla Reyyan. "Bu durumda ben de kardelen oluyorum sanırım."

"Reyyan..." dedi Elif halsizce. Artık Reyyan'a nereden yaklaşacak, nasıl teselli edecek bilmiyordu. "Atlatırsın, bugünler geçecek," diyemiyordu. Aksine, Reyyan hiçbir iyileşme belirtisi sergilemiyordu. "Ne zamana kadar yas tutacaksın böyle? Yazık değil mi sana? Miran denen şerefsiz, şimdi karısının koynunda uyuyor. Sense burada bir yalanı yaşıyorsun hâlâ. Bunu kendine yapma."

Ağladı Reyyan. Uzayan geceler boyunca, için için, kana kana ağladı. Sevdiği adamdan ona yadigâr kalan gözyaşlarına sımsıkı sarıldı. Çektiği şu acıyı tarif edebilecek hiçbir sözcük yoktu lügatında. Kelimeler boynunu bükmüştü. Cümleler de ona ağlıyordu. Sabaha karşı midesini kıvrandıran bir ağrının esiri oldu. İlk başta aldırış etmese de bir saat içinde dayanılmaz bir boyuta ulaşmıştı. Elif'e hiçbir şey söylemedi fakat Reyyan'ın soğuk soğuk terlemesi Elif'in gözünden kaçmadı. Ağrısı o kadar şiddetliydi ki kıvranmaktan terlemişti.

Her ne kadar bir şeyinin olmadığını söylese de söz dinletememişti, ne Sıdıka Hanım'a ne de Elif'e. Üstelik sabahın köründe Fırat'ı da uyandırıp hastaneye getirmişlerdi. Sonuç olarak şu an hastanedeydi Reyyan. Fırat ona neyi olduğunu sormuş, sonra da kan alma odasına götürmüştü. Alınan kanın ardından, dinlenmesi için bir odaya almıştı Reyyan'ı. Önce kan sonuçlarına bakacak, duruma göre tomografi ve röntgen çekilecekti.

Reyyan'ın mide ağrısı biraz hafiflediğinde, yanı başında Sıdıka Hanım ve Elif vardı. "Bir şeyim yok dedim size," diye çıkıştı. "Fırat'ı da boş yere kaldırdınız sabahın köründe."

"Olsun kızım, sen bana emanetsin. Sana bir şey olursa, ne derim annene?"

Reyyan kafasını yastığa gömüp huzursuzca mırıldandı. Mide ağrısı anormal sayılmazdı, günlerdir hiçbir şey yemediğine bakılırsa.

Kapı açıldığında içeriye Fırat girdi. Üzerinde doktor önlüğü vardı. Böyle uzaktan bakınca oldukça havalı ve karizmatik bir adam gibi görünüyordu. Kahverengi gözleriyle ve esmer teniyle az biraz, Azat'ı andırıyordu.

"O dediğin şeyleri ne zaman çektireceğiz oğlum?" Sıdıka Hanım bu soruyu sorduğunda Fırat sadece Reyyan'a baktı.

"Kan sonuçları çıktı," dedi soğuk bir ses tonuyla. Bakışları Reyyan'ın üzerindeydi. "Röntgene veya tomografiye gerek yok, sonuçlar temiz." Anneannesine ve Elif'e kısa bir bakış attı. "Reyyan ile özel olarak ilgilenmem gerekiyor, bizi yalnız bırakır mısınız?"

Elif, Sıdıka Hanım'la birlikte odadan çıkarken şüpheli şüpheli baktı. Aklına kötü bir şey olabileceği ihtimali gelmiş, korkmuştu. Zira Reyyan da öyle. Çünkü Fırat, hiç de iyi bir şey söyleyecekmiş gibi bakmıyordu. Kapanan kapının ardından, yattığı yatakta toparlandı ve ayaklarını yere sallandırdı Reyyan. "Ne yapacaksın bana? Kötü bir şeyim mi var yoksa?"

Fırat, Reyyan'ın karşısına geçti ve bir müddet aval aval baktı suratına. Bu durum Reyyan'ı korkutsa da, aslında kelimelerini toparlamaya çalışıyordu genç adam. "Bana söylemek istediğin bir şey var mı?" diye sordu önce Fırat. Bu durumu Reyyan'ın bildiğini sanıyordu.

Reyyan yavaşça salladı kafasını. "Hayır. Beni korkutuyorsun Fırat. Asıl sen söyle. Neyim var?" Konuşmasının ardından midesine bir sızı saplandı, iki büklüm olurken yüzü acıdan buruştu.

"Hiçbir şey yemiyorsun, bu ağrı çok normal." Fırat derin bir nefes alıp ellerini önlüğünün ceplerine koydu. "Böyle bir durumda kendine daha iyi bakman gerekir normalde."

Reyyan'ın yüzü anında ciddi bir ifadeye büründü. "Nasıl yani?"

"Hamile olduğunu bilmiyor musun gerçekten?" Genç adam imalı gözlerle Reyyan'a baktığında, gördüğü tek şey haddinden fazla bir şaşkınlıktı.

Reyyan duyduğu şeyi kavramaya çalıştı bir süre. Fırat'ın yüzüne bir cevap bekler gibi baktı. Hayat son günlerde çok üzerine geliyordu. "Nasıl?" Şaşkınlığı diline vurdu, kekeledi. "Ne diyorsun sen?"

Bu sefer Fırat daha bir şaşkındı. Reyyan'ın bilmemesini garipsedi. "Bilmiyor musun yani?" Gerçeği bir kez daha keskin bir dille haykırdı. "Hamilesin Reyyan!"

"Olamaz," diyerek kafasını salladı Reyyan. Elleri istemsizce karnını bulduğunda şaşkınlığın esaretindeydi. Böyle bir şey aklının kıyısından köşesinden dahi geçmemişti. Midesinin ağrısını bile hissetmiyordu şu an. "Ne yapacağım ben şimdi?" Bu soruyu kendisine sormuştu. Bir kere daha tekrarladı, şaşkın bir halde. "Ne yaparım ben?"

"Ne olduğunu en başından anlatacak mısın şimdi bana?"

"Hayır!" Oldukça yüksek çıktı ses tonu. En büyük acizliğini, sıradan bir dert misali dile getiremezdi. Ayaklarını yerden toparlayıp yatağın içine doğru çekti. "Elif gelsin." Parmağını kaldırıp kapıyı gösterdi. "Sen git, ne olur!" Ellerini yüzüne kapatıp ağlamaya başladığında Fırat şaşırıp kalmış, ne diyeceğini bilememişti. Yatağa doğru bir adım atıp elini Reyyan'a uzattığında Reyyan hiddetle bağırdı. "Dokunma! Elif!" Kapı anında açılmış, içeriye Elif dalmıştı. Yüzünde koca bir korku vardı. Reyyan neden ağlıyor ve bağırıyordu ki?

Reyyan bir kere daha bağırdı Fırat'a, parmağını kaldırıp onu gösterirken. "Lütfen, lütfen çık bu odadan."

Fırat istemsizce odayı terk etse de, kapının hemen önünde olacaktı. Reyyan'ın başına her ne gelmişse, şimdi daha çok merak ediyordu.

Elif yatağın kenarına oturup Reyyan'ın ellerini tuttu. "Ne oluyor Reyyan? Korkutuyorsun beni, Fırat sana ne söyledi?"

Reyyan, ellerini Elif'in ellerinden kurtarıp tekrar karnını tuttuğunda, "Miden mi ağrıyor?" diye sordu Elif telaşla. O ihtimal, aklının ucundan dahi geçmiyordu. Reyyan titreyerek salladı kafasını. "Hayır, hamileymişim!" İnanamıyordu. Verdiği bu tepki, sanki Fırat kendisine iftira atmış da Reyyan kabul etmiyormuş gibiydi.

Elif olduğu yerde donup kalırken Reyyan karnını biraz daha sararak öne doğru sallandı. "Söylesene Elif ben ne olacağım? Bana ne olacak şimdi?"

Reyyan'ın şu anki hali acı vericiydi. Şaşkınlığından ve acısından ötürü tutarlı cümleler kuramıyordu. Elif kendisini toparlamalı ve ona yardım etmeliydi. "Kendine gel," dedi keskin bir sesle. "Sana bir şey olmayacak. Böyle yaparsan herkes kötü şeyler olduğunu anlayacak." Kollarından tutup kendisine gelmesi için sarstı. "Ağlama Reyyan. Bir çözüm bulacağız."

Reyyan bir kere daha salladı kafasını. Bu durumu kabullenmek onun açısından epey sıkıntılı olacaktı. Tek bildiği, bundan sonra hayatının bambaşka bir doğrultuya yöneleceğiydi. Mardin'e dönmemekle ne doğru bir karar verdiğini bir kez daha anlıyordu.

***

Aradan geçen günlerin, Miran açısından azabı oldukça büyüktü. Bir ölüden farkı yoktu, onsuzluğun kıyılarında savruluyordu pervasızca. Bedenini yakıp kavuran hasret ile ruhuna ıstırap veren pişmanlığın nezdinde zeval oluyordu ömrü.

Hiçbir acı, bu denli kast etmemişti canına. Hiçbir duygunun gölge düşürmediği hissizliğin yerini vakur bir elem devralıyordu. Bir şey yapmalıydı, onu Reyyan'a ulaştıracak bir yol bulmalıydı. Onu görmeden geçirdiği her gün, onsuz aldığı her nefes ciğerini dağlıyordu. En önemlisi onu terk edip gittiği için vicdan azabı çekiyor, kulaklarında yankılanan nihai çığlıklar canını yerinden söküyordu. Yaşarken ölmek neydi, şimdi her gün tadıyordu. O da Reyyan'ı yaşarken öldürmüştü. Reyyan'ı yok etmek için yaktığı ateşte kendini yakmıştı da haberi yoktu.

Yanıyordu. Darmaduman olan bilinçaltı bunca yıl güttüğü kine veryansın ediyordu. Diline pelesenk olan isim hep aynıydı. Dudakları da o ismin gölgesine kıvrılıyor, sarhoşluğun dem tuttuğu bakışlarının önünde bir çift kuzguni hareler yer alıyordu.

Ağlayan bir adamın, bilindik şarkısı doldu gecenin kulaklarına. Yandı, yaktı, kavurdu.

Usulca kalktı oturduğu yerden. Karşısında onu boş gözlerle seyreden adama aldırmadan kapıya doğru yürüdü. Reyyan'a ulaşamamanın verdiği ıstırap onu hayattan soyutlamıştı. İki gündür işe gittiği bile yoktu.

"Dur Miran." Arda ona seslendiğinde aldırmadan yürüdü. Portmantodan aldığı siyah kapüşonluyu giyip saçlarını örttü. Saat gecenin üçüydü. "Hava alacağım."

"Sana söyleyeceğim bir şey var." Aldırmadı Miran. Ne olduğunu pek merak etmiyordu esasında. Fakat devamında Reyyan'ın adını duyduğunda kanı damarlarından çekilmiş gibiydi. Kafasındaki kapüşonu arkaya atarak salona geri döndü.

"Ne söyleyeceksin Reyyan'la ilgili?"

Arda dudaklarını birbirine bastırmış, parmaklarını kütletmeye başlamıştı. Bu hareketler, Miran'dan bir şeyler gizlediğinin belirtisiydi. Kaşları çatıldı Miran'ın. "Sen benden bir şey gizliyorsun," dedi soru sorarcasına. "Çıkar ağzındaki baklayı."

"Reyyan'ın yerini biliyorum."

Miran'ın mavi hareleri anında kocaman olurken aynı zamanda hem şaşkın hem de mutluluktan uçacak gibiydi. Fakat Arda'nın bunu nereden bildiğini anlayamıyordu. Yirmi gün boyunca deli gibi İstanbul'un her yerinde Reyyan'ı aramış ama nerede olduğuna dair bir iz bile bulamamıştı.

"Nerden biliyorsun Arda?" diye sordu şaşkınca. "Nerede Reyyan?"

"Üsküdar'da."

İlk sorusuna cevap alamadığı için fazlasıyla kızgındı Miran. "Nereden biliyorsun dedim sana?"

"Uzun zamandır biliyorum aslında." İtirafı Miran'ın öfkesinden çıldırmasına sebep olabilirdi. Miran neredeyse bir aydır İstanbul'da her taşın altını kaldırırken, Arda bile bile susuyordu. "Sadece senden gizledim."

"Ne demek senden gizledim lan?" Öfkesini bastıramayıp Arda'yı yakasından tutarak sarstı. "Ben bir aydır ne çekiyorum görmüyor musun?"

"Görüyorum," dedi Arda sinirle. Yakasını Miran'ın ellerinden kurtarıp bir adım geriye gitti. "Peki ya sen? Sen görüyor musun olacakları?"

"Neyden bahsediyorsun?" Kaşları iyice çatıldı Miran'ın.

"Reyyan'ı bulduğun anda neler olacağını düşünebiliyor musun?" Parmağıyla Miran'ı hedef aldı. "Seni öldürürler oğlum. Artık o kızı sana yâr etmezler. Hem ayrıca ne sanıyorsun? Reyyan seni affetmeyecek! Evet, Reyyan'ın yerini bildiğim halde gizledim. Anla şunu..." Bıkkınca soludu. "Sana bir şey olacak diye korkuyorum be. Siz artık imkânsızdan da ötesiniz!"

Arda kimsenin aklına gelmeyecek bir şeye imza atmıştı. Bunu ne Miran ne de Azat akıl edebilmiş değildi fakat Arda, Elif'i Mardin'den çıktığı an takip ettirmiş, İstanbul'a gelişinin ardından Reyyan'ın yanına gittiğini öğrenmişti. Bunu Miran'a söylemeyi düşünmüyordu fakat karşısındaki adamın çaresizliği öyle diplerdeydi ki dayanamamıştı.

Sanki az önce söylediği tüm sözler havada toz olup uçmuştu. Miran, Arda'yı umursamadı. "Üsküdar'ın neresinde kalıyor? Yanında birileri var mı?"

"Sen beni duymuyor musun?" Sert çıktı Arda. "Azat da Reyyan'ı arıyor, bilmem farkında mısın? Reyyan'ın etrafında dolaşmaya başladığın an, Azat'ın tehlikeli rüzgârı seni saracak!"

Arda'nın üzerine öfkeyle karışık bir adım attı Miran. "Sence ben Azat'tan korkuyor muyum? Ben korkacak bir adam mıyım lan? Ben kendimden vazgeçeli çok oldu! Ya Reyyan benim olacak ya da kıyamet kopacak!"

***

Sessizliğimize yeniliyorduk. Geceye karışamayan zehirli çığlıklar sükûnetimizi yaralarken, insanoğlu olarak sadece susuyorduk. Bu hep böyleydi. Böyle olmaya da devam edecekti. Acının karşısında dilsiz kaldığımız müddetçe, yanlış anlaşılmaya devam edecektik. Reyyan'ın yaptığı da bundan ibaretti. Hastanede hamile olduğunu öğrendiğinden beri sadece susuyordu. Fırat'ın bu durumu yanlış anlayacağını bile bile tek kelime bile etmeden çıkıp eve gitmişti. "Ben yanlış bir şey yapmadım," bile diyememişti.

Karanlığa bulanmaya meyletmiş gökyüzü yavaş yavaş griler çalarken bağrına, ince yağmurlar çiselemeye başlamıştı semada. Siyaha yakın gür saçlarını arkasına attı Reyyan. Sıdıka Hanım televizyon başında uyuyakalmış, Elif mutfakta akşam yemeğinden kalan bulaşıkları halletmekle meşguldü. Çalan kapıya bakmak ise Reyyan'a düşmüştü. Kapının her çalınışında içi ürpermiyor değildi Reyyan'ın. Azat'ın kendisini aradığını annesinden duymuştu. Onu burada kimsenin bulmayacağını bilse de, yine de tam anlamıyla rahat olamıyordu.

Endişeyle açtığı kapının ardında Fırat'ı görüp ilk başta derin bir oh çekse de hisleri yerini utanca bırakmış, yanakları bir anda kızarmıştı. Dün sabah hamile olduğunu, bu adamın ağzından duymuştu. Sonrası tam bir faciaydı. Yaşadığı şokun etkisiyle durumu bir müddet kabullenememiş ve apar topar gitmişlerdi hastaneden. Sıdıka Hanım ters bir şeyler olduğunu sezse de, yine bir şey sormamıştı. Zaten Zehra Hanım az biraz anlatmıştı Reyyan'ın başından geçenleri. En azından yalan bir evliliğe kurban gittiğini biliyordu.

"Ben anneanneme ilaç getirmiştim," dedi Fırat elindeki eczane poşetini havaya kaldırarak. "Hastanede işim ancak bitti, geç saatte gelebildim." İlaç bahaneydi, Reyyan'ın nasıl olduğunu merak ediyordu.

"İçeri gelsene," dedikten sonra duraksadı Reyyan. "Ama Sıdıka Teyze uyuyor."

"Boş ver, gelmeyeceğim." İlaç poşetini Reyyan'a uzattı. "Sen bunu içeri koy ve dışarı gel. Konuşalım biraz." Reyyan eve girip vestiyerin üzerine bıraktı ilaçları. Askılıktan aldığı kalın hırkayı üzerine geçirdikten sonra usul adımlarla çıktı evden.

Bahçedeki masanın önünde buldu Fırat'ı. Ona doğru adımlarını atarken, yağmur biraz daha artırmıştı hızını. Böyle durmaya devam ederlerse ıslanacaklardı. "Yağmur yağıyor," dediğinde Fırat önünü dönmüş, elinde tuttuğu şemsiyeyi açmıştı. Reyyan o şemsiyenin altına girip girmeme konusunda oldukça kararsız kalsa da yağmur şiddetini artırınca Fırat'ın yanına doğru yürüdü. Fırat ıslanmak pahasına, Reyyan'ın üzerine tutmuştu zaten şemsiyeyi.

"Nasılsın?" diye sordu telaşla. "Daha iyi misin?"

Reyyan kafasını salladı. "İyi olmaya çalışıyorum." Bu durumda ne kadar iyi olunabilirse o kadar iyiydi. Bir süre boyunca hamile olduğunu annesine dahi söylemeyecekti. Ta ki, bu konuda kesin bir şeyler planlayana kadar.

"Neler olduğunu biliyorum Reyyan, Elif bana her şeyi anlattı." Fırat'ın sözlerinin üzerine Reyyan'ın gözleri faltaşı gibi açıldı. İçinde Elif'e karşı bir kızgınlık tufanı anbean büyürken Fırat hissetmişçesine Reyyan'ın koluna dokundu. "Sakın Elif'e kızma. Ben ısrar ettim. Ayrıca sakın utanma, sen kötü bir şey yapmadın. Kararın ne olursa olsun, sana yardım edeceğim. Eğer bebeği aldırmak ister..."

Hırçın bir ses tonu böldü genç adamın sözlerini. Karşısındaki kızın kuzguni hareleri sarsıcı bir öfkeyle dolup taşıyordu. "Ne münasebet!" diye çıkıştı Reyyan. Varlığının şokunu atlatamadığı bebeğini içten gelen annelik güdüsüyle şimdiden sahiplenmişti. Elleri anında karnını sararken, "Hayır," diye mırıldandı. "Ne olursa olsun, bebeğimden asla vazgeçmeyeceğim. Ben babasız çocuk büyüten ne ilk kadın olacağım ne de son."

Fırat karanlıktan ötürü görünmeyeceğini bilse de hafifçe gülümsedi. "Senden beklediğim tam da bu, Reyyan. Çok güçlü bir kızsın."

"Madem her şeyi biliyorsun, senden tek isteğim bu sırrımı saklaman." Boynu büküldü çaresizce. Ses tonu da aynı şekilde çaresizdi. "Aramızda kalsın, olur mu?"

"Merak etme. Aramızda kalacak." Gecenin sessizliğini bozan gürültü, Fırat'ın cebinde titreyen telefonuydu. Genç adam elini cebine attı. Açtığı telefona sadece, "Tamam," dedikten sonra kapatıp tekrar cebine attı. "Benim gitmem gerek, acilen." Elinde tuttuğu şemsiyeyi Reyyan'a uzattıktan sonra hızlı adımlarla uzaklaştı yanından. "Eve gir, dışarıda durma."

Reyyan yanından hızla uzaklaşan adamın ardından, elinde sıkı sıkı tuttuğu şemsiyeyle kalakaldı. Fırat arabasına binip uzaklaşırken farların saçtığı ışıkta yavaş yavaş kaybolmuş, sokağı ürkütücü bir sessizliğe teslim etmişti. Fazlasıyla sönük sokak lambaları, geceyi aydınlatmaya yeterli olmuyordu.

Şimdi karanlığıyla baş başaydı Reyyan. Tıpkı ruhu gibiydi bulunduğu bu kasvetli gökyüzü. Semadan düşen hırçın yağmur taneleri şemsiyenin tepesini döverken Reyyan yerinden kıpırdamıyordu. Gözlerini yumdu yavaşça. Yağmurlara esir düşen gökyüzünün hüzünlü melodilerini dinledi sadece. Çünkü başka türlüsünü istemiyordu gönlü. Evin içindeyken tüm duvarlar üzerine üzerine geliyordu. Nefes alamıyordu çaresizliğin pençesinde kıvranırken.

Ah.

Böyle mi olacaktı?

Kimsesiz yüreği, hercai bir adamın sevdasında harcanmak zorunda mıydı?

Böylesi haksızlık…

Derin düşüncelerin hezeyanında ne kadar kayboldu bilmiyordu. Bilinci ona düşman olmuşçasına kaçıktı. Ne denli yitik bir ruha sahip olduğunu idrak edemiyordu. O adam, Reyyan'ı mahvetmişti. Öyle ki, kelimelere mazhar olmayacak kadar. Usul usul yürüdü eve doğru. Elindeki şemsiyeyi öyle sıkı tutuyordu ki, titrettiğinin farkında bile değildi. Aynı zamanda gözyaşları da aheste aheste dökülüyordu. Hüzne mütemayil olan ruh hali, yine o günün sarsıcı anılarına bulandı.

Günaha bulandı her bir zerresi. Bir intikamın kirli elleri, tertemiz bir ruhu kirletti.

Elini kapının kulpuna attığı anda kolundan tutan bir kuvvetle irkildi. Sağanak yağmurun şiddetli sesi sokaktaki tek gürültüydü. Reyyan ürkerek arkasını döndüğünde avucunda sıkı sıkı kavradığı şemsiye yere düştü birden.

Kim olduğunu anlayamadığı bir erkeğin eli, Reyyan'ın tam bileğinden tutuyordu şimdi. Göremiyordu, yüzünün yarısını kapatan kapüşon, karşısındaki adamın suretini gece kadar karanlık bir hale getirmişti. Ama hissediyordu. Varlığına zarar olan bir koku, burun deliklerinden sızarak ciğerlerini sızlattığında idrak etti.

Şimdi havadaki tek koku, yağmurun toprağa karışan esrik kokusu değildi. Miran kokuyordu her yer. İhaneti ruhuna kazıyan adam kokuyordu. Hercai çiçeği kokuyordu. Ve Reyyan, ölüyordu.

14

ÖMÜR GİBİ

Yağmura karışan toprak kokusu, yaşama bile yüz çeviren, yâr kokusu…

Bu gece, ağlıyordu bu şehir. Haykıra Haykıra… *Ah İstanbul!* Kim için yanıyorsun böyle? Kim için ağlıyor, sızlıyorsun delicesine? Koskoca şehrin, ıssız kalabalığı… Her biri farklı dertlerin koynunda sabahlayan, bambaşka acıların eteğinde kavrulan… Aslında birbirinden hiçbir farkı olmayan insanlara, aslında hiçbiri, birbirinin aynısı olmayan insanlara ağlıyordu bu gece İstanbul… Herkes için dökerken eteğindeki taşları, biraz Miran için ama en çok da Reyyan için ağlıyordu!

Zaman durmuş gibiydi. Saatler dönmüyor, dallar yerinden kıpırdamıyordu. Okyanus bakışlar yüzünü gasp ettiğinde nefes almayı bile unuttu Reyyan. Kulaklarına dolan yağmur sesleri, bu anın gerçek olduğunu kanıtlayan tek şeydi. Zira Reyyan, yine bir kâbusun koynunda olduğunu sanacaktı, karşısındaki adamın delici bakışları en derinine işlemeseydi. Ruhundan kopan nihai bir çığlık tüm gökyüzünü inletti. Kendisinden başkası duymadı.

Yağmur tüm hışmıyla yağmaya devam ediyordu. Miran, Reyyan'ın kaldığı yerin adresini öğrenir öğrenmez çıkmıştı evinden. Gecenin bir yarısı olmasına rağmen, soluğu bu evin önünde almıştı. Ve dünden bu yana gözünü kırpmaksızın evi seyrediyordu. Saatler geçmişti. Ne eve gidip kapısını çalacak cesareti olmuştu ne de buradan bir milim uzaklaşabilecek gücü. Bir günün sonunda, akşam vakti bir adam gelmişti kapının önüne. Adam kapıyı çalıp beklerken, Miran merakla seyretmişti. İçten içe bir kıskançlık gütmüş, bu kendi yaşlarında olan adama karşı yersiz bir öfke beslemişti istemsizce. Kapıyı açan kişiyi görünce ise nutku tutulmuştu.

Yüreğine bir hançer saplanmıştı. Sanki bulutlar birer taş olmuş, tepesine düşmüştü. Bu nasıl bir acıydı? Nasıl da ıstıraplıydı?

Nefes almak gittikçe zor gelmişti Miran'a o anlarda. Görünmeyen bir el boğazını sıkıyor, karşısındaki manzara canından can alıyordu. Ağlamamaya direnen küçük çocuklar gibi, yüzü şekilden şekle giriyor, sıktığı avuçlarına batan tırnakları derisini kanatıyordu.

Nihayet görmüştü. Karşısında gördüğü yüz, Reyyan'a aitti. O adamla konuşan, Reyyan'dı. *Deli sevdası, yüreğinin tükenmez sancısı, adını koyamadığı yangını…*

O an tarifi olmayan acılar sardı benliğini. Ne için acıyordu ki canı? Reyyan'ı aradan geçen bir ay zamandan sonra tekrar görüşüne mi? Yaptığı kötülüğün verdiği pişmanlık yüzünden mi? Ne için? Bir isim koyamıyordu hissettiklerine. Ne ılgıt ılgıt esen rüzgârlar, ne de sicim gibi yağan yağmur yetiyordu kalbindeki ateşi söndürmeye.

Reyyan o adam ile konuşana kadar Miran beklemiş, o adam, her kimse, gittiğinde de arabasından indiği gibi yanında almıştı soluğunu. Çünkü daha fazla dayanamıyordu. Bu vicdan yükü, öyle ağırdı ki…

Şimdi karşı karşıyalardı. Sanki aradan bir ay değil de, uzun yıllar geçmiş gibi. Günler yavaştı, yıllar ise daha hızlı. Her günleri bir yıla eş değerdi, bir ayın sonunda büyük bir hesaplaşmanın eşiğindelerdi.

Çetin olacaktı.

Reyyan'ın kuzguni harelerine bakakaldı Miran. Yıllardır hasret kalmış gibi, uzun uzun… Eli hâlâ Reyyan'ın kolundaydı. Söyleyecek bir söz bulamamış, kolundan tutabilmişti sadece. Reyyan ise şaşkınlığından ötürü kıpırdayamıyordu bile. Haklıydı şaşırmakta, Miran'ı görmeyi beklemiyordu ki. Dahası bu adam, onu terk ederken bir daha karşısına çıkacağa benzemiyordu.

"Haklısın," dedi Miran, Reyyan'ın aklından geçenleri okumuş gibi. "Beni görmeyi beklemiyordun, şaşırdın."

Reyyan'ın kaşları hafifçe çatıldı. Bu anlamsızlığa bir anlam yüklemeye çalışıyordu fakat beyni fonksiyonlarını yitirmişçesine bu durumu bir türlü idrak edemiyordu.

"Bu şekilde karşına çıkmayı istemezdim," diye devam etti Miran. "Üzgünüm."

Bu küstah cevap bir tokat misali çarptı Reyyan'ın yüzüne. Kanı damarlarında zehir gibi dolaşıp öfkesini doruğa taşırken kavrayabildi.

Miran… Hayallerinin katili, canlı kanlı duruyordu karşısında.

"Sen…" diyebildi Reyyan, şaşkınlığın esir aldığı dudaklarından sadece bu kadarı dökülebilmişti. Devamını getiremedi. Tüm bu olanlardan sonra Miran'ın burada ne işi vardı, bilmiyordu. İçinde birbirinden farklı istekler aynı anda köreldi. Bağırmak, kızmak, kinini kusmak. En önemlisi de, bir kere daha sormak. *Neden?*

Gözlerine baktı Miran'ın. Daha önce hiç görmediği bir duyguya şahit oldu o an. Deniz mavisi gözleri, daha önce hiç olmadığı kadar yaralı bakıyordu şimdi. Bir o kadar da yılgın ve tükenmiş. Şimdi fark ediyordu ki, kolu Miran'ın elindeydi. Onun sımsıkı kavradığı kolunu hızla çekti. Genç adamın eli bir anda yanına düşerken bir adım geriye gitti Reyyan.

"Reyyan..."

"Sakın!" diye gürledi Reyyan. Gözleri alev topuna dönmüştü. Yüzündeki kırgın ifade Miran'ın ciğerlerini dağladı. Şimdi roller değişiyordu... Öfkeyi kanına mühür misali işleyen Reyyan iken, yalvaran gözlerle bakan Miran'dı.

"Sakın adımı ağzına alma. Sakın..."

Aslında bu tepkiyi bekliyordu Miran. Ne olacaktı ki? Onu gördüğü an koşup boynuna mı sarılacaktı Reyyan? Ama yine de... içinde bir şeyler paramparça oluyor gibiydi.

Bir cümlenin bitişi gibi, bir mevsimin son buluşu gibi... Hiç dönmeyecek bir vapurun, limandan son kez kalkışı gibi.

"İzin ver, konuşalım," dedi bitkince Miran. Reyyan ona bu fırsatı vermezse ne hale düşer, bilmiyordu. Sahi, ne ara bu duruma gelmişti Miran? Ne zaman ekmek gibi, su gibi ve nefes gibi muhtaç olmuştu bu kıza?

"Neyi konuşacağız?" diye sordu Reyyan. Sesinde bolca öfke, yanı sıra alay ve şaşkınlık barınıyordu. "Beni nasıl bırakıp gittiğini mi mesela? Ya da nasıl kandırdığını? Seni seviyorum derken gözlerime bakıp nasıl eğlendiğini mi? Ya da..." dedikten sonra durup siyah saçlarını kulağının ardına sıkıştırdı. İçinde biriken tüm nefret, dilinin ucundaydı.

"Zaten evli olmana rağmen, nasıl bir kez daha evlendiğini mi?" Susup Miran'ın gözlerine baktı. Her şeye rağmen, Miran'ın bu durumu inkâr etmesini istedi. Ne yazık ki susuyordu adam. Reyyan yanılmamıştı. Oysa yanılmayı ne çok istemişti...

Miran dudaklarını birbirine bastırdı. Gözleri ağır ağır kapanırken Reyyan'a ulaşabilmesinin ne kadar zor olacağını bir kez daha anladı. Gönül'le evli olduğunu Reyyan'ın nasıl ve ne zaman öğrendiğini bilmiyordu ama öğrenmiş olmasına da şaşırmıyordu. Neticede, hiçbir gerçek sonsuza kadar gizli kalmazdı, değil mi?

Miran, "Bildiğin gibi değil hiçbir şey," derken elini tekrar Reyyan'a uzattı. Reyyan ise tiksinircesine bir adım geriye gitti. "Yapma Reyyan, ne olur. Sana anlatmama izin ver." Ne anlatacağını da bilmiyordu oysa. Hiçbir gerekli savunması yoktu. Onu haklı kılan şu yaralı gönlündeki yakıcı acıdan başka. Reyyan kapıya doğru yürüdüğünde Miran çaresizce bakakaldı arkasından. Pes etmeye niyeti yoktu. Reyyan'la ya konuşacaktı, ya konuşacaktı! Ne kadar zor olursa olsun, sonuna kadar savaşacaktı.

"Evli bir adamsın sen," dedi Reyyan kapıdan girmeden evvel. Sanki söylemek istediği onca sözcüğün arasında en mühimi buymuş gibi. "Evine git. Ve hayatına, hiçbir zaman ben girmemişim gibi davran. Çünkü senin yüzünü bir daha görmek, bu hayatta başıma gelecek en kötü ikinci şey olur bundan sonra."

Miran o sözlere takılı kaldı. "İlki ne peki?"

Kapıyı örtmeden önce durakladı Reyyan. Miran'ın yüzüne bakmadan, nefretini kusar gibi mırıldandı. "Senin gibi bir insana, aldanmış olmak." Kapının sertçe kapanmasından sonra Miran acıyla yutkundu. Reyyan'ın kapıları ilk kez kapanmıştı yüzüne. Kim bilir bundan sonra kaç kez yaşanacaktı bu durum. Kaç kapalı kapının ardından sesini duyurmaya çalışacaktı Reyyan'a? Kaç nihai isyanın, diline taht kurmasına izin verecekti? Bilmiyordu. Sonu ölüme dayanan bir hastalık gibi eritirdi tüm bu bekleyişler. Veda ederkenki son sözler kadar bitirirdi tüm bu bilinmezlikler.

Ölürdü. Yavaş yavaş ölür, sonsuzluğu arzulayan soluklarına istediğini ebediyen verirdi.

Miran çaresizliğin en koyu demlerinde, bu evin tam önünde, hırçın bir şekilde yağan yağmurun altında bitap bir halde bekleyişini sürdürürken, Reyyan kendisini zor attığı kanepede titriyordu. Miran'ın karşısında hiç olmadığı kadar güçlü kalabilmişti, buna şaşıyordu.

Titreyen ellerini koyacak bir yer bulamadığında, gayriihtiyari karnına sardı. Beti benzi atmıştı. Elif karşısına dikilip ne olduğunu sorduğunda, Reyyan'ın aklında korkunç bir ihtimal yer etti. Daha yeni öğrenmişti hamile olduğunu. Yoksa Miran onu takip mi ediyordu en başından beri? Bu ani geri dönüşün sebebi, bebeğini almak istemesi olabilir miydi?

"Miran burada," dedi titreyen sesiyle. Elleri, dudakları, bacakları... Her bir uzvu zelzeleye kapılmışçasına titriyordu. "Neden geldi ki Elif? Ne istiyor benden? Alacağı neyim kaldı?" Son cümlesinin ardından eli, titreyen dudaklarına kapandı. "Bebeğimi mi istiyor yoksa? Biliyor olabilir mi Elif?"

Elif daha kapıda Miran'ın olmasının şokunu atamamışken Reyyan'ın ardı ardına sıraladığı cümlelerle şaşkına döndü. Fakat kendisini toparlaması uzun sürmedi. Sıdıka Hanım uyuyordu, sessiz olmalılardı. "Sessiz ol Reyyan," dedi sakince. "Odada kal, hemen geliyorum."

Elif bir adım attığı anda Reyyan kolundan tuttu. "Dur, gitme! Açma ona kapıyı. Korkuyorum, çok korkuyorum!" Miran'ın oldukça yitik bir halde karşısına çıkmasına ve pişmanlık dolu gözlerle kendisine bakmasına rağmen korkuyordu ondan. Elinde değildi. Bir kere en korkunç yüzünü görmüş, nasıl bir adam olduğunu anlamıştı.

Onun yapabileceklerinin bir sınırı yoktu.

"Bir şey olmayacak, sadece bekle." Elif, Reyyan'ı ardında bırakıp odadan çıktı. Şu an fazlasıyla öfkeliydi. Miran'ın ne hakla ve hangi yüzle Reyyan'ın karşısına çıktığını anlayamıyordu. Sessiz adımlarla dış kapıya ulaştı. Çıkmadan evvel portmantodan aldığı hırkayı geçirdi üzerine. Kapıyı araladığı an, şakır şakır yağan yağmurun gürültüsü doldu kulaklarına. Kapıyı hafifçe örtüp etrafa göz gezdirirken birkaç adım ilerde gördü Miran'ı. Sırtını duvara vermiş, öylece bekliyordu. Yağmurun ıslattığı saçları alnına dökülmüştü, bitik bir vaziyetteydi.

Elif karşısında gördüğü adamın Miran olduğuna inanamadı. Ne olmuştu dağları eriten heybetine? Ya da neredeydi şimdi o şişkin öfkesi, kabına sığmayan kibri?

Elif, "Ne işin var burada?" diye sorduğunda, Miran yaslandığı duvardan hareketlendi, birkaç adım atarak Elif'e yaklaştı. Gözleri evin kapısına çevrildi umutla.

"Hiç bekleme," dedi Elif asabi bir sesle. "Onun yüzünü göremezsin artık."

Miran, Elif'i umursar gibi görünmüyordu. "Konuşmam gerek," dedi yalvarırcasına. "Benim, Reyyan ile konuşmam gerek."

"Konuşacak ne kaldı ki? Sen bir yalandan ibaret değil misin?"

Bir kez daha tekrarladı Miran sözlerini. "Konuşmalıyım. Reyyan ile konuşmalıyım." Gözleri hâlâ evin kapısında, o aralıkta idi. Bir delilik yapmamak, o kapıdan içeriye girmemek için zor tutuyordu kendisini.

"Git buradan, yoksa polis çağırmak zorunda kalacağım. Ya da hırsız var diyerek bağırıp tüm mahalleyi başımıza toplarım." Elif'in saçma sapan tehditleriyle dalga geçer gibi dudak kıvırdı Miran. Oradan bakılınca, tüm bunlardan korkan birisine mi benziyordu? Kuru tehditlere cevap verme gereği bile duymadan Elif'in önüne geçti. Birkaç adımda kapıya vardığında Elif, "Sakın girme o evden içeriye!" diye bağırmıştı ki çok geç kaldı.

Miran artık evin içindeydi.

İlk kez girse de, Reyyan'ı bulmakta güçlük çekeceğini sanmıyordu Miran. Alt tarafı birkaç odası olan, küçük bir evdi işte. Hızla sağa sola göz gezdirirken karşısında uyku mahmuru gözlerle ona şaşkınca bakan, yaşlı bir kadın beliriverdi.

"Sen kimsin?"

Miran'ın bakışları Sıdıka Hanım'ın üzerinden çekilirken anında karşısındaki odaya takıldı. Kapısı örtülmüş ve kilitlenmişti. Hızla yürüdü oraya. Sıdıka Hanım ise ardında söylenmeye devam ediyordu. "Kimsin sen oğlum? Gece gece evimde ne işin var?"

Sıdıka Hanım'ın imdadına Elif yetişti. "Bu o," diyebildi kızgın gözleriyle Miran'a bakarken. "Bir şeyler yapalım Sıdıka Teyze. Reyyan'a zarar verebilir." Az önce Reyyan'ı dinlemeyip Miran'ın bu eve girmesine yol açtığı için pişmanlık duysa da, olan olmuştu.

Miran şimdi, Reyyan'ın kaldığı odanın önündeydi. Elleri kapının kulpuna dokundu açmak istercesine. Sanki az önce kilitlediğini görmemiş gibi. Açılmayan kapının ardından avuç içlerini kapıya koydu. "Reyyan," dedi bir kez daha, yakarır gibi. "Tek isteğim konuşmak. Bunu bana çok görme, ne olursun!"

Reyyan ise kapının hemen ardında yere diz çökmüş korku ve endişe içinde bekliyordu. Bir eli koruma içgüdüsüyle karnına sarılmış, diğer eli titreyen dudaklarındaydı. Miran'ın sesini her duyuşunda kalbi kaburgalarından fırlayacakmış gibi atıyordu.

Bu sefer korkudandı. Aşktan değil, *korkudan.*

"Bu kadar mı korkuyorsun benden?" diye sordu Miran, tüm korkusunu hissetmiş gibi. "Bir şey yapmayacağım. İnan, sadece konuşmak istiyorum!"

"Sen korkulmayacak bir adam mısın ki?" Dilinden ansızın dökülen bu itiraf, kendisinin bile beklediği bir şey değildi. Bu adamın karşısında zayıf kalmak istemiyordu. "Git buradan," diye mırıldandı. "İnan, benim de şu an tek istediğim bu. Seni görmek bana zarar!"

Miran elini kapıya sürterek yavaşça indirdi. "Reyyan, lütfen..."

"Git, git, git!" Söylediği her "git" kelimesi, dudaklarından bir hıçkırığın kaçmasına sebep olurken yumruk haline getirdiği eli kapıya sert bir yumruk indirmişti. Hayır, anlamıyordu. Neden kaçıyordu ki? Utanılacak ne yapmıştı Reyyan? Miran'ın karşısına dikilmesi gereken o iken, kaçıyordu. Aslında hislerinden kaçıyordu Reyyan. Aksi takdirde bu aşk onun sonunu getirebilirdi. Bu adamın varlığı, canına kasıttı.

"Biliyordum zaten," dedi Miran pes edercesine. Şimdi o da yere diz çökmüştü. "Beni görmek istemeyeceğini, gördüğün zaman böyle iğrenerek bakacağını... biliyordum. Yine de yaşaması zormuş. Kabullenemiyor insan."

Bunca olan şeyden sonra, tüm yaptıklarından sonra hiçbir şey olmamış gibi konuşmak istemesine anlam veremiyordu Reyyan. Onlar herhangi bir sebeple ayrılmış, sıradan iki insan değillerdi. Aralarındaki ilişki, iğrenç bir boyuttaydı. Oturup konuşacak hiçbir şey yoktu. Reyyan, Miran tarafından bir erkeğin bir kadına edebileceği en büyük ihanete uğramıştı. "Sana inanamıyorum..." diye bağırdı. "Senin gibi bir adama inanamıyorum. Elimde olsa, o suratını paramparça etmek isterdim. Ama sen var ya, yüzüne bakmama bile değmezsin!"

Miran bu sözlerin ağırlığı altında zaten paramparça olmuştu. Söyleyecek bir sözünün olmaması, savunulacak bir tarafının kalmamasıydı onu böyle çaresiz bırakan. Hiç bu denli çaresiz hissetmemişti kendini. Bu duygu ona çok yabancıydı. Bir diz çöküp yalvarmadığı kalmıştı. Kendisine inanamıyordu. Reyyan şu an, şu noktada söylenecek bir söz bırakmamış, aralarındaki her şeyi kökten bitirmişti.

Peki ya Miran? O razı mıydı buna? Suçlu kendisiydi. Tertemiz bir aşkı, kendi elleriyle kirletmişti. Masum bir canı, ateşin ortasında bırakıp ardına bile bakmadan gitmişti.

Ellerini dizlerine sarıp yabancısı olduğu bu evde gözlerini yumdu. Bu kapının ardında, ömrünün sonuna değin gözlerine baka baka yaşamak istediği bir kadın vardı. Oysa o kadının gözünde, bir pislikten farkı yoktu. Ne acı ama... Miran Karaman, ilk defa reddediliyordu.

Gidecekti gitmesine ama yerinden bile kalkamıyordu. Reyyan'ın sözleri ona öyle ağır gelmişti ki, dizlerinin takati kesilmiş, ayağa kalkacak gücü kalmamıştı. O sırada duyduğu seslerle gözünü araladı. Evin dış kapısında bir hareketlenme, sarsıcı bir gürültü vardı. Dahası, polis telsizinin sesi. Birazdan polisler gelecek, onu haneye tecavüzden dolayı alıp götüreceklerdi. Umurunda mıydı? Zerre umursamıyordu.

"Miran Karaman?" Kendi ismini anan polis memuru tepesinde dikildiğinde gözlerini hafifçe kaldırıp baktı. Bu haliyle güç kullanıp zarar veren bir adamdan ziyade, mağdur olmuş perişan birini andırıyordu. Ne var dercesine baktı adama.

"Bizimle geliyorsun." Polis elini uzatıp onu yerden kaldırma girişiminde bulunduğu anda Miran, polisi kuvvetle itti. Bu hareketi poliste öfke uyandırmıştı. Elinde tuttuğu kelepçeyle birlikte yere eğildi.

"Gece gece derdin ne lan senin?"

Miran yanıt vermedi. Nasıl olsa, onu uzun bir gece bekliyordu nezarethanenin karanlık duvarlarında. Bileklerine geçirilen kelepçeyle birlikte olduğu yerden kaldırılırken, son bir kez eğildi kapıya doğru.

"Pişman olacaksın," dedi kendinden emin bir sesle. Az önceki güçsüz ses tonuna inat, şimdi eski adama dönüvermiş, gardını kollamıştı. "Az önce söylediğin sözler için pişman edeceğim seni."

Reyyan bu tehdit dolu cümleyle dudaklarını ısırdı. Ne bekliyordu ki? Onun tanıdığı Miran, böyle bir adamdı işte. İstediğini elde edemediği anda, küstahlaşan bir zalim. "Elinden geleni ardına koyma." Kapıya yaslandı, Miran'ın aldığı soluğu duyumsuyordu. "Bana hiçbir şey yapamazsın bu saatten sonra."

"Ben yapmayacağım zaten." Derin bir nefes alıp son kez toparladı kelimelerini. "Sen pişman olacaksın."

Polis zoruyla, bileğinde kelepçelerle evden çıkarılırken Elif'in kendisine zafer elde etmiş gibi baktığını hissedebiliyordu. Kafasını yerden kaldırmadı Miran. Bugünün kötü geçeceğini tahmin etmişti ama bu kadar kötüsünü ummamıştı. Kapıdan dışarı çıktığı an bir adamla burun buruna geldi. Tanıması çok uzun sürmedi. Fırat'tı bu adam. Henüz ismini bilmiyor olsa da, bir iki saat önce Reyyan ile kapıda konuşurken gördüğü herifti bu. Öylesine kötü bir bakış yolladı ki, Fırat şaşkınlığından tepki bile veremedi.

Bu adam kimdi, neciydi? Bilmiyordu ama elbette öğrenecekti. Reyyan'ın yanında başka bir adamın varlığının olması çıldırması için yeter de artardı. Fırat'ın yüzünden çekmediği bakışlarını daha da sertleştirirken, onu baştan aşağı süzdü.

"Yüzümü iyi ezberle," dedi Miran, polisler onu çekiştirmeden evvel. "Bundan sonra, sık sık göreceksin." Polisleri bu adamın çağırdığının farkındaydı. Her kimse, bu yaptığına pişman olacaktı.

***

Geçmez sanılan onca saat, zamanın pençesinde kıvrana kıvrana, su misali akıp gitti. Sancılı geçen bir gecenin sonunda, hapsolduğu delikten çıkmış olmanın yorgunluğu hâlâ bedenindeyken o, durmaksızın yeni planlar yapıyordu.

Yeni evindeydi Miran. Yepyeni bir hayata başlamanın ilk adımını karısından boşanmaya karar vererek atmıştı. Evini terk etmesinin ardından da Reyyan'ın peşine düşmüştü. Dün geceye aitti o sarsıcı karşılaşma. Sonu pekiyi bitmemişti, evet. Fakat düne nazaran yepyeni bir adam duruyordu şu an aynanın karşısında.

Giydiği beyaz gömleğin düğmelerini ilikleyip saat çekmecesinden aldığı siyah deri saatini koluna taktı. Dün yaşanan hiçbir şey aklından çıkmazken, bir de adını bilmediği o adamı hatırlıyor, suratı öfkesinden asılıyordu. Siyah kavisli kaşları derince çatıldı. Tehlikeli mavileri aynadaki aksini süzerken, kim bilir aklından neler geçiyordu. Kapının çaldığını duyunca ayrıldı gözleri aynadan. Odasından çıkıp merdivenlere yürüdü. Koridoru hızlı adımlarla geçip kapıya ulaştı. Gelen Arda'ydı. Kapının girişine yaslanmış, her zamanki sırıtan suratıyla Miran'a bakıyordu.

Miran'ın ardından eve girerken etrafa göz gezdirdi. "Güzel ev, kardeşim."

Miran nereye bıraktığını unuttuğu araba anahtarlarını ararken duraksayıp Arda'ya baktı. "Beraber seçtik ya oğlum, balık mısın sen?"

"Senin de hiç mizah anlayışın yok. Lafın gelişi söylüyorum."

Ne yazık ki Arda gibi Miran'ın keyfi pek yerinde değildi. Suratı her zamanki gibi asık, kaşları tabiatına uygun bir şekilde çatıktı. Gülümsemek, bu adamın doğasına aykırıydı. "Kafam yerinde değil," diyerek geçiştirdi.

"Belli," diyerek gülümsedi Arda. "Yerle bir olmuşsun."

Dün karakola düştüğünün haberi ilk önce Arda'ya ulaşmıştı. Genç adam gecenin bir yarısı Emniyet Müdürlüğü'nün yollarını tutmak zorunda kalmıştı. Miran o evde ne yaptı bilmiyordu ama gecenin böyle sonlanmasına pek şaşırmamıştı. Sabah olunca Miran'a neler olduğunu sormuştu fakat inatçı dudaklarından tek bir kelime dahi alamamıştı.

"Yerle değil, yâr ile bir oldum kardeşim." Sızılı bir şekilde gülümsedi.

Miran'dan böyle laflar duymaya alışkın olmayan Arda ise şaşkındı. "Aşk seni dile getirmiş," diye mırıldandı. "Bakalım daha nelere getirecek?"

"Anlamadım?" diye sordu Miran.

"Yok bir şey, çıkalım diyorum. Geç kalmayalım."

"Evin eksikleri tamamlanmadı. Şirkete geçince Ali'yi yollayacağım. İlgilensin gün boyunca." Arda başını sallayarak Miran'ı dinlerken, gülümsediğine şahit olunca şaşkınca duraksadı. "Ne gülüyorsun?" diye sordu merakla.

"Hiç," dedi Miran sessizce. "Birkaç gün içinde, Reyyan bu eve gelmiş olacak. Ona gülüyorum."

Arda'nın surat ifadesi anında değişip kızgın bir hal aldı. "Sen ağzının payını almadın sanırım. Reyyan seni kovmaktan beter etmiş, bir de üzerine polis çağırıp geceyi karakolda geçirmene sebep olmuş. Sen onun birkaç gün içinde buraya geleceğinden nasıl bu kadar eminsin?"

"Sezgi diyelim. Sezgilerim çok açıktır, bilirsin."

"Ne yapacaksın? Zorla mı getireceksin onu buraya? Oğlum sen hiç akıllanmayacak mısın?"

"Bana başka çare bırakmıyor. Konuşmak istiyorum, dinlemiyor bile."

"İyi halt ediyor. Ben olsam ben de..." Miran yüzüne sinirle bakınca sözlerinin devamını yuttu Arda. Yıllarını birlikte geçirmiş iki dost olarak, bazı konularda sert fikir ayrılıklarına düştükleri çok olurdu. Tıpkı şu anki gibi.

"Dost musun düşman mı? Bazen şüpheye düşüyorum."

"Bana böyle bir soru sorman da, beni şüpheye düşürüyor." Atışa atışa evden çıkıp arabaya bindiklerinde de yol boyu tartışmaya devam ettiler. Bu durum şirkete gelene kadar sürdü. Arda, Miran'ın yenilmesinden değil, sürünmesinden yanaydı. Ancak bu şekilde hayatta her istediğini zorla elde edemeyeceğini anlardı. Çünkü Miran ne olursa olsun, uslanacak bir adama benzemiyordu.

"Seni anlamakta güçlük çekiyorum. Acıdan gebersen dahi, o burnunu Kaf Dağı'ndan indirmiyorsun. Neden hâlâ küçük dağları ben yarattım havasındasın?"

Miran sessiz kaldı. Yine öfkesi dağları delecek hale gelmiş, düşürdüğü gardı arşa yükselmişti. İçindeki bu öfkenin sebebini bilmiyordu. Dünkü olaylardan ötürü kan beynine sıçramış gibiydi. Bunda Reyyan'ın onunla konuşmak istememesinden daha çok, o adam vardı.

Az önce sorduğu soruya yanıt alamayan Arda, "Anlayacaksın sonunda," diyerek omzuna vurdu Miran'ın, dostane bir tavırla. "Dizlerinin üzerine çöküp yalvardığın an anlayacaksın, her şeye gücünün yetmeyeceğini..."

"Hiçbir şey," diye reddetti Miran. "Hiçbir şey, beni diz çöktüremez bu hayatta."

Geceyi nezarethanede, karakol çıkışı ise yeni evinde eşyalarının yerleştirilmesiyle geçiren Miran, günün geri kalanını şirkette geçirdi. Bedeninin yorgunluktan halsiz düştüğünün farkındaydı ama pes etmeyecekti.

Tüm yorgunluğuna ve bitkinliğe rağmen sönmeyen umut ışığının ona verdiği dirlikle kalktı oturduğu koltuktan. Yine gidecekti. Dün gece polis zoruyla çıkarıldığı eve bugün yine gidecekti. Yılmadan, usanmadan, inatla.

Kaybedecek vakit yoktu. Azat'ın da Reyyan'ın peşinde olduğunu biliyordu. Elini çabuk tutması, Azat, Reyyan'a ulaşmadan önce Reyyan'ı yanına almış olması gerekiyordu. Ona göre Reyyan sadece kendi yanında güvende olabilirdi. Ya Azat ondan önce Reyyan'ı bulup Mardin'e götürürse ne olurdu? Bu defa iş, ciddi ciddi imkânsız bir hale gelirdi. Ve sonu hiç şüphesiz, kanlı bir yolun başlangıcına sürüklenirdi.

Yine de anlam veremediği şeyler vardı Miran'ın. Hazar Şanoğlu'nun sessizliği ilginç geliyordu ona. Alenen savaş başlatıp düşmanlığını belli ettiği halde, adam kılını dahi kıpırdatmıyordu. Neden? Yoksa başka şeyler mi planlıyordu? Neden sadece Azat çıkmıştı karşısına? O adam neden hiçbir karşılık vermemişti yenilir yutulur cinsten olmayan bu hamlesine? Düşünüp durdukça ve bir neden bulamadıkça, daha sıkı tedbirler alıyordu Miran.

Hiç beklemediği bir anda sert bir darbeyle savunmasızken dağılabilirdi. Onun o aileye karşı en büyük kozu, Reyyan'ı yanında tutmak olacaktı.

Arda'nın odasına paldır küldür daldı. Birbirlerinin odalarına girerlerken, izin istemek gibi bir âdetleri yoktu. Arda da işlerini bitirmişti. Çıkmak üzereydi, hazırlanıyordu.

Miran, "Ben Reyyan'ın kaldığı eve gidiyorum," dediğinde, Arda geç kaldın dercesine baygın bir bakış yolladı. "Ne yapacaksın? İstenmediğin bir eve bu sefer de bacadan mı gireceksin?"

"Gerekirse evet," diyerek kafasını salladı Miran. "Reyyan benimle konuşmayı kabul edene kadar her yolu deneyeceğim."

Miran'ın sözlerinin üzerine alay eder gibi sırıttı Arda. Karşısındaki adam tam bir odundu. Kadınların dilinden anlamadığı yetmezmiş gibi, yöntemleri de kendisi kadar kabaydı. "Ee? Diyelim ki tamam dedi, konuşmayı kabul etti. Ne diyeceksin Reyyan'a? Çok pişmanım, beni affet, gel evimize gidelim, yalan evliliğimize kaldığımız yerden devam edelim mi?"

Miran suratına aval aval bakarken Arda işin dalga boyutunu bir kenara bırakıp ciddileşti. "Sizin ilişkiniz ya da yapmış olduğunuz o sahte evlilik, sıradan bir olay değildi Miran. Dost acı söyler demişler, artık sizin olurunuz yok! Reyyan'ın seni affedeceğini de düşünmüyorum. İçindeki aşk ne kadar büyük olursa olsun, nefreti bu aşka üstün gelecektir."

Miran'ın umutlarını söndürecek türden sözler sarf ederken üzülüyordu Arda. Ama bunun tek sebebi, Miran'ın üzülmesini istemediği içindi. Miran ise tam tersi, vazgeçmek bir kenara, daha çok hiddetlendi. "Peki ya," diyerek kaldırdığı parmağı kendisine çevrildi. "Bendeki bu aşk ne olacak?"

Arda ihtiyatla tebessüm etti. "Aşkına yazık olursa, dünyanın sonu gelecek sanıyorsun değil mi?" Birkaç adımda arkadaşının yanına yaklaşıp gözlerini üzerine dikti. Anlasın istiyordu. Bazı şeyleri anlasın.

"Ne kara sevdalar yok olup gidiyor bu dünyada. Leyla'sına kavuşamamış Mecnun'un günahı neydi? Vatanı uğrunda şehit düşen gencecik yüreklerin, aşkları senden daha mı küçüktü? Bak, şu anda bile, biz bu konuşmayı yaparken kim bilir ne ışıklar sönüyor bir yerlerde… Hissedebiliyor musun? Bir sevda daha yitip gidiyor, bir aşk daha bir yüreğin en derininde, ömür boyu kanayacak bir yaraya dönüşüyor."

"Ne yani?" diye diretti Miran. "Ben de mi böyle olayım istiyorsun? Çek acını, unut Reyyan'ı mı diyorsun sen bana?" Sözlerinin sonuna değin sakinliği yitip gitmiş, tonu fazlaca yüksek çıkmıştı. Yine yanlış anlıyordu.

"Hayır, sadece… Kaybedebilme ihtimalini de kazı istiyorum aklının bir kenarına."

***

Reyyan az sonra başına geleceklerden habersizce oturuyordu her zamanki yerinde. Gözleri yine semada, yıldızlı gökyüzündeydi. Dünden bu yana, pek kendinde olduğu söylenemezdi. Miran'ı gördüğünden beri kötüydü. Ruh hali berbat, psikolojisi altüsttü. Sıdıka Hanım'la Fırat'ın ona destek çıkmasına rağmen kendisini mahcup hissediyordu.

Gecenin bir yarısı eve polislerin gelmesine sebep olmuş, belki de konu komşunun diline düşürmüştü onları.

"Az önce annemle konuştum," dedi, yanı başında derdine ortak olan kıza. "İyilermiş, çok iyilermiş hatta." Derin bir iç çekti. Derdini sızısını, uzayan geceye armağan etti, kirpiklerinin arasından dökülen yaşla birlikte. "Bir fazlalık benmişim o konakta. Sanki benim gitmemi bekliyorlarmış gibi."

"Öyle söyleme. Konağa geri dönmemek, senin tercihindi. Belki de annen, aklın onlarda kalmasın diye öyle söylüyor."

"Ben tercih yapmadım Elif, tercih yapmak zorunda kaldım. Benim Mardin'e geri dönme gibi bir şansım var mıydı ki zaten? Bu halimle," derken elleriyle karnını gösterdi. "Kendi hayatıma hükmüm geçer mi sanıyorsun oralarda? Hadi her şeyi geçtim, hamile olduğumu öğrenince neler olur, düşünebiliyor musun?"

"Düşünemiyorum..." Düşüncesi bile akla zarardı. Reyyan geri dönmeyerek en doğru kararı vermişti. Şu an başındaki Miran belası sayılmazsa, belki iyi bile olabilirdi.

Elif, "Annene söyledin mi?" diye sorduğunda, "Neyi?" diyerek karşılık verdi Reyyan. "Miran'ın beni bulduğundan mı yoksa bebekten mi bahsediyorsun?"

Elif iki yana salladı kafasını. "İkisinden de."

"Annemin kalbine indirmek gibi bir niyetim yok Elif. Beni burada güvende sanıyor, varsın öyle bilsin."

"Sıdıka Teyze yarın bir gün çıtlatır, söylemedi deme."

Reyyan bir an paniklese de, aklına Sıdıka Hanım'ın verdiği söz gelince rahatladı. "Konuştum ben onunla, bir şey söylemeyecek." Sırtını pencereden yana döndükten sonra sıkıntıyla ofladı. "Zaten yük oluyorum onlara da. Sığıntıdan farksızım, gidecek hiçbir yerim yok."

Bu durum Elif'in de canını sıkıyordu. Reyyan ne zamana kadar burada kalacaktı ki? "Aslında aklımda birkaç şey var," dedikten sonra sesini alçalttı Elif. Reyyan ise söyleyeceği şeyi merak ederek yaklaştı Elif'e.

"Ben kaldığım yurttan ayrılsam, birlikte ev tutsak ve kendi başımızın çaresine baksak? Abimler bir şey demez, izin verirler."

Reyyan'ın kaşları çatıldı. "Nasıl olacak o?"

"Bal gibi de olur. Geçim derdimiz yok ki."

"Daha büyük dertlerim var ama benim. Enseme çökerler anında. Ya Miran ya da bizimkiler. Bana bu hayatta rahat bir nefes yok ki!"

"Miran'ın ne istediğini de anlayabilmiş değilim zaten." Elif'in de yüzü asılmış, dünü hatırlamanın verdiği gerginlikle sinirlenmişti. "Hani artık seninle bir işi kalmamıştı? Hem zaten evli değil mi bu..." Havada asılı kaldı sözleri. Kurduğu cümlenin yarım kalmasına sebep olan bir gürültü kopunca ikisi de irkildi. Konuşurken gözlerini dışarıdan ayıran Reyyan, pencerenin dibinde Miran'ın olduğunu, hatta beş dakikadır kendisini seyrettiğini fark edememişti.

Miran ufak bir taşı cama atarak dikkatini çekmek istemişti Reyyan'ın. Tabii attığı taşın bu kadar gürültü çıkaracağını tahmin edemedi. Birkaç adım ötede, görünmeyen bir yerde Arda da onu izliyordu. Az kalsın camı kıracak olmasına gülmeden edemedi. "Kardeşim olmadı o, kırsaydın camı."

"Sus Arda."

Miran'ın, Arda'yı görecek hali yoktu şu an. Çünkü şu an tam karşısında, dünyalar güzeli bir kız duruyordu. Her ne kadar korku dolu gözlerle kendisine bakıyor olsa da, bu an Miran için bir ömre bedeldi.

Günün birinde böyle güzel hissedeceğini bilse hiç şüphesiz, varını yoğunu bu uğurda harcardı. Neden bazı şeylerin değeri, kaybedilince anlaşılıyordu ki? Ömür gibi, aşk gibi…

15

GİT

Bazen anılardan kopup gelen ufak bir parça, hiç olmayacak bir anda gelip gözlerinin önüne dikilirdi insanın. Geçmişin, kabuk bağlayan izlerini hatırlatmak istercesine. Hiç iyileşmemiş bir yarayı yeniden kanatır, ruhu derinden sarsardı. Yalnızlığı ömrüne ezber etmiş bir çocuk, ne kadar büyürse büyüsün, hâlâ çocuk kalırdı. Sadece büyüdüğüne inanır ama aslında kendisini kandırırdı.

Üşüyordu Miran ya da yanıyordu. Bilmiyordu. Hayal meyal hatırladığı annesinin yüzünü görmüştü Reyyan'ın gözlerinde. Bu sanrı nereden çıkmıştı bir fikri yoktu. Belki de Reyyan'ın, annesinden sonra sevdiği ikinci kadın oluşundandı bu durum. Annesini kaybetmesiyle yüreğinde açılan o derin boşluk, hiç dolmamıştı bu yaşına kadar. Yüreği bir kadının sevgisini yadırgamış, kabullenememişti. İlk defa, ilk defa bir kadının yüreğinin sıcaklığı onun kalbini titretiyordu. Onun yaralarına, bu güz bakışlı kızdan başkası iyi gelemezdi. Kim bilir belki de Miran, Reyyan'la büyüyecek, sevmeyi onun küçük ellerinden öğrenecekti.

Evin perdesi aniden çekilince, anılar da bununla birlikte yok oldu, gitti. Oysa Reyyan'ın yüzünde, küçüklüğünün ona armağanı olan birkaç canhıraş hatıra gizlenmiş, Miran'a bakıyordu az önce. Görüş açısından yüzü kaybolunca hepsi buzdan bir parça gibi çatırdayarak eridi.

Reyyan karşısında Miran'ı görmenin verdiği şaşkınlık ve endişeyle ne yapacağını bilememiş, perdeyi çekmişti hızla. Aslına bakılırsa bugün Fırat evde kalacak, kızlara göz kulak olacaktı ama hastaneden çağırılınca apar topar gitmişti. Bir cerrahın gecesi gündüzü olmazdı ki. Gerçi burada olsa da, Reyyan'ı Miran'dan koruyabilecek miydi? Orası muamma.

"Yine geldi Elif," dedi hüzün barındıran sesiyle. "Yine..." *Sanki onu öldürmeye yemin etmiş gibi.*

Reyyan kadar olmasa da Elif de korkuyordu Miran'dan. Telaşla dişlediği dudaklarının arasından, "Ne yapacağız?" diye sordu. "Polisi mi arasak yine?" Bu çözümün işe yaramadığının kanıtıydı Miran'ın yeniden burada olması.

Reyyan sessiz kaldı. Korktuğu başına gelmişti, Miran yine buradaydı. Miran'dan çok, Sıdıka Hanım'ı bir kez daha bu durumla karşı karşıya getirmekten korkmuştu. Miran'ın onu burada rahat bırakmayacağı belliydi artık. Ne yapacaktı bundan sonra? Nereye gider, nasıl kurtulurdu bu adamdan?

"Reyyan!"

Miran olanca inatçılığını sesine yansıtırcasına bağırdı. "Konuşmazsak eğer, buradan asla gitmem. Polis falan da dinlemem, anlıyor musun?"

Reyyan bıkkınlıkla yumdu gözlerini. Aynı zamanda dili damağı kurudu. Miran'ı görünce terleyen ellerine, kalbine saplanan sancıya engel olamıyordu.

"Ne konuşmak istiyor ki seninle?" Elif, Miran'ın bu denli ısrarcı olmasının altında yatan önemli bir sebep olduğunu düşünmeye başladı. "Konuş onunla. Diyeceği neyse söylesin ve gitsin. Baksana, vazgeçeceği yok."

Reyyan az önce kapattığı perdeyi geri açtı. Sokak lambalarının ve ayın huzmelerinin aydınlattığı kadar görebiliyordu Miran'ın yüzünü. Ama bakışları her zamanki gibi keskindi. Göz göze geldikleri an, Reyyan'ın bedeninden kanı çekilmiş gibi oldu. Pencereyi hafifçe aralayıp kafasını yavaşça dışarı uzattı. "Dinliyorum seni. Söyle haydi?" Olabildiğince sert tutmuştu ses tonunu ama titremesini önleyemiyordu.

Bu adamın karşısında, tüm omuzlarının çökmesine engel olamıyordu.

Miran bulundukları konuma baktı. Reyyan pencerede, kendisi dışarıdaydı. "Burada olmaz, dışarıya gel." Reyyan'ın anında olumsuz tepki vereceğini hissederek parmağını kaldırdı. İtirazı reddeden cümleleri hızla döküldü ağzından. "Sakın hayır deme. Eğer gelmezsen, yine içeri girerim. Bu sefer hiçbir kilitli kapı saklayamaz seni benden." Sözlerinin bir hayli sert olduğunu fark edip kendisine kızdı ardından. "Kötü bir niyetim yok," dedi sakince. "Hadi gel lütfen, bekliyorum."

Reyyan cevap bile vermeden camı kapatıp perdeyi çekti. Konuşacaktı Miran'la. O da istiyordu bunu. Onu zehirleyen bu deli öfkeden, o da nasibini alsın istiyordu. Kaçmak kendisine bir yarar sağlamayacaktı, farkındaydı.

Saniyeler içinde çıktığı evden, titreyen bedenini kollarıyla sara sara yürüdü. Miran da evin ön tarafına gelmişti. Dönemeçte burun buruna geldikleri an Miran'ın yüreğini hoplatırken, Reyyan'ı sinirlendirmişti. Anında geriye adım atıp öfkeli gözlerini karşısındaki adama dikti.

Öfkesi her yerini sarmıştı Reyyan'ın. Elinde değildi, Miran'a bakınca sadece o günü hatırlıyordu. Öncesi yalandı. Öncesi yoktu. Hepsi bir hayalden ibaretti. "Senin ne işin var burada?" diye haykırdı. "Beni nasıl buldun? Yine neden geldin Allah'ın cezası? Ne istiyorsun benden?" Bünyesinde birbirinden çok soru bulunduran asabi cümleleri hızla savruldu dilinden. Tüm bunların cevabını versin ve gitsin istiyordu. Bir daha da karşısına çıkmasın.

Gerçekten istiyor muydu bunu?

Çünkü zordu böylesi. Ömrünü adadığı adamın gözlerine her bakışında, ihanetin biraz daha işlenmesi ruhuna. Yarınlarını hiç düşünmeden harcamamış mıydı bu adam? Diline pelesenk olan acılı kelimelerin tek sebebi değil miydi? Ömrüne karaları çalan, bu adam değil miydi?

"Peki ya senin burada ne işi var?" diye sordu Miran. En merak ettiği soru da buydu zaten. Reyyan neden Mardin'de değil de, İstanbul'daydı? "Benim şehrimde ne işin var?"

Reyyan beklemediği soru karşısında afallayıp kalsa da daha çok öfkelendi. Artık taşıyamıyordu. "Senin yüzünden!" diye bağırdı, akşamın bir vakti olmasına aldırmadan. "Senin yüzünden Allah'ın belası! Geri dönecek bir evim mi kaldı? Yaşayacak bir hayatım mı kaldı? Almadığın neyim kaldı? Söylesene..." Durup soluklandığında bedeni alev almış gibi yanıyordu. "Canımı mı istiyorsun bu defa?"

"Hayır, hayır..." Miran kafasını salladı. "Reyyan, ben sadece..." Kelimeleri ona düşman olmuş gibi kilitlenmiş, dili mühürlenmişti. Öyle haksız, öyle suçluydu ki. Lügatında onu temize çıkarabilecek bir sözcük yoktu.

"Pişmanım ben," deyiverdi ansızın Miran. Harap olmuş ses tonu, çaresizliğini nakış misali işlemişti gecenin ayazına.

Bir adam bu denli yakıcı konuşabilir, bir kadını bu denli derinden kanatabilirdi. Ses tonu, gecenin bile canını yakıyordu şimdi.

Miran'ın varlığı, Reyyan'ın felaketiydi.

Gözleri gözlerini öylece deşerken, bakışları tüm yaşanmışlığın izlerini yüreğine nakşederken, Reyyan ağlamamak için verdiği savaşta yitip gidiyordu. Hayır, bu adam için dökeceği bir damla gözyaşı daha yoktu. *Yalan...*

"Ne için?" Reyyan'ın dudakları şaşkınca aralandı. Az önce duyduğu iki kelime, hayatında duyduğu en saçma cümleydi. Neyin pişmanlığıydı bu?

Miran kısa bir an duraksadı. Nereye koyacağını bilemediği elleri boşlukta sallanırken, gözleri Reyyan'ın kuzguni harelerinden ayrılamıyordu. Kuruyan dudaklarını birbirine bastırdı. "Bu intikama, seni dahil ettiğim için pişmanım." Kelimelerinin eziciliği altında kıvranıyordu Miran. "Biliyorum, hiçbir şeyin telafisi yok, sana yaptığım kötülüğün hiçbir açıklaması yok." Sustu ve bakışlarını yere düşürdü. Reyyan'ın gecenin karanlığına eşlik eden kara gözleri, genç adamın kaburgalarını parçalıyordu adeta.

Bu dünyada bir umut öldürürdü insanı. Bir de, vicdan yarası. Vicdanının sesi olmuştu Reyyan. Oluk oluk kanayan merhametinin, yegâne sebebi.

Ömür boyu hapse mahkûm edilen iki biçare misali geceye hapsolmuşlardı. Sözleri birbirlerine ölümcül darbeler vurmaktan öteye geçmiyordu ikisinin de. Sessiz bir bekleyiş, uzun süren bir hesaplaşma. Dakikalara kafa tutmuş ölümcül saniyeler. Umutsuzluğun giderek yer ettiği virane gönüller. Paslanıyorlardı.

Bu acı tabloyu, kapının girişinde Elif ve Sıdıka Hanım

soluğunu tutup izlerken Arda da Miran'ın ardında sabırla bekliyordu.

Reyyan suskunluğunu bozarken Miran'ı öldüreceğinin farkında değildi. "Bu adamı görmek istemiyorum." Parmağını kaldırıp Miran'ı hedef aldı. Yüzüne bakmıyordu, bakmak istememekten ziyade, bakamıyordu. Yüzünde, yaralarını deşen birçok esrik anının izleri vardı. "İstemiyorum... İstemiyorum..." Delirmiş gibi aynı cümleleri tekrarlarken, Miran şuursuzca seyrediyordu bu anı. Beyninden vurulmuşa dönüyordu aynı zamanda. Beklediği tepki bu değildi. Reyyan'ın kendisinden hesap sorması gerekmez miydi? Nefretini kusması, öfkesini bir şekilde çıkarması... Neden, neden diye bile sormuyordu?

Reyyan böyle davranarak, can evinden vuruyordu Miran'ı. Bir yabancıymış gibi davranarak bütün inancını yıkıp gücünü yok ediyordu.

Arkasını dönüp eve doğru birkaç adım attı. "Söyleyin ona, gitsin buradan!"

Miran tüm dermansızlığına rağmen, Reyyan'ın gitmesine izin vermeyecekti. "Gitme ne olur, daha söyleyeceklerim bitmedi." Kolundan tutup gitmesini engellemek adına durdurdu onu. Sanırım bu hareketi, Reyyan'ın sabrını taşıran som damlaydı. İmkânsızıydı bu adam, hiç kapanmayacak bir yarası, ömrünün sonuna kadar alnında taşıyacağı kara bir lekesiydi.

"Git!" dedi haykırırcasına. "Allah aşkına, defol git buradan!"

Reyyan'ın ağzından çıkan her bir kelime Miran'ı sonu ölüm olan ıstıraplı bir yola sürüklüyordu. Her "git" deyişinde ömrü biraz daha tükeniyordu. Bir dejavu gibiydi yaşananlar. Reyyan'a ne yaşattıysa aynısını yaşıyordu. "Bana git deme Reyyan, gidemem," dedi çaresizce. Ne yapsa ne söylese kâr etmeyecekti belli ki. Fakat Miran'ın da pes etmek gibi bir niyeti yoktu. Kolundan çekti yavaşça. Gözler önünde konuşmak istemiyordu onunla.

Reyyan kolunu kurtarmaya çalışırken araya Elif ve Sıdıka Hanım'ın girmesiyle Miran kuvvetlice bağırdı. "Çekilin, yaklaşmayın!" Diğer kolunu Reyyan'ın önüne set gibi çekmiş, yaklaşmalarına izin vermemişti. Reyyan ise boşta kalan eliyle Miran'ı itip kendisini kurtarmaya çalışıyordu. Bu hengâmenin içinde kendisini, kapının önünde, evin birkaç adım gerisinde buldu. Şimdi kendilerini gören yoktu.

"Sen hayatımda tanıdığım en..." Söyleyeceği her neyse duymak istemiyordu Miran. Elini, Reyyan'ın dudaklarına kapattı. "Ağzından çıkan her sözle beni öldürüyorsun. Sus." Reyyan dudaklarındaki eli çeker çekmez, Miran'a sert bir tokat attı. Aniden gelişen bir şeydi ama pişman da değildi. Miran'ın ona vurduğu darbenin yanında lafı mı olurdu?

"Sakın dokunma, sakın! Karına dokunduğun o ellerle dokunma bana! Sen benim beddualarıma bile layık değilsin. Sözlerimin seni ciddi mânâda öldüreceğini bilsem, avazım çıktığı kadar inletirdim bu şehri. Ne yazık ki..." Gözlerini alan far ışığını fark edip sussa da, cümlesini toparladı. "Senin gibilere, bir şey olmuyor."

Miran, Gönül ile olan evliliğinin yakında biteceğinden bahsedecekti ki gelen arabanın farları dikkatini çektiğinde arkasını dönüp baktı. Dün gördüğü adamdı bu. Adını sanını bugün öğrenmişti. Adamın gözlerini hesap sorar gibi üzerine dike dike yanına yaklaştığını görünce Miran da aynı ifadeyle baktı ona.

Fırat, "Senin burada ne işin var?" diye sordu Miran'a bakarken. Daha dün polisler tarafından götürülmüşken, bugün yine bu adamı görmeyi beklemiyordu. Miran'ı baştan aşağı süzdü. Dün çok dikkatli bakabilmiş değildi. Üzerindeki pahalı kıyafetlere bakılınca, bu egosunu nereden aldığı açıkça belli oluyordu.

"Yüzümü ezberlemeni söylemiştim," dedi Miran pişkinlikle. Tehdit edercesine Fırat'a bakarken içten içe duyduğu kıskançlığı belli etmemeye çalışıyordu. Kimdi bu adam? Reyyan'a karşı bu korumacı hakkı kimden alıyordu?

"Şimdi gidecek," dedi Reyyan araya girerek. "Bir daha da buraya gelmeyecek." Sözlerini bastıra bastıra söylemişti, Miran'ın gözlerine hırçınca bakarken.

"Yok öyle bir şey," diye reddetti Miran. "Gitmiyorum, buradayım."

"O zaman bana yine polisi aramak düşüyor. Dün seni çok iyi ağırlamamışlar belli ki, bu sefer o deliğe bir girer, bir daha da çıkamazsın."

Miran, Fırat'ı büyük bir dikkatle dinledikten sonra tüm ciddiyetini saf dışı bırakarak tehlikenin yuva kurduğu dudaklarından tiz bir kahkaha savurdu. "Dene istersen. Karşılığında sana olacak şeyleri, düşünmek bile istemezsin." Açık uçlu bir tehditti bu. Fırat'ın kaşları çatılırken, Reyyan'ın beti benzi attı. Miran yüzünden, kimsenin başına bir şey gelsin istemiyordu.

"Senden korkan, senin gibi olsun." Fırat elini cebine atıp telefonunu kavradığında Reyyan, Fırat'ın elindeki telefonu çekip aldı. "Yapma Fırat, polislik bir durum yok. Birazdan gidecek."

"Benim bir yere gittiğim yok," diyerek bir kez daha tekrarladı Miran. Bir şeyler yapmalıydı. Reyyan'ı bir şekilde ikna etmeli ve buradan götürmeliydi. Bunu zorla yapmak istemiyor ama Reyyan ona başka bir yol bırakmıyordu.

"Bu adamdan korkmana gerek yok Reyyan, ver şu telefonu." Fırat, Reyyan'ın elinden aldığı telefonla 155'i aramaya koyulduğunda, Miran hiç olmadığı kadar rahattı. Ellerini ceplerine atmış, alay edercesine gülümsüyordu. Fırat'ın kulağına götürdüğü telefonu arkasından bir el çekince genç adam şaşkınlıkla döndü.

"Hop, gitti telefon." Sadece aramayı sonlandırmakla kalmamış, telefonu tamamen kapatmıştı Arda.

"Sen de kimsin?" diye sordu Fırat, Arda'ya öfkeyle bakarken. Bu iş gittikçe çığırından çıkıyor, tehlikeli bir boyuta doğru yol alıyordu.

"Kim olacak," dedi Reyyan sıktığı dişlerinin arasından. "Bozacının şahidi, şıracı." Arda'yı bir kere görmüş olmasına rağmen, yüzünü hafızasına kazımış ve unutmamıştı Reyyan. Yüzüne delici bakışlarıyla baktığı an, Arda kafasını öne eğdi. Reyyan'dan ölesiye utanıyordu Arda. Miran'ın oynadığı oyuna bile bile ortak olup göz yumduğu için kendisi de suçlu sayılırdı. Öyle bir adam olmamasına rağmen, susmanın bedelini ödüyordu.

"Bak," dedi Reyyan, Fırat'a Miran ve Arda'yı gösterirken. "Bu gördüğün iki adam, yalancı, sahtekâr ve haysiyetsizin önde gideni. İkisi de şeytana pabucunu..."

"Sus Reyyan!" Miran kızgın gözleriyle Reyyan'a baktı. Bu adam kim oluyordu da, onun önünde kendilerini küçük düşürüyordu ki?

"Ne o? Gücüne mi gidiyor söylediklerim? Olmayan kalbinizi mi acıtıyor yoksa?"

Miran, Reyyan'a laf yetiştirmek yerine susup bakışlarını Fırat'a çevirdi. "Benim karşımda durmazsan senin için iyi olur. Yoksa sana da, küçük dünyana da, çok yazık olur."

"Ne yapabilirsin?" diye sordu Fırat merakla. Aslında merakından değildi, sadece Miran'ı alaya alıyordu. Miran ise gülümsedi. O gülümseyiş, Reyyan'ı anında yerle yeksan etti. Zaten bu gülüş değil miydi Reyyan'ın kalbine kuş gibi kanat çırptıran?

"Neler yapmam ki? Bir bakmışsın, bir sabah hiçbir şeyin yok. Çalıştığın hastane de seni kapı dışarı edivermiş." Dudaklarını birbirine bastırdı, kafasında kurduğu hazin sona üzülürken. "Allah korusun."

Reyyan tüm sakinliğini yitirdi bu sözlerin üzerine. Sağ elini kaldırıp, Miran'ın göğüskafesine indirip sendelemesine sebep oldu. "Sen iğrenç pisliğin tekisin!" Çıldırmış gibi Miran'a saldırmaya devam ederken Fırat kollarından tutup geriye çekti Reyyan'ı. Oysa Reyyan aklını yitirmişçesine, tüm hırsını çıkarmak istiyordu Miran'dan. Arda ise çaresizce seyrediyordu. "Bırak beni, bırak! Nefret ediyorum ondan!" İstemeden ağlamaya başlamıştı aynı zamanda. Titreye titreye ağlarken tüm öfkesini çıkarmak istiyordu bu adamdan.

Bir yandan da avazı çıktığı kadar bağırmak istiyordu yüzüne. *Beni neden kandırdın? Neden bırakıp gittin? Beni neden bu hale getirdin?* Ya da en fenası… *Neden hayatıma girdin?*

Miran şoka girmiş gibi yerinden kıpırdamaksızın dururken Reyyan, Fırat ve Elif'in yardımıyla eve girdi. Bu sefer Miran hiçbir şey yapmamış, olduğu yerden kıpırdamamış, arkasından bile gitmemişti.

Onların gidişinin ardından Arda, Miran'a yaklaştı. "Çok ileri gittin," dedi. "Böyle bir tehdidi Reyyan'ın önünde yapmak ne kadar doğru? Kızın gözünde bir canavardan farkın yok zaten, iyice dibe vuruyorsun."

"Benden nefret ediyor," diye mırıldandı kaldırıma otururken. Kafasını ellerinin arasına alıp saçlarını karıştırdı sinirle. "Bildiğin, nefret ediyor benden!"

Arda da oturdu Miran'ın yanına. Böyle durumlarda ne söylenir, hiç bilmiyordu. "Böyle olacağı en başından belliydi." Daha fazla konuşup her şeyin suçlusu sensin demek isterdi. *Yaptıklarının bedelini ödüyorsun...* Fakat bazı şeyler söylenmiyordu. Arda, Miran'ı böyle görmeye dayanamıyordu. "Kalk gidelim, harap ettin kendini. Belki başka zaman..."

"Hayır," diyerek ayağa kalktı Miran. "Pes etmek yok, vazgeçmek yok, yıkılmak yok!" Evin kapısına doğru hızla yürüdüğünde pencerelere dizilmiş komşuların onları seyrettiklerinden habersizlerdi. Millete de seyir çıkmıştı. Miran kapıya varıp eşiğinde durdu. Sıktığı yumruğunu peş peşe kapıya indirirken birbirinden alakasız sözcükler sıralıyordu. Fakat ne kapı açılıyor ne de Reyyan geliyordu.

Sonunda olan oldu. Sıdıka Hanım bir kova suyu salon penceresinden aşağı, ikisinin tepesine boşalttı. Kurunun yanında yaş da yanar diye boşa demiyorlardı. Akşam akşam buz gibi suyla sırılsıklam olan iki genç adam şaşkınlıktan tepki bile veremedi. Elif kimseye belli etmeden ikisinin haline kıkırdayarak gülüyordu. Gülen sadece Elif değildi. Pencerelerine dizilip seyreden herkes gülmeye başlamıştı içten içe.

"Lan, lan donuyorum!" Arda ellerini havaya kaldırdı. Soğuk, adeta bedeniyle bütünleşmişti.

Miran ise hem şaşkın, hem ıslak hem de âşıktı. Islanan yüzünü eliyle silerken kafasını kaldırıp pencereye baktı. Hemen de kapatılmış, perdeler çekilmişti. "İyi, öyle olsun."

dedi dudakları titrerken. "En azından artık sadece âşık değilim, sırılsıklam aşığım."

Arda isyan bayrağını çekti. "Bırak laga luga yapmayı da gidelim artık. Donuyorum!"

Gitmeden evvel Miran son kez daha bağırdı kapıya doğru. Sesinin içeriye gümbür gümbür duyulduğunu biliyordu. "Sanma ki vazgeçtim. Yine geleceğim, yine geleceğim!"

Bir hafta sonra...

İnsan yorulunca, canını sıkan düğümleri çözmek yerine, ipi kökünden kesiyor.

Miran o günden beri Reyyan'la konuşmayı çok kez denemiş ama hiçbirinde ılımlı bir karşılık alamamıştı. Reyyan Nuh diyor, peygamber demiyordu. Miran'ın uzattığı dost eline karşılık vermek şurada dursun, yüzüne dahi bakmıyordu. Haliyle Miran günden güne daha beter bir hale bürünüyordu. Artık inat etmeyi de bir kenara bırakmıştı. Acı çekiyordu umarsızca. Günlerdir ağzına tek lokma koyduğu yoktu. Geceleri uykusuz, gündüzleri ise kendisiyle savaş vermekle geçer olmuştu.

Artık Arda bile Miran'ı suçlamıyordu. Ya da vazgeç demiyordu. Miran'daki aşk nasıl bir hale geliyordu, sonu nereye varacaktı, bilmiyordu.

Bugün ise hiç hoş olmayan bir haber almışlardı Mardin'den. Azat yeniden İstanbul'a geliyordu. Bu seferki geliş sebebinin Reyyan olduğunu anlamamak salaklık olurdu. Belki de nerede kaldığını dahi biliyordu ve gelir gelmez Reyyan'ı alıp Mardin'e götürecekti. Böyle bir son olmamalıydı. Miran bugün ne yapıp edip Reyyan'ı o evden çıkarmalıydı. Başka bir çaresi kalmamıştı.

Son sürat gidiyordu yollarda. Mühim bir toplantıyı ertelemek zorunda kalmışlardı. Boşanma meselesini görüşmek üzere avukatıyla görüşmeyi dahi sonraya bırakmıştı. Şu an hayat dursa umurumda olmazdı Miran'ın. Zamana ve Azat'a karşı yarışıyordu. Asla kaybedemezdi.

Günlerdir kapısını arşınlayıp durduğu evin birkaç metre ötesine bıraktı arabasını. Şimdi ne yapacağını bilmiyordu. İçeri zorla girip Reyyan'ı sürükleyerek çıkarmak gibi bir hayvanlık yapamazdı ki, yapmak isteyeceği son şey olurdu bu. Düşünceli duruşu ile dakikalarını arabanın içinde geçirmiş ve nihayet dışarı çıkmıştı.

Hiçbir zaman onunla olmayan şansı bugün ondan yana gibiydi. Miran'ın arabadan çıkmasıyla evin kapısının açılması ve Reyyan'ın dışarı çıkması bir olmuştu. Elinde şemsiyesi, üzerinde gittikçe sertleşen hava koşullarına uygun ince bir mont vardı. Uzun, hafif dalgalı saçları yine açıktı ve sırtına dökülüyordu. Kolundaki çantasından tutarak evin dış kapısına çıktı ve kaldırımda durdu. Birini bekliyor gibiydi. Nereye gideceğini merak dahi etmiyordu Miran. Çünkü gideceği yer her neresi ise orası değil, Miran'ın yanı olacaktı. Reyyan arkasını dönüp pencereye el salladı, ardından gülümsedi. Miran onu uzaktan seyrederken onunla beraber gülümsemişti. Reyyan onu görmüyordu. Görse gülüşünü dudaklarından anında siler ve kaşlarını çatardı aniden.

Miran, Reyyan onu görmeden arabasına binip beklemeye koyuldu. Kimi beklediğini merak ediyordu. Üzerindeki siyah hırkanın kapüşonunu kafasına kapatıp kaşlarına kadar indirdi. Çok sürmedi ki Fırat'ın arabası durdu kapının önünde. Miran yumruklarını sıktı istemsizce. Ve Reyyan, gülümseyerek bindi onun arabasına.

Bu Miran'ın katında, bardağı taşıran son damlaydı.

Fırat hareket eder etmez takıldı peşine. Bir süre sadece takip edecek, ardından uygun bir anda Reyyan'ı yanına alacaktı. Aralarındaki mesafeyi sıfırlayarak hemen arkasına geçti Fırat'ın arabasının. Burnuna iyi kokular gelmiyordu. Bu adamın Reyyan'la bu kadar ilgilenmesinin altında yatan sebep hiç de hoş değildi Miran'a göre.

Ara sokaklardan çıkıp ana yola geçtiklerinde hızlarını artırmışlardı. Sanırım kaçınılmaz sonun, tam zamanıydı. Miran gaza yüklenerek Fırat'ın önüne geçti. Birkaç kere kornaya basarak durmasını işaret etti. Hızını yavaşlatıp önünde durduğunda, Fırat'ı da durmak zorunda bıraktı. Arabasının kapısını açıp çıktıktan sonra hızlı adımlarla yanlarına yürüdü. Kadrajına iki şaşkın ve öfkeli surat girince istemsizce sırıttı. Reyyan'ın kapısını açıp hafifçe eğildi ve içeriye uzattı kafasını. Gözleri Reyyan'ın gözlerini buldu direkt. "Çık dışarı."

Reyyan, Miran'dan uzak durmak için kafasını geriye yasladı. "Çıkmıyorum, git!" Oldukça asabiydi sesi.

Ne yazık ki, nazik olamayacaktı bu sefer. Hiçbir şey söylemeden Reyyan'ın kolundan tutunca Fırat onu engellemek için hızla çıktı arabasından. "Eşkıya mısın sen? Kız seni istemiyor!"

Miran, Reyyan'ı çekiştirerek arabadan çıkardı. Bir yandan da gözleri Fırat'ın üzerindeydi. "Sen bu işe çok burnunu sokuyorsun, kapa çeneni ve arabana gir!" Reyyan'ı kendi arabasına doğru çeke çeke götürürken kulaklarını onun haykırışına tıkamış bir haldeydi. Bunu yapması gerekiyordu, her zamanki gibi uysal davranırsa Reyyan kazanırdı. Duraksamadan ve hızlı bir şekilde yürürken, sona geldiklerini ifade eden fırtınalı bir cümle kurdu.

"Tüm direnişin buraya kadardı. Benimle geliyorsun."

16

SAKIN AFFETME

Acılara müptela hayatın, kederlere pervane oluşu kadar kaçınılmazdı bazı şeyler. Bir insanın canını en çok, en sevdiği insan yakardı. Bir kadının ömrüne karalar bağlayan bir adam, mümkünü yok unutulmazdı. Mühür kazınmış misali... Yürekteki yeri her zaman baki kalırdı. İster aşk olsun yeri, ister nefret. Bu kural yıkılmazdı.

Şu an arabanın içinde debelenen, çıldırmışçasına haykıran ve ağza alınmayacak sözler sarf eden Reyyan, bunu yapan kişinin kendisi olduğuna inanamıyordu. O böyle biri değildi, onu bu kalıba sokan Miran'dı.

Çok değil, on dakika öncesinde gerçekleşmişti her şey. Reyyan, Fırat'la beraber hastaneye gidecekken Miran önlerini kesmiş ve bir paçavra gibi zorla yanına almıştı Reyyan'ı. Buna müdahale etmek isteyen Fırat'ın ise yüzüne bir yumruk geçirmişti. Artık Reyyan, Fırat'ın yüzüne de bakamazdı. Hoş istese de, onu görebileceğini sanmıyordu. Özgürlüğü ellerinden alınan bir kuş misali, karanlık bir kafese hapsolmuştu.

Karanlığın ta kendisi, şu an yanındaydı.

Gözlerini Miran'a çevirdi. Çattığı kaşlarının arasından parlayan delici mavi gözleri sadece yola bakıyordu. Şu son günlerde Reyyan'ın Miran'da gözlemlediği en büyük şey, bu adamın öfkeli oluşuydu. Aslında yüzünün çok gülmediğini, kaşlarının her daim çatık olduğunu fark etmişti. Yeni yeni tanıyordu gerçek Miran'ı. Ve garip bir şekilde, böylesi daha çok hoşuna gidiyordu. Çünkü eskiden taktığı maske, bu adama hiç mi hiç yakışmıyordu.

Miran'ın gözleri yoldan ayrılmadığı halde inatla ona çeviriyordu Reyyan bakışlarını.

"Söylesene?" diye bağırdı hiddetle. "Bana ne yapacaksın? Şimdi hangi intikamına, nasıl bir rolde dahil edeceksin beni?"

Miran sus pustu. Reyyan bu kadar çıldırmışken, söyleyeceği şeyleri idrak edebileceğini sanmıyordu. Ne söylese yanlış anlar ve daha fazla bağırarak kafasını şişirirdi. Gerçi böyle de susacağa hiç benzemiyordu. Yine de sessiz kalmak, şu an takınacağı en ideal tavırdı.

"Kime diyorum ben, kime?" Sorusuna bir karşılık alamadıkça öfkesi daha da büyük bir boyuta ulaşıyordu Reyyan'ın. "Yoksa karının yanına mı götüreceksin beni?" Pot kırmışçasına elini dudaklarına kapattı. "Pardon, yoksa kız kardeşin mi demeliydim?"

Daha fazla suskun kalmaya el vermeyen dili kilidini nihayet kırdı. "Gönül benim hiçbir şeyim değil," dedi Miran sakin bir tavırla.

Bu sözlerin üzerine Reyyan şaşkınlıkla, "Nasıl yani?" diye sordu. Ardından, meraklı görünmemek adına hemen çevirdi cümlesini. "Ya da söyleme. Duymak istemiyorum söyleyeceğin şeyleri." Kafasını arkasına yaslayıp gözlerini kapattı. Feci bir şekilde başı dönmeye başlamıştı. Bu kadar aksiyon ona da, bebeğine de iyi gelmemişti anlaşılan.

Miran yine de cevap verdi. Bu gerçeği yavaş yavaş, Reyyan'a kabul ettirmeliydi. "Sen öğrenmek istemesen de ben her şeyi anlatacağım sana. Gönül'den boşanıyorum."

"Neden söylüyorsun ki bana bunları?" Reyyan ne kadar öfke dolu olursa olsun, deli gibi de merak ediyordu aslında. Nasıl bir kadındı bu Gönül? Madem Miran'ın karısıydı, nasıl onca zaman yüzüne gülüp kız kardeşi gibi rol oynamıştı? Kahretsin ki soramıyordu.

"Sana söyleyeceğim çok şey var Reyyan," diyerek başladı söze Miran. Gözlerini yoldan çekip kısa bir an Reyyan'a baktığında yüzünün buruştuğunu fark etti. İyi görünmüyordu. "İyi misin sen?"

Reyyan'ın başı fena dönmeye başlamıştı, bir de mide bulantısı eklenmişti üstüne. Elini şakaklarına bastırırken çığlık atar gibi konuştu. "Senin yanında iyi olmak mümkün mü?"

Miran sorduğuna da, soracağına da pişman olmuştu. Reyyan veryansınlarına kaldığı yerden devam etmeye başladı. "Beni nereye götürüyorsun bilmiyorum ama yanlış yapıyorsun. Kurtulacağım ellerinden, göreceksin."

"Bundan sonra," dedi Miran üstüne basa basa. "Gideceğin tek yer, evimin odaları olacak."

Reyyan kocaman açılan gözleriyle baktı Miran'a. "Ne evi?" diye sordu kaşlarını çatarak. "Sen neyden bahsediyorsun?"

"Evime götürüyorum seni," dedi Miran. Evimize diyecekti ama diyemiyordu nedensizce. "Seni yuvasız bırakan benim, her şeyi telafi edeceğim." Reyyan'ın şaşkın surat ifadesine bakarken konuşmaya devam etti. Daha fazla tutmak istemiyordu bazı şeyleri içinde. "Benim yüzümden evine geri dönemedin. Tüm Mardin senin evlendiğini bilirken ertesi gün geri döndüğünü görünce, herkes arkandan konuşmaya başlayacaktı. Sen tüm bunlara dayanamazdın." Sesi titredi son cümlesini söylerken. Bin bir yıkıntı barındıran sözleri, Reyyan'ın yüreğini titretti.

"Biliyordun, benim tüm bunları kaldıramayacağımı biliyordun," dedi hissizce Reyyan. Ellerini alnından çekmedi konuşurken. Başı öylesine dönüyordu ki… "Yine de kıydın. Senin de tek isteğin bu değil miydi zaten? Beni, babamı, tüm ailemi rezil rüsva etmek… İntikamının amacı bu değil miydi ha?" Sesi oldukça güçsüz çıktı. Dışarının soğuğu işledi içine, içini dağlayan bir ayaz sızdı kalbinin derinliklerine.

Her yer kalabalıktı ama yürekler… İşte onlar tenhaydı…

Miran bir şey diyemedi. Evet, ilk başta istediği buydu. Fakat şimdi değil. Onu darmadağın eden bir pişmanlığın ellerinde yok olup gitmişti tüm gururu. Artık bu kızın karşısında gurur yapamayacak kadar aciz, onca nefreti yok sayacak kadar büyüktü sevdası.

Düşmanının kızı olduğunu bile bile, ondan vazgeçemeyecek kadar tutuktu yüreği.

"Benim derdim, baban olacak adamla," dedi Miran tüm yaptıklarını hatırına getirirken. "Seninle bir alıp veremediğim yok."

Reyyan'ın diline birçok sözcük sıralandı o an. Ama konuşamadı. Boğazını yırtan kelimeleri, onu patlama derecesine getiren bir ağlama duygusuyla baş başa bıraktı. Tüm bedenini ele geçirdi bu hissiyat. Yaktı, kavurdu. Aynı zamanda, kusma raddesine getiren mide bulantısı şu anki durumunu gittikçe zora sokuyordu.

Susup hiç konuşmamayı, oturduğu şu koltukta kıvrılıp yok olmayı isterdi. "Durdur arabayı," diyebildi zar zor. Kusacağını hissetmişti. "İyi değilim ben."

Miran endişeyle yavaşlayarak arabayı durdurduğunda Reyyan kapısını zor açtı. Açar açmaz attığı ilk adımda yere çöküp içinde ne varsa dışarı çıkarmaya başladı. Miran'ın arabadan inip kendisine doğru geldiğini görünce beynine kan sıçradı. Onu bu halde görsün istemiyordu ama kaçışı da yoktu. Miran elinde mendil kutusuyla birlikte yanına gelip diz çöktüğünde Reyyan daha fena olmuştu. Saçlarını tutup arkasına attı genç adam. Kendisine geldiğinde, Miran mendili ağzına doğru uzattı fakat Reyyan onun kendisine dokunmasına izin vermedi. "Sen dokunma," dedi elini iterken. "Ben hallederim."

Kıpkırmızı olmuştu. Böyle bir haldeyken Miran'ın onu görmesi, bu hayatta isteyeceği son şey olurdu herhalde. İşini bitirdikten sonra, Miran'ın endişeli bakışları altında tekrar arabaya binip yorgun bedenini koltuğa bıraktı. Derin derin nefesler alıyordu. Boğazı kusmanın etkisiyle cayır cayır yanmaya başladı. Eğer hamileliği boyunca bu durum böyle devam edecekse çok çekeceği vardı.

Miran açık kapıdan içeriye kafasını uzattı. "Daha iyi misin?" diye sorduğunda Reyyan yüzünü öbür tarafa çevirdi. Burnuna onun kokusu gelsin istemiyordu. Neden böyle davranıyordu ki? Sanki hiçbir şey olmamış gibi... Gözlerine öyle manidar bakması, sanki hiç gitmemiş gibi sahiplenici tavrı. Eskisi gibiydi. Sanki onu terk edip Reyyan'ı dibi görünmeyen bir kuyuya atan adam o değilmiş gibi.

Dolan gözlerinden akan damlaları gizleyemezdi artık. Bir kez daha bu adamın gözleri önünde, onun yüzünden ağlıyordu.

"Ağlama," dedi Miran çaresizce. Ne zordu, sebebi olduğu yaşlara bir son veremeyişi. Ömrüne koyduğu onlarca sona rağmen, onu defalarca yaşatmak istemesi. "Öldürme beni."

Reyyan ağlamasını şiddetlendirirken Miran'ın az önce söylediği söze küfreder gibi öfkeyle gülümsedi. Tek bir kelimenin, bir insanı böylesine kahrederkenki acımasızlığını yıkmak istedi o an. "Seni var ya," dedi güçsüzce Reyyan. Ayaklanan kelimeleri, bir kadının isyanının dirilişiydi. "Ben seni hiç affetmeyeceğim!"

Şüphesiz sözcükler de katildi. Milyonlarca insanın ruhunu, yaşarken öldürebilen görünmez katillerdi. Miran ölüyordu da, ses edemiyordu. Çünkü dibine kadar haksızdı, biliyordu. Susuyordu.

Ölüyordu.

"Benim gibi bir adamın," dediğinde sesi zor çıkmıştı Miran'ın. Konuşamıyordu bile. Öylesine bitkindi şu bedeni. "Affedilir bir yanı yok, sen çok haklısın." Lal figan olmuş dilinden, "Sakın affetme!" itirafı döküldü ansızın. Durdu, derin bir nefes aldı acıdan patlayan ciğerlerine. "Ben beni affetmezken, sen beni sakın affetme."

Usulca kafasını çekip arabadan çıktıktan sonra, kapıyı örttü. Reyyan içini parçalarcasına ağlarken Miran birkaç dakika boyunca bekledi. Hatta belki de uzun süre. Ne kadar bekledi, Reyyan ne kadar ağladı, bilmiyordu. Sonunda sürücü koltuğuna geçip arabayı çalıştırdığında yavaş yavaş kararmaya yüz tutan hava kadar kurşuniydi gönüllerinin rengi.

Şimdi ikisi de suskundu. İkisi de bitkin, birbirinden yaralı.

Kafasını cama çevirip dışarıyı seyre daldı Reyyan. Gözlerine perde misali inen gözyaşları görüş açısını zorlaştırdığı için net değildi hiçbir şey. Karşısındaki deniz manzarasının devam ettiği yol boyunca gözlerini oradan çekmedi. En korktuğu yerdeydi, Miran'ın yanındaydı. Sahi, ne işi vardı bu adamın yanında? Neydi Miran'ın amacı? Reyyan'a göre tekrar Miran'la olmak gibi bir ihtimal yoktu, söz konusu bile değildi. Zaten bu adam babasının düşmanı değil miydi? Gökyüzü ve deniz misali imkânsızlardı artık. Yan yana kalmalarına izin vermezdi kimse.

Aralarında aşılmaz dağlar, sonu gelmeyen yollar, bitip tükenmeyen isyanlar vardı. Miran, Reyyan'ın ardında bıraktığı en tehlikeli uçurumdu. Geriye dönerse eğer, hiç şüphesiz kendisini o boşluktan aşağı bırakmış olurdu.

Aklındaki isminin üzerine binlerce kez karalar çekmişti. Ama kalp var ya, ona söz geçiremiyor, Miran'ın hükmüne orada son veremiyordu.

Neresi olduğunu bilmediği bir semte gelmişlerdi. Yol boyu gördüğü tabelalardan gördüğü kadarıyla, Beykoz civarıydı. İki katlı müstakil, gösterişli bir evin önünde durdu araba. Kapıda genç bir adam bekliyordu. Kendilerini görür görmez demir kapıyı açıp içeri girmelerini bekledi. Araba evin bahçesine girip ortalıkta durduğunda Reyyan gözucuyla baktı dışarıya.

"Burası," dedi Miran, Reyyan'a zar zor bakarken. Allah biliyor ya, bu evi alırken aklında hep Reyyan vardı. Tek dileği, bu evde geçireceği bir ömürde, yanında sadece onun olmasıydı. Geçmişin tüm kalıntılarını geride bırakıp yepyeni bir sayfa açmak istiyordu kendine.

"Reyyan, sana kötü davranmak istemiyorum, hiçbir şekilde." Elleriyle direksiyonu sıktı. "Ne olur benim canımı sıkma. Benden kurtulmak için çırpınma. Aksi takdirde, yine canı yanan sen olursun."

Reyyan alay eder gibi gülümseyerek baktı Miran'ın yüzüne. Ardından bakışları, tekrar eve çevrildi. Parmağını kaldırıp evi gösterirken, "Beni burada tutabileceğini mi sanıyorsun?" diye sordu. Cevap bekleyen gözleri yeniden Miran'a çevrildi.

"Sanmıyorum," dedi Miran kendinden emin bir halde. "Bundan sonra senin evin," susup aynı Reyyan'ın yaptığı gibi parmağıyla evi gösterdi. "Burası."

Kafasını salladı Reyyan yavaşça. "Peki," dedikten sonra arabanın kapısını açtı ve dışarı çıktı. Hemen ardından Miran da indi. Bir saat önce, hatta günlerdir kendisine çemkiren kıza ne olmuştu birdenbire? Bu sakin duruşu, kendisini korkutmuyor değildi. Aklından neler geçtiğini öğrenmek içinse deliriyordu.

Reyyan savaşmayı bırakmıştı. Bağırıp çağırmakla, karşı koymaya çalışmakla sadece kendisine zarar veriyordu. Sabredecek ve Miran'ın yolundan gidecekti. Ve zamanı gelince bu evden arkasına bile bakmadan çekip gidecekti.

Kısaca etrafa göz gezdirdi. Hayalini kurduğu evdi aslında burası. Evlenmeden önce, Miran'ın gerçek yüzünü bilmezken ona, nasıl bir evde yaşamak istediğini anlatmıştı. O zamanlar, ne kadar da salaktı. Şimdi bakıyordu da, hayal kurarken hissettiği heyecanın zerresi, şu an gerçeğini yaşarken yoktu.

Her şey zamanında güzeldi.

"Unutmamışsın," dedi Reyyan, her hareketini ilgiyle seyreden arkasındaki adama. "Sana nasıl bir ev hayal ettiğimi anlatmıştım. Unutmamışsın."

Miran gülümsedi. "Seninle ilgili şeyleri unutmam mümkün değil."

Büyükçe bir bahçenin tam ortasında geniş bir çardak, etrafını gölgeleyen birkaç ağaç vardı. Ağaçlar sadece çardağın etrafında değil, evin dört bir yanını kuşatacak şekilde dikilmişti. Nitekim mevsim kıştı artık. Her yer buz kırağı, kuruyup kalmış dallarla çevriliydi. Kim bilir bu bahçe, yaz geldiği zaman ne kadar güzel olurdu? Bunu düşünürken iç geçirdi Reyyan. Çünkü yazın geldiğini görecek kadar uzun kalmayacaktı burada.

Etrafında gördüklerini saymaya başladı tek tek. "Yer yer gül ağaçları, evin etrafına dizilmiş yer yer sardunyalar olsun istemiştim. Onları da unutmamışsın." Kafasını kaldırıp eve baktı. Gözüne evin geniş terası çarpınca acıyla tebessüm etti. "Böyle kocaman bir terası olsun istemiştim," dedikten sonra eğilip ayağına değen kuru yapraklardan birini aldı. "Orada çay içelim, güzel sohbetler edelim istemiştim çünkü. Onu da unutmamışsın."

Bir kez daha tekrar etti Miran. "Unutmadım." Bu konuşmanın sonunun nereye varacağını çok merak ediyordu.

"Ama artık böyle evleri sevmiyorum ben. Senden sonra, seninle ilgili her şeyden nefret ettim. Zevkin de berbatmış," dedi Reyyan iğneleyici bir ses tonuyla. Paramparça ettiği yaprağı yere savururken Miran acıyla yutkundu. Bu an, ona hiç yabancı gelmiyordu.

"Evin de aynı, sana benziyor."

"Öyle diyorsan, öyledir." Miran, Reyyan ne söylerse söylesin itiraz etmeyecekti. Ne yapmaya çalıştığının farkına varmıştı. Madem kendisini kızdırmak istiyordu, sonuna kadar sabırlı davranacaktı. "İçeri geçelim, dışarısı soğuk."

Reyyan sus pus girdi eve Miran'ın ardından. Evin içi de dışı gibi, çok güzeldi. Dört bir yandan güneş alıyor, güllük gülistanlık bir hava katıyordu içeriye. Açık renge boyanmış duvarları, birkaç tabloyla süslenmişti. Uzun ve geniş bir koridorun sonunda yukarıya çıkan merdivenler, merdiven bitiminde ise mutfağa açılan bir kapı vardı. Tam karşısında ise, geniş bir salon vardı. Sağında ise iki tane kapı.

Miran merdivenleri işaret etti. "Yatak odası ve diğer odalar da yukarıda."

"Merak etmiyorum," diyerek omzunu silkti Reyyan.

Karşısında gördüğü salona doğru yürürken Miran da arkasından geliyordu. "Ama ben bir şeyi merak ediyorum," dedi Miran. Reyyan koltuğun birine gelişigüzel oturmuştu. Asabi bakışları üzerine çevrilince de duraksayıp gözlerine baktı. "Nereye gidiyordun bugün? Hem de o adamla?"

Reyyan yutkundu. En korktuğu şeydi, Miran'ın bebeğini öğrenecek olması. Çoğunlukla yalan söyleyemez, böyle anlarda kızarır ve bocalardı. Tıpkı şu an olduğu gibi. Fırat'la hastaneye gidecekti ve ilk kez bebeğini görecekti. Fakat Miran buna müsaade etmemişti.

"Bu seni ilgilendirmez," diyerek gözlerini kaçırdı. Hastaneye gittiğini ve gidiş sebebini Miran asla öğrenmeyecekti.

Miran'ın gözleri şüpheyle kısıldı. Reyyan'a doğru yaklaşıp tam tepesinde dikildiğinde onun daha fazla kızardığını hissetmiş, merakı iyice körüklenmişti. "Bir soruyu ikinci kez sormam ben, bir kere sorarım ve bir cevap alırım. Senin de cevap vermek için tek bir hakkın var."

"O hakkı az önce kullandığımı düşünüyorum."

"Susmayı tercih ediyorsun öyle mi?" Reyyan sessiz kalınca ellerini birbirine vurdu genç adam. "Öğrenemem mi sanıyorsun?"

Reyyan sinirli gözlerini tepesinde dikilen adama çevirdiğinde, "Ne yapacaksın?" diye sordu. "Yine Fırat'ın ensesine çöküp şiddet uygulayarak mı alacaksın ağzından lafı?"

"Gerekirse evet," dedi Miran arsızca. Söz konusu Fırat olunca sakin kalabildiği söylenemezdi. "O herif, bundan anlıyor."

"Gözümde," derken ayağını yere bastırdı Reyyan, bir şeyi eziyormuş gibi. "Daha ne kadar alçalabilirsin? Merak ediyorum." Kollarını birbirine kenetleyip arkasına yaslandı. Keyiften dört köşe olmuştu, Miran'ı yerin dibine soktuğu için. Ancak aldığı cevaptan anlıyordu ki Miran hiç de utanmış değildi.

"Tahmin bile edemezsin." Tehdit dolu sözcüklerin yuva kurduğu dudakları öfkeyle kıvrıldı. "Beni kışkırtmaya devam ettiğin sürece, gözündeki yerim de zerre umurumda olmaz."

"Gözümdeki yerini umursadığını düşünmüyorum zaten," dedi Reyyan. "Çünkü bir zamanlar benim için değerli olan adam, düğünümün ertesi günü öldü!" Parmağını kaldırıp, suçlarcasına dikti mavi gözlere. "Onu sen öldürdün!"

Miran susarken Reyyan, "Fırat beni satmaz," diye devam etti. Şu an Miran'a, ölesiye diş biliyordu. "O senin aksine, vefalı bir insan."

Miran, Reyyan'ın o adamı kolladığını gördükçe öfkesine yeniliyor, kendisine verdiği sözleri unutuyordu. "İki günde tanıdığın bir insana bu kadar güvenmek ve inanmak neyin nesi Reyyan? O kim oluyor ki?"

İşte tam sırası gelmişti. Miran kendi eliyle tuzağa düşüyor, Reyyan'ın onu yaralamasına fırsat tanıyordu. "Bu da benim aptallığım olsun. İki günde tanıdığım insanları kendim gibi sanıyorum hep. Yanıldığımı da senin gibi insanların gerçek yüzlerini gördükten sonra anlıyorum. Ne yazık ki, çok geç oluyor."

Konunun her seferinde dönüp dolaşıp kendine gelmesi Miran'ı artık şaşırtmıyordu. Buna da alışacaktı, Reyyan bu eve ve kendisinin varlığına alışana dek, o da bu hakaretlere ve iğnelemelere alışacaktı.

Reyyan, Miran'ın suskunluğundan istifade ederek konuyu değiştirdi. "Beni buraya getirmekteki amacın ne?"

Miran yanına oturduğunda istemsizce birkaç adım öteye kaydırdı bedenini Reyyan. Miran ise ne söyleyeceğini düşünüyordu. Belli bir amacı yoktu ama bunu ona anlatamazdı. Ne söylese inanmayacaktı ne de olsa. "Azat İstanbul'da," dedikten sonra sustu ve Reyyan'ın vereceği tepkiyi bekledi. Tam da beklediği gibi Reyyan'ın rengi atmış, sararmıştı.

"Neden? Neden İstanbul'da?" Kirpikleri dahi titremişti.

"Senin peşine düştü çünkü."

Reyyan endişeyle karıştırdı saçlarını. Oturduğu koltukta rahatsızca kıpırdandı. Düşünceli gözleri sağa sola dönüp duruyordu. "İyi ama benim İstanbul'da kaldığımı, annemden başkası bilmiyor. Annem de kimseye söylemez."

"Bilmiyorum artık orasını. Bir şekilde öğrenmiş işte. Seni bulur bulmaz, Mardin'e götürecek aklınca." Dalga geçer gibi dillendirdi cümlesini.

Reyyan şüpheyle kıstı gözlerini. "Sen bunları nereden biliyorsun?"

"Senin için, birbirimizi ölesiye harap ettik," diyemezdi Miran. Azat'ın Reyyan'ı sevdiğini en başından beri biliyordu. Peki ya Reyyan biliyor muydu? Eğer bilmiyorsa Azat'ın adını duyunca neden böyle paniklediğini anlayamıyordu. Bilip bilmediğini Reyyan'a fark ettirmeden öğrenmeliydi.

"Neden bu kadar endişelendin? Mardin'e dönmekten bu kadar çok mu korkuyorsun?"

Reyyan, Miran'ın çelişkili soruları karşısında iyice paniklese de renk vermedi. Neden burada olduğunu ve Miran'ın neyin peşinde olduğunu henüz bilmezken ona güvenip korkularını anlatamazdı. "Sana ne bundan?" diye bağırdı. "Ağzımdan tek bir laf bile alamazsın."

Ellerini sıktı genç adam. Nasıl bir yol izlemesi gerektiğini bilmiyordu. Bu kız, tahmin ettiğinden çok daha çetin cevizdi. "Korkma," dedi zeytin dalı uzatırmış gibi. "Benim yanımda güvendesin. Seni Azat'tan sadece ben koruyabilirim."

İşte buna gülerdi Reyyan ki öyle de yaptı. Miran onun neden güldüğüne anlam veremezken, "Peki, beni senden kim koruyacak?" diye sordu. "Sen nasıl bir adam olduğunun farkında mısın?"

Miran, Reyyan'a elini uzattı o an. İçini kıyan özlemin, onu yakıp kavuran sevdanın verdiği şuursuzlukla sürekli ona doğru bir adım atıyordu. Attığı her adım ise, koca bir hüsranla sonuçlanıyordu. "Çek o elini!" diyerek bağırdı Reyyan ve ardından ayağa kalktı. Miran'la karşı karşıya oturmak başlı başına hataydı.

"Reyyan, ben sana zarar vermem." Gözlerinden nasıl aktığını görmüyor muydu? Her bir zerresi onun adını fısıldarken onu kendisine nasıl böyle düşman edebilmişti?

"Sen bana daha nasıl bir zarar verebilirsin ki?" Reyyan ellerini iki yana açıp yitikçe feryat etti. "Sen kimsin? Burası neresi? Neden bu ev benim evim olması gerekirken bu kadar yabancı geliyor? Neden sana sığınmak yerine bu kadar kaçıyorum senden?"

"Burası senin evin."

"Burası... benim kâbusum!"

"Ben bir şeyleri düzeltmek istiyorum Reyyan," dedi Miran ayağa kalkarken. Söze bir yerden başlaması gerekti. Sussa kendisini, konuşsa Reyyan'ı yakacaktı, biliyordu. Ama susa susa bir yere de varılmıyordu ki. "Sana yaptığım yanlışı telafi etmek, yaşananları unutturmak istiyorum. Benim Gönül'le olan evliliğim, senin bildiğin gibi değil. Sevmiyorum onu. Hiçbir zaman da sevmedim."

Bunların hiçbirini duymak istemiyordu Reyyan. Miran'ın yaptığı sıradan bir şey değildi ki telafisi olabilsin. Adımlarını kapıya yöneltip salondan çıktığında Miran da arkasından yürüdü.

"Nereye gidiyorsun?"

Sorusu havada asılı kaldı. Reyyan mutfağa doğru yürüyordu. Birazdan Miran'a, aslında hiçbir şeyi düzeltemeyeceğini ispat edecekti. Mutfak dolaplarını açtı hızlıca. Gözüne kestirdiği büyük bir cam tabağı ellerinin arasına aldığında Miran onu şaşkınca seyrediyordu.

Havaya kaldırdığı ellerinin arasındaki tabağı yere bıraktı. Büyük bir gürültüyle yere düşen cam tabak bir sürü parçaya bölünürken Reyyan sanki kırılan şey bir cam tabak değil de kendi hayatıymış gibi yüzünü buruşturarak seyretti.

"Bak bunlara," dedi eliyle yere dağılan camları işaret ederken. "Eski haline getirebilecek misin? Ben bunlardan daha da beter bir durumdayım. Un ufak ettin sen beni, her biz zerremi paramparça ettin!"

Ateş çıkan gözlerinden ve zehrini kusan dilinden anlaşılıyordu: Reyyan, Miran'ı affedemeyecekti.

***

Geceye ömrünü adamış, milyonlarca insan gibi uykusuzluğun dem tuttuğu gözleriyle semayı seyrediyordu genç adam. Nasıl bir halde olduğunu bilmiyordu, nasıl bir halde olduğunun zerre önemi yoktu. Çünkü yukarıda, açtığı yaralarını saramadığı bir kadın vardı.

Kendi evinde, onun çatısı altında gönlündeki yaranın sahibi olan bir kadın vardı. Ellerini uzatsa dokunacak, dokunduğunda parçalara ayrılacaktı. Ama dokunamıyordu. Öyle bir yasak, öyle bir zulümdü bu. *Kalbe yapılan, en güzel zulüm.*

Bu gece, sevdanın bir adı yoktu. Ne yana bakılsa yara, ne yana dönülse acı vardı. Hızla kalktı ayağa. Reyyan'ın ona "sakın bu odaya gelme" uyarılarına rağmen, adımları onu merdivenlere sürükledi. Heyecan içinde tırmandığı merdivenlerin ardından önüne kaldığı kapıda durdu.

Şu deli heyecanın kalbini nasıl titrettiğini, Reyyan'a nasıl gösterecekti?

Kapıyı çaldı birkaç defa. Ses çıkmayınca, bir kez daha. Bir kez daha...

"Reyyan?" dedi yakarırcasına. Nasılda yakıyordu dilini o güzel ismi... "Duyuyor musun beni?" Birbiri üzerine bindirdiği parmaklarını, bir kez daha kapıya vurmak için kaldırmıştı ki kapı açıldı.

Geceye şarkılar hediye ettirecek kadar yakıcı hareler kadrajına girince, derin bir iç çekti Miran. "Eğer," dedi sessizce. "Beni öldürmek istersen, sadece gözlerime bak. Başka bir şeye hiç gerek yok."

Reyyan'ın kaşları asabi bir şekilde kalktı havaya. "Ne istiyorsun?"

"Bilmiyorum, bilmiyorum." Kafasını salladı Miran. "Aynı evin içinde ayrı kaldıkça deliriyorum. Yapamıyorum."

"Ne yapabilirim senin için?" Sorusunun ardından elini çenesine dayayıp düşünceyle sıvazladı. "Canının sıkıntısını giderecekse eğer, hadi tekrar o eve gidelim. Bir kez daha terk et beni." Miran'a yaklaşıp gözlerini gözbebeklerine dikti. "O zaman mutlu olur musun?"

Reyyan içindeki zehri bitireyim derken Miran'ı bitirecekti, haberi yoktu.

"Birbirimizi hiç iyi tanıyamamışız," dedi Miran. Bitkindi, hiç olmadığı kadar. "Ben iyi bir adam değildim, reddetmiyorum bunu. Ama sen de çok yürekli değilmişsin Reyyan."

Sabahtan beri can acıtan sözleri sarf eden Reyyan iken, bir anda böyle bir ithama maruz kalınca neye uğradığını şaşırdı genç kadın. Canı yanmış mıydı? Hem de çok. Nasıl oluyordu da tek bir sözüyle böyle darmaduman olabiliyordu hâlâ?

"Ama hâlâ inancım var," diyerek Reyyan'a iyice yaklaştı Miran. Aralarındaki çekim, inkâr edilemeyecek kadar güçlüydü. Reyyan da bunun farkındaydı. Olanca nefretine rağmen, tek bir bakışmayla kaybolacak gibi hissetmesine engel olamıyordu.

Miran elinden tutup sol yanına bastırdı. Reyyan direnmedi, elini çekmedi oradan. Buna neden izin verdiğini kendisi de bilmiyordu çünkü. "Senin bir gün bana, yine eskisi gibi bakacağını biliyorum."

"Onca şeye rağmen mi?"

"Onca şeye rağmen."

Reyyan elini yavaşça çekerken Miran'ı paramparça edecek şekilde gülümsedi. "Ancak cehennem buz tutunca, sokağın tavanı gökyüzüne değince, deniz ve bulutlar birbirine sarılınca gerçek olur bu dediğin."

"O kadar imkânsız yani?"

"O kadar imkânsız."

Reyyan aralarındaki yakınlığı yok etmek istercesine sıyrıldı Miran'ın yanından. Odanın diğer ucuna, bir duvarı komple kaplayan cama doğru yürüdü. Cama yansıyan gölgeleri, ayna kadar keskindi. Arkasını döndüğü halde, Miran'ı görmekten kurtulamıyordu.

Eliyle sakallarını sıvazladı genç adam. Dibini sıyırdığı çaresizlik kalıntıları ellerinden gitmiyordu. Reyyan aralarına mesafe koydukça o yaklaşmak için çırpınıyordu. "Gönül isterdi ki, bunların hiçbiri olmasın," dedi Reyyan. Uzun bir iç çekti. Bu gece ne kadar da uzun sürmüştü böyle? Ne ıstıraplı, ne beyhude... Gökyüzünün karanlığına zuhur eden kirli anıları dolandı boynuna. Merhametinden vurdu Miran'ı, bir kurşun misali.

"Hiç böyle karşılaşmasaydık seninle. Geçmişin zehri akmasaydı üzerimize. Keşke ben senin bir gülüşüne takılı kalsaydım, sen benim merhametime âşık olsaydın." Sustu. Sızım sızım sızlayan sol yanı, nefes bile aldırmıyordu.

"O zaman bu denli acı çekmez, böyle kahrolmazdım be Reyyan." Parmağını kaldırıp karşısındaki kadının, sözde karısının gözlerine işaret etti. "Senin şu bakışlarını görmek yerine, ölmeyi tercih ederdim inan!"

17

ŞİMDİ UKDESİN

Uykusuz bir gece daha yitip gitmişti, yastık yerine acılara baş koyulan saatler boyunca. Bir acı daha yer etmişti kimsesizliğin yuva kurduğu yaralı gönlünde. Karanlıkta kalmaya yemin etmiş bir hayatı vardı, silemiyordu ruhunun siyahlıklarını. Yazını kışa çevirmiş bir adamla, aynı çatının altını paylaşıyordu. Kalbinin üzerine çöreklenen acının ona nefes bile aldırmadığı saniyeler boyunca, uçurumlara adamıştı saç uçlarını.

Çünkü artık onları okşayacak, bir annesi yoktu başucunda.

Yaralıydı, delik deşikti. Yüreğine amansız bir kimsesizlik duygusunu bahşeden adamın gözleri, gitmiyordu gözlerinin önünden. Hiç de silinmiyordu aklından, kahreden ihaneti. Sarsıcı iç çekişleri ona gözyaşı olarak geri dönüyordu. Oysa Reyyan, güçlü bir insan değildi. Boynu bükük çocukların, sahipsizliğine ağlayacak kadar da yufka yürekli.

Miran dün gece ona, yüreksizsin demişti. Bu neden bu kadar acıtmıştı ki?

Hissettiklerini tarif edecek kelimeleri yoktu lügatında. Bu yüzden bazen şarkılara sığınırdı. Onu en iyi şarkılar anlardı çünkü. Dilinin ucunda mırıldandığı besteyi, yüreğini kasıp kavuran mavi gözlerin sahibine armağan etti.

*"Uğruna döktüğüm gözyaşları için, yağmurdan özür dilerim, dilerim... Kuruttuğum kızıl gülleri alıp senin için senden geçerim, geçerim..."**

Seviniyordu bir bakıma çünkü yalnız değildi. Dünyada bir yerlerde aynı acıyı paylaştığı, milyonlarca insan vardı. *Onun gibi ihanete uğramış, körpe yürekler.* Yoksa nasıl dillenirdi tüm bu şarkılar? Onlarca yürekten akan benzer acıların, tek bir kalpte buluşması gibi. Sanki aynı şeyleri yaşamışçasına, tüm şarkıların ortak acıları anlatması gibi.

Kırıktı her yanı. Saç uçlarından kirpiklerine kadar kırgındı her zerresi. Miran onun hayatında öyle bir yere sahipti ki, buna bir isim bile koyamıyordu. Sanki yıllardan beri düşünü kurduğu değerli bir hazineydi. Düşünmekten gecelerce uyuyamadığı ama asla elde edemediği. Tam vazgeçtikten sonra gelen, içindeki kız çocuğunu derinden acıtan, bir ukde misali.

"Şimdi ukdesin..." diye mırıldandı elleri boğazını tırmalayan o düğümü bulduğunda. "Tam buraya oturan, beni benden alan, yarını olmayan günlere muhtaç bırakan, zavallı bir ukdesin."

Ona oldukça yabancı gelen yataktan doğrulup kalktı. Üzerinde, dünkü kıyafetleri vardı. Gardıropta onun giymesi için alınmış birçok kıyafet diziliydi ama hiçbirine dokunmayacaktı. Banyoya girip uykusuzluğunu yok etmesi adına elini yüzünü yıkadı. Aynadaki aksine baktı, gözüne çarpan

---

*Leman Sam, *Gül·Güzeli.*

mor göz halkaları artık alışmış olduğu bir görüntüydü. Bir aydan beri, Reyyan'la birliktelerdi.

Dün akşam Miran ona yemek getirmişti. Yemeyeceğini söylediği halde komodinin üzerine bırakıp gitmişti genç adam. Reyyan ilk başta yüz çevirse de, saatler geçtikçe midesinin isyanına kulak verip yemeği yemek zorunda kalmıştı. Kendisi umurunda değildi ama bebeğine iyi bakmak mecburiyetindeydi.

Kendisine bir söz verdi. Ne olursa olsun, Miran'ın, bebeği öğrenmesine fırsat tanımadan, çekip gidecekti buradan.

Yere gelişigüzel fırlattığı çantasını görünce aklına telefonu geldi. Yere eğilip çantasını karıştırdı. Telefonunu bulmuştu ama şarjı bitikti. Oflayarak ayağa kalktı. Telefonunda kim bilir kaç cevapsız arama vardı? Miran'ın onu zorla götürdüğünü şu an herkesin bildiğine emindi. Annesinin bile. Kim bilir ne hale gelmişti? Peki ya konaktakiler? Onlar öğrenmişler miydi acaba? Babasının, amcasının veya Azat'ın tepkisi ne olmuştu?

Adı gibi biliyordu Reyyan. Ne babası, ne amcası ne de Azat, Miran'ın yanında bırakırdı Reyyan'ı bu saatten sonra. Arada düşmanlık vardı bir kere, nasıl mümkün olabilirdi ki bu? Bundan sonra olacakları düşünmek istemiyordu bile Reyyan. Dahası, kendisine ne olacaktı? Hayatının bir değeri yoktu kimsenin gözünde. Hükmü başkalarının elinde, kaderi hep başkaları tarafından yazılıp çiziliyordu.

İşi bittiği için kapıya yürüdü. O an, kapının dibinde duran, ikiye katlanmış kâğıt dikkatini çektiğinde eğilerek yerden aldı. Bu kâğıdı görünce sebepsizce heyecanlandığı için de kendisine kızdı ayrıca. Kâğıdı açar açmaz tanıdı Miran'ın yazısını. İnci gibi diziyordu harfleri bir araya. Yazanları görünce, Reyyan'ın gözbebeklerinde birden çok duygu aynı anda titreşti.

"Sana yalan söylediğim her dakikadan, gözlerine aşksız baktığım her andan, canının yandığı o zamanlardan binlerce kez özür dilerim..."

Kızgınlık ve kırgınlık. Bu iki duygunun bir araya gelip zihninde cebelleşmesine sessizce tanıklık ediyordu. Alayla kıvrıldı dudakları. Yaşananlar, bir özre sığdırılacak kadar basit miydi? Bu kadar kolay mıydı? Reyyan, Miran'a kızmıyordu aslında, kızdığı yine kendisiydi. Hâlâ heyecanlanabiliyordu ya, aptalın teki olmalıydı. İflah olmazdı bu gönül. *Acılara delicesine pervane olmuştu.*

Kâğıdı ikiye katlarken kendi kendine mırıldandı. "Özür ha, özür?" Ellerinin arasında buruşturduğu kâğıdı, parmakları titreyene kadar sıktı. "Seni sevdiğim her günden, sana hâlâ âşık kalbimden ve her şeye rağmen yanında deli gibi atan yüreğimden asıl ben binlerce kez özür dilerim!" Her fırsatta arsızca akan gözyaşlarıyla da mücadele edemiyordu artık. Parmaklarını sertçe yüzüne bastırdığında dişlerini sıka sıka söylendi. "Ağlama, ağlama, artık ağlama. Seni senden başka düşünen yok, ağlama!"

Kapıyı açıp odadan çıktı. Bir elinde sıkılmaktan mahvolmuş kâğıt parçası, diğer elinde telefonu vardı. Tamamen yok ettiğine inandığı gözyaşlarını yüzünden kazırcasına temizlemişti. Miran nerede bilmiyordu. Adını anmak da istemiyordu. Ki zaten onu, salonda otururken buldu. Sanki kendisinin gelmesini bekliyor gibi onu görünce ayağa kalkmıştı. Bir de üzerindeki kıyafetlere bakmıştı boydan boya. Onun aldığı kıyafetleri giymesini mi bekliyordu acaba?

Elindeki telefonu havaya kaldırdı Reyyan, bakışlarına

sabitlediği soğukluk ile birlikte. "Şarjı bitti bunun. Benim annemle ve Elif'le konuşmam gerekiyor." Rica eder gibi değil, emreder gibi söylemişti sözlerini. Miran, telefondan ziyade, Reyyan'ın yüzüne baktı. Bir de, sağ avucunun içinde buruşup kalmış kâğıda. Reyyan, kâğıt saklı olan avucunu daha çok sıkarak arkasına doğru saklarken, "Sana söylüyorum! Duymuyor musun?" diye bağırdı. Dikkatini Miran'ın yüzündeki solgunluk çekti. Tıpkı kendisininki gibi, mor halkalar vardı gözlerinin altında, geçirdiği onca uykusuz gecelere şahitlik eden. İfadesiz bakan gözlerindeki fer gitmişti. Üzülmek istemiyordu Reyyan. Buna sebep olan kendisi değil miydi?

"Duyuyorum," dedi Reyyan'a yaklaşırken Miran. Attığı her adımda, Reyyan biraz daha kasılıyor ve geriye gidiyordu. En sonuncu adımında, sırtı duvara çarptı. Miran ise genç kadını bileğinden kavradı, diğer eliyle Reyyan'ın sımsıkı tuttuğu telefonu elinden çekti. Reyyan ise anında ortalığı velveleye verdi. "Bırak telefonumu! Ne yapıyorsun sen ya?"

Aldığı telefonu arka cebine sıkıştırırken öfke dolu gözlerin esaretinde kayboluyordu Miran aynı zamanda. Alışmıştı da zaten. "Senin bir süre telefon kullanman yasak," dedi kesin bir ses tonuyla.

"Pardon?" diye çıkıştı Reyyan. "Sen bana hangi hakla yasak koyuyorsun ki?" Şu an bulunduğu konuma bakılırsa bu soruyu sorması oldukça saçmaydı. Zaten bu evde tutsak değil miydi? Miran'ın üzerine atılıp telefonunu geri almak istemişti ki, Miran telefonunu havaya kaldırdı. Reyyan çırpınsa da fayda etmiyordu çünkü boyu yetmiyordu. "Uğraşma, alamazsın artık," dedi sakin bir sesle. Reyyan, Miran'ın aksine oldukça asabiydi şu an. Havada asılı kalan elini, Miran'ın omzuna geçirdi. "Sen var ya sen, tam bir zorbasın!" Telefonunu geri alamayacağını anladı, arkasını dönüp gidecekti ki, avucunun arasındaki kâğıdı hatırladı ve Miran'ın yüzüne fırlattı. "Bir daha da bana böyle şeyler yazma," dedi alay edercesine. "Çünkü gerçekten komik oluyorsun!"

Miran tam arkasını dönmüştü ki, "Neden komik?" diye sordu.

Reyyan duraksadı. "Çünkü," dedikten sonra geriye dönüp Miran'ın denizleri andıran gözlerine baktı. "Senin gibi bir adamın dilinde, özür bile eğreti duruyor. Özür şerefli insanların harcıdır, sana hiç yakışmıyor!"

Arkasını dönüp salondan çıktı. Yine dilini sakınmamış ve Miran'ı sözleriyle zehirlemişti. Umurunda da değildi, öfkesinden eli ayağı titriyordu. Pirince giderken evdeki bulgurdan olmak diye buna mı deniliyordu? Eğer öyle ise, tam da bu durumu yaşıyordu şu an. Telefonu da gitmişti. Şu dakikadan itibaren bir esirden farkı yoktu. Merdivenleri hızlı hızlı çıkarken duymuştu Miran'ın sesini.

"Boşuna çıkma yukarıya, seni bir yere götüreceğim."

***

Ne kadar uğraşırsa uğraşsın, ne kadar karşı koymaya çalışırsa çalışsın, olmuyordu. Yine ve yeniden, yenilen taraf oluyordu. Bir yere gitmek istemediğini söylese de, Miran'a karşı koyamamıştı. Nereye gittiklerini bilmediği yolculuk boyunca susmayarak genç adamın kafasının etini yemişti Reyyan.

Miran nasıl bu kadar sabırlı olduğuna şaşırıyordu. Normalde Gönül ağzını açıp tek kelime söylediğinde sinirlenen bir adamken, nasıl oluyordu da Reyyan'ın onca aşağılamalarına böyle sessiz kalabiliyordu? Suçlu oluşundan mıydı bu sessizliği? Yoksa âşık oluşundan mı?

"Benim biraz işim var," diyerek bozdu sükûnetini Miran. Arabasını, teyzesinin evinin önünde durdurdu. Reyyan nereye geldiklerini anlamaya çalışırken karşısında gördüğü evi inceliyordu. "Nereye getirdin beni?" diye sordu sabırsızca. "Her gün böyle ayrı ev mi gezeceğiz?"

Miran, Reyyan'ın sorusunu umursamadı. "Ben dönene kadar, sen burada kalacaksın," dedi emir verir gibi. "Şirkete geçeceğim, amcamla görüşmem gereken meseleler var."

Merakla baktı Reyyan. "Amcan kim?"

Miran ise ağzından kaçırmanın verdiği telaşla konuyu dağıtmaya çalıştı. Bu konuda ne amcasına ne de Reyyan'a güveniyordu. "Tüm akrabalarımı tanıman gerekmiyor Reyyan. Çok soru sorma."

Reyyan umursamazca omuzlarını silkti. "Umurumda da değil zaten." Miran arabadan indiğinde Reyyan da indi. Konuşmak istemediği halde sürekli konuşuyor oluşuna kızsa da, susamıyordu. "Peki, burası neresi?"

"Teyzemin evi," dedi Miran acele adımlar atarken. "Ben gelene kadar burada kal."

Miran gergindi. Hissediyordu, birazdan Reyyan yine kıyameti koparacaktı. Ama gerçeklere bir şekilde alışması gerekiyordu. Kapıyı çalıp beklediğinde Reyyan, Miran'ın arkasına gizlenmiş gibiydi. Gülümsemeden edemedi genç adam. "Ne o? Saklanıyor musun sen?"

Reyyan bu soru karşısında her zamanki gibi çemkirdi. "Ne saklanacağım be?"

Kapı açılınca ikisinin de bakışları oraya çevrildi. Karşılarına genç bir kız çıktığında Reyyan onu göz hapsine aldı.

Genç kız da Miran'ı görür görmez, kocaman gülümseyerek boynuna atladı. Bu durum Reyyan'ın istemsizce surat asmasına sebep oldu. Kim olduğunu bilmediği bu kızı kıskanmış mıydı yani? Omuzlarına dökülen dalgalı, kahverengi saçlarıyla ve iri bal rengi gözleriyle oldukça güzeldi.

Genç kız, "Seni çok özledim abi!" dediğinde, Miran da özlemiş gibi sarılmıştı kıza. Birbirlerinden ayrıldıklarında ikisinin de gözleri Reyyan'a çevrildi. Miran, karşısındaki kıza bakarken Reyyan'ı işaret etti. "Onu tanıyor olmalısın." Ardından Reyyan'a döndü yüzünü. "Eylül," dedi kızı göstererek. "Teyzemin kızı."

Eylül, sıcakkanlı bir tebessümle elini uzattı Reyyan'a. Aslında bunu yaparken büyük bir yıkım yaşıyordu. Gönül onun liseden beri en yakın arkadaşıydı. Miran'ı tanımasına da ne yazık ki o vesile olmuştu. Mutsuz evliliklerine sebep olduğu için hep kendisini suçlu hissetmişti. Şimdi de, Reyyan'a gülümseyerek Gönül'e ihanet ediyormuş gibi hissediyordu ama Miran onun abisiydi. Seçimlerine saygı duymak zorundaydı. İlk duyduğunda inanmasa da, şu an görüyordu ki Miran, Reyyan'ı gerçekten çok seviyordu.

Bu, bakışlarından belli oluyordu en çok. Gönül'e bir kez olsun, Reyyan'a baktığı gibi bakmamıştı.

Reyyan ona uzanan eli tutmadı. Eylül ise onun bu tavrına hiç kırılmadı. Hak veriyordu çünkü ona. Başına gelen şeyler, bir kadının kolayca kabullenebileceği şeyler değildi. Miran'ın zoruyla eve girdiklerinde etrafı incelemeye başladı. Aklına kayınvalidesi olacak kadın geldi o an. O kadın nerede kalıyordu? Hiç aklına getirip Miran'a sormamıştı ama şimdi karşısında görünce kin dolu bakışlarını üzerine saldı.

Demek Miran'ın annesi de teyzesiyle yaşıyordu.

"Ooo," dedi alayla Reyyan. Nergis Hanım, Reyyan'ı görünce utançla eğdi başını. "Kimleri görüyorum burada?" Miran, Reyyan'ın kolunu sıktı, uyarır gibi. Ardından kulağına eğildi. "Yapma Reyyan, terbiyeli ol."

Reyyan aldırış etmedi. Bu anın keyfini çıkarıp bu kadını yerin dibine sokmazsa, içi rahat etmezdi. Miran'ın tuttuğu kolunu hızla çekip Nergis Hanım'ın üzerine yürüdü. "Sevgili anneciğim, beni özlemedi mi?"

Nergis Hanım utancından yanıt veremedi, suçluydu çünkü. Ne diyebilirdi ki? Etrafta derin bir sessizlik oluşurken bu sessizliği dağıtan Miran oldu. "Teyzemin bir suçu yok Reyyan. Kimsenin suçu yok! Her şeyin sorumlusu benim, öfkeni başkasından çıkarma!"

Reyyan'ın suratı şaşkınlıkla şekil aldı. Annem değil de, teyzem demesine takılı kaldı. "Bu kadın," dedi Nergis Hanım'ı işaret ederek. "Senin annendi hani?"

Miran bir müddet teyzesine baktıktan sonra bakışlarını Reyyan'a çevirdi. Bir yalanının daha gün yüzüne çıkmasının utancını yaşıyordu. Ve Reyyan'ın ona öfke dolu bakışlarını tatmanın verdiği acıyı. "Annem yok benim," dedi bütün gücü kırılırken. "Ben çok küçüktüm. Babamın ardından o da öldü. Bu kadın," derken teyzesini işaret etti. "Benim teyzem. Annemden bana kalan, tek yadigâr."

Nergis Hanım'ın yanaklarından yaşlar süzüldü o an. Reyyan'ın ona böyle bakışı karşısında boynu bükülüyordu. Ne söylese haklıydı üstelik. Tek sözüyle yerin dibine batacak kadar utanıyordu. Yüzüne baka baka yalan söylememişler miydi kızcağıza? Nergis Hanım böyle olsun istememişti. Miran'ı çok uyarmıştı ama Miran, teyzesini hiç dinlememişti.

"Kızın olacak kadın nerede?" dedi Reyyan aşağılayıcı bir sesle. "Yoksa gelinin mi demeliydim?"

Miran, Reyyan'a yaklaşarak çenesinden tuttuğu gibi yüzünü kendisine çevirdi. "Fazla oluyorsun Reyyan. Ona öyle bakma, teyzemin hiçbir suçu yok."

"Bırak Miran," dedi Nergis Hanım. "Biz bunları duymayı hak ettik."

Miran kendi suçu yüzünden kimse kırılsın istemiyordu. Sadece Reyyan'ın duyabileceği bir ses tonuyla konuşurken yine kulağına eğildi. "Lütfen Reyyan... Onun canını sıkma. Senin derdin benimle."

Reyyan, Miran'ın elini itti öfkeyle. Artık öfke onun için o kadar normal bir duyguya dönüşmüştü ki bu durumu hiç yadsımıyordu. "Bana söyleyecek ne bıraktın ki sen?" dedi sitem dolu bir sesle.

Atmosferin gittikçe sertleşeceğini sezen Nergis Hanım, kızı Eylül'e kapıyı işaret etti. İkisi birlikte salondan ayrılırken Miran ve Reyyan yine baş başaydı.

"Daha bilmediğim ne var?" diye haykırdı. "Hepimizi kandırdın, masum bir insan gibi ailemize sızdın. Zaten evli olduğun halde bana sahte bir düğün yaptın! Annem dediğin kadın teyzen çıkıyor ve tüm bu insanlar senin kirli oyunlarına ortak oluyor! Allah aşkına, bu nasıl bir dünya?"

Ellerini iki yana açtı Miran. "Hepsi bu işte," diye bağırdı. Kelimeleri sert bir fırtınanın ortasında kayboluyor gibiydi. "Öğrenmediğin bir şey kalmadı." Bundan suçluluk duyması hiçbir işe yaramıyordu çünkü Reyyan ona tam tersi muamele yapıyordu. Sanki tüm bunları yapmaktan zevk almış gibi. Aslında zaten öyleydi. Fakat şu an ölesiye pişmandı.

"Bravo sana! Tebrik mi etmeliyim şimdi?"

"Böyle bakmaktan vazgeç, kâfi." Parmaklarını kaldırıp onu darmadağın ederek kuzguni harelerin önünde salladı.

"Nasıl bakıyorum sana?" diye sordu Reyyan yarı alay yarı ciddiyetle.

"Korkunç."

"Bu senin eserin."

Reyyan'ın o an gözleri duvarda asılı duran büyük çerçeveye takıldı. Gözleri tıpkı Miran'ın gözlerini anımsatan genç bir kadın, ona aşkla bakan genç bir adam ve küçük, sevimli bir erkek çocuğu. Miran, Reyyan'ın baktığı noktayı fark edince burukça gülümsedi. "Annem, babam ve ben," dedi hüzünle.

Gözlerini aniden çekti çerçeveden Reyyan. Her ne kadar ilgisini çekmiş olsa da, son günlerde hep yaptığı gibi, ilgilenmiyormuş tavrını takındı. "Sorduğumu hatırlamıyorum," dedi soğuk bir sesle.

İçeriye Eylül girdiğinde Miran kolundaki saate baktı. Geç kalıyordu. Tek dileği, Reyyan'ın, teyzesi ve Eylül'le iyi anlaşmasıydı. "Ben şimdi gidiyorum, bir iki saate geri gelirim." Gözleri Reyyan'ın üzerindeydi, bakışlarında ise, birçok anlam yüklüydü. Bir rica, bir emir, hatta kabaca bir tehdit gibi. Uslu dur mesajını vermek istiyordu. Reyyan cevap vermek yerine arkasını dönüp pencereye yürüdü. Biraz sonra kapı açılmış ve Miran çıkmıştı dışarıya. Çıkar çıkmaz eline telefonunu almıştı. Miran telefonla konuşurken kapıda bir araba durdu. Reyyan dikkatle bakarken hemen tanıdı adamı. Miran başına birilerini dikip önlem alıyordu aklınca.

"Kim bu adam?" diye sordu merakla. Sorusunun üzerine Eylül yanına gelip dışarıya dikti gözlerini. "Ali Abi," dedi gülümseyerek. "Abimle çalışıyor yıllardır. Büyük ihtimalle, seni gözetlemek için gelmiştir." Bu durumu sakin bir şekilde dile getiriyordu, sanki çok normal bir şeymiş gibi.

"Evet," dedi Reyyan sinirle. "Sanki bir yere kaçabilmem mümkünmüş gibi."

Eylül, Reyyan'la iletişim kurmak istiyordu. Uzattığı elin, dost eli olduğuna inanmasını istiyordu. "Biraz konuşmak ister misin?" diye sordu, elini Reyyan'ın omzuna bırakmıştı sevecen bir tavırla. Reyyan'ın kendisine bakan hırçın gözleri karşısında içi ezildi. "Bana kızgın olmanı gerektirecek bir sebep yok. Başına gelenlerde benim payım yok. Hiçbir şeyden haberim olmadı benim. Eğer tüm bunları bilseydim, emin ol, karşı çıkardım."

Reyyan kendisine oyun oynayan onca insan arasında bir tane suçsuz bulmanın sevinciyle gülümsedi. Eylül kendisine yardım eder miydi acaba? "O zaman benim için bir iyilik yapar mısın?" diye sordu.

"Tabii, nedir o?" Uzattığı dost elini tuttuğu için istemsizce mutlu olmuştu. Garip ama Reyyan'ı yadırgamamıştı. Gönül'ün en yakın arkadaşı olmasına rağmen, Reyyan'ı sevmişti.

Reyyan, "Telefonunu verir misin?" diye sorduğunda birden yüzü düştü Eylül'ün. Çünkü Miran evden çıkmadan önce, "Telefon isterse sakın verme," demişti. Şimdi nasıl hayır diyecekti ki?

"Şey, nasıl desem..." diyerek saçlarını karıştırdı.

Reyyan'ın gülen yüzü, anında asıldı. "O mu söyledi telefon vermemeni?"

"Reyyan kusura bakma, çok üzgünüm. Miran buna çok kızar."

"Sen de onlar gibisin," dedi tekli koltuğa otururken. Kollarını göğsünde birleştirmiş, küçük bir çocuk gibi dudaklarını kıvırmıştı. Eylül utana sıkıla karşısına otururken içeriye Nergis Hanım girdi. Reyyan'ın bu hali, kadının içini yakıyordu. Fakat ne yazık ki, elinden bir şey gelmiyordu.

Reyyan bir kez daha çaresiz kalmanın verdiği kasvetle lime lime olurken bir de yaşamını zehre çeviren insanların arasında nefes almanın eziyetini çekiyordu. Bir çıkış yolu yoktu. Kahretsin ki yoktu! Bu evde tıkılıp kaldığı müddetçe delirecekti. Annesinin şu an ne halde olduğunu, konaktakilerin neler yaptığını öğrenmek için deliriyordu. Bakışlarını yerden çekip karşısındaki sessiz kadına dikti.

"İçin rahat mı?" diye sordu ağlamaklı bir sesle. Hayır, bu sefer bir iğneleme yoktu sesinde. Kızgınlık? Kin kusma? Hiçbiri yoktu. Artık ne yapacağını bilmiyordu Reyyan. Omuzlarına taşıyamayacağından ağır yükler binmişti ve bununla başa çıkamıyordu.

"Söylesene, senin kızın benim durumumda olsa ne yapardın?"

Nergis Hanım şaşırdı kaldı. Düşüncesi bile korkunç gelen şeyi, Reyyan'a bizzat yaşatmışlardı. Verecek bir cevap bulamazken, Reyyan konuşmaya devam etti. "Onun yüzünden iki gündür annemle konuşamıyorum. Ne halde bilmiyorum, meraktan ölmüştür. Siz nasıl insansınız ya?"

İçinde katmerlenen sancılar, ona ne kadar güçsüz olduğunu bir kez daha hatırlattı. Asık suratlı bir sessizliğin içinde, zihninde yankılanan çığlıkları duymamaya çalışıyordu ama kimseden bir ses çıkmıyordu. "Allah biliyor, bu hale gelmemde emeği geçen herkesi ona havale ediyorum."

Arkasına yaslanıp çaresizliğine bir kez daha kucak açarken, Nergis Hanım yerinden kalktı usulca. Salondan çıkıp saniyeler içinde elinde bir telefonla döndü. Reyyan'ın yanına gelip elindeki telefonu ona uzattı. "Anneni ara."

***

İçinde bir şeyler vardı. İnce bir sızı, derin bir sancı. Reyyan istemedi ama içine her gün ölüme biraz daha sürükleyen yaralar kazıdı. Bu ona, mavi gözlü hercai adamın, en zaruri armağanıydı.

Yüreğini böylesine kasıp kavuran acının, annesinin sesini duymasından mı yoksa ağlayışına şahitlik etmesinden mi kaynaklandığını bilmiyordu. Bir şeyler olmuştu. İçinde bir yangın başlamıştı, alevlerinden kaçınamıyordu.

Konakta iyi şeyler olmuyordu. Miran'ın Reyyan'ı kaçırdığı haberi anında ulaşmış, ortalık yangın yerine dönmüştü. Azat çıldırmışçasına onları arıyordu. Yani Miran, yalan söylememişti. Babası olacak adam ise suskundu. Bunca hengâmenin içinde şaşılacak şeydi doğrusu bu hayret verici sükûneti.

Tüm bu olanların yegâne sebebi o iken, neden böylesine sessizdi? Burnuna iyi kokular gelmiyordu Reyyan'ın. Tamam, öz kızı değildi belki ama kılını bile kıpırdatmayacak kadar mı değersizdi gözünde? Miran ona alenen savaş başlatmıştı ama adam tepki bile vermiyordu.

Bu yolun sonu nereye gidiyordu, kestiremiyordu.

"Daha iyi misin?" Eylül elinde tuttuğu su bardağını Reyyan'a uzatırken endişeli görünüyordu. Kafasını salladı Reyyan gülümseyerek. Suyu eline aldığında, Eylül yanına oturdu.

"Neden kustun az önce?" Reyyan ikinci bir mide bulantısı atağıyla karşı karşıya gelmiş ve hatta kusmuştu. Birileri bir şey sezecek diye ödü kopuyordu. "Midemi üşütmüşüm, önemli bir şey değil," diyerek geçiştirdi. İnanmasını umuyordu.

"Tamam o zaman. Aç mısın? Ne yemek istersin?" Eylül'ün, etrafında böyle pervane oluşu karşısında ister istemez mahcup oluyordu Reyyan. "Gerçekten canım hiçbir şey istemiyor," dedi keyifsizce. Midesi hâlâ bulanıyordu ve içi gerçekten yemek kabul edecek durumda değildi.

"Ama sabah kahvaltı etmemişsiniz, böyle aç aç durulmaz."

Miran'ın bu konuda da tembih etmiş olmasına göz devirirken, kapının çalındığını duydu. Bu duruma iti an çomağı hazırla demek istese de sustu. Eylül kapıyı açmaya giderken Reyyan salon kapısına arkasını dönmüştü. Miran'ın yüzünü görmek istemiyordu. Gözlerine her bakışında, öfkesinin biraz daha azalıyor oluşunu mantığı kabul etmiyordu.

Aradan birkaç dakika geçmişti. Miran'ın hâlâ salona girmeyişi onda biraz tereddüt uyandırdı doğrusu. Koridordan gelen gürültüye kulak verdiğinde, tüm tüyleri diken diken oldu. Bu sesin sahibini tanıyordu.

Gelen Miran değil, *Gönül'dü.*

18

HOŞÇA KAL SEVDAM

Bazen, olmaması gereken bir yerde, olmaması gereken şeyler oluverir hayatta. Tıpkı Gönül'ün, şu an bu eve hiç gelmemesi gereken bir zamanda geldiği gibi. Yüreklerinde aynı adamın aşkını taşıyan iki kadının karşılaşması, belki de hiç olmadığı kadar tehlikeli olacaktı.

Reyyan delice bir öfkeyle sarsıldı. Salonun dışından gelen sesin, Miran'a değil de Gönül'e ait olduğunu anlayınca ok gibi fırlamıştı oturduğu koltuktan. Eylül de anlamamıştı nasıl olduğunu. Gönül haber vermeden asla gelmezdi normalde. Neden böyle bir günde pat diye çıkıp gelmişti ki? Böylesi bir tesadüf, kaderin bir oyunu muydu?

Gönül salondan Reyyan'ın çıktığını görünce şoka girdi, kilit vurulan dudaklarından tek kelime dökülemedi. Acı bir gerçekle yüzleşiyordu şimdi. Sanki tüm hayatı paramparça edilip avuçlarına bırakılmıştı. Yaşadığı yıkımın, hissettiği acının, boğazına oturan yumrunun ona hissettirdiği ömürlük sancı tarifsizdi. Dizleri bedenini taşıyamaz bir duruma geldi. Sanki bu dünyanın tüm yükü, onun omuzlarındaymışçasına çöktü bedeni. Uykusuz geceler boyunca düşünüp bir türlü konduramadığı gerçek tüm dehşetiyle duruyordu karşısında. Ya Miran hiç bırakmadıysa Reyyan'ı? Ya asıl oyun, Reyyan'a değil de, kendisine oynandıysa?

Şimdi bu soruların cevabı, en acı şekilde duruyordu karşısında.

Kalan son umut kırıntılarını da acı bir rüzgâr savurmuştu. Sadece umutları değil, aklı ve fikri de gitmişti o rüzgârın ardından. Bir şeyleri düzeltmeyi, kaybettiği kocasını yeniden kazanmayı isterken gördüğü manzara yıkıcıydı.

Miran ve Reyyan beraberdi. Ölüm gibiydi bu, ölümden de beterdi.

Aynı nefretle kendisine bakan Reyyan'ın gözlerine baktı uzun uzun. Bu evde bu kızın ne işi vardı? Nefes alamıyordu. Sanki görünmeyen bir el kalbine, defalarca neşter vurmuştu.

Dili lal olmuş, kelimeleri tükenmiş, gözlerinin feri solmuştu. Konuşmak istiyor ama söze nereden başlayacağını kestiremiyordu. Can çekişen kalbini son bir umutla iyileştirmek isterken ağır bir darbeyle tamamen öldürmüştü. Yenilgiydi ona kalan. Gönül, bu gece kalbinin ölüşüne şahitlik edecekti. Aslında hiçbir zaman, Miran'ın kendisini sevmediğini kabul etmemişti. Hep bir umuda sarılmış, hasretle beklemişti o günleri.

Miran'ın onu sevmeyişini, Reyyan'ın varlığına bağlıyordu. Parmağını kaldırıp Reyyan'ı işaret etti suçlarcasına. "Sen?" dedi boğuk bir sesle. "Sen! Senin ne işin var burada?"

Reyyan'ın hissettikleri de, Gönül'ünkilerden farklı değildi. Karşısında, görümcesi bildiği kadını tekrar ama başka bir sıfatla görmenin öfkesi vardı tüm bedeninde. Ona göre Gönül, alçak bir kadındı. Bile isteye, kocasını başka bir kadınla paylaşmıştı. Böyle bir iğrençliği kaç kadın kabul edebilirdi ki bu hayatta?

"Ne o? Beni gördüğüne sevinmemiş gibisin." Gönül'ün üzerine doğru bir adım attığında, Eylül korkuyla ısırdı dudaklarını. Nergis Hanım çoktan almıştı telefonu eline, burada kıyametin koptuğunu haber veriyordu yeğenine.

"Seni gördüğüme sevinmek mi?" Şaşkınca buruşturdu suratını Gönül. Reyyan'ın pişkin pişkin yüzüne bakması karşısında afallamasının yerini şiddetli bir öfke devralıyordu.

Reyyan ise gayet memnundu bu tablodan. O başını öne eğecek hiçbir şey yapmamıştı. Eğer günün birinde Gönül ile yeniden yüz yüze gelmez ve kinini yüzünü kusmazsa içi rahat etmezdi.

"Sen," dedi Gönül bir kez daha. Anın şoku, konuşmasına hâlâ izin vermiyordu. "Aslında hep buradaydın değil mi? Miran seni hiç bırakmadı." Kendince cevapladığı sorulara bir anlam veremediği, ellerini şaşkınca dudaklarına kapatışından belli oluyordu. Titriyordu elleri. "Bana oyun oynadınız, hepiniz!" Gözlerini Eylül'e çevirdi. Sözde en yakın arkadaşı olan kıza.

"Sen de mi?" dedi hayal kırıklığıyla. "Sen de mi Eylül?"

Eylül ağlamak üzereydi. "Hayır," diyerek kafasını salladı. "Yemin ederim öyle değil Gönül. Reyyan'la daha bugün tanıştım ben. Asıl suçlu abimle sensin," diyerek çıktı sıkıştığı durumdan. "Reyyan'a oyun oynayan sizdiniz! Annemle bir oldunuz ve üçünüz bu kızı kandırdınız!" Elini kaldırıp Reyyan'ı işaret ettiğinde, Reyyan şaşkındı. Eylül'ün onu savunması, garipsenecek bir durumdu. Neticede onlar hiç tanışmazken, Gönül'le ikisi çok yakın arkadaştı. Demek ki, dünyada hâlâ, sol yanına adalet duygusunun ağır bastığı insanlar vardı.

"Ben her şeyi Miran'ı kaybetmemek için yaptım!" dedi Gönül evi inletircesine bağırırken. Elindeki kâğıdı öfkeyle yere savurdu. "Sus dedi sustum, konuşma dedi konuşmadım, rol yap dedi yaptım! Her gece ağlamaktan canım çıkarken, sabah hiçbir şey olmamış gibi Reyyan'ın yüzüne gülümsedim!" Eylül yere düşen kâğıdı alıp incelemeye başladığında titreyen ellerini uzattı ortaya doğru Gönül. "Ama bak, bak," dedi bedeni hummalı bir hastalığın pençesinde kıvranıyormuş gibi titrerken. "Bak ellerim bomboş, Miran yok! Tüm bunlara o Reyyan'la olsun diye mi katlandım!"

Gönül öfke nöbetine tutulmuştu. Reyyan ise alayla kahkaha attı. "Sen başına gelen her şeyi sonuna kadar hak ettin!" Eylül'ün elindeki kâğıdı çekip aldı hızla. Bu bir boşanma celbiydi. Demek ki Miran, gerçekten de boşanıyordu Gönül'den. Gönül ona diş bileyerek bakarken, boşanma celbini suratına doğru savurdu Reyyan.

"Benim dünyamı başıma yıkarken mutlu olabileceğini mi sandın sen?" Şimdi Reyyan'ın ses tonu da, olabileceği en uç noktadaydı. "Sen iğrenç bir kadınsın ve ben sana zerre acımıyorum." Tiksinircesine bakıyordu yüzüne. Gönül'ün ela gözleri birer alev topunu anımsatıyordu. Hiç iyi bakmıyorlardı.

"Ben bunca çileyi Miran senin olsun diye çekmedim!" Kendisini bilmez bir halde, tüm had sınırlarını aşarak yürüdü Reyyan'ın üzerine. Kollarından tutup hiddetle sarstı. "Gideceksin buradan! Geldiğin yere geri döneceksin!"

Reyyan zaten Miran'ın yanında bile isteye durmuyordu, burada kalmak içinde can atmıyordu fakat bu kadın böyle söyleyince, inadına *gitmiyorum* diye bağırası geldi. "Giden ben olmayacağım," dedi asabi bir ses tonuyla.

"Evli bir adamla yaşamayı kabul ediyorsun yani?" diye sordu Gönül kaşlarını kaldırarak. Reyyan'ın damarına fena halde basıyordu. "Senin gibi kadınlara ne denir biliyor musun?"

Gönül'ün ağzını açmasına, tek kelime daha etmesine izin vermedi Reyyan. Söylemek istediği şeyi dillendirmesine müsaade etmedi. Günler öncesinde Miran'a attığın tokadın beş katını, Gönül'ün suratında patlattı.

Nergis Hanım ve Eylül'ün gözleri faltaşı gibi açılırken Gönül, kıpkırmızı olan yanağını tuttu şaşkınca. Sanırım, o da daha fazla duramayacaktı. Ki zaten, şiddete oldukça meyilli olan bir kişiliğe sahipti. Reyyan'ın üzerine atılıp var gücüyle itti. Reyyan geriye doğru sarsılıp düşme tehlikesi geçirirken aklında sadece bebeği vardı. Eğer ona bir şey olursa, şüphesiz bu kadını öldürürdü.

Bir karşılık verip vermeme konusunda tereddüt ediyordu şu an. Gönül ise her an yeniden üzerine atlayacak gibiydi. Deli tarafı bu kadını paramparça etmek isterken, diğer yanı sakin kalmasını, bebeğini düşünmesini söylüyordu. Birileri hamile olduğunu anlayacak diye de ödü kopmuyor değildi. Dahası, bebeğine bir şey olacak endişesi sardı her yanını.

Gönül yeniden saldırıya geçtiğinde artık çok geçti. Benliğini ele geçiren öfke, Reyyan'ın en çevik düşmanıydı. Tüm dünya dur dese duramazdı ve şu an bu kadını kimse elinden alamazdı. Gönül'ün ona vurmasını engellerken saçlarını doladı ellerine. Eylül araya girmek istese de beceremiyordu.

Ne ara bu hale gelmişti? Nasıl olmuştu da böyle bir insana dönüşmüştü? Hiçbir şey bilmiyordu. Tek bildiği, artık eskisi kadar saf ve masum olmadığı idi.

Bu tekinsiz kavga, hiç hoş olmayan bir şekilde sonuçlandı. Gönül dengesini yitirip düştü ve kafasını vurdu. Reyyan geriye çekilirken şaşkındı. Böyle olsun istememişti, şimdi yerde baygın kadına bakarken elleri korkudan titremeye başladı.

***

Miran geç kalmıştı. Teyzesinin evine geldiğinde kapının önünde gördüğü ambulansla kalbi sıkışmıştı. Tam tersini düşünmüştü. Gönül'ün Reyyan'a zarar verdiğini sanmıştı. Zaten Gönül böyle bir kapasiteye sahipti. Fakat durumu öğrendiğinde bir hayli şaşırdı.

Neticede, şu an hastanedelerdi. Doktorlar Gönül ile ilgilenirken Miran ve Eylül kapıda bekliyordu. Teyzesi evde, Reyyan'la birlikte kalmıştı. Endişeli bedenini, kapının bitişiğinde duran koltuklara attı Miran. Birbirine kenetlediği ellerine kafasını koydu. Derin bir düşünce almıştı zihnini. Yaptığı hata birbirinden felaket sonuçlar doğurmuştu. Düzelteyim derken daha fena batmıyor muydu? Nasıl çözecek, yıktığı hayatları nasıl düzeltecek hiç bilmiyordu.

Kimse kırılsın istemedikçe, paramparça oluşlarına şahitlik ediyordu kalplerin.

Aklının bir tarafı Gönül'deyken diğer tarafı Reyyan'daydı. Reyyan'ı iyi tanıyordu. Şu an vicdan azabından kendisini yiyip bitiriyordu kesin. Onu bu hale getirenin kendisi olduğunu bilmek canını yakıyordu. Omzuna dokunan elle kaldırdı başını. Eylül buruk bir tebessümle bakıyordu Miran'a. “Sabırlı ve sakin olmalısın,” dedi. “Bütün bunlar geçecek.”

Miran da gülümsedi gayriihtiyari. "Hiçbir şey geçmiyor," diye bağırmak gelse de içinden, sadece sustu. "Neler geçmedi ki?"

Kafasını geriye yasladı. Dakikalar geçmek bilmiyordu. Hastanelerin soğuk bir yüzü vardı ona göre. Oldu olası sevmezdi, bu asık suratlı duvarları. Babasını öldüğünde hastanenin buz gibi morguna kapatmışlardı. O gün nefret etmişti Miran hastanelerden. Çok geçmemişti, babasının ardından annesi de sık sık hastanelere gelir olmuştu. Miran'ın başını okşar, "Burada iyi olacağım," derdi. Ama iyi olamamıştı. Bir süre sonra annesinin de acı haberini, yine bu koridorlarda almıştı. Küçüktü o zamanlar... Elleri küçük, kalbi küçük ama acısı büyüktü!

Aradan yıllar geçti. Kendisi küçük, acıları büyük olan o çocuk büyüdü. Ne yitirdiklerini unuttu ne de buna sebep olanı. Acısı yüreğinde harmanlanıp intikam ateşine dönüştü. Yaktı, yakabildiğince yaktı. Fakat sonunda ortaya çıkan külleri derleyip toplamak, yine ona kaldı.

Bunca acıyı boşa çekmezdi hiç kimse. Ve bunca ölümün intikamından, kolay kolay vazgeçilmezdi, bu kadar sevmeyince. Çok seviyordu Miran. Her şeyden, herkesten vazgeçecek kadar çok. Ettiği intikam yeminine sırt çevirecek kadar da, delice.

Odanın kapısı açıldığında oturdukları yerden doğrularak kalktılar. İkisinin de gözleri doktorun yüzüne bakıyordu. "Gönül nasıl?" diye sordu Miran endişeyle. "İyi mi?" Gönül'e bir şey olsun istemezdi, özellikle buna Reyyan sebep olsun, hiç istemezdi.

"Çarpmanın etkisiyle bayılmış sadece, şu an gayet iyi." Doktorun sözleri genç adama rahat bir nefes aldırdı. Omuzlarından koca bir yük kalkmış gibiydi.

"Yine de dikkat etmeniz gerekiyor," diyerek devam etti doktor. "Böyle durumların ardından geçecek yirmi dört saat oldukça önemli. Hastada kusma ve mide bulantısı gibi şikâyetlerle karşılaşırsanız mutlaka hastaneye gelmeniz gerekir."

"Anladım, teşekkür ederim," diye mırıldandı Miran. Doktor yanlarından uzaklaşırken Eylül, Miran'ın koluna dokundu. "Onu bizim eve götüreceğim. Sen Reyyan'ı da al git."

Miran olur der gibi salladı kafasını. "Ailesini arama. Telaş yapmasınlar boşuna." Sözlerinin ardından gözleri, Gönül'ün bulunduğu odaya çevrildi. Derin bir nefes aldı. "Sen burada bekle Eylül. Son kez konuşacağım onunla."

Eylül'ü ardında bırakarak odaya yürüdü Miran. Kapısını açmak da, içeriye girmek de ölüm gibi geliyordu. İyi veya kötü… Birbirleriyle bir şeyleri paylaşmışlardı. Her ne kadar Miran için bir anlam taşımasa da bu evliliğin Gönül için ne kadar değerli olduğunu biliyordu.

Usulca açtı kapıyı. Yavaş adımlarla daldı içeriye. Gönül'ü en son gördüğü gün, şiddetli bir şekilde kavga edip ayrıldıkları gündü. Görüş açısına Gönül girdiğinde içi acıdı ister istemez. Gözlerine bakmak daha önce hiç bu kadar zor gelmemişti. Öfkeliyken daha kolaydı her şey. O zaman gözü hiçbir şeyi görmezdi insanın. Vicdanı dile geldiği zaman, sözcükler dile ıstırap veriyordu.

Kızamıyordu da Gönül'e. Neden geldiğini, ortalığı neden karıştırdığını da soramazdı. Âşık bir kadından ne beklenirdi ki? Biliyordu da zaten, Gönül'ün boşanma konusunda ona ne denli zorluk çıkaracağını. "Nasılsın?" diye sordu düz bir sesle. Ayaklarının dibindeki sandalyeye yavaşça oturdu.

Gönül dışarıya bakıyordu. Ne kapı açıldığında ne de

burnuna sevdiği adamın kokusu dolduğunda çevirmişti kafasını. Çünkü biliyordu. O gözler, ölümü olacaktı. "İyi miyim sence?"

"İyi olmanı istiyorum." Yutkundu Miran. Kelimeler azap vericiydi. "Çünkü artık ben senin hayatında..."

Gönül tiz bir sesle isyan etti, avuçlarını kulaklarına siper ederken. "Duymak istemiyorum," diye haykırdı. "Dayanamam söyleme, söyleme, ne olur söyleme..."

Miran artık dayanamıyordu. Yerinden hızla kalktığında altındaki sandalye gıcırdayarak geriye gitti. Yatağa doğru sürükledi bedenini. Gönül'e yaklaşıp ellerini çekti kulaklarından. Ardından çenesinden tutup yüzünü gözlerine hapsetti. "Yine yapıyorsun," diye mırıldandı. İçi acıyordu. "Beni merhametimden vuruyorsun Gönül..." Gönül, dolan gözleriyle kendisine ölüyormuş gibi bakarken, Miran gözlerini yumdu. Derin bir nefes aldı. "Neden? Neden? Neden?"

"Ben bir şey yapmadım," dedi Gönül, içli bir hıçkırık koyuverirken. "Sadece sevdim. Seni sevdim, çok sevdim."

"Belki de en büyük yanlışındı bu. Olmayacak bir hayalin peşinden koştun sen. Beni sana zorla hapsetmeye çalıştın." Ellerini Gönül'ün çenesinden çekerken, yüzünü yüzüne biraz daha yaklaştırdı. Kaşları istemsizce kalkmıştı. "Ama yapamadın. Benim özgürlüğüm, senin parmak uçlarında değil artık."

Gönül duyduklarıyla birlikte inkâr edercesine kafasını salladı. Böyle bir sonu kabullenemiyordu. Yataktan kalkıp Miran'ın dizlerinin önünde çöktü. Sanki az önce Miran onu uyarmamış gibi. "Öldür beni Miran... Ama böyle söyleme!"

Yine yapıyordu. Miran'ın vicdanına kurşun sıkıp en hassas noktasından yaralıyordu onu. Sona gelinmişti. Artık ne konuşacak bir şey kalmıştı ne de birbirlerini görmelerine bir sebep. "Kalk!" diye bağırdı Miran.

Bu kez değildi, bu sefer değil...

Gönül onu duymuyordu. Kapıldığı hıçkırıklarıyla sadece kaçınılmaz sonu geciktiriyordu ama nafile.

Miran bir kez daha bağırdı. "Kalk dedim kadın, kalk!"

İstemeye istemeye yerden kalktı Gönül fakat bakışları bir türlü Miran'a değmiyordu. Gözlerine bakamıyordu, bakarsa ölecekti, biliyordu. Son kez görecekti belki de. Ne acı bir kayıptı bu. Oysa günün birinde sevileceğini düşünmüştü. Miran olmadan yaşamayı hiçbir zaman düşünmemişti.

"Benden boşandıktan sonra onunla evleneceksin öyle mi?" Sorusunu zoraki tamamladı. Zangır zangır titriyordu. Yolunu bağlayan çaresizlik ve ciğerini dağlayan ayrılık habercisi canını haddinden fazla yakıyordu.

Miran yalan söyleyemezdi. "Olması gerekeni yapacağım," diyerek kestirdi.

"O olmasaydı..."

"O olmasaydı da olmayacaktı. Anla artık, benim gözlerimde sen yoksun!"

"Yine de bir şansım vardı Miran, o olmasaydı, aramıza girmeseydi..." Miran bu serzenişler karşısında yaralanmak istemiyordu daha fazla. Gönül'ün konuşmasına fırsat vermedi, işaret parmağını dudağına bastırarak susturdu onu. "Sus artık, sus da beni dinle!" Artık bilinmesi gereken bir gerçek vardı ve ortaya çıkması gereken o zaman kapıya dayanmıştı. "Yanılıyorsun," dedi sessizce. "O gelip girmedi aramıza. Reyyan'la benim arama giren sensin asıl!"

Bakmaya korktuğu gözlere bakışlarını dikip şaşkınca baktı. Ne demek istemişti Miran? "Bu ne demek şimdi?"

"Reyyan hep vardı. O beni tanımasa da, bilmese de hep hayatımın bir parçasıydı. Ben onu yıllardır bekliyorum be. Bu evlilik planını yeni mi yaptım sanıyorsun? Onunla evlenmeyi beş yıl önce kazıdım aklıma. Sonradan gelen sensin," dedi suçlayıcı bir ses tonuyla. "Hesapta olmayan, hoşnutsuz bir ayrıntıdan ibaretsin."

Duyduklarının ağırlığı altında eziliyordu Gönül. Çırpınacak takati dahi kalmamıştı. Yorgun bedenini yatağın kenarına bıraktı zorla. Savaşması mağlubiyetini engellemeyecekti, artık farkına varmıştı.

Bakışları Miran'ın yüzüne kayarken fısıldadı. "O zamandan beri ona âşıksın..."

Sustu Miran. Susmak kabullenmekti bir bakıma. Son noktaya gelinmişti. Bugün bu hastanede, son görüşü olacaktı fırtınalı hayatının bir parçası olan bu kadını. Ve ardına bile bakmadan ona gidecekti. Bir süre daha sessiz kaldı. Sükûnet, onları daha fazla zehirlemeden dağıttı bu ölümcül sessizliği.

"Gidiyorum ben Gönül," dedi kısık ama güçlü bir sesle. "İyi veya kötü fark etmez. Kısa bir zaman da olsa, hayatını paylaştın benimle. Biliyorsun, birbirimize verdiğimiz zararların haddi hesabı yok. Ve artık, birbirimizi daha fazla kanatmanın bir anlamı yok."

"Sondu," dedi onca sonu tek bir ağızdan fısıldarken. "Bitti!"

Sessiz haykırışlar içinde kafasını salladı Gönül. Onsuz bir yolu yoktu onun. Onsuz geçecek gecelere, onsuz uyanacağı sabahlara gözünü açmaya gücü yoktu. Ama alışacaktı zamanla... Kimler alışmıyordu ki? Kim ölmüştü bunca zaman aşktan? Henüz yarası çok tazeydi. Bir gün hiç acımayacaktı belki. Fakat o zaman gelene kadar her gün tadacaktı bu acıyı. Belki de yeni bir hayatı olacaktı. Kim bilir? Geçer derlerdi. Her yara bir kabuk bağlar. Geçecekti elbet.

"Hoşça kal," dedi adam ve son veda sözüyle noktaladı cümlesini. Ardından gözleri ve adımları kapıya yöneldi. Ve kadın, son kez duydu sevdiği adamın sesini, son kez baktı gözlerine ve son kez gördü gidişini...

Gözleri ardından ıslak ıslak bakarken de son kez konuştu Gönül. "Hoşça kal sevdam!"

19

SERSERİ YAĞMURLAR

Yıtirilen ne çok şey vardı bu hayatta. En önemlisi, su gibi akıp giden ömürdü mesela. İnsan yaşamı boyunca birçok kedere sürer yüzünü. Veya hiç bitmeyeceğini sandığı bir mutluluğun peşinde sürünür. Bu süreçte sürekli kaybeder bir şeyleri. Malını, mülkünü... Eşini, dostunu... Sağlığını, mutluluğunu... Bunlara üzülmekle geçirir zamanını. Yitirdiklerine üzülürken her saniyenin nefesini ondan çaldığını bilmez. Bir bakar ki ömür tükenmiş, zeval olmuş. Acıların pençesine şuursuzca teslim edilen yıllar, kaybolmuş.

Oysa bilmelisin insan. Aldığın nefes dahi, geri gelmiyor inan.

Kışın başlangıcıydı. Hazin sonbaharlar İstanbul'a veda etmiş, kara kış kapıya dayanmıştı. Kış sadece İstanbul'a değil, Reyyan'ın kalbine de gelmişti sanki. Onun yazı, gerçekleri öğrendiği gün bitmişti. O gün bugündür, bir harabeden ibaret gibiydi. Bir türlü iyi olamıyor, iyileşemiyordu. Dün olanlar ise, hâlâ çıkmıyordu aklından.

Kendisini nasıl kaybettiğini, Gönül'e nasıl zarar verdiğini bilmiyordu. Dahası bundan hiç pişmanlık duymadığı için kendisinden nefret ediyordu. Gönül'ün iyi olduğunu öğrenmesi yüreğini bir nebze ferahlatsa da, hâlâ yolunda gitmeyen bir şeyler vardı sanki.

Kurtulamıyordu. Ayağında prangalar vardı, bileklerinde ise görünmez kelepçeler. Onu bu eve, bu adama mecbur bırakıyordu. Tüm sevdiklerinden uzakta, bir kâbusu yaşıyordu. Çok sorguluyordu hayatını. Eğer Miran ile olan evliliği sahte olmasaydı bu evdeki yaşantısı nasıl olacaktı? Mesela Miran, nasıl bir adamdı? Neleri sever, nelerden hoşlanmazdı? En sevdiği yemek neydi? Kaçta uyur, kaçta uyanırdı? Miran gerçekten âşık bir adam olsaydı, Reyyan'ın gözlerine nasıl bakardı?

Bir önemi yoktu artık. Nasıl olsa paramparça olmuştu umutlar, bir karanlığın peşine sürüklenip yok olmuştu hayaller. Karalar çalınmış ömrünün, ne bir tadı vardı ne de tuzu. Kendisini kapattığı bu odadan dışarı çıkmamıştı dünden beri. Camın önünde durup dışarıyı, fırtınanın dalları ve yaprakları savurmasını seyrediyordu sebepsizce.

Tıpkı Miran'ın, Reyyan'ı rüzgârına hapsedip acımadan savurduğu gibi.

Sonra yağmur yağmaya başladı. Birdenbire bastıran bu şiddetli yağmur, Reyyan'da ağlama isteği uyandırdı. Serseri yağmurlar uslu durmuyordu. Körpe bir yüreğin acılarına tuz biber oluyordu. Asla duymak istemediği bir gerçeği haykırıyordu insafsızca. Sonra bir hakikat tebelleş oluyordu sol yanına. Usul usul acıtıp çığlık çığlığa haykırıyordu.

"Sen onu hâlâ seviyorsun..."

Ellerini kulaklarına kapattı duymamak için. Sanki o ses içinden gelmiyormuş gibi. İçindeki küçük kız çocuğu aynı şeyleri fısıldayıp duruyordu Reyyan'ı delirtmek istercesine.

Çok zordu… Mantığının sesine kulak verip kalbine yasaklar koymak. Bir yerlerde gerçekler avaz avaz haykırılırken aşka karşı savaşmak!

Arkasını dönüp yatağa geri dönerken fark etti, yerde duran ikiye katlanmış kâğıdı. Yalancı bir öfkeyle yere eğilip kavradı kâğıt parçasını. Açarken nedensizce gülümsedi. Sonra da bu ansızın gülümseyişi karşısında sinirlendi. Şüphesiz bunun için de Miran'ı cezalandıracaktı. Büyük bir heyecanla açtı kâğıdın kıvrımını.

Ne güzeldi senin sesin… Oysa ben, adımı duymayı bile reddettim.

Ne güzeldi o ellerin… Bıraktığımdan beri nasıl üşüyorum, bir ben bilirim...

Odama doğmadı güneş hiç, karanlığımla kaldım öylece.
Aslında sen gittin gideli, gündüzler bile nasıl gece!
Yüzüm yok hiç, biliyorum. Utanıyorum bunları söylemeye...
Gönlümün isyanı duraksız, senin adını haykırıyor hece hece.
Utanıyorum söylemeye, düşüyor yüzüm sebepsizce...
Aslında senden gittim gideli, gündüzler bile nasıl da gece!

Nasıl bir yürekten dökülüyordu bu sözler? Anlayamıyordu Reyyan. O değil miydi bu aşka ihaneti bulaştıran? İki yakası bir araya gelmeyecek bir sevdayı, gözleri kapalı ateşlere atan? Vuslat uzaktı, kavuşmak ise yasak!

Korkuyor muydu? Hem de çok!

Bu sefer ellerinin arasında buruşturmadı notu. Tekrar ikiye katlayıp kapısını açtığı odadan çıktı. Merdivenleri hızlı hızlı inerken kalp atışları adeta bedenini dövüyordu. Önce salona baktı ama orada bulamadı Miran'ı. Ardından tek tek odaları gezdi ve son olarak mutfağa girdi ama Miran hiçbir yerde yoktu. Salona tekrar dönüp camdan dışarı baktı. Ne

Miran vardı kapıda ne de Ali denen adam. Hiç düşünmedi Reyyan o an. Bu fırsat belki bir daha gelmezdi ayağına. Salondan çıkıp merdivenlere doğru yürüdü. Daha hızlı çıktı indiği merdivenleri. Odaya girip çantasını ve montunu kavradı. Elindeki notu bir an duraksadıktan sonra çantasına attı. Bunu neden yaptığını bilmiyordu. Bu evden çıkınca nereye gideceği hakkında bir fikri de yoktu ama içinde gitmesi için onu körükleyen şeytani bir fikir vardı.

Merdivenlerden nasıl indi, evden nasıl çıktı bilmiyordu. Koşar adımlar attı özgürlüğüne doğru. Kalbi paramparça olurken mantığına kulak verdi. Başka türlü nasıl iflah olurdu ki? Ruh gibi süzüldü açık kalan demir kapının arasından. Sokaklar nereye çıkar, yolun solu nereye gider bilmiyordu. Koştu, koştu... Evin olduğu sokaktan gittikçe uzaklaşırken yüreğine amansız bir acı işledi. Kurtuluyordu işte. Neyin nesiydi bu sızı?

Koşmaktan tıkanan nefesi bağrını acıttığında duraksadı. Kafasını sağa sola çevirip etrafa bakındı. Herhangi bir taksinin geçmesini diledi ama yollarda sadece özel araçlar vardı. Herhangi bir otobüs ya da minibüs de geçmiyordu. Sessiz sakin bir semtti burası.

Yine de yürümeye devam etti. Telefonu Miran'da olduğu için, şu anda kimseye ulaşamazdı. Bir yere yabancı olmak zor şeydi doğrusu. Sanki dönüp dolaşıp aynı yerlere geliyormuşçasına endişeye kapıldı. Aradan ne kadar zaman geçti, fikri yoktu ama epeyce geçmiş olmalıydı. Yolda gördüğü insanlara da bir şey soramıyordu ki, Miran sağ olsun, Reyyan'da güven duygusunun zerresini bırakmamıştı.

Caddeye çıkacağını düşündüğü bir yolu takip etti. Evden çıkmadan önce yağmur dinmişti dinmesine ama gök yeniden gürlüyordu ve Reyyan'ın yanında şemsiyesi yoktu. Üstelik hava da kararmak üzereydi. Endişeye kapılmadan sakince düşündü. O gün, Fırat'ın arabasında unutmuş olmalıydı şemsiyesini. Cüzdanında kayıtlı numaraların bulunduğu bir not kâğıdı olmalıydı. O sırada yoldan geçen taksiyi sonradan fark edip arkasından kuvvetle bağırdı. "Dur! Dur!"

Taksici Reyyan'ı fark edip geriye döndüğünde Reyyan kurtulmanın sevinciyle gülümsedi. Gidecekti buradan. Pılısını pırtısını toplayıp ayrılacaktı bu şehirden. Peşine ne Miran ne de Azat takılabilecekti. Taksiye binip araba hareket edince direkt çantasını açtı.

"Nereye gidiyoruz?" diyen adama baktıktan sonra aceleyle, "Üsküdar," dedi. Ardından mahcup gözlerle süzdü adamı. "Telefonunuzu kullanabilir miyim?" Elif'i arayacak, eşyalarını herhangi bir yere getirmesini isteyecekti. Kaybedecek vakti yoktu. Miran o eve gelmeden, işini halledip toz olmalıydı.

Belki de böylesi, ikisi için de en iyisi olacaktı.

Çantasını karıştırırken, cüzdanının olmadığı fark ederek duraksadı. "Kahretsin," diye mırıldandı. "Onu da mı aldın alçak herif!"

"Buyurun, telefon." Telefonu uzatan taksiciye kafasını kaldırmadı. "Durdurun arabayı, ineceğim!" dediğinde Reyyan, taksici dikiz aynasından kaşlarını çatarak ona baktı. "Dalga mı geçiyorsun benimle!"

Reyyan, Miran yüzünden aşırı öfkeli bir haldeydi. "Param pulum, hiçbir şeyim yok! Çek kenara, ineceğim!"

Adam sinirle frene bastı. Araba durur durmaz kapısını açıp indi Reyyan. Çok uzaklaşamamıştı bu çevreden ve şu an sinirinden ölüyordu. Miran'ın her şeyine el koyuşu, elini kolunu bağlamıştı. Şimdi nerede olduğunu bile bilmiyordu. Sokaklar çok karışık gelmiş, nevri dönmüştü. Miran'a sıraladığı birçok hakaret dilinde dolanırken yolun karşısına geçti. Ağaçlarla çevrili yolun kenarlarında banklar vardı. Rasgele birine oturduğunda işe yaramaz çantasını sinirden yere fırlattı.

Kaçamayacaktı.

Ne yapacağı konusunda bir fikir yürütmeye çalıştı. Neden ezberlememişti ki Fırat'ın veya Elif'in numarasını? Artık onu ısıtmayan ince montuna daha sıkı sarılırken siyah saçları yüzünü kapatmıştı. Ağladı ağlayacaktı. Miran onu bir kez daha perişan ve çaresiz bırakmıştı.

Ve ona mahkûm.

Hava iyice kararırken yağmur iyiden iyiye artırdı hızını. Reyyan oturduğu bankta hiçbir çözüm üretemezken soğuk bedenini sarıp sarmalamıştı. Açtı, üşüyordu. Belki de plansız hareket etmenin cezasını çekiyordu. Tam o sırada, birisi koşarak geçti yanından. Geçerken Reyyan'ın yerde duran çantasını kapmayı da ihmal etmedi. Sanırım çantasını çaldırıp kılını dahi kıpırdatmayan bir kadın olarak birazdan tarihe geçecekti. Aval aval bakıyordu elinden giden çantasına ve kapıp kaçan serseriye.

Çok sürmedi ki çantasını çalan serseri geri döndü. Reyyan ayaklarını görebiliyordu artık o kişinin ama korkmuyordu. Çalınacak bir şeyi yoktu ne de olsa. Çantası kucağına doğru fırlatıldığında dahi tepkisizdi. Yüzünü görmediği serseri, –genç veya yaşlı– tam ayakucunda durdu. "Sen de bendensin ha?"

Reyyan cevap vermedi. Kafasını kaldırıp yüzüne bakmaya tenezzül etmedi. Ses tonuna bakılırsa genç bir adamdı.

Çantanın açık fermuarından içeriye uzattı üşüyen parmaklarını. Miran'ın yazdığı notu alıp avucuna hapsetti.

"Bu saatte sokakta parasız, yalnız ve genç bir kadın," diye adam mırıldandı ağzının içinden. Elini Reyyan'ın yüzüne uzatıp iri parmaklarıyla çenesini kavradı. Reyyan neye uğradığını şaşırdı, bir anda serseriyle yüz yüze geldiğinde korku, dehşetle patladı içinde.

"Üstelik güzel..." Adam eğleniyormuş gibi dudak kıvırdığında Reyyan hiddetle iteledi hovarda adamın pis ellerini. "Git başımdan, yoksa avazım çıktığı kadar bağırırım!" Gözleri kocaman olmuştu, yüzü dehşete kapılmanın etkisiyle korkunun çizgilerini taşıyordu.

"Bağır," dedi serseri pis pis sırıtırken. "Burada kimse sana yardım etmez."

Reyyan apar topar ayağa kalktı. Karşısındaki haydut kılıklı herif pişmiş kelle gibi sırıtıyordu. Çantasını bankta bırakarak hızlı hızlı yürümeye başladı Reyyan. Tek serveti, parmaklarıyla avucunun arasında sıkışıp kalan kâğıt parçasıydı. Farkında değildi ama sırılsıklam olmuştu yağmur yüzünden. Gece uzun, yağmurlar ise geceye sadık gibiydi. Bu haliyle birkaç saat daha sokakta kalsa hiç şüphesiz hastanelik olurdu. Attığı her adımda, serserinin peşinden geldiğini ayak seslerinden duyabiliyordu.

"Kaçışın yok güzelim," diye seslendiğinde adam, Reyyan'ın tüyleri ürperdi. "Benimsin."

Yalnız ve çaresizdi. Bu kötülükle nasıl başa çıkacaktı?

Korkudan dudaklarını ısırırken pat diye bir ses duydu. Sanki adam, yere kapaklanmış gibiydi. İstemsizce arkasını döndüğünde gördüğü manzara karşısında neredeyse sevinç çığlığı atacaktı. Miran'dan kaçıyorken onu gördüğüne mutlu olması ne kadar normaldi?

Miran ensesinden yakaladığı adamı yere yapıştırmıştı. Sanki o da bu atağı bekliyormuşçasına kaldırım taşına sarılmış ve kalkamamıştı. Hareket edemeyecek kadar güzel bir kafaya sahipti şu an. Zaten kalkması yararına olmazdı. Miran onun suratını tanınmayacak bir hale getirebilirdi bu kadar öfkeliyken. Reyyan şaşkınca bir Miran'a bir yerde yığılı kalan adama bakıyordu. En sonunda görüş açısını tamamen Miran'la doldurdu. Okyanus bakışlı adam hiç iyi bakmıyordu.

Fazla öfkeli görünüyordu.

"Ne yaptığını sanıyorsun sen?" Sesi tok ama bir o kadar da titrekti. Öfkesinden miydi yoksa korkusundan mı? Miran'ı çözmek neden bu kadar zordu?

Reyyan ellerini iki tarafa açtı. O an anladı ki fena halde ıslanmıştı. Giysilerinin ıslaklığı tenini donduruyordu. "Senden kaçıyorum," dedi dudakları titrerken. "Görmüyor musun?"

Miran aralarındaki mesafeyi birkaç adımda kapatıp Reyyan'ı kolundan tuttu. Birkaç metre uzağındaki arabaya sürüklercesine götürürken içindeki iyi niyetli adamdan eser yoktu. Sadece on dakikalığına markete gitmişti ve döndüğünde Reyyan'ı bulamamıştı. Onu aradığı bir saat, korkudan ölmesine yetti. Bir de hayli öfkelenmesine.

Reyyan ne çekiştirile çekiştirile götürülürken ne de bir eşya gibi arabaya fırlatılırken sesini çıkardı. Öyle hissizdi, öyle de halsiz. Ne karşı koyabiliyordu ne de bunu yapabilecek bir güç buluyordu içinde.

Miran arabayı çalıştırdı. Direksiyonu parçalayacakmış gibi sıkarken, "Seni uyardım," diye bağırdı. Gecenin karanlığına meydan okuyan mavileri, Reyyan'ın yüreğini parçaladı. "Canımı sıkmaman gerektiğini söyledim ama beni dinlemiyorsun!"

Reyyan susmakta ısrar ederken Miran onu dağıtmaya kararlıydı. "Ne istiyorsun anlamıyorum! Derdin ne senin?" Bakışlarını yoldan çekip Reyyan'a odakladı. "Tek derdin benden kurtulmak mı? Eğer benden bu kadar nefret ediyorsan seni kendi ellerimle Azat'a veririm!" Sözleri blöften öte değildi. Reyyan'ın tepkisini merak ediyordu sadece. Yine de düşüncesi dahi korkunçtu. Dili yandı sarf ettiği sözlerden ötürü, kalbi dağlandı. Miran'ın, Reyyan'ı Azat'a vermesi, güneşin batıdan doğması kadar imkânsızdı.

Reyyan kafasını hafifçe oynattı. Gözleri Miran'ı bulduğunda, "Ver," diye mırıldandı. "Hatta vermezsen, adam değilsin!" Böyle bir ihtimalden ölesiye korktuğu halde meydan okuyordu Miran'a.

Bir anda frene bastı Miran. Araba sallanarak durduğunda Reyyan'a döndü yüzünü. "Öyle mi?" Miran'ın sesi arabayı inletirken, Reyyan kulaklarını kapatmak istiyordu. "Bundan sonra olacaklardan, ben sorumlu değilim!"

Sözlerinin ardından boğucu bir sessizlik çöktü arabaya. Ne ondan ne de Reyyan'dan bir ses çıkıyordu. Zaten Reyyan'ın hiçbir şeye takati kalmamıştı. Onun tanıdığı Miran ile şu an tanıyor olduğu Miran çok farklıydı. İkisi aynı adam değildi. Reyyan, sevdiği Miran'ı öldürmüştü.

Yüreğinde bir ölünün ayak izlerini taşıyordu.

Bakışlarını dışarı çevirdi. Karanlık yolları aydınlatan tek şey sokak lambaları ve araba farlarıydı. Gökyüzü mütemadiyen karanlıktı. *Tıpkı içleri gibi.* Kendi karanlıklarında boğulan insanları, hiçbir karanlık korkutamazdı. Derin bir iç çekti. Sonra düşündü. "Varsın geçmesin," dedi. *"Varsın geç-*

mesin ayaz, dinmesin yağmurlar, hiç gelmesin yaz. Nasıl olsa, herkes kaderine tutsak değil mi biraz?"

Sanki kurtulması mümkünmüş gibi koşa koşa çıktığı eve geri geldiklerinde, Miran kapıyı çarparak indi arabadan. Birazdan yanına gelip bir paçavra gibi kendisini çekiştirmesin diye Reyyan da ardından indi. Miran'ın bakışları felaket habercisi gibiydi, gözlerine bakamıyordu. Kaçmasına neden bu kadar öfkelenmişti ki? Zaten ilk fırsatta gideceğini bilmiyor muydu?

Reyyan evden çıkarken kapıda olmayan Ali şimdi yerindeydi. Miran'ın gözü, şu an kendisini görmüyordu. Ali'nin üzerine doğru yürüyüp gömleğinin yakalarından tuttuğunda Reyyan kaçacak bir delik aradı korkusundan.

"Sen bu kapıdan ayrılırken, kimden izin aldın?"

Genç adam fazlasıyla mahcup görünüyordu. "Sadece yarım saat," dedi yakasını kurtarmaya çalışırken. Normal şartlarda Miran'la arkadaş gibilerdi. Miran hiçbir çalışanına tepeden bakmaz, hor görmezdi. Fakat şu an haddinden fazla öfkeliydi. Reyyan'ı kaybedebilirdi, sıradan bir ihmalkârlık yüzünden. "Sadece yarım saatliğine ayrıldım. Siz zaten evdeydiniz."

"Evde değildim ben! Çıkıp gittiğimi nasıl görmezsin?"

Olan olmuştu, daha fazla kurcalamaya gerek yoktu. Reyyan daha fazla dayanamayarak araya girdi. Miran'ın önüne geçip gözlerini gözlerine dikti. "Benim yüzümden suçsuz insanlardan çıkarma hırsını!" Miran'ın öfkesinden böylesine korkarken, hâlâ ona meydan okuyabiliyordu ya, aklını yitirmiş olmalıydı.

"Sen karışma!" diye bağırdı Miran. "Eve gir hemen!"

Reyyan ardına bile bakmadan eve doğru yürüdü. Perişan

bir haldeydi zaten. Sırılsıklam kıyafetleri onu hasta etmezse iyiydi. Kendisine ait tek şey üzerindeki kıyafetlerdi ve bugünkü yağmur onları harap etmişti. Kapısı aralık olan evden içeriye girdiğinde titriyordu resmen. Merdivenleri hızlı hızlı çıktı, odaya kendisini zor attı. Kapıyı örter örtmez, ardından kilitledi. Önce üzerindeki ıslak kıyafetlerden kurtuldu. Ardından dolaptan gelişigüzel seçtiği giysilerle birlikte banyoya girdi. Her türlü önlemini alıyordu, banyonun da kapısını kilitledi. İliklerine kadar işlemişti soğuk. Sıcak bir duş almak iyi gelmişti. Çok geçmeden işlerini bitirip çıktı banyodan. Saçlarını kurutmuş, ardından da taramıştı.

Şimdi bulunduğu bu odadan çıkması gerekiyor muydu bilmiyordu. Miran neden gelmiyor, onu da bilmiyordu. Gerçi gelmesini de istemiyordu zaten. Yorgun bedenini yatağa bıraktı. Bu evde Reyyan'a ait tek bir eşya bile yoktu. Telefonuna ve cüzdanına Miran el koymuştu. Çantasını bankta bırakmış, kıyafetlerini yağmur mahvetmişti.

Şimdi tam da Miran'ın istediği konumdaydı. Ona muhtaç. *Bir köle gibi.*

Reyyan tam uykuya dalmak üzereyken çaldı kapısı. Miran'ın konuşmak için münasebetsiz anlar kollamasına şaşmıyordu artık. İstemeye istemeye kalktığı yatağından sarsak adımlarla yürüdü kapıya. Kapıyı açtığında Miran'ı elinde yemek tepsisiyle gördü. Tabii buna yemek denirse. Dondurulmuş hazır yiyecekleri fırında ısıtıp ısıtıp getiriyordu önüne.

Sakinleşmiş görünüyordu. Az önceki öfkeli adamdan ve korkunç bakışlarından eser yoktu. Reyyan arkasını dönüp yatağına geri otururken Miran her zamanki gibi komodinin üzerine bıraktı tepsiyi. Bir çocuk gibi uysal, bir anne kadar sevecen görünüyordu. "Ben yemek yapmasını bilmiyorum," dedi ifadesiz bir sesle. Sevda yüklü bakışlarını Reyyan'ın üzerinde hasretle gezdirdi. "Mutfakta aradığın her şey var, ne istiyorsan onu hazırlayabilirsin."

Reyyan hoyrat bakışlarını Miran'ın soğuk mavilerine dikti. "İstemiyorum," dedi kızgınca. "Senin olan hiçbir şeyi istemiyorum. Hiçbir şey olmamış gibi davranmayacağım bu evde. Bu ev, benim evim değil."

"Bu ev, senin evin."

Her söylediğinin, inatla tam tersini söylemesi Reyyan'ı çıldırtıyordu. "Eğer başarabilseydim bugün kurtulacaktım senden. Hâlâ anlamıyor musun?"

Miran işaret parmağını onaylamıyormuş gibi, ileri geri salladı. "Anlamıyorum, anlamayı da reddediyorum."

Reyyan, Miran'a bir süre bomboş baktıktan sonra, yorganı hafifçe üzerine çekti. "Cüzdanımı ve telefonumu geri ver."

Miran kollarını birbirine kenetlemişti. Sakince dinliyordu Reyyan'ı. "Sen aklını başına toplayana kadar, öyle bir şey yapmayacağım."

"Şunu aklına kazı o zaman," diyerek ayağa kalktı Reyyan. Miran'ın bir adım gerisinde durup ona baktı. Gözlerindeki azmi Miran görsün istiyordu. Ancak bunu her kanıtlamak istediğinde kendi kuyusunu kazmış oluyordu. Kalbine yenik düşüyordu istemsizce. "Ne yaparsan yap, beni burada tutamayacaksın."

O an Miran, Reyyan'ın gözlerine öyle bir baktı ki, Reyyan'ın içine tarifi imkânsız bir sancı peyda oldu. Şaşkınca aralandı dudakları. "Neden öyle bakıyorsun bana?"

"Düşünüyorum," dedi Miran. Dudakları yana kıvrıldı,

tıpkı acıyla inleyen bir hastanın yüz ifadesi gibi. "Beni çok seven Reyyan'ı düşünüyorum." Elleri istemsizce havalanıp Reyyan'ın saçlarına dokundu. "O Reyyan öldü mü?"

Gözleri Miran'ın ellerine kaydı. Bu işkenceyi neden yapıyordu ona? Neden böyle zulmediyordu kalbine? "O Reyyan, ihanete uğradığı gün öldü. Hiç bilmediği bir yerde, yabancısı olduğu bir evde acımasızca terk edildiğinde yok oldu. Onu sen öldürdün."

"Peki, sen kimsin?" diye sordu Miran. Elleri daha fazla hareketlenmiş, şefkatle okşar olmuştu o saçları. "Ben seni tanıyamıyorum."

Reyyan gülümsedi. Güçlü görünmeye çalışmak ne kadar zordu. Özellikle böylesi bir anda, Miran onu bu dokunuşlarla yaralarken. Başarabildiğine de emin değildi. "Maskesi düşen, sadece sen değilsin. Bu da benim gerçek yüzüm," dedikten sonra kapıyı gösterdi. Daha fazla güçlü kalamayacaktı. Ağlamaktan çok korkuyordu. Bu adamın karşısında ağlamak onun için, olsa olsa acizlik olurdu.

"Git, yüzünü görmek istemiyorum."

Miran tepkisiz durup yerinden kıpırdamazken Reyyan saçlarındaki eli çekip omuzlarından ittirdi Miranı. "Git diyorum git! Duymuyor musun sen beni!" Bir kez daha ittirdi. "Git!" Ellerini kafasına bastırıp bağırmıştı, aynı zamanda gözkapakları isyanla devrildi. O an olan oldu. Reyyan gözlerini, bacaklarına dokunan ellerle araladı. Şaşkınca eğdi kafasını. Miran dizleri üzerine çökmüş, Reyyan'ın bacaklarından tutarken kafasını karnına yaslıyordu.

Bir bebek, babasıyla ilk defa buluşuyordu.

"Canımı yakıyorsun," dedi Miran kısık ve ağlamaklı bir ses tonuyla. "Ve ben buna dayanamıyorum... Sen benim, sığınabileceğim tek limansın." Öyle bir yangındı ki bu, adam cayır cayır yanıyordu.

Daha bugün yemin ediyordu Reyyan. Daha bugün sözler veriyordu kendisine. Miran'ın canını yakacaktı sözde! Çektiği kadar çektirecek, hıncını çıkaracaktı. Birlikte çekildikleri ilk fotoğrafı ağlaya ağlaya yakmasının acısını ödetecekti... Yine neden canı yanan o oluyordu ki? Neden bu adamın bir diz çöküşüyle Reyyan'ın bütün duvarları yıkılıyordu? Lanet etti kendisine, onu bu denli seven yüreğine!

Neden Miran'ı üzgün görmek, canını böyle çok yakıyordu?

"Sen o limanı yaktın," dedi sesi titrerken. "Sen gittin, bıraktın beni gittin!" Az önce bağıran Reyyan'a nazaran bu Reyyan başkaydı. Gardı düşmüş, omuzları çökmüş, gururu tarafından terk edilmiş bir Reyyan. Daha fazla güçlü kalamayacaktı.

"Bir gece rahat bir uyku uyuyamadım ben şu sol yanımdaki acıdan! Kalbim bin parçaya bölündü, senin hiç mi vicdanın sızlamadı be?" Ona sımsıkı sarılan adama bakarken gözyaşları yeniden süzülüp gidiyordu. "Bana yalan söylerken, beni kandırırken, bırakıp giderken hiç mi acımadın sen bana? Oysa ben, babamdan çok sevmiştim seni..." Sarsıla sarsıla ağlıyordu. "Sana söyledim, o günü unutmayacağım dedim. Sana da unutturmayacağım dedim!"

Şimdi ağlayan sadece Reyyan değildi. Miran da ağlıyordu. Hem de hiç utanmadan. Reyyan ise paramparça oluyordu. Bir erkeğin ağlaması, bir kadını ancak bu kadar perişan edebilirdi. Çok sevilen bir romanın, mutsuz biten son sayfası gibi, yürek dağlayan bir filmin, yıllar geçse de asla unutulmaması gibi.

Ayağa kalkmadan önce sildi gözlerini Miran. Asla düşmem dediği bir durumun içinde cebelleşirken ilk defa diz çöküyor olmanın sevinci vardı içinde. Değerdi. Böyle hislere, böyle aşka, böylesi kara sevdaya değerdi. Reyyan... Adı gibi, acısı bile güzeldi. Parmaklarıyla Reyyan'ın boynundan tuttu ve alnını alnına yasladı. "Pişmanım ben, çok pişmanım. Bana helal kılınan bu aşkın değerini bilemedim. Ciğerim söküldü, yemin ederim!"

Bu temaslar Reyyan'ı uçuruma sürüklüyordu. Kendisine böyle yakın olsun, dokunsun istemiyordu. Miran'ın ellerini boynundan çekerek arkasını döndüğünde olduğu yerde kaldı. Bu sefer de ellerini hapsetmişti avuç içlerine. Gitmesine izin vermiyordu işte, uzaklaşmasına müsaade etmiyordu. Sanki az yakmış gibi canını, daha da yakmaya devam ediyordu. Beline sardığı kollarının ardından çenesini boynundaki boşluğa bastırdı. Dudaklarına değen saçları uzun uzun öptü ve kokusunu çekti içine. "İzin ver yanında olmama, izin ver. Yaralarını sarmama izin ver. Söz veriyorum, bir daha canın yanmayacak, sana söz!"

Reyyan kafasını öbür tarafa çevirdi. Onu duymak, hissetmek istemiyordu. Kokusunu duyumsamak, verdiği sözlere anında ihanet etmesine sebep olabilirdi. Yine sıyrıldı Miran'ın sınırlarından. Birkaç adım uzaklaştı. "Bitti mi?"

"İntikam bitti!" dedi Miran boğuk sesiyle. "Geriye koca bir aşk kaldı. Senden gelecek ıstıraba bile razıyım ben..."

Elini dudaklarına bastırdı Reyyan. Kalbi kanıyordu. Her şey giderek daha da içinden çıkılamaz bir hal alıyordu. Oysa Reyyan, Miran'ın onu sevmediğine öyle çok inandırmıştı ki kendisini... Bu şekilde ayakta tutuyordu nefretini. Ama olmuyordu... Canı cananı, bütün kalbi bu adamdı. Hâlâ böylesine severken onu, affetmek neden bu kadar imkânsızdı ki? Öylesine kırgındı ki hayata. Olmuyordu işte, mümkün olmuyordu. Aşk her şeyi affetmiyordu!

"Susma, bir şey söyle," dedi Miran. "Kus içindeki nefreti." Islak ıslak bakan mavi gözleri, dağılmış siyah saçları, titreyen dudakları şahitti acısına. Hiçbir sözün, bu sükûnet kadar yaralamayacağını düşündü.

"Söyleyecek bir söz kalmadı bende..." Acıların haritası olan yüzü, gözyaşlarıyla sırılsıklam oluyordu. "Tıpkı ömrüm gibi, dilim de tükendi. Seni affedemem, neden biliyor musun?"

Miran ona bomboş baktığında, yutkunarak devam etti Reyyan. "Dünyada hâlâ bir yerlerde, benim gibi aynı yerinden kırılmış, onlarca kadın var. Hepsinin kanayan yürekleri, geceye sisli harflerle kazıdıkları, utançlarından dillendiremedikleri ortak acılarımız var." Parmağını kaldırıp yukarıyı işaret etti. "Bunun adı ihanet olur..."

Yapamam dercesine salladı kafasını, titriyordu dudakları. "Sana tek söyleyeceğim ne, biliyor musun?" Miran parçalayıcı bir merakla gözlerini katlettiğinde, usulca gözleri kapandı Reyyan'ın.

"Allah hiç kimseyi, senin gibi bir adamın eline de, aşkına da düşürmesin!"

20

YAZIKLAR OLSUN

Eğer ki bir ağızdan dökülen nefret kokulu cümleler, karşısındaki insanı öldürebilecek güce sahip olsaydı, Miran şu an bir ölüden farksız olmayacaktı. Reyyan'ın suskunluğu felaketiydi. Kelimeleri ise kıyameti olmuştu.

Tek bir umut kırıntısı dahi kalmamıştı içinde. Nasıl bir kadere sahipti ki bunca keder yuva kurmuştu ömrüne? Bu kadar acı çekeceğini önceden bilseydi ve elinde bir şans olsaydı dünyaya gelmeyi istemezdi. Hayat ona çok acımasız davranıyordu. Tek istediği ikinci bir şanstı. Her insan ikinci bir şansı hak ederken o şans Miran'a verilmemişti.

"Çok hata yaptım biliyorum." Acıyla yutkundu Miran. Daha fazla takat kalmayan bedeni çökmüş, sırtı duvarla bütünleşmişti. "Söylediğin her şeyde hak veriyorum sana... Ben, berbat bir adamım." Derin bir nefes alırken bu sefer gözlerini Reyyan'dan çekip tavana dikti.

"Biliyor musun?" diye sordu. Herhangi bir cevap beklemeden devam etti. "Silahlardan nefret ederim. Çünkü her şey, babanın babama doğrulttuğu silahtan çıkan kör bir kurşunla başladı. Önce babam gitti, sonra annem. Küçücük bir çocukken sevgi yerine nefretle büyüdüm ben. Her şeyin sorumlusu babandı, Hazar Şanoğlu."

Reyyan acıyla yumdu gözlerini. *"O adam benim babam değil,"* diyemedi.

"Mal mülk davası yüzünden olacak iş miydi bu? Hangi dünya malı bir çocuğun anne babasız büyümesine değer ki? Hapis bile yatmadı baban olacak adam. Bir şekilde kurtardı paçasını. Babamın kanı, yerde kaldı. Yaptıkları yanına kâr kalmasın istedim, ben yıllar boyu acı çekerken o ailesiyle mutlu mesut yaşamasın istedim. Bir çocuğun kimsesizliği, onun kâbusu olsun istedim." İtiraf etmesi oldukça zor gerçekler dilinden bir bir dökülürken, odanın duvarlarında birbirinden hain pişmanlıklar yankılanıyordu. Reyyan ona başka bir çare bırakmamıştı. İlk defa bir kadının karşısında, hiç olmadığı kadar güçsüzleşmiş, hatta acizleşmişti.

"Ama anladım ki, gönle sevda değince kolu kanadı kırılıyormuş insanın. Sensizlikle başa çıkabilirim sandım." Kafasını salladı, yüzüne gölge düşüren kirpiklerinden, bir damla yaş süzüldü. "Yapamadım!"

Sanırım bir şeyler söyleme sırası Reyyan'daydı. Susmayı bir kenara bıraktı. Çığlıklarını susturamadığı acıları, yutkunmasını engelliyordu. Aşkını kirleten bir adamın imzasını hâlâ kalbinde taşıyor olmak, gücünü kırıyordu. "Silahlardan nefret eden sen, beni can evimden vurdun." Sözleriyle de karşısındaki adamı can evinden vuruyordu, farkında değildi.

"Ve sanırım bir ömür geçse de, soğumayacak içimdeki bu kör kurşun."

Aslında kısa süren bir sessizlik, asırlar kadar uzun süren bir sükûnet misali dağladı iki kalbi. Miran usulca kalktı çöktüğü duvarın dibinden. Reyyan ona arkasını dönerken gözleri kapıya çevrildi. Bedenini kapıya doğru sürüklerken Miran, gözleri son kez değdi sevdiği kadına.

"Beni nasıl yaraladığını bilsen, yemin ederim ki ağzını açmazdın. Sözlerinle öldürmek istiyordun ya beni, başardın. Şimdi eşitiz Reyyan." Kapıyı açtı. "Ben de senin kadar yanıyorum!"

***

Birkaç saat geçip gitti. Reyyan uyumak için, acı çekmemek için paraladı kendini. Kulağına dolan gürültüler uykusunu kaçırınca istemsizce araladı gözkapaklarını. Zaten uyuyabildiği pek söylenemezdi. Sanırım şu an evde birileri daha vardı. Yatağından yavaşça kalkıp kapıya doğru adımladı. Merdivenlerin başına geldiğinde görünmemek için biraz geriledi. Tam merdiven bitiminin altında, birileriyle konuşuyordu Miran. Konuşulan her şey, çok net duyuluyordu.

Elindeki birkaç dosyaya bakıyordu fersiz bakışlarla. Gözkapakları mavilerine gölge düşürse de nasıl baktığını anlayabiliyordu Reyyan. Bomboş ve hissiz. Sağında Arda, karşısında ise kim olduğunu bilmediği iki adam yer alıyordu.

"Herkesi doldurmuş," dedi Arda sinirle. "Tüm yönetim kurulu, senin şirketi iyi yönetemediğini düşünüyor. Sana ait hisselerin yüzde yirmisini, kızına devretmek istiyor. Bu durumda eşit olmak zorunda kalacaksınız."

Reyyan şu an konuşulan meselenin iş mevzuları olduğunu anlayınca arkasını dönüp odaya geri girecekti ki duyduğu isimle yerinde çakılı kaldı.

"Amcam çalışanları bana karşı kışkırtırken siz ne yapıyordunuz peki?" Fazlasıyla öfkeli görünüyordu Miran. Bu öfkenin sebebinin sadece işten kaynaklanmadığını biliyordu Reyyan. Miran'ın amcası her kimse, çok iyi anlaşamadıkları belliydi. Geçen gün adını ağzından kaçırmış, Reyyan ona amcasını sorunca beti benzi atmıştı.

Miran saklıyordu. Reyyan'ı amcasından, amcasını Reyyan'dan saklıyordu.

"Bizlik bir şey yok ki." Arda elini Miran'ın omzuna bıraktı. "Ama sen merak etme, halledeceğim her şeyi. Yönetim kurulu toplanana kadar tek tek konuşacağım herkesle. Fikirlerinden cayacaklar."

"Elinizden gelenin daha fazlasını yapacaksınız." Karşısındaki iki adama emir yağdırırken gözleri merdivenlerin gerisinde onları seyreden Reyyan'a takıldı. Reyyan panikle oradan ayrılırken Miran hiçbir şey olmamış gibi devam etti. "Hisseler bende kalacak. Başka türlüsü, felaket olur."

Reyyan odaya döndüğünde aklında birçok soru işareti vardı. Miran'a amcasıyla ilgili sorular sormak istiyordu. Fakat aralarında artık iki kelam edebilecek kadar samimiyet yoktu. Birkaç saat önce, o sözleri sarf ederek bitirmişti her şeyi Reyyan. Kırgınlık o kadar bakiydi, yürek öyle canhıraş, dil öyle tutuk...

Bazı şeyler için pişman oldu Reyyan. Kilit vuramadığı dilinin ona yürek sancısı olarak döneceğini bile bile susmamıştı. Miran'ın sözleri yankılandı aklında. Miran'ı bu kadar yaralayacağını bilse Reyyan gerçekten de açmazdı ağzını. Hiç sarf etmezdi o sözleri. Çünkü o adamın canını her yakışı, kendi kalbine hançer saplamasına eş değerdi.

Yine de bekledi Reyyan. Kapının açılmasını, içeriye hercai sevdasının girmesini bekledi.

Ama Miran gelmedi.

***

Söylemek istediği sözler aklının kıyısını kemirirken o, bir ileri bir geri sallanıyordu oturduğu koltukta. Günlerdir bu evle o kadar ilgisizdi ki, Miran hangi odada yatıyor onu dahi bilmiyordu Reyyan. Uzun süren bir inzivanın sonucunda kalbe zarar bir karar aldı. Ama doğru, ama yanlış. Savaşmayacaktı artık. Tüm mühimmatı bitirmişti. Sonunda kendisi kadar yaralı bir adam bırakmıştı, yorgun gözkapaklarının arasında.

Ama affetmeyecekti de. Bu elinde olan bir şey değildi. Affetmek yürekten kopup gelen bir nicelikti. Reyyan ise buna hazır değildi.

Şimdi ona kalanlar fazla derindi. Avuç içlerinde bir boşluk çiziliydi, yüreğinde ise bir yokluk... Gözlerindeki sonsuz arayışa haddini bildirdi. Hayat her zaman istediği gibi gitmeyecek, yazgısı onun yollarına taş koymaya devam edecekti.

Söylesene ey gönül, nice sultanlara kalmayan bu dünyaya çivi mi çakacaktın? Umarsızca acı çekiyorsun diye limandaki tüm gemileri yakacak mıydın? Ölüm var... Ölüm, hep var. Neyin nesi bu sonu gelmez bekleyişler? Oysa acı insan içindir. Gün gelir, en derin yerinden kanar el değmemiş, tertemiz düşler.

Reyyan ikna oldu. Kanayan tek yara, *onun yarası değildi.*

Derin düşüncelerinin esrikliğine kapılıp zaman kavramından koparken Miran'ın onu seyrettiğini fark edememişti. Ne kapının açıldığını duymuş ne de Miran'ın geldiğini görmüştü.

Miran ise şaşkındı. O odadan asla çıkmayan Reyyan'ın şimdi salonda oluşu tuhaf gelmişti. Reyyan'a doğru birkaç adım atarken tereddüt etmiyor değildi doğrusu. Kendisine de şaşırıyordu. Bu zamana kadar kimseden korkusu olmamışken, Reyyan'a doğru attığı her adımda, kalbi neden böylesine sıkışıyordu Miran'ın? Korku, her hücresini kemiriyordu.

İhtimali bile ölüm gibi geliyordu bu korkunun. Ya sevmiyorsa Reyyan artık onu?

"Buradasın," dedi şaşkınca. Günün sonunda, Reyyan'ı burada sanki onu bekliyormuş gibi bulunca garip bir mutluluğa kapılmıştı.

Bugün şirkete gitmek zorunda kalmıştı. Reyyan'ı evde yalnız bırakmak yüreğini hoplatsa da onun bu evden bir yere gidemeyeceğini bilmek içini rahatlatıyordu.

"Evet, seni bekledim." Reyyan ellerini dizlerinin üzerine koydu, gözlerini ise her bakışında içini dağlayan mavilere odakladı. *Okyanus bakışlı adamdı o.* Gözleri denizleri andırırdı ama bakışı kor alevler kadar yakıcıydı. Reyyan o gözlerden nasibini alan, en çok yanandı.

Miran'ın şaşkınlığı boyut atlarken usulca çöktü karşısındaki koltuğa. Ne değişmişti dün geceden beri? Bir haller olmuştu Reyyan'a.

"Senden bir şey isteyeceğim," dedi ellerini sıkıntıyla oynatırken Reyyan.

Miran'ın kalbi yerinden oynadı. "İste, dünyaları vereyim," diye geçirse de içinden, sustu. "İste bakalım."

Reyyan huzursuzca kıpırdandı. İçinden bir ses, Miran'ın bu isteğini geri çevireceğini söylüyordu. Korkuyordu da. "Sıdıka Teyze'nin evine götürür müsün beni? Her şeyim orada kaldı."

Miran şaşırmış, hatta sevinmiş olsa da renk vermedi. Bu

isteğin altında başka bir niyet olduğunu düşünmüyor değildi. "Sonunda kabul ettin yani?" diye sordu sorgulayıcı bir ses tonuyla.

"Neyi?"

"Ait olduğun yerin bu ev olduğunu."

Miran'ın yüzündeki tüm ciddiyete rağmen Reyyan sahte bir tebessümle kıvırdı dudaklarını. "Kabul etmedim," dedi suçlarcasına. "Kabul etmek zorunda bırakıldım!"

Miran oturduğu koltuktan kalktı. Üzerindeki ceketi çıkarırken salonun kapısına doğru yürüdü. Reyyan ise gözlerini ayırmadan seyrediyordu her hareketini. "Peki, hazırlan çıkalım."

Miran'ın salondan çıkışının ardından elleriyle karnını sardı Reyyan. Henüz hastaneye bile gidememiş, bebeğiyle tanışamamıştı. O gün Miran'ın teyzesinden telefonu aldığında Elif'i ve Fırat'ı da arayarak iyi olduğunu bildirmişti. Şimdi onların yanına gidiyordu. Doğrusu ne yüzü vardı ne mecali. Ama mecburdu. İçinde günden güne büyüyen bir canlı vardı, Miran'ın bundan haberi olmasa bile. Oysa Reyyan bunu Miran da bilsin isterdi, her şey normal olsaydı. Saklamak hoşuna gitmiyordu ki. Ne zordu, âşık olduğu adama inanmıyor, güvenmiyor ve affetmiyor oluşu.

Çok geçmeden ikisi de hazırlandılar. Akşam vaktiydi ve dışarısı bir hayli soğuktu. Reyyan buna uygun şekilde giyinip çıkmışken Miran'ın üzerinde ince, siyah bir deri ceket vardı.

"Üşümeyecek misin böyle?" diye sorduğunda Reyyan, Miran'ın yüzü sahici bir tebessümle aydınlandı. Bu ufacık tebessüm bile, birçok adamın kahkahasını sahte kılardı. Öyle güzel gülümsüyordu ki Reyyan her seferinde çölde kalmışçasına aşka susarken buluyordu kendini.

"Üşümem, merak etme." Kapıyı açıp kenara çekildi, Reyyan'ın dışarıya çıkışının ardından kapıyı örtecekti ki, olduğu yerde duraksadı. Reyyan o sırada farkında değildi. Yolunda olmayan şeyler vardı demir kapının ardında. Hoşnutsuz bir kalabalık, içeri girmeye uğraşıyor gibiydi.

Hissetmişti Miran. Sabahtan beri içine çöken şuursuz sıkıntı ruhunu boğarken bir şeylerin ters gideceğini anlamıştı. Azat'ın nefesinin ensesinde olduğunu hissetmişti. Kendisini takip edip bu evi bulacağını tahmin etmesi zor değildi.

Reyyan, Miran'ın baktığı noktayı fark edip bakışlarını kapının dışına çevirdi. Buradan bakılınca, demir kapının ardı görülmüyordu. Yine de bir kalabalığın kulak tırmalayıcı sesini işitmek zor değildi. "Bir sorun mu var?" Aklına Azat'ın burada olabilme ihtimali gelmiyordu hiç. Dahası, Azat'ın burayı bulabileceğini düşünmüyordu.

"İçeri gir."

"Ne?" diye sordu şaşkınca Reyyan. Miran gözlerini kapıdan ayırmıyordu. Reyyan ise dikkatini çekebilmek için önüne geçti. "Neden ki?"

Dilini yakan sözleri nasıl sarf edeceğini bilmiyordu Miran. Reyyan'ı Azat'a vermezdi vermesine ama ya Reyyan gitmek isterse? O zaman ne olacaktı? Bu korku, ölümcül bir virüs gibi sarmaladı her zerresini. Fakat bu son kaçınılmazdı. "Dışarıda," dediğinde parmağını kaldırıp kapıyı gösterdi. Sözcükleri tutarsızdı. "Azat geldi!"

Reyyan'ın anında küle döndü rengi. Bir anda bedenini bir soğukluk kaplamış, elleri buz kesmişti. Miran'ın sözleri geldi aklına. Seni Azat'a veririm demişti, Reyyan ise karşılığında onu kışkırtacak sözler sarf etmişti. Azat desen, bu evi yakar ama Reyyan'ı burada bırakmazdı.

Sonlarının geldiğini hissedebiliyordu Reyyan. İşte, her şey buraya kadardı. "Azat," dedi Reyyan acı bir şekilde yutkunurken. "Beni buradan almadan hiçbir yere gitmez."

"Peki ya sen?" diye sordu Miran düz bir sesle. "Sen gitmek istiyor musun onunla? Dönmek istiyor musun Mardin'e?" Bu sorunun cevabı belki de sonu olacaktı ama yine de sordu. Şimdi ise yumruklarını sıka sıka bekliyordu cevabını. Buğulanan gözlerindeki korkuyu görmemek imkânsızdı.

Bu soruya cevap vermek, Reyyan için çok zordu. Cevabını biliyordu aslında. Her ne kadar yüreği bunu kaldırmasa da her şeyden çok istiyordu Miran'ın yanında kalmayı. Ona güvenmese bile, onun yanında tehlikede olacağını bilse bile. Onu seven yanından nefret ede ede istiyordu bunu.

Zaten artık hayatı hiçbir şekilde güvende olmayacaktı.

Suskunluğu her dakika aleyhine işlerken çenesinin biraz altında hissettiği el, yüreğini yaktı sanki. Upuzun kirpiklerin arasına gizlenen mavi hareler, kendi bakışlarıyla buluştuğunda derin bir ah etti Reyyan. *Keşke böyle olmasaydı.*

"Her şey senin iki dudağından dökülecek bir söze bağlı." Miran, Reyyan'ın yüzünü avuçlarının arasına hapsederken Reyyan ifadesizdi. "Gitmek istersen sana engel olmayacağım. Şu an beni öldürmek de, yaşatmak da senin hükmünde." Gözlerini kısa bir anlığına kuzguni harelerden çekip tekrar demir kapıya baktı.

"Ama eğer," diye devam etti genç adam. "Burada kalıp hâlâ benden nefret etmek istersen bu gece bu şehri yakabilirim." İçi titredi. Bu istekle yanıp tutuştu. Tek bir söz duymak istedi o dudaklardan, tek bir söz: *Kalacağım.*

Reyyan'ın suskunluğu içini yakınca mecburi araladı dudaklarını. "Senden gelen, zehir olsa bile razıyım. Biliyorsun, nefesimsin."

Reyyan yüzündeki elleri geriye iterken gözleri yere çevrildi. Bir şey söylemeyecekti. O seçimini zaten yapmıştı. Miran ona nefesimsin demişti, ciğerlerini yok edeceğini bilse de gitmeyecekti. Arkasını döndü sessizce. Ve kapısı açık olan evden içeriye süzüldü.

Miran cevabını almıştı.

Kapının kapanışının ardından Reyyan'ın duyabileceği şekilde bağırdı. "Sakın çıkma!" Ardından yüreğini döven kalp atışlarının eşliğinde demir kapıya doğru yürüdü, yüzüne ve gözlerine takındığı o ifade ise korkunçtu. Birazdan neler olacağını bilemiyordu fakat bugün her şey bitecekti. Bu adam ne olursa olsun, bir daha Reyyan'ın peşine düşmemeliydi. Bir şehir yakınından bile geçmemeli, adını dahi anmamalıydı.

Dışarıdan bakılınca eve dair bir şey görünmüyordu fakat içeriden bakılınca kapının önünde bir kalabalık olduğu belli oluyordu. Miran, demir kapıyı aralayıp kapıdan dışarı çıktığında gördüğü manzara onu hiç yanıltmadı. Şimdi tam karşısında Azat vardı, etrafında ise gereksiz bir kalabalık. Bu kalabalığın bir kısmı Miran'a aitken, geri kalanı Azat'ın kuru gürültüsünden ibaretti. Arda da buradaydı. Ne zaman gelmişti, bu kalabalık buraya ne zaman toplanmıştı hiç bilmiyor ama şaşırmıyordu da Miran. Bugün, bunların olacağına adı kadar emindi.

Bakışlarının odağında sadece Azat vardı, Azat'ın bakışlarında da kendisi. Kapı açılıp Miran kapıya çıktığından beri kin dolu bakışlarını üzerinden çekmiyordu Azat.

Haftalar sonra tekrar karşılaşıyorlardı, ikisinin de içindeki öfke hâlâ çok tazeydi. Bir önceki hesaplaşma yetmemiş gibiydi. Azat, Reyyan'ın en başından beri İstanbul'da olduğunu bilseydi asla geri dönmezdi Mardin'e. Fakat bu ihtimal aklına hiç gelmemişti. Nereden gelebilirdi ki? Reyyan, Miran tarafından terk edilmişken bu adamın şehrinde ne geziyordu? Günler boyu yengesinin peşinde gezmiş fakat ağzından tek kelime alamamıştı. Nihayetinde Havin'i sıkıştırıp öğrenmişti gerçekleri.

Fakat sürprizler bitmek bilmiyordu Azat'a. Reyyan'ın İstanbul'da oluşunun haberini aldığı yetmezmiş gibi, kaldığı evi bulduğunda duydukları beyninden vurmuştu onu. Sadece bir gün! Bir gün erken bulabilseydi Reyyan'ı, şu an bu herifin yanında değil, eskisi gibi konakta olmuş olacaktı. Miran ondan önce davranıp Reyyan'ı kaçırmıştı.

Sanki düşüncelerini okumuştu Miran. "Yine geç kaldın." Zaferi gözlerinden okunuyordu. Onca kalabalığın arasında bu tehlikeli suskunluğu bozan kişi, Miran olmuştu. Bakışlarının odağında Azat, dudaklarında ise tehdit vaat eden bir kıvrım vardı. "Usanmadın mı Azat?" diye sordu alayla. Sakin duruşunun altında, patlamaya hazır bir adam olduğu inkâr edilemezdi.

Azat'ın gözünün bile değmesini istemiyordu Reyyan'a.

"Reyyan nerede?" diye sordu Azat oldukça kötü bir ses tonuyla. Şu an Azat'ın ne denli kötü hislere sahip olduğu tartışılmazdı. Sorusunun ardından gözleri kapının ardına, göremediği eve kaydı. Reyyan oradaydı, biliyordu. Ölüyordu.

"Yanlış soru," dedi Miran parmağını sallayarak. Tüm bu sessizlik, birazdan kopacak kıyametin habercisiydi. Birazdan İstanbul, büyük fırtınalara şahit olacaktı. "Esas kendine sormalısın, benim burada ne işim var diye."

Azat yumruklarını sıktı. Amcasına rağmen, Miran'ı öldürmemek için zor tutuyordu kendisini. Miran'ın ne yapmaya çalıştığını da anlamıyordu. Bir intikam uğruna masum bir insanın hayallerini kirleterek savaş açmıştı kendilerine. Reyyan bu yolda heder olmuştu. Reyyan'la bir alakası kalmadığı ve zaten evli olduğu halde Miran neden Reyyan'ı yanında tutuyordu hâlâ?

"Sana Reyyan nerede diye sordum!" Dişlerini sıkmıştı. Biraz sonra, hâlâ böyle sakin davranabileceğini hiç sanmıyordu.

"O ismi," dedi Miran diş bilercesine. Öfkesi zehirleyecek kadar kuvvetliydi. "Ağzına alma bir daha."

Daha fazla dayanamadı Azat. Bel boşluğundan çektiği silahı Miran'a hedef alırken Ali, Murat ve diğerleri de atağa geçmişlerdi. Oysa Miran, bu anlardan nefret ediyordu. Silah görmek, öfkesini daha fena körüklüyordu. Buna rağmen, alayla gülümsedi.

Bu kışkırtıcı gülüşünün altında aslında giderek büyüyen bir kin, hiç bitmeyecek bir nefret saklıydı. Babasını öldürdükleri yetmiyor muydu? Burnundan soludu nefesini. Öfke gözlerinde dalgalandı deniz misali. "Vuracak mısın beni?"

"Tereddüt etmem," diye fısıldadı Azat. Sessiz ama bir o kadar da gürültülüydü kelimeleri.

"Senin buna ne gücün yeter ne de yüreğin!" Miran'ın gerginliği şahlandıracak derecede yükselen ses tonu, Arda'nın kriz geçirmesine sebep olacaktı. Bu adamların şakası olmazdı. Miran nasıl böyle korkusuz olabiliyordu?

Azat'a doğru yürüdü korkusuzca. Her an üzerine saçılabilecek kurşunlara rağmen. Namlusunu tuttuğu silahı yere indirirken, gözlerini gözlerine dikti. Aynı silah, iki öfkeli adamın elinde sımsıkı dururken, düşman taraflar birbirlerine saldıracak gibi bakıyorlardı. "Ne sen Hazar Şanoğlu'sun," dedi Miran bastıra bastıra. "Ne de ben yıllar önce ölen Ahmet Karaman'ım!"

Azat'ın dudaklarında tehlikeli bir gülüş yer edindi ansızın. "Öyle mi?" diye sordu dişlerini sıkarken. "Öldüremem mi seni?" Miran'ın parmaklarına değen soğuk namluyu hızla çekip Miran'ın bu sefer kafasına dayadığında Murat da hiç düşünmeden Azat'a silah doğrulttu.

"Şimdi burada... Çeksem vursam seni! Tam alnının ortasından!" Susup derin bir nefes aldığında, öfkeli mavi gözlere biraz daha yaklaştı. "Kim alır seni ellerimden?"

"Seni bizim elimizden kim alır?" Bu hırçın ses Arda'ya aitti. "İndir o silahı şerefsiz! Aksi takdirde," deyip sustuğunda gözleri Murat'a çevrildi. "Senin de beynin dağılır!" Miran'ın yanında esasen temiz, ama hiç düşünmeden uğrunda elini kirletebilecek kadar vefalı adamlar vardı.

"Tüm bunlara gerek kalmayacak," dedi Miran bir kez daha Azat'ın ona doğrulttuğu silahı elleri arasında sıkarak yere çevirirken. "Çünkü bugün, benim evimin önünde o silah asla sıkılmayacak!"

Sözlerinin hemen ardından havaya doğrulttu Azat namlunun ucunu. Peş peşe kaç el sıkmıştı bilmiyordu. Bu bir gözdağı veya gösteri değildi. Bilakis, tehditti. Gerçekten de hiç düşünmeden kafasına sıkabilecek kadar karartmıştı gözünü. Azat silahı yere indirirken Miran yakasına asıldı. Yumruğunun ucunda biriken öfkeyi bu adamın suratında patlatacaktı. Fakat beklenmeyen bir şey oldu.

Demir kapının hemen ardında Reyyan'ın çığlığı duyuldu. Kapı birden aralandı ve korkudan beti benzi atmış bir halde belirdi Reyyan. Gözlerinde korkunun kıvılcımları titreşirken eli kuşlar gibi kanat çırpan yüreğindeydi.

"Miran! Miran!" Halsiz kalan bedenini kapıya yasladı bitkince. Eve girdiğinden beri bir şey olacak endişesiyle kendisini kemirmiş, silah seslerini duyunca da zangır zangır titreyen bedenini zor atmıştı dışarıya. Miran'ı karşısında sapasağlam görünce derin bir nefes almıştı almasına ama bir kuralı yıkmış ve bu kapıdan dışarıya çıkmıştı.

Önce Miran, ardından Azat'la göz göze geldi. Korkunun dem tuttuğu soluğu bağrını yırtarken mühürlü dudakları aralanmıyordu. Azat'ın gözlerinden kaçırdı gözlerini. En son düğün günü gördüğü amcasının oğlunu, sanki yıllardan sonra ilk defa görüyordu.

Reyyan için düğünden sonra sanki yıllar geçmişti.

Miran, Reyyan'ı kapıda görür görmez, Azat'ın yakasına sardığı ellerini serbest bırakıp kapıya koştu. Reyyan'ı o kapıdan çıkmaması konusundan uyarmıştı. Saniyeler sürmedi, Miran, Reyyan'ı kolundan tutup geldiği gibi içeriye çekerken, kapıyı kapatmasına bile fırsat kalmadan Azat da ardından girdi. Girer girmez de kapıyı örttü. Şimdi sadece üçü vardı. Kalabalık, demir kapının ardında kalmıştı.

"Ben sana gelme demedim mi?" diye bağırdı Miran kontrollü bir ses tonuyla. Azat'la Reyyan'ın karşı karşıya gelmesini istemiyordu. Aklını çelecek, onu alıp götürecek diye ödü kopuyordu çünkü.

"Ben," dedi telaşla Reyyan, elleri kalbinin üzerini buldu. Korkuyla çarpan ritimlerini avuçlarının arasında hissedebiliyordu. "Bir şey oldu sandım, korktum!" Gözlerini Miran'ın üzerinden çekerken birkaç saniye Azat'a odakladı ve ardından yere çevirdi.

Azat, Reyyan'a doğru bir adım attığında Miran'ın engeline takıldı. Miran omzuna vurarak geriye doğru itti Azat'ı. "Yaklaşma," diye bağırdı uyaran sesiyle. "Sakın ona dokunma!" Bu denli korumacı tavrının altında düşman oluşları değil, aynı kadına âşık oluşları yatıyordu. Reyyan bunu bilmiyordu.

"Kimi kimden koruyorsun lan sen?" Azat, Miran'ın yüzüne kuvvetli bir yumruk geçirdi. Reyyan'ın gözleri korkuyla açıldı. Miran patlayan dudağının etkisiyle kontrolünü kaybederek Azat'a yumruğunu geri iade ederken, Reyyan'ın sarsıcı çığlığıyla duraksadı.

"Durun! Yeter, yapmayın Allah aşkına!" Titreyen ellerini kaldırıp aklını yitirmiş gibi suratına bastırdı. Gözyaşları, gücünü korkudan alan bir fırtına gibi savruldu gözlerinden. Geceye karışan nihai çığlığı birbirinden öfkeli iki adamı durdurmaya yetecek miydi bilmiyordu ama bitsin istiyordu. Her ne kadar bu savaşın sebebi değil, aracısı olsa da suçlu hissediyordu kendini.

"Oyuncak mıyım ben?" Hüzünlü sesi ikisinin de yüreğini dağladı. "Neyin kavgası bu?"

Azat bakışlarını Reyyan'a çevirdi. Miran üzerinden bir adım geriye giderken o da pes edip kenara çekilmişti. Görmeyeli solmuştu gül rengi. O da aynı şeyleri hissediyordu. Sanki görüşmeyeli, aradan yıllar geçmiş gibiydi. "Neyin kavgası mı?" Şaşkındı Azat. Miran'ı gösterdi parmağını kaldırıp. "Bu adamın sana ve bize ne yaptığını hatırlatmama gerek var mı?"

Reyyan yüzünü yere eğdi. Bir kez bile unutmadığı o gerçek her gece bir kâbus gibi boynuna dolanıp düşlerine kastederken hatırlatmanın ne gereği vardı?

"Hiçbir şeyi unutmadım," dedi bitkince. "Aksine, hâlâ dün gibi yaşıyorum." Sözleri Miran'ı uçurumun kenarına sürüklerken Azat'a delice bir cesaret veriyordu. Ama yine de anlam veremiyordu Azat.

"O zaman burada, bu adamın yanında ne işin var be Reyyan?" Öyle sitem doluydu ki sesi, Reyyan hıçkıra hıçkıra ağlamak istedi. Sırılsıklam olana kadar ağlamak istedi. Aynı acıyla harmanlanmış bir ukde gelip oturmuştu kalbinin üzerine. Hak ettiği yaşam ile ona reva görülen yaşam arasındaki ince çizgide kalakaldı.

Sessizliği ölüm gibiydi. İki adam da son nefesini veriyormuş gibi çırpınıyordu, mutlu olacakları bir cümle duyabilmek için. Miran haksızdı, biliyor ve susuyordu. Yine de Reyyan giderse, bu şehir ona mezar olurdu.

"Sen bir şey yapmadın," dedi Azat çaresizce. "En masum olan sensin." Söze nereden nasıl başlayacağını kestiremiyordu. Sadece çırpınıyordu. Bu gece, burada kaybeden olmak istemiyordu. Hiç kazanamadığı halde.

"Bilemezdin, bilseydin onunla evlenmek istemezdin." Miran'a tiksinerek baktı. "Bilemedik, bilseydik, seni ona verir miydik?" Reyyan'ın boynu hâlâ bükük, gözleri yere devrikti. Suçsuz olduğu halde utanıyor oluşu, Azat'ı kahrediyordu. "Başını eğme Reyyan. Sen suçlu değilsin."

Reyyan'a doğru birkaç adım attığında Miran yerinden kıpırdamadı. Herhangi bir engelleme girişiminde bulunmadı. Eli kolu bağlı bekliyordu ne olacağını. Azat'ın sözleri Reyyan'ı gitmeye ikna edecek diye korkuyordu. Eğer Reyyan giderse, Miran biterdi. Olmak istediği adam olamaz, çıkmaya çalıştığı karanlıklarda boğulurdu.

"Neden burada olduğunun bir önemi yok," diye devam

etti Azat, Reyyan'ın önünde durduğunda. Kahretsin ki aşk boynunu bükmüştü. Yüzüne bakmıyor olsa da, yüzünü görmek iyi gelmişti ona. "Biliyorum, o seni burada zorla tutuyor."

Miran hâlâ suskundu. Nasıl böyle kalabildiğine hayret etmiyor değildi. Aşktı bunun sebebi. İnsanın elini kolunu bağlayan, dudaklarına mühür vuran, çaresiz biçareye çeviren.

"Ben seni götürmeye geldim, sen hiçbir şeye mecbur değilsin. Biliyorum, korkuyorsun. Ama söz veriyorum, kimse sana dokunamayacak. Kim ne derse desin bırak, başını dik tut!"

"Reyyan benimle kalmak istiyor," diye araya girdi Miran. Daha fazla dayanamamıştı. Reyyan gözlerini kaldırıp Miran'a baktı. İlk defa bu kadar büyük bir çaresizlik gördü o gözlerde. Gitme diye yalvarır gibiydi Miran. Oysa tam vakti gelmişti. Bir gidişle kendine yapılanı ödetmek, terk edildiği gibi terk etmek isterdi Reyyan. Kahretsin ki, elini kolunu bağlayan sebepler vardı. Başta içindeki gurursuz aşk ve günden güne filizlenen yavrusu engeldi ona. Reyyan'ın gitmek için bir sebebi varken, gitmemek için birçok nedeni vardı.

Gidemezdi.

"Sen ağzını açma!" diye bağırdı Azat. Ve ardından elini uzattı Reyyan'a. Bunu neden yaptığını bilmiyordu. "Hadi gidelim Reyyan. Neyi bekliyorsun ha, neyi?"

Reyyan'ın yüreği sıkıştı. Ağlamamak için sıktığı çenesi ta kalbini ağrıtırken o kelimeyi söyleyememek ne zor şeydi? Yaşadıklarına, gururuna, çektiği ıstıraba ve uykusuz ettiği sabahlara ihanet edercesine döktü dilinden o tek kelimelik cümleyi.

"Gelmiyorum."

O tek sözcükle yıkıldı Azat. Onun tanıdığı Reyyan değildi bu karşısındaki. Onun sevdiği değildi... Onun tanıdığı Reyyan, ölürdü de kalmazdı böyle bir adamın yanında. Çenesini Miran'a doğru kaldırıp onu işaret ederken gözlerini Reyyan'dan ayırmadı. "İnanmam buna," dedi çaresizce. "Neyle tehdit ediyor seni, neyle korkutuyor?"

"Hiçbir şey," dedi Reyyan. "Azat, git buradan!"

Yüzüne acılı bir tebessüm sirayet etti Azat'ın. "Bu şerefsizle kalmak istiyorsun yani?"

Miran, Azat'ın sıraladığı hareketlere yumruk sıkıp ona saldırmamak için kendisini zor tutuyordu. Bu gece sükûnete boyun eğiyorsa, hepsi Reyyan içindi.

"Bu adam senin ailenin düşmanı!" Azat hayretler içindeydi. Reyyan'ın gelmiyorum sözü onu şaşkınlığın da ötesine sürüklemişti. "Bu adam başka bir kadının kocası," dedi soluk soluğa. Bağırıyordu. Kinini başka türlü nasıl kusardı ki? Reyyan'ı düştüğü bu yanlıştan nasıl döndürürdü? "Lan bu adam seni kandırmadı mı? Ne demek gelmiyorum, ne demek?"

İyileşmesi zor, hatta imkânsız bir yara daha aldı Reyyan. Azat'ın sözleri yaralı gönlünü, ağır bir darbe misali vurulmuşçasına kana boyamıştı.

Tıpkı nefesi gibi, dermanı da kesildi Azat'ın. Sorularının yanıtsız kalışı en büyük cevap olmuştu ona. Reyyan, Azat'ın sadece amca kızı değildi, gözünden sakındığıydı. Gönlündeki en büyük yarası. Son bir gayretle toparladı sözlerini. Miran'ın gözleri üzerinden ayrılmazken Azat sadece Reyyan'a bakıyordu. Reyyan ise bakışlarını yerden kaldırmıyordu. "Ne ara bu kadar midesiz oldun?" diye sordu isyan eder gibi.

Sesli bir hıçkırık firar etti Reyyan'ın dudaklarından. Miran ise tahammül noktasının sınırlarındaydı. Reyyan'ın gözünde yeniden kötü adam olmak istemiyordu. Gerçi gözündeki yeri neydi, onu da bilmiyordu.

"Sen Reyyan'ı neden bu kadar düşünüyorsun?" Miran, gecenin fitilini çekecek sözleri sarf ederek Azat'ı zor duruma, Reyyan'ın da aklına karmaşık bir soru soktu. Ellerini birbirine öfkeyle sürterken gözlerini Azat'tan ayırmıyordu. "Söylemek ister misin Reyyan'a? Bu iyi niyetinin altında yatan gerçek niyeti!"

Azat'ı can evinden vuruyordu Miran, sanki daha önce hiç vurmamış gibi. Reyyan'ı sevdiğini sır gibi saklarken, bu gerçeği kendisinden bile sakınırken Miran'ın bu şekilde ortaya dökmesine izin veremezdi. Uyarıcı bakışlarını Miran'ın gözlerine dikti. Sakın söyleme der gibiydi.

Derin bir sessizlik oldu. Ne Azat'tan ne de Reyyan'dan bir ses çıkmayınca Miran da susmak zorunda kaldı. Kendi ağzıyla söyleyemezdi ki bunu sevdiği kadına. "Azat seni seviyor," diyemezdi. Zaten bu durum kanına da yüreğine de dokunuyordu.

Sessizliği sert tınısıyla bozdu Azat. "Yüzüme bak!" diye haykırdı. Reyyan'ın ıslak gözleri Azat'a çevrildiğinde Azat kendisini gösterdi eliyle. "Bana bak, yüzüme bak," diye tekrarladı bir kez daha. "Bu son görüşün olacak çünkü. Bu yüzde anneni gör, Bedirhan'ı gör, Havin'i gör. Çünkü bir daha hiçbirimizi göremeyeceksin. Sen seçimini ondan yana yaptın. Senin artık ne bir ailen var ne de geri dönebileceğin bir şehrin!"

Reyyan suskundu, hıçkırıyordu.

Azat ise perişandı. "Bir gün olsun aynı kanı taşımadığımızı hissettirdik mi sana?"

Matem dolu bir rüzgâr esti semada. Bu sözler, Miran'ın kulaklarına dolup inanılması zor olan bir gerçeği derin derin nakşetti. Azat az önce ne demek istemişti?

Reyyan bir hıçkırığı daha gökyüzüne paraladı içlice. Gece uzundu. Bitmek bilmiyordu. Konuşmak için çırpındığınız halde, susmanın verdiği çaresizliği bilir misiniz? Kadınlar hep susturulurdu. Bazen zorla, bazen mecbur bırakılarak. Kadın olmak hep zordu. Ağzını kanatan onca sözcüğü dilediğin gibi haykıramazsın, eğer kadınsan. Acını bile sessiz yaşarsın. *Aman, kimse duymasın.*

"Yaşa şimdi bu adamla ömrünün sonuna kadar!" Azat haddinden fazla kırgın, haddinden fazla yaralıydı. Aşk denilen illet, hangi vefakâr yüreği sağlam bırakırdı? Eğer seviyorsa insan, ömründe bir kez de olsa tadardı bu acıyı. Aşkın öteki yüzüydü bu. "Senin için," dediğinde kelimeler diline dolandı. Allah biliyordu ya, çok zordu, hiç başlamamış bir aşka veda etmek. "Artık Mardin diye bir diyar yok!"

Arkasını döndü. Yaşama sırt çevirir gibi, ölüme gider gibi hızlı adımlarla savurdu bedenini, dakikalar önce girmek için can attığı kapıdan dışarı. Arkasına bile bakmadı Azat. Çünkü geriye dönmeye değer bir şey kalmamıştı. Bir yolun daha sonuna gelinmişti. Bir son daha görmüştü yüreği. İki son dağlamıştı ciğerini. İlki Reyyan'ın gelinlikle konaktan çıktığı gün, ikincisi bugün! Acıyan kalbine vurmak istedi. Kabul etmiyordu kalbinin Reyyan için atmasını. Gerekirse o yüreği yerinden sökecek, bir daha Reyyan demesine izin vermeyecekti.

Bitmişti... Sabrettiği, beklediği, uykusuz gecelerde diline türkü ettiği o koca sevda küçülüp yok olmuştu. Bundan sonra Reyyan demeyecekti dili ve onun adını yazmayacaktı kalemi. O kalemi bugün kırdı Azat. Kırdı ve uçurumdan attı. Şimdi Azat için, İstanbul'a veda vaktiydi.

Kapıdan çıktığından beri şaşkın yüzler geziniyordu üzerinde. Arabasına binerken Bekir geldi yanına. O da şaşkındı. Hani bu evin kapısından Reyyan'ı alarak çıkacaktı bu adam? Soramazdı. Zaten belli değil miydi son? Azat, Reyyan'sız dönmeyeceğine dair ettiği yeminin kefaretini ağır ödeyecekti.

"Nereye Azat?" diye soran dostunun yüzüne bakamadı. Bakacak yüzü kalmamıştı. Bedeni titriyor, elleri titriyordu. "Gidiyorum," dedi isyankârca. "Şeytan görsün yüzlerini!"

Bekir pek bir şey anlamasa da kafasını sallamakla yetindi. Azat pek iyi görünmüyordu çünkü. Elini omzuna koydu. "Dikkatli kullan. Geliyoruz arkandan."

Azat hiçbir şey söylemeden gazladı arabayı. Bir an önce uzaklaşmak istiyordu buradan. Neyin davasını gütmüştü ki bunca zaman? Koskoca bir yalana inanmıştı. Onun tanıdığı Reyyan ölse de Miran'ın adını anmazdı. Nasıl değişebilmişti bu kadar? Değer miydi tüm bu olanlardan sonra onunla yaşamaya? Aklı almıyordu Azat'ın. Onun kitabında hainliğe de, şerefsizliğe de yer yoktu. Yanlış yapanı tek seferde siler atardı. Reyyan onurunu nasıl hiçe saymıştı o adam için? Aklı almıyordu, aklı alsa içi kabul etmiyordu.

Midesi bulanıyordu.

Ne yapsa dinmeyecek bir sızı girdi kanına, içindeki ateş hiç sönmeyecekti. "Değer mi aşk için..." Ellerini direksiyona ardı ardına vurdu. "Değer miydi?"

Oysa Azat gururuna değişmezdi hiçbir sevdayı. Reyyan onun kalbinde izi bile kalmayacak kara bir lekeydi artık. "Adam gibi sevdim ben," diye mırıldandı. "Adam gibi sevdim. Sen değmezsin!"

Bir daha bu şehre hiç gelmemek üzere dönüyordu Mardin'e. Başladığı yerde bitirecekti sevdasını. Dillerden dillere aktarılacak kadar destansı bir sevdanın nasıl gömüldüğüne şahit olacaktı Mardin. Derin bir nefes aldı sakinleşmek için ama yok, yok, yok! Öfkesi dinmiyordu. Her bir uzvu, hissettiklerine şahitlik edercesine acıyordu. Ve şu an en büyük kuralını yıkıyordu Azat Şanoğlu. Neyin nesiydi bu yanaklarına değen ıslaklık? Ağlıyor muydu yoksa?

Azat ağlıyor muydu?

Elinin tersiyle dokundu suratına. Gözlerinden akıp sakallarından süzülen o yaşlarla bir kere daha yıkılmıştı. "Sana değil Reyyan," diye bağırdı şiddetle.

"Bana yazıklar olsun... Sana değil, bana lanet olsun. Allah seni değil, beni kahretsin!"

21

DİLENCİ

Mardin

Genç adam, onu küle çeviren acıyla birlikte döndü Mardin'e. Gecesinde ona birbirinden deli yaralar bahşeden şehri gerisinde bırakmıştı. Onun tek derdi artık, yüreğindeki uhrevi sancılarla başa çıkabilmek olacaktı. Topraklarının kokusunu içine çekti, uzun uzun... Ciğerlerine dolan o çok sevdiği toprak kokusu dahi, içindeki yaraya deva olmuyordu. Yanıyordu Azat. Bir adamın yüreği bir kadın için ne kadar yanabilirse, o kadar yanıyordu.

Midyat'ta sabah olmak üzereydi. İstanbul defterini kapatıp Mardin'e *Reyyan'sız* döndüğüne inanamıyordu Azat. Üzerine kara bir çizgi çekmişti tüm köhne umutlarının. Bundan sonra Reyyan yoktu. Aslında hiç olmadığı gibi... Ne adları geçecek ne de yüz yüze geleceklerdi bu saatten sonra. Azat, Reyyan'a Mardin'i yasak etmişti!

Konağa doğru yol alırken içi içini yiyordu. Amcasını ve babasını karşısına alarak düşmüştü İstanbul yollarına. Ve ne olursa olsun, Reyyan'la birlikte döneceğine dair yemin etmişti. Yalan olan yemininin öfkesiyle avuçlarını birbirine hiddetle bastırdı. Hakikat buydu işte. Reyyan, Miran'ı gurursuz seviyordu ve hep de sevecekti. Neden böyle zordu kabullenmesi?

Onuru tiksinerek yüz çevirirken bu aşka, yüreğinin hâlâ dilenci gibi o aşkı dilenmesi. *Neden?*

Konağa yaklaştıkça içine dolan sıkıntılar, ruhuna pervasızca işkence ediyordu. Kimseyi görmeden girmeliydi eve. Tek bir göz görmemeli, tek bir söz duymamalıydı. Fakat kaçarak bu yaradan da kurtulamazdı, biliyordu. Acısı geçene kadar kaç şişe vuracaktı, kaç kurşun salacaktı gökyüzüne? Bilmiyordu. Bildiği tek şey, bu acı kolay kolay geçmeyecekti. Azat kendinden geçecekti, ama acısı geçmeyecekti.

Konağa girdiğinde saat sabah yedi civarıydı. Muhtemelen şu an herkes yeni yeni uyanıyordu. Yavaş adımlarla merdivenleri çıktı. Merdiven bitiminde, bakışlarının o noktaya kaymaması için diretse de gözleri Reyyan'ın odasına kaydı. Şeytan diyordu ki, *al eline benzini, ateşe ver şu odayı!* Reyyan'a dair gördüğü her iz onu çıldırtmaya yetiyordu. Dile kolay, kaç sene birlikte yaşamışlardı. Değil odayı yakmak, bütün konağı yaksa silinmezdi izler. Midyat'ın efsunlu sokakları şahitti çocukluklarına. Derin bir nefes alıp gözlerini yumarken sıkmaktan mecal kalmayan ellerini hâlâ kuvvetle bastırıyordu birbirine. Hızla yürüdü odasına. İçinde dağ gibi büyüyen öfkesini nereden ve nasıl çıkaracağını bilmiyordu.

Odasının kapısını açmasıyla Dilan'la burun buruna gelmesi bir oldu. Bakışlarını Dilan'dan çekip odasına göz attı. Karşısında Azat'ı gören genç kız da neye uğradığını şaşırmıştı zaten. Bir an ellerinde duran kıyafetleri yere düşürecek oldu fakat hızla toparladı. Deli gibi çarpan yüreği de cabasıydı, neredeyse Azat duyacaktı.

"Çamaşırlar," dedi elindekileri gösterirken. Oysa Azat hiçbir şey sormamıştı ona. Dilan panikten ne dediğini bilmiyordu. "Kirlilerdi. Onları almak için gelmiştim." Azat umursamaz bir tavırla odasına girdiğinde Dilan da bir an önce buradan kaçmak için odadan çıktı.

"Bir dakika Dilan." Azat'ın kendi adını anmasıyla duraksadı, kapıyı örtmek üzereydi.

"Bir daha çamaşırlarımı Havin alsın. Benim odama sen gelme." Dilan bir şey söylemeden, sessiz sedasız örttü kapıyı. Azat yanlış bir şey söylememişti, doğru olan buydu ama yine de kırılmıştı onu seven kalbi. Bir de üzerinde Reyyan'ı görememenin verdiği şok vardı. Azat, Reyyan için gitmişti İstanbul'a ama yalnız dönmüştü. Yalan yoktu, üzülmüyor seviniyordu Dilan. Reyyan bu konağa geri dönerse ve Azat gözlerinin önünde onu severse nasıl nefes alırdı ki?

Konakta herkes kahvaltı için uyandığında Dilan mutfaktaydı. Uykulu gözlerini ovalaya ovalaya mutfağa giren Havin kahvaltı için yardıma başladı. Dilan'ın titreyen elleri gözünden kaçmamıştı Havin'in. Tepsiye çay bardaklarını yerleştirirken resmen bardaklar birbirine çarpıyordu. Havin elindeki ekmek sepetini tezgâha bırakıp Dilan'ın elindeki çay tepsisini yere düşmeden evvel aldı. Dikkatli bakışlarını Dilan'ın gözlerine dikti. "Neyin var Dilan?" diye sordu endişeyle. "Titriyorsun, hasta mısın yoksa?"

Dilan başını salladı hayır anlamında. Şimdi Azat'ın döndüğünü söylese, Havin ortalığı velveleye verebilirdi. Üstelik nerede gördün diye soracak olsa, verecek bir cevabı yoktu. Sabahın köründe Azat'ın odasından çıkarken yakalandım diyemezdi.

"Tamam, neyse sen otur, ben hallederim," dedi Havin.

Pek inanmış gibi görünmüyordu ama fazla kurcalamadı. Dilan ise kendisi sandalyeye zor bıraktı. Hâlâ Azat'ı görmenin garip sevinci vardı içinde.

Buruk bir kahvaltı masasında buluştu herkes. Reyyan'dan sonra annesinin yüzü pek gülmez olmuştu. Onun bu neşesizliği herkesin gerilmesine sebep oluyordu. Hazar Şanoğlu desen, gerçekleri öğrendiğinden beri ağzını bıçak açmıyordu adamın. Bir de Azat'ın Reyyan'ı almak için İstanbul'a gidişi, evde soğuk rüzgârların esmesine neden olmuştu. Araları bozulmuştu iki eltinin. Zehra Hanım ve Delal Hanım birbirlerinin yüzüne bakmıyordu.

Havin bardaklara çay doldururken Delal Hanım tiz sesiyle bağırdı. Herkesin bakışları aynı anda kapıya yöneldi. Azat gelmişti.

"Oğlum, Azadım!" Büyük bir neşeyle parladı Delal kadının gözleri. Azat'ın yalnız olduğunu görmesi yüreğine bir ferahlık verdi. Şimdi herkes endişe ve merakla neler olduğunu duymak istiyordu Azat'ın ağzından. Azat kahvaltı masasına doğru yaklaşırken, Dilan mutfak penceresinden seyrediyordu gizlice. Her zaman olduğu gibi, her gün bu pencereden seyrederdi Azat'ı. Mutfak çok büyüktü. İki büyük penceresi vardı. Biri salona biri avluya açılan. Ve bu pencereler sanki Dilan, Azat'ı seyretsin diye yapılmıştı.

Azat'ın asık suratı evdekilerin konuşma cesaretini kırdı. Zehra Hanım'ın ise kalbi sıkıştı. Reyyan'ı görmüş müydü Azat? Neler olmuştu? Nasıldı canının içi? Bir yanı Reyyan konağa geri dönmediği için sevinirken diğer yanı paramparça oluyordu.

"Abine çay doldur Havin." Delal Hanım hiçbir şey olmamış gibi davranmaya çalışıyor, konunun Reyyan'a gelmesini engelliyordu aklınca. Havin bardağa çayı doldururken bütün gözler Azat'ın üzerindeydi. Masadaki herkes ağzından çıkacak bir açıklamayı merakla bekliyordu. Azat suskunluğunu devam ettirince Hazar Bey kırdı dudaklarının kilidini.

"Reyyan nasıl?" diye sordu. Bu soru karısının gözlerini yaşarttı. Elinde tuttuğu çatalı sıkıyordu Zehra Hanım. Azat ise amcasının sorusu üzerine yumruklarını sıktı. Herkes bir şekilde Reyyan'ı ona soracaktı, biliyordu ve bu Azat'ın hiç hoşuna gitmiyordu. Kimi gözleriyle, kimi sözleriyle... Yutkundu Azat, dilinin ucuna kadar gelen hakareti geri gönderdi inatla. Bir kere konuşulacaktı bu konu ve ardından sonsuza kadar kapanacaktı Reyyan defteri.

Bakışları masadaki bütün gözlerle tek tek buluştu. "Çok iyi," dedi alayla gülümseyerek. "Ailesinin düşmanı olan bir kalleşin yanında ve halinden gayet memnun!" Gülüşü dudaklarından anbean silinirken parmağını kaldırıp ortaya dikti. "Bana Reyyan demeyin!" Sesi çok sertti, doruklardaki öfkesini gözler önüne sermekten çekinmiyordu. "O seçimini yaptı. Bir daha bu evin kapısından içeri adımını bile atamaz!"

Zehra Hanım'ın elindeki çatal önündeki tabağa düştüğünde büyük bir gürültü çıkarmıştı. Bedirhan hızla çektiği sandalyesinden kalkıp ellerini masaya koydu sertçe. "Bu ne demek abi? Ne demek Reyyan bu eve bir daha giremez?"

Öfkesini sakınmayan duruşuyla hızla kalktı masadan Azat. Tüm sinirini şu anda burada bulunan insanlardan, hatta bizzat Bedirhan'dan çıkarabilirdi. "Senin ablan olacak," diye bağırdığında sustu. Ağzına kötü bir söz almadı. Çirkinleşmek istemiyordu. "Seçimini o şerefsizden yana yaptı! Bir daha buraya asla gelemez demek!" Bakışları Bedirhan'dan ayrılıp masadaki gözlerde gezindi. Hiç şüphesiz annesi Delal Hanım, keyiften dört köşe oluyordu. "Neyini anlamıyorsunuz?"

Bedirhan burnundan solumaya başladı sinirinden. En az Azat kadar öfkeliydi Reyyan'a, Miran'ı tercih ettiği için. Ama bu onun suçsuz olduğu gerçeğini değiştirmiyordu ki. Ablasının yalan bir evliliğe, düşmanlarına kurban gidişi en çok kendilerinin suçuydu.

"Neden kolundan tutup getirmedin onu? Yemin etmiştin, unuttun mu?" Sözlerinin üzerine gözlerini babasına çevirdi Bedirhan. Neden Miran konusunda bu kadar pasif davrandığını ve sessiz kaldığını anlayamıyordu.

Duyduğu sözler patlamaya hazır bir bomba gibi olan öfkesini daha da körükledi Azat'ın. Öfkesinin en deli halini yaşıyordu şu an. Masanın örtüsünü bir hışımla çektiğinde her şey yerle bir oldu. "Saçından mı sürükleyecektim? Gücün yetiyorsa gidip sen getirseydin!" Gözleri amcasına çevrildi. "Miran sadece namusuna değil, yarın bir gün canına da kast edecek. Sessizliğinin kurbanı olacaksın amca!"

Tartışma boyutunun tatsız bir noktaya varacağı belliydi. Cihan Bey, elini kaldırdı gür sesiyle bağırırken. "Yeter! Susun ikiniz de! Kim oluyorsunuz da masada büyükleriniz varken böyle densizlik edebiliyorsunuz?"

Babasının öfkeli sesi üzerine Azat adımlarını salonun kapısına yöneltti. Hazar Bey ellerini alnına kapatmıştı. Dayanamıyordu artık bu tablolara. Kapıdan çıkmadan önce arkasını döndü Azat, tüm gözlere son bir kez baktı. "Sizi uyarıyorum," diye gürledi parmaklarını sallarken. "Bu evde onun ve o şerefsizin adı bile geçmeyecek, aksi takdirde yapacaklarımdan ben sorumlu değilim!"

Bir hafta sonra...

Okyanus bakışlı adam, birkaç adım uzağında oturuyor, yılgın bakışlarını çehresinde büyük bir hasretle gezdiriyordu. Aşka susamış yanlarına azap veren bu bakışlar dinmek bilmeyen öfkesini de harlıyordu aynı zamanda.

Aşkı da birdi nefreti de. Bu adamı nefret ede ede seviyor, severken acıdan bin parçaya bölünüyordu. Bir kural gibi, sarsılmaz bir bütün halini almıştı bu durum. Reyyan kaçıyor, Miran kovalıyordu.

Hayat her insana aynı muameleyi yapmıyordu. Yazgıyı belirleyen kader adil olmuyordu her zaman. Kimi insanlar gülmekten yorulurken, kimileri ağlamaktan dermansız kalıyordu. Miran kadar Reyyan da nasibini almıştı hayatın acımasız yüzünden. Güldürmeyen bahtı hep ağlatıyordu. Mutluluk bir nefes kadar yakınken hiç olmadığı kadar da uzaktı. Ha deyince gülünmüyor, ha deyince unutulmuyordu yaşananlar. Ve kimse anlamıyordu onları, kendileri bile.

Azat'ın bir fırtına misali eserek her şeyi daha da içinden çıkılamaz bir duruma soktuğu günden beri Miran, kendisini eskisinden daha suçlu hissediyordu. Çünkü hiçbir soruna yer vermeyip, en ince detayına kadar kafa patlattığı intikam planında atladığı ayrıntı, kendi kalesine gol attırdı. Sorusuna bir yanıt alamayacağını bilse de bir kez daha sormak istedi. Reyyan pencerenin dibine, buğulanan cama bir şeyler çiziyordu parmaklarıyla.

"Neden bana söylemedin?"

Camın üzerinde titreyen parmaklarını usulca çekti Reyyan. Arkasını dönmeden, sessizce konuştu. Siyah dalgalı saçları yüzünü gizliyordu. "Söylesem ne değişecekti? Vazgeçecek miydin oynayacağın oyundan?"

"Evet," diye mırıldandı Miran, her ne kadar Reyyan ona inanmıyor olsa da. "Eğer o adamın öz kızı olmadığını bana daha önceden söylemiş olsaydın, ben böyle bir işe hiç kalkışmazdım." Hâlâ inanamıyordu. Bunu neden gizlemişlerdi? Reyyan neden hiç bahsetmemişti? Oturduğu koltuktan kalkıp Reyyan'ın yanına yürüdü.

"Nasıl bir işe?" Reyyan umursamaz gibi görünse de, Miran'ın ağzından çıkan her söz onda merak uyandırıyordu. Paslanmış kin duygularının üzerine örtülen sevda nakış gibi işliyordu içine günden güne. "Karşıma çıkmaz mıydın? Ne yapardın?"

"Seni bırakmazdım," dedi sesli bir nefes bırakarak. "Bu intikam oyununda sadece sen ve ben yandık. Asıl vurmak istediğim oydu ama ona bir şey olmadı."

Reyyan usul usul gezdirdi parmaklarını camın buğusunda. Konuşmak istemiyordu. Akşam vakti olduğu için cama yansıyan siluetini görüyordu Miran'ın. Gölgesini gördüğü adama parmaklarını dokunduruyordu yaramazca.

"Kafamda birbirinden deli sorular var," dedi Miran. Meraklı mavilerini Reyyan'ın üzerinde gezdirdi. "Ama sen sadece susuyorsun."

Omuz silkti Reyyan, gözleri yere çevrilirken. "Olanla ölene çare yok. Senin bana öyle bir kötülük yapacağını bilemezdim. Ne kadar yalancı olduğun, alnında da yazmıyordu gözlerinden de okunmuyordu. Tam tersi," diyerek bakışlarını, gardını düşüren adama çevirdi. "Gözlerinde gördüğüm tek şey güvendi. Kimsesizliğime çare olursun sanmıştım." Kafasını yavaşça sallarken dudakları sağa doğru kıvrıldı. "Yanılmışım."

Miran, Reyyan'ın kollarından tutup onu kendisine çevirdi. "Ben hâlâ o adamım," dedi medet umarcasına. Gözleri cennet bildiği diyarın ötesine geçmek için çırpınıyor ama yaralı kadın buna izin vermiyordu.

Reyyan, Miran'ın sözlerinden ziyade, kollarından tutuyor oluşuna kızdı. Aralarında bir mesafe olmasına dikkat ediyor, ona yaklaşmasına müsaade etmiyordu. Aksi halde ona kapılıp gideceğinden endişe duyuyordu. "Bana dokunmaz mısın lütfen?" Geriye çekilip kızgın gözlerle Miran'a baktığında genç adam münasebetsizce sırıttı.

"Bu elimde olan bir şey değil," dedi muzdarip bir ses tonuyla. "Sorularıma hâlâ yanıt vermiyorsun."

Reyyan bıkkınca devirdi gözlerini. "Babam ben daha doğmadan ölmüş. Annem de o adamla evlenmiş. Ben o evde doğdum, o evde büyüdüm. Babam olarak onu bildim." Suratı nedensizce asıldı. Çünkü birazdan söyleyeceği şeylere kendisi de akıl sır erdiremiyordu. "Neden bilmiyorum ama annem sıkı sıkı tembihlerdi beni. Onu babam olarak bilmemi söyler, babam olmadığını kimseye söylememem konusunda uyarırdı. Bu bizim ailemizin sırrı. Bunu kabul ederek büyüdüm ben. Kimse de yüzüme o aileye ait olmadığımı vurmadı bugüne kadar." Sözlerini tamamlar tamamlamaz gözlerini Miran'dan çekti.

Bu zamana kadar yüzüne vurulmayan gerçeği Azat o gün pervasızca haykırmıştı. Bundan dolayıydı Reyyan'ın günlerdir çektiği sancı.

"Anlamıyorum," dedi Miran. Kafası karışmıştı. "Annen dul bir kadındı madem, neden o adam annenle evlenmeyi kabul etti ki? Çok mu âşıktı?"

Reyyan annesiyle babasının arasında bir gönül bağının olmadığını iyi biliyordu. Bu evliliğin altında yatan nedeni bilmiyordu ama âşık olmadıkları kesindi. Çünkü birçok kez bir masal gibi fısıldamıştı kızının kulağına. Aslında hâlâ ilk kocasını, Reyyan'ın gerçek babasını sevdiğini.

"Bilmiyorum," diye uzaklaştı bağırırken. Pencereden birkaç adım geriye gitmiş, uzaktan dikmişti gözlerini Miran'a. "Sen bu konularda usta değil misin? Araştırıp öğrensene! Bana da daha fazla soru sorma!"

Reyyan'ın onu azarlar gibi konuşması Miran'ı ciddi ciddi sinirlendirse de sustu. Onun karşısında insanlar el pençe dururken, Reyyan böyle meydan okumuyor muydu, deliriyordu. Fakat bir yandan da hoşuna gitmiyor değildi, en çok böyle asi tavırlarını seviyordu.

"Benimle konuşurken," dedi uyarır bir sesle. "Ses tonuna dikkat edersen sevinirim."

Reyyan'ın kaşları inatla dikildi havaya. "Etmezsem ne olur?"

"Bir şey olmaz," diyerek dudak büktü Miran. "Ne olabilir ki?" Anında suya indirdi yelkenleri. Aşk denilen illet nasıl güçlü bir şeydi ki sesini dahi çıkaramaz olmuştu koskoca Miran Karaman? Düştüğü duruma gülse mi, ağlasa mı bilmiyordu. Küçük bir kızın karşısında böyle savunmasız kalacağını söyleseler asla inanmazdı herhalde. Tek derdi affedilmek olan bir adam olarak, her şeyini sineye çekiyordu. Bunca susmalarının sonu selamete varacak mıydı peki?

Reyyan salondan çıkıp giderken, "Nereye gidiyorsun?" diye sorsa da yanıt alamadı. Madem Reyyan sürekli kendisinden kaçmayı seçiyordu, Miran da kovalardı. Başka bir işi yoktu ki. Varı yoğu Reyyan, baktığı gördüğü Reyyan, aldığı nefes Reyyan'dı. Elini uzatıp kollarına sarabilecek kadar yakınındayken aralarına kilometrelerce mesafe katmasına dayanamıyordu.

Burnunda tütüyordu, *burnunun ucundaki kadın.*

Reyyan, Miran'ın da peşinden merdivenleri çıktığını görünce kaşlarını çatarak adımlarını hızlandırdı. Günlerdir böyle yapıyordu Miran. Nereye gitse oraya geliyor, bir dakika nefes aldırmıyordu Reyyan'a. Reyyan merdivenleri çıkıp odaya girdi, Miran gelmeden önce kapıyı örtüp kilitlemekti niyeti ama başaramadı. Miran son anda yetişmiş, kapıyı örtmesine izin vermeden geri açmıştı. Burnundan soluya soluya baktı Miran'ın gözlerine.

"Bir rahat ver artık!"

"Neden Reyyan?" diye sordu Miran çaresizce. Bu ayrılığa dayanamıyordu artık. "Neden sürekli kaçıyorsun benden?"

Reyyan parmağını kaldırıp Miran'ın suratına dikti. "Yüzünü görmek istemediğim için olabilir mi?"

"O zaman neden kaldın lan benimle?" Miran kendisini kaybedip tutarsız sözler sarf etmeye başladı. Reyyan'da da ipler kopmuştu zaten. Doğru düzgün konuşamıyorlardı. Bir anda kavgaya tutuşurlarken buluyorlardı kendilerini. Yine öyle bir andı.

"Mecburum, anladın mı mecburum! Denize düştüm sana sarıldım ben!" Reyyan'ın damarlarında gezinen öfkesi doruklara ulaşıp patlamıştı en sonunda. "Dayanamıyorum anlıyor musun? Yüzüne hayallerimi sakladığım bir adamın gözlerine her bakışımda, yitirdiklerimi görmeye dayanamıyorum..." Sustu ve soluklandı. Yine midesi bulanıyordu. Yüzünü acıyla buruşturdu. "Senin yüzünden bir ailem kalmadı be!"

Sessiz kaldı Miran. Dudakları milim oynamadı.

Parmağını göğüs boşluğuna bastırdı Reyyan. "Senin yanında olmak demek, beni ben yapan her şeye sırtımı dönmem demek! Üstelik beni ne zaman başka bir darbeyle altüst edeceğini bile bilmiyorum. Uçurumun kenarında sallanıyorum. Sanki çaresizce, öleceğim anı bekliyorum."

Miran, Reyyan'a doğru bir adım attı ancak Reyyan iki adım uzaklaşınca duraksadı. Uzattığı elleri, kavuşmuyordu genç kadının ellerine. "Ölmeyeceksin." Harfleri dudaklarından paramparça döküldü. Bu kaçıncı çaresizlik, kaçıncı boyun eğişti ayrılığa? Dayanamıyordu daha fazla Miran. "Seni yaşatmak için ne denli çırpındığımı görmeyecek kadar kör müsün?"

"Ben seni tanıdığımda kördüm," dedi Reyyan bastıra bastıra. "Artık açıldı gözlerim. Güven cam gibidir, bir kere kırıldı mı asla eski haline dönemez."

Miran ellerini yüzüne kapatıp derin bir nefesle inledi. Sanki Reyyan her an gidecekmiş gibi hissediyordu. Bu sözlerin sonu, bir vedaya dayanacak gibiydi. Sanki Reyyan bir gün bu evden çıkacak ve bir daha dönmeyecek gibi...

"Bana bel bağlama," dediğinde gözlerini Miran'ın üzerinden çekti. "Dipsiz bir kuyudayım ben, bir ışık arıyorum kendime. Yahut çıkmaz bir sokaktayım... Doğru yolu bulduğum zaman, ne bu ev, ne sen, ne kapıdaki adamların... Beni hiçbir şey tutamayacak!"

Reyyan'ın sözleri karşısında Miran korkuya kapılıp çıldırma noktasına geldi. Bir iki adım gerisinde duran konsolun üzerindeki her şeyi yerle bir etti. Parfüm şişeleri büyük bir gürültüyle yere saçılırken Reyyan korkusuzdu. Gözlerini bile kırpmıyordu. Kaybedecek neyi kalmıştı ki? İçindeki can olmasa, boyun eğer miydi bu kirlenmiş sevdaya?

Buğulanan mavi gözleri, aynanın aksinden bakıyordu

Reyyan'a. "Ben," derken sesi titredi adamın. Konuşamadı, gönlüne çöken karanlıkta boğulurken. "Sen gidersen eğer, çok kötü bir adam olurum!"

Reyyan olduğu yerden kıpırdamaksızın kafasını çevirdi. Kinayeli bir gülüş sergiledi Miran'ın sözlerine. "Önceden çok mu iyiydin sahi?"

"Ben kötü biri değilim!" Odanın duvarlarına çarpıp Reyyan'ın kulaklarında parçalanan bu yüksek sesli haykırış, aslında yılların çaresizliği ve kimsesizliğiydi. Derdini kimselere anlatamayan adam, bu hayatta tutunacağı tek dalı kırmıştı. Çareler, çaresizdi.

İçli bir nefes alarak ağlamaya meyilli gözlerini yumdu Reyyan. "İyi bir insan da olamadın ama..."

"İyi bir insan olmak istiyorum Reyyan," diye mırıldandı Miran. Ağlamaklı ses tonu, ağlamaya yüz tutan gözleri ve yürek parçalayan bir çift mahzun bakış Reyyan'ı en derinden dağladı. "Giderim diyorsun, öldürürüm seni der gibi. Allah aşkına, ben nasıl yaşayacağım?"

Reyyan'ın çocuksu gülüşü, dünlerinden kalan bir yara gibi kanattı içini. Güçsüz bedenini konsola yaslayarak, Reyyan'a döndü yüzünü. "Tamam, nefret et, affetme, yüzüme bakma... Ama gitmekten bahsetme, yalvarırım gitmeyi düşünme. Beni..." Elleri sol göğsünü bulmuş, ağrısı varmış gibi bastırmıştı. Reyyan'a bakamıyordu. Sanki baksa çocukluğuna dönüp çaresizce ağlayan o küçük adam olacaktı. "Bu adamı terk etme. Kötü bir insan olmak istemiyorum!"

Buraya kadardı. Reyyan'ın güçlü duruşu, korkusuz gözlerinin ona verdiği engin cesareti son bulmuştu. Duygularının önüne çektiği katran karası perde alevlenerek yenilginin önünde diz çöktü. Büyük bir savaş veren hıçkırıkları boğazını yırtarcasına patladı. Bu adamı dinlerken yıkıldı ona karşı ördüğü tüm duvarları. Dizleri yerle temas ederken, güçsüzlüğü hat safhadaydı.

"Senden nefret ediyorum!" diye bağırdı var gücüyle. Hıçkırıklarını, aldığı kesik kesik nefesler bölerken, gözleri sicim gibi yağan yağmurları andırıyordu. "Gözyaşlarına tutsak ettin beni, acılara boyun eğdirdin..." Ellerini yüzüne bastırdığında tamamen kuvvetsizdi Reyyan.

Kaçmaya çalıştığı aşkın pençesine takılmıştı. Delicesine seviyordu. Daha fazla inkâra gerek var mıydı?

Derdini anlatamıyordu, anlatsa da Miran anlamıyordu. Kırgınlığı boyundan büyük, acısı haddinden fazlaydı. Miran dizlerinin dibine usulca çöküp kollarının arasına sardığında dahi itiraz edecek gücü yoktu Reyyan'ın. Tam tersi, bu kollara ihtiyacı vardı. "Bırak, sarılma..."

Miran daha çok kavradı narin bedenini. Bir eli omuzlarını sararken diğer eli kafasından tutup göğsüne hapsetmişti. "Çünkü," dedi sessizce Miran. "Beni çok seviyorsun!" Reyyan'ın saçlarına derin bir öpücük kondurdu.

"Aptal adam! Neyini seveyim ben senin?" Hıçkırmaya devam ediyordu Reyyan. Miran'ın yakasından tutup siyah kazağını parmaklarına sıkıştırdı. Onu itecek gücü bulamıyordu kendisinde.

"Gözlerin öyle söylemiyor be güzelim," diye iç çekti Miran. Şu an o kadar mutluydu ki, öyle güçlüydü ki... Reyyan kollarının arasındayken tüm dünya dizilse karşısına, yine yıkılmazdı Miran. "Sen benim, canımın içisin."

Bir kere daha tekrarladı Reyyan. Çünkü reddedemiyordu bu gerçeği. "Senden nefret ediyorum!"

Nefret aşkın kördüğümle bağlanmış, efsunlu bağlarla

kuvvetlendirilmiş halidir. Eğer bir insandan nefret ediyorsanız, o insan yüreğinize imzasını çoktan atmış demektir.

Canı yana yana gülümsedi Miran. "İçindeki nefreti söke söke alacağım." Burnunu Reyyan'ın saçlarına gömdü. Ona güç veren kokuyla sevindirdi ciğerlerini.

Reyyan bu büyülü anı bozdu. Kendisini Miran'ın kollarından ayırırken sürünerek geriye gitti. Bahsettiği nefret, gözlerinde dalgalanıyordu şimdi. "O dediğin, hiçbir zaman olmayacak. Ben seni unutsam da, yaptıklarını asla unutmayacağım. Aklımın köşesinde hep kazılı kalacak."

Miran dudaklarını birbirine bastırdı. Yıkıldı direnişi, büküldü boynu. "Hani demiştin ya, Allah hiç kimseyi senin gibi bir adamın eline de, aşkına da düşürmesin diye." Bakışlarını yere indirdi. Yüzüne düşen kirpiklerinin gölgesi dahi titriyordu. Bir kez daha kapanmıştı yüzüne sevdanın kapıları. "Eğer bir dua hakkım varsa hâlâ, şunu söylerim yana yana."

Sağ eli kazağının üzerine vardı. Yakasını çırptı.

"Allah hiç kimseyi, *aşka dilendirmesin!*"

22

YÂR KOKUSU

Bilirsiniz, toprağa ve suya düşen cemre gibi, yüreğe kara bir sevda düştü mü, uykular gecenin şakağına namlusunu dayarlar. Bir de acı girince kalbin sokaklarına, o zaman haram olur uykular. Bu iki zıt kutup, aslında bir bütündür. Ayrılamazlar. Tıpkı birbirine zıt olan her şeyin, asla birbirinden kopamadığı gibi. Deniz ve gökyüzü gibi, bulut ve yağmur gibi, güneş ve ay gibi. Acı ve aşk da böyledir. Aynı yürekte, sırasıyla hemhal olurlar.

Eğer siz de olmayacak bir sevdanın ellerine teslim etmişseniz yüreğinizi, *bilirsiniz, çok acıtır.*

Günler sonra hapsolduğu evden çıkmış olduğuna inanamıyordu. Öyle ki bir daha özgür olamayacağını, o adamın kanatları altında nefes alarak yaşamaya devam edeceğini sanıyordu.

Sabahın erken saatlerinde Miran evden çıkmadan önce Reyyan onun karşısına geçip evde çok sıkıldığını, Elif'i özlediğini ve Sıdıka Hanım'ın evine gitmek istediğini dile getirmişti. İlk başta beklediği tepki, Miran'ın bunu kaşlarını çatarak reddetmesi ve böyle bir şeyin asla mümkün olmayacağını söylemesiydi. Fakat beklediğinin aksi olmuştu, Miran hiç itiraz etmemişti. İşe giderken Reyyan'ı Sıdıka Hanım'ın evine bırakacağını, dönüşte de alacağını söylemişti.

Sıdıka Hanım'ın evinin önünde Miran arabayı durdurduğunda bakışları boş ve dümdüzdü. "Eğer gitmek istersen, bugün serbestsin," demişti Miran, Reyyan hâlâ şaşkınken. Sonra dışarı çıkıp arabanın kapısını açmıştı. "Artık ensende değilim Reyyan. Ne seni izleyen biri olacak etrafında ne de yüzünü görmekten nefret edeceğin bir adam." Ardından cebinden çıkardığı telefonu Reyyan'a uzatmıştı. "Ben senin nefretinde boğulmak istemiyorum artık."

Reyyan günler öncesinde Miran'ın el koyduğu telefonunu avuçlarının arasına alırken, Miran eğilip alnına buse kondurmuştu. "Sen artık hürsün. Yine de tek isteğim, akşam seni almaya geldiğimde beni bekliyor olman."

Reyyan eve girene kadar arkasından bakmış, sonra da gerçekten gitmişti. Reyyan hâlâ inanamıyor olsa da Miran'ın attığı bu adım onu çok mutlu etmişti. Önce Sıdıka Hanım ile sohbet etmiş, Elif'in gelmesini beklerken annesini aramıştı. Azat'ı sormaya ne dili varmıştı ne de yüreği. Başına gelenleri kısaca annesine anlatmış, Miran'la birlikte kalmak istediğini söylemişti.

Zehra Hanım ise kararı kızına bırakmıştı. Kızının hamile olduğunu bilmiyordu. Reyyan, Miran dahil bir süre kimseyle paylaşmayacaktı bunu. Şimdilik sadece Elif ve Fırat biliyordu. Onlar da kimseye söylemeyeceklerdi.

Reyyan'ın annesini ikna etmesi zor olmuştu. Neticede kızının bir tehlikenin kollarında olduğunu bilen hiçbir anne sakin kalamazdı. Reyyan için artık hiçbir yer tekin değildi. Ne Mardin, ne İstanbul.

"Heyecanlı mısın?" diye sordu Elif, tatlı tatlı gülümseyerek. Reyyan utangaç bir tavırla evet anlamında kafasını salladı.

"Peki ya mutluluk? O nerede?"

Bilmiyorum der gibi dudak büktü Reyyan. "O henüz benden çok uzak bir his." Ellerini karnına hafifçe bastırdığında heyecandan duracak gibiydi kalbi. Bu yaptığı delilikti. Belki bir yerlerde Miran onu izliyor olabilirdi. Yine de Miran onu Sıdıka Hanım'ın evinde bilirken Reyyan, o evden çıkmış ve soluğu hastanede almıştı. Bir an önce içindeki canlıyla tanışmak isteyen delidolu bir anneydi o. Bir kadın, içindeki canlıyı hissettiği an anne olurdu.

"Nasıl davranıyor sana?" Elif'in sorusu Reyyan'da fenalık uyandırdı. "Sabahtan beri anlatıyorum ya Elif, neden sorup duruyorsun ki?"

Elif en çok da Gönül ile ilgili detaya takılmıştı. "Ah Reyyan," diyerek iç çekti. "O gün ben orada olacaktım ki gününü görecekti o kadın. Nasıl öyle saldırabilir sana? Ya bebeğine bir şey olsaydı?"

"Olmadı," dediğinde sinir olmuş bir halde kafasını eğdi Reyyan. "Ayrıca saldıran sadece o değildi. Ben de resmen kendimi kaybettim o gün."

"O kadına en başından beri ısınamamıştım zaten. Sanki bu işte bir terslik olduğunu ta o zamanlar hissetmiştim." Reyyan bu konuların onu ne kadar sıktığını, konuşmak istemediğini söylese de Elif susacak gibi değildi.

"Ne zaman boşanacaklar peki?" Merakla baktı Reyyan'ın yüzüne Elif. "Madem Miran affedilmek istiyor, karısından bir an önce ayrılmalı değil mi? Yoksa sana yalan mı söylüyor?" Elif sorduğu soruların ardından cevap beklemeksizin derin bir of çekti. "Of, o adama bir türlü güvenemiyorum Reyyan!"

Reyyan'ı çektiği şu çileden kurtaran şey, onlara yaklaşan Fırat oldu. Elleri beyaz önlüğünün cebinde yanlarına gelirken Reyyan eli ayağı birbirine dolaşarak kalktı ayağa. Fırat'ı en son gördüğü gün, Miran'dan afili bir yumruk yediği gündü. Yanaklarının kızarmasına engel olamıyordu çünkü fazlasıyla mahcuptu.

Reyyan'ın bir şey söylemesine fırsat vermeden aralamıştı Fırat dudaklarını. "Nasılsın?" oldu ilk sorusu. Reyyan karşısındaki genç adamın yüzüne bakamıyordu utançtan. "Ben üzgünüm," dedi sessizce. "Onun adına, senden çok özür dilerim."

Fırat ise gülümsedi. Kin tutmayan, engin bir yüreğe sahipti. "Ben böyle şeyleri pek kafama takmıyorum Reyyan. Lütfen sen de o adamın yaptıklarından utanmaktan vazgeç." Reyyan'ın ne denli üzgün olduğunu görebiliyordu. "Şimdi tekrar soruyorum," dedi merakla. "Nasılsın?"

"İyiyim," diye mırıldandı Reyyan kafasını yerden kaldırırken.

"Emin misin?" diye sordu Fırat. İyi olduğuna inanası gelmiyordu pek. Çünkü yanından zorla götürülmüştü. "Dağ başında yaşamıyoruz Reyyan. Eğer o adamın yanında kalmak istemiyorsan ve sana kötü davranıyorsa bir şekilde halledebiliriz."

Reyyan, "Hayır," diye ellerini kaldırdı. "Benim için endişelenmeyin artık. Kimsenin bu işe karışmasını istemiyorum." Bu bir kızgınlık ya da istek değildi. Fırat da üstelemedi. Zaten Reyyan'ın gözlerinden okunuyordu, Miran'ın yanında kalmak için ne denli istekli olduğu.

"Peki," dedi Fırat, gözleri Reyyan'ın karnına kayarken. "Sırrımız hâlâ saklı mı?"

Reyyan gözlerini önce Elif'e, ardından Fırat'a çevirdi. "Evet, bir süre daha sadece üçümüz bileceğiz."

"Ne zamana kadar saklamayı düşünüyorsun?"

Reyyan, "Saklayabildiğim kadar," dediğinde, Fırat gülümsedi. "İki ay içinde karnın büyümeye başlayacak."

"Merak etmeyin," dedi Reyyan. "Ben o zamana kadar bir karar almış olacağım."

"İyi o zaman, hadi geçelim." Elini uzatıp hastanenin uzun koridorunu gösterdi. "Nilgün Hanım bizi bekliyor."

Reyyan ve Elif, Fırat'ı takip ederek uzun koridorun sonundaki odanın önünde durdular. Fırat kapıyı bir kez çalıp içeri girdi. Girişte asistan bir kız oturuyordu. Fırat'ı görünce ayağa kalktı. "Nilgün Hanım sizi bekliyor Fırat Bey."

Fırat ise işi espriye vurdu. "Beni değil," dedi Reyyan'ı göstererek. "Reyyan Hanım'ı bekliyor."

"Buyurun Reyyan Hanım." Asistan, odanın içindeki diğer kapıyı gösterdi. Reyyan heyecan ve endişeyle kapıya doğru bir adım attığında Elif, "Burada olacağım," diyerek gülümsedi.

Hamile olduğunu öğrendiğinden beri hastaneye bir türlü gelememiş oluşunun sıkıntısı vardı Reyyan'ın üzerinde. Ya bebeğine iyi bakamadığı için ona bir şey olmuşsa? Tüm bu zaruri hislerin nezdinde kapıyı aralayıp odadan içeri girdiğinde, kırk yaşlarında alımlı bir kadının ona bakarak gülümsemesi sıkıntısını bir nebze ferahlattı.

"Gel Reyyan," dedi kadın. Sanki onu tanıyormuşçasına samimi bir tavır sergilemesi Reyyan'ı hoşnut etti. Üzerindeki gerginliği tamamen atarak oturdu karşısına.

Kadın, "Kaç haftalık hamilesin?" diye sorduğunda, Reyyan daha önce yapmış olduğu hesabın sonucunu söyledi. "Yedi sanırım."

"Kontrole ilk defa mı geliyorsun?"

Sıkıntıyla salladı kafasını. "Daha önce hiç vaktim olmadı." Doktor, Reyyan'ın belli başlı sıkıntılarla mücadele ettiğini biliyordu. O yüzden fazla soru sormak istemedi. "Tansiyonuna ve kilona bakalım önce, sonra ultrasonografiye bakacağız."

Tansiyon ve kilo ölçümü bittiğinde gerginlikle yattı yatağa Reyyan. Kalbi öyle şiddetli gümbürdüyordu ki neredeyse düşüp bayılacaktı. Doktorun karnına sürdüğü soğuk jelle irkilse de gıkını çıkarmadı. Kadının gözleri birkaç dakika boyunca ekranda oyalanırken Reyyan da pürdikkat seyrediyordu. Her ne kadar bir şey anlamıyor olsa da heyecanı ve merakı diz boyuydu.

"Her şey yolunda görünüyor," diyerek kopardığı havlu peçeteyi karnını silmesi için Reyyan'a uzattı kadın. Masasına geçerken konuşmaya devam etti. "Şimdi birkaç test yapacağız. Ancak kontrollere daha sık gelmelisin. Bebeğin gelişimi için oldukça önemli bir dönemdesin. Yediğine içtiğine, uyku düzenine ve sağlığına çok dikkat etmen gerekir." Doktor Hanım öğüt verici konuşmasına devam ederken Reyyan dalıp gitmişti. Kontrol için bir daha ne zaman gelebileceğini bilmiyordu. Daha da önemlisi, bebeği Miran'a söyleyebilecek miydi?

Doktorun odasından elinde bir listeyle ve gönül rahatlığıyla ayrıldı. İçi ferahlamıştı. Bebeğinin sağlıklı olması yüzünü güldüren yegâne sebepti. Elif ve Fırat onu görünce oturdukları yerden kalktılar, hep birlikte odadan ayrıldıklarında Reyyan, Fırat'a gülümsedi. "Her şey yolunda," dedi minnetle. "Ve her şey için, çok teşekkür ederim."

***

Hastanede işleri biter bitmez, Fırat onları bir taksiye bindirip eve yollamıştı. Akşam olmak üzereydi ve Miran'ın gelmesine az zaman kalmıştı. Reyyan hiçbir sorun olmadan hastaneye gidip gelebildiğine de, Miran'ın onu burada sorgusuz sualsiz bırakıp gitmesine de hâlâ şaşkındı. Fakat içinde büyüyen canlının sağlıklı olması, günlerdir çektiği tüm sıkıntıların üzerine kara bir çizgi çekmişti.

Şimdi Reyyan eşyalarını topluyordu. Az da olsa bu evde yaşamış, yaşlı bir kadının sofrasına ortak olmuştu. Sıdıka Hanım her ne kadar bunu vefa borcu olarak görse de Reyyan kendisinin yük olduğunu düşünmüştü hep. Elinde değildi, çok ince düşünen naif bir ruha sahipti.

Reyyan gittikten sonra Elif de bu evde kalmamış, öğrenci yurduna geri dönmüştü. Onun da İstanbul'da kendisine göre bir çevresi ve yaşantısı olmuştu. Üstelik artık Reyyan'ın İstanbul'da yaşaması, genç kızın bu şehri iyice benimsemesine neden oluyordu.

Kapının çalınmasıyla Reyyan elindekileri bırakıp odadan ayrıldı. Miran'ın geldiğini hissedebiliyordu. Yanılmamıştı da. Kapının ardında gördüğü yüz Miran oldu. O an Miran'ın yüzünde anlamsız fakat bir o kadar da anlamlı bir tebessüm gezindi. Reyyan'a gitmesi için bir şans vermişti ama genç kadını burada bulunca yeniden doğmuş gibi sevindi. Reyyan giderse ölürdü Miran fakat Reyyan'ın onu zorba bir adam gibi görüp nefret etmesi daha beterdi. Şimdi ise dünyalar onun olmuştu. Elini kapının pervazına yaslarken, iki yana açıldı dudakları. Reyyan'ı eriten o tebessümü, çattığı kaşları kadar yakışıyordu yüzüne.

"Ben çok şanslı bir adamım." Ses tonunda birçok duygunun silsilesi titreşiyordu. Mutluydu işte, nasıl tarif edilirdi ki? "Sense çok iyi bir kadınsın."

Reyyan o an istemsizce gülümsediğini fark edip tebessümünü anında sildi dudaklarından. "Bundan kendine bir anlam çıkarma," dedi ifadesiz tutmaya çalıştığı sesiyle. "Gidecek bir yerim yok." Parmağını kaldırıp Miran'ın üzerine dikti. "Bundan da sana muhtaç olduğum anlamını çıkarma." Her ne kadar ciddiyete bürünse de Miran hâlâ gülümsüyordu. Reyyan kaşlarını çattı. "Neden gülüyorsun?"

"Çünkü başaramıyorsun," dedi Miran. "Sevgini saklayamıyorsun. Dudakların inkâr ederken, gözlerin beni sevdiğini haykırıyor."

Reyyan afallamış bir surat ifadesiyle dudaklarını kıvırdı. "Özgüvenine hayranım."

Öyle dalmışlardı ki kapının önünde olduklarının farkında değillerdi. Sıdıka Hanım, Reyyan'ın arkasında belirince Miran aptal sırıtışını yüzünden silip bir anda ciddileşti. Bu kadının, kafalarından aşağı su döktüğü anı unutamıyordu.

"Öyle kapıda mı dikileceksiniz?" diye sordu aksi sesiyle Sıdıka Hanım. "Geçseniz ya içeri."

Reyyan kafasını salladı. Miran'ın günler öncesinde sürekli kovulduğu eve şimdi misafir gibi girmesi tuhaf kaçardı. "Yok, biz gidelim."

"Ben anlamam," dedi Sıdıka Hanım itiraz istemeyen sesiyle. "Bir sürü yemek yaptım sizin için. Hadi geçin içeriye." Reyyan ve Miran kararsız gözlerle bakışmaya devam ederken Sıdıka Hanım yeniden araya girdi. "Hatta arayın diğer çocuğu, o da gelsin. Üzerinize su döktüğüm günden beri vicdan azabı çekiyorum."

***

Aynı masada oturan Miran, Reyyan, Elif, Arda ve Sıdıka Hanım akşam yemeği yiyorlardı. Yaşlı kadının ısrarını kıramamıştı kimse. Arda bile evinden çıkıp gelmek zorunda kalmıştı. Ne Miran'ın ne de Arda'nın gözlerini yerden kaldırıp Sıdıka Hanım'ın yüzüne bakabildiği söylenemezdi. İkisi de utanıyordu. Neticede bir hafta boyunca rahatsız etmişlerdi kadını.

Sıdıka Hanım'ın Miran'ı misafir etmekteki esas sebebi Zehra Hanım'dı. Bu akşam yemeği, Reyyan'ın annesinin isteğiydi. Sıdıka Hanım'ı arayarak Miran ve Reyyan'ı yakından gözlemlemesini rica etmişti. Ne de olsa Mardin'den İstanbul'u gözetleyecek hali yoktu Zehra Hanım'ın. Bunu ancak yapsa yapsa, vefalı dadısı yapardı. Böylelikle içi bir nebze olsun rahat edecekti. Sıdıka Hanım'ın gözleri Miran'ın üzerinden ayrılmıyordu.

"Söyle bakalım," dedi sinsi gözlerle Miran'ı incelerken. "Reyyan'a gözün gibi bakacak mısın?"

Reyyan kulaklarına kadar kızardı. "Sıdıka Teyze," dedi uyaran sesiyle. "Neler söylüyorsun?" Sanki çok normal bir evlilikleri varmış gibi, bu soru Reyyan'a çok garip gelmişti.

Gözlüğünün üzerinden aksi bakışlarını Reyyan'a yollayan kadın, "Sen sus!" diye sert çıkınca Arda sessiz sessiz kıkırdamaya başladı. Tabii bu durum Sıdıka Hanım'ın gözlerinden kaçmadı. "Sen neye gülüyorsun?" Miran arada kaynamış oldu.

Arda anında ciddileşti. "Hiç, hiçbir şey." Gözleri istemsizce karşısında oturan kızı, Elif'i buldu. Geldi geleli Elif bir Miran'a, bir kendisine ters bakışlar atıyordu.

"Sen kaç yaşındasın?" diye sordu Sıdıka Hanım, Arda'ya.

"Yirmi altı," dedi Arda sessizce. Miran ile aynı yaştalardı.

"Kocaman adam olmuşsun. Ne zaman evleneceksin?" diye adeta azarladı Sıdıka Hanım.

Arda belli belirsiz gülümsedi. "Henüz düşünmüyorum öyle bir şeyi."

"Ah zamane gençleri," diyerek iç çekti kadın. "Benim Fırat yirmi yedi yaşına geldi de bir evlenemedi. Mürüvvetini göremeden gideceğim bu dünyadan."

Dördünün de ağzından aynı anda çıkmıştı "Allah korusun" kelimeleri. Sıdıka Hanım hepsine teker teker baktı. "Elbet gideceğim bir gün. Dünyaya çivi çakacak halim yok ya!"

Bol imalı ve laf sokmalı bir yemeğin ardından Reyyan ve Elif sofrayı toplamış, ardından bulaşıkları bahane ederek mutfağa kaçmışlardı. Şimdi Miran'la Arda, salonda Sıdıka Hanım'ın çenesine maruz kalıyordu.

"İçimin yağları eriyor," diye kıkırdadı Elif. "Sıdıka Teyze'ye helal olsun gerçekten. İkisini de gömdü."

"Miran eve girdiğine eminim ki pişman olmuştur," diye gülümsedi Reyyan. Mutfaktaki son bulaşığı da hallettikten sonra ellerini havluyla kuruladı. "Kalkalım artık, geç oldu."

"Haklısın," dedi Elif. "Benim daha ders çalışmam gerekiyor."

"Nasıl döneceksin?"

"Taksiyle dönerim."

Elif'la salona geçtiklerinde hiç oturmadan gitmek istediğini dile getirdi Reyyan. Miran ve Arda bu atağı bekliyormuşçasına anında ayağa kalktılar. Sıdıka Hanım, pancar gibi kızaran suratlarına baktıkça bıyık altından gülümsüyordu. Kabanlarını giyip dışarı çıktıklarında Elif taksiyi aramaya koyuldu. Reyyan ise onu taksiyle göndermeye razı değildi. Akşam vakti bir kadın için tehlikeli bir durumdu bu.

Yüzünde Sıdıka Hanım'dan kurtulmanın verdiği mutluluk olan Miran arabasına doğru yürürken Reyyan durdurdu onu. "Elif'i de kaldığı yurda bırakabilir miyiz?" diye rica etti. Ricası Miran için emirdi ama Reyyan bunun farkında değildi.

Miran, "Tabii," diye gülümsediğinde, Elif kaşlarını çatarak reddetti. "Gerek yok, ben taksiyle giderim."

"Elif, yapma Allah aşkına. Akşam vakti bir başına taksiyle mi gideceksin?" dedi Reyyan.

Miran da Reyyan'ı onayladı. "Böyle bir şeye izin vermem," dedi. "Nereye gideceksen bırakayım seni."

"Siz gidin," diye araya giren Arda bu görev için çok istekli görünüyordu. "Elif'i ben bırakırım."

Elif'in suratı büsbütün asıldı Arda'ya dönerken. "Ne münasebet? Tanımadığım bilmediğim bir adamın arabasına binmem ben."

Arda kollarını birbirine kenetleyip şaşkınca baktı Elif'e. "Korkma, seni yemem. Hanım evladıyım ben bir kere." Sözlerinin ardından somurta somurta arabasına yürüdü. "Ne halin varsa gör. Çok meraklın değilim zaten."

Belli etmemeye çalışsa da epey bozulmuştu Arda. Arabasının kapısını açmadan evvel Miran'a ve Reyyan'a bakarak, "İyi akşamlar," dedi. Gözleri, ona tepeden bakan kıza döndüğünde kısıldı ve suratını buruşturdu. "Sana iyi akşamlar değil."

Arda arabasına binip uzaklaştığında, Elif de Miran'ın arabasına bindi. Sessiz sakin bir yolculuğun ardından Elif'i kaldığı yurda bırakıp nihayet kendi evlerine gelebilmişlerdi.

Bu evin kapısından ilk girişi değildi Reyyan'ın. Ama ilk kez giriyormuşçasına içi titriyordu. İlk girdiği gün tüm hayal kırıklarını bu evin duvarlarına çizmiş, gözyaşlarını ona yabancı olan yastıklara akıtmıştı. Fakat şu an bir yabancılık hissetmiyordu.

Alışıyordu sanırım. Ya da alışmak istiyordu.

Sonuçta hiçbir kadın, ömrünü avuçlarına bıraktığı bir adam tarafından düğünün ertesi günü terk edilmek istemezdi. Daha sonra o adam, karşısına pişmanlığın kor alevlerinde yana yana çıktığında, gardını düşüren bir sevdaya sırt çeviremezdi.

Ah. Bir de bu kırgınlık olmasaydı, ne olurdu? Kimsesiz yüreği bu kadar sızlamak zorunda mıydı?

Kırgınlık hep bakiydi. Öyle bir kırgınlık ki, o okyanus bakışlara her daldığında yüreğinde fırtınalar kopuyordu. Tıpkı şu an olduğu gibi. Reyyan odasına gitmek üzere arkasını döndüğünde, Miran sol elinin parmaklarından tutmuştu nazikçe. Duraksadı. Miran'ın ona adım adım yaklaştığını saçlarına vuran nefesinden hissetmişti.

İşte yine başlıyordu. Bir nefes kadar yakın, bir can kadar uzak olan sevdasıyla darmaduman edecekti Reyyan'ı. Hercaiydi o, bir bakışıyla bitirecekti kardelenini. "Teşekkür ederim," diye fısıldadı kulağına Miran. "Benimle kaldın, bu adamı terk etmedin."

Reyyan suskundu. Miran burnunu Reyyan'ın saçlarına gömdüğünde usulca kapandı gözkapakları kadının. Zaman dursun istiyordu şimdi. Tüm gururunu bir kenara bırakarak bu adamın kadını olmak istiyordu.

Tüm inkârlar boşaydı. Bir haykırış paralandı dudaklarında sessizce. "Yapma..."

"Asıl sen yapma." Miran'ın sesi boğuktu. İçli bir serzeniş firar etti nefesiyle birlikte. Kendisini kaybediyordu Reyyan'ın kokusunun bağrında. Dudaklarını boyun girintisine gömdü. "Bu şekilde ölsem, yemin ederim gam yemem." Adını andı sessizce. "Reyyan," dedi. *"Beni yakıyorsun."*

Ellerini Reyyan'ın karnına dolayarak kendi bedenine çekti kadını. "Sen benim helalimsin," diye fısıldadı kulağına. "Ben bu aşkın yüzünü harama değdirsem de, bu gerçek değişmeyecek. Yakında," diyerek soluklandığında Miran, hiç olmadığı kadar emindi kendisinden. "Beni sensizliğe mahkûm eden tüm prangalarımdan kurtulacağım. Ben o kadını hiçbir zaman sevmedim. Hiç kimse, senin dokunduğun gibi dokunmadı içime. Bu yüreğin kapıları bir sana açık. Aklım kaçık, yüreğim bir sana yanık." Saçlarından öptü uzunca. Ve bir kez daha, "Yakında," diye tekrar etti. "Yalan evliliğimizi gerçeğe döndüreceğim. Söz veriyorum, soyadımı sen taşıyacaksın."

Reyyan bu sözlerin kendisini kandırmasını istemiyordu ama deli divane yüreği sırılsıklam oluyordu her seferinde. Miran'ın kollarından sıyrılmak için bulunduğu girişim dahi isteksizlik kokuyordu. Zaten Miran bırakmadı onu. Avuçlarına siper ettiği elleri sımsıkı kavradı. "Gel benimle."

Merdivenleri çıkarken Reyyan çaresizce takip etti arkasından. Tüm itiraz cümlelerini dudaklarında kurutmuştu bu adam. Öyle bir bakıyordu ki gözlerine, öl diyordu kendine. Öl be Reyyan...

Günler boyu yalnızlığıyla hemhal olan, bir de yerli yersiz kavgalarına şahit olan odanın kapısı hafifçe aralandı. Usulca içeriye süzüldü iki beden. Miran gözlerini Reyyan'dan ayırmazken, Reyyan bakışlarını sağda solda gezdiriyor, ağlamamak için verdiği savaşta dudaklarını parçalıyordu.

Miran'ın ellerini yüzünde hissetti Reyyan. Soluğu kesildi, solu, soluğuna düşman kesildi. Yüreği bu adamı affediyor muydu yoksa? Neyin nesiydi bu pervasız kalp çarpıntısı? Nerede kalmıştı düşlerini katleden hakikatler? Tek bir gerçek vardı. Kilit vurduğu aşkın kapılarını yeniden aralamasına sebep olan tek şey, münasebetsiz okyanus bakışlardı. Bir de kokusu... Tüm dünyaya yüz çevirtirdi kokusu. Boşuna divane olmazdı ki maşuklar. Delirtirdi yâr kokusu.

Miran, "Biliyor musun?" diyerek dudaklarını yanağında gezdirdiğinde Reyyan bir kere daha yumdu gözlerini. "Sen varken de, sen yokken de ölüyorum ben. Şarkılar yalan söylemiyor..." Elleriyle Reyyan'ın yüzünü sardı.

"Bir sevmek, bin defa ölmek demekmiş.
Aşkın şarabından bilmeden içtim,
Sevda yolundan bilmeden geçtim,
Aşkın bir alevmiş yâr yâr,
Bir ateş parçası,
*Bilmeden gönlümü, ateşe verdim."**

Miran'ın ses tonu muydu Reyyan'ın gönlünü bu denli yakıp kavuran, yoksa şarkının sözleri miydi? Reyyan ezbere bildiği bir şarkıyı ilk defa böyle etkilenerek dinliyordu. Üstelik hak veriyordu. *Bir sevmek, bin defa ölmek demekti.*

Sessizliğin baki olduğu karanlık odaya sokak lambasının fersiz ışığı düşüyordu sadece. Miran, Reyyan'ın ellerinden tuttu. Bu gece yalnız uyuyabilecek kadar güçlü değildi. Reyyan ise itiraz edebilecek kadar kızgın değildi. Yatağa oturdu-

---

*Üç Hürel - *Bir Sevmek Bin Defa Ölmek Demekmiş*

ğunda, dizlerine koydu başını sevdiği adam. İçi yandı, titredi, paramparça oldu.

"Uyut beni Reyyan," diye fısıldadı Miran çaresizce. "Sadece bu dizlerde uyumayı isteyecek kadar çok sevdim seni. Biliyorum, delilik bu bendeki." Sustu. Elleriyle sahiplenircesine tuttu dizlerinden. Gözlerini yumdu uzun zaman sonra huzurla.

"Ne yaparsam yapayım, yine sana muhtacım…"

23

KÖR KURŞUN

Günler birbirini kovalıyordu. Muhtelif dertlerin gölgesinde geçen sıkıntılı günler son bulmuş gibiydi. Sular durulmuş, ortalık dinginleşmişti. Üç hafta daha yitip gitmişti takvim yapraklarından. Zamana dur da denmiyordu, meydan da okunmuyordu.

Hasreti kalbe yara eden ayrılık son bulmamıştı. Reyyan, Miran'ı affetmiyordu. Fakat bu, o adama karşı ördüğü duvarları günden güne yıktığı gerçeğini değiştirmiyordu. Reyyan her geçen gün biraz daha yumuşuyordu. Aslında affetmiş sayılırdı. Fakat bunu dile getiremiyordu. Bazı şeyler unutulmuyordu çünkü. Yürek burkan derin izler ne zaman silinir, bilinmezdi.

Artık kavga da etmiyorlardı. Reyyan'ın ağzından ne Miran'ı kıracak bir kelime çıkıyordu ne aşkını haykıran bir sevda sözü. Giderek yok olan nefretine karşın, aşkını içinde yaşıyordu. Uyurken yüzüne gizli gizli gülümsüyor, göz göze gelince yalandan çatıyordu kaşlarını. Bu bile üzmüyordu Miran'ı. Çünkü biliyordu, günün birinde bütünüyle affedilecekti.

Reyyan günlerdir aklını kurcalayan sorunla baş başaydı yine. Dün gece Miran'a, "Baba olmak nasıl bir duygudur acaba?" diye sormuştu. Miran ise soğuk bir ses tonuyla, "Bilmiyorum," demişti. Miran'ın bu baba-çocuk kavramlarına bakış açısının ne denli soğuk olduğunu bildiğinden ağzını açamıyordu Reyyan. Çünkü konu ne zaman babasına dayansa, sus pus oluyordu genç adam. Pot kıracağından korktuğu için de Reyyan açık açık bir şey soramıyordu. Söylese bir türlü, söylemese bir türlü. Çok çekiniyordu. Gebeliğinin onuncu haftasındaydı ve hâlâ sır gibi saklıyordu herkesten. Yaptığı tek şey, sağlığına ve yiyip içtiklerine dikkat etmekti.

Üstelik Miran'ın asabı fazlasıyla bozuktu bu sıralar. Boşanma davasının ilk duruşması geçen hafta gerçekleşmiş ve Gönül'ün yalandan savunmalarına dayanarak mahkeme Miran'ın aleyhine karar vermişti. Miran'ın tüm itirazlarına rağmen, dava ikinci bir celseye ertelenmiş, ileri bir tarihe atılmıştı. Hâlâ o kadınla evliydi ve bu durum Miran için işkence sebebiydi. Ses etmiyor olsa da bu mevzu Reyyan'ı da yaralıyordu.

Miran her ne kadar yanında olup kendisini seviyor olsa da, resmiyette başkasıyla evliydi.

Derin düşüncelerini gürültüyle çalan telefonu bozunca hafifçe eğilerek sehpanın üzerine uzandı. Havin arıyordu. Miran, Reyyan'ın konaktakilerle görüşmesine engel olmuyordu. "Efendim Havin?" diyerek gülümsedi Reyyan. Neşeli ses tonu Havin'in sesini duyunca değişmiş, gülen yüzü solmuştu. Çünkü Havin'in sesi fazlasıyla telaşlıydı. Reyyan daha bu sabah annesiyle konuşmuştu ve her şey yolundaydı. Neler oluyordu?

Havin, "Çok kötü bir şey oldu," dediğinde Reyyan korkuyla atan kalbine bastırdı elini. Kalbi yerinden çıkacak gibiydi. "Ne oldu Havin, söylesene?" Sesi telaştan yüksek çıkmıştı.

"Abim," dedi Havin soluk soluğa. "Sabah yola çıkmış, İstanbul'a gitmek için."

"Bu... Bu nereden çıktı şimdi?" Sesi titriyordu Reyyan'ın. Neden Azat İstanbul'a gelecekti ki?

"Bilmiyorum Reyyan. Tek bildiğim, iyi şeyler olmayacak." Havin sustuğunda Reyyan korkudan bayılmak üzereydi. "Nasıl oldu Havin? Neden durduk yere buraya geliyor ki?"

Havin sıkıntıyla ofladı. "Şimdi babam geldi eve. Sabah işyerinde olmuş bunlar, bizim bir şeyden haberimiz olmadı. Abim, Miran'a tehditler savura savura çıkıp gitmiş." Reyyan takati kesilen bedenini koltuğa bıraktı. Korkudan sesi de soluğu da çıkmıyordu.

"Bir şey daha var," dedi Havin çekinerek. "Abimin ardından, amcam da düşmüş yollara." Reyyan'ın gözleri kocaman açıldı. "Babam mı?" diye sordu şaşkın bir halde. Tüm bu olayların üstüne ağzını dahi açmayan adam neden şimdi İstanbul yollarına düşmüştü ki? Hissediyordu Reyyan. İyi şeyler olmayacaktı.

"Bir şey olmuş olmalı Reyyan. Miran bir şey yapmasa, abim böyle delirmezdi. Dikkat et kendine. Burada korkudan ölüyoruz hepimiz."

Reyyan telefonu kapatır kapatmaz Miran'ı aradı. Uzun uzun çalan telefon bir türlü açılmıyordu. Ayrıca Miran'a sorsa da onun bir şey söylemeyeceğini biliyordu. Saate baktı. Öğlen on iki sularıydı. Ve Reyyan bu tedirginlikle asla duramazdı evde. Salondan çıkıp Miran'ın çalışma odasına yürüdü. Mutlaka ama mutlaka bir yerde işyerinin adresinin yazılı olması gerekiyordu.

Masanın üzerinde duran dosyaları karıştırıp bir şey bulamayınca çekmeceye attı elini. Fazla karışık değildi çekmecenin işi. Birkaç kalem ve küçük not defterleri vardı. Reyyan umutsuzca çekmeceyi kapatacakken not defterinin arasında buldu Miran'ın kartvizitini. Üzerinde adının ve soyadının yazılı olduğu kartta, işyerinin de adresi yazılıydı.

Şimdi Reyyan'ın ne yapıp edip bu evden çıkması gerekiyordu.

Birkaç dakika içinde üzerini değiştirip evden çıktı. Demir kapıya kadar üşüye üşüye yürüdü. İstanbul kesinlikle ocak ayının en soğuk günlerini yaşıyor olmalıydı. Zira hava dehşet derecede ürperticiydi. Demir kapıyı aralayıp Ali'nin keskin gözlerine takılınca çaktırmadan gülümsedi. "Kek yapacağım da, evde süt kalmamış." Aklına başka bir yalan gelmiyordu. "Marketten süt alabilir misin?"

Ali, Reyyan'ın bu isteği karşısında tereddüt etti. Çünkü Miran, her ne olursa olsun, bu kapıdan ayrılmamasını söylüyordu. Bu, Reyyan'a olan güvensizliği değildi. Bir nevi tedbir alıyordu. "Önce Miran'ı arayayım," diyerek telefonuna davrandığında, Reyyan, "Gerek yok," diyerek kaldırdı elini. "Ben şimdi konuştum, gitsin alsın dedi." Yakalanma korkusu nabzını yükseltmişti. "Ne olacak ki? Market buradan beş dakika... İstersen ben gideyim?"

"Yok, yok. Siz içeri girin," dedi Ali. "Hemen alıp geliyorum."

Reyyan kafasını sallayıp kapıdan içeriye girdi. Ali ardından eve girene kadar bakmıştı. Şimdi Reyyan, Ali'nin kendisine inanıp inanmadığını da bilmiyordu. Belki de kapıdan gitmeyecek ve Miran'ı arayacaktı. Tüm riskleri göze alarak portmantoda hazır duran çantasını ve kabanını alarak tekrar yürüdü demir kapıya.

Heyecanı nefesinin boğazında kalmasına neden oluyordu. Tüm cesaretini toplayarak demir kapıyı araladığında Ali'yi görememenin verdiği sevinçle koşar adım uzaklaştı. Kabağın yine Ali'nin başına patlayacağını bilip üzülse de yapacak bir şey yoktu. Bu sefer parası da, telefonu da vardı. Gördüğü ilk taksiye binerek şirketin olduğu adrese gidecekti.

***

Taksiden indiğinde önünde durduğu yüksek katlı binaya baktı bir müddet. Miran'ın onu neden bu şirketten uzak tuttuğuna bir anlam veremiyordu. Geçen birkaç dakikanın ardından otomatik kapıdan içeriye attı kendisini. Bir de güvenlik engeline takılmasaydı, sorunsuz bir şekilde gidebilecekti. Reyyan'ın ardından içeriye birçok insan girmiş, hepsi ellerindeki kartları turnikelere okutarak içeriye geçmişlerdi.

"Kime bakmıştınız?" diye soran güvenliğin yüzüne aval aval baktı Reyyan. Nasıl olsa buraya kadar gelmişti, artık Miran'dan gizlenmesine gerek yoktu. Ayrıca içini hâlâ kurtlar kemiriyordu. Neredeyse bir saat geçmişti ama Miran, telefonuna dönüş yapmamıştı.

"Miran," dedi Reyyan. Ardından düzeltti. "Miran Karaman ile görüşmek istiyorum."

Güvenlik, telefonuna asılırken şüpheli gözlerle Reyyan'a baktı. "Kim geldi diyeyim?"

Tereddütsüzce ismini söyledi Reyyan. Güvenlik yüzüne tuhaf tuhaf bakmaya devam edince ne bakıyorsunuz der gibi kaldırdı kaşlarını. "Soyadınız yok mu hanımefendi?"

"Sadece adımı söylemeniz yeterli olacaktır," deyince, güvenlik alay eder gibi baktı Reyyan'a. "İş için mi geldiniz siz? Bakın hanımefendi, her gün sizin gibi birileri geliyor ve burada bir ton zırvalayarak kafamı şişiriyor. İsim ve soyisminizi söyleyin, Miran Bey sizi nereden tanıyacak yoksa?"

Reyyan içinden ya sabır çekti. O an ben karısıyım diye çığlık atası gelse de susmaktan başka çaresi yoktu. Hem karısı da sayılmazdı. Miran hâlâ Gönül ile evliydi. Kimse inanmazdı Reyyan'a.

O sırada otomatik kapılar açılmış, içeriye ellili yaşlarda bir adam girmişti. Reyyan ise güvenliğe çemkirmeye hazırlanıyordu. "Reyyan Şanoğlu!" dedi kararlı bir sesle. "Oldu mu?"

Şirket yöneticilerinin geçtiği kapıdan içeriye girmekte olan adam, güvenliğin önünde duran Reyyan'ın yüzüne dahi bakmamıştı ilk başta. Ta ki ağzından çıkan Şanoğlu soyadını duyana dek. Şaşkınlıkla aralanan gözlerine anında garaz doldu. Bir anda arkasını dönerek çirkin bakışlarını Reyyan'a sabitleyince Reyyan istemsizce korktu.

"Sen," dedi adam sessizce. Birkaç adım attı Reyyan'a doğru. "Senin soyadın ne?"

Reyyan düşmemesi gereken bir hataya düştüğünü o an fark etse de çok geç olmuştu. Bu adamın Miran'ın amcası olduğunu anlaması uzun sürmedi. Korkudan kilitlenen dudaklarından tek kelime çıkmazken adam bu sefer ağız dolusu bağırdı.

"Sen Şanoğlu musun?" Reyyan korkudan bir iki adım gerilerken güvenlik neler olduğuna anlam vermeye çalışıyordu. "Vahit Bey," diyerek araya girdi. "Bir sorun mu var?"

Vahit denilen adam güvenliği duymadı. Yılların kini gözlerinde birikmişti. O soyada sahip birinin ne işi vardı burada? "Konuşsana be kızım! Dilini mi yuttun?"

Güvenlik ise hâlâ Miran'ı aramıyor, olduğu yerde durup bu gergin tabloyu seyrediyordu. Gürültüyü duyanlar odalarından çıkmış, kapının önüne bakıyordu. Reyyan'ın kurtuluşu Arda oldu. Sıradan bir iş gününde öğle molasından dönen genç adam kapının girişinde Reyyan'ı, karşısında da Miran'ın amcasını görünce neye uğradığını şaşırdı. Reyyan da Arda'yı görür görmez arkasına saklandı. Korkudan beti benzi atmıştı. Arda hafifçe arkasını dönerek kısık bir sesle, "Reyyan, senin burada ne işi var?" diye sordu. Endişelenmişti.

"Böyle olsun istemedim."

Arda karşısına Vahit Bey'i alıp arkasına Reyyan'ı sakladığında ateş çemberinin ortasında kalmış gibi hissetti kendini. Burada ne olmuştu da Vahit Bey, Reyyan'a öldürecek gibi bakıyordu? Yoksa gerçek kimliğini mi öğrenmişti? Aklından geçen düşünceleri okumuşçasına sessizce mırıldandı Reyyan. "Soyadımı duydu."

Arda eyvah dercesine yutkundu. Birazdan kıyamet kopacaktı. Miran'ın aylar boyunca sakladığı sır, hiç olmayacak bir zamanda dökülmüştü ortaya.

"Bu kız kim Arda?" diye sordu aksi sesiyle. "Bizimle ne ilgisi var?" Gözleri Arda'nın arkasında, Reyyan'ın üzerindeydi.

Arda eliyle telefon işareti yapıp işaret ettiğinde güvenlik nihayet Miran'ı aradı. "Bence biz sakin bir yerde konuşalım Vahit Amca." Reyyan'ın arkasından geriye çekilip gün yüzüne çıkmasını sağladıktan sonra yüzünü ona dönerek, "Korkacak bir şey yok," dedi. "Birazdan gelir Miran."

O adam Reyyan'a böylesine korkunç bakarken korkmaması mümkün değildi Reyyan'ın. Şimdiden çok tırsıyordu Reyyan. Yanlış bir şeye sebebiyet verdiğinin bilincindeydi. Ama Miran'ı arayıp ulaşamayınca da çok korkmuştu. "Miran'a ulaşamadım," dedi sessizce. "Çok korktum. O yüzden geldim."

"Soruma cevap verecek misiniz?" Vahit Bey'in ses tonu haddinden fazla yüksek çıkıyordu. "Bir Şanoğlu'nun burada ne işi var?"

"Bağırma Vahit Amca." Arda da sesini yükseltmişti istemsizce. "Kızı korkutuyorsun."

Herkes meraklı gözlerle ve endişeyle üçüne bakarken açıldı asansörün kapıları. İçeriden Miran çıktığında Reyyan üzülse mi sevinse mi bilemedi. Miran donuk bakışlarla yürüdü yanlarına. Gözlerindeki ifade o kadar belirsizdi ki, ne düşündüğünü anlamak mümkün değildi. Önce olduğu yerde duraksadı ve etrafına bir göz attı.

"Herkes işinin başına. Kimse odasından çıkmasın!"

Çil yavrusu gibi toplanan kalabalık anında dağılırken Miran bir amcasına bir Reyyan'a baktı yanlarına yaklaşırken. Kapıdan çıkıp güvenliğin önüne geldiğinde amcasının önünde durdu. "Ne oluyor burada?" diye sordu dümdüz bir sesle.

"Onu sen söyleyeceksin," diyerek uzattı parmağını yeğenine adam. Suçlayıcı parmağı Reyyan'ın üzerine döndü birden. "O kız bir Şanoğlu. Burada ne işi var, ha?"

Reyyan yandım dercesine yumduğu gözlerinin ardından dudaklarını birbirine bastırdı. Vahit Bey, birazdan kendisinin kardeşinin katili olan bir adamın kızı olduğunu öğrenecekti ve bu hiç iyi olmayacaktı.

Artık saklanacak bir şey kalmamıştı ortada. Miran, Reyyan'ı onunla resmiyette evlenene kadar amcasından saklamayı planlamıştı. Fakat hayat, planlarını altüst etmeye bayılıyordu. Miran'a ise hep zor yolu yürümek kalıyordu. Alışkındı ne de olsa.

"O bir Şanoğlu değil," dedi kendinden emin bir duruşla Miran. Reyyan, Hazar Şanoğlu denilen adamın öz kızı olmadığına göre bu durumu saklamaya gerek yoktu. "Gönül'den boşanır boşanmaz da Reyyan ile evleneceğim."

Adam şokun birini atlatamadan bir diğerini yaşıyordu. Evet, Miran'ın Gönül'le iyi bir evlilik yürütmediğini biliyordu ama bunlardan hiç haberi olmamıştı. "Ne demek bir Şanoğlu değil? Ayrıca ne demek Gönül'den boşanınca? Ne işler çeviriyorsun sen?"

Miran tam dudaklarını aralayacaktı ki Reyyan giriverdi araya. Öz babası olmasa dahi, Hazar Şanoğlu onu bu yaşına kadar koruyup büyüten ve bir gün olsun kılına zarar vermeyen adamdı. Göz göre göre nankörlük edemezdi.

"Benim adıma konuşma," dedi kaşlarını kaldırarak. "Hazar Şanoğlu benim babam!"

İşte şimdi ipler kopmuştu. Vahit Bey duyduğu isimle yerinde çakılı kalırken, Miran sıkıntıdan şakaklarını ovalıyordu. "Sen," diyerek elini Miran'a kaldırdı Vahit Bey. "Babanın katilinin kızıyla mı evleneceksin?" Şaşkınlığından kızamıyordu bile. Öyle şoke olmuştu.

"Hiçbir şey bildiğin gibi değil amca," dedi sakin bir sesle Miran. "Reyyan o adamın öz kızı değil."

"Ne fark eder ki? Sonuçta kızı mı? Evet kızı! Bunu babana nasıl yaparsın sen?" Gözlerini Reyyan'a çevirdi. Öfkesi korkunçtu. "Bu kızı derhal gönder buradan! Gözlerim görmesin! Eğer onunla evlenmeyi aklından bile geçirirsen..."

Miran, amcasının sözlerini yarıda kesti. "Reyyan benim zaten karım," dedi gür sesiyle. "Amcamsın, büyüğümsün. Seni kırmak istemem ama bu işe karışırsan kırılırsın. En iyisi mi sus!"

"Yanlış yapıyorsun," dedi adam. Sanki yeğenine değil de düşmanına bakıyormuş gibi dikmişti gözlerini Miran'ın üzerine. "Beni karşına aldın Miran! Amcanı değil de düşmanını tercih ettin ya, bittin benim gözümde!"

Son sözlerinin ardından kindar bakışlarını bir kez daha dikti Reyyan'ın üzerine. Ardından kapıya yöneldi. Reyyan bir iki adım geriye gitti Vahit Bey kapıdan çıkarken. Arda ise peşinden gitmeye karar verdi. Gerilimi yumuşatmak her zamanki gibi ona düşüyordu. "Ben konuşacağım onunla," dedi kapıdan çıkarken.

Ortalığın bir anda sessizleşmesi üzerine Miran ve Reyyan'ın bakışları kesişti. Reyyan suçluluk duymaya dahi vakit bulamıyordu. Miran'la konuşacağı daha mühim meseleler vardı. "Böyle olacağını tahmin edemezdim."

Miran ise kızgın görünüyordu. "Neden beni dinlemiyorsun?" diye sordu sitem dolu bir sesle. Ne olursa olsun, şirkete gelmemesini söylemişti ama Reyyan dinlememişti ve buradaydı.

"Seni aradım ve sana ulaşamayınca evden çıkmak zorunda kaldım."

Sadece bir saat bakmamıştı Miran telefonuna. Toplantısı uzun sürdüğü için odasında bırakmıştı mecburen. Reyyan'ı buraya böyle gelmeye zorlayan sebebi şimdiden çok merak ediyordu. "Dışarı çıkalım," dedi Reyyan'ın kolundan nazikçe tutarken. Kapıdan dışarıya çıktıkları anda Reyyan, Miran'ın yüzüne baktı. "Ne yaptın sen?"

Miran anlamadı. "Ne yapmışım?" diye sordu.

"Sabah Havin'le konuştum. Azat geliyormuş İstanbul'a. Beraberinde babam da," diyerek üstüne basa basa konuştu Reyyan. Miran'ın gözlerine dikkatle bakmaya devam ederken ondan bir tepki bekledi. Fakat karşısındaki adam tepkisizdi. Reyyan sesini yükseltti. "Ne yaptın dedim sana?"

Miran, "Bir şey yapmadım," derken yüzünde belli belirsiz bir gülümsemenin titreştiğini fark etti Reyyan. Miran'a inanmayı çok istiyor fakat başaramıyordu.

"Neden geliyorlar öyleyse?" diye sordu hırçın bir sesle.

Miran ise oldukça sakindi. "Hâlâ anlamadın mı?" Reyyan'a yaklaşıp yüzünü sarmaladı elleriyle. "Koca bir savaşın ortasındayız. Bense seni, bu savaşın ortasında dahi seviyorum." Konunun esas yerinden sapıp saçma bir noktaya ulaşması Reyyan'ı öfkelendirdi. Miran'ın ellerini yüzünden iterken parmağını gömleğinin üzerine bastırdı. "Eğer yine kötü bir şey yaptıysan..." Sözlerinin devamı dilini de, yüreğini de acıtacaktı. "Bir daha yüzümü bile göremezsin Miran."

Sözleri ağır bir tehdit barındırmasına rağmen Miran sanki iltifat duyuyormuş gibi gülümsedi. "Adımı söyledin," dedi avare avare gülümserken. "Uzun zaman sonra, ilk kez."

Reyyan saçlarını karıştırdı hiddetle. "Korkuyorum anlamıyorsun? Her an kötü bir şey olacak korkusuyla yaşıyorum!"

Sakin tavrından bir şey kaybetmeyen Miran, Reyyan'ın omzuna dokundu yavaşça. "Korkulacak bir durum yok, senin hiçbir şeye karışmanı istemiyorum." Ardından elini yere indirip Reyyan'a uzattı. "Hadi gel, seni eve bırakayım. Benim birkaç saat daha işim var." Reyyan donuk bir vaziyette beklerken elinden tuttu Miran. Nasıl böyle sakin duruyordu anlamıyordu. Üstelik neler karıştırdığını dahi bilmiyordu. Tek bildiği, iyi şeyler hissetmediğiydi.

Şirket binasının önüne gelen arabaya binip yola çıktıklarında, Reyyan gözlerini Miran'ın üzerinden ayırmıyordu. Üzerinde garip bir dinginlik vardı, bu hayra alamet değildi. Tüm cesaretini toplayarak bir kez daha sordu Reyyan.

"Bilmediğim bir şey mi var? Benden ne gizliyorsun?"

Miran gözlerini yoldan çekmedi. "Kötü bir şey yapmadım," dedi tebessümle. "Emin ol."

Bir süre boyunca ikisi de suskun kaldı. Reyyan içini kemiren kurtlarla boğuşurken, Miran sakin denizler gibi dalgasızdı. "Benim yüzümden amcanla da aran açılacak," diyerek sessizliğini bozduğunda genç adam alay eder gibi gülümsedi.

"Sen takılma böyle şeylere. Er ya da geç seni öğrenecekti zaten." Bir süre devam eden sessizliğinin ardından gülümsemesi yavaş yavaş söndü yüzünde. "Amcamla iyi anlaşabildiğim söylenemez. Her konuda birbirimize zıt düşeriz. Yani aramızın açılması, seninle ilgili olan bir şey değil."

"Amcan biliyor muydu?"

"Neyi?"

"Neyi olacak," diyerek dudak büktü. "Bana ve aileme oynadığın oyunu."

Miran sıkıntılı bir nefes alırken, "Hayır," diyebildi. "Eminim şu an kara kara seninle nasıl tanıştığımı düşünüyordur. Bulması da uzun sürmez."

"Neden bu kadar korkusuzsun?" Miran bu soruyu neden sordun dercesine bakınca Reyyan açıklama gereği duydu. "Korkmuyorsun. Ne amcandan, ne de başka birinden."

Sözlerinin devamında babasının adını söyleyemedi Reyyan. Çünkü ne zaman babasının adını ansa Miran'ın gözlerinin ardında derin bir öfke uyandığına şahit oluyordu. Ve Reyyan korkmuyor değildi babasının bu zamana kadarki sessizliğinden. "Babana acımayan bir adam sana da acımaz," dedi çekinerek Reyyan. "Ölmekten de mi korkmuyorsun?"

Gözlerini kısa bir an yoldan çekip Reyyan'ın kuzguni harelerine dikti genç adam. "Ben sadece adaleti sağlıyorum. Ayrıca ölmekten neden korkayım?"

"Doğru," diyerek kafasını salladı Reyyan. "Korksaydın böyle cesur davranamazdın." Eve geldiklerinde istemeden indi arabadan. İçi huzursuzdu. Korkmasını gerektirecek bir sürü neden varken nasıl sakin kalabilirdi ki? Miran arabadan iner inmez gözlerini Ali'ye dikmişti. Ali ise savunmasına geçmişti. "Ben sizi aradım, hem de defalarca aradım."

"Bu haklı bir savunma değil," dedi sertçe. Gözleri Reyyan'a kaydı. "Bu iki etti. Bir kadına sahip çıkamıyor musun?"

Reyyan'ın istemsizce çatıldı kaşları. Miran'ın sözleri kendisini sinirlendirmişti. "Neyden bahsediyorsun sen?" diye bağırdı. "Bir eşyadan ya da hayvandan mı?"

Miran elini gergince yüzüne bastırdı. "Her şeyi de yanlış anlama," diyerek yaptı açıklamasını. "Her defasında başına iş açıyorsun. Tek isteğim seni korumakken neden sana başka bir muamele yapayım?"

Reyyan cevap vermeden eve yürüdüğünde Miran'ın da arkasından geldiğini hissedebiliyordu. Fazlasıyla kızgındı. Miran ise bugün haddinden fazla sinir bozucu davranıyordu. Sorduğu sorulara cevap vermeyişi ve şüpheli davranışları Reyyan'ı çileden çıkartıyordu.

Cebindeki anahtarları çıkarıp içeriye girdi. Sanki Miran arkasında değilmiş gibi kapıyı örtecekti ki yine son anda kapıyı elleriyle tutmuştu Miran. İçeri girer girmez de Reyyan'ın kolundan tuttu. Kendisine doğru çekip Reyyan'ı duvarla kendi bedeni arasına sıkıştırdı. "Bana böyle davranmana dayanamıyorum," dediğinde Reyyan bu akla zarar yakınlığın verdiği heyecanla nefes almayı kesti. Ne zaman kaçsa sonuç hep aynıydı ve değişmiyordu. Miran bir şekilde aklını başından almaya devam ediyordu.

"Nasıl davranayım?" diye sordu gözlerine zorlukla bakarken. "Senin nasıl bir adam olduğunu çözemiyorum."

"Ama ben seni ezbere biliyorum," dedi Miran, Reyyan'ın yüzüne düşen saçlarını kulağının arkasına sıkıştırırken. "Şu an bana kızgınsın." Kafasından tutup şakağına bir öpücük kondurdu. "Çünkü bana güvenmiyorsun." Geri çekilip gözlerine baktığında Reyyan'ın tüm buzlarını eritecek kadar sıcak gülümsedi. "Gün gelecek, her şeyini bana adayacaksın."

"Yaşadığımız şu hayat çok mu normal sence?" Reyyan'ın yüzünde sahte bir kızgınlık, ince bir sitem silsilesi belirdi. "Aileme düşman olan bir adamın yanındayım. Bir taraf seçmek zorunda bırakıldım ve başımıza her an ne gelecek korkusuyla yaşıyorum!"

Miran donuk bir suratla bakıyordu Reyyan'ın yüzüne. Söylediklerinin hepsi doğruydu. İnkâr edemiyordu. "Korkma," diyebildi sadece. "Ben plansız hareket etmem." Sözlerinin ardından Reyyan'ın kızacağını bile bile dudaklarına yaklaştı. Reyyan kalp çarpıntısından ölürken, dudaklarına konan iki alev parçasıyla yumdu gözlerini. Ne yapsa kaçamıyordu, kaçmak da istemiyordu.

Bu girişiminden sonra Reyyan'ın anında çatılan kaşlarına bakarak gülümsedi Miran. Seviyordu her halini. Kızgınlığı sahici değildi, onu da biliyordu. Geri çekilip, avuç içlerine dokundu. Ve ardından uzaklaştı.

"Şimdi gidiyorum," dedi aralık olan kapıdan dışarıya süzülürken. "Birkaç saat sonra geleceğim."

Miran hızlı adımlarla uzaklaşırken Reyyan sadece bakakaldı arkasından. İçinden gitme demek geliyor ama dudakları kıpırdamıyordu. Gözden kaybolana dek baktı ardından. Şimdi hatırında kalan tek şey, Miran'ın kadınları bile kıskandıracak olan güzel yüzüydü. Reyyan artık Miran'sız yapamıyordu. Onsuz geçirdiği saatler işkence gibi geliyor, bu evde kendisini yapayalnız hissediyordu.

Ne tuhaftır ki, nefretini de aşkına bulayarak seviyordu bu adamı.

Miran'ın gidişinin ardından bir saat geçmişti. O bir saatte kitaplara gömüldü Reyyan. Kitap okumayı severdi. Bu yaşına kadar yalnızlığını paylaşan, dertlerine ortak olan tek arkadaşı satırlardı. Bundan birkaç gün önce Miran, Reyyan'ı alışverişe götürmüştü. Eve döndüklerinde ise Reyyan'ın ellerinde bir kucak dolusu kitap poşeti vardı.

Miran ile ortak bir noktaları çıkmıştı böylelikle. O da okumayı severdi.

Daldığı kitaptan kafasını kaldırmasına sebep olan şey zilin sesiydi. Reyyan elindeki kitabı kanepeye bırakıp kapıya koştu hızla. Miran'ın gelmiş olduğunu sanıyordu fakat Miran eve geldiği zaman kapıyı çalmak yerine anahtarıyla açarak giriyordu. Bu tamamen çıkmıştı Reyyan'ın aklından. Kapıyı açınca gördüğü yüz Miran'a değil de Eylül'e ait olunca şaşırmıştı.

Karşısındaki kız elinde kocaman bir pasta kutusuyla bodoslama daldı içeriye. Bu ziyaretin nedenini Reyyan bilmese de pek merak etmiyordu. Belki de Miran'ı görmek için gelmişti.

"Hoş geldin," dedi Reyyan kapıyı örterken. Eylül ise evin içine göz gezdiriyordu. "Hoş buldum," diyerek mutfak olduğunu tahmin ettiği yere yürüdü. Yanılmamıştı da. "Böyle habersiz geldim ama kusura bakma."

Reyyan da arkasından geldi. Eylül elindeki kutuyu tezgâha bırakıp geriye çekilirken gülümsedi. "Ev çok güzel görünüyor."

Reyyan bir şey söylemedi. Ne de olsa bu evi kendisi seçmemişti. Yahut hayatları sıradan ve normal değildi. "Bir şey içer misin?" diye sordu konuyu değiştirmek için.

"Bir fincan kahveni içerim," diyerek gülümsedi Eylül. Reyyan dolaptan cezveyi çıkarırken, "Aslında," diyerek girdi konuya. "Daha önce gelecektim ama cesaret edemedim. Bugün ise Miran beni arayıp senin yanına gelmemi rica edince dayanamadım. Evde tek başına sıkıldığını düşünüyor olmalı."

Reyyan belli belirsiz gülümsedi. Arkası dönük olduğu için yüzü görünmüyordu. Fakat Eylül bunu görmüş gibi, "Gülümsüyorsun," dediğinde Reyyan ciddiyetle döndü arkasını. "Hayır gülmedim."

"Şimdi de yalan söylüyorsun."

Reyyan pes edip gülümsediğinde Eylül de kocaman sırıttı. Buzları eritmenin zamanı gelmişti artık. "Biz çok üzülüyoruz," dedi ciddi bir sesle. "O gün olanlar için, Gönül için, senin için. Annem desen, ne bu eve gelecek yüz buluyor kendisinde, ne de yüzüne bakabilmek için bir sebep."

Reyyan tezgâha yaslandı. Bu konuda da bir yorum yapamıyordu. Neticede Miran, Reyyan'ı kandırırken teyzesi bunu bile bile susmuştu. Ne yazık ki her şeyi kolayca unutup yaşananları sineye çekecek kadar engin bir yüreğe sahip değildi. Kim ona ne yaptıysa asla unutmayacaktı. Buna Miran da dahildi.

"Üzülmenin bir faydası yok," diyerek geçiştirdi Reyyan. "Her şey geçmişte kaldı."

"Haklısın." Eylül tezgâhın üzerindeki pastayı işaret etti. "Elim boş gelmeyeyim dedim, pasta sever misin?"

Reyyan severim dercesine gülümsedi. Görür görmez de canı çekmişti üstelik. Şimdilik bir şeye aşermiyor, bu duruma da seviniyordu. Gecenin bir yarısı Miran'ı kaldırmak için bir sebebi yoktu.

Pişen kahvenin ardından, tabaklara koydukları birer dilim pastayla salona geçtiler. Aslında Reyyan, Eylül'ü tanıdığı andan itibaren çok sevmişti fakat Gönül'ün arkadaşı olduğu için tereddüt ediyordu ona samimi davranmakta. Bunu da zaman gösterecekti. Artık ha deyince güvenemiyordu insanlara.

Miran'ın birkaç saate gelirim diyerek gidişinin üzerinden birçok saat geçmişti fakat geldiği yoktu. Sabah aldığı haber yüzünden ise Reyyan çok tedirgindi. Öyle ki bu durumdan ötürü nefes bile alamaz hale geldi. Elinde değildi, patlayacak gibi hissediyordu kendini.

Miran'ı aramak için telefonunu eline aldığında boğazında kocaman bir yumru vardı. Telefon bir kere, iki kere derken, çaldı da çaldı ama açan olmadı. Reyyan'ın bu sıkıntılı hali Eylül'ün de gözünden kaçmadı.

"Neyin var?" diye sordu endişeli gözlerle süzerken. "Geldim geleli bir tuhafsın."

"İyi değilim, hiç iyi değilim." Boğuluyormuşçasına kazağının yakasını çekiştirdi. "Miran..."

"Reyyan ne oluyor?" Eylül ayağa kalkıp yanına geldiğinde Reyyan'ın eli ayağı titriyordu. Tutup da Eylül'e babasının ve Azat'ın buraya geldiğini söyleyemezdi ki. Bu çok zordu. Ailelerin düşman olması Reyyan'ı ömrü boyunca hep tedirgin edecek, diken üstünde yaşamasına sebebiyet verecekti.

"Miran birkaç saate gelirim dedi... Gelmedi ama, gelmiyor."

Eylül, Reyyan'ın şu anki ciddi duruşuna aldırış etmese neredeyse kahkaha atacaktı. "İlahi Reyyan," diyerek gülümsedi. "Küçük çocuk mu o? İşi çıkmıştır."

Aradan kaç dakika ya da ne kadar zaman geçtiğinin bilincinde değildi Reyyan. Kötü bir şeyleri seziyor, sanki yüreği bir burgacın içinde hapsoluyordu. Eylül ise ne yaparsa yapsın Reyyan'ı sakinleştirememişti. Miran'ın aramalara cevap vermemesi neticesinde o da endişelenmişti.

O sırada Eylül'ün telefonu çaldı. Arda arıyordu. "Telaş yapma bak, Arda arıyor," diyerek kaldırdı telefonu Eylül. "Şimdi öğreniriz neredeymiş."

Eylül'ün neşeyle açtığı telefonda, iyi şeyler duymadığının kanıtıydı çehresine oturan solgunluk. Ve Reyyan o an anladı. Sabahtan beri içini delik deşik eden bu sıkıntı boşa değildi.

"Abim," dedi telefonu düşürürken Eylül. Ve bir kör kurşunun daha yeni bir savaş başlattığının haberini verdi Reyyan'a. "Vurulmuş!"

24

YANGIN YERİ

Bazı acılar var. Hayat karşısında boynumuzu eğdiren, düşman karşısında diz çöktüren türden. İşte o acıların karşısında kelimeler kifayetsizdir. Gaflete düşmüş kindar yürekler, iyiliğin karşısında dilsizdir. Ne kadar savaşırsan savaş, bazen gücün bile kimsesizdir. Ve ölümün karşısında çoğu zaman, cesaret bile çaresizdir...

Perişan bir halde bekliyordu acil servisin kapısında. Boğazında bir hıçkırık, dilinde içli bir haykırış eşliğinde. O acı haberi aldığı andan itibaren yüreği adeta yangın yerine dönmüştü. Kendisini suçluyordu Reyyan. Tehlikeyi göre göre Miran'ı engellememiş, gitmesine izin vermişti. Olacak bir şeyin önüne neden geçilmezdi ki?

Neler olduğunu bilmiyordu. Miran'ı kimin vurduğunu da bilmiyordu. Dahası, Miran yaşıyor muydu? Onu da bilmiyordu. Bu bekleyiş ölümcüldü. Ölümün soğuk nefesini ensesinde hissettiğinden beri aldığı soluk, mızrakla vurulmuşçasına ciğerlerini parçalıyordu. Tatsız bir korkunun kıvılcımlarını iliklerinde hissettiğinden beri yutkunamıyordu.

Şüphesiz bu anı ömrünün sonuna dek unutmayacak, zihninin bir kenarına kazıyacak ve hep hatırlayacaktı. Acil servisin önünde duran arabaya doğru koşan doktorların arkasından bakakaldı hareketsizce. Bir eli paramparça olmuş kalbinin, diğer eli tir tir titreyen dudaklarının üzerindeydi.

Kıpırdayamıyordu. Ayaklarına prangalar vurulmuştu sanki. Tonlarca ağırlıkta yük binmişti omuzlarına. Sanki orada hareketsiz yatan Miran değil de, Reyyan'dı. *Bu nasıl bir acıydı?*

Gözlerinden yağan haylaz yağmurlara rağmen yüzünde tek bir mimik oynamıyordu. İfadesizdi. Arabanın ön kapısından Azat indiğinde Reyyan'ın şaşkınlığına bir yenisi eklenmişti. Arka kapısından çıkarılan hareketsiz beden doktorlar tarafından sedyeye yatırılınca kuvvetli bir çığlık attı Reyyan. Boğazını patlarcasına, tüm şehri inletircesine!

"Miraaaaaaaannnn!"

Onlarca acının bir anda hücum ettiği halsiz bedenini hızla sürükledi Miran'a doğru. Bunu da mı görecekti? Sevdiği adamın kapalı gözlerine, kanlar içinde cansız yattığına da mı şahit olacaktı? Kurşun, belinin sol üst kısmına isabet atmıştı. Arkasından vurmuşlardı Miran'ı. Tıpkı yıllar önce babasına yaptıkları gibi.

Tarih bir kere daha tekerrür etmişti. Ve bir Şanoğlu daha, bir Karaman'ın canına kast etmişti!

Doktorların Miran'ı ameliyathaneye yetiştirme çabaları arasına bir de Reyyan'ın haykırışları eklenmişti. Gözünün hiçbir şeyi gördüğü yoktu sevdiği adamdan başka. Miran'ın üzerindeki beyaz gömleğin rengi kırmızıya, Reyyan'ın yüreği küle dönüyordu.

Saçlarından alnına dökülen bir tutam, kan çekilmiş bembeyaz suratına gölge düşürmüştü. Adına şiirler yazılası kirpikleri hareketsiz, dudakları aralıktı. Reyyan elini Miran'ın yüzüne kapattı. Kana bulanmış gömleğine baktıkça aklını kaybedecek gibi hissediyordu. Etrafında onu engellemeye çalışan birilerinin varlığını duyumsuyor ama kim olduklarını idrak edemiyordu. "Yaşıyor mu?" diye haykırdı yürek parçalayan bir sesle. "Allah aşkına, yaşıyor mu?" Sorduğu soruya gelen cevapları kavrayamayacak kadar uğulduyordu kulakları.

Miran'ın üzerine kapandı bir anda. Sedye hastanenin ortasında duraksamış, büyük bir kalabalık bu can alıcı manzarayı seyre durmuştu. "Ölme Miran... Yalvarırım ölme!" Kafasını bedeninden kaldırmaksızın kesik kesik hıçkırdı. Söylediklerini duymadığını bildiği halde avaz avaz bağırdı. "Yemin ederim affettim seni, ben seni affettim!"

Yaptığı kötülüklere bu son mu reva görülmüştü? Çektirdiklerinin bedeli buysa, bu bedel biraz fazla değil miydi? Bu son, fazla acı değil miydi?

Doktorlar Reyyan'ı geriye çekip yoluna devam ederken aynı kelimeleri tekrarlayıp duruyordu hıçkırıklarının arasında. *"Yemin ederim, affettim!"*

Buğulu kadrajından gittikçe uzaklaşan sedyeye baktıkça başı dönüyordu. Yere çöküp ellerini şimşekler çakıyormuş gibi acıyan kafasına bastırdı. Hayır, bu gidişe dayanamıyordu. Duvarın dibine çökmüş olan bedenini zar zor kaldırıp tekrar koştu ardından. Fakat yetişemedi. Ameliyathanenin kapıları yüzüne kapandığında elleri camında asılı kaldı. "Ne olur ölme! Sonumuz böyle olmasın Miran, ne olur..."

Her yer kan kokuyordu şimdi. Eli, yüzü, hatta giysileri. Hissettiği acının bir tarifi yoktu. Her zerresi, her hücresi alev almışçasına yanıyordu. Ellerinin ardından, başını da soğuk cama dayadı. Şimdi saniyeler, aldığı nefese kastedecek, sevdiği adam bu kapının ardında canıyla cebelleşecekti!

Kan kokusu burnunun direğini sızlattıkça bağıra çağıra ağlama isteğini bastıramıyordu. Boğazına sızan bir şeylerin varlığı canını yakıyordu. Adını pişmanlık koydu ansızın yürek sızlatan duygusunun. Ölüm kokan solukları duyumsadıkça, kahrından ölüyordu. Neden bir kere gülmemişti yüzüne? Neden affettiğini söylememişti kulaklarına? Neden dünya gözüyle bir kez tutmamıştı ellerinden. Aklına getirmek istemiyordu fakat eğer Miran ölürse... Reyyan nasıl yaşayacaktı? Acılar canına böylesine kastetmişken aldığı nefes ona ihanet sayılmaz mıydı? Ölmezdi değil mi Miran? Ardında bıraktığı bir karısı ve daha doğmamış bir çocuğu varken, hiç zamanı değilken çekip gitmezdi değil mi? Gitmemeliydi.

Affetmişti Reyyan onu, her şeyiyle affetmiş, yaptığı her şeyi unutmuştu. Kötü günleri bir bir silmişken aklından, ona ceza vermek kimin haddineydi? Ellerini soğuk camın üzerinden çektiğinde gözleri etrafı aramaya başladı. Azat'ı arıyordu yana yakıla. Çıkışa doğru yürüdü çaresiz adımlarla. Kapıya yaklaştıkça kulağına dolan gürültü, gözkapaklarında asılı kalan umutlarını öldürüyordu. Miran'ı Azat mı vurmuştu yoksa?

Arda, Azat'ı görünce ortalığı birbirine katmıştı fakat Reyyan bir şey duymamıştı. Aklında fikrinde sadece Miran vardı. Kulağı ondan gelecek bir ses dışında her şeye kapalıydı. Bu yüzdendir ki kapıda kıyamet koparken onun bir şeyden haberi olmamıştı.

Bedenini zor taşıyan ayaklarının sancısına aldırmadan

sallana sallana çıktı acil servisin kapısından. Ara sıra düşmemek için tutunuyordu bir yerlerden. Karanlığın hakim olduğu gökyüzünde şiddetli rüzgârlar esiyor, beraberinde kar atıştırıyordu. İstanbul bugün, yürekleri bile donduracak kadar soğuktu. Gözleri Azat'ı ararken arabanın önünde beklediğini gördü. Son kez gücünü toplayıp hızlı adımlarla yürüdü Azat'a doğru.

Azat, Reyyan'ı fark edince ellerini cebinden çıkarıp olduğu yerde duraksamıştı. Yüzünde bir durağanlık, gözlerinde ise suçluluk duygusu vardı. Bir daha asla yüzünü görmek istemezken, bir kez daha karşı karşıya gelmişlerdi. Bu Azat için de çok zordu. Reyyan, Azat'ın yanına gelir gelmez sıktığı ellerini sertçe indirdi göğsü üzerine. "Sen yaptın," dedi inler gibi. Tüm acısını çıkarmak istercesine, olanca kuvvetiyle vuruyordu ancak Azat bundan etkilenmiyordu bile. Reyyan sadece kendisini yormakla kalıyordu. Azat onu bileklerinden yakalayarak durdurdu. "Yapma bunu!" dedi ismini anmadan. Adını kalbinin derinliklerinde mazi etmiş, diline de yasak kılmıştı.

"Neden yaptın neden, neden, neden, neden?" Hıçkırıklarına karışan tiz sesi Azat'ı can evinden vurdu. Reyyan bir kez daha vurdu, bir kez daha. Titreyen ellerini defalarca vurdu heybetli vücuduna. Her vuruşunda gücü biraz daha tükeniyor, daha çok titriyordu bedeni. Az kalmıştı, aklını kaçıracaktı! Titremesi vücudunu ele geçirdiğinde ayakları onu taşımaz oldu, yıkıldı! Bir daha hiç kalkamayacakmış gibi... Ellerindeki ve giysilerindeki kanın kokusu burnuna doldukça bayılacak gibi hissediyordu kendini. Gözlerini kapatmak ve bir daha hiç açmamak! Belki de şu an tek dilediği buydu.

"Ben affetmiştim onu," diye mırıldandı içli ağlayışının arasında. "Allah aşkına, ne istedin canından?" Kan lekelerinin sardığı ellerini yüzüne bastırdı. "Her ne yapmış olursa olsun, değdi mi ha, değdi mi?"

Yerde acıyla kıvranan Reyyan'a baktı Azat. Bu duruma nasıl geldiklerini hiç bilmiyordu, Reyyan'ın ellerindeki kan kendi üzerine de bulaşmıştı. Hiç bu kadar kirli hissetmemişti kendisini. Derin bir nefes alırken gözleri havaya kalktı. Buğulanan bakışları semayı izlerken, "Eğer," dedi ve sustu Azat. Sanki diline kara bir kilit vurulmuştu, bir türlü konuşamıyordu. Kuruyan dudaklarını ıslattı.

Benim o silahı çekecek cesaretim olsaydı, çaresizliğimi vururdum şakağından. O tetiğe basacak gücüm olsaydı Miran'ı değil, sensizliğimi vururdum alnının tam ortasından!

Yine sessiz düşünceleri diline pelesenk olmuş, bir türlü çıkamamıştı ağzından. "Eğer ben vurmuş olsaydım onu yaşaması için neden hastaneye getirirdim ki?"

Reyyan oturduğu yerden, Azat'ın sözleriyle toparlandı. Ne anlama geliyordu bu sözler? Aklı söylenenleri algılayamayacak kadar bulanıktı. Zihninin ardına katran karası bir perde çekilmişti. Karşısına dikildiğinde bir kere daha nefretle baktı Azat'ın yüzüne. "Kim o zaman, kim vurdu Miran'ı?"

Genç adam ellerini yüzüne kapatıp buhranla sıvazladı, tüm bu olanlara böyle sessiz kalışı suçlu olduğundan değil, suçsuz oluşundandı. "Bilmiyorum. Ben yapmadım Reyyan," dedi dişlerini sıkarken. "Miran'ı ben vurmadım, o tetiğe basan ben değildim!"

"Ne oldu?" diye sordu Reyyan bağırarak. "Anlat, çıldıracağım, neler oldu?"

"Tartışırken," dedi Azat. Sesi titriyordu. "Biz tartışırken vuruldu." Ardından bir kez daha tekrarladı, herkese söyleyip bir türlü inandıramadığı gerçeği. "Vuran ben değildim." En çok Reyyan'ın inanmasını istiyordu. Onun kendisine böyle nefret dolu bakmasına dayanamazdı.

Reyyan bir şey anlamıyordu. Azat değilse kim vururdu Miran'ı? Azat'tan başka kim silah çekebilirdi ki? "Yoksa," diyerek kaşlarını kaldırdı. "Babam mı yaptı? O mu vurdu?"

Başka bir ihtimal yoktu.

"Bir insanın adı bir kez çıkmaya görsün," dedi Azat, Reyyan'a kararmış bakışlarını dikerken. "Amcam bir şey yapmadı. Aksine, beni durdurmak için geldi ardımdan! Ayrıca olay yerinde bile değildi adam. Nasıl suçlarsın babanı?"

Reyyan ağlarken bir yandan yüksek sesle güldü. Sinirleri altüst olmuştu. "Yapmadı mı daha önce? Ahmet Karaman'ı öldüren o değil miydi?" Sözlerinin üzerine Azat'ın bir şeyler söylemesini diledi. Babasının böyle bir şey yapmış olmasını kaldıramazdı Reyyan. Fakat susuyordu Azat. Suskunluğu içini dağladı.

"Sana inanmıyorum," diyerek bağırdı Azat'a. Gecenin karanlığına karışan kuzguni bakışları tiksintiyle bakıyordu karşısındaki adama. "Babam değilse, sen değilsen, kim vurabilir başka? Kim kıyabilir ki ona?"

Azat, Reyyan'ın bu denli öfke kusmasını beklemiyordu. Ne ara bu kadar düşman kesilmişti? "Reyyan," dedi şaşkınca. Kolundan tutarak sertçe sarstı. "Bana bak Reyyan, gözlerimin içine bak!" Gözlerini gözlerine kenetlediğinde derin bir nefes aldı genç adam. "Hiç mi tanımıyorsun beni? Kaç yıl aynı sofrada karnımızı doyurduk biz? Artık sözümüze itibar etmiyor musun?"

Reyyan kollarını geri çekerken geceyi kavuracak sözler firar etti dudaklarından. "Benim artık kimseye inanacak gücüm kalmadı!"

O sırada Arda içeriden çıktı. Sağda solda Reyyan'ı ararken aklına Azat'ın yanında olabileceği ihtimali gelmişti ve yanılmamıştı. Reyyan'ı Azat'ın yanından çekip ardına alırken, "Polisler seni arıyor!" diye bağırdı. "Yediğin haltın cezasını çekeceksin!"

Gayriihtiyari gülümsedi Azat. Polisin er ya da geç peşine düşeceğini bildiğinden hastanenin önünden ayrılmamıştı. Arda, Reyyan'ı içeriye götürürken Azat arkalarından takip ediyordu.

Hastaneden içeriye girdiklerinde danışmada gördüğü polis memurlarının yanına onlardan önce vardı Azat. Reyyan'ın öfkeli bakışlarının gölgesinde, bileklerine takılan kelepçelerle birlikte tekrar kapıya doğru yürürken gözlerini Reyyan'a dikti. Yanından geçerken ise duraksadı. Sanki bir şey söyleyecekmiş gibi araladığı dudakları geri kapandı. Gözlerini de, sözlerini de alıp çekti gitti.

Azat'ın polislerle gidişinin ardından Arda ve Reyyan ameliyathanenin önünde aldı soluğu. Miran'ın teyzesi ve Eylül perişan bir halde bekliyorlardı. Reyyan bitkin kalan vücudunu oturaklara bıraktığında Arda telaşlı adımlarını gezdirmeye başladı koridorda.

Reyyan'ın buğulu bakışları Arda'nın üzerindeydi. "Nasıl oldu bu?" diye sordu. "Birkaç saat önce sapasağlam ayrıldı yanımdan!"

Arda duraksayıp Reyyan'a baktığında, "Bilmiyorum," dedi sert sesiyle. "Azat gelmiş ve Miran'la buluşmuşlar. Nerede olduğunu bile bilmiyorum! Tek bildiğim sadece ikisinin olduğu. Yani Miran'ı Azat'tan başkası vurmuş olamaz!" Arda her şeyden bihaber olduğu için çok öfkeli görünüyordu. Miran ona haber vermeden Azat'la buluşmuş olmalıydı.

"Keşke söyleseydim," diye mırıldandı Reyyan. "Keşke bugün şirkete geldiğimde ilk sana söyleseydim Azat'ın İstanbul'da olduğunu."

"Vahit Amca yüzünden karıştı ortalık," dedi Arda. "Kendini suçlama. Böyle olacağını bilemezdin."

Reyyan suskunluğunu dudaklarına mesken edip kafasını duvara yasladı. Gözyaşları pınarlarından süzülürken indirdiği gözkapaklarının ardında Miran'ın hayali can buldu. Reyyan canından oldu. Ya okyanus bakışlarını bir daha göremezse, o zaman ne olacaktı? Unutursa kokusunu, hatırlamazsa sesini… Bu zamana kadar çektiği tüm acıları toplasa, şu an çektiği acının binde biri etmezdi. Kaybetme korkusu, ölmekten betermiş, bunu anladı. Şimdi Azat hapse girse, ömrünün sonuna kadar da orada kalsa ne fark ederdi ki? Miran'ın hayat ışığı söndükten sonra, tüm dünya yansa ne fark ederdi?

Saniyeler saat gibi geliyordu Reyyan'a. Kara haberi alıp hastaneye geleli belki bir saat bile olmamıştı ancak sanki asırlardır buradaymış gibi hissediyordu. Aklında sadece Miran ve daha doğmamış bebeği vardı. Her şey için suçluluk duyuyordu Reyyan. Bebeğini babasından saklamamalıydı. *Sırf bunun için,* diye söylendi içinden. *Sırf bebeğin için açmalısın gözlerini.*

Herkesin gözünü dikip bir umutla beklediği ameliyathane kapıları açılınca Reyyan hızla doğruldu oturduğu yerden. İçeriden çıkan doktor ise kimseye bakmadan, telaşla koştu. Bir şeylerin ters gittiği belliydi, buz gibi bir sessizliğin esir aldığı öldürücü koridorları Reyyan feryadıyla inletti. "Ne oluyor, bir şey söyleyin!" Ellerini kafasına götürdü. Korkusundan delirecekti. "Miran'a ne oldu?" Arda, Reyyan'a sarılarak onu sakinleştirmeye çalıştı. "Sakin ol Reyyan, kötü bir şey yok, sakin ol!"

Hıçkırıklarıyla inlettiği koridorda gelen geçen onlara bakıyordu. Reyyan'ı zapt etmesi çok zordu. Gittiği yerden aynı telaşıyla geri dönen doktorun önünü kesti Arda. Kolundan tutarak durduğu adamın gözlerine baktı korkuyla. "Miran nasıl doktor? Bir şey söyle!"

"Elimizden geleni yapıyoruz," diyen doktorun gözleri yeniden çevrildi ameliyathaneye. "Lütfen sabırlı olun." Doktor içeri girdi, Reyyan onu donuk bakışlarla seyrederken. Kapanan kapının gürültüsüyle boğazına düğümlenen hıçkırığını bir kez daha koyverdi seslice. Ellerini ağzına bastırıyordu acısını dindirmek istercesine. Bu acı çok başkaydı!

***

Saatler geçmişti bu can alıcı bekleyiş sürerken. Tek kelime çıkmıyordu mühürlü ağızlarından. Tüm yürekler bir olmuştu, aynı duayı fısıldıyordu tüm diller. "*Allah*'ım, sen onu bize bağışla!"

Kaç saat sürebilirdi bir ameliyat? Ne denli zor olabilirdi tek bir kurşunu çıkarmak? Bitmiyordu. Ne o kapı açılıyor, ne doktorlar bir şey söylüyor ne de bu öldürücü süreç son buluyordu. Reyyan ise giderek tükeniyordu. Başını yasladığı soğuk duvarda, dinmeyen gözyaşları içinde bekliyordu çaresizce. Gözkapaklarına perdelerini indirdikçe Miran'ın sureti canlanıyordu hayalinde. Ellerini kulaklarına kapatınca onun o can veren sesi aksediyordu.

Reyyan deyişi, seni seviyorum deyişi, gözlerine bakışı, gülümseyişi, hatta kızışı ve öfkelenişi... Hepsini mumla arar olmuştu geçmek bilmeyen şu saatlerde. Kötü bir şey düşünmek istemiyordu, onsuz bir hayata devam edemezdi Reyyan. Miran'sız bir sabaha gözlerini açamayacak kadar güçsüzdü.

Karşısında oturan adamın kindar bakışları üzerinden çekilmiyordu. Miran'ın amcası da haberi alınca çıkıp gelmişti hastaneye. Ortamın uygunsuzluğu dahi adamın ağzını açmasına engel olmuyordu. Geldi geleli Reyyan'a aşağılayıcı bir ton laf savurmuştu patavatsız dilinden. Reyyan ise suskundu. Verecek bir cevabı yoktu.

Elif de buradaydı. Teselli etmek için sarf ettiği onca sözün hiçbir hükmü yoktu Reyyan'ın gözünde. Miran yoktu ya, yapayalnızdı. *Miran'*ın gözleri kapalıydı, Reyyan üşüyordu. Miran uyuyordu, Reyyan ölüyordu.

Elif'in ona uzattığı sandviçe bakınca midesi bulandı. Kafasını öbür tarafa çevirince Elif omzuna dokundu. Kulağına eğilerek sessizce fısıldadı. "Aç kalmaman gerektiğini biliyor olmalısın Reyyan. Sen bir can taşıyorsun."

"Miran orada öylece yatarken, benim boğazımdan nasıl lokma geçsin Elif?" Güçsüz eliyle itti Elif'in elindeki sandviçi. "Canım çok acıyor."

Elif el mecbur geri çekildiğinde Vahit Bey'in çirkin bakışlarıyla karşılaştı. Bu adamın Reyyan'a böyle kötü bakmasına dayanamıyordu. Geldiğinden beri bakışlarıyla öldürüyordu Reyyan'ı. Daha fazla dayanamadı. "Siz neden öyle bakıyorsunuz?" Ses tonu fazla yüksek ve asabi çıkınca ister istemez herkesin bakışları üzerinde toplandı. Arda yaslandığı sütundan kafasını kaldırıp Elif'e bakmış, Miran'ın teyzesi ve Eylül ne oluyor dercesine kaş çatmıştı.

"Rahatsız mı oldun?" diye sordu Vahit Bey alay eder gibi. Bakışları koridorun sonuna çevrildi. "Gidin o zaman!" Sözleri fazlaca acımasız ve kin doluydu. "Ben burada düşmanlarımı görmek istemiyorum!"

"Vahit Amca!" Arda araya girmişti. Uyaran bakışları huysuz adamın üzerindeydi. "Ne konuştuk biz seninle?"

"Karşımda düşmanımın kızı otururken, sakin kalmam mümkün değil!"

Elif yine dayanamadı. "Kalma o zaman sakin falan!" diye bağırdı. "Hadi, söyle ne söyleyeceksen!" Bu adama kıl olmuştu ve şu anda istese de susacak gibi değildi. Ortam birazdan fazlasıyla gerilecek gibi görünüyordu. Reyyan kilitlenmiş dudaklarından tek bir söz salmıyordu. Arda ise ortalığı yumuşatmaya çalışmaktan başka bir şey yapamıyordu. Bu sefer de Elif'e dikti gözlerini.

"O diline hakim olamaz mısın?" diyerek imayla konuştuğunda Elif öfkeli bakışlarını Arda'ya çevirdi. "Baban yaşındaki adamla böyle konuşmaya utanmıyor musun?"

"Sen neden karışıyorsun ki?" diyerek kaşlarını çattı Elif. Arda'ya da sinir oluyordu neticede.

Arda, Elif'in üzerine yürüdüğünde genç kız neye uğradığını şaşırdı. Bir anda kolundan tutup çekiştirince tepki bile veremedi. Birlikte tartışa tartışa koridordan uzaklaştıklarında Reyyan'ın gözleri yeniden kesişti Vahit denilen adamla. Bu adamda bir şey vardı. Reyyan henüz çözememişti ama hisleri kulağına iyi şeyler fısıldamıyordu. Bu adamın bambaşka bir derdi vardı. Miran'ı umursadığını da sanmıyordu. Bunu bakışlarından da belli ediyordu zaten. Canıyla cebelleşen yeğenine üzülen, sadece teyzesiydi. Amcası olacak bu adamda tek bir duygu kıpırtısı yoktu.

Beş dakika sonra Elif ve Arda geri döndüler. Elif sus pus bir vaziyette Reyyan'ın yanına oturdu. Reyyan ne konuştuklarını dahi sormadı. Öylesine halsiz ve güçsüzdü. Sükûnete boğulan bu sıkıcı koridorlardaki bekleyiş sürerken kimsenin ağzını bıçak açmadı.

Saatler sonra açılan ameliyathanenin kapıları herkesi ayaklandırdı. Bütün ayaklar içeriden çıkan doktora koşmuştu. Özellikle Reyyan doktorun ağzından dökülecek sözleri nefesini tutmuş bir şekilde bekliyordu. Doktor ise fazla bitkin görünüyordu.

Reyyan'ın yerine her ağızdan bir söz çıkmıştı zaten. Halsizlikten kıpırdatamadığı dudakları suskunken, kafası delice dönüyordu. Bir iki adım geriye çekilip duvara yasladı bedenini. Doktorun sözlerini duyumsuyor, tepkisiz bir vaziyette seyrediyordu.

Bir süre sonra yeniden açıldı ameliyathanenin kapıları. Doktorlar Miran'ı ameliyathaneden çıkarırken herkes etrafına doluşmuştu. Reyyan ise olduğu yerden kıpırdayamıyordu. Sadece seyrediyordu. Baktı, baktı, baktı. Doktorlar onu götürürken sadece baktı. Miran gözden kaybolunca dünya ayaklarının altından çekildi.

Gerisini hatırlamıyordu.

Şimdi söndü mavi ışıklar,
Sustu, pişmanlık dolu yakarışlar.
Geceye zuhur ederken hatıralar,
Toprağa değil, yüreğe yağdı karlar...

Bir hafta sonra...

Yattığı yatakta gözlerini aralamasına sebep olan şey,

camdan süzülen güneş ışıklarıydı. Huzursuzca kıpırdandı. Duvarda takılı duran saate baktığında ise yerinden nasıl kalktığını bilemedi. Eğilerek ayakkabılarını giyerken sanki asırlarca uyumuş gibi bir suçluluk duygusu sardı dört bir yanını.

Tam bir hafta olmuştu bugün. Miran ise, gözlerini hâlâ açmamıştı.

Hastane odasından çıktığında ayakları onu ezbere bildiği yere götürüyordu. Bir hafta boyunca kapısından ayrılmadığı o odaya, yoğun bakıma. Önüne geldiği odanın camından telaşlı gözlerle izledi içeride yatan adamı. Bir haftadır, hareketsiz yatıyordu Miran bu odada. Hiçbir tepki vermiyor, gözkapaklarını aralamıyordu. Hayati bir tehlikesi yoktu fakat bilinci açık değildi. Buna da razıydı Reyyan, en azından nefes alıyordu, hayattaydı.

İçeriye girmesine de izin verilmiyordu. Sadece doktorlar ve hemşireler girip çıkıyordu. İki gün önce bir kere girmiş, doktora yakalanıp dışarı çıkarılmıştı. Zor geliyordu, aralarında bir kapı mesafe varken dışarıdan seyretmek, başını yasladığı camlı bölmeden yaşlı gözleriyle adını zikretmek.

Günlerdir yediği serumun haddi hesabı yoktu, boğazından hiçbir şey geçmiyordu. Böyle yaparak içindeki cana zarar verdiğini bilse de elinden başka bir şey gelmiyordu, bu adam candan öteydi onun için.

Bayıldığı gün sırrını öğrenmişti herkes. Reyyan daha gözlerini açmadan doktor herkese söylemişti hamile olduğunu. Buna sevinmeyen bir tek Vahit Bey olmuştu. Artık hastaneye de gelmiyordu pek. Gelmemesi Reyyan için daha iyiydi. Hepten düşman bellemişti kendisini.

"Sensizken yaşamak çok zor." İkisini ayıran cam parçasına vurdu alnını. Vurmaya devam ederken araya giren ele çarpmıştı bu sefer kafası. Başını kaldırıp elin sahibine baktı. Eylül'dü.

"Harap ettin kendini," diyerek söylendi. "Söylesene, abim uyanınca bebeğine iyi bakmadığını bilse ne derdi sana?"

Reyyan yeniden yasladı kafasını cama. "Yeter ki uyansın," diye mırıldandı. "Ben dayanamıyorum artık!"

"İnşallah Reyyan, uyanması için çok güzel iki sebebi var onun." Gülümseyerek baktı Reyyan'a. "Biri sensin, diğeri bebeğiniz." Ardından elini Reyyan'ın omzuna koyarak sıvazladı.

Güneş doğmuyordu günlerdir. Gün, gece gibi karanlık geliyordu. Miran gözlerini açmadan da aydınlığa kavuşmayacaktı yüreği. Son günlerde şiddetini artıran mide bulantısı yeniden rahatsız ettiğinde Eylül'den müsaade isteyerek adımlarını hastanenin çıkışına yöneltti. Hastanenin bayıcı kokusu kusmasını tetikliyordu. Biraz temiz hava alınca kendisine geliyordu en azından.

Miran'ı vuran kişi gizemini korumaya devam ederken, Azat tutuksuz yargılanmak üzere serbest bırakılmıştı. Adli tıptan gelen balistik inceleme raporuna göre Miran'ı yaralayan kurşun Azat'ın silahından çıkmamıştı. Vuran kişi ve cinayete teşebbüs ettiği silahı kayıplardayken, polisler aramalarına hız kesmeden devam ediyordu. Olayın gerçekleştiği yer şehre uzaktı ve herhangi bir kamera kaydı da, olay anına tanıklık edecek bir görgü tanığı da yoktu. İkinci şüpheli Hazar Şanoğlu'nun ise, olay saatinde başka bir yerde olduğu tespit edilmişti. Olayın iç yüzü, Miran uyandığında dudaklarından dökülecek gerçeklerle belli olacaktı. Şimdilik her şey muammaydı. Konaktakiler ise elleri yüreklerinde, Miran'ın uyanması için dua ediyorlardı. Annesi Zehra Hanım çok üzgündü.

Bir süre hastanenin etrafında turladı Reyyan. Yürürken dalmış, hastanenin arka tarafına ulaştığını fark edememişti. Üzerindeki kaban fazla kalın değildi, üşüdüğünü hissederek geri dönmeye karar verdi. Dönemece geldiğinde gözlerine takılan iki kişiyle yüreği yerinden çıkacak gibi oldu. Ansızın geriye çekilerek duvarın ardından baktı. Kafası allak bullak olmuş, kalbi parçalanıyormuş gibi çarpmaya başlamıştı.

Babası buradaydı. Üstelik yalnız değildi. Yanında ise Fırat vardı!

Reyyan babasının neden bu hastanede olabileceğinden çok Fırat'la ne ilgisi olduğunu düşünmeye başladı. Kanın çekildiği parmakları titrerken tutunduğu duvardan gizlice bakıyordu. Hararetli bir tartışmanın içinde gibiydiler. Aralarında bir hayli mesafe olduğu için konuştuklarını duyamıyordu Reyyan. Bir süre sonra depo kapısını andıran bir kapı açıldı ve içeriden bir hastane görevlisi çıktı. İkisi birlikte açılan kapıdan içeriye girince Reyyan da peşlerine düştü.

Tek dileği az önce açılan o kapının kilitli olmamasıydı.

Birisi üvey babası Hazar Şanoğlu, bir diğeri ise kendinden çok güvendiği Fırat'tı... Yediği ihanet darbesi bir kere daha kırdı kalan güven parçalarını. Oysa Reyyan tüm güvensizliğine rağmen Fırat'a güvenmişti. Ne işi vardı babasıyla? Ne iş çeviriyorlardı da Miran'ın yattığı hastaneye çıkıp gelmişlerdi? Eğer amaçları Miran'ın canına kastetmek ise Reyyan hiçbir şeyi düşünmez bu hastaneyi başlarına yıkardı. Fakat her şeyden önce ne çevirdiklerini öğrenmeliydi.

Kapanan kapının ardından koşup açmaya çalışmıştı fakat

kapı kilitliydi. Açık bırakacak halleri yoktu ama Reyyan yine de şansını denemek istedi. Kaybedecek vakit yoktu. Buranın bodrum kat olduğu belliydi. Hızlı koşabilirse nerede olduklarını bulabilirdi.

Geldiği yerin ters yönünde koşup soluk soluğa girdi hastanenin kapısından içeri. Koskoca hastaneydi burası, her an babasının ve Fırat'ın izini kaybedebilirdi, bu ihtimal ise Reyyan'ı delirtirdi. Direkt karşılarına geçip ikisinin ne ilgisi olduğunu da sorabilirdi fakat bu, sakladıkları her ne ise onu öğrenmesini engellerdi.

Merdivenlerin yanına geldiğinde sağa sola bakındı. Ardından hızla yöneldi aşağı doğru. İndiği ilk iki kat hastanenin sıradan katlarıydı. Laboratuvar ve röntgen odaları vardı. İki kattan sonra geriye kalan kat bodrum katıydı ve merdivenlerin başında *"Personel dışındaki kişilerin inmesi yasaktır"* yazıyordu. Derin bir nefes aldı Reyyan, korkuyla karışık heyecan, ensesini yakıp kavururken endişe tohumları ruhunu kemiriyordu.

Tam merdivenlerden inecekti ki birilerinin çıktığını görünce panikle kaçtı. Yanındaki iki oda kapısının ardına uzanan koridora yürüdü ses çıkarmadan. Duvarın arkasına sinip tuttuğu nefesiyle beklerken iki hasta bakıcının ellerinde karton kutularla bir üst kata çıktığını gördü. Burada bu şekilde beklemesi şüphe uyandırıcıydı. Tekrar toparlanarak saklandığı yerden çıktı ve bodrum kata inen merdivenlere yürüdü. İlk kısmı inip ikinci kısma dayanan aralığa vardığında duyduğu seslere kulak kabarttı. Yine net duyulmuyordu ama sesin babasına ait olduğunu duyumsuyordu sanki. Diğer merdivenlere gelip birkaç basamak daha indi, seslere daha çok yaklaştı. Kalbi tüm bedenini döverken ayakta kalmak için çetin bir savaş veriyordu. Böyle bir yerde bayılarak her şeyi mahvetmek istemiyordu.

Basamakların sonuna geldiğinde loş bir ışık karşıladı onu. Dikkatli bakılmadığı sürece net görünmüyordu bir şey. Bu açıdan şanslıydı çünkü güçlü bir ışık olsa varlığı kabak gibi gün yüzüne çıkardı. Merdivenlerin sağına geçip görünmez bir şekilde duvara yaslandığında konuşulanları duymaya çalışıyordu.

"Üç dört günde hallederiz dedin Fırat, yoksa ben yine bekleyecek miyim?" Zar zor duydu babasının ağzından çıkan sözleri. Karşılığında Fırat'ın söyledikleri ise duyulmuyordu. Reyyan'ın tek anladığı, Fırat'ın araya birilerini sokarak bir şeyleri halletmeye çalıştığıydı.

Soluksuz dinliyordu ama net değildi kulağına gelenler. Ayrıca merakından da ölmek üzereydi, bu adamlar neyden bahsediyorlardı?

"Ben anlamam Fırat," dedi babası. Gür ve celalli bir ses tonuyla konuşması Reyyan'ın işine yarıyordu. "Onca parayı laf olsun diye dökmedim ortaya." Reyyan'ın kaşları kafa karışıklığıyla çatılırken basamaklarda adım sesleri duydu. Nereye saklanacağını bilemez bir halde sağa sola bakınırken merdiven boşluğunun altına sığındı. Adımlar giderek kuvvetlendi ve bulundukları kata ayak basan genç bir adamın sesini duydu. "Beklettim sizi, kusura bakmayın," dedi sesin sahibi. Üzerindeki beyaz önlüğe bakılırsa bir doktordu.

Bu adamı gören Fırat ve babası buraya doğru adım atıyor olacak ki, kuvvetli ayak sesleri duydu. Orta noktada buluştuklarında Reyyan'ın görüş açısında değillerdi. Fakat bu sefer sesleri net duyabiliyordu.

"Buyurun," dedi genç doktor. "Benim hemen gitmem lazım."

"Tamam, sağ ol Tahsin." Bu ses Fırat'a aitti. Doktor yanlarından ayrılıp Reyyan'ın önünden geçerek merdivenlere ulaştığında babasının sesini duydu Reyyan bu sefer.

"Hemen söyle Fırat, nedir sonuç?" Babasının sesi sabırsızdı. Reyyan desen merakından çatlamak üzereydi. Fırat'ın ellerinin arasında hışırdayan kâğıt parçası heyecanını körüklerken, telefondan çıkan fener ışığı çarptı gözlerine. Tahmin etmesi zor değildi. Karanlık olduğu için elindeki kâğıda fener tutuyordu Fırat. Bir müddet daha bekledi Reyyan. İkisinden de bir ses çıkmıyordu ve bu Reyyan'ı daha çok geriyordu.

O sırada bir adım sesi duydu, ardından ise kâğıdı ikiye katlama sesi. Fırat hafifçe öksürerek boğazını temizledi. "Haklı çıktınız Hazar Bey," dediğinde Reyyan bir kez daha çattı kaşlarını. Hiçbir şey anlamıyordu çünkü. Bu bekleyişi daha fazla sürdüremeyeceğini düşünüp saklandığı yerden çıkacaktı ki, o an Fırat'ın ağzından çıkan sözlerle donup kaldı.

"Miran Karaman, *sizin oğlunuz!*"

25

ACITAN MAZİ

Sarsıcı bir gerçeğin yankısıyla parçalandı kulakları. İki elini birden, kaçacak çığlığını engellemek için dudaklarına kapattı Reyyan. Az önce duyduğu cümlenin gerçekliğini zihninde tarttı bir süre. Fırat neyden bahsediyordu öyle?

Aklı durmuş, algıları kapanmıştı. Ya geçmişin paslı çekmecelerinde saklı kalmış olan büyük bir sır vardı veyahut Reyyan yanlış duymuştu. Yanlış duymuş olmayı tüm benliğiyle isterken kulaklarına ikinci kez çarpan ses bu durumu bir kez daha doğruladı.

"Biliyordum," dedi Hazar Bey. Sesi çok güçsüz ve pürüzlüydü. *"İnsan kendi canını hissetmez mi?"* Öyle ki, hüzün dem tutmuştu adamın ses tonunda. Reyyan yıkıldı. Ömrü boyunca bir kez olsun böyle güçsüzleştiğine şahit olmamıştı bu adamın.

Kalp atışları göğüskafesine sığmayacak kadar güçlüydü. Hayır, bu gerçek olamazdı, böyle bir şey mümkün olamazdı! Böyle bir şeyin gerçeklik ihtimali bile tüm çivilerin yerinden sökülmesi, tüm taşların yerinden oynaması demekti! Miran böyle bir gerçeği kaldıramazdı!

Onun tüm ömrü Hazar Şanoğlu'ndan nefret etmekle geçmişti çünkü bu adam, Miran'ın babasını öldürmüştü. Yani Reyyan böyle biliyordu her şeyi. O müteessir geçmişi herkesin bildiği kadar bilirken tüm bu duydukları neyin nesiydi? Elini dudaklarından çekerek deli gibi atan kalbine bastırdı bu sefer. Tüm bedeni zangır zangır titrerken, kuvvetle atan kalbi sanki avucunda gibiydi.

Daha fazla dayanamayarak bodoslama çıktı ortaya. Fırat gelenin kim olduğunu anlamak için elindeki telefonun ışığını Reyyan'ın yüzüne tuttu. O an Reyyan'ın gözleri ışıktan ötürü kısıldı, Fırat'ın suratı ise yakalanmanın verdiği şaşkınlıkla kaplandı. Gözlerini kısarak Reyyan'a baktığında Reyyan bakışlarını babasına çevirdi.

Perişan ve yıkılmış görünüyordu adam... Kendi derdine gömülmüş adamın Reyyan'ı gördüğü yoktu. Bir kolunu duvara yaslamış, başını da koluna dayamıştı. Fırat bakışlarını Reyyan'dan ayırdığında duvara yaslanmış olan bitkin adama doğru yaklaştı. "İyi misiniz Hazar Bey?" diye sordu telaşla. İyi görünmüyordu çünkü. Tam o sırada yere diz çöktü adam perişan bir halde.

Reyyan da telaşla koştu babasının yanına. Bir şey olacağından endişe ediyordu şimdi de. "Baba," diyerek çöktü yanına. "İyi misin?"

Kafasını hayır anlamında sallayan adamın sesi çıkmadı. O sırada Fırat, Hazar Bey'in kolunu omzuna attı ve çekinerek Reyyan'a baktı. "Yardım et, şu karşıdaki odaya taşıyalım." Gözleriyle kapısı aralık görünen odayı işaret edince Reyyan sessizce dediğini yaptı. Birlikte taşıdıkları adamı sandalyenin üzerine oturttuklarında Fırat'ın gözleri etrafı aramaya başladı. "Tansiyonu düşmüş olmalı," dedi telaşla. "Sen burada kal, geliyorum hemen."

Fırat'ın odadan çıkışının ardından Reyyan bir kere daha baktı babasının yüzüne. Yüzü solmuş, gözlerinin feri gitmişti. "İyi misin baba?"

Hazar Bey o an kısık bir sesle, "İyiyim," dediğinde Reyyan rahat bir nefes aldı. Çok sürmeden Fırat geri döndüğünde elinde bir tansiyon ölçme aleti vardı. Hazar Bey'in yanında diz çöküp adamın gömleğinin kol düğmelerini açtı, hafifçe yukarı sıyırarak koluna taktıktan sonra tansiyonunu ölçtü. Reyyan olduğu yerde kıpırdamadan izliyordu tüm bu olanları. Bedenini taşıyamayacağını hissettiğinde hemen karşısındaki sandalyeye oturdu. Gözlerini karşısındaki adamdan ayırmıyordu.

Fırat zorla su içirdi Hazar Bey'e. Bir süre devam eden kargaşanın ardından fıldır fıldır dönen başına rağmen gözlerini aralayarak Reyyan'a baktı adam. Onun kendisine olan şaşkın bakışlarından ise her şeyi duyduğunu anladı. Oturduğu koltukta hafifçe gerinip derin bir nefes aldı. Hâlâ kendisine gelmiş sayılmazdı. Miran'ın kendi kanından olması, idrak edemeyeceği kadar güç geliyordu kendisine.

Evet, o şüphelenmişti, Reyyan'la Miran'ın yalan düğününden sonra, damadı sandığı adamın yıllar önce öldürdüğü adamın oğlu olduğunu öğrendikten sonra içinde koca bir şüphe yer almıştı. DNA testini yaptırarak kafasındaki tüm saçma düşüncelere son vermek istemişti. Testi yaptıracak, şüphelerinin boşa çıktığını anlayıp rahatlayacaktı aklınca. Lakin öyle olmamıştı. Fırat'ın ağzından *"sizin oğlunuz değil, boşa şüphe etmişsiniz"* sözlerini beklerken o tam tersini söylemişti. Şimdi de yıllarca öz kızı gibi büyüttüğü Reyyan vardı karşısında.

Nasıl anlatacaktı ona sır gibi sakladığı delik deşik geçmişini?

"İyi misiniz?" Fırat'ın telaşlı sorusu karşısında başını salladı Hazar Bey. Hiç iyi değildi, hem de hiç! Koca bir yük binmişti şimdi omuzlarına. Öz oğlunun yükü, derdi, kanı üzerindeydi sanki. Elini tekrar yüzüne kapattı, içi sızım sızım sızlıyordu. Neredeyse ağlayacaktı koskoca adam, küçücük bir çocuk gibi içinde tekrar kanayan o yarasına ağlayacaktı.

Derinlere gömdüğü o acıtan mazinin bir gün en can alıcı yerinden tekrar kanatacağını bilemedi. *"Neden yaptın Dilşa?"* Dilinden dökülen o fısıltılı kelimeler geçmişe dair büyük bir sitem taşıyordu.

Her insan bir parça yaralı bir gönle, biraz bile olsa buruk bir geçmişe sahip olurdu. Bu adamın geçmişi, bir dakika olsun aklından çıkaramayacağı kadar azap vericiydi.

Reyyan, Dilşa ismini duyar duymaz yerinden kalktı. Kafası gittikçe karışmaya başlıyordu. İlk defa duymuştu bu ismi. O an aklına, Miran'a annesinin adını hiç sormadığı geldi. Tam karşısında dikildiğinde gözlerini Fırat'a çevirdi. "Söylesene Fırat! Tüm bunlar ne demek oluyor?"

Fırat ne cevap vereceğini bilmiyordu, dahası gerçekten o da şaşkındı. Hazar Bey bir hafta önce, yani Miran'ın vurulduğu gün ondan DNA testi istemişti. Bu durum bile büsbütün şaşırmasına sebep olsa da kimseye bir şey söylememişti. Sebebini merak etse de sormamıştı zaten.

Şimdi Hazar Bey gerçekleri anlatırsa, o da Reyyan gibi merakını giderecekti. Üstelik Reyyan'ın şu an ona kin dolu gözlerle bakmasından da rahatsız oluyordu. Bunca zaman boyunca Hazar Şanoğlu'na yardım ettiği, kısaca arkasından iş çevirdiği bu şekilde yakalanınca ortaya çıkmış oldu.

"Ben bir şey bilmiyorum," diyerek yere dikti bakışlarını.

Zaten Reyyan da o an babasına döndü. "Bize bir şey söylemeyecek misin?" diye sordu merakla.

Cevabını beklerken, babası olacak bu adamın yüzünü dikkatle inceliyordu Reyyan. Sanki ilk defa görmüş gibi bakıyordu onu büyütüp bu yaşa getiren adama, yeni yeni kırlaşmaya yüz tutmuş saçlarına, gözlerine, kaşlarına, burnuna dikkatle bakıyordu. Hiç fark edemediği şeyi o an keşfetmiş gibi şaşkınlığı çığ gibi büyüyordu içinde. Miran'ın bu adama benzediği gerçeği kırk yıl düşünse gelmezdi aklına. Lakin şimdi durum öyle değildi. Sanki karşısında Miran varmış gibi duruyordu ya da Reyyan şokun etkisinden böyle düşünüyor, öyle görüyordu. Akıl sağlığı şu an hiç iyi değildi.

"Sana soruyorum?" Reyyan'ın yüksek çıkan sesi, dikkat çekebilmek içindi. Hazar Bey kafasını kaldırarak tepesinde dikilen kızına baktı. Kızından öte, gelini oluyordu. Öz oğlunun karısı...

Çattığı kaşlarının ona verdiği hükümlü eda ile parmağını kaldırdığında Reyyan'ın az önce oturduğu sandalyeyi işaret etti. Reyyan hemen dediğini yerine getirip sandalyeye tekrar oturduğunda seni dinliyorum dercesine dikti bakışlarını üzerine. Fırat birkaç adım geride, karton kutulara yaslanıyordu. Depo gibi bir yerdi burası.

Acı içinde yutkundu adam. Düğüm düğüm olmuştu boğazı. Söze nasıl başlasın, nereden girişsin bilemiyordu. Alfabedeki hangi harf yardım edecekti şimdi o ölümcül geçmişi kelimelere döküp cümle kurmasına? İçinde aniden alevlenen o yangını hangi deli rüzgâr söndürecekti? Yitirdikleri canını acıtırken, bir şey kazanmıştı. Sevdiği kadın, ona güzel bir hatıra bırakıp gitmişti bu dünyadan. Belki her şey için çok geçti, belki de değildi. Kim bilebilir?

"Bundan yirmi yedi yıl önce..." diyerek başladı sözlerine. "Askerden yeni geldiğim sıralardı." Konuşamamanın verdiği zorlukla yutkunurken meraklı gözler daha bir şiddetle açılarak baktı kendisine. "Bir kıza vurulmuştum, Ömerli'de aşiret düğününde görmüştüm onu ilk kez. Dilşa'ydı adı. Mavi gözleriyle gönlümde hüküm süren ilk kadındı."

Daha ne olduğunu tam olarak dinlemediği halde tüyleri diken diken oldu Reyyan'ın. Yaralı bir geçmişin kokusu, kalbini sızlatıyordu. Bahsettiği kadın Miran'ın annesiydi. Şaka gibi!

"Babamla onun babası çok yakın iki dosttu. Dilşa'yı istediğimi söylediğimde babam onu istemeye gitti, babası onu bana verdiğinde ise dünyalar benim olmuştu. Kısa zamanda da büyük bir düğünle evlendik. Çok sürmedi bu mutluluğum. Onunla evlendikten sonra onun hiç mutlu olmadığını fark ettim. Beni sevmiyordu Dilşa, uğruna canımı verebileceğim kadının kalbinde bana yer yoktu."

Reyyan'ın nutku tutulmuş gibiydi, nefes bile alamıyordu şimdi. Miran'ın annesiyle, üvey babası yıllar önce evli miydi yani? Merakı gitgide katlanıyordu. Karşısındaki adam konuşmakta zorlandıkça Reyyan'ın nabzı yükseliyordu.

"Umursamadım onun ne düşündüğünü, ne hissettiğiyle hiç ilgilenmedim. Ben onu almıştım ya, gerisi umurumda olmamıştı. Zamanla beni sever, beni kabullenir diye bekledikçe benden uzaklaştı o. Ben onu ne kadar sevdiysem o, o kadar nefret etti benden!" Sanki o anı tekrar yaşıyormuş gibi hiddetliydi. Dilinde bir öfke, bakışlarında derin bir hüzün saklıydı. Gözlerinden okunan acısı dünkü gibiydi. Dilindeki nefreti dün gibi tazecikti.

"Tam üç ay..." dedi yitik bir halde. "Üç ay süren evliliğim

bir gün onun beni terk etmesiyle son buldu. Bir gün uyandığımda bomboştu yatağın sol tarafı, buz gibiydi. Dilşa beni bırakıp gitmişti! Gidebileceği her yere baktım, Mardin'in altını üstüne getirdim ama o yoktu. Öğrendiğim gerçeklerle yıkılana kadar aradım onu." Derin bir nefes alıp, bakışlarını yerden kaldırıp karşısındaki kıza çevirdi. Nutku tutulmuş haline acı bir tebessüm etti. Bunları neden anlattığını bilmiyordu, belki de zehrini kusmak onu da rahatlatacaktı.

Reyyan, babasının anlattıklarını dinlerken hipnoz olmuş gibi bakıyordu. Tüm bunlara bir anlam yüklemesi çok zordu. Kalpsiz sandığı adamın bu hale gelmesinin ardında yatan sebep, hazin bir sevda mıydı?

"Meğerse birisi varmış gönlünde. Onu hiç unutmamış, sadece onu sevmiş. Her şeyi göze alarak, beni geride bırakarak o adamla İstanbul'a gitmiş."

"Ahmet Karaman?" Reyyan'ın ağzından kaçıveren soru ve isimle derin bir sessizlik oluştu. Şimdi eksik parçalar yerini bulmuş, taşlar yerine oturmuştu. Belliydi artık, Hazar Şanoğlu'nun bu adama olan öfkesi ve düşmanlığının esas nedeni. Katil oluşunun altındaki büyük sır perdesi aralanmıştı bugün.

"O adam," diye devam etti Hazar Bey konuşmasına. Adını ağzına almıyordu, belki vicdan azabı çekiyor, belki de hâlâ nefret ediyordu, *bilinmez*…

"Mardinli değildi. İstanbullu bir iş adamıydı. İş için Mardin'e geldiğinde Dilşa'yı görmüş ve sevmiş. Nereden bilecektim ki? Babasından isteyecekken ondan önce ben davranmışım, habersizce. Babaların hükmü üzerine söz yoktur bilirsiniz. Dilşa'nın babası kızını bana verdiğinde Dilşa sesini çıkaramamış. Karşı koyamamış." Bir eli yüzünü gölgeliyordu şimdi. Mazinin gölgesine sığınmış anılar yüreğinin kilidini kırmıştı. Güçlü görünmenin bir anlamı yoktu. Nasılsa her şey ortaya dökülmüştü.

"Buna rağmen," diye devam etti. "Benimle evli olmasına rağmen büyük bir cesaretle kaçıp gittiler. Dört yıl boyunca izlerini kaybettirdiler, hiçbir yerde bulamadım ikisini de. Beni ele geçiren deli öfkem onları bulmama engel olmadı. Onun o büyük serveti, benim elimden kurtulmasına yetmedi, yetemedi!"

Reyyan konunun bir an önce Miran'a gelmesini beklerken, "Miran'dan hiç haberim yoktu," dedi babası. "Onu hiç görmemiştim. Zaten benden kaçan insanlar onu bana gösterecek değillerdi. Öfkeme uydum, cahilliğimin kurbanı oldum. Çektim o tetiği, acımadan vurdum!"

Fırat da Reyyan da soluksuz dinliyordu Hazar Bey'in anlattıklarını. İnanması güç bir gerçekle karşı karşıyalardı. Reyyan, geçmişte saklanan şeyin böylesine hazin dolu bir hikâye olmasını hiç beklemiyordu. Karşısındaki adamın acıyla kıvranışını izlerken gözlerini ondan ayıramıyordu. Bugüne dek hiç böyle görmemişti onu. Onun tanıdığı Hazar Şanoğlu, duygusuz, sert ve katı yürekli bir adamdı. Belki de her taş kalpli adamın ardında yıkık bir aşk, yarım kalmış bir sevda, hak edilmeyen bir ihanet saklıydı.

Şimdi kendi diliyle bir kere daha itiraf etmişti katil olduğunu. Hikâyenin devamını Reyyan zaten biliyordu. Bilmediği kısım yanlış olanıydı. Bunca zaman koca bir yalana inanan Miran'a gerçekleri nasıl söyleyecekti? Bu ölümün sebebinin sadece mal mülk meselesi olduğunu sanırken aslında ardında derin bir mevzunun yattığını nasıl dillendirecekti?

Acıyla yutkundu Reyyan. Miran'ın en çok buna canı yanardı çünkü. Öz sandığı babasının, üç kuruşluk mal için öldürülmesine dayanamamıştı hiçbir zaman. Gel gör ki içinde koca bir nefreti dallandırıp budaklandırdığı o acı mazi bildiği gibi değildi! Ve tüm bunları bilmeden, Miran hâlâ gözleri kapalı derin bir uykuda uyuyordu.

Hazar Bey hâlâ yıkıktı. Kaldıramıyordu bu gerçeğin ağırlığını. Bir kere daha ihanete uğramış gibi hissetti. Geçmişin tüm yükü bir kere daha serildi omuzlarına. Sevdiği ama hiç sevilmediği kadın ondan öz oğlunu saklamıştı. Ve nasıl olduysa oğlu, özbeöz babasına, yıllar boyu kin duymuş ve bu kinin neticesinde intikam adı altında tehlikeli bir oyun oynamıştı. Hayat fazlasıyla garipti. Durup düşündükçe daha da garip bir hale geliyordu.

Eğer ki Miran intikam diye tutturup Reyyan'la evlenmeseydi, bir oğlu olduğundan haberi dahi olmayacaktı Hazar Bey'in. Ve tüm bu gerçekler, hâlâ derin bir mazinin avuçlarında saklı kalmaya devam edecekti.

Omuzlarına koca bir yük bindi Reyyan'ın. Bundan sonra neler olacağı hakkında hiçbir fikri yoktu. Bunu Miran'a nasıl söyleyecek, karşılığında nasıl bir tepkiyle karşılaşacak hiç bilmiyordu. İyi şeyler olmayacağı aşikârdı. Miran'ın bu gerçekle yıkılışına şahit olacağını adı gibi biliyordu.

Bir anda aklına gelen şeyle irkildi. Kardeşi Bedirhan'ı düşündü. Miran ve Bedirhan aynı babanın evlatlarıydı ve bu durumda babadan kardeş sayılıyorlardı. Bedirhan aynı zamanda, Reyyan'ın annesinden doğma kardeşiydi. Bu durumda Miran ile Reyyan'ın ortak bir kardeşleri var demekti. Bu nasıl bir çelişkiydi böyle?

"Bedirhan," dedi şaşkın şaşkın Reyyan. "Bu... bu durumda Bedirhan..." Kekelemekten konuşamıyordu. Gözlerine garip bakışlarla baktığı adam ne diyeceğini anlamış gibi kafasını salladı. "Bedirhan, ikimizin kardeşi mi oluyor yani?"

Ve o an düşünmeden edemedi. Ya kendisi de bu adamın öz kızı olsaydı ne olacaktı? Bu dünyada her şeyin bir sebebi olduğuna, her şerde bir hayır olduğuna fazlasıyla inanıyordu artık Reyyan. Kader onlar için ilmek ilmek örmüştü ağlarını, her bir detayı kusursuzca işlemişti. Düşüncesi bile tüylerini diken diken etmişken, gerçeği felaket olurdu.

Miran ile Reyyan'ı birbirine bağlayan bir sürü bağ vardı artık. *Kader bağları.*

Hiç yoktan bir oğlu daha olan adam kara kara düşüncelere dalmışken Reyyan'ın sorusuyla irkildi. "Ne olacak bundan sonra?"

Bir müddet ne diyeceğini bilemeyen Hazar Bey bilmiyorum dercesine başını salladı çaresizce. Bir evladının daha olduğunu yirmi altı yıl sonra öğrenmesinin acısını hissediyordu en derinlerinde. Bu, ona bu hayatın verdiği en büyük ceza olsa gerekti.

Reyyan ise içini kemiren sorulara bir an önce bir cevap bulmak istiyordu. "Miran'a hâlâ düşman mısın?"

Hazar Bey kafasını kaldırdı ağır ağır. "Ben ona hiçbir zaman düşman olmadım ki!" diyerek itiraf etti en büyük gerçeğini. "İnsan kendi canına nasıl kin duyar?" diye sordu çaresizce. "Miran'ın gerçek kimliğini öğrendiğim o gün içime bir ateş düştü benim. Hissettim. Yanılmak istedim ama olmadı."

Hiçbir sırrın gizli kalmayacağını bir kere daha anlamıştı adam. İşlediği cinayetin üstünü örtüp herkesten saklamaya çalışmış fakat günün birinde öz oğlu tarafından deşifre edilmişti.

"Kim vurdu Miran'ı?" Reyyan bu sefer, günlerdir onu öldüren başka bir soru daha sordu. Elinde değildi, en merak ettiği buydu. Ve gözlerini hiç ayırmadı babasının gözlerinden. Yalan söyleyen insanlar, en çok gözlerinden ele verirlerdi kendilerini. Fakat Hazar Bey'in bakışları yerden kalkmıyordu bir suçlu gibi. "Ben bir şey bilmiyorum," dedi soğuk bir ses tonuyla. "Ama şunu bil ki, ben onun canına kastetmem. Bu gerçek olsa da, olmasa da."

"Miran uyandığında her şey ortaya çıkacak, biliyorsun değil mi?" Bir suçluya bakar gibi dikmişti gözlerini babasının üzerine. "Nedense ne sana ne de Azat'a inanasım geliyor. Bir şeyler gizliyor gibisiniz!"

Düşünceli gözlerini o an kızına dikti adam. "Biz ona zarar verecek bir şey yapmadık, yapmayız."

"Peki ya Azat?"

"O da bir şey yapmadı."

"Neden geldiniz öyleyse İstanbul'a? Neden vuruldu Miran? Kim vurdu onu?" Tüm bu sorulara mantıklı bir yanıt alamadıkça kimseye inanası gelmiyordu Reyyan'ın. Özellikle karşısındaki adam böylesine başını öne eğerken Reyyan sakin kalamıyordu.

"Kimseye bir şey söyleme," dedi Hazar Bey. Hâlâ bir şeyler gizliyordu. "Bu sır aramızda kalmalı."

Reyyan kaşlarını hoşnutsuz bir halde çattı. Böyle bir gerçeği Miran'dan saklamak gibi bir düşüncesi yoktu. Aksine, iyileşir iyileşmez bugün öğrendiği her şeyi bir bir anlatacaktı. "Ben ondan bunu saklayamam!"

"Bir süre," diye ekledi babası. "Bir süre kimse bilmemeli. Ben söyleyeceğim ona. Bu iş senin üzerine vazife değil."

Reyyan ne dese bilemedi. Böylesine önemli bir şeyi nasıl saklayacaktı? Bile bile susması ihanet değil de ne olurdu?

"Farz et ki duymadın hiçbir şey. Sadece sessiz kalmanı istiyorum. Eğer baban olarak üzerinde hakkım varsa, senden tek isteğim budur." Oturduğu sandalyeden kalktı. Hadi dercesine Fırat'a diktiği bakışların ardından, Reyyan'a döndü.

"Sen de git artık," dedi sessizce. "Yokluğun anlaşılmasın."

Reyyan bir tepki vermeden ayağa kalktı. Kapıdan çıkacağı sırada bir kez daha duydu babasının sesini. "Bana güven kızım," diyordu güven içermeyen sesiyle. "Kimseye bir şey söyleme. Her şeyi düzelteceğim."

Herhangi bir söz vermedi Reyyan. Dalgın adımlarını merdivenlere doğru sürüklerken bir anda Fırat önüne geçerek durdurdu onu. Yüzüne büyük bir mahcubiyetle bakarken, Reyyan asi bir tavırla önüne geçmeye çalıştı. Fırat tekrar önünü kapatınca hiddetle bağırdı. "Çekil önümden!"

"Hem şaşkın hem de kızgınsın bana. Biliyorum," dedi Fırat suçlu bir ses tonuyla. "Babanı tanıdığımı sana söylemem gerekirdi."

Reyyan sinirle gülümsedi. "Hayır, şaşırmadım," dedi ifadesiz bir sesle. "Ben güvendiğim insanlar tarafından yanıltılmaya alışkın bir insanım." Her ne kadar bozuntuya vermese de ağladı ağlayacaktı. Kime güvense altında bir ihanet yatıyordu. Fırat'ın ona ettiği yardımları karşılıksız sanıp iyi niyetli insanların hâlâ var olduğunu düşündüğüne inanamıyordu.

"Sizin gibiler yüzünden, iyi insanlara olan inancımı kaybediyorum sadece."

Fırat yüzüne utanarak baktı. "Özür dilerim," dedi sessizce. "Her şey, senin iyiliğin içindi."

Reyyan karşısındaki adamın gözlerine umursamaz bir bakış yolladıktan sonra geldiği merdivenleri hızla çıktı. Aklı karmakarışık, duyguları sarpa sarmış bir haldeydi. Susup susmama konusunda öylesine kararsız, kulağında yankılanan seslere karşı savunmasızdı.

Nasıl susacaktı? Bu kötülüğü sevdiği adama nasıl yapacaktı?

Hastanenin zemin katına ulaştığında beyninde uğuldayan düşüncelerden halsiz kalmış bedeni zoraki adımlar atıyordu. Bir anda bir kuvvet kolundan tutunca istemsizce irkildi. Kafasını kaldırdığında Arda'nın yüzünü görüp derin bir nefes aldı.

"Korkma," dedi Arda. "İki saattir seni arıyorum her yerde. Neredeydin?"

"Hava alıyordum," dedi Reyyan gözlerini kaçırarak. Akabinde endişeyle açılan gözlerini Arda'nın üzerine dikti tekrar. "Bir gelişme mi var yoksa?"

"Hayır, Miran hâlâ aynı. Sadece seni göremeyince endişe ettim." Sözlerinin ardından kantine giden koridoru işaret etti. "Hadi gel bir şeyler ye, soldun gittin iyice. Miran uyanınca sana iyi bakmadığım için bana kızar sonra." Bu ilgili hali ve sevecen ses tonu Reyyan'ın gözündeki kötü adam profilini yıkıyordu günden güne. Arda gibi bir adam, kötü bir yüreğe sahip olamazdı.

Birlikte kantine geldiklerinde Nergis Hanım'la Eylül'ün oturduğu masaya geçti Reyyan. Arda oturmaksızın tost almak için yürüdüğünde Reyyan gözlerini Miran'ın teyzesine dikti. Az önce babasına sormadığı için delice pişman olduğu bir soru içini kemiriyordu. Madem Hazar Bey zamanında Miran'ın annesiyle evlenmişti, o zaman neden bu kadınla birbirlerini tanımamışlardı? Acaba teyzesi, kız kardeşinin sırrını biliyor muydu? Bilmemesi imkânsız geliyordu Reyyan'a. Eğer biliyor ve saklıyorsa Miran'ın böyle bir intikam oyununa düşmesine nasıl izin vermişti?

Aklı almıyordu. Düşünüp bir çıkış yolu bulamadıkça da çıldırıyordu. Ağzını açıp tek kelime dahi edemezdi de. Susmak hiç bu kadar zor olmamıştı.

Nergis Hanım, Reyyan'ın gözlerine şüpheyle baktı. Bakışlarından ürpermiş gibiydi. "Kızım, neden öyle bakıyorsun?" diye sordu çekinerek. Bu kadın hep çekiniyordu Reyyan'dan. Yüzüne baka baka onu kandırdığı için mahcuptu. Reyyan onu affetse bile o kendisini affetmeyecekti.

"Hiç," dedi Reyyan. Bir omzunu hafifçe kaldırdı. "Düşünüyorum sadece."

Nergis Hanım neyi dercesine yüzüne baktığında kadına doğru hafifçe yaklaşıp gözlerini gözlerine dikti. "Hayat ne garip değil mi? Böyle sırlarla dolu falan..."

Kadının anlam veremeyen şaşkın bakışlarına bir de Eylül'ünkiler eklendi. "Ne demek istiyorsun Reyyan?" diye sorunca Reyyan dudaklarına mühür vurarak delicesine haykırma arzusuna ket vurdu.

Kahretsin, sussa susamıyor, konuşsa olmuyordu!

"Yok bir şey," diyerek dağıttı konuyu. "Her şey elbet çıkacak ortaya. Miran uyanacak ve ne olduysa anlatacak tek tek."

Sözlerinin üzerine Arda gelip oturdu boş kalan sandalyeye. "Miran uyanınca onu Azat'ın vurduğunu söyleyecek, buna adım gibi eminim," dedi. Ses tonu hâlâ öfkeliydi. "Azat bir şeyler karıştırıyor, buna da adım gibi eminim. Nasıl yaptıysa silahı değiştirmiş olmalı. Bu şekilde sıyrılmasına izin vermeyeceğim. Polis hâlâ ensesinde."

Reyyan acıyla yutkundu. Öğrendiği gerçeğin ağırlığı omuzlarına binmiş, ona rahat nefes aldırmıyordu. Biliyordu, aldırmayacaktı da. Şu an burada bulunan herkese bildiği her şeyi avaz avaz haykırmamak için zor tutuyordu kendini.

O sırada Nergis Hanım'ın masanın üzerinde duran telefonu çaldı. Reyyan'ın gözleri istemsizce telefon ekranına kayınca arayan kişinin Gönül olduğunu fark etti. Kadın telefonu anında çekip hızla yerinden kalkmış olsa da Reyyan'ın gözünden kaçmamıştı.

Gönül ne Miran'dan vazgeçiyor ne de elini eteğini çekiyordu üzerlerinden.

Nergis Hanım'ın masadan kalkışı üzerine Arda sıkıntılı bir nefes aldı. Reyyan'ın da Eylül'ün de bakışları üzerindeydi şu an. "Her şey o kadar karışık ki," dedi sıkıntılı bir sesle. "Tek bildiğim," dediğinde gözlerini Reyyan'a dikti. "Hiçbir şey eskisi gibi olmayacak."

"Ne demek o?"

"Miran gözlerini açtığında tahmin edemediğimiz bir adama dönüşmüş olacak. Daha korkusuz, daha sert ve daha tehlikeli bir ruha sahip olacak. Biliyorum... İçindeki kötü niyetler daha da çoğalmış olacak. Bu savaşı büyütecek ve daha fazla tehlikeyi göze alacak. Buna şimdiden hazırla kendini Reyyan. O, böyle bir adam işte. Her daim öfkesine yenilen ve kinin gölgesine sığınan biri. Artık onu, hiçbir şey tutamaz."

Reyyan, Miran'ın böyle bir adama dönüşmesine izin veremezdi. Dayanamazdı bir kere buna. Hem o Miran'ın hiç kimsenin görmediği zayıf anlarına tanıklık etmişti. Gözyaşlarına şahit olmuş, içinde şefkati yüreğinde hissetmişti.

"Ben buna izin vermeyeceğim," dedi ağlamaklı bir sesle. "Miran kötü biri değil. Bilmiyorsunuz!"

"Ona kötü demiyorum zaten. Fakat bilirsin, öfke insanı canavara dönüştürür. Gözlerini açtığında ne kadar öfkeli olacağını tahmin edebiliyor musun?"

Reyyan sessiz kaldı. Tam her şey yoluna girecek derken hayat ona pürüzler çıkarmaya başlıyordu. Düz yollar gittikçe yitiriliyor, her yer yokuşlarla kaplanıyordu. Düşündükçe Arda'ya hak vermiyor değildi. İyi şeyler olmayacaktı. Herkes için, kapkara bir kış kapıdaydı.

Fakat kimsenin bilmediği bir gerçek vardı ki, Miran ölümüne düşman kesildiği adamın öz oğluydu. İşte bu gerçek ortaya çıktığı gün, yer yerinden oynayacaktı!

Zoraki yediği tostun ardından kantinden ayrıldı Reyyan. Yüreğinde buruk bir sancı eşliğinde adımları onu yoğun bakım odasına sürüklüyordu. Kalbinin ebediyen bağlı olduğu adamın yanına. Önce camın ardından baktı Miran'a. Hâlâ yatıyordu öylece. Gözlerini aralamıyordu. Bu kadar mı güçsüzdü? Bu kadar mı isteksizdi yaşama? Neden dönmüyordu Reyyan'ına? Gözlerinde oluşan ince sis tabakası burnunun direğini sızlatırken usulca sızdı odadan içeriye Reyyan.

Korkmuyordu. Gözyaşlarını biraz da sevdiği adamın göğsünde akıtmaya ihtiyacı vardı. Zira artık güçlü kalamıyordu. Göz pınarlarına dizilmiş onca hüzün, Miran kokusunu bekliyordu ruhlarını özgürlüğe adayabilmek için.

Çektiği sandalyeyle birlikte Miran'a yaklaştı. Hareketsiz duran ellerini avuçlarının içine sardığında kaburgalarının çatırdadığına yemin edebilirdi. Bir süre böylece kaldı. Bakışları, okyanus gözlerini örten kirpiklerinde, solgun çehresinde, kurumuş dudaklarındaydı. Dağılmıştı simsiyah saçları. Ve birbirine karışmıştı uzayan sakalları. Reyyan tek elini gezdirdi sevilesi yüzünde. Başparmağıyla okşadı sakallarını.

"Neden açmıyorsun gözlerini? Beni özlemedin mi?" Hareketsiz elini alıp yüzüne bastırdı. Ardından dudaklarına. Çoktan affetmiş olan yüreği sızım sızım sızlıyordu şimdi. "Seni affettim," diye fısıldadı. "Sen bilmiyorsun."

Affet beni anne... Affet! Affetsin beni, dünyadaki tüm yaralı kadınlar. Ömrüne ihaneti kazımış, tüm kırgın bakışlar. Çünkü ben sözümü tutamadım. O adamı affettim.

Ağlamanın verdiği etkiyle titreyen dudaklarından, uzun zamandır dökülmeyi bekleyen bir itiraf uçtu gitti. "Seni Seviyorum Hercai, seni çok seviyorum!"

Ardından eli cebine kaydı. Buruşmuş, dörde katlanmış bir kâğıt çıkardı oradan. Miran'ın avuçlarının arasına sıkıştırıp acıtana kadar sıktı dudaklarını. Kilidi kırılan dudaklarından kor bir nida döküldü. *"Aslında sen gittin gideli, gündüzler bile nasıl gece!"*

"Aç o güzel gözlerini, yeniden şiirler yaz bana, at kapımın altından gece yarılarında... Bu sefer kızmayacağım, söz!"

Her sözünde daha fena dağılıyor, sarsıla sarsıla ağlama isteğiyle dolup taşıyordu. Başını bitkin bedenine yasladı Miran'ın. "Sana sarıla sarıla ölmek isterdim, bunu dileyecek kadar çok seviyorum seni."

İçeriye bir doktorun girmesini ve kendisine kızacak olmasını da umursamıyordu artık Reyyan. *"Hiç böyle karşılaşmasaydık seninle, geçmişin zehri akmasaydı üzerimize. Keşke sen benim bir gülüşüme takılı kalsaydın, ben senin merhametine âşık olsaydım!"*

Bu adamın yüreğinden dökülen hiçbir sözü unutmamış, zihnine kazımıştı adeta. "Bana bu sözleri söyleyen sendin Miran." İçindeki sızı itirafçısı oluyordu yüreğinin. "Ben senin hiçbir sözünü unutmuyorum, unutamıyorum." Hepsini yüreğine mühürlemişti.

Kafasını bedeninden kıpırdatmazken hareketsiz yatan adamın ellerini karnıyla buluşturdu. Miran'ın elinin üzerine kapattığı eliyle birlikte karnına bastırdı. "Bir bebeğimiz olacak," diye fısıldadı gözyaşları içinde. "Özür dilerim, sana söyleyemedim."

Bir müddet sessiz kaldı. Zaten söyleyecek bir şey de kalmamıştı. Sevdiği adamın kapalı gözleri yüreğini en derinden yakarken, dilinde söyleyecek sözleri de tüketmişti. "Sen uyuyorsun, ben ölüyorum," diye mırıldandı son kez. Ve kafasını yasladığı bedenden sıyrıldı yavaşça. Arkasını Miran'a dönüp gözyaşlarının bertaraf ettiği yüzünü sildi parmakları yardımıyla.

O an bir şey oldu. Reyyan gitmek için attığı adımda öylece yerinde kaldı. Gitmesini engelleyen güç, tam karnının üzerine dokunmuştu. Şaşkınlıkla eğdi kafasını aşağı ve kanı damarlarında dondu. Kalbi bedeninde gümledi. Miran'ın az önce usulca yatağa bıraktığı eli, tam karnının üzerindeydi.

Kafasını arkaya çevirip Miran'ın yüzüne baktı. Gözlerini aralamayan adamın kirpikleri arasından usulca akan bir damla yaş, sakallarının arasında kayboluşa sürükleniyordu.

Miran Karaman, bir kez daha ağlıyordu. Kaybettiği için değil, kazandığı için!

-DEVAM EDECEK-

HERCAİ 2'DEN ALINTILAR

"Sevemezsin," diye mırıldandı yakıcı bir sesle. Karşısındaki adamın, sessizliği hüküm giymiş dudakları zinhar oynamazken, zemheri öfkesi gecenin kollarında bir kez daha şahlandı. "Değil sevmek, adını bile söyleyemezsin!"

***

"Suskunluğum kefenim olacak gibi... Öyle büyük bir korku var yüreğimde. Sanki bir gece kıyamet bizim için kopacak. Büyük bir yangın çıkacak. Ama bu sefer sadece ben değil, hepimiz yanacağız!"

***

Ellerini birbirine bastırırken bakışları, yüreğinde ukde kalmış sevdasına kaydı. İyi değildi, ne söylediğinin farkında hiç değildi. "Biliyor musun? Çok dua ettim ben. Ya onu bana geri ver, ya da sök al Allah'ım onu içimden diye. Benim duam kabul olmadı... Ne sen geldin, ne sevdan bitti..." Tükenmişliğini, çaresizliğini, onu küle çeviren bu yenilgiyi bir kere daha kabullendi. "Sonunda ben bittim be!"

***

"Gülme öyle! Gülerek beni delirtme. İzin ver, izin ver... Bir kez daha öldüreyim seni içimde. İnan bana, senden nefret etmeyi özledim!"